中公文庫

告　白

町田　康

中央公論新社

目次

告白

安政四年、河内国《かわちのくに》石川郡赤阪村字水分《すいぶん》の百姓城戸《きど》平次の長男として出生した熊太郎は気弱で鈍《どん》くさい子供であったが長ずるにつれて手のつけられぬ乱暴者となり、明治二十年、三十歳を過ぎる頃には、飲酒、賭博、婦女に身を持ち崩す、完全な無頼《ぶらい》者と成り果てていた。

父母の寵愛《ちょうあい》を一心に享《う》けて育ちながらなんでそんなことになってしまったのか。

あかんではないか。

といってでも、一概にあかんともいえぬのは熊太郎がそうして情け無い人間になってしまったのには、熊太郎の生みの母、高《たか》が熊太郎三歳の折に病没、平次が後添《のちぞえ》を迎えたことが関係しているかも知れぬからである。

後添の豊《とよ》が継子《ままこ》いじめをした訳ではない。豊は生みの母でないからこそよりいっそう熊太郎を大事に育てたし、平次も幼くして母と別れた熊太郎を不憫《ふびん》に思い、これを慈《いつく》しんだ。

人間というものは不可思議なもので大事に慈しんで育ててればよいかというと必ずしも

そうではなく、「かしこいな」とちやほやすると、あほのくせに自分はかしこいと思い込む自信満々のあほとなって世間に迷惑を及ぼす。

ところが、「あほぼけかす」「ひょっと」「へげたれ」などと罵倒《ばとう》されて育つと、おのれの身の程を弁《わきま》えるのと、なにくそ、と思う気持ちがちょうどよい具合にブレンドされて世間の役に立つ人間になる。

熊太郎は、ことあるごとに、「かしこいな」と言われ、ちょっと紙にいたずら書きをしただけで、「字の稽古《けいこ》をしてえらいな」とほめそやされる、茶碗を割ると、「活発な」と褒《ほ》められるなどして成長したので、十やそこらでとてつもなく生意気な餓鬼に成り果てていた。

しかし熊太郎は頭のよい子供であった。

熊太郎はいつしか、父母はああしてほめそやすが、実は自分はそんなに偉くも賢くもないのではないか、と思うようになっていた。

家にいればこそ父母はほめそやし、隣近所の人もやさしいがちょっと家から離れると、大人は鬼のような形相で、「このド餓鬼がっ」と熊太郎を罵倒した。なぜ罵倒したかというと例えば熊太郎が庭になった枇杷《びわ》をとって食らうなどしたからであるが、近所で枇杷をとって食らっても少しも叱《しか》られず、逆に「枇杷食てんのか。えらいのお」とほめそやされた。ちやほやされた。熊太郎は、この落差が不思議でならなかったのである。

熊太郎が自分はそんな偉くも賢くもないのかも知れないということを明確に意識したのは慶応三年、徳川十五代将軍一橋慶喜公が朝廷に大政をお還《かえ》し奉《たてまつ》り、熊太郎が独楽《こま》回しを独習した頃である。

熊太郎は大得意であった。

緊密に巻きつけた緒がほれぼれするほど美しく、熊太郎はうっとりとこれを眺めて飽きない。

私はなんて上手に緒を巻きつけたのだろう。うっとり。

なんていつまでうっとりしとんのんじゃド阿呆《あほ》。それでは独楽が回らない。やがて熊太郎は、しゅっ、鮮やかな手つきで独楽を中空に放つ。独楽は回転しつつ着地し、小気味よく回りつづける。熊太郎が独楽の回るその様を眺めていると周囲の大人が、「上手やないけ」「上手やわ」と褒めそやし、一部の女は、「粋《いき》やわ」とまで言い、熊太郎は大得意の体《てい》で、俺はなんて上手なんやろ、と鼻をおごめかせるのであった。

俺ほど独楽のうまい者はない。大得意の熊太郎はどこに行くのにも独楽を携行し、ところ構わず独楽を回した。

そんな熊太郎が、もわもわするような春のある日、池の畔《ほとり》を歩いていると近所の、駒太郎、市吉、鹿造みたいなド餓鬼が七、八人集まってわあわあしているから、なにをしているのだろう、と様子をうかがうと、くはは、独楽をしている。

「独楽やったらまかさんかい」

熊太郎は彼らに近づいていき、自分も参加させてくれ、という意味のことを言った。駒太郎は、「ええよ」と言って参加を許してくれ、「くほほ」熊太郎は薄く笑って、いつも通り独楽に緊密に緒を巻きつけるとうっとりこれを見つめたるのち、しゅっ。独楽を空中に放った。

地面に着地した独楽は小気味よく回っている。

熊太郎は、「くほほ。小気味よい。幽趣《ゆうしゅ》よろこぶべし」と悦に入り、周囲のド餓鬼の賞讃の言葉を待った。ところが周囲のド餓鬼はいつまで経っても熊太郎を賞讃せず、それどころか独楽を回して傲然《ごうぜん》としている熊太郎を奇妙なものを見るような目でみつめて沈黙し、ちっとも賞讃しない。なぜ賞讃せえへんねやろ。訝《いぶか》る熊太郎に駒太郎は言った。

「熊やん、なにしてんね」

「なにしてんねて独楽まわしてんね」

「ひとりで独楽まわしてどないすんね」

「ほなふたりでまわすんけ」

「ちゃうが。わいら独楽鬼してにゃんけ」

「独楽鬼てなんや」

「熊やん、独楽鬼知らんのんか」

と言って駒太郎は目を剝《む》いた。

独楽鬼とは独楽鬼ごっこほどの意味であり、ルールは通常の鬼ごっこと同じであるが、ただ一点の制約がある。いかなる制約かというと、鬼もその他の者も掌《てのひら》の上で独楽を回し、その独楽が回っているとき以外、移動できぬという制約である。

逃げる者もそれを追う鬼も掌の上で独楽を回し、バランスをとりながら走らねばならず、独楽が停まったり、落ちたりした場合はただちに立ち止まって再度、掌の上で独楽を回さなければならぬのである。

駒太郎は熊太郎にルールを説明、「後からきた熊やんが鬼や」と言い放つやいなや、素早く緒を巻きつけ、しゅっ、鮮やかな手つきで独楽を中空に放るとこれを掌で受けた。独楽は掌の上で小気味よく回っている。

駒太郎はこれを地面に落とさないように保持しつつ、しゅらしゅらっ、と池の向こうの雑木林の方へ駆けだした。

これを見た他の、市吉、鹿造、番太、三之助みたいな者まで、しゅっ、鮮やかな手つきで独楽を中空に放り、なんなく掌で受けると、しゅらしゅらっ、と四方へ駆けだした。

今度は熊太郎が目を剝いた。熊太郎は中空に放った独楽を掌で受けるなんてなことをこれまで一度もしたことがなかったからである。

鮮《あざ》やかな真似しょんなあ。

熊太郎は舌を巻き、自分にあんなことができるのだろうか、と暗くなったが直《じ》きに、なんということはない。親や近所のおばはんに上手や上手や、しまいには、粋やわとまで言われた俺なこと。やったことはないけど、あんな鹿造のような者にできることができないはずがない、と考え直し、いつも通り、緊密に緒を巻くと、うっとりしないで、しゅっ、いつもよりやや高めに独楽を放ると同時に、駒太郎や他のド餓鬼のしたように、掌を独楽の方へと差しだした。ところが独楽はいつもと違う見当で放ったのが災いしたのか、あさっての方角にぶっ飛んでいき、回りもしないで地面に転がって、熊太郎は掌を前に突きだした不細工な屁《へ》っ放《ぴ》り腰《ごし》で、あわわ、となって恥辱にまみれた。

熊太郎は、あらぬ方角に飛んでいってここにない独楽を追って屁っ放り腰であわあわしてる自分はなんと惨めなのだろう、と思った。

顔面が、かっ、と熱くなった。

独楽を回して掌で受けられない熊太郎はしかし、駒太郎なら兎《と》も角《かく》も、あんな鹿造、番太みたいなやつらにできたことが俺にできないということはなく、つまりできなかったのはたまたまなのではないか、とも思った。

熊太郎は再び緒を巻き、しゅっ、目の高さに独楽を放った。

同じことであった。独楽はあらぬ方向に飛んでいき、熊太郎はまたぞろ掌を前方に突きだして、あわわ、不細工な恰好をして恥辱にまみれた。

なぜだ。なぜできないのだ。熊太郎は、わっ、と泣きだしたくなるのを堪えながら独楽を拾いに行った。

できないのは当然であった。掌の上で独楽を回すためには、緒を引くようにして可能な限り身体の近くで独楽を回し、垂直に落下する独楽を掌で迎えに行くようにしなければならない。しかるに、熊太郎は独楽を水平に投げたうえ、走ってこれを追いかけてたのであり、これでは何百回やっても掌の上で独楽を回すことはできない。

しかし自分を独楽の達人だと思っている熊太郎は、できないという事実に逆上してそのことに気がつかず、そんなはずあるかい、そんな訳あるかい、という一心で独楽を追いかけ拾い上げして、しかも内心の焦りがつのるにつれ、その動作は次第に乱暴粗雑になり、しまいにはただ独楽を投げつけそれを追いかけるという、訳の分からぬ狂気的な仕草と成り果てた。

その狂態を木立の影から見ていた駒太郎は隣でやはり呆《あき》れたように見ている番太に言った。

「あいつなにしとんねん」

「さあ」

番太は不思議そうに首を傾《かし》げた。

「なにしてんねやろ」

鬼がちっとも追いかけてこないので不審に思った鹿造、三之助らその他のド餓鬼もやってきて首を傾げて議論の揚げ句、結局、熊太郎は掌の上で独楽を回すことができないのだ、という結論に達した。

「ははは。よう回しよらへん。あほとちゃうか」

ド餓鬼どもは喜んで、「よう回さん熊」「よう回さん熊」と囃《はや》したてながら熊太郎を取り囲み、これみよがしに掌の上で独楽を回した。

よう回さん、というのは、え回せぬ、すなわち、回せないという意味である。

熊太郎にとってこんな屈辱はなかった。

すくなくとも熊太郎は鬼であり、他の者は鬼である熊太郎の姿を見たら逃げ惑うべきである。

ところが、みな逃げ惑うどころか、みな熊太郎のすぐ近くに、にやにや笑いながらつっ立っている。これは鬼として屈辱であったし、さらに二重に屈辱なのは彼らがそんな挙に出るのは熊太郎が掌の上で独楽を回せぬからで、これは独楽の達人として屈辱だった。さらに自分より下だと思っていた者がやすやすとすることをできぬという事実に逆上していた熊太郎にとっては、人間としての尊厳に抵触するほどの屈辱であった。その熊太郎に追い討ちをかけるように駒太郎は言った。

「なにしとんね。早よ独楽回して追いかけなあかんやんけ」

そんなことを言われて熊太郎はますます焦った。しかし熊太郎は気力を振り絞って言った。

「いま回す」

「ほたら早よ回さんかい」そう言うと駒太郎はこれみよがしな鮮やかな手つきで独楽を中空に放って掌で受け、

「熊やんが回したらわいら逃げるさかい、さっ、早よ回せ」

「ま、回すわい。まっとれ」

進退窮《きわ》まった熊太郎は全神経を集中して、ばっ、独楽を擲《な》げ、すかさず掌を前方に突きだしてこれを追った。しかし同じことである。独楽は虚しく前方の叢《くさむら》に落下し回ることすらせずに転がり、熊太郎はなにか抽象的なことをしている人のような姿勢で不細工に固着した。ド餓鬼どもが、どっ、と笑った。

このとき熊太郎は身体のなかでふたつの異なる流体がぶつかりあって押しあいへしあいしているような感じがして、うっ、と息を停めたがそれは一瞬のことであった。

ひとすじ涙が流れると後は堰《せき》を切ったようにとめどない涙が流れ、また、いったんそうして涙を流してしまうと、後はもうなにも堪えるものがない、身体の奥から発せられるままに熊太郎は声を放って泣いたのであった。

ド餓鬼が容赦ない、「うわあ、泣きよった、泣きよった」と囃したて、熊太郎は、波のように押し寄せる悲しみの感情にまかせて大声を放って泣き続けた。ド餓鬼どもは泣き止まぬ熊太郎を嘲弄するようなことを言いたてながら対岸の塚の方へ走り去った。熊太郎は暫くの間、ひとりで泣いていたが、やがて泣きやみ、ぜいぜい言いながら独楽を拾ってひとりで家に帰った。

金剛山《こんごうさん》の中腹に霞《かすみ》が立っていた。

独楽のことがあって熊太郎は父母そして周囲の大人が嘘を言っていることを知った。俺のことを「上手や」とか「粋やわ」とかゆうてるけどちっともそんなことはない。俺は本当はド下手だった。それを父母が上手ともてはやしたんはどういう訳だろうか。

熊太郎は悩んだ揚げ句、以下の如くに考えた。

物事にはなににょらず水準・基準というものがある。俺はその水準・基準はひとつだと思っていた。つまり父母やお婆《ば》ンの水準・基準がただひとつの水準・基準だと思っていた。ところがそうではなく、世の中にはまた別の水準・基準があったのだ。

そして父母、お婆ンらは俺の独楽を上手だ粋だと褒めたけど世間にいたら上手でも粋でもなく、むしろ鈍くさかった。

ということはつまり父母、お婆ンの基準は世間の基準・水準に比べて劣った低い水準・基準ということになる。ところで俺は十歳の餓鬼やのになぜこんな思弁《しべん》的なのだ。まあ、それはまた別の話だが、と熊太郎は考えた。つまり熊太郎はこのとき初めて世界に触れたのであった。

こんなことは別に熊太郎に固有のことではなく、誰にでもあることであるが、しかしこのことは熊太郎のその後の生涯を決定したといってよい。

なんとなれば熊太郎も自ら述懐しているように、慶応三年頃、河内の百姓や百姓の小《こ》倅《せがれ》で右の熊太郎のように思弁的な人間は皆無であった。思考すなわち言葉であり、考えたことが即座に言葉となって口からだだ洩れた。その言葉たるやなにかと直截《ちょくせつ》で端的な河内の百姓言葉である。

他の言動に疑問があれば、なにしてんね。と無邪気に尋《たず》ねた。

そんななかでひとり思弁的な熊太郎はその思弁を共有する者もなかったし、他の者と同様、河内弁以外の言語を持たず、いきおい内省・内向的になった。もちろん熊太郎がそのことを明確に自覚していたわけではなかったが、このことが熊太郎の根本の不幸であったのは間違いない。

父母や周辺の大人が物事を世間より劣った基準・水準で判断していると知った熊太郎はそのことをひどく引け目に思うようになった。

ちょっとしたことで父母や周辺の大人が褒めると熊太郎は恥ずかしくてならなかった。おどれらは知らんかも知らんけど、それは世間では非常に恥ずかしいことなのだ。と熊太郎は身悶えた。

そして熊太郎はいつしか父母の言うことが恥ずかしいのではなく、父母の言うことに従うこと、そのこと自体が恥ずかしいのだと思うようになっていた。

明治四年、廃藩置県が実施された年、熊太郎は十四歳になっていた。もともと様々の所領・支配地が錯綜《さくそう》していた河内はこの三年の間に大阪府から河内県となり、この年、堺県となった。

明治新政府がいろいろ混乱していたからである。

お上がそんな体《てい》たらくだから庶人の生活は苦しかった。

もちろん、熊太郎の家とて一家で働かねば食うていかれない。もはや十四歳になった熊太郎をただ甘やかしているわけにはいかない、平次は熊太郎に、「いつまで寝とんね。牛の世話でもせえや」などと命令する。

熊太郎は、そら百姓は牛の世話せなあかんやろと思う。麦焚《た》いて藁刻《わらきざ》んで食わんと牛は死んでまうなあ、と思う。

ところが熊太郎はそうして平次のいうことに従うということに羞恥《しゅうち》や躊躇《ちゅうちょ》を感じてこれに従うことができず、しかしそのことを適切に説明する言語を持たぬので、仕方ない、悪ぶって、「うたていわれ」と言い捨てて表に飛びだしてしまう。さすればもとより温厚な平次のこと、それ以上強くは言えず熊太郎の我《わ》が儘《まま》を是認するようなことになってしまう。

　表に出た熊太郎はしかしやることがない。神社の境内《けいだい》で呆然としてなんの変哲もない木の幹のところをじっと眺めて奇妙な顔をしたり、川に浸かって目高《めだか》をつかんだり、屁をこいたりするのであった。熊太郎は自分のことを音を上げた軍鶏《しゃも》のように思っていた。ひとたび音を上げた軍鶏はつぶされて食われるねや。と熊太郎は思っていた。

　汚れつちまつた悲しみに今日も小雪の降りかかる／汚れつちまつた悲しみに今日も風さえ吹きすぎる、みたいな言葉は持たないのだけれど。

　そんな熊太郎はますます虚無・頽廃《たいはい》に追い詰められていき、ついには真面目になにかと一生懸命とり組む、ということは恥ずかしいことだと思うようになっていた。

　といって熊太郎は不真面目だったわけではなく、熊太郎もできれば真面目にやりたかった。しかし脇目もふらず真面目にやることが果たして真面目なのかと熊太郎は真面目に思った。

　脇目もふらず、すなわち周囲に対していっさい顧慮《こりょ》しないで真面目にやるというのは一種のエゴイズムではないかと熊太郎は感じていたのである。

　そして熊太郎はそのことを説明する言葉を持たなかった。

　だから平次やなんかは、なんで熊太郎がこうぐれてしまったのか見当もつかない、なんとか熊太郎を正道にひき戻したいものだと念願していた。
それは親としての悲しい切実な願いであった。

明治四年の夏のある日。平次が畑の納屋の脇を通り掛かると、熊太郎が、荷車の上に寝そべり笛もないのに笛を吹く恰好をして腹を揺すぶっていた。なんともあほな恰好をしてござる。これではまるで白痴や。と平次は情け無さに涙こぼるる思いであったが、しかし、なんとか熊太郎を正道にひき戻したいという気持ちから自らを奮《ふる》いたたせて声をかけた。

「熊、なにしてんね」

笛もないのに笛を吹く真似をして腹を振るなんてな阿呆《あほう》な行為をしているところに不意に声をかけられた熊太郎は心臓がどうにかなったのとちゃうか、と思うほど驚愕《きようがく》した。

熊太郎は、とりあえず、うまく誤魔《ごま》化《か》してあたかもそんなあほなことはしていなかったようなことにしようかと思ったが、しかし平次にははっきり見られてしまっており、誤魔化しても白《しら》こいだけである。

そこで熊太郎は試しにきっぱり言ってみよう、と思った。なにによらず毅然《きぜん》とした態度でのぞめば自ずと道はひらける。そんなわけないか。そう思いつつもでも熊太郎は毅然と言った。

「見てわからんか。笛吹いてんねん」

「笛吹いてんねて、笛みたなもんあらへんやんけ」

「そら笛はない。笛はないけどや、西楽寺《さいらくじ》の和尚《おしよう》はんが人の一生は先のわからんもんちゆてたで。わいかてやで、いつ何時、笛吹かんならんようになるや分かれへんやろ。しゃあからそんときのためにちょう稽古してんね」

「なにあほなこと吐《ぬ》かしとんじゃ。わしゃ情けないわ。しゃあけど、おまえ、笛吹けるんか」

「ちょっとも吹かれへん。真似してるだけや」

「ほれやったらなんにもなれへんやんけ。ほんな暇なことしてる間アあんにゃったらわしと一緒に田ァ行て草取らなあかんやろ。馬に食わせる草も刈らなあかんやんけ」

「しかしわたしには笛の稽古が……」

「笛がどないしたんじゃ」平次にどやされて熊太郎は悲しかった。

笛吹く真似なんかしてないで百姓仕事を手伝え。蓋《けだ》し真っ当な意見である。

しかし熊太郎はその真っ当な意見に従うことがどうしてもできなかった。

熊太郎は、荷車の脇に腐ったような雑草がへばりつくように生えているのを見て、やあ腐ったような雑草が生えているなあ、と思った。さらに熊太郎は思った。

それは自分だってそういう風にしたい。そうできればどんなにか楽だろう。しかしそんなことをすれば世間はなんというだろうか。はは。熊の餓鬼があんなことをして親の意見に従っている。はは、いい子だと褒められたいのか。根性のない奴だ。望まれたことをして褒められるなどということは誰にでもできることだ。そこをぐっと堪えて余所事《よそごと》にふけるのが恰好ええのやんけ。それをばあの熊のド餓鬼は、はは。真面目に、はは、田ァの草取ってけつかると思うに違いない。それはいかにもつらい。切ない。そやからこそ俺はこんなありもしない笛を吹くなどして苦労しているのだ。それをばお父ンはまったく理解せず、「われ、笛吹けるんけ」などと真っ直ぐな目で訊く。それが俺は悲しい。

まったく馬鹿なことを考えたものであるが、熊太郎は真剣にそう信じていたのであった。しかし十四歳の熊太郎はその心情をうまく説明することができず、また巧妙繊細な冗談を言って韜晦《とうかい》・遁辞《とんじ》するということもできなかった。

「わいは恥ずかしいんじゃ」それだけ言うと熊太郎は荷車から飛び下りて、わっ、と駆けだした。

「どこ行くんや、おいこら」と平次はどやしたが追わずにその場に立ちつくした。平次は悲しんだ。いったいなんであのような偏屈者に育ってしまったのだろうか、と訝った。平次はしばらくその場から動かなかった。

目的を定めずに駆けだした熊太郎が建水分《たけみくまり》神社の境内までやってくると絵馬堂の前の、小高く盛り上がって小山の頂上のようになったところで小倅が楽しそうにわあわあ言っていた。人がありもしない笛吹いて大変なときになにを楽しそうにわあわあ言っているのだろうか。熊太郎が訝りながら近づくと、ド餓鬼どもは地面に丸く円を描いてこれを土俵とみなし、角力《すもう》とって遊んでいるのであった。

独楽回しの一件以来、熊太郎は集団の遊びに参加するのには慎重な姿勢をとってきた。また独楽回しのみならず烏賊揚《いかあげ》その他、なにをやらしても熊太郎は鈍くさい子供であった。五寸釘を地面に突き刺して遊ぶ遊びをやったらちっとも釘が突き刺さらなかった。竹馬に乗ったら三歩歩まぬうちに転落した。走ったら遅かった。

体力において劣っていたのではなかった。なにか真剣に力を入れようとすると例の奇妙な虚栄心、本気になって根性丸だしでやったら笑われるという思い込みのブレーキが働いてなにごとについても半身、力半分でへらついてこれをやったからである。そしてこれは実際的な知恵でもあった。

力の限りとり組んで敗亡すれば軽侮されたが、本気でとり組んでいないと見せかけることによって熊太郎は決定的な屈辱にまみれることから逃れることができた。

熊太郎は竹馬から落ちながら土佐の民謡、「ヨサコイ節」を歌って周囲のド餓鬼を笑わせた。熊太郎は落ちてなお痛みを堪《こら》えて歌った。家に帰ると足が腫れ上がって三日動けなかった。

「熊やんもすもんとりや」と声をかけられた熊太郎はしかしすぐに、「おう」と答えて帯をぎゅっと締めた。笛のことで精神が動揺し、捨て鉢のような荒《すさ》んだ気持ちになっていたからである。

熊太郎が土俵のなかに入ってきただけでド餓鬼が笑った。なにしろ熊太郎は鈍くさい。その熊太郎がいかにも強い角力《すもう》のような恰好でのしのし土俵に入ってきた。ド餓鬼どもは、「はは。熊やんがあんなことして強そうにしてるわ」と笑ったのであった。

笑いたかったら笑えばよい。俺は強さにおいて尊敬されるのが恥ずかしいのだ。おまえらのように直線的に力を讃美して疑わない無邪気な奴らに俺の気持ちは分からない。

そんなことを思いながら熊太郎はわざと横柄な面つきをして蹲踞《そんきょ》の姿勢をとった。

熊太郎の相手は小出《こいで》という百姓の倅《せがれ》であった。小出の親は手広い経営を行っていた。小出は身体はさほど大きくないが足腰、そして腕の力が強いのかもはや四人を抜いていた。熊太郎に勝てば五人抜きである。細面《ほそおもて》で鼻筋の通った小出は爽《さわ》やかなクールミントみたいな顔をしていた。熊太郎の心がぬらぬらした。あんな顔をして恥を知らんやっちゃ。よいしょ。と立って、がすっ、とはいかない、ふわっ、とぶつかって熊太郎と小出はすぐに四つに組んだ。

小出は右上手を取って腕力にものをいわせて強引に投げを打ってくる。いつもの熊太郎であれば、すぐに、あははん、と力を抜き地面に転がって奇声を発しただろう。しかしこのとき熊太郎はなぜかすぐには負けたくない気分だった。

架空の笛のことで平次と心が行き違ってしまったこと。弱い者も強い者もあまりにもなんの疑問も持たずに真っ直ぐに強くなろうとしていることが厭だったこと。有力百姓の倅、小出が爽やかなクールミントみたいな顔をしていて心がぬらぬらしたこと。そんなことすべてが腹立たしく、ただ道化ても転合《てんごう》しきれぬものを或《ある》いは感じたからかも知れない。

右横褌《みぎよこみつ》をとった熊太郎は、ぐっ、と踏んばった。小出は左の腕をかえしてこれを切ろうとしつつ右から強烈な力をくわえてくる。熊太郎の身体は右に傾いだ。

ぎゅううん。熊太郎は懸命に耐えた。しかし、小出は強力で右からぐんぐん攻めてくる、熊太郎の身体は大きく右に傾いで顔面が空に向いた。

もはやこれまでか。くち惜しいわい、と熊太郎は思った。

大木の枝が覆いかぶさるそのはるか向こうに小さく青空が見えていた。

熊太郎の身体がもうこれ以上曲がらぬというところまで屈曲して、誰の目にも小出の勝ちとみえたそのとき熊太郎はふと、いま急に右手の力を抜いたらどうなりよるやろ、と思った。

小出は全力、全体重を左に向けてかけている。わいはいまその力に逆らっている。これはいっけん俺が攻められてるようにみえるが、別の観点からみると俺が小出を支えているということでもある。その俺が急に力抜いたらどうなるだろうか。支えを失った小出は転倒するに違いなく、どうせこのままでは敗北するのだから一度試してみる価値は充分にあるのではないか。

そう思案した熊太郎は、ぎゅっ。いったん渾身の力を振り絞って右から押し戻そうとした。しかし小出はびくともせず逆に三倍の力をかけてくる、その瞬間、熊太郎は、ふっ、と右手の力を抜き、直後、右足で小出の左足を払ったからたまらない、小出は、ふわ、と宙に浮き、次の瞬間には小出はいやというほど土俵の土を食らっていた。

起き上がった小出はもはや爽やかなクールミントみたいな顔をしていなかった。泥にまみれて、麩《ふ》が欲しくて焦っている鯉《こい》のような顔で半泣きになっていた。着物も破れていたし、どうやら突き指もした風であった。

その様をみた熊太郎は、おほほん、と思ったが同時に驚いてもいた。

独楽回しのことやその他のこともあり、なにによらず虚無・退嬰《たいえい》に陥《おちい》って真剣にやらないので曖昧《あいまい》になってはいたが熊太郎は実際のところ自分は鈍くさく、弱いと思い込んでいた。

ところがこれまで四人を抜いていて強い小出を投げ飛ばしてしまったのであり、熊太郎はそのことが意外でならなかった。

そして驚いたのは熊太郎ばかりではなく取組を見ていたド餓鬼どもも驚いた。

これまで弱い鈍くさい笑い者と思っていた熊太郎がいきなり小出を投げ飛ばしたのである。ド餓鬼らは、我と我が目を疑った。

熊やん、ほんまは強いんか。誰もがそう訊《たず》ねたかった。しかし百姓のド餓鬼である。言語で訊ねるよりこっちのほうが早い、とばかりに、竹田という小倅が、「次はわたいと取ろ」と言うと、のそっ、と土俵に上がった。

肥えていかにも強そうな餓鬼で、よいしょ、と立つや肉圧でぐんぐん押してきて熊太郎はたちまち土俵際に追い詰められたがさきほど試したのと同じ呼吸で頃合いを見はからって左に体を開きながら足で払うと竹田の小倅はつんのめって転び、不細工にも露《あらわ》れた木の根で鼻を打ち、鼻血を出して泣いた。

三人目も同様に投げ飛ばして、熊太郎は漸《ようや》く、はっはーん、と思った。

熊太郎は別に自分は強いわけではないのだと悟ったのである。強い弱いでいうと自分は弱いのだと熊太郎は思った。ただ、こいつらが知らぬコツのようなものを会得しただけだ。

熊太郎はこれを奇知・奇略であると考えた。

実際は弱い。弱いけれども奇知・奇略で強い相手に勝つ。つまりこれはわずかな兵隊で百万の大軍を蹴散らした大楠公《だいなんこう》の戦略であり、自分は大楠公の再来なのだ。なめとったらあかんどこらあ。

そんなことを考えて昂奮した熊太郎は、次に土俵に上がってきた帯という綽名《あだな》の最近、大伴の方からきた家の小倅に自ら、どーん、とぶつかっていく積極性をみせ、相手の顎を自らの頭の天辺ちょでぐんぐん突き上げ、どやどやどや、と攻めたてる。

相手は顎があがって自然に反《そ》り身になって後退、熊太郎はここを先途《せんど》と頭の天辺ちょが痛いのを辛抱して、ますます突き上げて帯は亀が石の上で首を伸ばしているみたいになって、ついには土俵を割った。

　堂々の勝利であった。

　自分を大楠公と重ね合わせて自信をつけた熊太郎は気迫で相手を圧倒、特に奇知・奇略を用いないで勝利したのであった。

　熊太郎は五人目も得意の急に力を抜いて足を払う戦法で投げ飛ばして五人抜きをした。

　これにいたってド餓鬼どもは初めて、「熊やん、強いなあ」と感嘆・讃嘆、かくして熊太郎は強い、という評判が水分のド餓鬼の間で確立した。

　しかし熊太郎は自分は一種のフェイクでいつか本当の本来の真実真正の喧嘩をしたら自分が弱いことが露見してしまうだろうと考えていた。


　明治五年の秋、熊太郎のフェイクが露見しそうになったことがあった。

　平野に吹く風の音が変わって大気澄み渡り、生駒《いこま》葛城《かつらぎ》金剛《こんごう》の山々が明るさのなかでくっきりみえるなあ、なんてな慨嘆に百姓たちが浸る頃、帯、鹿造、小出と熊太郎が連れ立って村内を歩いていると誰が落としたのか鮮やかな色の組み紐と一尺くらいな樫《かし》の六角棒が道に落ちていた。

　最初に見つけたのは熊太郎である。

「なんか落ってるやん」熊太郎が言うのを聞いた鹿造は、「ほんまや」と言うとちょらちょら走っていき、棒と組み紐を拾い上げた。

追いついてきた熊太郎が、「ちょうめしてえや」と言うと普段、屁垂《へたれ》の鹿造は意外にも、

「あかんあかん」と言った。

「なにがあかんねん。めしてくれゆうたらめしてくれや」

「あかん」

「なんであかんねん」

「めしたら熊やんわがのもんにするやろ。そやからあかん。これはわたいが拾たんやで」

「なんかしてんね。みつけたんわしやないか」

「しゃあけど拾たんはわたいや」

「ごじゃごじゃ吐《ぬ》かさんとこっち貸せ。貸せへんかったらしばくど」

熊太郎が凄んだのにもかかわらず鹿造は強情に組み紐と棒を渡さない。

屁垂のくせにと熊太郎は腹を立てたが同時にひやりとするものも感じた。

ことによるとこの鹿造は本当は自分はたいして強くなく、イメージとしての強さを演出しているだけだということを見抜いているのではないかと思ったのである。

事実はまったくその通りであった。

楠木正成《くすのきまさしげ》はダミーの兵をこしらえて寄り手を翻弄《ほんろう》したが、熊太郎の強さなるもののその

正体は、みなの、熊太郎は強い、という思い込みを資手《もとで》に様々の、強い、というイメージを空買いしているようなものであった。

熊太郎はさまざまの威嚇《いかく》の文言《もんごん》を習得した。

ときに大声で喚《わめ》き散らし、ときに小さな声で呟《つぶや》くようにものを言った。逆上するとなにをするかわからないというイメージを村の餓鬼に植えつけるために高いところから飛び下りたり、喚き散らしながら稲荷社の鳥居をぶち壊したりした。そんなときはなぜか馬鹿力が出た。露見して叱られるのではないかと恐怖してひと月かそこらよく眠ることができなかった。

熊太郎はそうしてイメージとしての強さを操作したが実際は貧しいものであった。まず角力の一件以来、熊太郎はまともな喧嘩をしたことがなかった。熊太郎が威嚇すると餓鬼はたいてい及び腰になったのでそれへさして半ばふざけるような恰好で「腕殴《うでなぐり》」と「腿《もも》蹴《げり》」をすると相手は痛さにのたうちまわった。

いずれも熊太郎の独創で、「腕殴」とは先《ま》ず通常の握り拳を拵《こしら》え、しかる後、中指を折り曲げたまま突出せしめ、その爪に親指の腹をあてがうことによってできる異様に鋭い拳によって相手の二の腕をどつくという技である。軽くどついただけで痛いし、これをもって力任せにどつくなどしたら大変でどつかれた相手は、「おほほほ」という奇声を発し、しばらく動けない。鋭い痛みと鈍い痛みが同時に襲いかかってくるのである。

たいていは内出血をおこす。腿蹴の方は単純で、ただ単に膝で相手の腿を蹴るだけであったが蹴る場所に熊太郎の独創があった。太腿の正面でも裏でもなく横の筋を蹴るのである。ここを蹴られると相手は片脚で飛んで痛がり、暫《しばら》くの間、跛《ちんば》をひいて歩いた。しかし相手がかわそうとしたり反撃してきたりする本式の喧嘩ではとうてい通用しない冗談技で、相手が笑って受けてくれりゃこそ効果を発する技であった。

このときも、熊太郎は鹿造に、「きかなんだらこれやぞ」と冗談めかして、腕殴の拳を作ってみせたが鹿造はちっとも笑わず、「それがどなしたんじゃい」と強気で吐《ぬ》かして、試しに二の腕目がけて殴ってみたがかわされて筋に命中しなかった。熊太郎はマジにならなあかんのか、と思ってげんなりした。

冗談事のもって行き場をはぐらかされて困惑した熊太郎が鹿造の顔を見ると鹿造は王化を拒む頑迷固陋《がんめいころう》な土民、或いは石亀みたいな顔をして組み紐と棒を握り締めていた。その顔を見て熊太郎は本気でどつこうと決意した。それでもでき得るならどつきたくない熊太郎は、

「貸せゆうたら貸したらどや。貸せへんかったらどつくど、こら」

と一応は警告を与えた。ところが鹿造は、

「どつけるもんやったらどついてみい」

となお頑固である。

「よっしゃ。ほんだらどったるわ」

熊太郎は拳を固め、思いっ切り鹿造の頬桁《ほおげた》めがけて突きだした。

熊太郎のイメージでは、がすん。ぶわーん。拳が当たって鹿造が吹き飛ぶはずであった。

ところが実際は、すぽん。と拳が当たったばかりで鹿造はちっともダメージを受けている節はなく、ますます頑《かたく》なな様子で真っ青な顔をして棒と紐を抱き締めていた。

熊太郎の拳骨《げんこつ》がへなへなの猫パンチであったからである。腕力が弱いわけではない。特別、運動能力に劣っているわけでもない。にもかかわらずこんなへなへなのパンチしか打てないその理由が熊太郎自身にも分からなかった。

ことによると殴ろうとした瞬間に、相手に悪いとか、或いはもっと功利的な、あまり思いっ切り殴ると相手はもっと思いっ切り殴り返してくるかも知れず、そうした場合、本来は弱い自分はぼこぼこにされてしまうかも知れないので、適当に力を抜いておいた方がよいかも知れない、といった考えも熊太郎の心理の奥底にあった。

いずれにしても熊太郎は人を殴るのに心理的抵抗感を抱いていたのだが、同時にへなへなの拳骨を繰りだして熊太郎は自らのイメージが崩れるのを恐れた。

ほほほ。熊やん、強い強いゆうとるけどあれなんやねん。あんなへなへなの拳骨でなにしとんねん。熊の餓鬼、ほんまは弱いんとちゃうけ。

みながそう思うに違いないと熊太郎は思ったのである。

熊太郎は振り返ってド餓鬼どもの顔を見た。

みな黙りこくって無表情であった。

石の仏が並んでいるようであった。

熊太郎はその瞬間、果たして本当に俺はあのド餓鬼どもに強いと思われていなければならないのか、と思った。

熊太郎は大楠公《だいなんこう》はどうだったのだろうかとも思った。

そもそも俺は弱い。その弱い俺が強くみえるのはこれひとえに大楠公流の奇知・奇略によってである。大楠公は寡兵《かへい》であった。衆寡敵せずといって、これは大楠公には悪いが、ある意味、弱いということである。しかし藁人形で味方が大勢いるように見せかけたり、煮え湯や人糞、巨岩を敵兵目がけて落としたりするのは弱い者が強い者に勝つための奇知・奇略、つまり俺の角力や腕殴と同じことだ。では大楠公はなぜそんなことをしたのかというと、もちろん勝つためである。ではなぜ勝たなければならなかったかというとそれは忠ゆえである。じゃあ俺はなんなのだ。俺はなんのために奇知・奇略を駆使して強いと思われなければならない。それは違う。忠か。それは違う。俺が強いふりして鹿造に勝って天子様が嬉しい訳がない。それは違う。では孝かというとこれも違う。というか逆に不孝だ。では俺は自分が勝ってよい気分になるためにこんなことをしているのか。俺は人を殴って気持ちがいいのか。というとこれも違う。それは多少はよい気分かも知れぬが、やはりそうはいっても人を殴るのはなんか厭《いや》だ。そもそも俺は直線的な力の行使が非常に苦手なのだ。しかしそれにつけてもこの思考の流れはいったいなんなのだろうか。俺はやはりどこかおかしいのではないのだろうか。近所の人間はおそらく誰もこんなことを考えていないだろうし、もちろんこんなことを話題にすることはない。おそらくこのような思考をするのはこの辺では俺だけだ。みよ、こいつらの顔。いい年をして洟《はな》を垂らしている。しかしそれはそうとして問題はなぜ俺はこんな奴らに気を遣ってうた歌いながら竹むまから落ちたり、奇知・奇略を使ったりしているのかということだ。それがまるで分からない。

そんな風に熊太郎は考え、そしておぼろげに、義かな……、と思った。

忠孝ともいうけど忠義ともいう。義。つまり自分は直線的な力の行使、直線的な欲望の発露、直線的なものの筋道、そんなことに抵抗する義の様態としての奇知・奇略を使っているのではないか、と熊太郎は考えたのである。

自らの行動の裏づけを得たような気持ちになった熊太郎は、ぐいっ、と一歩踏みだして鹿造に近づいた。

俺は義のために強いふりをしているのだ。そんなねじ曲がった観念を抱いた熊太郎はここはどうしても鹿造をこらさなあかん。しかしながら拳骨は情けない。どないしたらええのだ、と思いつつ熊太郎が鹿造の右腕をとったところ鹿造は、いやんいやん、と言いながら左手で紐と棒を抱いて向こうを向いた。

しかし熊太郎は腕を放さない。

鹿造も、いやんいやん、と言いながら逃れようとするので熊太郎が腕をつかんだまま、ぐいっ、と一歩近づくと鹿造は、「いたいいたいいたいいたいいたい」と叫んだ。

鹿造の右手がその背中で捻られたような恰好になったからである。

ほとんど力を入れていない熊太郎が訝しげに、「どなしたんや」と訊いたが鹿造は、いたいいたい、と叫ぶばかりである。これにいたって初めて、結果的に自分が鹿造の腕を決めていることに気がついた熊太郎は今度は意識して腕をねじあげた。

「どや。まいったか」

「いたいたいたいたいたい」

「まいったかちゅとんねん」

「腕が折れる、腕が折れる」

「おお。折ったるわ」

「ほんま痛い、ほんま折れる」

「ほたおまえ、それ貸すんか」

「貸す」

「ほた許したるわ」

言って熊太郎は手を放した。解放された鹿造は左手で右の二の腕を揉むようにしていたがそれでもまだ紐と棒を乳と腕の間に挟んで離さない。

「なにしてん、さあ。貸しいや」

「しゃあけど、これはわたいが……」

「まだごじゃごじゃぬかすんか。腕折ってもうたろか」

熊太郎が一歩、踏みだして、それで漸く鹿造は棒と紐を差しだした。熊太郎はこれを受け取りしげしげと眺めた。

なんらの曲もない、ただの紐と棒であった。くだらない紐と棒だ、と熊太郎は思った。愚劣な紐と棒だ、とも思った。

熊太郎はなぜ鹿造がこんな紐と棒に固執したのかちっとも理解できなかった。しかし固執したのは自分も同じだ。ただ違うのは自分は義のために固執したのであってそこが大楠公の思想と行動を受け継ぐ自分と鹿造の違うところだ。そう考えて熊太郎は無理に心に決まりをつけた。

得心がいった熊太郎は半泣きになっている鹿造に紐と棒を返してやろうと思ったが、ただ返したのでは面白味に欠ける、と考え、背後で石の仏のような顔で熊太郎と鹿造のやりとりを聞いていたご連中を振り返り、

「どや。ええ紐と棒や」と紐と棒を渡した。

「ほんまええ紐や」

「ほんまええ棒や」

「熊やん、ええのん拾たなあ」

熊太郎は、なにをべんちゃらを言っているのだと思った。こんな愚劣な紐と棒のどこがええのか。なにを付和雷同しているのだ。と思った。

熊太郎はド餓鬼らと一緒になってせんどさんざん紐と棒を褒めたうえで鹿造に返してやった。

鹿造はどうしてよいか分からず、

「え？　これわたいにくれんの」と阿呆みたいな顔で聞いたが元々、阿呆みたいな顔なのでそんなに表情は変わらない。

「おまえが拾たんやからおまえが持って帰ったらええやんけ」

思わぬことを言われた鹿造はちょっと鼻のうえに皺《しわ》を寄せ、猫が鰹節《かつおぶし》の嗅《におい》をかいでいるような顔をして紐と棒を受け取るとそそくさとこれを懐《ふところ》にしまい豚のように自足した。満足したのである。

しかし熊太郎も満足であった。「腕殴」「腿蹴」についで「腕捻《うでねじり》」を習得したからである。

これはいかにも熊太郎好みの技であった。

まず第一にほとんど力をこめる必要がなく、駘蕩《たいとう》たる春風に吹かれてにやにやしている人のような顔のまま相手を泣かすことができた。

相手の腕をとってねじあげることによって熊太郎は渾身の力で人を殴るといった直線的な力の行使を微笑みながら、しかし力によって批判できたのである。

また、「腕殴」「腿蹴」はふざけ半分のほたえ合いのときしか使えなかったが、「腕捻」はけっこう本気な喧嘩のときも使えた。

これを会得することによって熊太郎は懸案であった、本当は自分は滅茶滅茶弱いということを封印することができた。

以降、喧嘩ができる度に熊太郎はこの「腕捻」で凌《しの》いだ。たいていの者は腕をねじあげられて半泣き、半笑いみたいになって、「参った、参った」と音を上げた。

しかしある日、それではすまない事態が起こった。

熊太郎が鹿造の腕をねじあげてから四、五日後の午後である。ド餓鬼どもはまたぞろ絵馬堂の前で角力をとっていた。

ぐわっしゃんがらがら。ぐわっしゃんがらがら。訳の分からない音が村の方から聞こえていたが餓鬼らはそんな音は気にしない、夢中で角力をとっていた。

餓鬼らはいまだ餓鬼であった。真に訳の分からぬ奇怪な災厄が突如として訪れ自分を理不尽に滅ぼす、などということはまったく考えたことがなかった。

熊太郎もそういう意味では餓鬼で……、というかもっともいい気になっていたのは熊太郎で、自ら演出した人間的迫力という煙幕と義のための奇知・奇略、と本人が信じ込んでいる小技で、周囲のド餓鬼どもを次々と投げ飛ばしていたからである。熊太郎は爽やかな顔の小出ととり組んでこれを投げ飛ばし、「さあ、次は誰や」と得意そうに言った。

しかし全員が熊太郎にはかなわない、と思っているのでなかなか土俵に上がってくる者はない。このとき、熊太郎と同年の駒太郎は思っていた。

いっちょ、わいがいったろかい、とも思う。思うけど投げ飛ばされるだけやからおもろない。しゃあけどいったろかしらんと思うのは熊がなんか嘘くさいちゅうか、ふわふわふわふわして強いちゅう感じがいっこもあらへん、なんかこう騙《だま》されたっちゅうかはぐらかされたちゅうかそんな感じがして確かにいやというほど叩きつけられるんやけどなんか負けたっちゅう気ィがせえへんからやねんな。そやからここは一番、わいがはっきりさせたるおもて、があっいったろ思うねんけど、やっぱり気ィついたら投げ飛ばされとんねん。どないしたろかな、ほんま。駒太郎がその様に考えて躊躇していたときである。

「兄さん、角力強いのお。僕が相手になったろか」と声をかけたものがあった。いっぱしのやくざ者のような口の利きようで、いったい何者が声をかけてきたのだと驚いた熊太郎らが声のする方を見ると、絵馬堂の脇に十二、三歳の餓鬼が立っていた。

いっこうに見かけぬ子供であった。

浅葱《あさぎ》の地に気色の悪い渦巻の模様を染めだした着物を着ていた。髪の毛が縮れて頬が桃色だった。

目がつり上がって唇《くちびる》が真っ赤でなんとも気色の悪い餓鬼であった。

鼻が細く痩せていて全体に爽やかな小出を醜怪《しゅうかい》な化け物にしたような餓鬼であった。

「おまえ、えらそうな口きくのお。どこの餓鬼や」

駒太郎が進み出て言うと餓鬼は赤い唇を曲げ、「おほほん」と笑った。

人を完全に馬鹿にしたような笑みで全員が逆上した。

「なにわろとんね」

「あ。ごめん。怒った?」

「怒らいでか。なにがおもろいね」

「まあ、怒りなや。あんたらみたいながしんたれがなんも知らんと、どこの餓鬼や、とか言うてるからおもろうてなあ」

「なんかしとんじゃ。あんまりおちょくってたらどつかれんど」

「別におちょくってへんけどな。どうせあんたらここらの水呑百姓の小倅やろ。あんまり僕に偉そうな口きかんほうがええとおもうで」

「そういうおまえはなんやね。良衆《ええし》のぼんか」

「いや。百姓や」

「ほんなら一緒やんけ。いてまうど、こら」

「一緒ちゃうやろなあ。百姓ゆうてもあんたらとこみたいな貧乏たれもありゃあ、僕とこみたいなとこもあるわ。まあそんな口きくのやめとき」

と奇怪な餓鬼の口調はどこまでも皮肉かつ傲慢《ごうまん》であった。

好き放題に言われた駒太郎はむかついたが、餓鬼があまりにも自信満々なので気色が悪くなってきて熊太郎に、「熊やん、なんぞいうたれや」と言って自らはしゅらしゅらっとしりぞいた。

熊太郎もまた気味が悪かった。

餓鬼が言っていることに根拠がありそうな気がしたし、餓鬼の容姿、外見に災厄そのもののような無気味なものを感じていた。

しかし義のためにしりぞくことのできない熊太郎は気色悪いのを我慢して言った。

「あんまりえらそうに言うな。そんな言うんやったらおまえ、わいと角力とってみい」

「おほほん」餓鬼はまた笑った。

「あんたらの角力と僕らの角力は角力がちゃうよ。さいぜんからみとったらあんたの角力はインチキや」

言われて熊太郎は戦慄した。

確かに熊太郎の角力はフェイクで村のぼんくらな餓鬼相手なりゃこそ大関であるが、まともな角力においてはまったく通用しないことを熊太郎自身がもっともよく知っていたからである。

ばれているのか。そう思う熊太郎の胸に汗が光っていた。

熊太郎は、この餓鬼は俺の秘密、すなわち俺が贋《にせ》の、自己演出よりなる強者であること、をすべて知っているのか。と思って戦慄した。

熊太郎は改めて餓鬼の姿を眺め、ぞっとするものを感じた。

もじゃもじゃの髪の毛、とがった鼻梁、ほんのり赤みのさした頬、つり上がった目が、その脇に立っている見知った餓鬼どもに比べていかにも異質で、邪悪そのもの、災厄そのものがそこに立っているような気がした。

この餓鬼は俺をちっとも恐れず、しかも俺の角力がインチキであることを喝破《かっぱ》した。こいついったいなにものだ？

熊太郎はおののいた。

見知らぬ邪悪な餓鬼はなお余裕綽々《しゃくしゃく》で腕を前に垂らして立っている。余裕のあまり左右に揺曳《ようえい》しているようでもある。

しかし村のド餓鬼どもの手前、熊太郎は相手にならぬ訳にはいかない、実は戦慄しているのを隠して、「ほだ、こんかい」と餓鬼を呼んだ。

「おほほん。僕と角力とんのか。おほほん。十年早いわ。兄さん、名前なんちゅうねん」

「俺の名前をたんねてんのか。そういうおまえこそなにもんや」

「おほほん。僕か。僕は森の小鬼とでも名乗っておこうか。おほほん」

せせら笑いながらド餓鬼はゆっくりした足どりで土俵に上がってきて、「なに言うとんね」と言う熊太郎の真ァ側までくるや、出し抜けに、「どらあ」と言いながらぶつかってきた。

油断させておいていきなりぶつかってきたのである。熊太郎は、卑怯、と思ったが同時に、臭っ、と思った。

邪悪なド餓鬼の身体から、激烈な、腐乱死体のような臭い匂いが立ち上っていたのである。あまりの臭さに力が入らず熊太郎はいったん土俵際まで後退した。しかし熊太郎は、臭っ、と思うと同時に、あれ？　とも思っていた。

あれほど大口を叩き、人をせせら笑っていたわりにいかにも力が弱く、どうやら渾身の力で押しているらしいのだけれども、ちっともこたえぬのである。

なんじゃこりゃ。訝った熊太郎は右で餓鬼の帯を取り、ぐいっ、と左に振ってみた。餓鬼は軽々と左に振れた。

熊太郎は今度は餓鬼を右に振ってみた。やはり軽々と振れる。

なんだ。この餓鬼は。あれだけ吐かしておいてこんな弱いのか。それともなんらかの秘策を有しているのか。

　熊太郎は警戒して、なお右に左に餓鬼を揺さぶってみた。

　餓鬼は軽々振れて尻が右に左につんつん揺れる。しかし餓鬼は自分がそんな風にして軽く揺さぶられているのを意識してかせずか、非力なくせに熊太郎の胸元にもじゃもじゃの頭を押しつけくんくんくんくん突いてくる。

　ううむ。それにつけてもくさい。

　餓鬼のあまりのくさみに耐えかねた熊太郎は、ことによるとなんらかの秘策を有していて、とんでもない技で餓鬼が一発逆転をするのではないか、という危惧を抱きつつも、これ以上、餓鬼のくさみに耐えたら鼻がもげると判断、息を停めて、ふん、と力をいれ、ぐっと踏んごんで餓鬼の右足を払いつつ、右から投げを打った。

　ぶわん。餓鬼の身体は他愛なく宙を舞い、いやというほど地面に叩きつけられた。

　なんもなかったではないか。それにつけても臭い。いったいこの餓鬼はなぜこんなに臭いのだ。訝りながら熊太郎が土俵から降りると村の餓鬼どもは熊太郎を賞讃すると同時に倒れている餓鬼に、「ざまあみさらせ」「偉そうに吐かしゃがって、投げ飛ばされとるやんけ」「なにがおほほんじゃ」「がしんたれが」と一斉に罵倒した。

　ところがいつまで経っても森の小鬼が起きてこない。

　ふと不安になった駒太郎が言った。

「なんやあいつ。いっこもおきてけえへんやん」

「どなしたんやろ」

「死によったんとちゃうか」と誰かが言ってド餓鬼どもはふと沈黙した。

ぐわっしゃんがらがら。ぐわっしゃんがらがら。相変わらず村の方から奇怪な音が響いていた。

駒太郎が駆け寄って言った。

「おい、しっかりせんかい」

「ううん」

餓鬼が苦しそうに呻《うめ》いた。駒太郎は振り返ると、

「死んどらへんわ。あっさり投げ飛ばされたさかい、きまり悪うてよう起きよらへんねや」と言って笑った。

駒太郎は餓鬼の胸元をつかんで言った。

「おい。ええ加減にたたんかい」

それでも餓鬼は立たないで呻いている。

再度、「おい立たんかい」と顔を近づけた駒太郎は顔を背けて叫んだ。

「くさっ」駒太郎はむかついた。

さんざん大口を叩いて自分たちを愚弄《ぐろう》したくせに、いざ本当に角力をとると他愛なくひっくり返り、ふてくされたようにいつまでも起きてこず、挙げ句の果てにこんな臭い匂い

を発散しくさる。

なんちゅう餓鬼な。と駒太郎は腹を立てたのである。

熊太郎などよりずっとダイレクトに粗暴なところのある駒太郎は、「起きんかあ、こらあ」と怒鳴ると小鬼は、「ぎゃん」と叫び声を上げた。

「起けへなんだらもっかい蹴るど、こら」

駒太郎に威嚇されて小鬼はのろのろ立ちあがった。左の腕が長く伸びてぶらぶらしていた。駒太郎はその腕を見て言った。「おまえ、腕どないしてん」

小鬼は答えない。「どないなっとんねん」そう言って駒太郎は小鬼の腕を取った。ぶらぶらであった。腕をとられた小鬼は再び、「ぎゃん」と叫び、膝から地面に崩れ落ちた。

駒太郎はみなの方を振り返って言った。

「熊やん、こいつ腕、折れとるわ」

「ほんまけ」と言って熊太郎は周章狼狽《しゆうしようろうばい》した。

なんだか加害者になったような気がしたのである。

小鬼は左腕を押さえ、天を仰ぎ酸素不足に陥った鮒《ふな》のような顔で苦悶していた。

熊太郎は小鬼に言った。

「ええか。俺が腕折ったんちゃうど。俺はおまえと角力とっただっきゃ。腕折ったんはおまえが無器用《ぶつきよう》にこけたからや。俺は知らんで。俺は関係ないで。ええか。誰にやられたんやと聞かれて水分の城戸熊太郎にやられたちゅうたらあかんで。ええか。わかったな」そう言うと熊太郎は仲間に向かって、「ほな行こ」と言うなりひとり先に立ち、裏参道の階段を降りていった。

ド餓鬼らはときおり後を振り返りながら熊太郎についていった。絵馬堂の前に森の小鬼がひとり残された。

地面に描かれた円のなかで小鬼はいつまでも苦悶していた。

顔面が緑に染まって腐った鯉のようであった。

ド餓鬼どもらは連れ立って川沿いの道を千早の方へ向かって歩いた。

駒太郎が言った。

「熊やん、おまえ言わんでええこと言うたんとちゃうか」

言われた熊太郎は小鬼の腕を折ってしまったことをくよくよ気に病んでいたが、しかし表面上はそんな素振りを見せずに言った。

「なにが言わんでええことやねん」

「おまえ、さいぜん、誰にやられたんやと聞かれて水分の城戸熊太郎にやられたちゅうたらあかん、ちゅうたやろ」

「ちゅうたよ」

「あんなこと言わんでもええやんけ」

「なんでやね。あない言うとかんとあの餓鬼、家帰って親に、誰にやられてん、て聞かれて水分の熊太郎ちゅう奴にやられました、ちゅうに決まっとるやんけ。ほしたらどななる？　わいは復讐されるやんけ。ほやさかいに、聞かれても水分村の城戸熊太郎にやられたとは言うなよちゅて口止めしたんや。それがなんで言わんでええことやね」

「そやさかいやないけ。黙っとったらむこにはおまえがどこの誰やちょっともわかれへんやんけ」

「どういうこっちゃ」

「おまえはわれわれから、わいは水分の城戸熊太郎て名乗ってんやて」

「くわ」

「そやさかい言わんでええこと言うたんとちゃうか、ちゅとんにゃんけ」

「ほんまや。後で復讐にきょるやろか」

「そらきょるやろ。おもっきり腕折れとったやんけ」

「えらいことしてもた」

熊太郎は激しく後悔した。

なんたる粗忽《そこつ》。まったく駒太郎の言うとおりだ。なにが大楠公の再来か。俺は底抜けの阿呆だ。自己嫌悪にかられている熊太郎に駒太郎が言った。

「それにしても熊やん」

「なんや」

「さいぜんから聞こえてるあの音なんやろな」

ぐわっしゃんがらがらという音がなお響いていた。

「ほんまやな、なんやろ」と熊太郎はうわの空で答えた。


熊太郎らは、ぐわっしゃんがらがら、ぐわっしゃんがらがら、ともの凄い音をたてる水車の前に立ちつくしていた。

「それにつけてもなんの音やろな」と訝った熊太郎らは川沿いの道から音のする方へ歩いていき、ついにその音の発生源にたどりついた。

いずれは先ほどの川に合流する幅三尺ばかりの用水によって回転する水車が音の発生源であった。

用水の斜面に背の低い草が生えていてその向こうに水車小屋があった。

山の方に靄《もや》がたちこめていて空気が湿り気を帯びていた。

がっしりして大きく、ほうぼうに苔のついた堂々たる水車であったが用水の水は豊富で水車は勢いよく回転していた。

というだけならなんらの問題もない、順調・順当な水車風景なのであるがひとつ問題点があったというのは、この水車の軸のところに訳の分からぬ奇怪な金属の塊《かたまり》が突っ込んであり、それが用水の斜面や水車小屋の壁面にぶつかって、ぐわっしゃんがらがら、ぐわっしゃんがらがら、と奇怪な音を立てるのであった。

まったく訳の分からぬ奇怪な金属であった。

梵鐘《ぼんしょう》のかけらの様なもの、金銅仏の首のようなもの、神社の鈴のようなもの、鍋、釜、鋤《すき》の欠け、包丁のようなものが、魚網のようなものともつれた紐で、二度とほぐれないだろうとみゆるくらいにぐしゃぐしゃに絡みあって軸と柄杓《ひしゃく》のところに引きかかっているのである。

「誰がこんなことしょったんやろ」と熊太郎が言うと駒太郎が答えた。

「あいつとちゃうけ」

「あいつて誰や」

「あいつやんけ、あの森の」

「小鬼？」

「そう森の小鬼」

「うーん」と熊太郎は考えた。

なるほど。あの訳の分からん奴やったらこんくらいのことはするか知らぬ。そら俺も架空の笛を吹いて腹を揺すぶるくらいのことはする。しかしここまで訳の分からんことをしようとは思わない。くふーん。

「くふーん。くふーん」

「熊やん、なに言うとんね」

「なにて、なに？」

「その、くふーん、てなんやねん？」

「い、いや、別になんちゅことあらへんけど、それよりこらやっぱり駒やんの言うとおり、あの森の小鬼の仕業やろ」

「やっぱそうか」

「そらそやろ、あいつより他、こんなことしょる奴おるか」

「そらそやな。どないしょ」

「どないしょちゅたかて、こないからんどったらどないもこないもなれへんやんけ」

と熊太郎が言ったとき、ひときわ大きな、ぐわっしゃんがらがら、という音がして、それきり音が停まった。一同、どうしたことかと水車に注目すると水車の回転が突如として停止した。水車の下部が浸かったあたりの水面が堰《せ》き止められて盛り上がっている。

「どないなってん。停まってもたやん」

「この金物くくってる紐か網が用水の底で石かなんかにひっかかりよったんとちゃうか」

「ちゅうことはどないなんにゃろ」

「どないなんにゃろ」

一同が成りゆきを見守っていると、はじめ水車は、水の勢いに押されて、ぎしっ、ぎしっ、と音を立てていたが、やがて、突如として脱力したように大きく回転した後、からからの空回りみたいなことになってしまった。水圧によって水面下の柄杓の底がみな抜けてしまったのである。心棒との軸のジョイントも剝《は》がれてしまったようだった。堰き止められていた水がどうと流れ、ド餓鬼どもは声もなく、見慣れた用水が、その表情を一変させて激しく流れる様にみいった。

しばらくして小出が感にたえぬといった調子で誰に言うともなく呟いた。

「ごっついなあ。わい、水車がつぶれるとこ初めてみたわ」

「わいも初めてや」鹿造も流れから目を離さないで言った。

ド餓鬼らはみな黙って流れを見つめていた。

湿った気配、靄、草についた水しぶき、ゆらゆら小刻みに行きつ戻りつする水車についた苔《こけ》。そんなものを黙って見つめていたのである。

その少し前。水分村の百姓、赤松銀三は、自家の田の方角に、ぐわっしゃんがらがら、ぐわっしゃんがらがら、という聞き慣れぬ音を聞いて、ぬらぬらとした不快感を感じていた。

なにを訳の分からぬ音を立ててけつかるのだ。

銀三は鉈豆煙管《なたまめぎせる》の雁首《がんくび》を火鉢の角にがんがん叩きつけて立ちあがった。

赤松銀三は狷介《けんかい》な男であった。

自分が理解できないことはすべて不正義とみなし、怒鳴り散らす、どやしつけるなどしてこれを排斥した。

また銀三は節倹《せっけん》な男であった。吝嗇《けち》といったほうがよいのかもしれない。三文の銭を惜しんで走りまわり、出すものといえば屁もこれを惜しんだ。そんな銀三が大事の田圃の方に異様の音を聞いたのだからたまらない。

わいとこの田アの近辺でなんちゅうわけのわからん音、立ててけっかるんじゃ。また近所のド餓鬼がわるさしょんねやろ。いっぺんどつきまわさなあかん。わいのわからんことをわいの田ァでさらすな。ほれでもし田ァになんど故障でもあったらどないすんねや。みにいかなあかん。

銀三は嘯《うそぶ》いて家を出た。

晴れた、気持ちのよい午後であった。

しかし銀三はちっとも気持ちよくない。家の外に出ると訳の分からぬ音がよりいっそう大きく響いていたからである。

いったいなにさらしてけっかる。そんなことを思いながら銀三は自家の田の方へ向かった。

　田に近づくにつれ音が大きくなる。銀三は足を早めたが、水車小屋の近くまで来ると突然、ぐわっしゃんがらがら、ぐわっしゃんがらがら、という音がやんだ。

　いったいどないしょったじゃ。訝りつつなお畦道《あぜみち》を行くと水車小屋の前に村のド餓鬼どもが屯《たむろ》しているのが見えた。やっぱあのド餓鬼めらがわるさしょったんか。銀三は憤激して、「どらぁ」と叫んだ。本人としては、おんどれら、と叫んだつもりであったが怒りのあまり、おん、という音が口のなかに呑まれ、れら、が巻き舌になって、どらぁ、となった。

　銀三がやってきたのに最初に気づいたのは番太であった。

　番太は水車みたいなものは永久に不変で揺るぎなく、ぜったいに壊れないものだと思っていた。その水車があっけなく壊れ、そのことによって用水の流れ様が変わる様を見て言い知れぬ不安を感じ、それ以上、注視していられずふと背後の金剛山の方を振り返ったのである。

　したところ、怖げな大人がくんくんになってこっちに向かってくる。思わず知らず番太は、「あっ」と声をあげそれから仲間に向かって言った。

「どないしょ。誰ぞきょるぞ」

「どこに来ょんねん」と振り返った駒太郎が赤松銀三の姿を認めて言った。

「あ、あかん」

「なにがあかんね」

「赤松のおっさんて、赤松のおっさんやんか」

「おまえ赤松のおっさんてなんやね」

「知らん」

「ここらであのおっさんのこと赤松ちゅうわへんで」

「ほななんちゅうね」

「赤螺《あかにし》のおっさん、ちゅうわ」

「なんやそれ」

「それくらい吝嗇《けち》やっちゅうてんねやん。この水車、潰《つぶ》れてのんみてみい、おまえらが潰しやがったんやろちゅうて、わたいらが弁償《まど》わんならんど」

「んな、あほなことあるかあ。わたいら見てただけやんか」

「しゃあけど、相手は赤螺のおっさんや。わたいらがそんなこと言うても聞けへんわ」

「ほなどないしょう。逃げよか」

「あかん、もうそこまできてる」

「ほんまやな」

駒太郎と番太がそんなことを言っているうちに水車の真ァ側までやってきて当然、異変を察知した銀三は唇を震わせて怒った。

ド餓鬼。こいつらはあろうことかこのわしの水車をつぶしゃがった。わしはわしや。そのわしの水車をこんな、かっ、こんな箸《はし》にも棒にもかからぬ餓鬼どもがいったいどういう料簡《りようけん》からか破壊した。このわしの、わしの持ちもんの水車をつぶしゃがった。こんなとるにたらぬ奴らがわしのもん、それがたとえ藁ひとすじであろうがわしのもんやのに、それをつぶしゃがった。そんなことは断じてあってはならぬこっちゃ。とにかくわしは絶対にこいつらを許せへんど。

そんな意味を込めて銀三はド餓鬼らに向かってたった一言叫んだ。

「どらあ」しかしその一言で意味は充分に通じた様子でド餓鬼らは怯《おび》えたような目で銀三を見ている、銀三は嵩《かさ》に掛かって言った。

「おどれらわしとこの水車になにしたんじゃ。潰れとるやないけ。ただで済むとおもてけつかんのんか」

狷介な銀三に怒鳴られ鹿造はひどいこと怯えた。

鹿造は尻の穴がすくすくするように感じ、また周囲から自分が浮き上がっているようにも感じた。指先が膨脹して芋のようになったり、ぎゅんと収縮して針のようになったりした。いずれも怖ろしさのあまり精神が動揺した揚げ句の感覚の変調である。そして鹿造はなぜか、「茶渋が落ちるの」と呟いた。まったく意味不明であった。呟いて鹿造は、こんな台詞《せりふ》はきっとお婆《ば》ンがいうのだ、と思った。鹿造の家にお婆ンはいなかった。そう思いつつも鹿造はまたぞろ、「茶渋が落ちるの」と呟いた。その鹿造に向かって銀三が言った。

「こら餓鬼。なにが茶渋じゃ。おちょくっとんのか」

ぎゅん。鹿造の心が縮んだ。もはや、茶渋が落ちるの、などとは言えない。鹿造の頭脳が恐怖で痺れ、涎《よだれ》と洟が流れた。涙も滲んだ。そのときである。熊太郎が前に進み出て言った。

「おっさん、なにいうてんねん」

「なにいうてんなにいうてん。おちょくっとったらえらいど、この餓鬼ゃあ」銀三が激しく威嚇して熊太郎は一瞬、怯《ひる》んだが、しかし熊太郎はなお、「別におちょくってませんやん」とにやにやなめきった口調で銀三に抗弁、その様をみて駒太郎はじめド餓鬼どもはなんたら度胸のある熊太郎であろうか、と感嘆した。

銀三にそんな口をきいたら耳を摑まれて引っぱり上げられ用水に叩き込まれるかなんかするに違いないと思っていたからである。

事実、銀三はいまにもそんなことをしそうな権幕で怒っていた。

では熊太郎に度胸があったのかというとそうでもなく熊太郎も鹿造同様に怯えてきって

いた。狷介な銀三を怒らせてどんな目に遭わされるのかと想像しただけで狂いそうであった。

そのように恐怖に追い詰められた熊太郎はしかし鹿造と違って、追い詰まれば追いつまるほど清明な心境になった。頭が澄み、奇妙な、殺すんやったら殺せ、という落ち着きが生まれた。

といって実際に落ち着いているわけではなく、心臓は早鐘を撞《つ》くようであり、時間感覚もおかしくなって時が実体化して皮膚の近くを渦巻いて擦れていくようだった。内面はそのように凄いことになっているのにもかかわらず外見上、熊太郎は落ち着いているように見えた。そんな熊太郎を駒太郎も番太も度胸のある男だと思って眺めていた。

その視線は用水の波頭を見る視線と少しも違わない。

身体の中心部は冷えきっているのに皮膚の表面は怖ろしく熱い。身体のなかにおそろしく速いものが疾走しているのに動作はことさらのろのろしているような感覚。そんな奇妙な感覚に熊太郎ははじめ戸惑い、なぜ自分はこんなことになるのか、と訝ったが、しばらくするうちにこの感覚を自ら行う詐術として操ってやろう、すなわち、みかけ上、奇妙に落ち着いているように見えることを利用して、自分自身を怖ろしく度胸のある男に見せかけようと考えたのである。

そうなると半ばは恐怖を克服したも同然であった。

しかし完全に克服できぬのは、この詐術が原因となって自らの身体にくわえられるであろう暴力に対する恐怖は消えぬからであった。

熊太郎は恐怖の十字架を負った道化師であったのである。しかし駒太郎や鹿造や番太にそんな熊太郎の内面は知れない。

熊やんの肝は鋼《はがね》の五枚張りなんて文句を心に思い浮かべていた。誤解である。

恐怖の十字架を背負った道化師、熊太郎を銀三がどやしつけた。

「おちょくってないやとお？　なに言うてん。おちょくってるやんけ。わしとこの水車、つぶしてなに笑ろとんねん」

「ちょっと落ちつけや、おっさん」

「水車つぶされて落ち着いてられるかあ、あほ」

「おっさん、この水車、わいらがつぶしたとおもてるんけ」

「他に誰がつぶすんじゃ、ぼけ」

「そらおっさんの惑乱じゃ。まことこの水車つぶしたんはわいらとちゃう」

「嘘ついてもあくかあ」

「嘘ついてへん。わいらが来たときはもう半分つぶれとったよ」

「ええ加減なことぬかすな、ぼけ」

「嘘やあらへん。ほんまの話や。なあ、みんな」

と熊太郎が振り返るとド餓鬼どもは頷《うなず》いたり、「ほんまや」と小さく言ったりした。その様をみた銀三は、「ほた、われらがやったんとちゃうんけ」と言ったが、しかしすぐに、「いや、そやない。他に誰がこんなことすんね。あかんあかん。わいと一緒に来い」と言って熊太郎の耳を引っぱった。熊太郎は耳に異質な別宇宙の者が触れたような怖ろしい感じを感じて慌ててこれを振り払い、これにいたって初めて怒気を発し、「ええ加減にせえよ、おっさん」と怒鳴った。

年端もいかぬ子供の思い掛けぬ反撃にあって銀三、ちょっと驚いた。

熊太郎は言った。

「ほた聞くけどおっさん、わしらがやったとこ見たんか」

「そんなもんみてへんわれ。しゃあけど、おどれらここにおったやないけ。おどれらがやったに決まっとるやないけ」

「決まっとるて、ほだらわしらがやったちゅう証拠あんのんか」

「盗人猛々《ぬすっとたけだけ》しとはわれのこっちゃ。先前《さいぜん》からわれらがここにおったんが証拠やちゅとるやんけ」

「あほらしい。わいらはここにおっただけや」

「ええ加減なことぬかすな」

「ええ加減なことちゃうわい。ほだらかまへんわ、わいらと一緒に大坂ィ行こ」

決然たる熊太郎の口調に気色悪いものを感じた銀三は口ごもりつつ言った。

「お、大坂行てどないすんのんじゃい」

「大坂行たら裁判ちゅうことしてくれるらしわ。むかしで言うたらお白洲《しらす》やな。わいらは別に嘘言うてへんからなんもくわいことあらへん。しゃあけど、おっさん、やってないもんを無理からやったちゅてるおまはんはえらいこと調べられて暗いとこへいかんならんど」

「あ、あほ吐かせ、だぼ」

と銀三は虚勢を張ったが明らかに狼狽している様子で、これをみてとった熊太郎は嵩にかかって言った。

「あほとちゃう。わいはほんまのことをいうてんね。それにわいらはほんまに水車つぶしたん奴知ってんねで」

「ほんまか」

「ほんまや」

「だ、誰やねん。誰がやったんや」

「それは大坂で言うわ」

「いま言えや」

「大坂で言うからええやんけ」

「わしは大坂行きとないね」

「なんで行きとないねん」

「なんででも行きとないね」

「なんででもでは分かれへん」

と問い詰められて銀三は、「くわいがな」と本音を言った。小さな声だった。

「なんでやねん。ほんまのこと言うとんねやったらちょっともくわいことあれへんやん。大坂行こやないけ。それともなにか、わいらが水車つぶしたんちゃうっちゅうんか。それやったらいま言うてもかめへんけどな」

熊太郎はあくまでもこまっしゃくれて強気だった。

熊太郎に押されて銀三は渋々言った。

「しゃあない。ほなそう言うわ」

「そういうて、どな言うね」

「水車つぶしたんわれらとちゃうねやろ」

「ちゃうよ」

「ほなそうなんやろ」

「そやからのっけからそない言うてんね」と、とうとう熊太郎は銀三を丸め込んでしまった。

　そもそもは恐怖による頭脳の痺れを種とする詐術であるがド餓鬼どもらにはたいした度胸と映り、銀三にはなんともこまっしゃくれた忌々しい餓鬼だという印象を残した。しかし水車修理代金を誰に請求したらよいのかどうしても知りたい銀三は下から出て、

「そらわかったから水車つぶしたん誰か言うてえや」

「うん。言うわ。水車つぶしたんは森の小鬼や」

「あ？」

　森の小鬼と聞いて銀三は激昂した。

「なぶったらあかんど、こら。いつまでもうんうん言うてへんど」

「なに怒ってんね」

「怒らいでか。森の小鬼てそんな御託がわしに通用するおもとんか、こら」

「御託ちゃうよ。確かにあいつは森の小鬼と名乗ったで」

「名乗った？　ほたなにか？　その小鬼と話《はなし》したとでも言うんか」

「話したよ。したさかいにわかんにゃんか」

「ほんだらそいつが水車潰すとこみたんやな」

　熊太郎は、「そらみた」とは言わなかった。

　熊太郎は、「怪態《けったい》な奴やった」と言い、まず森の小鬼の風俗・風体についての話を始め

た。

「けったいな奴やったで。まずな、髪の毛がもうもじゃもじゃやねん。藪《やぶ》みたいなっとってな。えらい痩せとんねん。十二、三やと思うわ。僕、僕、言うとったわ。鼻が細うてな、唇が真っ赤いけや。目ェがお稲荷さんよりもっと吊っとって、もうほとんど縦になっとんね。化けもん？　せや、もうなんか化けもんみたいな奴やったわ。それが証拠にな、めっちゃくちゃくっさいねん。死骸みたいな臭いしとってな、近くに寄ったらげぇ吐きそやったわ。あいつがきてからすぐに、ぐわっしゃんがらがら、てごっつい音してな、ほいでわいら慌てて水車みにきてん。ほだらもう遅い、水車、つぶれてもとってん。水の底みてみ、訳の分からんごもくが仰山《ぎようさん》つまっとるわ」

言われて銀三は水車の底をみた。

鍋、釜の欠片《かけ》のようなものが水底に揺らめいていた。よく見るとそのなかに神社の鈴や金銅仏の首、梵鐘の欠片のようなものも混じっていて、銀三はおもわず知らず、これなんや。と言った。

熊太郎はすかさず言った。

「なんやわからんやろ。わたいらがそんなもん持ってるはずないやろ。そのことからもわいらが下手人やないことが知れる」

「この餓鬼ゃなんちゅう口きくね。ほた誰がこんなもん持っててんね」

「そら小鬼ちゃうか。あいつやったらたいていこんなん持ってるわ。小鬼に決まってるわ」

「そうかなあ」

「そらそうや。あいつやったら持ってるわ。それになあ」

「なんやいな」

「わいらずっとみてたけどここら歩いてるもんあいつの他にいてへんなんだで」

「いてへんなんだか」

「いてへんなんだ、なあ駒やん、ここらで小鬼より他、だあれもみなんだよな」

「ああ、みなんだ、みなんだ」

「ほた、やっぱりそいつかえ」

「そらそいつに決まってるわ」

「どこのやっちゃねん」

「さあ、知らんわ。とんと見かけん奴や。しゃあけどわいの思うに……」

「思うになんや」

「あんだけ、金銅仏の首やとか梵鐘の欠片やとかを持っとるちゅうことは、あれ仏師屋の子ォとちゃうか」

「仏師屋みたいなもんここらにあれへんやんけ」

「うん。ないやろ、そやからわいはなあいつは富田林《とんだばやし》か、そうか奈良からきょったんとちゃうかと思てんね」

「奈良？」と銀三は目を剝いた。

「富田林やったらまだしも奈良か。も、も、もう逃げて帰りよったやろか」

「いや子供の足や。まだそこらにおるんちゃうか。あ。もしかしたら神社の絵馬堂におりよるかも知らんわ」

「なんでやい」

「最初から言わなわからへんわ。わいらがな、あんまけったいな音やから見に来たんや。ほだ小鬼が逃げるとこやったんや。そやからわいら小鬼が水車つぶすとこはみてへんよ。みてへんけどや……」と熊太郎はこれにいたって初めて銀三に前後の状況を説明した。

「水車つぶすとここそ見てへんけど逃げるとこみてん。しゃあけど村の水車潰されて黙ってられへん。どこ行くんじゃ、こら。言うたってん。ほしたら、僕、水分《すいぶん》神社の絵馬堂へ行きます。ちゅいよんがな。ああさよか、とは言われへん。なにい、水分神社の絵馬堂やと、ふざけやがって。だいたいわれどこのどいつじゃ、と聞いたってん。ほたら、僕か。僕は森の小鬼とでも名乗っておこうか。おほほん、ちゅいよってん。腹立つやん？　どつきまわしたろ、思てね、ぐわんっ、襟首《えりくび》つかんだってんけどあけへん。なんでてもう、くっさいねん。肉の腐ったんとババと鮒鮨《ふなずし》まぜて酢ゥかけたみたいな臭いしとんね。もうげえ吐きそうなって、涙、ぐわあ出てくるし洟も垂れるし、そのまま逃げられてもたんやけど、さいぜんのこっちゃからまだ絵馬堂におりよると思うわ」

熊太郎の説明を聞くや、銀三は、「絵馬堂か、よっしゃ」と言うなり、「おりゃがったらえらいど」と言いながらそのまま駆けだして熊太郎達の方を振り返りもしない。

その後ろ姿を熊太郎はぼんやりと眺めていた。早口で喋《しゃべ》っているときは次から次へと様々の考え、いまこの瞬間、この局面をどのようにして乗りこえていこうかという小刻みな考えが雲のように浮かんでは消え浮かんでは消えしていたが、銀三が目の前から去り危機が回避された瞬間から、頭にはまったくなんの考えも浮かばず、また熱と冷気が同時同所に存在していたような身体の奇妙な感覚もいつの間にか去り、ただ身体の芯のあたりにどんよりとした疲労感のみが澱《おり》のように蟠《わだかま》っているのであった。

と同時に熊太郎は冷たいものをのみこんだような危機感を感じてもいた。熊太郎は訝った。

自分は何をひやひやしているのだ。

小さな嘘はいくつか言ったが、基本的なところで嘘は言っていない。

実際、小鬼は怪しい奴だったし、それよりなにより自分たちは本当に水車を壊していない。それなのになぜ自分はこんなにも不安なのか。自分の心のなかに蟠るこの黒い不安感はいったいなんなのか。

熊太郎はその不安の正体が確認できなかったのであるが、それは熊太郎が小鬼の腕を折って絵馬堂に放置したことや、その小鬼の存在を村の大人に喋ってしまったことに起因する不安と考えることができたが実は熊太郎はもっと深いところで別の不安を感じていた。

熊太郎の感じていた不安はつまり自らの奇怪な感覚から来る自暴自棄の知略のようなものを銀三に行使することによって社会化してしまったことに対する不安であった。熊太郎は自らの奇知・奇略によって自らがどんどん追い込まれていくような不安を感じていたのである。しかしその不安は熊太郎の意識するところではなく、見かけ上、熊太郎はただぼんやりしているように見えた。その熊太郎に駒太郎が声をかけた。

「熊やん、どないしょ？」

「どないしょて、なにが」

「なにがて」と駒太郎は勢いごんで言った。

「もし小鬼がまだ絵馬堂におったらどないすんねん。われから水車つぶしたとはきっといいよらへんで。ちゅうかちゅうわんとあべこべに熊太郎ちゅうやつに腕の骨折られたちゅうて文句言いよるかも知れへんで」

「そやな。そやけどもう逃げてまいよったんとちゃうか」

「ほしたらおっさん戻ってきょるがな」

「ほんまやな」

「どないしょ？」

「逃げよ」

熊太郎たちはそれぞれ自宅へ逃げ帰った。

銀三が城戸方に怒鳴り込んできたのは翌日の午後である。

絵馬堂に森の小鬼がいると聞いた銀三はただちに絵馬堂に行った。小鬼の姿はない。境内を捜しまわったがやはり小鬼の姿はなく、それから銀三は村を歩きまわって会う人会う人に、これこれこういう風体の子供をみなかったか、と尋ねて歩いた。しかし小鬼の姿を見たものはなく、その日は諦《あきら》めて家に帰った。小鬼の捜索そのものを諦めたわけではない。どうしても水車の修理代金を弁済させなければ気が済まぬ銀三は、明日は朝から富田林の仏師屋を尋ねて回ろうと考えていた。

銀三は飯もそこそこに済ませ早くに床についたが腹が立って眠れない。無理に眠ろうとしたら、指先くらいな小さな小鬼の姿が頭に浮かんで、しかもその小鬼が人前をはばからず放尿したり、人を小馬鹿にしたような種が丸わかりの手品をして得意そうにしたり、別《べっ》嬪《ぴん》の鼻の穴に入っていったかと思ったらまた出てきてにやにや笑いながら手を振ったりとやりたい放題、悪ふざけの限りをつくし、ますます腹が立って眠れず、がばと飛び起きて家人に、どなしましたんや、と尋ねられ、「腹立つんじゃ、小鬼」と怒鳴った。

そんなこんなでほとんど眠れず翌朝。銀三は早くから富田林に行き、仏師屋を尋ねては、お宅にこうこういう子供はないか、と聞いて歩いたがそれらしい子供はなく午過《ひるす》ぎて水分に戻る段になって漸《ようや》く自分は熊太郎に騙されているのではないかという疑念を抱いたのであった。

狷介な銀三がこれまでそれに気がつかなかったのは、ひとつには自分ほどの人間があんな年端の行かぬ子供に騙されるわけがないという自惚《うぬぼ》れがあったのと、とにかく犯人を見つけだして早く水車修理代金を出させたいという欲にとりつかれていたからで、人間はいつもこうして自惚れと欲で身を滅ぼす。気をつけたいものである。

「城戸おるか。こらあ、城戸、おい、出てこい」と初手から掛合のつもりで乱暴な銀三の声を熊太郎は家の裏で聞いた。熊太郎は胸か心がじんじんするのを感じた。この場から逃亡しようかとも考えたが、自分のいないところで事態が進行していくのが怖ろしくて逃げられなかった。かといって自ら応接に出ることもできない。大八車《だいはちぐるま》の根際《ねき》につくもって身をすくませていると、たまたま家にいた平次が応対に出たらしく、銀三の、「われとこのド餓鬼がわいとこの水車を」とか、「わいは朝から富田林行て」とか、「嘘つきさらしゃがって」とか、「弁償《まど》いさらせ」といったさらなる怒鳴り声が聞こえてきた。

それに答える平次の声は聞こえず、どう応対しているか熊太郎には分からなかったがやがて、「熊、どこいきゃがった、おい、熊」と平次が呼ぶ声が聞こえた。

その声を聞いた熊太郎は、固く目を閉じ、身体を小さくして拳を握り締め大八車の陰に隠れるようにして震えていたが、「あ。こんなとこに隠れてけつかる」という声がしたかとおもったら、いきなり襟首を摑まれ、無理に立たされた。

平次であった。

平次は怖い声で、「熊、ちょうこい」と低い声で言い、熊太郎を表に引っぱっていった。

城戸平次方の表に熊太郎、平次、銀三の三人が立っていた。周囲に、田園の、いかにも平和な午後の景色が広がっていた。でも三人の心はそれぞれに修羅である。

平次が言った。

「熊、われ、ほんまに赤松はんとこの水車つぶしたんけ」

「わいはつぶしてへん。森の小鬼がつぶしよったんや」

熊太郎はか細い声でようようそう言った。

熊太郎の気弱な抗弁を聞いて銀三が激昂した。

「なんかしとんね。おいこら熊、わいはなあ、あの後、村中聞いて歩いて、それから今朝は今朝とて朝から富田林行て仏師屋ちゅう仏師屋きいて歩いたんやど。しゃあけどどこい行てもそんな森の小鬼みたなもんおれへんわ、わりゃこのうえまだ嘘つきゃあがるんか」

「熊、ほんまのこと言え」平次は熊太郎に言った。

熊太郎は恐怖で心がずくずくになってなにも言えない。

「みてみい、なんも言われへんやないけ」

「ほだらまことうちの坊主がおたくはんの水車つぶしたんだっしゃろか」

「あたりまえやないけ」

「そらすまんこっちゃ。えらいすんまへんでした。親のわいがこなして頭下げますよってにどうぞ堪忍しとくなはれ」

「堪忍でけへんわい」

「でけまへんか」

「あたりまえやないけ。今日日《きょうび》水車修理したらなんぼほどしょるおもてんね。それ弁償《まど》てもらわんことには堪忍でけんわ」

「ほだらそれ弁償いますけどなんぼほどするやろか」聞かれて銀三は、「そうやなあ」と考え、「今日日のこっちゃさかいなんぼ安う見積もっても三百円はしょるやろ」と言った。


言われた平次は、「三百円」と言うなりなにも言えなくなってしまった。というのも道理で、いまでこそ三百円では午飯も満足に食えぬが、明治五年の三百円と言えばそれは値打ちがあった。例えばこのころの大工の手間賃は四十銭であった。大工が三百円儲けようと思ったら、まあ当今に比してその頃は人件費が安かっただろうが七百五十日間働かなければならなかったのである。いまの金高に直したら少なく見積もっても三百万円くらいな価値はあっただろう。

いずれにしても貧乏百姓である平次に算段できる金額ではない。あまりの金高に衝撃をうけた平次はしばらくのあいだぜいぜい喘いでいた。

銀三はこれを厳しい顔で睨《にら》みつけていたが、しかし本当はへらへらしていた。いくら水車の修理が高くつくといって三百円もするわけがない。せいぜい二十円かそれくらいである。それをば三百円と吹きかけたのは相手の弱みにつけ込んで高銭を取ってやろうという銀三のたくらみであった。悪い奴である。

平次がようよう言った。

「三百円は殺生《せっしょう》や。もうちょっと安うなりまへんやろか」

「わしは古手屋とちゃうど。あかんあかん。三百円が一文もまからんわ」

「しゃあけど三百円なんて銭わしとこはとても……」

「別にわれとこ一軒で出せちゅてへん。水車つぶしたんはわれとこの餓鬼だけちゃうで。水車つぶした餓鬼の家みな集まって催合《もやい》で出したらええがな」

知恵つけられた平次は、「ほなそないさしてもらいます」と言い、銀三はしゃらしゃらして帰っていった。平次は戸口で頭を下げてその後ろ姿を見送っていたが頭を上げるなり、「このド餓鬼がなんちゅことさらしゃがったんじゃ」と怒鳴るなり、土間にぼうと立っていた熊太郎のどたまを思いきり殴りつけた。

ぐわん。殴られた熊太郎はあっけなく土間に転がった。

平次にこれほど殴られたのは初めてだった。

鼻のあたりがぬらぬらするのを感じて手を当てると鼻血がでていた。

熊太郎は手についた血を口のあたりにぬすくった。

熊太郎はもの凄い顔になり、平次は一瞬、怯んだような表情を見せた。ちょっとどつき過ぎたかな、と思ったのである。

しかし三百円という金のことを考えてすぐに立ち直って怒鳴った。

「おどれなんでそんなおとろしことさらしたんじゃ、なんとか吐《ぬ》かさんかい、こら」

土間に転がったまま熊太郎は屋根の裏を眺めていた。

構造が一箇所大きく破損しているところがあった。

熊太郎は父親はこの事に気がついているのだろうかと思った。

これをこのまま放置しておけばいつか屋根が落ちてくる。起きているときであればよいが寝ているときに落ちてきたら屋根は重いから父母も弟の光蔵もみな潰れて死んでしまうのではないか。そのことをいま父に教えるべきだろうか。でもいま言っても父は怒っているから聞かぬだろう。しかし屋根が……。鼻がじんじんする……。そんなことを考えながら熊太郎は土間に倒れていたが、屋根のことを考えているうちにさきほどまで恐怖で狂いそうであったのに、どういうわけかすうと気持ちが落ち着いて、自分のことがまったく自分とは無関係な他人のこと、或いは芝居でもしているかのような、本当の自分と自分のやっていることが離れているような気楽な気持ちになった。

熊太郎は立ちあがって言った。

「わいらは水車つぶしてへん」

「おどれまだ嘘ぬかすんか」

「嘘やあらへん。ほんまの話や。ほんまに森の小鬼ちゅう奴がつぶしたに違いないんや」

「けんど銀三が言うとったやないけ。富田林まで行て探したけどそんな奴おらへなんだちゅて」

「お父はん、そら銀三の間違いや」

「なにが間違いやねん」

「そらそやで」と言うと熊太郎は血だらけの顔で話を始めた。

「そら確かにわいは森の小鬼は仏師屋の子ォかも知れんちゅたよ。ちゅたけどそれは、小鬼が仏像の首やとかそんなんもってたから、かもしれん、ちゅっただけで絶対にそやとは言うてへん。うどん屋の子ォかも知れんし、布団屋の子ォかも知れん。仏師屋ちゅたのはわたいがそうちゃうかと思ただけや。それを赤松のおっさんは仏師屋と決めつけて仏師屋探して歩いて、ほでみつかれへんちゅて怒ってんにゃろ。そら無茶やで。それに」

「それになんや」

「もし仏師屋やったとしてもどこの仏師屋かわからへんが。赤松のおっさんは富田林の仏師屋探して歩いたちゅうけど奈良の仏師屋かも知れへんし、大坂の仏師屋かも知れへんわけやろ。それを富田林て決めつけて探して歩いたかてみつかるはずあらへんやん。そやろお父はん」

「そらそやわな」

「そやろ。そやさかい、わいは嘘言うてへんちゅてんねやん。あれ潰したんはわいらとちゃうんや」

「ほんまにそうなんか」

「ほんまや」

「ほなやっぱりさいぜん言うとったとおり森の小鬼ちゅう奴がつぶしたんけ」

「そうやとも」

「ほなわしちょっと行ってくるわ」

「どこ行くねん」

「銀三とこに決まっとるやないけ。おまが潰してへんもんなんでまどわんならんねん。おまがつぶしたとおもやこそ謝ったんやないけ。それをば偉そうに三百円てをとろしことぬかしゃがって、あほんだら」

平次はそういうとあたふたと出掛けていった。その後ろ影を見送りながら熊太郎はまた一手追い込まれたような気がして不安であった。

平次と銀三の話しあいは不調に終わった。平次は水車を壊したのは熊太郎らではないと主張したのに対して銀三は熊太郎らが壊したに違いないと言い張り、両者の言い分がまっ向から対立、歩み寄ることがなかったからである。

話しあいは村の非公式な会議にかけられた。

いずれの言い分にも証拠がなく、村の有力者たちも判断に困った揚げ句、水車の修理代金は平次をはじめその場にいた子供らの親数名と銀三で折半して負担してはどうかと勧告した。

平次らも銀三も大いに不満であったが、他によい手だてもなく、早く現銀が欲しい銀三がこれを受け入れ、平次らも渋々これを認めた。

そのうえで問題となったのは水車修理にかかる金高であった。

銀三は、「是っ非三百円入用」と主張し、平次らはいくらかは知らんがそんなかかるはずがないと主張した。そこで村から力村栄という大工にいくらくらいかかるかと問い合わせたところ材料費を入れて十二円でできると返事があり、村費から見舞金として二円を銀三に贈り、残り五円ずつを銀三と平次らがそれぞれ負担したらどうか、という提案を村は出したが、銀三は、「自分方の水車はそんな安物ではなく、どうしても三百円かかる」と言って譲らない。

もちろん三百円かかるというのは赤松銀三の嘘で、平次らから百五十円をとったらそれこそ十円かそこらで水車を修繕し、残りの百何十円を儲けにしようと考えていたのである。

頑として譲らぬ銀三に村の幹部は手を焼いたが武部という者が一計を案じ、銀三にある提案をした。すなわち、水車の修繕費用に三百円かかるということは分かった。平次らに百五十円を出させる。ただしとり決めにしたがって残りの百五十円については赤松がいったんこれを村に差しだし、合計三百円になったところで村から修繕業者に発注をする。その際、業者には三百円が一文も残らぬように使うように申し入れる。これなら公正ではないか、という提案である。

これを聞いて銀三は青くなった。

三百円というのは自分が言いだした金額であるが、それが手許に残らぬのであればなんの意味もない。というか、自分も百五十円を支出しなければならないとなれば手元にそんな現銀はなく、山林や田地を売らなければならない。そんなことをしてまで豪奢《ごうしゃ》な三百円という大金のかかった水車を作る意味などなにもない。

百五十円をいったん村に差しだせと言われた銀三は慌てて、「それだったら三百円もかけなくてもよい」と言い、「ほんならなんぼかかるね」と問う武部に、「五十円もあたらええわ」と答えた。

「あ、五十円か。わかった。ほんならあんた二十五円出し」

「え？　五十円でもわいが出すんかい」

「あたりまえやんけ。村では十二円と値踏みしとんね」

「ほんなら十二円やったらわいは出さんでもええのんかい」

「そやんけ。修繕代十二円やったら村から二円、平次らから五円、合わせて七円、あんたに渡したるわ」

「まったく踏んだりけったりやな」

「なにが踏んだり蹴ったりや。そんでええんか」

「しゃあない。そんでええわ」

かくして水車修繕代の一件については一応の決着がついた。

七円をまる取りしたかった銀三は大工に頼まず、あり合わせの木材を用いて自分で水車を修繕した。その出来栄えは実に不細工でまた素人細工で不具合も多く、水車はじきに動かなくなった。しかし銀三は気にとめなかった。

その水車は何年か前からただ回っているだけであったからである。

銀三の方はそれでよかったが平次以下、ド餓鬼どもの親は納得のいかぬ部分も多かった。

武部のおかげで百五十円という大金を払うのは免れたものの、一軒あたり一円を払わなければならなかった。一円といえども貧乏百姓にとっては大金で、一円あれば……、と思うとみな口惜しくてならなかった。大坂へ行って芝居を観て腹いっぱい飯を食って帰ってくることもできた。遊廓にも登楼できたはずだ。女房に帯のひとつも買うたることもできた。それをばみすみすあの赤螺《あかにし》の銀三にとられてしまったのである。

それもわがとこの子ォがしでかしたことなら諦めもつく。ところがいくら問い詰めても子ォらは頑として自分たちはやっていない、というのでありどうも納得がいかない。まあそれだけいうのだからきっとやっていないのだろう。しかしやったという証拠もないかわりにやらなかったという証拠もなく、平次は、「ほんま、一円がとこ炭でも買うたらどんだけ買えたか知らんわ」と言って溜め息をついた。

やってもいないことで一円の銭をとられてド餓鬼どもの親は嘆くことしきりで、顔を合わせれば一円が惜しかったという話をしていたが、ある日、鹿造の親の今田丑松が、

「そいだらよお、その森の小鬼ちゅうやつ捕まえてきて白状さひて五円までわしたらどやねん」と発言、全員がこれに同調して、親同士の間でその通りだという話になった。

「五円ですまんわ。村の分も合わせて七円までてもらわんと」

「それやったら十二円みなまでてもうたらどないやねん」

「ほんでどないすんね。銀三に五円わたすんかれ」

「渡すかあ。村に二円かやして残りはわいらで二円ずつ分けたらええやんけ」

「ええなあ。一円だひて二円もらえんねやたら一円の儲けやがな」

「そないしょ、そないしょ」

と言って昂奮している親どもに平次が言った。

「しゃあけど誰が探しに行くねん。みな仕事あんが」駒太郎の親の民太郎が答えた。

「ド餓鬼らにいかいたらええがな」

「そらそやな」

平次が賛成して親たちは熊太郎たちに小鬼を探しに行かせることにした。

鹿造、番太、駒太郎、三之助と連れだって富田林街道を奈良方面に歩きながら熊太郎は憂鬱《ゆううつ》であった。

親たちは是ッ非、森の小鬼を捕らまえてこい、と厳命した。聞いた瞬間、熊太郎は、「そんなもんみつかるかれ」と思った。

だいたいにおいてなんの手がかりもなかった。熊太郎が平次に言ったように森の小鬼が仏師屋の倅であるというのは山ほどある可能性のうちのひとつに過ぎなかった。

というかよくよく考えてみると、あの非力な森の小鬼があんな大量の金銅仏の首や鍋の欠片《かけ》を運んでこられる訳がなく、あれらは森の小鬼が近所で偶然発見したものである可能性の方が高い。

ということは森の小鬼は富田林、或いは奈良、或いは大坂などの仏師屋とはなんの関係もない可能性がより高いということで、熊太郎たちはなんの目算もなく無闇にそこいらを歩きまわって、たまたま森の小鬼と行きあうのに賭けているのに等しく、そんなことはまずあるまいと思いつつ、無駄にほっつき歩くのが実に空しかったのである。

無駄にほっつき歩くことになるであろう熊太郎は、また可能性ということでいうと、小鬼が水車を潰した犯人であるに違いないというのも別に確証があるわけではなく、あの小鬼の不可解な態度、異様な外見、不審きわまりない言動から、そうに違いない、と熊太郎が類推しただけの話であって、小鬼が犯人である確証はなく、仮に偶然、小鬼と行きあったからといって、親たちがいうようにすぐに銭を請求できるという訳ではないと思ってますます気持ちが暗くなった。

それどころか熊太郎は逆に銭を請求されるかも知れなかった。

なぜなら熊太郎は角力《すもう》で投げ飛ばして小鬼の腕をへし折ってしまったからで、小鬼の親にその治療費や慰藉料を請求されるかもしれなかったからである。

しかし親たちは是ッ非、小鬼を探せと言って見つけるまで許してくれそうにない。

そんないろいろのことを考えるにつけ、熊太郎は憂鬱であった。

他のド餓鬼どもも同様であったらしく、みな黙りがちで俯《うつむ》いてとぼとぼ歩いた。

街道の両側のあちこちにそろそろ薄《すすき》が出て、ちょっと凄いような寂しい景色だった。そんななかを熊太郎たちは歩いた。のろのろ歩くのでちっとも道が捗《はかど》らない。

ようやく水越峠《みずこし》まで来て駒太郎が言った。

「ほいで熊やん、どっちゃの方へいこ」

「どっちの方てどういうこっちゃい」

「峠越えて真っ直ぐいたら飛鳥村やんか。左ィいたら御所《ごせ》やろ。右いたら五條やで。五條から千早《ちはや》峠越えて小深《こぶか》へ抜けよか。ほだら戻るの楽やんか」

「そやな」と熊太郎は気のない返事をした。

熊太郎が気のない返事をするのはあたりまえで、無闇に歩きまわるのは徒労であったし、小鬼を探すという目的自体が熊太郎にとって無意味であるか、または不利益であった。

だからといって親の手前探すのをやめるわけにはいかない。

となればなるべく面倒くさかったり苦痛だったりする道を避けたいと思うのが人情で、熊太郎は、「御所行けへんか」と言った。

「なんで御所やねん」

「なんでちゅうことないけど、わい御所いったことないねん」

「ほんなら御所にしょうか」とたいした目算があって言っていた訳ではない駒太郎はすぐに熊太郎に同意した。

水越峠を越えた熊太郎らは長尾街道を左に折れ、顔面の醜い、一言主《ひとことぬし》という神を祀《まつ》った神社の脇を通りがかった。

熊太郎たちはこんなところに小鬼がいるかも知らん、とか言いながら鳥居をくぐり、なんだか白けたように田の間を貫く参道を正面の暗い森に向かって歩いた。

神社はなんとなく気色の悪い、暗い穴のような神社であった。巨大で面妖な暗闇。形の不分明な黒いものが街道の脇に蟠《わだかま》って蒟蒻《こんにゃく》のようにぶるぶる震えているようだった。

そもそも一言主という神様からして不気味な神様で、顔が醜くて、悪事も一言、善事も一言で言い放つ、言離《ことさか》の神である。この世のすべてのことを一言で言い放つ。善いことも一言で言う。悪いことも一言で言う。言離というのはなんのことか分からぬが言葉で物事を離つ、世の中のすべてのことをばらばらで単純な言葉に分解してしまうようなイメージがある。突然現れてすべての問題を一言で解決してしまう。

これは救いに似てけっして救いではない。

「ええっと、蕎麦《そば》とうどんとどっちにしようかなあ」と悩んでいる人の前に突然現れて一言、「蕎麦」と言い放って去っていく。そこまではっきり言われるともはや悩むことすらできず、やむなく蕎麦にするのだけれども理由も知らされずにただ蕎麦と断言されたのだから釈然としない気分が残る。だからといって、「うるさい。俺はうどんにする」と言って無理にうどんを食べても、やはり蕎麦の方がよかったのだろうか、という思いがつきまとってうまくない。

人をそんな気分にさせておいてその理由も動機も明らかにしない一言主は不気味な存在

である。一言主は雄略《ゆうりゃく》天皇の前に姿を現して人に知られるようになったが、そんなだから雄略天皇は一言主を尊崇《そんすう》し、着物をささげたという話があると同時に、そのうち喧嘩になって土佐に流したという話もある。

いずれにしても不気味な神であることには違いない。

そんな不気味な一言主の神域に佇《たたず》み熊太郎たち、ことに熊太郎は緊張していた。

空気や木々の佇まい、ちょっとした家の造り、神社の構造までもが自分たちの村とは違っていて、熊太郎は異境・異界という印象を受けびびっていたのである。

実際、熊太郎たちの住まいする水分《すいぶん》というのはもっと粗い、農村風の風情で、人気《じんき》も風景も、洗い晒《さら》した河内木綿のようであったが、この大和の側は、いたるところに神話の影、歴史の影のような黒い虚無がしみ込んでいて、人も景色も鞣《なめ》した蛇皮のような、洗練された邪悪のぬめりのようなものを熊太郎は界隈《かいわい》のそここに感知するのであった。

例えばこんなものは水分にはない、と熊太郎は境内にある石造りの建造物を見上げて思った。

熊太郎が見上げたのは二丈ばかりの自然石を積み上げて造った碑であったが、実に複雑な建造物だった。そもそも材料からして異様で、とろけたようなつるつるの石や焼け爛《ただ》れたようなざらざらの石、四角い墓石のような石がぐしゃぐしゃに混じりあって碑の基底部を成していた。

ところがそうしてぐしゃぐしゃな基底部が立ちあがるにつれ、次第に一体の石となっていて、中程ではできもののようにぶつぶつした突起がある一体の石となり、上の方では完全にひとつの巨岩となっていた。そのくせ継ぎ目はどこにもみあたらず、まるで生き物のようであった。

そんな碑の表面には上といわず下といわず、びっしりと人名と年号が刻んであり、碑の禍々《まがまが》しい印象を際だたせていた。

熊太郎は、いかにも森の小鬼が住んでいるところの神社に建っていそうな石碑だと思い、そして、いまにも小鬼が碑の陰から現れるのではないか、と思った。小鬼を探しに来たのだけれども小鬼に逢うのが嫌な熊太郎は、「早よ、いこ」と仲間を促した。ド餓鬼どもも同様の緊張、同様の気味悪さを覚えていたため、「うん、いこいこ」と同意して、熊太郎らは足早に一言主神社を後にした。

それで街道に戻ったけれどもみなもう帰りたい。水分村に帰りたい。しかし親たちの手前そんなに早く帰るわけにもいかず、一行はとぼとぼと街道を北へ向かった。

行く手に冬枯れた田から突如として地面が隆起したような小山が見えた。木が生い茂っている。「あこへ行てみょう」誰言うともなく言いだして熊太郎らは彼方の小山を目指して歩いた。

しばらく行くと田に不自然な穴が開いていた。

深い大きい穴であった。

いったいなんの穴か、と訝った駒太郎がのぞき込んで戦慄した。穴のなかには大小数百以上の蛇が生きてぬるぬるおごめいていた。

蛇穴をのぞき込みながら熊太郎はこんな穴にはめられたら恐怖で発狂するだろうと思っていた。

正面になだらかな丘があった。

丘は東に向かって立ちあがり、木の茂った小山に続いていた。丘の中腹あたりまで行くと背の高い柿の木が一本生えていて、その脇に首を曲げて子供が立っていた。

首を曲げて頻《しき》りに柿の木を見上げ苦しそうにしているのは発句《ほっく》でもしているようであったが、あんな子供が発句なんてするわけがない。いったいなにしてね。と近寄っていって熊太郎は、あっ。と声をあげた。

もじゃもじゃの髪の毛、骨張って奇形めいた体付き。渦巻模様の着物。後ろ姿で小鬼と知れた。

熊太郎は、あてずっぽうで歩いてきてこんなに早く小鬼に逢ってしまうとはなんたら因果だろうと思った。しかし逢ってしまった以上は仕方ない、と度胸を決め、「おい。小鬼」と声をかけた。振り返った小鬼は紺色の布で腕を吊っていた。やはり骨が砕けていたのである。やっぱり砕けてたか、と熊太郎はいやな、気まずい気持ちになったが熊太郎をみて小鬼が青ざめて震えているのを見てもう一度、「おい、小鬼」と声をかけた。

　小鬼は震えて答えない。熊太郎は重ねて言った。

「おま、なんであんなことしてん」それでも小鬼は頑《かたく》なに黙っている。

　熊太郎は一歩近づいて言った。

「おま、赤松銀三ンとこの水車にごもくほりこんでつぶしたやろ。白《しら》きってもわかっとんね。おい、なんとか吐《ぬ》かさんかあ、こら」

　熊太郎は凄んだがそれでも小鬼は首を曲げ、絶対に熊太郎を直視しようとしない。その頑なな態度に熊太郎は癇《かん》を立て、

「おちょくっとたらしばきたおすど、こらあ」と怒鳴り、ぐいと小鬼に近寄って、胸倉をつかもうと伸ばした手を慌てて引っこめて言った。

「くさっ」

　小鬼の生き腐れのごとき腐臭のことをすっかり忘れていたのである。

「おとろしかざや」熊太郎が思わず洩らしたそのときである。熊太郎らの背後で、

「おまえらなにしとんじゃ」と太い声がした。

　振り返って熊太郎は戦慄した。

　背後に二十歳くらいの男が立っていた。ただそれだけでは戦慄しない。

　男の風貌があまりにも異様だったからである。

着物やなんかは尋常だった。

筋肉はついているものの背は高からず、かといって低からず中肉中背でこれも普通である。

髪の毛の色は少し変わっていて藁色だった。しかしもっとも変わっていたのはその顔面である。

頭の大きな人というのはいる。源頼朝という人は大変に頭が大きかったらしい。しかし男のは度をこえていた。男の頭は、ほぼ肩幅と同じくらいあった。というと福助を連想するが男の頭は福助のようには丸くなく、どちらかというと角張っていて、肩の上に四角形が乗っているようだった。

また、それ以上に不気味なのが男の容貌で、そんな四角くて大きな顔の中央あたりに、まるで人形のようにぱっちりして可愛らしいお目目。小さい鼻、ちょぼちょぼっとしたおちょぼ口がついていて、気味悪くて仕方ない。

男の顔を見た瞬間、熊太郎は根源的な恐怖を感じて小便を洩らした。駒太郎も鹿造も番太も三之助も小便を洩らした。熊太郎らの股間からいっせいに湯気が立ち上った。

しかしそんなことには構わず森の小鬼は、ちょらちょらと熊太郎の脇を通り過ぎると、

「兄やん」と言って奇怪な男の腰に抱きつき、

「あいつや。あいつが僕の腕、折りよったんや」と熊太郎を指差した。

男の形相が変わった。眉間にしわが寄り、眉が吊り上がった。小さくて可愛い顔がそんな憤怒の表情になって余計、気味が悪かった。熊太郎はまた小便をちびりそうになったがもはや小便は出ず、股間にもやもやした疼痛《とうつう》のようなものを覚えた。

「おまえが弟の腕、おりゃがった張本人かっ」言うと男はぐんぐん熊太郎に近づいてきた。熊太郎はとんでもない邪悪、とんでもない穢《けが》れが近づいてくるように感じた。しかし黙っているわけにはいかない。熊太郎は懸命に抗弁した。

「それは違う。それは角力のうえのことや。角力とってそいでこけたときに……」

「じゃかましい。ごてくさぬかすな」

男は一喝すると熊太郎の襟首をつかんだ。向こうに立っているときはそれほどでもないと思ったが、近くで見ると熊太郎より首ひとつ背イが高かった。その首がまた気味悪い。まるで作り物のようだった。熊太郎は男の首筋に汗の玉が光っているのを見て、泣こうかな、と思った。

暑くもないし激しく体を動かしているという訳でもないのに汗をかいているのが不気味だと熊太郎は思った。

或いはあまりにも激しく怒っているから汗をかいているのか。それとも作り物めいた首から上にやはりなにか故障が生じて、それであのように汗をかいているのか。そんなことを思って熊太郎はますます怖くなり、なんとかここから逃れられないものかと思った。しかし男は容赦をせず、「さあ、こい」と言って熊太郎の首筋をつかんで丘の上の方へぐいぐい引っ立てて行こうとする。その力たるやもの凄く、とてもあの非力な小鬼の兄とは思えないし、また激しい恐怖のなかで熊太郎はとてもこれに抵抗する気にならない。

熊太郎の襟首をつかんだ男は固まって震えている駒太郎らを睨《ね》めつけ、「おまえら、なんや」と怒鳴った。怯えきったド餓鬼どもはなにも答えられない。男は一番手前にいた駒太郎に言った。

「おまえらこいつの仲間か」

「へ、へぇ」

「仲間やったら一緒にこい。復讐や。えらい目にあわしたる」

「へ、へえ」

「なにしてんねん。はよこんかい」

「へえ、あの……」

「なんや」

「べ、べつにわいら仲間っちゅう訳とちゃうね」

「ほんだらなんやね」

「ここまで一緒に来ただけや」

「ほんだら関係ないんか」

「関係あらへん」

「それやったらさっさと行け」

男が怒鳴ると同時にド餓鬼どもは一斉に丘の下に駆けだした。恐怖で足がべらべらになっていたのだろうかちょっと行って鹿造が転倒した。三之助がこれを助け起こした。そのとき三之助が一度だけ熊太郎の方を振り返ったが、その表情になんらの感情も見てとれなかった。三之助は自分とは無関係な、透明な膜の向こう側をみるような目で熊太郎を見たのであった。

明け暮れ顔を合わせているド餓鬼どもがそそくさと丘を駆け降りていき、すぐに見えなくなった。

熊太郎は衝撃を受けた。

以前は確かに鈍くさい奴と認定され馬鹿にされていたが、角力で強かったり、「腕殴」「腿蹴」「腕捻」などの技を行使することによって連中はすっかり心服、俺は名乗りこそせぬもののあの四人をはじめとする村のド餓鬼どもは城戸熊太郎一家の乾分《こぶん》のようなものだと思っていた。ところが俺がつかまってみるとあいつらは振り返りもしないで逃げだした。しかもそれが完全に利己的な動機に基づいてのことかというと、必ずしもそうではないらしいのが転倒した鹿造は助け起こした。おそろしい化け物が背後からいつ襲いかかってくるかわからない状況である。利己的にふるまうならば転倒した仲間など捨てて行くのが当たり前だろう。ところがそんなおそろしい状況で三之助は鹿造を助け起こした。その間、駒太郎たちも立ち止まって待っていた。これは彼らが底から利己的ではないということの証左である。しかるにその同じ彼らが、自分が男につかまった際はこれを助けようとはせず、そそくさと立ち去った。駒太郎にいたっては、仲間ではないと明言した。つまり、俺は奴らを仲間だと思っていたが彼らの方は俺を仲間だなんてさらさら思っていなかったのだ。そしてあの目。なんらの感情もこもらない、馬か犬かを見るような三之助の目は、彼らが俺のことを自分たちとは違った異質ななにかと思っているということを証しだてていた。俺は仲間だと思っていたのに！　連中にとって俺はむしろ小鬼やこの化け物のような小鬼の兄の側に属する人間だったのだ。

そんなことを考えて熊太郎は、気味悪い、顔の大きな小鬼の兄を見上げた。

相変わらず気色の悪い顔であった。

間近にみるとなお怖ろしい。

しかし熊太郎は男に奇妙な親近感、自分たちは普通の人間とは違って、決定的な生涯消えぬ烙印《らくいん》のようなものを押された人間なんだという連帯感を覚えた。

だからといって男がやさしくしてくれる訳ではない。

男は熊太郎の襟首をつかんで丘の上の方へ引っぱっていった。

丘を登りきると、やや開けた木がまばらに生えているところがあって、土に半ば埋まった石があった。

男は熊太郎を石のところまで連れてきた。

大きな、蓋をしたような石の下に、小さな石がいくつも乱雑に積み重なっている。男が石を取り除けると、人ひとりがやっと通れるくらいの穴が開いた。奥は暗くてよく見えない。男は熊太郎に、穴に入れ、と命令した。熊太郎は腰をかがめて穴の奥へ進んだ。真っ暗ななか、熊太郎が進むにつれ低かった天井は次第に高くなり、普通に立って歩けるようになったかと思うと、突如として周囲が明るくなって、熊太郎が振り返ると奇怪な男が蠟燭《ろうそく》に灯をともして立っていた。

穴のなかは巨大な岩室《いわむろ》だった。

横幅は一丈あまり、縦は三丈、天井までの高さは一丈二、三尺もあり、壁には巨石・巨岩がそそりたつように積み上げてあり、天井はひときわ巨きな石で覆ってあった。足元は泥濘《でいねい》で岩室の中央に蓋の半ば開いた石の棺《ひつぎ》がおいてあった。

男はこの棺の蓋の上に蠟燭を立てた。蓋の上には蠟燭の垂れた跡がいくつもあった。石棺の周囲にはまた別の箱や盆のようなもの、また四角い石の装飾品や盃《さかずき》、瓶《かめ》、鞠《まり》のようなものが散乱していた。

狭苦しい岩室のなか、蠟燭の黄色い光に照らされて男の巨大な顔面がひときわ気色悪く、熊太郎の脳は痺れたようになった。男が言った。

「おまえ、ここがどこかわかっとんか」

「わかりません」

「はっ。気楽なやっちゃ。ここはなあ、よお聞けよ。ここは古《いにしえ》の貴い人の御陵《ごりょう》さんや。おまえ、そんなとこ入ってただで済むとおもてるんか」

男が怒鳴るのを聞いて熊太郎はまた戦慄した。御陵といえば墳墓。そんななかへこんな怖ろしい男と入りごんで自分はいったいどんなことになるのか。わからない。わからないが、おそらくこれが、このことが露見したら自分は死罪。梟首《きょうしゅ》獄門になるに違いない。子供でも梟首獄門になるのか。わからない。おそろしい。がしかしわからないと言えばこの男の言っていることもわからない、と熊太郎は思った。

熊太郎は自ら意志して岩室のなかに入ってきたわけではない。男が無理に襟首をつかんで引きずってきたのである。にもかかわらず男は、こんなところに入ってただで済むと思っているのか、と熊太郎を脅した。先ほどから熊太郎は恐怖で口をきけないでいたが、おかしい、と思う気持ちが熊太郎を奮いたたせた。

熊太郎は震える声で、しかし精一杯、虚勢を張って、「おまえはええんか」と男に問うた。

「僕らにおまえとかいわんほうがええよ」と答えたのは男ではなく小鬼だった。

小鬼は、さきほど見せた弱気な表情とはうって変わって、初めて水分《すいぶん》神社の境内であったときのような自信満々な表情でにやにや笑っていた。

「君は知らんかもしらんが僕らにおまえとか言うたらえらいことやよ」

自信たっぷりな口調で言う小鬼の顔を見ているうち、熊太郎は口のなかに苦いものが湧くようなむかむかするような心持ちになって、それで言った。

「なにがえらいこっちゃね」

「おほほ」と小鬼は笑った。

「なにがえらいことか知りたいの。教えたろか。教えたるわ。君はさっき、おまえはええんかい、と言ったよね。ええよ。ええに決まってるよ。この御陵に入っても僕らはぜんぜんかまへん。おまえはあかんけど。なんでか言うたろか。ここは僕らの家のお墓やからや。このお墓に祀られてんのは僕らの先祖さんで天皇さんとも親戚やよ。そやから僕らはなんぼこのなか入ったかて別条あらへんのや。そんな天皇さんの親戚の僕らにおまえとか言うたらあかん。ただではすまん。そのうえ御陵のなかにはいって、そのうえ僕の腕まで折ってしもとんねや。もうおまえは先、ないわ」

熊太郎は小鬼の話を半信半疑で聞いた。

この小鬼とその兄が古の貴人、古墳時代の豪族の子孫やなんて、そんなことあるかあ、と熊太郎は思った。しかし、二人の明らかに常人とは異なった外見、常識外れな態度はとんでもなく卑賤なものか或いはとんでもなく高貴なもののいずれかで、その中間はないように思え、熊太郎はことによると小鬼は本当のことを言っているのかも知れないと思った。

なにも言えないでいる熊太郎をじっと見据えつつ小鬼は兄の傍らに立っていった。

「兄さん。こいつどないしたりましょ」

「うん」と奇怪な男は頷き、「可愛い弟の腕折った憎いやっちゃ。殺してもうたるわ」と憎々しげに言った。本当に憎々しげに言っているところをみるとこの巨大な顔面の膨脹した男は心の底から弟を愛しているようで、熊太郎は、本当に殺されるかも知れない、と思った。小鬼は兄が、殺してもうたるわ、と言うのを聞いて暫《しばら》くの間、「ひっひっひっひいっっっ」とひきつけを起こしたようにヒステリックに笑っていたが、ふと笑いやんで言った。

「けんど兄さん。こいつ殺したら邏卒《らそつ》が僕ら捕まえにきょりまへんやろか」

「うん。そやなあ。なんや日本は法治国とやらになりょったらしわ。きょるかもしらん」

「嫌やなあ。やっぱり殺すのやめとこか」

「そやなあ」と兄は俯いて思案の様子であったが作り物めいた顔はちっとも考えているように見えず、ぱっちり開いたお目目が蠟燭の明かりに照らされて輝いていた。しばらく考えていた兄はやがて顔を上げると熊太郎の方を見て言った。

「おまえどこのもんやねん」兄がなにを考えてそんなことを聞いたのか知れぬがとにかく

すぐには殺さぬ様子で熊太郎は慌てて答えた。

「河内の水分からきた」

「おまえ河内者《もん》か」

「そや」

「ほんならおまえ盆踊りの歌うたえるか」

唐突に尋ねられて熊太郎は当惑した。

盆踊りの歌。盆に御霊《みたま》を迎え慰《なぐさ》めるために歌い踊る死霊のための歌である。

死霊のための歌というと暗いイメージで、また物語も理不尽で圧倒的な暴力によって非業の死を遂げたもののための復讐譚の類《たぐい》が多く、それだけ聞くと陰気でじめじめした印象であるが、水分で歌われる盆踊りの歌は節も拍子も馬鹿馬鹿しいくらいに陽気で明るく、長編の物語には台詞もあり、台詞にはチャリといって洒落《しやれ》や冗談が盛り込んであり、陽気なうえにおもしろい。

しかしなぜ男はそんな、おもしろおかしい音頭《おんど》をいまこの、殺すの殺さぬのと言っているタイミングで熊太郎に歌えと言ってきたのか。その真意が読めずに熊太郎は困惑したのであった。

しかもこんな陰気な岩室のなかで死の恐怖に怯えつつ奇怪な兄弟二人にみつめられて陽気浮気に音頭を歌う気にはとうていならない。熊太郎は言った。

「わい、盆踊りの歌知らんねん」

「なに？　おまえ盆踊りの歌知らんのんか」

「知らん」

「そうか。知らんのんか。ほなしゃあないわ。殺そ」男が言うのを聞いて熊太郎は飛び上がった。

「ちょ、ちょっと待って」

「なんや」

「うたわんと殺すんけ」

「そや。おまえを殺すか殺さんか、俺は迷たんや、ほて、おまえに歌うたわして、それ聞きながら殺すか殺さんか考えよ、思たんやけどな。しゃあけど知らんねやったらしゃない。殺すわ」

男はそういって熊太郎の方へ歩きだした。

「ちょ、ちょう待ってくれ」

「なんや」

「なんか急に盆踊りの歌、思い出したわ」

「思い出したんか」

「思い出した」

「それやったら」と小鬼が口を挟んだ。

「それやったらうとてみたらどやの。なんぼ僕らが高貴な生まれや言うたかて僕らも人間や。おまえの音頭聞いて、おもろいな、楽しいな、と思たらやっぱり助けたろかなとおもうかも知れへんよ」

「う、歌う」と熊太郎は言った。

音頭はまあ歌えた。毎年、盆になると櫓《やぐら》が立って音頭取りが来て、毎年聞くうちに節やなんかは自然と覚えてしまっている。熊太郎はこの真似が得意であった。こんな陰気な岩室のなかで気色の悪い兄弟を相手に陽気浮気に音頭を歌うのは気が進まぬが、うまく歌えれば殺されずに済むかも知れぬのであり、ここはやはり度胸を決めて歌うべきだろう。

熊太郎はそう心を決めて歌いはじめたがやはり場所が墓穴で観客が不気味な兄弟、しかももう少ししたら殺されるかも知れないという過酷な状況が災いして、熊太郎の音頭は悲惨であった。

ヤ、コリヤドッコイセ、この場の皆様やうかがいまする演題はー、とありきたりに始めたものの、か細い声が恐怖と緊張のため震え、古テープのようにゆらゆらしている。

また情けないのは、通常、呼び掛けると周囲のものが、ソラーヨイトヨーイヤマカドッコイサノセ、と囃《はや》してくれるものなのだけれども、囃してくれるものがないので熊太郎はやむなく自ら、ソラーヨイトヨーイヤマカドッコイサノセと囃し、これが実に孤独で熊太郎は、なんと情けない、と思った。

また唯一の観客である兄弟は、おもしろい、楽しい、と思ったら助けてやる、と言ったわりには面白がろうとする態度など微塵《みじん》もなく、弟は、明らかに馬鹿にしたようににやにや笑ったり、急に俯いてチンポをまさぐったり、肩の凝ったおっさんのように首を回したりと落ち着かぬこと夥《おびただ》しく、逆に兄の方は座布団のような巨大な顔面でじっと熊太郎を睨んでぴくりとも動かず、元々の顔の気味悪さに、読めぬ心のうちという気味悪さが加わって、ますます熊太郎は楽しく音頭を歌うことができない。

こんな状況で楽しく御陽気にしろと言われても土台無理な話で、熊太郎は絶望的な気分で歌った。

実際、酷な話であった。

例えば女が美しく装いたいのは自分がよい気分になりたいからである。他人が美々しく装った自分をみて美しいと思うのが気分がよいのである。

しかしたとえば自らの意志に反して売色を強制され、その際、嫖客《ひょうかく》の気分を盛り上げるために美々しく装うというのはこれは情けない話であろう。

熊太郎の絶望はこれに似ていた。

なんにせよ歌舞音曲は楽しいものである。

働かないで一生、歌舞音曲にうつつを抜かしていたいなあ、と思ったことのない人はないはずである。しかしそれは自ら意志してやるからこそ楽しいのであって、人に強制されていやいや歌う歌が楽しい訳はない。しかしとりあえず歌うことによってしか当面の危機を先送りできない熊太郎はいやでも歌うしかない。熊太郎はうろおぼえの節を懸命に歌った。

ヤーマト名物数あれどオーオ鹿の煎餅《せんべい》ごくつぶしイ、猿の沢なら蟹《かに》尽くし、着物に染めだす柄にさえ、蟹の紋様染めだして、豚にも見紛《まご》う、阿呆姿、ソラーヨイトヨーイヤマカドッコイサノセ……、

そして不思議なことが起きた。

そうして嫌々でも歌っているうちに熊太郎の気分がだんだんに盛り上がって楽しくなってきたのである。情けない声でいやいや歌っていたのになぜそんなことになったのかを先ほどの喩《たと》えで言うと、化粧をしたり美しい着物を着たりして美しくなればなるほど、後で嫌な思いをしなければならぬのだから、普通に考えれば化粧もなにもおざなりになるはずである。

ところがそうはならずに、それなりに美々しく装ってしまうというのは、女にとって美しく装うことそれそのものが結果を求めない快楽であるからで、これは音楽についても同じことが言える。

上司や取引先に阿《おもね》るためにいやいや歌っていたカラオケであるが歌っているうちに楽し

くなってきてしまいには乗り乗りで歌っていたなどというのも音楽がそもそも快楽であるからである。
そうなるとか細かった声も揺らぐ節もしっかりして、言葉がリズムの波に乗って上がり下がりしながら疾走し始め、
姿ア、見せない吉熊にイーイーイイ、暴れ太鼓が乗オりイイこんで砂かけ掛合いに、婆とみせたる長ドスの、光、煌《きら》めーく、秋の空、ソラーヨイトヨーイヤマカドッコイサノセ……、と節に力をこめて熊太郎は、こらいける、と思っていた。
熊太郎が力を込めて歌うと兄弟もそれに反応した。
小鬼は節に合わせてやや俯き加減になってもじゃもじゃ頭を上下に揺らし、両の手を中空に掲げて、ひらひらさせ、ときおり足も小さくあげて女踊りのようなことをしていたが、さらに驚くべきは、あの奇怪な大顔面の兄までが、口を開いて目を閉じ陶酔したように首を横振りして音頭に乗っているのである。熊太郎はますます、こらいける、と思い、
エー、猿の軍団引き連れてエー、足りない言葉は隠さずともオー、名代《なだい》の名物豚煎餅、豚に煎餅食らわして、暴れる豚の豚足《とんそく》を、すっぱり斬ったる、はーれすーがーたー、ソラーヨイトヨーイヤマカドッコイサノセ……、と歌い、それから、
「お客人、ちょっと待って貰《もら》いまひょ」「なんや。わいになんか用あるんかえ」「へえ、豚の足でっけど」「わいの豚足がなんぞ問題あんのんかい」「じゃかあっしゃい。とぼけさら

すのもええ加減にさらせ、こら。うちの子鹿ちゃんが殺されたその晩、裏庭に豚の足跡ついとったんじゃ。やりゃがったんはおどれやないけえっ」と、啖呵《たんか》までいれ、
言うが早いか白太郎《しろたろう》は、腰にさしたる長脇差《ながわきざし》、鞘《さや》を払って斬りかかる、斬られてならじと吉熊は体をかわして灰神楽《はいかぐら》、さすがに武道の心得で、尻の抜けたるエーロガアッパ、ソラーヨイトヨーイヤマカドッコイサノセ……、とたたみかけ、兄弟の様子をうかがうと、兄弟はもはや我慢できなくなったのか、ふたりで輪になって踊っているから熊太郎はそのまま調子を落とさず一気に終盤まで語り、
凶状持ちの急ぎ旅、知らぬ他国をにーしひーがーしー、ソラーヨイトヨーイヤマカドッコイサノセ……、と歌い終わって、「お粗末でした。まずこれまで」と頭を下げ、そして兄弟の様子をうかがった。
兄弟は心の底から感動したという様子で拍手をし、それから小鬼が言った。
「いや、びっくりしたわ。おまえがそんな音頭が上手やとはおもえへんかったわ。おもろいと思たし、楽しいと思た、そやんなあ、兄さん」
「そやな。おもろかったわ。おまえは上手やわ」
「ほんまほんま、上手や」いずれも好意的な反応である。ということは殺すのはやめて逃がしてくれるのだろうか。そう思って熊太郎がふるふるしていると、兄は、「でも待てよ」と言って首を傾げた。大きい頭が傾いて落ちかけの看板のようになった。

兄は小鬼に言った。

「いまこの状況であれだけ歌うというのはどういうことやろ」

「どういうことや、ってどういうことですの」と尋ねる弟に兄は言った。

「だってそうと違う？　こいつはいま殺されるかも知らんていう状況にあるわけでしょ」

「そうよ」

「その状況のなかであんな乗り乗りで歌うっていうのおかしないか」

「いわれたらそうかも知れへんわ」

「普通そやろ。自分が殺されるかもしれんのにあんな余裕で歌えるっちゅうのはどういうことやと思う？」

「そら僕らをなめてるということやろな」

と小鬼が言うのを聞いて熊太郎は飛び上がり、

「ちゃ、ちゃいます、わいはただ、一生懸命うとただけで……」と抗弁したが、小鬼とその兄はそれを無視して、

「そうでしょ。つまりこいつは僕らをなめてるのよ。それにさあ、そもそも人の腕、折っといてこんな楽しく歌えるておかしいんと違う？」

「ちゃいますっ。その心を慰めようという謝罪の気持でわいは……」

「ほんとね。そやとしたらごっつい腹立つわ。でも兄さん、僕らわたしらなんか男女《おめ》みた

いな喋り方になってへん？」

「それは僕ら兄弟が烈火の如くに怒ってる証拠よ。ほら、こないだも竹田村の丑松の足の膝から下斬って土に埋めたとき男女さんみたいな喋り方なったやんか」

「あ、そやったね、あれ活花《いけばな》みたいでおもしろかったわ」

という兄弟の話を聞いて熊太郎は慄然とした。

生きている人間の膝から下を斬って土に埋めるとはなんという残虐なことをするのだろうか。しかもそれを活花になぞらえるとはなんと狂った兄弟だ。その丑松という人はどんなにか痛かっただろう、苦しかっただろう。その痛み苦しみが今度はほかならぬ自分に襲いかかってくる。こんな理不尽なことがあってたまるものか。こんなとき大楠公ならどうしただろうか。従容《しょうよう》として死を受け入れただろうか。そんなことはあるまい。勅命ならいざしらず、こんな奴らの手に掛かってむざむざと殺される大楠公ではない。俺もここはなんとか切り抜けるべきであろう。

そう考えた熊太郎は先前《さいぜん》、兄弟が話していたことを思い出して言った。

「ちょう待ちや」

「なんや、なにを待つんよ」

「あんたらさっき言うてたやんか」

「なにをよ」

「日本は法治国やから人、殺したらとらまえにきょるちゅうてたやんか。きょるで。ほんまにきょるで。ほたらあんたら大坂の裁判所言《ゆ》うとこつれていかれて牢に入れられんで」

「兄さん。あんなこと言うとるわ。どないしょ」

問う弟に兄は答えた。

「大事ないわ」

「なんで大事ないのん」

「ここがどこかよう考えてみい。貴い御陵さんやで。こいつ殺してやで、死骸がみつかったら、そら僕らが殺したちゅわれるわ。けど死骸がみつからへなんだらただの家出人か走り人やで。けんどここは畏《おそ》れ多い御陵さんやで。この棺にこいつの死骸入れて岩で入口ふさいどいたら誰が入ってこれんね。誰も入ってこられへん」

「ちゅうことは？」

「死骸がみつかれへん、ちゅうことで僕らはなんぼ殺してもつかまれへんちゅうことやんか」

「あ、そうか。さすがは兄さんや。ほんだら丑松もここに入れといたらよかったな」

「こんど死骸とんにいってここにもってこう」

「そないしょう、そないしょう。けど兄さん」

「なんや」

「いつの間にか僕ら男女みたいな喋り方やなくなってるな」

「それは僕ら兄弟がほんまにこいつ殺す気になってるからやよ」と兄が言うのを聞いて熊太郎はまた戦慄し、しかし黙っていると殺される、今度は小鬼が言っていたのを思い出して言った。

「しゃあけど小鬼さん」

「なんや、まだ文句あんのか」

「文句やない、文句やないけど殺生やんか」

「なにが殺生やねん」

「そらそうやん。あんたらが歌え、うまいことうとたら助けたるちゅうからわいは一所懸命うとたんや。それをふざけてるちゅうのは殺生や。わたいは真心こめて歌たんやで。それは手ェ怪我したあんたの心を慰めたい、ちょっとでも早よなおって欲しい、その一心で歌てんやんか。そやのに殺すやなんてむごい。むごすぎる」

理に訴えて斥《しりぞ》けられた熊太郎は今度は情に訴えてみたのであった。

ところが兄はにべもない。

「ところが弟の心は慰められへんかったんじゃ。逆に腹立った。おまえがなんぼ心こめても客にとどけへんかったらそれはおまえの自己満足じゃ。それが芸能の宿命と知れ。殺す」

「そういうこっちゃ。そういうこっておまえ殺すわ。いまのうちに念仏唱えときや。それからおまえらみたいなもんにほんまの名前いうのん勿体ないから森の小鬼て言うてたけど冥土《めいど》の土産《みやげ》に僕らの名前教えたるわ。僕は葛木《かつらぎ》モヘア、兄は葛木ドールいうて葛木神の子孫、つまり僕らは神様や。天皇さんとも親戚付き合いしてるわ。その神様の骨折って、おまえはここで死ぬねん。後の世の人はおまえをこの墓の主やと思て拝むわ。ははは、皮肉な話やね。河内の百姓が貴人の墓に祀られんねん。僕はこんな皮肉な話が大好きやわ。愉快やわ。あはは。あはは」

　笑う小鬼に兄のドールが言った。

「ほんだら僕が殺す。殺すけど誰か通り掛かってちょうどそのときこいつが叫び声でも上げたら面倒や。あんた見張りに立ってンか」

「大事ないよ。こんなかでなんぼ声上げても外に聞こえるかいな」

「そらそうかもしれんけど念には念いうからな。ちょっといてきて」

「さよか。ほないてくるけど人が来たらどなしたらええの」

「なんぞけったいなことしい。けったいなことしたら人は注意をそらされる。人間の気持ちちゅうのは一箇所向いたら他のこと聞こえんようなんねん」

「ほならチンチン出して目ェ剝《む》いて祝詞《のりと》いおか」

「それくらいやっといたら大丈夫やろ」

「ほな行ってくるわ」と小鬼が横穴を出ていった。

男は弟の後ろ姿を見送り、ふっ、と笑みをもらした。弟が可愛くてならぬという表情であった。しかし振り返った男はまた元の通りの無表情に戻っていて、熊太郎は三度戦慄した。男は無表情で熊太郎に近づいてきた。両手を大きく広げ前に差しだしているのは首を絞めて殺すからだろうと思った熊太郎はよろよろっと後退した。男は相変わらず無表情で、ぐいっと迫ってくる。熊太郎はさらに後退、また男がぐいっと迫ってきて、熊太郎がもう一度下がったらもう後はない岩窟の壁なのであった。背中に石があたって冷たかった。もう後はない。熊太郎は天井を見上げた。

天井までは約六尺、男は石棺の脇に立っていて擦り抜けて逃げるのも難しい。万事休す、と熊太郎が思ったとき、男がさらに一歩、ぐいっ、と近づいてきた。

男の不気味な顔面はもはや熊太郎の目の前にあった。

熊太郎は怖ろしくてそれ以上、男の顔を正視していられなくなり思わず左下に顔を背けた。

そのときあるものが熊太郎の目にとまった。

副葬品であろう。剣が落ちていた。

反《そ》りのない直刀で柄のところを玉や金で荘厳《しょうごん》してあった。

瞬間、熊太郎はこの剣で男を斬るか突くかしてやろうかと思ったが、しかし待てよ、とも思った。

一刀のもとに斬り捨てることができればそれでよい。しかし斬り損なった場合、どうなるだろうか。半端に傷つけられた男はますます激昂してますますひどいことを自分に対してなすのではなかろうか。また、剣の状態も心配である。外観は剣の形を保っているが、長いこと岩室のなかに放置されており腐蝕している可能性は大である。ということは相手になんらの損耗も与えられぬまま反逆・反抗したという事実だけが残るということで、そうなると損だ。だったらやめとこうか、ってなにを言っているのだ。いずれにしても相手は殺すと言っているのであり、殺されてしまってはなににもならない。ここはやはり一か八か、やってみるに如《し》くはない。

そう考えた熊太郎はかがみ込んで宝剣の柄をつかんだ。

こうして文章で書くと熊太郎は長いこと考えていたようであるがそれらはみな刹那《せつな》のできごとである。ばっ、と来て、ばっ、とかがんで、ばっと、と振り回した。

そして熊太郎は叫んだ。

「しまったあ」

予想したとおり宝剣は腐蝕していて、葛木ドールの顔面にぶつかるやいなや、ぼろぼろに崩壊してしまったのである。

まあいずれにしても殺されることは確定している。

それにしても恭順の意を示していれば葛木ドールといえども人間で中途で気が変わり、やはり許してやろうかなと思うということがまったくないわけではないだろう。しかしいったんこうして反抗というか、宝剣でどつき回してしまった以上、絶対に許さないと言うか、その可能性の芽すらつんでしまった訳で熊太郎は、こんなことなら宝剣でどつかなければよかったと後悔の臍《ほぞ》をかんだ。

「もうあかん。殺される」熊太郎は叫んで観念し、目を閉じた。

ところがいつまで経っても葛木ドールが襲ってこないので、どうしたことかと目を開けると、ドールは目を押さえて蹲《うずくま》っていた。

宝剣の腐蝕は見た目よりも進行していて、ドールの顔面に当たった瞬間、粉々に砕け、その砕けた破片が目に入ったためドールはかく苦しんでいるのであった。

熊太郎は再び迷った。

いまドールは苦しんでいる。つまり弱っているということである。そこにつけこんで攻撃をすれば或いはこの難局を切り抜けられるかも知れない。しかし、大した損耗を与えられなかった場合、勢力を挽回したドールは激怒しておそろしい暴力をふるうだろう。というのはさっき悩んだのと同じことだ。ただひとつ違う点があるとすれば俺はすでにドールを宝剣でどつき回していて、現段階でドールは無茶苦茶に怒っているという点が違う。そらそうだろう。あんなに目が痛くなって怒らない人はいない。ということは俺はやはりここで一気にドールを殲滅《せんめつ》してしまった方がよいということになるが、でもどうやって殲滅するのだ。俺にできるのは、「腕殴」「腿蹴」「腕捻」のみっつだが、あんなものはインチキで水分のド餓鬼相手ならいざ知らず怒り狂った大人相手に通用する技ではない。だったらやはりあかんのか。しかしなにもしないでいたら怒り狂ったドールにむざむざと殺されるだけだ。ということはやはりやった方がいいのか。いまならドールは弱っている。

さあ、ここが思案のしどころだ。と熊太郎が考え込んだとき、ドールが立ちあがった。目から手を放して胸の前で拳を作り、気合いを入れるように顔を小刻みに振っている。しまった。ドールが回復してきた。やるならこの瞬間しかない。この瞬間を逃せばもうドールを倒す機会はない。

咄嗟《とっさ》にそう思った熊太郎は渾身の力をこめてドールの顔面を拳骨で殴った。

そして熊太郎は絶望した。まるで手応えがなかったからである。

やはり俺の拳骨はへなちょこなのだ。やめとけばよかった。

熊太郎は激しく後悔して、上目遣いでドールを見た。ドールは目を見開き、やや俯き加減でじっと立っていた。拳は握り締めたままでもう首を振っていない。

もの言えないくらいに激怒しているのだ。宝剣といい拳固といい、せでよいことをしてしまった。

「もう駄目だ」

叫んで熊太郎は観念した。

ところがいつまで経ってもドールが襲いかかってこない。

いったいどうしたのだ。まだ目が痛いのか。

熊太郎がおそるおそるドールの様子をうかがうと、ドールの左の頰、といっても顔面が広大だから目鼻からずいぶん離れているが、とにかくそのあたりが焼き餅が膨らむようにどんどん膨れてきて、最初はビー玉くらいな大きさだったのが、みているうちに蜜柑《みかん》くらいな大きさになり、とうとう鞠くらいな大きさになり、もともと奇ッ怪だったドールの顔面がますます気味悪くなった。丸く膨らんだ頰の表面に静脈が透けている。

これどういうこと？　と熊太郎が見るうちに、膨らみは西瓜《すいか》ほどの大きさになり、そして熊太郎は、「うわあっ」と叫んで顔を背けた。

限界まで膨らんだドールの頰が、ぽんっ、という音とともに爆発、同時に大量の透明な水がどぼどぼどぼと噴出したからである。

胸から足にかけてドールの水を浴びた熊太郎は思わず、「うわっ、気持ち悪っ」と声をあげたが、同時にひやっとした。自分で大変なことにしておいてまるで他人事のように、うわ気持ち悪っ、などといったのでは葛木ドールが気分を害するのではないかと思ったのである。しかしドールはそれどころではない様子だった。広大な顔面の一部が破れた袋のようになって垂れ下がり、そこから水が滴《したた》っていた。

痛いのか苦しいのか、ドールは目を閉じ、ピアノを弾く盲人のように両手を前につきだし仰向けた首を左右に振っている。熊太郎は、今度こそドールは怒っただろうと思った。なにしろ顔面の一部を破壊して水を噴出させてしまったのだ。まったくなんということをしてしまったのか。あの水はいったいなんなのだ。ドールは残虐な復讐を企てるに違いない。

痺れるような恐怖を感じた熊太郎は夢中でドールの横鬢《よこびん》を拳固で殴った。しかし恐怖で身体が痺れたようになっているからちっとも力が入らず、さきほどよりずっとふにゃふにゃの拳固になってしまった。ところが、煎餅が砕けたような手応えがあって、これにいたって初めてドールは、ひいいいいいっ、と怪鳥のような甲高い声をあげて前のめりになった。

あんな弱い拳固がなぜこんなに効くのだ、と訝った熊太郎が拳固がぶつかったあたりをみると拳固の形にへこんでいた。

ちょっと殴っただけで他愛もなく砕けるとはなんたら頭の骨の柔《やわらか》いひとだ。

熊太郎は驚いたが、しかしこの悲鳴が外にいる小鬼に聞こえたらまずい、と思った。目が潰れ、頬が破れて垂れ下がり、頭蓋骨が陥没しているというひどい体たらくのドールをみたら小鬼はきっと人を呼びに行くだろう。そしたら俺はどうなる？　貴い陵墓《りょうぼ》でこんなことをしているのだ。牢に入れられるに決まっている。とにかくこの悲鳴をとめないと。

　と考えた熊太郎は、口を手で塞《ふさ》ごうとして前にのめっているドールの髪の毛を摑んで顔を持ち上げたところ、ドールの頭の皮が髪の毛ごと、ずるっ、と剝けて頭蓋骨が丸だしになった。

　左の側頭部の骨が砕けなかから脳がのぞいて骨片がつきささっている様子がまざまざとみえた。

　それでもドールはまだ独力で立っていた。

　後はもう訳が分からない。

　なにをどうするというのではなく熊太郎は、ただただ闇雲な恐怖に追われるように目の前にあるドールの顔面を拳固で殴ったり膝で蹴ったりした。

　ドールはまったく無抵抗で、そしてこのドールの顔面というのが先ほどの頰も頭の骨もそうだったが、ごく軽く殴っただけでばきばき崩壊して、その脆《もろ》さたるやまさに煎餅かおこしのごとくで、その脆さは熊太郎をして、つくりもの、人工物の脆さを想起せしめた。

　人間の顔がそんなもろくてよいのか。

　最終的にドールの顔はぐしゃぐしゃになった。まず巨大な顔面全体を支えていた薄い骨がすべて砕け、破れた顔の皮が皺皺になって肩に垂れ下がっていた。

　ずり落ちた毛髪が襟巻のように肩に巻きついていた。血は不思議に出ておらず、ちぎれた脳と少しの水が垂れ下がった顔の皮にこびりつき、滴《したた》っていた。

ところが顔の中心部に固まった目鼻は原形をとどめていて、皮の重みで目尻が下がり、また頬のあたりの皮が肩に引っ掛かって引き攣《つ》れている関係上、口角があがって、そんなことになりながら笑っているように見えるのが不気味だった。

そして驚くべきは、これだけ顔面が崩壊しながら葛木ドールは、右にふらり、左にふらりと揺れながらも独力で立っているということである。

恐怖と絶望に突き動かされてこれまで衝動的にふるまっていた熊太郎は、これをみて初めて怒りのようなものを感じた。

「ええ加減にさらさんかあ」熊太郎は怒鳴ると、前蹴りでドールの腹を蹴った。

正面からまともに腹を蹴るのは初めてだった。これまでは無我夢中で目をそむけるようにしながら弱い顔面を殴り続けていたのである。

ドールはあお向けに倒れた。その際、ドールの後頭部、といってももはやぐしゃぐしゃになって垂れ下がった皮を纏《まと》う訳の分からない塊であった、が石棺の角にぶつかって、ごんっ、という鈍い音が岩室のなかに響いた。

倒れたドールに熊太郎は喚き散らした。

「かかってこんかい、こらあ。わいを殺す言うてたんとちゃうんか、こらあ。殺せ、早よ、殺さんかあ、なにしとんじゃこら。早よ、わいをどつけや、殺せや」

ところがドールはぴくりとも動かない。

「なにさらしとんじゃ。かかってこんかい。立たんかい、こら。おい、おっさん」と熊太郎はなお怒鳴り、それでもドールが動かないのをみると、おそるおそる石棺に凭《もた》れかかるようにして倒れているドールに近づいた。ドールはぐしゃぐしゃの皺皺のなかで目をかっと見開き、天井を仰いでいる。

熊太郎はドールの肩に手を伸ばした。

肩に触れるか触れないか、といったときドールの首が傾いて、ごん、岩室の床に落ちた。

熊太郎は怒鳴った。

「おまえが殺す言うからこんなことしてもうたやんけ。おまえのせいやど。おまえが、おまえが、強そうな感じやったからどついてんやんけ。ほななんやねん。滅茶苦茶弱いやんけ。それやったら最初からもっと弱そうにしてくれや。そんなおとろし顔してるから、わいはくわかったのに。人殺しになってもたやんけ。わいは知らんど、わいは知らんど」

逆上して熊太郎は喚き散らした。

熊太郎が他人に対してまともな暴力をふるったのはこれが初めてであった。

結果、熊太郎は自分が暴力というものを極度に厭悪《えんお》していることを知った。

自分が関係することによって他の肉体や精神が毀損《きそん》することは熊太郎にとって苦痛に他ならなかった。しかしこれは熊太郎がモラル的であったということではなかった。

ではなぜ熊太郎が暴力を厭悪したのかというと、罰を恐れたからであった。暴力を振るえばその暴力を振るった相手、或いは周囲の者、或いは法によって罰せられるのではないか。先回りしてそう考えた熊太郎は自然と暴力を忌避、半分ふざけたような「腕殴」「腿蹴」「腕捻」でお茶を濁してきた。

しかしこのことは熊太郎が結果として暴力を行使してしまったことの原因でもあった。葛木ドールの復讐、つまり罰をおそれたからこそ熊太郎は徹底的な暴力を振るってしまったのであり、熊太郎は窮鼠《きゅうそ》である自分が猫を嚙んだのだと思っていた。ところが葛木ドールが威圧的なのは外見ばかりで実際は木偶《でく》同然で、これが熊太郎の最大の誤算であった。

熊太郎はいわば影に怯え、とりかえしのつかない罪を犯してしまったのである。

しかし熊太郎はそもそも暴力を厭悪していたはずの自分が暴力をふるってしまったこの状況を不条理であると感じ、逆上したのであった。

そして熊太郎はさらなる罰を予感していた。

熊太郎は山陵を侵した罰を受けるのではないかと恐れたのである。

旧幕《きゅうばく》以来、山陵に対して村民がさほど畏敬の念を持っていたわけではない。中世以来、盗掘は頻繁《ひんぱん》に繰り返されたし、畑にするのに邪魔だと山陵を破壊するケースも多かった。恐れていたのはせいぜい祟《たた》りがあるかも知れぬ程度のことで、熊太郎の家の近くの村でも、山陵を破壊して畑を開いた家の主が発狂するということがかつてあった。

しかし熊太郎はそうした祟りを恐れているわけではなく、もっと実際的な罰を恐れていた。

明治四年頃、堺県の県令は税所篤《さいしょあつし》という薩摩人であったがこの人物にはどういうわけか古代の名品名物を蒐集《しゅうしゅう》する癖があって、県令の地位を利用して県内の古墳をかたはしから掘り返した。もちろん学術的に調査するのではなくして出土品を自ら所有し鑑賞するためである。

まったくもって無茶なことをしたものであるが、いま県知事と言ってもいわば公僕で表向き好き勝手な振る舞いは許されないが明治初年の県令と言えば大名のようなもので、その権勢は絶大、周囲の者はなにも言えない。

では中央政府はというと当時はなにかと多事多端で、古墳のことなどいちいちとりあっていられないし、また、明治元年に出された神仏分離令のあおりで古墳などは破壊してもよいのだという風潮があり、税所篤はやりたい放題であった。

しかし最初は土民が勝手に盗掘するのには厳罰をもってのぞんだ。なぜなら先に盗掘されたら自分が盗掘できないからである。まったくもって勝手な殿様であるが殿様というのは元来勝手なものだ。

熊太郎は親が、小山の上にあった石組みを畑に開く際に古墳とは知らずに潰してしまった百姓が連れて行かれて帰ってこない、と話すのを聴いていた。

俺も同様に罰せられるのだ。

そう思って熊太郎は戦慄すると同時に、葛木兄弟を恨むことしきりであった。

なんでこんなとこにつれこみゃがったんや。

と、恨んでもしかしドールはもはや死んでいる。

熊太郎は岩室の内部をのろのろ見渡した。

中央に石棺。ドールの死骸。そして、これまで熊太郎は、気が動顚《どうてん》したり、慌てふためいたり、恐怖で狂いそうになっていたりして気がつかなかったが改めてみると石棺の周囲にはさまざまの副葬品が散乱していた。

古代末期から中世以来盗掘の横行するなか、この山陵は奇跡的に盗掘をまぬかれていたのである。

熊太郎はなるべくドールの死骸をみないようにしながら屈《かが》み込んで副葬品を調べた。

金の腕輪のようなものがあった。壺《つぼ》のようなものに砂金が入っていた。紐でくくった木ぎれがあった。香木《こうぼく》である。石棺の中に玉のようなものがあって顔を背けて手を突き込み何個かつかみ出すと、果たして管玉《くだたま》であった。

玉をしばらく見つめるうち熊太郎は自分が夢のなかにいるような気持ちになった。指先が突然膨らんだり、周囲の景色がぼわぼわになって滲んでみえたり、急に遠ざかって収縮したりした。

熊太郎はしばらくじっとしていたが、おぼつかぬ手を伸ばして管玉、二個を手に取り、これを懐に入れた。

穴から這い出た熊太郎はあたりを見渡した。

雑木がまばらに生え、梢《こずえ》と梢の間から空が見えていた。

薄墨色《うすずみいろ》みたいな変な空の色だった。

木と木との間に蔓草《つるくさ》みたいなものが垂れ下がり、空に不吉な亀裂が走っているように見えた。

雑木の根元には羊歯《しだ》が群生してその羊歯が風に揺れて手招きしているように見えた。さして風は吹いていないのに。

小鬼の姿はなかった。熊太郎はのろのろ穴から這い出し、振り返った。

熊太郎は、こうしてみるとこの下にあんな広い空間があるなんて思えないと思った。あんなことがあったなんて思えないとも思ったが、着物の上から触ると堅い管玉の感触があった。

熊太郎は屈み込み、大きな石の下の隙間《すきま》のような穴に元してあったように小さな石を詰め、さらに小さな隙間に土を詰めた。

熊太郎は身体のなかに暴れるようなものがあって、その暴れに同調して駆けだしたいような気持ちだったが胸のなかのものの暴れが激しくなればなるほど、それが重しとなって駆け出せず、下草を踏み締めて雑木の間を抜けてゆっくりと丘をくだった。

田の間の道、蛇穴のあったあたりまで戻ってくると、駒太郎らが立っていた。

熊太郎は駒太郎らが熊太郎を心配して待っていたのが意外であったが心は乾いていた。

こんなところで心配そうに待ってたってあかん。本当にほんまに俺が危ないときにたすけてくれるのが友達だ。それをばこいつらは、自分らは関係がないと言って立ち去った。それはそれがこいつらの本心なのだろう、つまりこいつらにとって俺は異質ななにかであってそれは例えばあの独楽鬼をやってたときこいつらが俺に感じた異質な感じがずっと底流として持続していたということでこいつらにとって俺は仲間ではなかったということなんだ。なのに仲間みたいな顔をして明け暮れ一緒に遊んでいたし、俺はこいつらは俺の配下みたいなものだと思っていたのだ。裏切られた。孤独だ。寂しい。

そんなことを考えながら熊太郎は駒太郎らに近づいていった。

ところが駒太郎らはぼうと立っているばかりではかばかしい反応を示さない。

通常、奇怪な悪漢にとらまえられ連行されたものがひょっこり一人で戻ってきた場合、いやあ、大丈夫だったのかあ、よかった、よかった、と自分に後ろめたいところがあればあるほど大騒ぎするものだが、ぼうと立っているとはどういうことだろう。

訝りつつ熊太郎が近づくと駒太郎が熱のない調子で言った。

「熊やん、大事ないけ」

「ああ大事ない。待っててくれたんか」

「ああ、待ってたんやけどな」

と言って駒太郎は困惑したような表情を浮かべ、救いを求めるように番太を見た。

番太もまた困惑したような表情を浮かべて言った。

「ああ、心配やさけな、しばらくあの丘の上でまてたんや。ほいだら穴からあの森の小鬼が出てきてな、わたいらおとろしなってもてな、わあ、駆けだしたんや、ほいでここまで逃げてきたらな、後ろでぎゃああておとろし声してな、振り返ったら鹿造がいてへんがな。どこいたんやおもて探したら鹿やん、あんじょうころこんで蛇穴に落ちてもとんね。そいでどないしょう言うてたんやけどなんしょあの蛇やろ、わたいらもおとろしよってによう助けんでおったんやがな、なあ、駒やん」

「そやねん、そやねん」

と頷く駒太郎と勢い込んで報告する番太の顔を見て熊太郎は先ほど来の駒太郎らの不審な態度の理由をすべて了解した。

すなわち駒太郎らが奇怪な巨顔の怪人の魔手から無事帰還した熊太郎を見てめぼしい反応を示さなかったのはここにはもうひとつのアクシデント、すなわち、鈍くさい鹿造が転倒して蛇穴に落下するというアクシデントが起きて、その対応に苦慮しているからで、だからこそ本来であれば後ろめたい部分があるがゆえにことさら大仰に反応すべき熊太郎の帰還についてたいした反応を示さなかったのである。しかしそれが分かったから納得したという訳ではなく、熊太郎は内心に激しい怒りと深い悲しみを感じていた。

熊太郎は思った。

鹿造が落下したのはたかが蛇穴である。もちろんそのなかに毒蛇がいればたいへんだが、みたところ毒蛇はおらず、それどころか蛇穴の蛇は半分以上は死んでいるようである。ということはそこにある問題は蛇というものの外観が人間にとって気味が悪いという程度のことで、いわばそんなものは気分の問題である。だったら俺はどうなる？　俺はおそろしい顔が常人の何倍にも膨らんだ奇怪な男に連れ去られ、しかもその男ははっきり復讐すると明言したのであり、つまり俺は間違いなく生命の危機にさらされていた。ところがこいつらはそんな危機的状況に陥った俺を捨てて逃げ、そのくせ別に生命の危機に陥った訳でもない鹿造のことは心配していつまでも穴の脇に立っていた。これはどういうことかというと、つまりこいつらは鹿造のことは仲間だと思っているが俺のことは仲間だとは思っていないということだ。こいつらは俺が牛の角に腹を破られても平然としているくせに自分らの仲間だったら蚊に刺されても、大丈夫かっ、と心配するのだろう。なぜだ。なぜ俺だけがそのようにハミゴにされるのだ。悲しい。悲しすぎる。

と熊太郎は思ったが、自分が異質で仲間だと思われていないという考えは熊太郎にとってあまりに辛いことだった。熊太郎は、或いは……、と別の可能性について考えをめぐらせた。

或いは確かに奴らは蛇穴に落ちた鹿造を捨てていくのは忍びないと思ったのでなすすべもなく立っていた。しかしそこには俺の不在ということも幾分かは関係していないだろうか。つまり確かに鹿造が気の毒でそこにいたのだけれどもそのなかに何割かは俺を待っている気持ちがあった。そんなもんあるかれ。やはりこいつらは俺になにか異質のものを感じて排除していやがるのであって、だからこそ俺を捨てて逃げ、鹿造はこれを捨てなかったのだ。そしたら俺はどうしたらよいのだろうか。俺は知らんと言ってひとりで水分に帰るのか。いや、そんなことをしてもなににもならない。というかだったらこういうことをしたらどうだろうか。そんなに俺を異質なものとして排除するなら、その異質な俺が敢然と蛇穴に入っていって鹿造を救う。となるとこいつらはどう思う？ 自分が見捨てて逃げた異質なものが仲間を救い自分たちはなにもできなかったということを愧《は》じる。くはは、恥の刻印だ。俺は自らの英雄的行為によってこいつらの心のなかに恥を刻印するのだ。

熊太郎はそう考えて軽くわなないた。

鹿造を救うためには気色の悪い蛇がおごめく穴に入っていかなければならない。しかしそんなものはいまの熊太郎にとってなんでもなかった。

葛木ドールの頭を殴ったときの感触。葛木ドールの顔面が破れて噴出した白濁水のぬらぬらした感触がいまも手に残っている。この感触は生涯拭えない。そしてあの岩室に漂うなんともいえぬだるい空気。そんななかで音頭を歌った屈辱。恥と恐怖の刻印。殺人の汚名。いまや懐のなかでいやな精神のしこりのようにしか感じられない宝玉。そんないやなものを身にまとわりつかせた俺はもうかつての俺ではない。というか俺はもう決まった人間だ。蛇なんて言うものはなんでもないんだ。かつて独楽を回せなくて泣いた日の青空が懐かしい。

そんなことを考えつつ熊太郎は言った。

「ほれやったらわいが鹿造すくたるわ」

「えっ、熊やんが」と案の定、駒太郎が意外そうな顔で言った。

ほらな。やっぱっしゃっ。やっぱしこいつらは俺を見捨てた意識がある。だから驚く。

「そや。わいがすくたるよ」

「大事ないか」

「大事ない」

言いながら熊太郎は蛇穴に降りた。

穴は思いの外深く、熊太郎は腰まで蛇に漬かった。

腰から下に蛇の皮のぬらぬらした感触、そして蹠《あしうら》に蛇の潰れるぶしゅぶしゅした感触を感じながら熊太郎は、屈み込み、半ば蛇に埋まって昏倒している鹿造の脇の下に手を伸ばした。

蛇が迷惑そうな顔をして仲間の身体のなかに頭を突っ込んだ。褌《ふんどし》のなかにも蛇がめりこんでわしゃわしゃした。

ぐにゃぐにゃの鹿造の脇の下を持ち、ぐん。足を踏んばってこれをさしあげると、ずぼっ。さらに一尺ばかり身体が下がって熊太郎は胸まで蛇に埋まった。

着物が持ち上がって帯のところに蟠《わだかま》り、生きた蛇、死んだ蛇が素肌に触れている。

駒太郎たちはそんな熊太郎を穴の上から客観的に見下ろしている。

熊太郎は怒鳴った。

「おい、なにぼおっとみとんね、誰ぞひっぱってくれや」

「お、おお」

ぼんやり見ていた三之助と駒太郎が返事をして穴の縁に四つん這いになり、鹿造の肩のあたりをつかんで引っぱり熊太郎は下からこれを押し上げた。

ずっ。

熊太郎の身体がまた沈んだ。

熊太郎は、いったいこの蛇穴はなんぼほど深いのだろうか、と思った。

そして鹿造さえ助かったら駒太郎たちは、ほだらな、と言って首まで蛇に漬かった熊太郎を捨てて行ってしまうのではないか、とも思った。

熊太郎たちはぼやんとしてしまった鹿造を連れて夜分に村に戻った。

鹿造は発狂していて、そのことで村は騒ぎになり水車破壊犯人探索のことは有耶無耶《うやむや》になった。

湯を沸かしたり、立ち止まって橋の上で話したり、提灯《ちょうちん》を持って森屋の方へ急ぐ人々をみながら熊太郎は自分が以前の自分と決定的に違ってしまっているのを感じていた。

明治十四年。二十四歳になった熊太郎は完全な極道者になり果てていた。

生業を抛棄《ほうき》して博奕《ばくち》場に入りびたる。昼から酒を飲むなど遊蕩《ゆうとう》に身を持ち崩して、その生活態度たるやふざけきっていった。

あかんではないか。

しかしそんなことは熊太郎本人が一番よく分かっていた。生家には多少の田畑があったがこんなことをしていたらその田畑もいつかなくするだろうし、悪評も立ってみんなに迷惑がかかると思っていた。でも熊太郎は遊蕩をやめられなかった。

わかっていながらなぜやめぬのか。

それはもちろん熊太郎の意志が薄弱だからだけれども、熊太郎にはそれなりの理由があった。

まずひとつは明治五年のあのことである。

あれきり森の小鬼は熊太郎の前に姿を現さなかった。その後、熊太郎は御所《ごせ》に足を運んだ。しかし界隈で小鬼の姿をみることはなかった。

岩室についてはあの岩室のなかに葛木ドールの死骸がいまもあると思うと足がすくんで近くにも寄れなかった。その後、堺県令・税所篤《さいしょあつし》は頻繁に管内の遺跡発掘調査を実施した。明治五年には鳥糞清掃にかこつけて大山古墳（仁徳陵）の発掘を行っている。明治十年には南河内郡国分村の松岳山《まつおかやま》古墳をあばき、また藤井寺の長持山古墳を掘った。

熊太郎はこんな話を聞くたびに戦慄した。

あの御所の岩室を税所があばけば当然、ドールの死骸が発見される。殺人をしてその死骸を山陵に捨てた奴がいるとなれば大騒ぎになると決まっていて、あのとき自分が村を出て奈良の方面に出掛けたというのは村の大人が知っているし、駒太郎、番太、鹿造、三之助は自分が葛木ドールと連れだってどこかへ行ったのを知っている。

それは駒太郎らも進んで同村に住む自分に不利な証言はしないだろう。しかし、あいつらの普段の自分に対する態度から考えて、詰問されればたいした心理的抵抗もなしに喋る、そうなると自分は終わりだと熊太郎は思った。

村の奴が喋ると自分は終わる。そしておそらく村の奴は喋る。だから自分は遠からず終わる。

十四歳の時から熊太郎はずっとこのように考えていた。人間というものは将来があるからこれに備えて頑張る。しかし明日、大地震がきてすべてが壊滅すると分かっていて誰が田を耕すだろうか。収穫できるのは秋になってからであり、その秋が来ないのは分かっているのである。

酒を飲み、やけくそになって暴れ散らすに決まっている。

熊太郎はつねに右のような心境にあった。

どうせ決まった身ィや。まともに働くだけあほらしわ。

嘯《うそぶ》いて熊太郎は遊蕩に身を持ち崩していたのであった。

熊太郎は怏々《おうおう》として楽しまず、盆茣蓙《ぼんござ》の前で一心に丁半の目を読んでいる間こそ、憂きこと、すなわち自分自身が明日にでもなきものになってしまうということを忘れていられるのだけれども、勝負済んで有り金をみな取られ土橋の上に佇み、川の流れを眺めているときなど身の内から噴出する寂寥に五体が裂けるような心持ちがしてなんともやりきれぬ気分になって、今度はよい加減な店に入りごんで意識がなくなるまで酒を飲むのであった。

しかし熊太郎とてただ漫然と酒を飲み丁半の勝負に耽《ふけ》っていたわけではなく、それなりの手を打とうともしていた。熊太郎は考えた。

自分の運命は村の連中が自分のことを他に喋るかどうかにかかっている。しかしやつらは自分を以前から異質なものとしていたうえ、いまやこんな自分を極道みたいに思って毛嫌いしている。まあ事実、極道なのだが。そこで自分はどうすればよいのかというと、熊やんはあんな極道だけれども根はけっこうええ奴、と連中が思うようにすればよい。なぜなら根はけっこうええ奴を密告することは人間はなかなかしにくいからだ。ではけっこうええ奴、と思われるためにはどうすればよいのか。それは簡単、けっこうええことをすればよい。

そんな風に考え、熊太郎はけっこうええことをしようとして村をぶらぶらした。

「なんどこう、ええことないかな」

熊太郎が思案しながら牛滝堂の前を通って音滝橋を渡りかけると向こうから駒太郎が牛を連れて歩いてきた。

「駒やん、牛連れてどこ行くねん」

熊太郎は立ち止まって親しげに話しかけたが駒太郎はしかし足をとめずに、「牛のようじょこィいくにゃがな」と言ってそのまま通り過ぎようとした。

「ほーん。ようじょこなあ」

熊太郎はわかったようなわからぬような口調で鸚鵡《おうむ》返《がえ》しに言い、踵《きびす》を返して駒太郎の後を追った。

「駒やん、駒やん」

「なんや熊。おまえ、むこからきたんとちゃうんかい」

「せや」

「ほでこちいてしもたら戻ってもとんが」

「大事ないね。それより駒やん」

「なんや」

「牛のようじょこてなんやねん」

「熊、おま、百姓の小倅のくせにようじょこ知らんのかいな」

と駒太郎は驚いたようであったが熊太郎はそんなものはついぞ聞いたことがなかった。

熊太郎は不思議でならなかった。

駒太郎たちはようじょこなどという専門用語を駆使して自由闊達に百姓仕事をしている。ところが同じ村の同じく百姓の家に生まれた熊太郎はその言葉の意味がさっぱり分からない。

彼らはいったいいつの間にそんな言葉を習い覚えたのか。

少なくとも自分にはそんなことは誰も教えてくれなかった。というとそれはおまえが百姓仕事をさぼって遊蕩に明け暮れているからだ、と批判するものがあるかも知れないがそれは違うと熊太郎は思った。

百姓仕事に関する用語だけではなく、その他の行事についても熊太郎だけが知らぬことが多く、例えば、毎年十月になると秋祭りがあった。

秋祭りにはだんじりが出て建水分《たけみくまり》神社の氏子である十八箇村がそれぞれ神輿《みこし》を舁《か》く。神輿を舁くのは勇壮だし盛り上がるし、みな昂奮して大分と前から手並み足並みを揃えて舁く稽古をする。

ところが熊太郎はつい最近までみながそんなことをやっているのを知らなかった。

なぜ知らなかったかというと知らされていなかったからであるが、ではみなはどのようにして知ったのか。熊太郎にとってはそれが最大の謎であった。

しかし、駒太郎らは別に通知書のようなものを回覧して秋祭り開催を知ったという訳ではない。

というか行事などというものはそもそも、「もうじき秋祭りやな」「そやな」「地車舁く稽古しゃなあかんな」「そやな」という自然な会話のなかで周知せられていくのだけれども、熊太郎はどうもそうした自然な会話ができず、結果、誰でも知っている村の行事や百姓仕事の用語などについて熊太郎だけが知らないということになるのであった。

なぜ熊太郎は自然な会話ができなかったのか。

それは熊太郎が無闇に思弁的であることが原因であるらしかった。

このことは最近、熊太郎本人もどうも自分の考え方は周囲の人達と違っているのではないか、と気がつき始めていた。

熊太郎は、俺はどうも頭のなかでひとつのことをずっと考え過ぎんにゃ、と思っていた。

熊太郎は、たとえばこの、と目の前の牛を連れた駒太郎を見て思った。

熊太郎は駒太郎を改めてみた。駒太郎は橋の上に立ち牛を連れ、早くようじょこに行きたいなあ、というような顔をして、そして言った。

「熊やん、おまえも百姓しててんにゃったら覚えとき。ようじょこちゅうたらな牛の爪切るこっちゃ。ほなわし急《せ》くよって行くで」

ほらね。と熊太郎は思った。

駒太郎はまず頭で早くようじょこに行きたいなあ、と思った。そして早く行きたそうな顔をした。そして言葉で、「早くようじょこに行きたい」と言った。つまり駒太郎においては、思いと言葉がひとすじに繋《つな》がっている。思いと言葉と行動が一致している。ところが俺の場合、それが一致しない。なぜ一致しないかというと、これは最近ぼんやりと分かってきたことだが、俺が極度に思弁的、思索的だからで、つまり俺がいまこうして考えていることとそれを俺は河内の百姓言葉で表すことができない。つまり俺の思弁というのは出口のない建物に閉じ込められている人のようなもので建物のなかをうろつき回るしかない。つまり思いが言葉になっていかないということで、俺が思っていること考えていることは村の人らには絶対に伝わらないと言うことだ。例えばちょっと言ってみようか。熊太郎は言った。

「駒やん」

「なんや」

「わしな」

「うん」

「頭ン中に思てることをな、口で言お思てもな、その言う言葉がな自分でいっこも思いつけへんね」

「それ分かるわ。わしもそんなことようあんね」

ほらね。俺の意図がまったく伝わっていない。だから俺の思いと言葉と行動はいつもばらばらだ。思ったことが言葉にならぬから言葉でのやり取りの結果としての行動はそもそも企図したものではなく、思いからすればとんでもない脇道だし、或いは、言葉の代替物、口で言えぬ代わりに行動で示した場合、そもそもその言おうとしていること自体が二重三重に屈曲した内容なので、行動も他から見れば、鉄瓶の上に草履《ぞうり》を置くとか、飯茶碗を両手に持って苦しげな踊りを踊るといった訳の分からぬこととなって、日本語を英語に翻訳したのをフランス語に翻訳したのをスワヒリ語に翻訳したのを京都弁に翻訳したみたいなことになって、ますます本来の思いからかけ離れていくのだ。

といったようなことを熊太郎は考えたが、このことはどういう結果を招いたか。一言で言うと熊太郎に対する村人の軽侮を招いた。

村人からみれば熊太郎はごく簡単な、あほでもできることができぬ大たわけであった。

例えばトラック競技をしているとすると、村の人はなにも考えずに走っているのだけれども、自らの思弁を表す言葉を持たぬ熊太郎は、暗黒舞踏を踊りながら走っているようなもので、その内面の事情を知らぬ人から見ればアホにしかみえなかったのである。

そして大抵の場合、他人の内面など分かるはずがないから熊太郎はアホの無能だと思われていたのである。或いはもっと分かりやすく言うと、熊太郎は言葉のまったく分からない国に突然迷い込んだ人のようなものであった。

もちろん言葉が通じる国に行けば普通人として、というかそれ以上に知性的な人である。ところが相手の言っていることはおぼろげに分かるものの、自分の考えを伝えるということがまるでできぬため日常生活すら満足に送ることができず、その国の人は、うどんの注文ひとつまともにできぬ白痴という烙印を押すのである。自分よりアホな人間に白痴と断定されるほど情け無いことはない。

しかし言語を持たぬ悲しさで自分の立場を主張することもできず、なんとか説明しようとしてもアホと思われているから、「はいはいはい。わあった、わあった、わあった」などとあしらわれまともに取りあって貰えず、そうなると人間は焦るからますます失敗を繰り返す。

このようじょこのときの熊太郎もそうだった。

そもそも熊太郎が音滝橋の上で駒太郎に声をかけたのは駒太郎らに迎合、懐柔《かいじゅう》することによって、葛木ドールの死骸が見つかった際、熊太郎が葛木ドールと連れだってどこかに行ったと証言するのを防止するためである。

熊太郎は駒太郎にようじょこに行くんだったら手伝おうかと申し出た。

駒太郎は一度はこれを断ったが熊太郎が熱心に申し出たので、「では」と熊太郎に牛を託した。

というのは、駒太郎方の隣に駒太郎の叔父の杉蔵が住んでおり、杉蔵方の牛もようじょこに連れてくべきなのだけれども、生憎《あいにく》、杉蔵は昨日から富田林の親戚の家に行っていて、駒太郎が杉蔵の牛をようじょこに連れて行くことになっていた。しかし一度に二頭の牛を曳《ひ》いていけぬので駒太郎はいったん自家の牛を連れて行き、それが済んだら自家の牛を戻し、それから杉蔵の牛を連れてくる算段をしていたが、そこへ熊太郎の申し出があった。

駒太郎は言った。

「ほだ、この牛曳いて先、ようじょこ場にいといて」

ようじょこ。養生講と書く。当時の農家にはどこにも田を鋤《す》くための牛が飼ってあったが村には定期的にこの牛の爪を切るために専門の人間が巡回してきた。

簡単な健康診断、祈禱《きとう》のようなこともした。

駒太郎に牛を託された熊太郎はこの牛を曳いてようじょこ場近くまでやってきた。

当時、ようじょこ場があったのは水分神社から程近い、川の近くのちょっとした広場になったようなあたりで、これにいたる道はいったん棚田の間の道を高巻くように登ってさらに川の方に下る細い道しかなく、さらにようじょこ場の手前に欄干《らんかん》のない橋があって、その狭い道を上り下り、さらに橋を渡って近隣から牛が集まってくるのでやや剣呑《けんのん》であった。熊太郎は棚田の上から、ようじょこ場の混雑している様を見下ろして歎息した。

「なんとも仰山の牛が集まっているではないか」

熊太郎はそのままようじょこ場に降りていくのを躊躇した。

なんとなればようじょこ場にはあまりにもたくさんの牛が犇《ひしめ》いて、げしゃげしゃになっていたからである。

いまようじょこ場に行ってもまだ駒太郎が来ていないから駒太郎が来るまで待つことになる。しかしようじょこ場には牛が犇いていて待つ場所を確保するのも大変だ。ほおら、あんなに牛糞が散乱している。見苦しい。ということは駒太郎が来るまで降りていかないでここで待っていた方がよいかも知らん。その方が広闊《こうかつ》だし眺めもよいし、俺も牛も楽だ。あいつらはそういうことに気がつかないであんなところに犇いていてアホだ。

熊太郎がそんなことを考えていると、熊太郎がやってきた方から赤松銀三が牛を曳いて近づいてきた。

はっ。相変わらず狷介な風さらしてけつかる。と熊太郎は思ったがしかし熊太郎はもはや赤松銀三に襟首を摑まれて怯えた餓鬼ではない。別段、恐れる風もなく傲然と立ち、牛の鼻面を撫でていると赤松銀三は熊太郎の真ァ側まで来て言った。

「熊やないけ」

「ああ」

「おまえ牛連れて珍しな、ようじょこ行くんけ」

「友達に頼まれての」

「かっ。友達ちゅたてどうせ村のド餓鬼やろ」

「あかんのかい」

「かっ。しょうもない。家の水車、つぶしゃがった連中や」

と銀三は執根深く水車のことを言っている。熊太郎は、いつまでぬかしとんねと呆れたが、そんなことはまったく感知しない銀三が言った。

「おまえ、行くにゃったら早よ行けや」

「わしゃここで友達、来んの待っとんのんじゃ」

「わしゃようじょこ行くね」

「行くにゃったら行たらええやんけ」

「行くけどおまえがそこ立てたら行かれへんやんけ」

「根際《ねき》抜けられるやろ」

「狭《せ》もて抜けられるかれ」

実際、道は狭かった。しかしどうしても通り抜けられないというわけではない。互いに気を遣いあえば牛二頭がぎりぎり通り抜けられる程度の幅があった。それを銀三が通り抜けられないというのはこの世に我一人と思っているからで、熊太郎はまったく因業な親爺《おやじ》だと思って言った。

「こんだけ幅あたら通り抜けられるやろ。通り抜けていけや。わしゃ待ってんとあかんにゃ」

「なんかしとんねん。こんな狭いとこ通り抜けられるかれ。どなしても通り抜けちゅうにゃったらわれが田ァに降りんかい」

田はよく鋤いてあった。

熊太郎は田ァに降りたら足がずくずくになって嫌だと思い、それから俺ひとりであればと思った。

俺ひとりであればかつての小童《こわっぱ》じゃあるまいし、あれから人も殺してる。こんな銀三ずれ、怖いこともなんともない、賭場で覚えた俠客《きょうかく》の喋り方で、「銀三、われ、ええ度胸やな、この水分の熊太郎に田ァに入れと吐《ぬ》かすんかい。おもしろいやないかい。はっはっはっ。あんまりおもろいから笑《わろ》うてもたわい。笑たらちょっとだけ肺が痛《いと》なったわ。まあそれはええとしても田ァに入れちゅうんやったら器用に入ったろ。そのかわり笑わせてもろた礼はするで」などと言って脅すこともできる。しかしいまは駒太郎の牛を連れている。それで牛がようじょこができなかった場合、駒太郎に悪く、そうすると俺の印象が悪くなり、そうすると俺が葛木ドールと連れだって古墳の方へ行ったということを言い触らされるのであって、それは俺にとって損なのであって、なにも意地ずくでそんな損なことをする必要はない。しかもいま考えた状況は俺がひとりだったらという前提の話だが、もし俺がひとりで牛を連れてなかったらなにも田に入らなくても銀三は俺を追い越してようじょこに行けた訳で、その前提自体が無効だ。というか、俺が一人だったらなにもこんな牛のようじょこなどというところに来る必要はなかったのであって、つまりだから俺はいまはようじょこ場に降りていけばよいと言うことだ。

いつものように迂回的に思考した末、熊太郎は銀三に言った。

「ほんならわしは先にようじょこ場に行くわ」

「早よ、いかんかい」

熊太郎は銀三の先に立ってようじょこ場に降りていった。

ようじょこ場は狭く、牛を十頭つないだらもう一杯で大抵の牛はその手前の橋のこちら側、一方は立ちあがった低い土手のようになって斜面の雑木がぐしゃぐしゃになっていて、もう一方は田が紡錘形《ぼうすいけい》にすぼまって、そのすぼまって田が減じた分、道幅が広がって、でも空き地になっているわけではなくて、なんだか奇怪な黄土色の樹脂《じゅし》みたいな金属みたいな部材が積み上げてあったり、真ん中が盛り上がって大の字を書いたようなええ石が置いてあったりしてごしゃごしゃした、ちょっとした広場のようになったところに固まって、なにを考えてるか分からないみたいな顔をしてもうもう言っている。なかにはくつろいで座りこんでいる牛もあって、糞や小便は随意にするし、なんだか牛の坩堝《るつぼ》みたいになっているようじょこ場の様子を見て熊太郎はうんざりした。

　熊太郎と銀三が降りてきた道の他に、橋の左から藪を回り込んでくる道もあってそこにも牛が犇いている。しかし、適当なところに牛を繋いだ百姓たちは気にした風もなく、銀《ぎん》煙管《ぎせる》、達磨《だるま》煙管をくわえて葉煙草《たばこ》や腐ったような粉煙草をすぱすぱやりながらのんびりと話をしていた。

「なんでこない狭いとこようじょこ場にすんにゃろな」

「ほんまやな」

「そやけど前は広いとこでしてたんよ」

「あそうなんかえ」

「そうやがな。いんまの坂口つぁんとこの家たったあるとこあるやろ、前はあこでしてたんや。あこやったら広いさかよかったんやけどな」

「ほんまやな。ほたなんであこやめたんやいな」

「そら坂口つぁんが家たてたさかいや」

「そらそやな。はは。大笑いや。あ、ちょっと前いたわ。いのかな」

百姓はそういうと牛を曳いて橋の方へ進んだ。

狭いところに人と牛が犇《ひし》めいてげしゃげしゃになっているから、一人二人が動くと全体が動く。よりようじょこ場に近い橋の方に進む者があったかと思うと、空いた空間に、すぽっとばまりこむ者もあった。

一人が動くとその動きの影響が周囲に伝播《でんぱ》するその様は人と牛のさざ波のようであったが、しばらくすると、大抵の者が落ち着く場所に落ち着き、藪を背にしたり、石に腰かけたりして先ほどの百姓のように悠然と会話を交わしたり煙草を喫《の》んだりしていた。

そんななか熊太郎だけがいつまで経っても適当な場所に落ち着くことができなかった。

熊太郎は四方八方から押し寄せる人と牛に翻弄されきりきり舞いを舞っているようだった。

後から人がぶつかってくるので身をよじって避《よ》けると避けたところに人がいて、「痛いなあ」と言われた。「すんません」と謝っていると橋の方から牛を曳いた人が来て、「退《ど》けこら」と言われて退いたら、退いた先にもまた人がいる。これをかわしているうちにまた人が来て……、といった調子で、熊太郎は、うわっ、うわっ、と言いながら右往左往していた。

ところが他の者はみな落ち着き払ってそんな風にきりきり舞いしているものはない。熊太郎は、なんで俺だけが……、と思った。

なんで俺だけがこんな風にして人を避けなければならないのか。混雑しているという意味では他の者も同じだ。ところが他の者は落ち着き払っている。俺と一緒に、というか俺より一歩遅れてここに来た赤松銀三などは藪を背にした一番よい場所で悠然と煙草を喫《の》んでいる。他の者もそれぞれがそれぞれの場所を占めて泰然としている。ところが俺だけが落ち着かぬ場所でぶつかられ小突かれ、うわっうわっなどみっともない声をあげ周章狼狽しているのだ。なんでこんなことになるのか。というのはつまり俺が通路に立っているからか。つまり、このようじょこ場前のここには、あの向こうの棚田から来る奴、そしてあの銀三のいる藪の向こうの道から来る奴がいて、ここでいったんぐしゃしぐしゃに混じりそれからようじょこ場のある橋の方に向かう。そしてまた今度はようじょこが終わった奴が橋を渡って戻ってきてぐしゃぐしゃになる。そのまさに、人の行き交う道筋の中心のところに俺は立っているからこのように翻弄されるのか。いや違う。なぜならさきほどから俺は人と牛の波に翻弄され続けてじりじり移動、先ほどはどちらかというとあの銀三のいる藪ぎりぎりに近いところにいたのに、いまやこっちの田が窄《すぼ》まって物置みたいになったところに近い方に大きく移動している。もし俺が人と牛の移動する道筋の中心のところに立っているのだとすればこうして移動した時点で、俺はその道筋から外れているはずだ。にもかかわらず俺は翻弄され続け、他の者は翻弄されず悠然としている。このことはいったいなにを意味するのかというとつまり、俺のいるところが道になるということで、これは実に情けない話だ。なぜ情けないかというと、人のびっしりいるところを通り抜けようとした場合、それは相手に少しばかり避けて貰わなければならぬ訳だから、相手に遠慮や恐れがあった場合、人は、その人ではなく、少々ないがしろにしてもよいと思っている奴のところへいって、おいちょっと通してくれと言う。そしていま、みなが俺にばかり通してくれと言うということは村の人間全員が俺のことを少々ないがしろにしてもよいと思って、なめられてるということになるからだ。一時は大楠公の生まれ変わりと言われ、というかまあ、俺が勝手に自分を大楠公に重ね合わせていただけだけれども、それにしても、一時は角力の実力と「腕殴」「腿蹴」「腕捻」の技を以て村のド餓鬼をみな手下にしてしまったほどの俺が実はそんなにもなめられているのだ。という原因はひとつ、やはり俺のこの頭のなかでいろんなことを考え過ぎてそれを言葉にできず、考えているうちに迷いが生じてまごまごしてしまうという癖にあり、いまひとつは俺自身がこんなこととして俠客っぽく振る舞っているけれども、それは根ェから俠客っぽい人間が天然自然に俠客っぽく振る舞っているのではなく、十代のときに百姓仕事を習得しそびれ、同輩がいっぱしの百姓面をしているいま、基礎からこれを始めるのはきまりが悪く、それを誤魔化すために虚勢を張って俠客っぽく振る舞っているに過ぎぬのであって、つまり俺は贋の俠客というわけで、そこいらを村の奴らは感覚的に察知して俺を馬鹿にしていやがるのだ。くそう。おもろない。「あっ、すんません」あっ、また退いてもうた。というのはしかし、そうだ。俺は俠客っぽく振る舞っているけれども心のどこかでこうして百姓仕事をしないで極道をしていることを申し訳ないと思っていて、だから人がきたりすると咄嗟に、あっ、すんません、などと言って自分が避けてしまう。だから俺が駒太郎に手伝いを申し込んだのも実は、俺の立場を悪くしないため、と俺は思っていたけれども本当はそうではなく、それは俺のみなに申し訳ないという基本的な思いから出たものかも知れず、その申し訳ないという気持ちがどことなく態度に表れているからみなが俺にばかり、退け、というのか。案外それが一番大きいかも知れない。

そんなことを熊太郎は考えていたが、そんな熊太郎の気持ちを誰が知ろう、人々は各々その意に随って自分の行きたい方角に移動し、その都度、熊太郎は押され小突かれ押し退《の》けられ、人波に押されて、いつの間にかようじょこ場のなかに入り込んでしまっていた。

ようじょこ場では赤松銀三の牛が爪を切って貰っていた。

熊太郎は思った。

なんたらはしこい男であろうか、先ほどまで藪を背にしたもっともよい場所で悠然と煙草を喫んでいたのに、いま見たらもうようじょこ場に入り込んでいる。俺はあんな奴には一生勝てない。

その赤松の後に一頭牛を連れた百姓がいて、その後にもうひとり百姓がいて、その後が熊太郎の番だった。ようじょこそれ自体はそんなに時間のかかるものではないらしく、専門家というちょっと見、商家の手代のような目のつり上がった愛想のない男が牛に尻を向け、くわっ、と牛の肢をもっちゃげる。いきなり肢を持ち上げられた牛は怒って、もう、とか言うが、そんなことを言っても駄目で、爪が伸びすぎると牛は立っていてもぐらぐらして、もう、ぐらぐらするやんか、と嫌な気持ちになって病気になるので、いくら、もう、とか言っても爪はこれを切らなければならず、もうというのを男が聞かない振りをしているとこんだもう一人の男が、小ぶりの鎌《かま》や鉈《なた》、鑢《やすり》を使って牛の爪を削っていくのである。

熊太郎は初めて見るこのようじょこの光景が珍しく、はっはーん。玄妙なものだなあ、と思いながら口を開いて眺めていたが、いつの間にか銀三の牛もその次の牛もようじょこが終わって、次が自分の番であることに気がついて慌てた。

なんとなればようじょこが終わったらみなようじょこの人に礼の銭を渡していたが、熊太郎はなんぼ渡せばよいか分からなかったし、それに昨日、大和高田の博奕場で有り金をみなとられて懐には一文の銭もなかった。そのことに気がついて慌てた熊太郎は背伸びをして橋の向こうを眺めたが、いまだ駒太郎の姿はなかった。

そこで熊太郎はいったん橋の向こうの溜《た》まりに戻って駒太郎を待つことにして、牛を曳いて橋へ向かった。

熊太郎が戻るのをみてとった中年の百姓が牛を曳いて橋を渡ってこようとしてたので熊

太郎はこれをやり過ごしてから渡ろうと橋の袂《たもと》で待っていた。

ところが、男が渡りきったのを見届け、熊太郎がさあ渡ろうとしたそのとき、あろうことかその後からまた別の牛を連れた百姓が渡ってきて、しかし牛と人でいっぱいの狭いようじょこ場には入れず橋の中程で立ち止まった。

橋といっても欄干もない情けない橋である。

ひとり立ちどまったら行き交うのに難儀をするくらいに幅が狭い。熊太郎は百姓に怒鳴った。

「おまはんがそこで止まってもたらわしがそっちいかれへんがな、戻れ、戻れ」

熊太郎としてはきわめて分かりやすく言ったつもりである。ところが、百姓は、「あかん、あかん。後、おまえ、人いっぱいで戻られへんが」とこんな理不尽なことを言う。

熊太郎は呆れ果てた。

なにをあほなことを言っているのだ、と思った。

ここは狭いようじょこ場である。爪を切り終えた牛がいつまでも滞留していたらぐしゃぐしゃになってようじょこもなにもなくなってしまう。だからようじょこ場に余裕がないときは無闇に橋に進入してはならない。それをば後先考えずに橋に進入するからこんなことになるのであって、それを棚に上げて、戻られへんが、などと気楽なことをいっているが、俺が橋の向こうに行かぬ以上、あいつだってようじょこ場に入れない。

熊太郎はそのことを相手に伝えようと、

「戻られへんちゅけどやな、おまえがこっち入って、俺がそっち行かなようじょこ場入られへんやんけ。おまえが先に後、行けや」と言った。

しかし熊太郎の真意が伝わらなかったようで百姓は重ねて言った。

「しゃあけんど後からせんぐりせんぐり人が来て下がらりひんにゃ」

「しゃあから」と熊太郎は大きな声を出した。

「おまえが下がらんと俺はそっち行かれへん、ちゅてんねん。ほしたら、おまえもこっち入らりへん、ちゅてねん」

「しゃあから」と百姓はもっと大きな声を出した。

「人がおって下がらりへん、ちゅてんねん」

熊太郎はなぜこうも話が通じないのかと思って絶望した。

ほしたら好きなようにさらせ、と言って牛をようじょこ場に置いて帰ってやろうかと思った。しかしそれでは駒太郎に悪い。躊躇しているうちに、熊太郎の牛の次の牛のようじょこが終わり、飼い主がこれを曳いて橋の方へやってきた。

ところが前には熊太郎がいて渋滞している。男は熊太郎に言った。

「なにしとんねん。早よ、橋渡りィや」

「いや、ちゃうねん。あこにあいつが入ってきてて渡られへんにゃ」

「あ、ほんまやなあ。おい。おまえ、ちょう下がれや。おまがそこおったらわしら渡られへんがあ」

「そうかて、後がぎゅうぎゅうでな下がらりひんにゃあ」

「そんなことちゅてもおまがそこおたらわしらがそっち行かれへんやんけ。無理にでも下がれや」

後の男が言うのを聞いて熊太郎は、そうそうその通り、と思って言った。

「せやせや。おまえ無理にでも下がれや」

ところが男は相変わらずで、

「それが無理にも下がらりひんくらい人がぎゅうぎゅうやね」と言って恬然《てんぜん》としている。

熊太郎は呆れ果てた。熊太郎は後の男に言った。

「あいつあんなこと言うてんで。あほやなあ」

「ほんまやなあ」

と言った男は眉毛が太く、唇が厚く、眉の横に疣《いぼ》のある精力のありそうな男だった。熊太郎はこの男があの橋の上で頑張ってるあほに強く言ってくれるだろうという期待を込めていった。

「どないしょう」

「しゃあないやんか」

「ちゅうと?」

「おまえがまず向こう側渡れや、ほんで空いたこっちゃ側にあいつが来て、ほんでわしが渡ったらええやん」

「え?　まずわしが渡んの?」

「どかれへんちゅうもんしゃあないやんけ」

「しゃあけどあんな狭い橋やで。牛、すれ違われへんやん」

「しゃあないやんけ。なんとかしていけや」

男に強く言われた熊太郎は、悪いのは後先考えずに無理無理橋の上に進入してきたあの男である。それを放置してなんで俺がその責任をとらされるのか。訳が分からないと憤懣《ふんまん》やるかたなかったが、橋の上の男は後に下がる気配を見せず、なんで俺やねん、と思いつつもやむなく牛を曳いて橋に向かった。

そろそろ橋を渡りかけた熊太郎に橋の上の男は言った。

「うわうわっ。無茶したらあかんがな」

「なにが無茶じゃ。おまえが最初に無茶したんやんけ」

そういいながら熊太郎はまず自分が先に立って男の牛の脇をすり抜け、それから向きなおって綱を持ち牛を引っぱった。牛は奇妙な、とりあえず我慢してるけど基本的にむかついているけどなににむかついてるかはいまは言わないみたいな顔をしてそろそろ歩いている。そして男の牛とすれ違うのだけれども、男が自分の牛をちっとも脇に避けようとしないので熊太郎はむかついて言った。

「おまえこら」

「なんや」

「ちょっとくらい脇ィ寄らんかれ」

「寄らんかれちゅても、こんな狭いとこで、これ以上、寄ったら落つがな」

そんなことを言って男は恬然としている。熊太郎はまたむかついた。

「落つがなておまえ、おまえの牛の足、みてみいこら。まだ端までごっつい間アあるやんけ。わしの、おまえ、みてみいこの牛の足。もう、いっぱいいっぱいやんけ。おまえ、もっと寄れ、どあほ」

「なに言うてんね、おまえが無理に渡っててんにゃんけ、なんでわしが寄らなあかんね」

「なにかんとんね、おどれが無理に橋に入ってきたんやんけ。ほんで、ようじょこ場がぎゅんぎゅんなったんちゃうんか。つまり、あんたは、ほんまはあ、わしが向こうに渡って、ようじょこ場に、居場所でけてから、橋渡らな、あかんかったの」

熊太郎は言葉を句切っていったがそれに対して男は、

「そうかてわし、牛のようじょこせなあかんが」と没論理なことを言い、熊太郎は絶望した。

「わあった。わあった。ほんなもうええわ。わしが無理矢理、橋渡っててんねん。そいでええわ。その代わり頼むわ。頼むからわしの言うようにしてくれへんか」

「なに頼むね」

「わしがないまから牛、曳くさかい、おまえもこう、斜交《はすか》いなるように牛曳いてくれや。ほんで、こうじりじり進んだら擦れ違えるやろ」

「うたていのう。しゃあない、ほなやったるわ」

と恩着せがましく言う男の口調に熊太郎はまたふるふるした。自らその原因を拵《こしら》えながら非協力的な男の態度にむかついた。

しかしこんな狭い橋の上で牛を連れて悶着を起こすわけにはいかないので、そろそろ手綱をひっぱった。

牛は無表情ながらときおり口を開いたり首を振ったりし、せっまいなあ、という意思を表明しつつ、じりじり進んで、ちょうど二頭の牛が交錯したそのときである。もはやようじょこを済ませた牛なら大丈夫だったのかも知れないが、熊太郎の牛も相手の牛もまだようじょこが済んでおらず、爪がずいぶん伸びていて足元がおぼつかない。しかも橋はラフな丸太で組んであるからなおさらで、相手の牛が丸太の隙間に足をとられて、ぐらっ、と傾き、熊太郎の牛に、ぼーん、とぶつかった。

ぶつかられた熊太郎の牛も他愛なく、ぐらっ、と傾いてよろめき、しかしそれでも気丈に後肢を踏みだして踏んばったが、そもそもぎりぎりの端っこを歩いていたため、踏んばったところはもはや虚空、一瞬、あれっ？　という顔をし、直後、ドナドナみたいな顔をしてずるずる落ちていった。熊太郎は、あっ、と声をあげつつも必死で手綱を引っぱったが、人間一人で牛一頭の重みを支えられるはずがない、すぐに耐えきれなくなって手綱を放してしまった。

熊太郎は、しまったあ。牛を川に落としてしまった。と思ってぼうとなった。

落ちていく瞬間の牛の悲しげな顔と中空に高く上がった前肢が目に焼きついていた。

幅は狭いが崖が切り立って深く、また川には大きな岩がごろごろしていて、その岩で頭脳を強打した牛は横倒しになったまま、流されていった。

やがてやってきた駒太郎は激怒した。そらそうだろう。頼みもしないのに牛をようじょこ場に連れていってやるといわれ、そんなら、と頼み、行ってみたら、「牛は水にはまって死にました」と言ってへらへらしている。

もちろん熊太郎は事態を深刻に受けとめ、へらへらしているつもりなど微塵もなかった。ただ、あまりにも衝撃が大きいと人間はどうしてよいかわからなくてにやにやしてしまうことがあり、熊太郎もそんな状態に陥っていただけである。

しかし駒太郎にはただにやにやしているようにしかみえなかった。

駒太郎は馬鹿にされたように感じた。

「おほほん。牛、落ちてもたわ。ごめんな」と言われ、「ううん。仕方ないわー。ううん。いやんいやん」かなんか言う度し難いアホと思われていると思ったのである。

駒太郎は血相を変え、「熊、おんどりゃ、わしとこの牛、殺して、そいでごめんで済むと思てんのんか。おちょくっとったらえらいど」と、熊太郎に迫った。

しかし熊太郎にも言い分はあった。

熊太郎にすれば悪いのは自分ではなく、あの横着な百姓が無茶をするからこんなことになったのであって、自分としてはなにも駒太郎を馬鹿にして牛を疎略《そりやく》に扱ったわけではない。そこで熊太郎はその前後のいきさつを駒太郎に説明しようとしたが、牛が川に落下したことによって、ようじょこ場は大混乱に陥っていた。

めいめいが勝手にしゃべり、慌てふためき、わさわさして、ようじょこ場全体が、わっ、と唸るような音を立てていたのである。

そのうえ駒太郎はもの凄い剣幕で怒っており、熊太郎は前後の事情を順序だてて話そうとしたが、周囲が喧《やかま》しいため手短に話そうとしたのが災いしてうまく話せない。

「いやそうとちごてな」

「なにがそうとちゃうねん」

「いや、ちゃうんねん、駒やんがおもてんのと、ちゃ、ちゃうねん」

「なんや、熊。おまえ、このうえ俺がまちごうてるちゅうのかい」

「ちゃうて、わしがな牛をな……、ああ、やかましな」

「誰が喧しいんじゃ。俺は牛、水に落とされて大人しい黙ってなあかんのか」

「ちゃうがな。誰もおまえがやかましちゅてへんやん。わいは、このようじょこ場全体が喧しちゅてんね」

「それがなんやねん。どなしてん。わしゃ牛一頭わやにされとんねど。やかましくらいなんやねん」

「ちゃうねんて。ちょ、ちょう聞けや。わしが言《ゆ》うてんのはな、このようじょこ場全体のな、雰囲気の問題を言うとんねん」

　と言った瞬間、熊太郎の抑制の箍《たが》が外れた。

　熊太郎は、理屈にならぬことを言って無理を通し、結果、起きたこのことに対してなお、ただ騒ぎ立てるだけのようじょこ場の人々に対しての怒りを爆発させた。

　熊太郎はまくしたてた。

「なんやね、これ。この雰囲気は。なにをわあわあ騒いどんねん。俺にしたらおもろがってるようにしか見えんわ。なにしとんね。なにいうとんね、こいつらは。だいたい俺はむかついとったんや。なんやねん、こいつら。こんなせまいとこにこんだけ牛と人たまっとんねん。つかえとん。我一人ちゅてみなが好き勝手にいのいたらどないなるかくらいアホでもわかる理屈ゃろ。それをばなんやこいつら。わがの都合であっちいたりこっちいたり好き放題さらしゃがって、ほいで俺はアホ扱いや。俺はなあ、ちゅうか、俺がなんで牛、水にはめたかわあってんのか。俺が鈍くさいからちゃうど。俺はなあ、もっと全体のこと考えとったんや、全体のこと。それをおまえあいつが後先考えんとぐんぐんようじょこ場入ってくるさかいこんなことなんにゃんけ。そのくせえで、おどれはいっこもどきゃがらんと俺にどけちゅいよんにゃ。なんでやねん。おまえが後さがったら済むこっちゃが。それをちょっともどきゃがらんと、ほいで俺は牛、水にはめたんやんけ。あのまま俺がようじょこ場におったらどうなってた。誰もようじょこ場に入られへん。それ考えて俺は牛をいのかしてそれで水にはめたんや。言うたら俺は犠牲者やんけ。それをみなでおもろがってわあわあぬかしゃがって、俺はその心底を憎む」

そもそも自分が怒っていたはずが突然、逆上してわめきだした熊太郎に驚いた駒太郎はしばらくの間、熊太郎が喚き散らすのを黙って聞いていたが、しかしそれで牛をわやにされた怒りが収まった訳ではなく、

「ちょ、ちょうまてや、熊」

「なんや」

「おまえなにを言《ゆ》うとんね」

「なに言うとんねて、こいつら全員、無茶苦茶やちゅうとんねやんけ」

「無茶苦茶て、俺に言わしたらおまえの言うことの方が無茶苦茶でわけ分からんわ」

なにがわけ分からんね、
と熊太郎は目を剝いて説明しようとして突然、疲れた。

深い疲れであった。

熊太郎はやはり俺の言うことは誰にも伝わらぬと思った。

熊太郎は一転、静かな口調で言った。

「なあ、駒やん」

「なんや」

「さい前、わいが頭ン中に思てること口で言お思ても言う言葉がいっこも思いつけへんちゅうたん覚えてるか」

「ああ、なんやそんなこと言うとったな」

「そんときおまえ、わかるわかる、ちゅうたけどやっぱおまえちっとも分かってへんわ」

「なに言うてんね。なにが分かってへんじゃ。おまえそんなこと言うてごまかそおもてもあかんど。牛の代はきっちりまどてくれよ」

駒太郎が凄い形相で牛の弁償代のことを言うのを熊太郎は虚無的な心情で聞いていた。

くほほ。弁償代か。銭か。君らは銭さえまどてもろたらその前後の事情はどうでもよいのか。或いはそのこと、すなわち銭のことが気になって余《よ》のことはいっさい考えられないのか。自分の銭さえ戻ってきたらそれでよいのか。くほほ。

熊太郎は牛滝堂のところで駒太郎に会って以来、はじめてきっぱりした口調で言った。

「牛の代はきっちり全額、弁済する」

「ほれやったらええねけどな」

と駒太郎は急に弱々しい口調で言った。

銭を払って貰えると分かった途端、張り詰めていた気持ちが萎《しぼ》んだのと、熊太郎が急に毅然とした、宣言するような口調、もっというとまるで権威ある者のような口調になったのが気味悪かったからである。

熊太郎は独り言のように言った。

「俺は牛の代をまどう。しかしおまえらは将来、別のものを俺に払わんとあかんようになるやろ」

駒太郎は聞き返した。

「え？　よう聞こえへんかった。いまなんちゅたんや」

その駒太郎に熊太郎は、「牛の代がなんぼか家におるから報《しら》してくれ」とだけ言うと村人の右往左往するようじょこ場を後にした。

歩きながら熊太郎は、なんで俺はあんなことを言ったのだろうと思っていた。

十一年後、熊太郎の予言は現実のこととなる。

しかしこの時点で自分の言ったことの意味が分からない熊太郎は、ああは言ったものの牛の代金をいったいどうやって工面しようかとくよくよしていた。

金剛山の上空に黒雲がたちこめて驟雨《しゅうう》。

三日後。熊太郎は富田林《とんだばやし》にいた。

駒太郎は熊太郎に牛の代価として三十円を払えと言ってきた。

熊太郎は高いと思ったが、啖呵を切ったので負けてくれとも言えない、近日中に払うと言って駒太郎を帰した。

といってもちろん当てはなかった。平次に話をすればどやされるのは必定であった。つい数日前、大和の博奕場で拵えた借金二十円あまりを払って貰ったばかりだからである。

となると銭を工面するあてはまったくないはずであるが実は熊太郎には目算があった。玉である。

御所《ごせ》の岩室で葛木ドールを殺してしまった際、盗んできた二顆《か》の青い宝玉。熊太郎はこの宝玉を売って銭を拵えようと思ったのである。

玉を持っていることとすなわち葛木ドール殺しの真犯人であることとの証明で、熊太郎は何度もこの玉を捨てようとしたが、もしそこいらに打ち捨てて見つかったらどうしようと思うからなかなか捨てられず、自分で隠匿しているのが結句安全という結論にいたり、天井の隙間に一顆、床下に一顆をそれぞれ隠匿、家に人のいないときに取りだしてはうち眺めるなどしていたのである。

熊太郎は家の者が野良仕事に出た隙を見はからって玉を取りだすと巾着に入れ、巾着を懐に入れると、ぽーん、と表に飛んで出た。

富田林は薄暗かった。

黒い壁の家と茶色い壁の家が建ち並んでいてどの家の壁ももの凄く面積が広かった。医院、簾《すだれ》屋、米屋がぐしゃぐしゃに固まっていた。

熊太郎は、どこにいったら玉を売れるのかと思った。

ときおり人に行きあったが熊太郎には行きあう人が黒い斜めの影のようにしか見えなかった。

いまにも雨が降りだしそうで、あたりはどんどん暗くなっていった。熊太郎は不安な気持ちで玉を抱えて歩いた。

一軒。古道具屋があった。

店先にいろんなものがぐしゃぐしゃに積み上げてあり、まっ黒な木彫りの大黒天と市松人形がのしかかってくるように在った。

熊太郎は、こんないかにも因業そうな古道具屋に玉を売ったら玉の出所が露見してしまうのではないかと躊躇したが、しかしすぐに露見するのならすればよい、と棄《す》て鉢《ばち》な気持ちになった。

熊太郎はそれよりもこの懐の宝玉をなんとかしてしまいたかった。

熊太郎はいつしか、ここで売れなかったら、こんな玉、そこいらにうち捨てて帰ろうとも思うようになっていた。熊太郎は玉を抱いておののきながら古道具屋に入っていった。

「あんたこれどっから持ってきたんや」

と上目遣いに聞く古道具屋の主はいかにも強欲で抜け目無さそうな初老の男だった。頭が禿《は》げてくしゃくしゃの白髪がふわふわしていた。なにも言う前から怒っているような口元だった。

熊太郎は内心で、しまった、と思っていた。

いかにも因業そうな古道具屋に贓物《ぞうぶつ》を売るわけで熊太郎はおののいていたが、その一方で、いかにも因業そう、というのはあくまでも、そう、なのであって、それはいわば先入観であり、先入観で物事を捕らえるのはよくない。こういう因業そうな店がえてしてして良心的というのはよくあることなのだと、自分に都合よく考えていた部分もあったからである。

ところが実際は外見通り因業な店であったのだ。

熊太郎は小さな声で答えた。

「昔から家にあってん」

「ふーん」

嘘に違いないと決めつけているような調子で道具屋の主は言い、熊太郎の方を疑わしげな目で見ると、「昔から家にあったんやったら家宝っちゅうことやろけど、こんなん、なんぼにもなれへん。一顆一円くらいのもんや。それでよかったら買うけどどないする」と言った。

熊太郎は慌てた。

「そら殺生や。なんぼなんでも一円ちゅうことないやろ。よう見てや。珍し玉やで。そこらにあるような玉とちゃうんやで」

「なんでそんなことわかんね」

「そら、わかるわ、そうかてその玉は……」

「この玉は？」

と聞かれて熊太郎は口ごもった。

そらそうだろう、御所の岩室から出たといえば熊太郎は盗掘者ということになるし、岩室には葛木ドールの死骸があるのである。

岩室が見つかれば熊太郎は殺人者にされてしまう。というかまあ、殺人者なのだけれども、しかしあれは殺されると思ったから抵抗したら相手の顔がどういう訳かべこべこで気がついたら死んでいたのであって悪いのは向こう。いわば牛を水にはめたのと同じ事情である。なんで俺ばかりいつもこんな目に遭うのか。しかしいまこのおっさんにそんなことを言うわけにはいかぬし、玉を持って帰ろうか。しかし待てよ、このおっさんは明らかに俺が玉をどこかから盗んできたと思っている様子で、それで足元を見て一円とか無茶を言っている。ここで俺が、ほたええわ、と言って帰ったらこのおっさんは俺を恨んで、怪しい兄ちゃんが玉、売りに来たと巡査に言いに行きよるかも知らん。そうなるとことは面倒だ。それに俺はもうこれ以上、この玉を持っていたくない。牛のことがひとつの面倒だとすればいまやこの玉は俺のもうひとつの面倒というか心理的負担になっている。この玉を持ってりゃこそ、あの怖ろしい岩室のことを思いだしてしまうのだ。だからこんな玉はいっそのことさっきも考えたように売り払うか、さもなくば捨てた方がよいのだ。やはり、このおっさんに売ってこましたろう。しかしやはり一円というのはなんぼなんでも篦棒《べらぼう》だ。せめて五円かそれが無理なら三円くらいには売りたい。しかしあんまり高く売るとおっさんがむかついて巡査に言いにいっきょるに違いなく、そこは適度に交渉をしなければならない。

そんなことをくどくど考えて交渉の揚げ句、熊太郎は二円五十銭を懐に道具屋を出た。一顆あたり一円二十五銭に売ったのである。

牛の代にはぜんぜん足りなかった。

しかしついさっきまで一文なしであった熊太郎にとってたとえ二円五十銭と言えども懐

にあるのは嬉しい気分だった。というか熊太郎にとって、二円五十銭はちょっとした金だった。しかも何年もの間、隠匿してきた玉がなくなって熊太郎の心は一気に軽くなった。

熊太郎は歌いだしたいような気分だった。

玉を売って表に出ると先ほどまでどっぷり暗かった世間が嘘のように明るかった。低く垂れ込めていた黒雲は何方《いずかた》となく散り、愉しげな陽光が万象を遍《あまね》く照らしていた。先ほどまで黒い影のごとくであった行人は生彩を放ち、生の喜びに輝いているようであった。

明るい表に出て歌いだしたいような気分であった熊太郎はとうとう実際に鼻歌を歌った。

「丸い玉子も切りよで四角ギッチョンチョン。ものも言ひよで角が立つ。オヤマカドッコイギッチョンチョン。安い牛から睾丸とればギッチョンチョンドールや小鬼の花盛り。オヤマカドッコイギッチョンチョン。全員うどんにいたしますギッチョンチョン。言うた尻から蕎麦饅頭《まんじゆう》。オヤマカドッコイギッチョンチョン」

歌ううち熊太郎はくすぶったような村にこのまますぐに帰るのがなんだか嫌になり、どこかこのあたりで遊んでいってこましたろうか知らんと思うようになっていた。

幸いにして嚢中《のうちゆう》には二円五十銭というものがある。

熊太郎は銭を握りしめて北叟笑《ほくそえ》んだ。

しかし冷静に考えればこの二円五十銭は牛弁済代金に充当すべき銭である。しかも牛弁済代金は金三十円で、二円五十銭ではぜんぜん足りず、本来であれば熊太郎はできうる限り銭を惜しまねばならなかった。にもかかわらず熊太郎は手にした銭で遊ぶことを考えて浮き浮きして鼻歌を歌っていた。まことにもって駄目な人物である。

二円五十銭を懐に、どこかおもしろいところはないかときょろきょろしながら歩いている熊太郎の背後から声をかけた者があった。

「もし、城戸《きど》はんとちゃいまっか」

熊太郎は振り返って首を傾げた。

声をかけてきたのは二十四、五のいかにもちゃらんぽらんといった感じの男であったが、その顔についぞ見覚えがなかったからである。

しかし晴れているのにゴム引きの合羽《かっぱ》を着たその男はなおも親しげに、「城戸はんやろ」などと人懐こそうな笑みを浮かべている。熊太郎はやむなく言った。

「ああ。俺は確かに城戸やがそういうおまえはどこの誰や」

「あ。やっぱ城戸はんか。わたいでんが、ほれ。ついこないだ奈良の木辻《きつじ》で……」

と男が言って熊太郎はようやく合点がいって、「あーあ」と声をあげた。

男は合羽の清《せい》やんというのらくら者で、熊太郎は五日前、奈良の木辻の博奕場で隣り合わせになった清やんと言葉を交わしたのであった。

といって内容のある話をした訳ではない。

「どうでふ？」

「あかんなあ」

「さよさよ。わたいもですわ。ほんにてーんとつけへん。出てはとられる茗荷《みようが》の子っちゅうやってすわ」

「ああそう」

「ところであんさん名ァはなんちゅいなはる？」

「城戸熊太郎ちゅうね」

「どっからきなはったん」

「河内の赤阪村」

「それて大楠公の生まれはったとことちゃいまんの」

「われ、よう知っとんな、そういうわれはどこの者やねん」

「わたいはいまはここらにいてまんねけどね、元は大坂だんね。名前は合羽の清やんちいまんね。ひとつよろしゅうおたの申しまふ」

みたいなただの世間話をしただけであった。

そして熊太郎はそれぎり合羽の清やんのことを忘れていた。なんとなれば、そのときは博奕場に二十円の借金ができていたし、その直後に三十円をこしらえならなくなってとっても合羽の清やんどころではなかったからである。

しかしこうして改めて見ると合羽の清やんは実に印象深い男で、熊太郎はなんでこの男のことを忘れていたのだろうかと思った。

まず出立ちが変わっていた。

合羽の清やんはどんなときでもゴム引きの合羽を着ていて丁半の勝負の際もこれを脱がなかった。いずれなんらかの起縁《げん》を担いでいるのか、或いはなにか強迫的な観念にとらわれているのか知れないがいずれにしても奇態で、でもそんなことは当人のなかではとうに決着のついている問題らしく、なんの屈託もなく、「合羽の清やんや」と名乗るので熊太郎は清やんに、なぜいつも合羽を着ているのかとあえて問うことができなかった。

また、これは当人が意識していることなのかどうなのか分からぬが、もうひとつ印象深いことがあった。それは合羽の清やんの顔である。

合羽の清やんは河童《かっぱ》に酷似していた。というか河童そのものであった。

口の周辺が尖《とが》って前に突きだしていた。

目はぎょろ目で、頭は角刈りが伸びて前に垂れたようになっているのだけれども禿げているのか剃っているのか、頭の天辺のところの毛がなくてちょうど河童の皿のようになっていて、夏、川で一緒に泳ごうと誘われたら絶対に断りたくなるような顔だった。

熊太郎は、なんたら河童に似た男だ、と思い、それから果たしてこれはわざとやっているのだろうか。それとも本当に生まれつき河童に似ているのだろうか、と考えた。

わざわざ角刈りにして、しかも天辺を剃っているとしたらこれは完全にわざとやっていることである。もともと自分の顔に河童の素質があるのを知って、どうせだったら完全な河童にしてやろう、と思ってやっているのであり、その場合は、いやあ、あなた河童に似てますねぇ、と言うのが礼儀である。しかしもしこれがわざとではなく、頭の天辺に毛がないのは禿で、当人がただでさえ河童に似ているのを気にしているのに、そのうえ頭まで禿げ、ますます河童そのものになってしまったとよくよしているところへ、にやにや笑い、いやあ、あなた河童に似てますねぇ、と言ったらどうなるであろうか。気を悪くするに決まっているし、悪くすれば清やんは博徒、懐にのんでいるに違いないドスを抜いて斬りかかって来るかも知れない。まあ、あえてそのことには触れないという手もあるにはあるが、これほど河童に似た男に会い、そのことには触れないというのはあまりにも不自然というか、逆に白々しい。

熊太郎はそんな風に苦慮したが、合羽の清やんは屈託がなかった。相変わらず人懐こい笑みを浮かべ熊太郎に、「ほいで城戸はん、どこ行きだんね」と問うた。

合羽の清やんから話を始めてくれたので熊太郎は安堵して言った。

「いや別にどこ行きちゅことないね。これから帰んにゃけどね、しゅっと帰んのもおもろないからどっか寄って、ほて帰ろかなて思てたとこィわれが声かけてきたんや」

「あ、そうだっか。そらちょうどよかったわ」

「なにがちょうどええねな」

「いやね。こっからちょっといったとこで、わたいの知りあいがね、ちょっとおもろいことやってまんね。わたいも好っきゃさかいにね、ちょっといてこましたろとおもてまんね」

言って合羽の清やんはくしゃくしゃっと笑った。河童が笑う。不気味に。

熊太郎は合羽の清やんに言った。

「おもろいことちゅと？」

「これでんがな」言うと合羽の清やんは、「おいでおいでの逆さま」とおかしげな手つきをした。壺ザルを伏せる手つきである。

懐に二円五十銭というものを抱いて落ち着かぬ熊太郎は目を輝かせた。

「あ。博奕」

「しっ。大きな声だしなはんな。こんなとこでそんなことというて痛うもない腹探られたらかなん」

「痛うもないてやってんねやろ」

「やってま」

「ほな痛いねやんけ」

「あ。ほんまや。ま、それやったらよけでんが。んでどないしなはる。きなはるか」

「行かいでか」

熊太郎と合羽の清やんは連れだって歩きはじめた。

合羽の清やんは心のなかで、うふふ。すっくりいった。と笑っていた。

合羽の清やんは熊太郎には客のようなことを言ったが実はそうではなく、博奕の胴をとる正味の節《ふし》ちゃんと腹を合わせていた。もとより正味の節ちゃんも清やんも正式の貸元ではなく、山の畑のなかの小屋で百姓相手の野天賭博を開催していたにすぎない。しかしそんな博奕に羽振りのよい上客が遊びに来るわけもなく、清やんは鹿追といって、賭場に客を送り込む客引きのような役をつとめるべく富田林の町をうろついていたのであった。

そうして合羽の清やんは道具屋から出てくる熊太郎の姿を認めた。

熊太郎のような者が道具屋から出てくるということは払い物があったということ、と踏んだ合羽の清やんは偶然を装って熊太郎に声をかけ、客をよそおって熊太郎を博奕に誘ったのであった。

ということは最初から熊太郎の懐を狙っていたということであって、どうも実に悪い奴である。

もちろんこんな奴だから大それた悪事を働くわけではないが、善良な百姓を博奕場に誘い込むくらいのことはする。

その際、兇悪な顔をしていると相手は警戒するが、そうして河童のような顔をしていることによって、相手はしょせん河童の言っていることだと高をくくって易々と合羽の清やんの誘いに乗るのであった。まったくもって油断のならぬ河童である。

しかし熊太郎は合羽の清やんを気楽ないい奴と信じ込んでいる。

熊太郎は呑気に博奕場の噂話などしながら清やんと連れだって歩いた。

熊太郎は内心で、くふ、と思っていた。懐の銭を狙われているのになにを、くふふ、と笑っているのだ。あかんではないか。

しかし熊太郎本人はぜんぜんあかんとは思っていなかった。

熊太郎は合羽の清やんの誘いを渡りに船、時宜《じぎ》を得た申し出だと思っていた。

熊太郎は懐の二円五十銭を博奕で増やして二十円にしようと考えたのである。

そのためには博奕に勝つ必要があるのであるが、熊太郎は、賭博をする人はたいていそうなのだけれども、絶対に勝つ、と無根拠に思いこんでいた。

あほである。博奕というのはテラ銭というものがあり、やったりとったりしているうちに自然と損をするようにできているものなのだけれども、ところが博奕に耽溺《たんでき》する人はこの単純な理窟がどうしても理解できない。

なぜ理解できないかというと、他の奴らはそうかも知らんがこの自分にだけは特別の僥倖《ぎようこう》が訪れるに違いないと思いこんでいるからで、人間にはなぜか、俺だけは大丈夫、と思い込む癖があるからである。

酒を飲んで自動車を運転しようとしている人に、「酒に酔うと神経が鈍って危険だからやめた方がいいですよ」と言っても、「いや、俺は大丈夫だから」と言って運転をして、事故を起こして初めて青くなる。

「その投資先はインチキ会社だからやめた方がいいですよ」と教えてやっても、「いやいや。僕の場合は大丈夫だ。心配ないよ」と言って投資して全財産を失くする。

みな、俺に限っては大丈夫という無根拠な自信、自惚れによるものである。

しかも博奕をする人はこの思い込みのきわめて強い人で、交通事故を起こしたり破産したりした人は悔悟して、二度と同じことをしなくなるが、博奕をする人は何度、すってんてんにされても、大丈夫。次は絶対に勝つ。と信じて何度も博奕場を訪れるのである。

熊太郎もその口で初手から騙す気でいる合羽の清やんと肩を並べて歩きながら勝つ気満々でむんむんしている。熊太郎は言った。

「先前から大分歩いてるけどまだかいな」

「もうすっぎや。ほれ、あこに納屋、めぇてますやろ」

と合羽の清やんの指差す方を見るなれば起伏のある土地に低く軒の連なる小屋、その小屋の途切るるあたり、段々になった畑と畑の間を高巻いて山に向かいて登る道の彼方に大きな木があってその脇にみすぼらしい小屋が建っているのが見え、熊太郎は、「めえる。めえる。あれか」と言って足を早めた。

盆茣蓙《ぼんござ》の向こう側に正味の節ちゃんが座って壺振りをしていた。

客はみな界隈のものと見え、熊太郎の知った顔は一人もない、壺振りの側に座った二人も、戸口側に座った三人も、いずれも百姓かそのくずれらしく、ぐたぐたの着物を着て、そいで勝負に熱中して胡座《あぐら》をかいたり立て膝をして居るものだから裾や胸がくつろいで下帯が丸見えになっている。

ひどくするとその下帯もゆる褌《ふん》になっていて、陰毛や皺だらけの睾丸が覗いて見苦しい。なかには鉄火、伝法《でんぽう》に肌脱ぎになっているものもあるがその背中は貧弱で骨が浮き皮がたるみ、背骨に沿って十六個、灸の痕があるのが情けない。左の戸棚の上に四匁蠟燭《しめろうそく》がともしてあった。

熊太郎は、くはっ。小規模な賭場だ。と思ったが、即座に、くほほ。俺が勢いつけたるわ、といった勢いで隣の客に会釈して丁座に座る、それを見届けた合羽の清やんは、「わい、ちょっと行ってくるで」と言って外に出ていったが、闘志満々の熊太郎は気にしない、銭張りの賭場らしく、中盆を兼ねた正味の節ちゃんの伏せた壺ザルを前にして、「ええっと半が二十銭、三十銭、四十銭で九十銭、ほんで丁が二十銭と二十銭で四十銭。ちゅうことはまた丁が足らんわ。いま来はった兄さん、正味、どないだ、張りまへんか」と声をかけてくるのに、「よっしゃ」と答え、銭五十銭を盆茣蓙に出した。

「よろしな。ほんだら正味、勝負でっせ。勝負」

節ちゃんは壺を開いた。

「五・二の半ですわ」と節ちゃんが言って、半が開くわけがない、絶対に丁が開くと思い込んでいた熊太郎は絶望した。

なぜ半なのだ。俺は絶対に丁だと信じていたのに。騙された。裏切られた。しかし半が開いたというのはなにかの間違いであって、そんな間違いが長く続く訳がなく、次こそ間違いなく丁が開くだろう。

そう考えた熊太郎は、節ちゃんが、「ほな被りまっせ」と言い賽子《さいころ》を壺ザルに抛《ほう》りこんで盆茣蓙に伏せ、「さあ、張っとくなはれ」と言うが早いか残りの二円を勢いよく叩きつけた。

「うわっ。二円だっか」と節ちゃんは驚いたが、テラが儲かるという欲があるから、「さあ、張んなはれ。いま来はった兄さんに負けてたらあきまへんで。こっちゃの丁は二円二十銭だんが、半で張る人おまへんか。張って悪いは親父の頭でんが。さあ、正味、張んなはれ」と、客を扇動するも、二円の銭に気圧《けお》されてどうも足らない。

そこでやむなく、正味の節ちゃんは、「おまへんか。正味しゃない、四・二を負けまっけど」すなわち、四・二の丁は勝負なしにしてやると言ったのだけれどもそれでも勝負する客はなく、ついに節ちゃんは、「ほだ胴で受けますわ」と言った。自分で二円受けて自ずと節ちゃんの声にも力が入る。

「ほな、正味、勝負でっせ。よろしか。勝負っ」

　正味の節ちゃんは壺を開いた。

「わちゃあ、四・六の丁」

　節ちゃんは絶望した。

「おほほ」熊太郎は思わず笑って五分のテラ銭を引いた三円九十銭を受け取り、やっと世の中が正常な状態に戻ったと思った。やっと俺の時代が来たと思った。

　さあこれから波に乗るで。熊太郎は意気込んでこんだ、三十銭張った。

「勝負っ。三・五の丁」

「おほほほほ」

「勝負っ。一・五の丁」

「くほほほほ」

　熊太郎は波に乗って勝ちつづけた。こんなに勝ち続けたのは熊太郎が博奕場に出入りするようになって初めてのことであった。思う目が出る度、熊太郎は、うほほほほ。きょほほほ。と大声で笑いだしたいような気分になった。でも賭場でそんな風にして笑うのは恰好が悪いので我慢して小声で、おほほ、と笑うにとどめた。

　熊太郎は一方的な勝負の行方に昂奮して冷静な判断力を失ってごんごん挑んでくる客や節ちゃんからおもっくそ銭を巻き上げていた。

熊太郎の懐にはすでに十円近くの銭があった。

熊太郎は銭で身体が冷えるようだと思った。

しかし熊太郎はこれをとんでもない僥倖だとは思わず、本来あるべき状態に戻っただけだと思っていた。もちろん本当はそうではなく、偶然が重なってたまたま勝っただけだ。だから正気の人間だったら、たまたま十円も勝ってしまったのを幸い、「えらい儲けさしてもらいました。どなたさんもごめんやっしゃ」と賭場を去るに違いない。

しかし熊太郎は正気ではなかった。

これまで負けていたのが間違いで、勝っているいま現在が正しい弥勒《みろく》の世の中だと思っている。帰るなどというのは熊太郎にとってはとんでもない話で、熊太郎は銭を張り続けた。

ところが勝負の波というものはわからないもので、熊太郎はそのまま勝ちつづけ、とうとう熊太郎の懐には二十円という銭ができてしまった。

他の客は、おっそろしい博奕の強い奴がきやがったものだと畏怖《いふ》の眼差しで熊太郎を見やり腹を掻いたり屁をこいたりしていた。節ちゃんは身体の節々に鈍い痛みを感じていた。神経痛であった。若い頃から好き勝手に生きてきた報いをいまになって受けているのだ。或いは風邪の前兆かも知れない、と節ちゃんは思っていた。

そんな風にして熊太郎に大敗しながらも人々が勝負をやめないのは彼らも熊太郎と同じ

く、自分は絶対に勝つと頑なに信じていたからであろうし、実際的なところで言えば、ここでやめて損失が確定してしまうのを避けたいという気持ちもあったからである。

しかし二十円という銭を手にした熊太郎は少し現実的な感覚を取り戻した。熊太郎はこの博奕場に来て初めて、博奕というのは勝ったり負けたりするものだ、と思った。

博奕というものは勝ったり負けたりする。いまたまたま勝ちつづけて二十円という銭が懐にある。最初は三十円と言われたが、その後、二十円でよいということになったので、この銭があれば駒太郎に牛の弁償《まど》い代を払うことができる。しかし負けてしまえば払えない。ということはここで切り上げて去《い》んだ方がよい。

熊太郎はそう考え、ではいま正確になんぼ勝っているのだろうか、と懐の銭を数えた。

二十一円九十五銭あった。熊太郎は再び考えた。

二十一円九十五銭あるということは駒太郎の牛を弁償い、さらに一円九十五銭余るということでここで問題なのはこの一円九十五銭をどうするかということだ。まあ持って帰ってたまには親父に、俺が儲けてきた銭や、と言って渡して親孝行をするという考え方もある。まあ穏当な考え方だ。しかしそれではあまりにも寂しいというか、ここまで頑張って勝ってきた俺の苦労というものはどうなるのだろうか？　俺は二十円勝つまでに結構苦労して賽の目を読んできた。その俺の苦労には誰が報いてくれるのだ？　誰も報いてくれない。だからこの一円九十五銭は自分への御褒美ということにしたらどうだろうか。つまり、博奕というものは勝ったり負けたりするものだが、この一円九十五銭については別に負けてもよい、勝ってもよい、ただ純粋に博奕を楽しむ、そんな銭として考えたらどうだろうか。つまり俺は一円九十五銭分についてはゆったりとした気分で勝っても負けてもにこにこして博奕を楽しむ。それで全部負けて残金が二十円になった時点で、「ああ、おもしろかった」と言って帰ればよい。そうだそうしよう。うふふ、博奕などというものはこういう風にきっちり算段してやれば実に愉しいもんなのだよ。意外に。って、俺、誰に言うてんね。

と自分自身に言いながらも思案なった熊太郎に正味の節ちゃんが、「さあ、丁が五十銭、正味、足らんわ。どや、さいぜんからつき通しの兄さん、どないや、張れへんか」と言った。

熊太郎はにこにこ笑い、余裕をかましまくりながら、「おお。受けたるで」と言って五十銭を盆に出した。他の客はみな目を血走らせて壺ザルを凝視している。熊太郎は、ふっ。銭のない奴は哀れなもんや。と、ひとり余裕のある態度である。

「ええか。ほな、開けるで、正味、勝負やで」

五・二の半であった。丁張りの熊太郎は負けた。しかしただ純粋に博奕を楽しんでいる熊太郎はちっとも悔しくないはずであった。

ところが熊太郎はぬらりとした不快感を感じていた。

熊太郎は、この五・二という目がむかつく、と思った。せめて四・三くらいならまだ俺に対して多少の気を遣っている気がする。ところがこんな五・二なんてとんでもない目でありながらなんら憚るところなく、上を向いて恬然としているところが小憎らしい、と思った。

半座の客がいかにも嬉しそうな顔をしているのも熊太郎は気に入らなかった。いずれも二十銭とか十銭とかそんな銭しか張っていない。そんな僅《わず》かな銭で男がにこにこするなアホらしい、と苦々しい気分であった。

だからといってあからさまに不機嫌になると場の者に、あの兄ちゃんは五十銭負けて怒ったはる、と思われるに違いなく、それがまたむかつくので熊太郎はなんら気にしていないという体を装って、「おほほん」と発音した。

「ほなかぶるでええか」正味の節ちゃんが言って、こころこん、賽子が壺ザルに投げ込まれ盆に伏せられた。

「さあ、張った、張った。お、兄ちゃんはこんだ三十銭だっか、ほたら、ええっと、はい、丁と半が正味、一緒ですわ。ほた、正味、開けまっせ。よろしか。勝負っ。一・二の半ですわ」

また負けた。

熊太郎の顔面が強張《こわば》った。熊太郎はますます侮辱されたような気持ちであった。

その次も熊太郎は五十銭負け、その次も四十銭負けて、その次には二十五銭負け、忽《たちま》ちにして熊太郎は一円九十五銭を負けた。ということは熊太郎の遊びはこれでおしまいのはずである。ところが熊太郎は席を立たなかった。なぜか。

それは熊太郎のプライドであった。

熊太郎はこれまで勝ち通しに勝ってきた。いわば王者でありチャンピオンであった。

その王者たる俺が無様な連敗を喫したまま、すごすご帰るわけにはいかないと熊太郎は思った。

最低でも一回は勝って、それから帰る。そう思って熊太郎は、また八十銭を張った。

「勝負」正味の節ちゃんが壺ザルを開けた。

壺のなかは四・三の半であった。熊太郎はまた負けた。

だんだんに熱くなっているのを隠さなくなった熊太郎は、「次こそ俺の勝ちじゃ」とおめいて、三十銭を張った。その意気込みが天に通じたのか三・三の丁が出て熊太郎はついに勝った。

よかった。これで熊太郎は席を立って水分に帰ることができる。ところが熊太郎は席を立たなかった。なぜか。それはその前に八十銭負けた段階で、熊太郎の銭は十九円二十銭になっていて、いま五分のテラ銭を引いて五十八銭五厘を貰っても合計で十九円七十八銭五厘にしかならず、それでは駒太郎の牛代が払えないことに気がついたからである。

そこで熊太郎はあともう一回だけ勝って、所持金を二十円七十二銭くらいにして帰ろうと考えた。七十二銭と半端をつけたのは、そろそろ腹も減ってきたので富田林でモツ煮込みとうどんと酒をちょっとアレしてから帰ろうという計画を立てたからである。

熊太郎は五十銭を張った。負けた。

後はもう一瀉千里《いっしゃせんり》であった。

銭が十八円になった段階でうどんも煮込みも諦めて、とにかく二十円になったら帰ろうと考えたが甘かった。十二円を切った段階では、とにかく十五円。駒太郎には訳を言ってとにかく十五円の銭を拵えて帰ろうと決意して頑張った。しかし駄目だった。

銭が七円あまりになった段階ではとにかく十円、三円ちょっとになったときには、もう駄目だがとりあえず五円、五円にして帰ろう、とその都度、熊太郎は目標を切下げて張り続けたがやはり一度も勝てず、ついに熊太郎の所持金はたったの二銭になってしまった。

熊太郎はせめてこれを十銭にしてめしを食べてから帰りたいと念願、祈るような気持ちで丁に賭けたが、「勝負。六・三の半や」と正味の節ちゃんに宣せられ、とうとう熊太郎は有り金すべてをなくしてしまった。

二円五十銭の原資が二十円になったかと思ったらあっという間にゼロになっていた。

熊太郎は悄然《しょうぜん》として席を立ち、これから空《す》き腹《ばら》を抱えて四里あまり、水分まで歩いて帰ることを考えて激烈に情けない気持ちになった。

いったいなんのために富田林まで出てきたのか。なんのために危険を冒して玉を売ったのか。あの時点でやめていればなんの問題もなかった。それをつまらぬ見栄や欲にとらわれてすべてを失ってしまった。

狭く惨めな農具小屋で開催される博奕場で熊太郎は絶望にうちひしがれていた。しかしいつまで立ちつくしているわけにはいかない。熊太郎はいったん戸口に向かいかけた。

ところが熊太郎はすぐに立ち止まった。ここまできたらいくところまでいこう、衣服《とば》を剱《は》ねる、すなわち衣服を節ちゃんに預け銭を借りて勝負を続けようと思ったのである。

そう考えた熊太郎が帯に手をかけたそのとき、表の方でみにくく罵《のの》り合う声が聞こえた。

「なんかしとんねん」

「じゃかあっしゃ。あかんちゅてるやろ、だぼが」

博奕場でこんな声が聞こえたら手入れだと思うに決まっている。

うがっ。と叫んで、客が騒ぎ始め、本来であれば、「大事ない、大事ない」と言ってこれを収めるべき節ちゃんも、あひいっ、と言って慌てて盆の銭を抱いて家鴨《あひる》が尻を突きだしたみたいな情けない恰好をした。

しかしもっとも怯えたのは熊太郎で、もし警察に勾引《こういん》されて玉を売ったことが露見、その玉の出処を追及されたら身の破滅だと思うから、はめみゃみゃみゃ、と訳の分からぬ哭《な》き声をあげてうろたえた。とはいうもののこんな小屋に裏口などあるわけもなく、どない

しょ、どないしょ、と怯え騒いでいるとまたぞろ戸口の方で、

「あかんちゅてるやろ」

「なんかしとんね、河童」

と罵る声が聞こえ、がたっ、という音がして戸が開いて一同、すわこそと色めきたったが、戸口に立っていたのは十四、五歳の子供であった。その背後に合羽の清やんが困惑したような顔をして立っていた。

まだあどけなさの残る子供は整った顔立ちをしていた。みすぼらしい綿服からにゅうと伸びた手足が長く、背ィが高かったが身体つきは少年らしく華奢《きゃしゃ》であった。整った顔立ちの少年の瞳にはしかし知性の光はなく、ただただ生命の焔《ほむら》が燃え盛っていた。

こわい、おとろしい警吏《けいり》が踏んごんでくるかと思って怯え惑っていたら入ってきたのが十四、五の子供で、一同は足を踏み外したみたいな気持ちになったが、安堵すると同時に、子供にそんなに怯えさせられてしまったことがいまいましく、「なんじゃおどれは」と怒鳴ったり、直截《ちょくせつ》に、「びっくりしてもおたやんけ」と言ったりした。「こら餓鬼っ」と言って目を剝く者もあった。

まったく猿のような人達だ。

そんな大人たちを後目《しりめ》に少年は余裕綽々で、「なんやっちゅうことあるかあ。遊ばして

貰うで」と言い、そのまま半座に腰を下ろしたので一同は驚いた。

いまでこそ十四、五というと少年といえども随分大人びているものであるが、明治十四年頃の十四、五の少年はまだまだ子供と思われていた。いまでいうと十一、二歳くらいの感じであろうか。或いはもっと幼かったかも知れない。

そんな子供が賭場にやってきて、一人前に遊ばせろというのだからみなが驚いたのは当然だが、正味の節ちゃんばかりは立場上いつまでも驚いてばかりはいられない、まず節ちゃんは少年の背後で困惑している合羽の清やんに、「こいつ正味なんやねん」と尋ねた。

正味の節ちゃんに詰問された合羽の清やんは熊太郎に自らを客と偽っていたのも忘れて答えた。

「いや、わしな、また客を連れてこう思てな、ほいで丸万の前で声かけとったんやいな。ほやけど誰もけぇへなんがな。こらあかんなあ思て、ほてこっちの手伝《てったい》しょうかいなあ、思てこっちい戻ってきたんやいな。ほて、ここまで来てこの餓鬼ついてきやがっとんのに気ィついてな」

「ふん。ほいで」

「なんじゃ、この餓っ鬼ゃあ、ちゅうたがな。ほしたらこの餓鬼なんちゅいよったと思う？」

「なんちゅいよってん」

「兄さん、鹿追しとんにゃろ。わいもいっちょ遊ばしたってとこんな憎そいことぬかしゃがんね。わしゃ、餓鬼のくせになんかしとんね、あかんあかん、ちゅたんや。しゃあのに無理から入ってきょんにゃ」

　まくしたてる合羽の清やんの様子にもはや危険はないと分かった客はくつくつ笑っていた。

　少年はあくまで生真面目な様子である。正味の節ちゃんが言った。

「おいこら餓鬼、正味、子供がこんなとこきたらあかん。早よ、去《い》にくされ」

「そんなこと言わんとおっさん、遊ばしたってくれや」

「あかんあかん。子供が大人なぶっとったら正味あかんで。さあ、帰れ」

「そんないうなや。なあ、頼むわ」

「あかんちゅとるやろ。さっさと去なんと正味、えらい目に遭わすど」

「そんなこと言わんと。遊ばしてくれや。子供かて銭もってたら客やんけ。ほら、銭はこなしてちゃあんと持っとんね」

　そういうと少年は、懐から印伝革《いんでんがわ》の巾着を取りだして見せた。少年が巾着を開けてみせるとなかには銭がずっしり入っていて五円かもしかすると十円くらいはありそうに見えた。

　正味の節ちゃんは眩しそうに目を細めて巾着を見つめ、そして言った。

「われ、その巾着、正味どないしたんじゃ」

「どないもこないもない。わいの巾着やんけ」

「ほんまかい？　怪しいなあ。正味、悪そうな顔してるわ。こんな巾着、おまえらの持つもんとちゃうし、正味、どっかで盗ってきたんちゃうんけ」

「ちゃうわ。これはわいが溝浚《さら》えの手伝《てつたい》して儲けた銭や。盗ったんとちゃう」

「嘘ぬかせ。正味、溝浚えの手伝でそんな銭、貰えるかれ。盗ってきたに決まっとるわ。よっしゃ、その銭はわしが正味、預かっといたるわ」

言うが早いか正味の節ちゃんは人間の手から猿がきしきしっと哭《な》いて甘藷《かんしよ》を盗みとるような素早い手つきで少年の手から巾着をもぎとった。

正味の節ちゃんの言うのをちょっと聞くと、盗んだものだから一時自分が預かっていずれ警察に届けるなど適切に処理する、と言っているように聞こえるが、そんなことはまったくなく、ただ節ちゃんは子供が分不相応な銭を持っていて、子供なら大して文句も言えないことだし、とりあげて自分のものにしてやろう、という欲望を抱き、その欲望に忠実に行動したまでである。当然少年は納得がいかない。少年は叫んだ。

「わいの巾着、なにすんじゃ。かやしてくれや」

「じゃかあしんじゃ、あほんだら。さっさと失せさらせ」

「かやさへんかったら警察ィ言いにいくど」

「なにが警察じゃ。警察ィ言うたらおまえが盗んだん正味ばれるど」

「ちゃうわい。おどれらがここで博奕してたて訴人したるちゅとんのじゃ」

「ははは。ぼけ。おまえが警察ィ走ってる間ァにわしら疾《と》うに茣蓙《ござ》巻いて去《い》んでるわ」

「ははは。あほんだら。人相書きちゅうもんがあんのん知らんのか。わいはもうおどれらの顔の造作、みな覚えてしもたわ。それ警察ィ行て言《ゆ》うたらおどれらみな監獄いっきゃ、はは、おもろ」と少年が笑って客たちは不安になり、「おい。あんなこと言うとるがな。大丈夫か」と節ちゃんに訴えた。

節ちゃんも気色が悪かったがこんな博奕でも盆の信用というものがある、節ちゃんは言った。

「大事おまへん。人の顔みたいなもんそんないっぺんに覚えられまっかいな」

「それが覚えられるんじゃ。わいはいっぺん、見た顔は忘れんのじゃ。ここに居てる奴らの顔もみな覚えてもたわ。そこの河童なんか一生忘れへんわ」と、少年は振り返って合羽の清やんの顔を指差した。合羽の清やんの顔色が変わった。

「誰が河童じゃ。ええ加減なこと吐《ぬ》かすな、ど阿呆《あほ》」

少年に河童と言われ、顔を真っ赤にして怒鳴る清やんをみて熊太郎は、ああ、やはりこの人は自分が河童に似ているのを気にしていたのだな。それやったらあんな髪形にしなければよいのにと思った。河童と言われて怒っている清やんを見て思わず失笑した半座の客が急に真面目な恐い顔を造って怒鳴った。

「こら坊主。おまえらみたいなもんが行ても警察の旦那はんは話聞いてくれはらへんわ。それよりも大人のわいがおどれを警察へ連れていて、この餓鬼が銭盗みました、ちゅったら警察の旦那は、おおそうか、ちゅておどれを監獄ィ入れはるわ。それがおとろしかったら黙って去《い》にくされ」

「ほれやった警察へは行かんといたるわ。そのかわり……」

「そのかわりなんやね」と節やんが問うた。

「この足で富田林の東井一家の妻籠親分とこィ行てこれこれこういう人間が博奕してましたて言いにいったるわ。むこは玄人《くろうと》や。おまえらみんな半殺しにされるわ」

「なにぬかしゃがんね。われ正味、行く気け？」

「それが嫌やったらわいの巾着かやしてくれや」

「巾着かやしたら東井一家には言いにいけへんのんか」

「いやあかんな」

「なんでやね」

「わいかて男や。ここまで虚仮《こけ》にされて黙ってるわけにはいかんわ。それでも言って欲しないにゃったら、おい兄ちゃん、それなりのもん出したれや」と少年は凄んだ。

正味の節ちゃんは凄まれて一瞬たじろいだが、じきに癇《かん》を立て、

「おう、餓鬼、おちょくっとったらあかんど、こらあ」と怒鳴った。

子供に凄まれたうえ一瞬でもたじろいでしまったという事実を自ら認めたくなかったのである。

「俺はなあ、正味の節ちゃんちゅてここらではちょっと名ァの知れた人間や。おどれらみたいな坊主に凄まれて銭出すとおもとんのんかど阿呆。東井一家に言いにやとお？　ぼけがっ。言いに行こ思ても言いに行かれへん身体に正味したるわ」と言い、それから客の方に向かって言った。

「みなはん。この坊主、正味、生意気やからちょうどつき回したりまひょや。ほんでどこで盗んできたんや知らんけどこいつの持ってた銭、正味言うて十円からありますわ。これ、後でみなで分けまおな。ひとり頭一円にはなりまっしゃろ」

全員が立ちあがって少年を取り囲んだ。

まず合羽の清やんが、「誰が河童に似てんねん、あほ」と言って少年の頭をはたいたというのは河童に似ていると言われたのがよほど腹が立ったのだろう。

はたかれて少年は無言で横を向いたが、直後にもの凄い勢いでぐんと伸びあがった。

ぐわん、ぎゃああ。音がして悲鳴が上がり、合羽の清やんが鼻を押さえてよろめいた。

少年は合羽の清やんの鼻に、俗に言うパチキ、すなわち頭突きをかましたのであった。

合羽の清やんの鼻先に、花が咲いたような鮮血がほとばしった。清やんは鼻を押さえ、わぷぷぷ、と哭《な》いてよろめいた。

そんな清やんに向かって少年は、「なにが餓鬼じゃ、河童」と怒鳴りつつつかみかかっていった。大人のやくざに単身立ち向かって一歩も引かない。胆力のある少年である。

しかしここまでであった。

正味の節ちゃんや客は少年の意外な抵抗に一瞬たじろいだが、たかが子供が大人の自分に逆らってくるという一事に逆上、客の一人が、「こらあ」と怒鳴って少年の後頭部を拳固で殴り、あっ、とつんのめった少年の脾腹《ひばら》を別の客がしたたか蹴りつけたからたまらない、少年は、むっ、と呻いて、どう、と地面に倒れた。

それへさして鼻を押さえた合羽の清やんがゆらりと少年に近づき、「ようもわしの鼻にパチキかましゃがったのう。鼻痛いやんけ、あほ」と言うと少年の背中に倒れ込むようにして全体重をかけた肘打ちを落とした。俗に言うエルボードロップである。

少年は息が詰まったような、はん、という声をあげた。少年の身体がびくびく痙攣《けいれん》した。

それから客と正味の節ちゃんと合羽の清やんは倒れ込んだ少年を取り囲むようにして、「こらあ、ド餓鬼があっ」とか、「おちょくっとったらあかんど」とか言いながら、少年の頭といわず腹といわず、めったやたらと蹴りつけた。

少年は膝頭を胸にくっつけるようにして丸くなり、両の手で後頭部を庇《かば》うようにして地面に転がり攻撃に耐えている、正味の節ちゃんが蹴りつけながら怒鳴っていた。「すんまへん、ちゅわんかあ。かにしてくだはい、ちゅわんかあ。東井一家へ行きまへんちゅわんかあ」

しかし少年は音を上げない。正味の節ちゃんはなおも、「正味、なんとかちゅわんかあ」と怒鳴った。少年に一方的な暴行を加えている節ちゃんであったが、その声はなぜか少年に哀願泣訴《きゅうそ》しているかのように響いた。

熊太郎は立ち上がり、腕組みをして壁際でこの様を見ていた。

熊太郎はこの暴力の、「感じ」に根源的な不快を覚えていた。そしてなぜこの、「感じ」が不快なのか熊太郎はよく分かっていた。

蠟燭の炎の揺らめいてその頼りない光に照らされた世界のこれまた頼りなくちらちら揺らぐ感じ。その揺らぎたるや本当にちらちらといったなにか視覚異常のような揺らぎで、世界よ、どうせ揺らぐならもっと大きく揺らげと言いたくなるようなみみっちい揺らぎ。

鼻腔を絶えず刺激する黴《かび》のような埃《ほこり》のような匂い。その匂いに混じって血の匂い。切迫した気配、肉と骨の軋《きし》む音。獣の焦燥。落下の感覚とそそりたつ壁。

そう、この農具小屋に横溢《おういつ》する暴力の気配によって、熊太郎の頭脳には、あの忌まわしい十五歳の記憶、この世の行き止まりのような穴ぼこで葛木ドールを結果的に撲殺《ぼくさつ》してしまったあの日のことが甦《よみがえ》り、熊太郎は胸中にどす黒い汚泥が充満しているような不快感を覚えるのであった。

熊太郎が歯を食いしばって不快感に耐えていると、すぐ前にいた客が振り返った。半座にいて五銭とか三銭とかそんな勝負ばかりしていた情けない百姓である。口のあたりがぼさっとしてぎょろ目だった。口の回りにまばらに伸びた髭がみすぼらしい。

熊太郎は男に言った。

「やめとけや」

「かあ?」と男は顎を上げた。

「もう、蹴んのんやめとけや」と、熊太郎は止めた。

これが清水次郎長伝とかそういう物語であれば、親分の感覚、俠客の貫禄、大勢でよってたかって弱いものを攻撃するのはみっともないという恥の感覚から発せられたということがこの後、説明せられるのだけれども、もちろん熊太郎の場合は違って、少年が気の毒というより自分が居たたまれない、そのような暴力を見て自分が不快だったから、やめろ、と言ったに過ぎない。

百姓はおもしろくなかった。何者か知らぬが、我ひとり貴し、みたいな顔で乙に澄まして暴行に加わらず、それどころかやめろなんていう。まったくもってなんちゅう奴だと百姓は思い、こんな奴にはこの子供から巻き上げた銭を分けてやらない方がよい、と思ったのでその思った通りに、

「おまえ、一人だけ蹴らへんにゃったら銭、わけたらへんど」と、ぼさっとした口を無理

矢理に尖らせて言った。

熊太郎は男の口がなにかの魚に似ていると思った。

あれはなんという魚だったろうかと思った。

俺はなんであの魚を知っているのか。そうだ。子供の頃、父親に連れられて魚釣りに行ったときに釣れた魚だ。口のぼそっとして馬鹿みたいな魚。俺は本当はもっとしゅっとした、いけてる感じの魚が釣りたかった。しかし釣れるのは口のぼさっとした魚ばかりだった。しかし父親は魚がなんぼでも釣れるのが嬉しいらしく、ぎゃはぎゃは笑って口のぼさっとした魚を釣っていた。そんな父親の口のあたりがみるとぼさっとしていた。そしていまこの男の口がぼさっとしているのはいったいどういう因果の巡りあわせだろうか。おそらくなんの巡りあわせでもあるまい。しかしそれにつけてもこの男はそんなぼさっとした口でなんというせせこましいことを言うのであろうか。十円をみなで分けるから子供を蹴れだと？　俺があの岩室でどれほど怖かったか。どれほど厭な気持ちだったかこの男は分かっているのか。崩壊しながら呪いを発散させてまとわりついてくる人体というものがどんなものなのかこいつは分かってるのか。あんな恐怖を一円かそこらで贖《あがな》えると思っているのか。口のぼさっとした魚で。それだったらせめて十円だ。

そんなことを考えた熊太郎は男の肩に手をかけ、ぐい、と力を込め手前に引くようにして言った。

「おい。ほんまにもうやめとけや」

ところが昂奮している男はそれだけのことに過剰に反応、「じゃかあっしゃ」と叫ぶと、必要以上に力をこめて右手を水平に振り熊太郎を振り払ったため、期せずして熊太郎の顔面にエルボーが炸裂した。

視野に閃光が走ると同時に激烈な痛みを感じた熊太郎の脳裏に、酢醤油《すじょうゆ》、という言葉が浮かんだ。ガラス小瓶に入った酢醤油が森を疾走する。ひとつではない。何百ものガラス小瓶だ。何百ものガラス小瓶に入った酢醤油が中空に浮かび森を走る。森というものは木が密生しているから無茶苦茶な速さで空を飛んでいる酢醤油の瓶は当然、木に激突して割れる。割れたガラスは月の光にきらきら輝きながら下草の這う闇のような森の地面に落ちていく。そして周囲には酸っぱい匂いがたちこめる。かすかに甘い匂いを含んだ酸っぱい匂いがたちこめる。匂いは四囲に漂い、まだ割れないガラス瓶は匂いのなかをなお疾走し、一瞬後には割れてきらきら輝くのだ。一方、木の幹はというとなにしろ中味が酢醤油だからねとねとにになってしまって木の方では気色悪いなあと思っている。雨が降ってこのねとねとを洗い流してくれないかなあ、と思っている。ねとねとは気色わるい。しかし雨はけっして降らぬのだ。

と思う熊太郎の手が血でねとねとだった。

怒りのあまりに頭脳の線を切った熊太郎は、頭のなかでは何百ものガラス瓶に入った酢醤油が森を疾走して森の木に激突して割れて砕けるというビジョンを浮かべたが実際にはエルボーをかまされた瞬間、反射的に口のぼさっとした百姓をどつき回していて、百姓の鼻からぴゅっと吹き出した鮮血の拳にねとつく感じを感じて初めて我に返ったのであった。

熊太郎は無意識裡《り》に、子供の頃に自ら考案した「腕殴」の技を用いた。

通常の握りこぶしから、中指を折り曲げたまま突出せしめ、その爪に親指の腹をあてがうことによってできる異様に鋭い拳で百姓を殴っていた。

十年のときを経て拳の威力は絶大であった。

ひゃあああ。

血が出たのと痛みに驚いた百姓は情けない声をあげてへたりこんだ。鼻が曲がっていた。

突然、背後であがった怒声と悲鳴に驚いた正味の節ちゃん合羽の清やんと四人の客はいっせいに振り返った。全員が全員とも欲に狂ったような顔をしていた。正味の節ちゃんが怒鳴った。

「正味、けったいなやっちゃと思てたけど、おどれ正味なんや？　賭場荒《やま》らしか？　この餓鬼と共謀《ぐる》か？」

賭場荒らし、と聞いた瞬間、熊太郎はほんまに賭場荒らしをやってこましてやろうかと思った。

熊太郎は自分のなかにある、僅かな銭のことで目の色を変えて狂奔する正味の節ちゃんや賭場の客に反発する力、口のぼさっとした魚を得てこと足れりとしているみすぼらしい心と口のぼさっとした魚そのものに対する怒りを解放しようとしていた。

そして熊太郎は賭場荒らしに成功して銭を儲けて帰ろうとはさらさら思ってなかった。熊太郎は、それがガラスに入った酢醤油の瓶のようなもので、ただちに木の幹に激突して砕け散るものであることも理解していた。いくら拳の威力が絶大でも相手は六人。勝てるわけがないのである。

熊太郎は、俺はこの場で滅亡してやろう、と思って叫んだ。

「どうせ俺はひとり殺しとんね、ここで死んでも構うことあるかい。かかってこんかい、口ぼさのあほんだら」

叫んで熊太郎は内心で、あっ、と思った。熊太郎はいまの瞬間、自分の思想と言語が合一したことを知ったのである。思ったことがそのままダイレクトに言葉になった幸福感に熊太郎は酔った。しかし熊太郎はこうも思った。

俺の思想と言語が合一するとき俺は死ぬる。滅亡する。そもそもは横溢する暴力の気配を厭悪する感情に端を発した騒動であった。それが結果的に暴力を生む。豆を煮るのに豆殻を焚く。暴力の気配から逃れるために暴力を行使、その暴力がさらなる暴力を生む。因果なことだ。

などと詠嘆している暇はなかった。

「いてまえ」誰かが叫んですぐに拳が飛んできた。

ぐわん。熊太郎の顔面に拳が炸裂した。大人の、情け容赦ない拳であった。

重苦しい不快の塊のようなものが熊太郎の顔面にじわじわ広がった。

熊太郎はいずれ敗亡するにしても相手方に相応のダメージを与えてやろうと考えていた。ところが顔面に咲く鈍痛の花、重苦しい痛みで身体が思うように動かせない、せめて拳を「腕殴」にして、この痛みが去ったらどいつでもいい、目の前にいる奴を一発殴ってやろう。というのは攻撃ではなく、仕返しでもなく、巻き添えでもなく、俺という生命が滅びるための祭り。生命の祭り。生命の躍動だ。

と熊太郎は考えたが甘かった。鼻先の痛みが去る前に後頭部に、ぐわん、今度は重苦しいばかりでなく熱と痺れをともなう強烈な打撃を受け、頭脳を白熱に支配された熊太郎はなにも考えることができなくなって、ギターを弾くカルロス・サンタナのような顔をして前にのめった、ところへさして正面から腹を蹴られ、さらには横鬢を拳固で殴られて、ついに熊太郎は一発も殴り返さないうちに地面に倒れた。

しかし意識は鮮明である。さきほどみた少年と同じく、膝頭を胸にひっつけるようにして丸くなり、両の手で後頭部を庇うようにして地面に転がっていた。

「おどりゃなめとったらあかんど」

「へげたれがっ」

「正味、殺すぞ、こらあ」

博徒らがそんなことを言いながら腹といわず頭といわず蹴りつけてくる。

熊太郎は、一発蹴られるたびに身体が砂袋のようになっていくように感じた。

或いは内臓の詰まった俵。赤黒い暗い熱。熊太郎は、この暴力の果てになにがあるのだろうか、と思い、それから動かなくなった葛木ドールの形相を思い出して慄然とした。そのときである。

「ぎゃん」と短く叫ぶ声に続いて、「いたたたたたたたたたた」という泣き声がして攻撃が止んだ。

薄目をあけてみると丁座にすわっていた盤台面《ばんだいづら》の百姓が立て膝をつき、左手で額を押さえ、右手で足首を押さえて、「痛いよお、痛いよお」と泣き叫んでいた。誰かが叫んだ。

「この餓鬼、短刀《どす》のんでけつかった」

まったくもって肝の太い子供であった。

節ちゃんや百姓にどつき回されて倒れ伏した少年は全員の注意が熊太郎に向かったのを見はからって懐にしのばせていた短刀の鞘を払い、目の前にあった盤台面の百姓のアキレス腱を横に切ったのであった。少年は素早く起き上がると中腰の姿勢で怒鳴った。

「おどれらようもこのわいから銭とってくれたなあ。ほんでそのうえどつきまわしゃがって。膏薬《こうやく》代もろていくど」

怒鳴ったうえで少年はしゃがみこむような恰好で短刀を前方に突きだし全員を睨みつけながら手探りで胴の銭をつかみ取っては懐に入れ始めた。

こんなことをされては正味の節ちゃんの面目は丸潰れで、節ちゃんは、「正味、なにさらすんじゃ、この餓鬼、正味」とつかみかかろうとするのだけれども、少年が、「やんのんか、こらあ」と言いながら短刀を振り回すので容易に飛びかかることができず、間合いを計りかねてへどもどしている。

その様子をみつつ熊太郎は自分が立ちあがることができるかどうか確認していた。

全身に重苦しい痛みがあり、何ヶ所かに間歇《かんけつ》的に激しい痛みを感じたが、せいぜい罅《ひび》が入っている程度で完全に骨が折れたり砕けたりしているところはないように思われた。

大丈夫や。立てる。

確認した熊太郎は傍らに割木が転がっているのもまた確認、いますぐ行動を起こせば自分はこの割木を手にしていま少年の方をみて呆然としている百姓の頭をどつき回すことができる、と思った。

そもそもこんなことになったのはこいつらのせいだ。自分が暴力を厭悪する意志を表明したときに少年への暴力を中断していればこんなことにはならなかった。ところがこいつらはそれをやめず、わずかな銭に拘泥、俺を賭場荒《やま》らしと邪推したのだ。俺はそんなんだったら俺は本当に賭場荒らしをしたろかと思ったのだ。それは俺の滅亡への指向性の賜物《たまもの》で、その前は俺も切れて頭のなかに酢醬油の瓶が走っていたけれども、そう思ったとき実は俺はもう冷静だった。ただ滅びてやろうと思ったのだ。あすこにある銭は大方三十円もあるのではないか。俺がこんなことを考えるのは自殺者が最後まで生への執着を捨てられないようなものなのか。五十円あれば俺の抱えているたいていの問題は解決するのだ。

思うやいなや熊太郎は素早く立ちあがった。

熊太郎は割木を手に取り、目の前にいた百姓の側頭部を横殴りにぶわんと殴り、さらに尻メドに膝蹴りを食らわした。百姓は無言で倒れた。

無言で倒れた百姓は意識を失う直前、なんだか尻のあたりがぶわっと温かいな。こんな不条理な痛みのなかにこんな幸せな温かさがあるなんて不思議だな、と思った。しかし思っただけで言わないから誰も百姓がそう思ったことを知らない。

少年に気を取られていた節ちゃんと合羽と客が一斉に振り向いた。

熊太郎は割木を油断なく構えて全員を威嚇しつつ少年に向かって叫んだ。

「おい。俺がこいつらやってる間に早よ、銭とってまえ」

言われた少年はここを先途と銭を浚う、正味の節ちゃんが気圧されて手を出せぬまま言った。

「おどれらやっぱ、正味、端《はな》から共謀《ぐる》やったんか」

「そういうことを言わんといてくれへんかなあ。すぐそういう共謀とか、一円がどうの五十銭がどうのとかぼさっとした口で言うのんやめといてや。それが俺の一番、気ィに障《さわ》んね。頭に酢醤油の瓶が走りょんね。それが森の木ィに当たって粉々や。ほいで手ェが血ィでべとべとなってよけ気色悪なりよるわ」

自分でもこれでは伝わらぬだろうと思いながら暴力と同じく、始めた以上、途中でやめられなくなって話した熊太郎に向かって合羽の清やんが、「なに訳の分からんことぬかしとんね、こら」と怒鳴りつつ、殴りかかろうとしたのを正味の節ちゃんが止めた。

「清やん。正味、やめといた方がええかも知れんど」

「なんでやね、賭場《やま》荒らし黙ってかやすんかいな」

「いや。こいつ正味、なにしよるかわからんど。正味、わいらみな殺しよるかもしれんわ」

「なんでそう思うね」

「目ェ見てみい」

言われてつくづく熊太郎の顔をのぞき込んだ清やんは背筋がぞうと寒くなるのを感じた。

「ほんまや。正気の目ェやあらいん」

清やんが呟くのを聞いた熊太郎は、おっかしいなあ、自分は正気なんやけどなあ、と思いつつも、そうすれば相手は引き下がるのかと思うから知って目を剝いて口を半開きにし、兇悪な気ちがいみたいな顔をした。

「三人ぐらい殺《や》ってきたみたいや」

　呟く清やんの足元に割り木で殴られた百姓が倒れていた。その脇には少年にアキレス腱を切られた盤台面の百姓が、「痛い、痛い」と泣いていた。その向こうには口のぼさっとした百姓が曲がった鼻を押さえてよらよらしていた。合羽自身も乾いた鼻血が口の回りにこびりついて、牡丹《ぼた》餅を盗み食いした河童みたいなことになっていた。正味の節ちゃんが言った。

「なあ、兄ちゃん」

「なんや」

「すまんけど、そこにある銭持って去《い》んだってくれるか」

「言われんでも帰るわ、ぼけ」

「そこで相談やねんけどな」

「なんやね」

「銭みな持って去なれたらわいらかて明日から飯食われへん。せめて半分だけでも置いていってくれへんやろか」

　なんかしとんね。と熊太郎は思った。

　そもそもおまえらがせせこましいことを言って一円、二円に拘泥、或いはそのうえ子供の銭を取りあげて暴力を振るっている、その光景がみすぼらしくて見ているのが嫌だからこんなことになったのにこのうえまだそんな交渉をしてくる。それやったらさっきの続きやったろか、という気持ちになりそうなものだがそれは無理な話で、なぜ無理かと言うと先ほどまでは俺も昂奮して自分も滅亡する覚悟でいたからあんな割り木振り回すみたいなことをしたが、さっき正味の節ちゃんが、清やんに諦めて銭渡して去《い》んでもらお、と言うのを聞いたくらいから俺のなかの緊張の糸が切れて垂れ下がってくにゃくにゃになって、いまさらもう一回、割り木持って闘うなんてことをしたくない気持ちになっている。しかしそれを悟られてはまずいから一応、気がおかしい振りをしてるけどね。それにもっと言うと、こいつらは共謀《ぐる》だと思てるからそんなこと言うけど俺とあの子供は共謀ではないから、俺に半分置いていってくれとかいうても仕方ないのだけれども。あ、ということは俺はこれだけやって銭を貰えないのか。というのは後であの子供とけっこうマジで話し合わねばならんが、しかしあの子供は短刀《どす》を持っている。

熊太郎がそんなことを考えていると、銭を浚え終えた子供が言った。

「兄さん、あんなこと吐《ぬ》かしとんで。どないしょ」

「兄さんちゅとるわ。やっぱ共謀か」

と清やんが言うのを聞いて熊太郎は、それは違って、年上の男性のことをただ一般的に兄さんと呼称することもこの地方ではよくあるじゃないか、と反論したくなったがいまそんなことを言って議論が紛糾してまた闘いになるのだったらそこは無視したほうがよいと思ったのでそのことには敢えて言及せず、少年に直接言った。

「そこに銭、なんぼあんね」

「五十円からあるわ」

「そないあんのんか」と熊太郎は目を剝いた。

熊太郎は素早く頭のなかで銭の計算をした。

正味の節ちゃんは銭を半分置いていってくれと言った。五十円の半分なら二十五円である。まあ、二十五円あれば駒太郎に二十円払ってまだ五円あまる。しかし、それはこの少年の分け前をまったく考慮しなかった場合の話であって、実際上、銭を懐に入れたのは少年だし、短刀で盤台面の足首を切ったのも少年である。ということはやはり普通なら半分の十二円五十銭、年齢等勘案して十円、それをさらに値切っても最低八円は払わなければならぬだろう。となると二十円に二円足らぬ計算となる。

頭のなかで銭勘定をした熊太郎は少年に言った。

「まあ、三円がとこ置いとったれや」

「そら正味、殺生や」と正味の節ちゃんが叫んだ。

「なにが殺生やね。おまえさっき明日、飯、食われへんちゅたやんけ。三円あったら飯ぐらいなんぼでも食えんがな」

「そらそやけども……」

「それやったらええがな。おい、去《い》の」

と声をかけられた少年は懐から三円の銭を摑みだし、「さ、くらいさらせ」と土足で踏み荒らされてぐしゃぐしゃになった盆茣蓙目がけて投げつけると、「いきまおか」と熊太郎に言った。

「邪魔したな。また来るで」

明朗快活だけれどもやはりどこかしらおかしい。そんな印象を聞く者に残すように注意を払いつつ熊太郎は言って表に出た、少年も出た。

もはや夕景であった。向こうから来る人の顔がみえない。熊太郎と少年は段々畑の間を上り下りする細道を連れ立って歩いた。

振り返ると、五十円からあった場銭をみな浚われて納得がいかぬ節ちゃんと合羽の清やんらが見えかくれしつつかそこそ後をつけてきていた。

「おい。あいつらついてきょんが。うっとおしい奴らやで」

熊太郎は吐き捨てるように言った。本当は気味悪くて仕方なく、大事ないやろか、と相談したかったのだけれども相手は子供で、その子供に頼りない兄ちゃんやと思われたくないので虚勢を張って吐き捨てるように言ったのだった。

ふらふら後をつけてくる正味の節ちゃんらはしかし襲いかかってくるということはなかった。彼らは熊太郎と少年のことをなにをするか分からぬ不気味な半狂人だと思い込んで恐れていて、そうしてつけてくるのはただただ銭に対する執着、腹を減らした腑抜けが飯屋の前で指をくわえているような、なんらの実効性をともなわぬ行為であったからである。

それが証拠に富田林の繁華なあたりまで来ると彼らの姿は見えなくなった。

熊太郎は目の前の飯屋の提灯を見たまま少年に聞いた。

「まだついてくるか」

「もうきてへんわ」

「あきらめよったんかいな」

「わいらが東井一家に言いに行くと思いよったんちゃうか」

少年が言うのを聞いて熊太郎は急に肩が軽くなったような気がした。熊太郎は言った。

「おい。おまえ腹減れへんけ。ここの家でなんぞ食うていこか」

少年はにっこり笑って頷いた。少年の顔が提灯に照らされて赤い。赤いわれ。

と言って入った飲食店。特に贅沢《ぜいたく》な店ではなく、反った板壁に破れ襖《ふすま》、赤茶けた畳は毳《けば》立《だ》っているし、なんだか分からぬお婆《ば》ンが出てきて要領を得ぬことを言うから、話しあっても無駄だと熊太郎は判断し、思いつくままに飯と鮎《あゆ》の甘露煮《かんろに》と蕗《ふき》をどうにかしたのと鮹《たこ》を酢に無茶苦茶にしたものと豆に奇怪な細工を施《ほどこ》したものに清酒を誂《あつら》えた。

「待たされんのかなんさかい、早いことしてや」

と言ったのがよかったのかどうなのか、暫《しばら》くして運ばれてきた料理はどれも珍しいもの、上等のものではないのだけれども腹が空いていたうえに虎口を逃れて食事にありつける嬉しさからか、どれも無闇にうまそうに見えて熊太郎は少年に、「さ、早よ食おで」と促して箸を取ってはっとした。

こうして料理を誂えたものの懐には一文の銭もなく、あてにできるのは少年の懐なのだけれども、少年とまだ金の分け方を決めていない。もしかしたら少年は全部、自分のものにする気かも知れない。となると俺は一文無しということになり、この年下の少年に、「すまんけど奢《おご》ってくれや、兄貴」と頼まなければならぬと言うことでそれは少しく格好悪い。かといって、ほほ。しょせん子供のこと、ちょっとその銭貸せ、と上からものを言って強奪すると正味の節ちゃんみたいな憂き目にあうかも知れない。

熊太郎は歎息《たんそく》して少年の方を見た。

少年は黙って料理の皿を見つめていたがやがて居ずまいを正すと、熊太郎の方に向き直ると、「おおきにありがとさんでした」と畏《かしこ》まって言いぎこちなく頭を下げた。熊太郎はその様をぼんやり眺めていたがなぜ礼を言われるのか分からない。「いやあ」と言ってくにゃくにゃしていたら、少年は、「今日ほどうれしかったことなかってん」と言って照れくさそうに俯き、これにいたって熊太郎は漸《よう》く、なぜ少年が礼を言っているのかを悟った。

すなわち少年は、正味の節ちゃんらに銭を取りあげられ袋だたきにされている少年を熊太郎が純粋の善意から助けたと思って礼を言っている、と熊太郎は悟ったのだった。

しかし熊太郎は後ろめたい。なぜならば熊太郎は純粋の善意から少年を救ったのではなく、最初のうちは自分が見ているのが不愉快だったから、やめとけや、と軽く言っただけだし、つまり熊太郎は自身の自我を守ろうとしただけであって、少年を救おうとしたわけではない。

次に熊太郎が百姓を殴ったのは百姓のエルボーが熊太郎の顔面に入ったのに逆上してのことだし、最終的に暴れたのは熊太郎自身のなかにある滅亡への意志、すなわち明治五年の秋、人知れぬ岩室で葛木ドールという奇怪な男を図らずも殺してしまい、そのうえ宝玉二顆を偸《ぬす》んでしまって以来、なにをしてもつきまとう、いずれ捕縛されて処罰されるのではないかという恐怖に耐えかね、いっそひと思いに殺されて、すべてにカタをつけてしまいたいと願う意志によってである。

さらに最終的に正味の節ちゃんが熊太郎のことを曲解して、「どうぞ銭を持って去《い》んでください」と言って以降は、具体的に銭の計算をしていたようなありさまで、つまり熊太郎は終始一貫、利己的な動機によって行動したのであって、少年の身を思いやったことはただの一度もないのである。にもかかわらず、少年は、熊太郎に恩義を感じ丁重に礼を言っているのであり、熊太郎は後ろめたくてならなかったが恩義を感じさせておけば銭を分けるときに有利に働くかもしれないと考え、本当のことを言わず余裕をかまして、
「まあ、とにかく飯、食おや」と少年に食事を勧め、自らも箸をとった。

飯はうまかった。熊太郎は無言で酒を飲み、飯を食べた。少年も腹が減っていたらしくものも言わないで食べ終えた。

熊太郎は銚子に僅かに残った酒を盃に注ぎ、これを飲み干したうえで少年に尋ねた。

「ほんでおまえ名ァはなんちゅうね」

「谷弥五郎ちゅうね」

「ふーん。われ谷弥五郎か」

「そや。谷弥五郎や」

「ほで、どっからきたんや」

「どっからちゅてもね、それがなかなか言いにくいね」

「なんで言いにくいね」

「それはつまりね……」

と谷弥五郎が口ごもったのはつまり自分は幼少時から各地を転々としていたため、どこの人間とは一口に言えないということであった。といって親が転勤族という訳ではなく、というか物心ついたときには父母がなく、三つ下の妹とともに、あっちの親類、こっちの親戚に預けられ十二の年に農奴《のうど》に売られたが過酷な労働に耐えかねて逃亡、いまは野宿生活をしており決まったところはない、と弥五郎は説明したのであった。

「なるほどなあ」と熊太郎は言いつつ、酒をもう一本頼もうかどうしようか考え、弥五郎

の懐のあたりを二秒くらい見つめてそれから、

「姐《ねえ》さん。ちょっとお酒持ってきてくれるかなあ」と優男《やさおとこ》みたいな口調で頼んだ。

「おまえはなんかいらんか」

「飯、もらうわ」

「後、飯な、飯」と今度はぞんざいな口調で注文し、弥五郎に向きなおって言った。

「ほで、子供のおまえがなんでまた博奕しよう思たんや」

「そら決まってるやん。博奕で銭儲けよ思たんやんか」

「あほ、ぬかせ。博奕ちゅうのは儲かれへんで。損するばっかっしゃ」

「ひとつ聞いてええか」

「なんやね」

「ほた、なんでおまはんら大人は博奕すんね」

「そらおまえ……、儲けよ思てすんねやんけ」

「ほな一緒やんけ」

「あほんだら。子供と一緒にすな」

「しゃあけど、今日は嬉しかったわ」

「なにが嬉しかってん」

「わいらみたものどつき回されておっきなってきたやろ。滓《かす》みたいにいわれてきたやろ。

今日みたいに助けてもろたん初めてや」

「さよか」

まったく利己的な動機に基づいて行動したのにもかかわらず感謝されて気まずい熊太郎は、くっしゃみをして言った。

「へっくしょい。なんや寒いな。おまえ、もう飯、ええんか」

「食てまうわ」

「そうせえや。わしもこれ飲んでまうわ」

二人は黙って酒を飲み、飯を食べた。

だとすればもはやここにいる理由はなく、さようなら、と手を振って別れればよいのだけれども熊太郎がそうしないのはすなわち弥五郎の懐の銭である。

あれはいったいどうなるのか。或いは弥五郎は、銭を分けないで全部持って帰るつもりか。それはひどい。賭場《やま》荒らしをするにあたっては俺も一応、働いた。にもかかわらず銭はなしか。それはちょっとあまりにも。

と考えた熊太郎だったが、しかし善意の人と思われているので、直截に、銭を分けんのんがあたりまえと違うのか、とは言いにくく、そこで周辺からじわじわ話をしようと、「ところで、なんで子供のくせに博奕してまで銭儲けしょうおもてん?」と尋ねた。

尋ねられた弥五郎は最初のうちは、「そら、銭は誰かて欲しもんや」などとぐずぐず言っていたが、やがて意を決したように言った。

「わたいの妹がな奉公ィ行てん」

「われの妹ちゅたら、年ゃなんぼや」

「十一ゃ」

「ほん」

「その妹が兄やん奉公は辛いさかいにやめさいてくれちゅいよんにゃ。しゃあけどそれまでわいらがいてた親戚の家の治兵衛ちゅうおっさんが給金を前借りしとるさかいにやめられへんにゃんけ」

「なるほどわかった。つまりおまえは妹の前借りを払たろうとこないおもて博奕場に行たんちゅうこっちゃな」

「そういうこっちゃ。しゃあけどお陰で銭がでけた。おおきにな、兄さん」と弥五郎はまた頭を下げた。

年端もいかぬ少年が妹のために銭を拵えようとする。蓋《けだ》し美談である。

しかし、熊太郎は困惑した。なまじ義俠の人と思われたがために、ビジネスライクな銭の話をしにくくなっていたところへさして、弥五郎の身の上、さらには幼い妹のために身を賭《と》して銭を拵えようとしていた、ということを知ったいま、ますます銭を分けようとは切りだしにくい。

そこで熊太郎は腹をくくった。

すっぱり銭を諦めたのである。分け前を諦めて急にさばさばした熊太郎は、ここに、この場所にいること自体が面倒くさくなったような心持ちがして、とってつけたように「ほんなら、行こか」と言うと店のお婆《ば》ンを呼び訊ねた。

「なんぼや」

「五十銭でふ」

やる気なさそうに言うお婆ンをじろっと睨んで熊太郎は言った。

「五十銭？　ちゃっ。高いのお。まあ、ええわ。俺はなあ、水分の百姓で城戸熊太郎ちうもんや。いま持ち合わせがないさかい、明日、とんにきてくれ、ええか。水分の城戸や。なんや頼んないお婆ンやな。わかってるか、水分の城戸やで、キ・ドて言うてみ？　ほれ」

「あのう……」

「なんやね。まだ覚えられへんの。水分の城戸や」

「いや、そうやなく……」

「そうやなくちゅたかて俺は城戸やね」

「いやちゃいまんがな兄ちゃん」

「なにがちゃうねん」

「うちゃ貸売あきまへんね。どうぞ現銀でお願いしまふ」

「それ先吐《ぬ》かさんかい」熊太郎は怒ったがしかし銭がない。

「そこをなんとか」

「そりゃ困る」

言い争いをしているところへさして弥五郎が割って入った。

「あのお、なんやったらわいが払とこか？」

「あかんあかん。年下のわれに払わすわけにはいかん。それにその銭は大事な妹の身代金やろ」

と一応言ったのは熊太郎の見栄、しかし弥五郎は熊太郎の予想通り、

「五十銭やそこら大事ないよ」と言うと懐から銭を摑みだし、

「お婆ン、ここ置くで」と言って立ちあがった。

「弥五やん、すまんなあ」

「かめへん、かめへん」

まるであべこべだ、と思いながら弥五郎に続いて表へ出ようとした熊太郎にお婆ンが言った。

「あんた猪《しし》の実いらんか」

「猪の実てなんや」

「猪の肉や。温《ぬく》もるで。うちの親戚が今日山で獲ってきた肉やよってに新しよ」

「毒性《どくしよう》なお婆ンやで、まだ商いさらっしよる。いらんいらん」と断る熊太郎の横手から弥五郎が、「なんぼやね」と聞いた。

「なんぼほどいんね」

「十匁《もんめ》もあったらええよ」

「ほな十銭ももろとこか」

「そりゃ高い。やめとけやめとけ。そんなもん買おてどないすんね」

「知り合いとこに土産でもっていくね。おい、お婆ン、五匁ずつに分けて竹の皮に包んでんか。あ、おおきに。さ。兄さん、これ持って去《い》んで」

そう言って弥五郎は熊太郎に包みを渡した。

「え、これわしに？　えらいすまんなあ」と礼を言いながら熊太郎は、ますます兄弟の順が逆だと思った。しかし、そのことによって弥五郎の熊太郎への感謝の念が薄らいだということはないらしく弥五郎は店の表に出ると、「城戸はん。今日はほんまにおおきにありがとう」と頭を下げた。

熊太郎は弥五郎が自分の名前を知っているのに一瞬、驚いたが、すぐに気がついて、「そうか。さっきお婆ンにいうてたもんな」と薄く笑い、それから知り合いの家に行くという弥五郎と別れ、富田林街道を水分に向かった。

なんとなく寂しいような気分だった。

へっくしょい。熊太郎はくっしゃみをして立ち止まり、着物の前を掻き合わせた。

月が冴え冴えとして青かった。

「へっくしょい」熊太郎は、またくっしゃみをして、「おお、寒」と言うと背を丸めてせかせか歩きだして、自分が暗い気分であるのに気がついた。

弥五郎といるときは気が張っていたというか、賭場《やま》荒らしの後の昂奮、さらには銭の分け前のことやなんかで精神が激動していたので暗い気分になっている暇がなかったが、弥五郎と別れて一人になった途端、富田林で一銭も工面でけなかったという事実が熊太郎にのしかかってきたのである。

熊太郎は、俺は富田林でけっこう活躍したと思った。

怪しまれながらも玉を売った。それを元手に博奕をして、二十一円儲けてすぐに全部負けた。谷弥五郎という少年を結果的に庇《かば》うようなことになり、正味の節ちゃんらと対立して最終的には賭場荒らしみたいなことになって谷弥五郎が五十円からの銭を浚《さら》えた。しかし俺は虚栄心のためにそれを分けてくれとは言えなかった。ということはあれだけいろいろ活躍したのにもかかわらず俺が得たのは無だ。

そう思って熊太郎は情けながった。

富田林街道は暗かった。

ときおり人家が点在し、軒先から明かりが洩れていたが、右は藪で斜面をなし、左は真っ暗な畑でそのさきに別井の集落があるはずであったが、人家は闇に溶けこんでその姿形が判然としなかった。

神山、森屋まで行かぬと街道沿いに集落はない。

月に照らされて青暗い街道を歩きつつ熊太郎は後悔した。

あの時点で博奕をやめてしゅっと帰っていたら今頃はなんの問題もない、二十円を抱いて温《ぬく》い布団で眠っていたのだ。それを勝負師の磊塊《らいかい》みたいな怪《け》ッ態《たい》なことを言って儲けた銭をみなくした。或いは、妙な見栄を張らずに、谷弥五郎に、おまえには妹があるかもしらんが俺は俺でようじょこの手伝で失敗して弁償《まど》わんなん銭があるから半分よこせと言って二十五円とか貰って、飯代もそっから斬り合い、割り勘定にするなどすれば、それはそれで問題がなかった。もっというと見栄どころか本能を丸だしにして谷弥五郎をどつきまわすか騙すかして五十円まるまる自分のものにしてもよかったのだ。ところが妙な見栄を張ってええ恰好するからこんなことになった。俺は今後の人生においてもう二度と、見栄を張ったりええ恰好をしたりするのはやめる。博奕も全部、勝ち逃げでいったる。というのはええけど、いったい俺はどうするわけ？　駒太郎の二十円どうするわけ？　どうにもならないじゃないの。って俺なに東京弁しゃべっとんね。俺、だれ？　なんかぞわぞわするなあ。

そんなことを考えつつ歩いていた熊太郎はまたくっしゃみをして、「おお、寒。おお寒」と呟いて暗い。

暗い気持ちの熊太郎がくっしゃみをしいしい寛弘寺を過ぎ、神山の集落近くまでやってきて、ああもうちょっとで家やと思った、そのときである。

左前方のゆるやかな斜面の竹藪ににぴかぴかっと光る目玉が見えたかと思ったら、熊太郎の目の前に突如として尨犬《むくいぬ》が飛んで出てきた。

毛皮がばさばさに逆立ち、ところどころ泥で固まったようになって、荒《すさ》みに荒み、瞋恚《しんい》の眼差《まなざ》しで熊太郎を睨んでいる、というのは一目でそれと知れる野犬である。

熊太郎は一瞬、ぎょっとして立ち止まったが、すぐに立ち直って野犬に向かって怒鳴りつけた。

「なんじぇえ、われ」

なんじぇえ、われ、というのは、標準語に翻訳すると、おまえは何者だ、という意味であるが、はっきりいってあほである。犬を相手に、おまえは何者だ、と誰何《すいか》したからといって犬が、はい。私は大阪府泉佐野市からやってきた尨犬でございましてなどと返事をするわけがない。

案の定、犬はそれには答えず、眉間に皺を寄せ、姿勢を低くして、「ううう っ」と唸っている。

しかしただでさえ鬱屈している熊太郎はこれが気に入らず、「なにが、ううう、じゃぼけっ」と怒鳴った。

しかし、それでも犬は、ううう、と唸るのをやめない。ますます腹を立てた熊太郎は、「じゃかましいんじゃ、あほんだらっ」と怒鳴ると、手近な石を拾うと、ぶん、とこれはいい加減に見当をつけて投げたのだけれども、これが間ンがよかったのか悪かったのか、犬の眉間にまともに命中、犬は、きゃーん、と甲高い声をあげて逃げていった。

「ざまあみさらせ、あほんだらが」熊太郎は埃を舐めたような征服感を味わいつつ吐き捨てるように言い、一瞬、寒さを忘れた。

しかし直《じ》きにやってくる寒さ、暗さ、寂寥感。またぞろ背中を丸めてとぼとぼ歩きはじめた熊太郎が、神山も過ぎて森屋の近くまでやって来ると、前方にさっきの犬がまたいて性懲《しょうこ》りもなく、ううう、と唸っている。

「まだ失せさらせへんのんか、どあほっ」と強気で怒鳴り、犬の方に一歩踏みだして熊太郎ははたと立ち止まった。

犬は一匹ではなく、富田林街道に群れをなしていた。総計十四以上。

熊太郎は、先ほど熊太郎に眉間を割られた犬が、これこれこういう奴にやられた。復讐をするから助っ人にきてくれ、と親分子分兄弟分に回状を回したに違いない、と思った。

熊太郎は急に弱気になった。しかし犬は容赦ない、熊太郎が逃げだす間もあらばこそ、うううっ、と唸りながら体勢を低くしていた奴が、ばっ、と飛びかかってきて熊太郎の太腿《ふともも》を嚙んだ。

「あぎゃーん」熊太郎は絶叫した。

犬の牙が太腿にくい込んだら痛い。痛いけれどもいつまでも痛がっていてはもっと痛い目に遭う。熊太郎は痛いのを我慢して全身を無茶苦茶に動かし、「あぎゃーん」と叫んだ。

それでも犬は執拗に食いついて離れない。思いあまった熊太郎は、こんなことをしたら犬が怒ってもっとひどいことをするかも知れない、と思いつつも犬の脳天に渾身の力を込めてエルボーをかました。

「きゃーん」

脳天に肘うちをかまされた犬が甲高い声で鳴いて牙が抜けると同時に、それまで周囲を取り囲んでいた犬が、わっ、と一斉に飛びかかってきた。

熊太郎は、「うわっ、うわっ。くんな、くんな」と叫んで駆けだしたが、犬と駆けっ競《く》らをして勝てるわけがない、たちまちにして追いつかれ、まっ黒くて大きい、犬のなかでも指導者然とした奴に背中に飛びつかれ、前のめりに倒れ込んだ繁みの向こう側は畑で、無精者が野良仕事が終わった後、そのままにしておいた鍬《くわ》の柄に手が当たったので、これ幸いとひっ摑み、からだをねじって、ぶうんっ、と横薙《よこな》ぎに薙いだのがまともに黒犬の顔面に命中、「きゃーん」黒犬は鳴いて尾っぽを股の間に挟んで卑屈に頭をこごめて小股でちょかちょか逃げていく。

これ幸いと熊太郎、鍬を摑んで立ち上がり、これを振り回しながら逃げたのだけれども、なんという勇猛な犬どもであろうか、大将格、指導者然とした犬がやられたのにもかかわらず弔い合戦、おのれ熊太郎逃さじ、とばかりにぎゃんぎゃん吠えながら追ってくる。

熊太郎は、「たすけてくれー」と絶叫しながら富田林街道を走った。

しかし犬たちは執拗でどこまでも追ってくる。

熊太郎は追いつかれては鍬を振り回し、犬が怯んだ隙に死にもの狂いで駆け、ようよう森屋の集落までやってきた。

灯りのついた家もたくさんある。

熊太郎はここを先途と、たすけてくれぇ、と大声で喚いた。


「おい。誰ぞ、たすけてくれ、言《ゆ》うてへんか」

夜なべ仕事に縄綯《な》いをしていた近所の百姓、小田九郎は妻のシメに訊ねた。

膳を抱えていたシメは、「へえ。そない言うたら大分と前からそんな声、聞こえてましたわ」と答えて土間に降りた。

「ほうか。わしゃはちっとも聞こえなんだが。あ、ほんに。助けてくれ、言うとるわ。あれ？　どこぞで聞いたような……。あっ。ありゃ、城戸熊太郎ちう奴の声やな」

「知ってるお人だっか」

「もの言うたことあるわ」

「助けたりなはんのんか」

「あほぬかせ。あいつはやくざやで。博奕の貸し借りで斬り合いでもしとるにきまっとるわ。側杖《そばづえ》くろたらこっちゃがあほみる」

「ほなどないしまんね」訊ねるシメに九郎は言った。

「きつう心張り棒こうとけ」


熊太郎は絶望した。

森屋の、家々が立ち並ぶあたりまで駆けていけば誰ぞ出てきて犬を蹴散らしてくれるに違いない。それだけを頼りに必死に駆けてきた。

ところが熊太郎の絶叫が聞こえていないはずがないのに誰も家から出てこない。まったくもってなんたら薄情な奴らか。明け暮れ顔を合わせている、その人間の難儀をみてみぬ振りをするとはおのれ森屋の奴らめ。今度、火をつけて村中を焼き払てこましたろか。と熊太郎は激怒したがそれも命があっての話で、いまや熊太郎の命は風前の灯火《ともしび》であった。

怒り狂った犬たちは熊太郎を取り囲み牙を剝き出して低い唸り声をあげていた。

駆け通しに駆けてきた熊太郎は疲労困憊《こんぱい》してもはや精根尽き果てていた。

熊太郎は、幸せ薄い人生でした、と来し方を嘆いた。

無知と無理解のなかで言葉を発することができず渦巻く思弁をもてあまし、ものの弾みで葛木ドールを殺害して以来、世間に怯えて生きて、挙げ句の果ては暗い街道で犬に食われて死ぬ。虫けらの一生。なんの楽しいこともなかった。俺はここで死ぬのか、ほんとうにこれで俺の一生は終わるのか。そう思うと情けなくてならない。しかしもう駄目だ。富田林の博奕場でどつき回された傷はうずくし、さっき噛まれた痕も焼け火箸を突っ込まれたようにずきずきする。もうあかん。もう走れない。走りづめに走って横腹が痛い。熊太郎はくつろいだ襟元から手を突っ込み腹に手を当てた。

ぬらぬらしたものが手に当たった。

あかん。気がつかない間に犬に腹を噛まれて腹の肉が剝き出しになっている。

と熊太郎は嘆いたが、すぐに、あっ、と気がついて懐から包みを取りだした。

竹の皮に包んだ猪《いのしし》の肉であった。

お婆《ば》ンがぞんざいに包んだ包みは乱闘の衝撃で紐が弛《ゆる》んで肉が半分はみ出ていた。野犬はこの肉の匂いを慕って熊太郎を追いかけてきているのであった。

だぼがっ。熊太郎は怒鳴って可能な限り遠くへ肉の包みを投げた。

犬は先を争って包みの方へ駆けていき、やがてこれにたどりつくや争ってこれを啖《くら》った。

興奮して噛みあいをしている犬もあった。この隙に、と熊太郎は鍬を杖にして立ちあがり水分の方目指してよらよら駆けた。

肉を持っていない熊太郎を追いかけてくる犬はなかった。

自家に帰り着いた熊太郎は戸を開けるや土間に倒れ込んだ。この日以来、熊太郎は高熱を発してどっと床についた。

熱はなかなかさがらなかったがさすがに一週間もすると幾分症状が落ち着いた。それでも夕方になると熱が上がって起きられない。医師の見立ては風邪ということであったが熊太郎にとっては精神的な打撃も大きかったのであろう、熊太郎は日中もぼやんとしていた。

熊太郎は病床から竹の構造が一箇所大きく破損して大きく落ち込んでいるところがある屋根の裏を見上げ、平次がいまだ屋根の裏を修理していないのはおそらく俺が博奕の借金を払わせたりして金がないからだ、と思って少し泣いた。

熊太郎は、病気が治ったら博奕はやめてどこかの傭人《ようにん》にでもなって銭を稼ごうと誓った。俺ももう二十四になる。そろそろ心を入れ替えて両親に楽をさせてやろうと考えた。

日中、そんなことを考えながらひとり寝床にいるといろんな音が聞こえてきた。動物の鳴き声。梢のざわめき。なにかが爆《は》ぜる音。

そんななかひときわ高くひびくのは村の若い娘たちのはしゃぐような話し声や笑い声だった。

娘たちの声はときに天真爛漫にときに艶めかしく響き、その都度、熊太郎は耳をそばだて、いま通るのはどの家の娘だろうかと推測し、たわけた想像をした。結局、気楽な奴である。ちっとも心が入れ替わっていない。

明治十四年、懐に猪の肉を入れているのを忘れてぶらぶら歩いて野犬に噛まれて病床に伏せり、屋根裏の破れをうち眺むるうちに己の不甲斐なさに恥じ入り、涙ながらに改心を誓った熊太郎であったが、そんなものはそのときちょっとそう思っただけで性根は変わらなかった。

結局、あの後、駒太郎に牛の代を払ったのは平次だったし、熊太郎はどこかの傭人になるとか言っていたがそんなしんどいことはしなかった。

ではなにをしていたかというと相変わらず賭博や飲酒に明け暮れ、しかも病癒えて以降それが箍《たが》がはずれたようになって、その無惨な放蕩《ほうとう》ぶりは、常人が目をそむけるようなひどい有り様と成り果てた。

なんでそんなことになったかというと、病床から起き上がった熊太郎が堺県令、税所篤の辞任を知ったからである。

税所篤のことは熊太郎にとってマジ長年の心労の種であった。

県令の威光によって税所篤は調査もしくは補修と証して堺、河内、大和一円の古墳、遺跡を穿《ほじく》り返し出土品をひそかに私した。最初は古美術品の蒐集家であったのである。

いまでこそ知事がそんなことをしたら、国中がヒステリーみたいになって、きいきい声で批判したり、もっともらしい顔で困ったことだと嘆いたり、このことを利用してうまくやってやろうと目論む人がでてきたりして大騒ぎになるに違いないが当時はそういうのがなんぼでもあって、まあそれはそれでしょうがないのだけれども、しかし熊太郎にとっては深刻きわまる問題であった。

もし仮に税所篤が御所の丘の上の岩室を見つけこれを発掘調査したらと思うと熊太郎は気が気でなかった。もし調査が入ったら葛木ドールの死骸がみつかってしまう。そうなれば俺は破滅、遅かれ早かれ捕縛され死刑になるに違いない。

そう思うと熊太郎はいてもたってもいられない、人と話していても突然、あっ、と叫んだり、野良仕事をしていても突然、こうしてはいられないと急《せ》きたてられるような気持になって鍬を放りだして胸を掻きむしったりするのであった。

熊太郎は噴煙がもくもく上がっていつ噴火するとも知れぬ火山の火口に拝み小屋を建てて暮らしているような心持ちだった。

丁半の勝負に耽《ふけ》っているとき、酒に酔い痴《し》れているときはそのことを忘れることができた。これを称して現実逃避。熊太郎は厭《いや》な現実を直視したくなかったのである。しかしその屈託の元である税所篤が明治十四年二月に辞任していたことを知って熊太郎は大喜びしたのである。

　しかしだとしたらおかしいのは、熊太郎がその後も放蕩三昧の生活を続け、変わらず奈良の博奕場を巡って一文なしになってやけくそになって鹿を殴ったり、昼酒を飲んで大酔、上半身裸になって、「お、お、お濠《ほり》の貝」などと訳の分からない歌を歌って村内をのし歩くという体たらくであったという点である。永年の屈託の元である県令の遺跡発掘がなくなったのだから、今度こそ真面目に精だして働けばよいではないか。いったいなにをしているのだ。

　そら熊太郎も初めは働こうと思った。

　よし。もうこれで自分が人殺しとして捕縛される可能性はかなり減ったのであり、遅ればせながらまともな百姓としてやっていこうと思った。

「お父っつあん、わしは明日から博奕はやめて精だして働くで」と熊太郎は平次に宣言した。

　しかし平次は喜ばない。熊太郎には何度も煮え湯を飲まされているからである。

　そんなこと言うて今度はどんな悪さをたくらんどんね。平次は疑わしそうに目を細めて熊太郎の様子を窺《うかが》った。そんな平次をみて、熊太郎は気を腐らせた。せっかく人が真面目になろうと思っているのにその態度はなんだと思った。

　以前の熊太郎であれば、そっちがそういう態度なんだったらこっちだってもう真面目になるのはやめる、かなんかいって酒を飲みにいくか博奕場へ行くかしただろう。

しかし熊太郎は変わった。気を腐らせながらも、ここで挫《くじ》けたらこれまでと変わらないと自分に言い聞かせ、「わしはもう寝る」と言って寝間へ下がった。

翌日。誰よりも早く起きた熊太郎は土間にあった鍬をかたげて自家の田に向かった。

四月であった。

田に水を入れる前にこれを耕さなければならない。熊太郎は、くほほ、まずそれをやってこましたろう、と思った。

熊太郎は田の真ん中に立ち、鍬に寄り掛かって容子《ようす》をしつつ田全体を見渡した。容子をするとは外見を気にして気取る、取り繕《つくろ》うという意味である。誰も見てないのに田で容子をしている。

阿呆である。

田はいわゆるところの棚田であった。熊太郎は田を見渡してせせら笑った。

くほほ。なんたらせせこましい田圃《たんぼ》だろうか。人間というのはこんなわずかな土地に田を作って生活をしている。いじらしいというか、微笑ましいというか、まあしかしそれが営みというものなのだろう。くほほ。ほんの一回りじゃないか。よし、こんなもの俺ひとりで耕してやるよ。父や村の者らは二言目には、農作業、農作業と言うが、なんだこんなもの。夜を徹して丁半の目を読むほうがよほど神経だ。労《つか》れる。楽勝とはこのことだ。くほほ。

熊太郎はそう言って笑うと、いきなり鍬を振り上げて、がすっ、田に打ち込んだ。鍬は一寸かそこら土にめりこんだ。熊太郎は、ぐいと力をいれてこれを手前に引いた。土が隆起したかと思ったら、ばらばら、手前にこぼれた。

ほら耕った。けど、たがやった、というのは妙やね。耕された。誰が？　田が。田が。田が俺によって耕された。なんか妙やね。通常の百姓はこういう場合、なんていうのだろうか。田が耕すことができた？　これもおかしい。

鍬をうち入れた熊太郎はそんなどうでもよいことを考え、そして再び鍬を振りあげ振りおろした。

くほほ。また、耕った。ウウム。どうしても耕ったというのが俺のなかから出てくる自然な表現なのだけれども、これはやはり言葉としてはおかしいよ、と熊太郎がいちいちそんなことを考えるのは、たった二回鍬を振りおろしただけで田を耕すのが嫌になったからで、しかし正面から嫌だと思うとマジでできなくなるのでなんとか別のことを考えてごまかそうとしたからである。

正直なところでは熊太郎は、うわっ、面倒くさ。と思った。

熊太郎の鍬が掘り返した土はわずか一寸かそこらである。しかしちゃんとした水田にしようと思ったら五寸は掘り返さなければならない。熊太郎は、そんなことをしたら疲れてしまうではないか、と思った。

そんなものはあたりまえの話で疲れない農作業などない。熊太郎は、ここだ、と思った。ここが我慢のしどころであって、ここでちゃんとすれば、ちゃんとした人間になることができる。耕る。疲れるのを我慢して鍬を振りあげ鍬を振りおろす。地面を掘り起こす。それが肝要だ。

そう考えた熊太郎は、それからしばらくの間、もくもくと、耕るという言葉が正しいかどうかについてもあまり考えないで、鍬を振りあげ振りおろし続けた。

しかしなかなか前に進まない。なぜならば人力で五寸耕すのはけっこう大変だし、まして鈍くさい熊太郎がふわふわ土の表面をひっ掻いたところで、そう簡単には「耕ら」なかったからである。

熊太郎はなぜこうも、耕らない、のだろう。と思いながら鍬をふるったが、そもそもそこが熊太郎の駄目なところであって、つまり耕すというのは他動詞である。熊太郎が田を耕す。これが正しい表現である。ところが熊太郎は先ほどから、耕った、耕った、と自動詞的な表現をしている。もちろんこれは無意識裡にやっていることでだからこそ熊太郎本人も、なんか妙だな、と思ってこれにひっかかっている振りをして目の前の労働の辛さから目を背けようとしたのだけれども、これは無意識裡に、田というものは本来はひとりでに、耕る、ものであって、我々はそのお手伝いをするだけだ、といった甘えたことを考えているからである。

この、耕った、という言葉は労働に対する熊太郎のこれまでの生涯が形づくった思想の全力の抵抗であったのである。

そんな思想の抵抗、言葉の圧力をはね除《の》けるように熊太郎は鍬をふるった。

鍬をふるう速力が次第に上がっていった。

熊太郎は人間じゃない、まるでロボットのような速さで鍬を振り上げ振りおろし、畑をぐんぐん進んでいった。しかし悲しいかな、鍬をふるう速力があがればあがるほど、労働の本来の意味、目的が失われていった。早くなるにつれ熊太郎の鍬の先は田の、ほんの表面を申し訳程度に掘り起こすだけになって、実質、なにも耕されていなかったのである。

もちろん熊太郎もそのことに気づいていなかったわけではない。熊太郎はそれを知りながら、というか、それを知れば知るほど内心の鬱屈、思想の抵抗が高まり、それに、もう一度、身体の側の抵抗を試みるために鍬をふるう速力を上げていったからである。そうするとますます田は耕らない。

しまいには熊太郎はただ無意味に鍬を振り回しながら早朝の田のなかをものすごい速力で移動しているという抽象的な行為をしている人のようになってしまった。

悲しい奴である。

速力が人間の限界に達して熊太郎は鍬を投げだし昏倒した。

土の匂いと水の気配がした。朝の空気が爽やかであった。

空が青く、その青が無窮って感じで広かったり深かったりした。

熊太郎はそんな空や自然の広がり連なりを見ているのがせつなく顔を横に向けた。熊太郎は田の表面を間近に見た。

ねらねらに練られた黒い土の表面に申し訳のような鍬の痕跡があった。地面の下にいたのが掘り返されて出てきたのであろうか、黄みがかって白い、ごく小さな虫が土の上をよたよた這っていた。これにいたって熊太郎は勃然《ぼつぜん》と悟った。

俺は間違っていた。なにが、耕る、だ。なにを甘えたことを言っているのだ。そんなことだから俺は駄目だというのだ。田というものは俺が、この城戸熊太郎が耕さぬ限りひとりでに耕ることはない。そうだ。俺は田を耕さねばならぬのだ。それも貴人の鍬入れ式のように形だけ鍬を土に当てるのではなく、確実に五寸だったら五寸と決めてこれを耕す。そんなことを俺はしなければならなかったのだ。時間がかかったっていいじゃないか。ゆっくりと確実にやればよいのだ。

熊太郎は再び立ちあがった。熊太郎は今度はゆっくりと確実に鍬を入れ始めた。

したところ、さっきはまったく耕らなかった田が、ゆっくりとではあるが確実に耕されていく。

熊太郎は、これだよ、と思った。

この感じで確実に耕していくことが重要なのだ。それが真に田を耕すということなのだ。俺はいま初めて真に田を耕すということを知ったような気がするよ、って誰に言うてんねん？

ゆっくりと田が耕っていく。しかしその速度はあまりにもゆっくりで、五分ばかり田を耕していた熊太郎はふと鍬をふるう手を止めて立ち止まった。こんなペースで耕していて、いったいいつになったらすべての田が耕るのか、という疑念を抱いたのである。

熊太郎はいま自分が耕した地面とこれから耕さなければならない地面を見比べた。耕した部分はほんの僅かでこれから耕さなければならない部分は広大であった。しかも耕した部分というのも、最初のうちこそ深く耕っているものの、その先はむらがあって浅かったり深かったりして実に不細工な耕り方をしていた。

あこはもっかいやり直しやな。そう思ったとき熊太郎は自分のなかからなにかがしゅぽんと抜けていくのを感じ、それから腰とそれから二の腕のあたりに強い痛みを感じた。

熊太郎は鍬を地面に置き、腰に手を当ててそれから二の腕をさすった。そして再び鍬を持ちこれにもたれ掛かって立つと、「しかし、百姓というのは偉いもんや」とまるで自分が百姓ではないような調子で独り言を言った。熊太郎は思った。

こうして田を耕すということがしんどいことであるというのは俺も予測していた。そのしんどさというのはまあ予測をうわまわってしんどかった訳だけれども、それでもしんどいという基準の延長線上にあるのには違いない。ところが俺はいままったく予想しなかった問題に直面して驚いている。その問題はなにかというと、田を耕すということが、まったくなんにもちっともおもしろくない、という問題だ。いや、そら俺だって百姓がおもしろずくで田を耕しているとは思っていなかった。しかしそれはそれ、人間の営みでやったらやっただけのやり甲斐、うわっ。もうこんな耕りよった。うわっ。うまいことといったくほほ。きょほほ。程度のささやかなやり甲斐を、ざくっ、鍬を振りおろすたびに感じるくらいのことはあるかなと思っていたのだ。労働に対する神様からの御褒美《ごほうび》として。ところがそんなものは微塵もなく、ただただつらいだけで、それどころか自分の未熟な仕事ぶりをまざまざと見せつけられて嫌な気持ちになる始末だ。これが百姓仕事なら、こんなことを苦もなくやっている百姓というのは凄い奴らだ。

百姓というのは偉いもの、と述懐する熊太郎の意識はもはや自分は百姓ではない地点まで後退していた。なんで後退したかというと深刻に悩みたくないからで、百姓が田を耕せないということはギタリストがギターを弾けないのと同じで、本来であれば大問題である。

しかし、ギタリストが津軽三味線を弾けないのは大した問題ではない。

熊太郎はギタリストが試みに太棹《ふとざお》を弾いてみたが思うように弾けず、「いっやー、三味線というのは難しいものですなあ」と明るく言っているような調子で、「いっやー、百姓仕事とは難しいものですなあ」と言ったのである。

あかんではないか。そもそも熊太郎はちゃんとしようとしていたのではなかったのか。その決意は嘘だったのかというとそれは嘘ではなかった。だから熊太郎は朝早くに起きて鍬を担いで田にやってきたのである。しかし、計算外だったのは、ちゃんとなった状態になるまでの時間である。

熊太郎は自分さえちゃんとすればすべてちゃんとなると思っていた。自分がちゃんとすれば田などすぐ耕ると思っていた。ところが田はちゃんと耕らなかった。

そんなものはあたりまえの話でいくら自分が主観的にちゃんとしても、一定の力を加えないと田は耕せないし、また、どんな小さな田でもこれを耕すには一定の時間がかかる。しかし熊太郎はこの力にも時間にも耐えられない。特に時間に関しては致命的で、熊太郎は自分がちゃんとなった以上、田にもただちにちゃんとなってほしかった。これが無理な相談なのは「耕る」という言葉が誤りであることと分かった段階で明白なのだけれどもそのことを知ってなお、熊太郎は堪《こら》え性がなかった。

そんな風に堪え性がないのは熊太郎が甘やかされて育ったからであるが、熊太郎が博奕場に入りびたっていたことも深く関係していた。

田などというものは耕すばかりでなく、その他にもなにくれとなく手間をかけた上で結果が出るのは早くて半年後だし、土壌のことなどを考えれば一年以上の時間を費やさねばならない。そこで初めてちゃんとしたかどうかが判明するのである。しかるに博奕においては、壺振りが賽子を壺に抛りこみ、くるくるして伏せ、中盆が、「勝負」と声をかけて壺を開ける数十秒の間に結果が出る。そしてたとえ負けても賭け金をとられるだけで博奕場においてそんなものは快、不快をあらわす抽象に過ぎないから人間の根本の部分は少しも痛まない。

そんな時間の感覚のなかにいた熊太郎が農業の時間になかなか馴染《なじ》めないのは当然であった。

こういう堪え性のない人というのは時折あって、「自分はロック・スターになりたいのです」と真顔で言うから、「では、どれくらい歌えるのか歌ってみたまえ」と言うと照れもせず、ギターをかき鳴らして歌いだす度胸というものは大したものなのだけれども肝心の歌が破壊されていて、猿が憤激しておがっているようにしか聞こえない。では伴奏のギターはどうかというと一応、弾いているような恰好はしているものの、音楽にもなににもなっておらず、演奏を終えて鼻を膨らませているのに、「ロック・スターもよいが、それだったらいま少し修業を積んでからなったらどうだ」とアドバイスすると、彼は、「いや。そうではなく自分はいまの自分の状態のままでロック・スターになりたいのです。修業なんて悠長なことはやってられません」と傲然と言い放つ。

熊太郎はそこまで羞恥心の欠如した男ではなかったが、地道な時間に耐えられず結論を急ぐという点では同じであった。駄目なら駄目でよいからいま決めてください。というやつである。

熊太郎は半笑いで、「いっやー、すごいね。耕しは」とかなんとか言いながら、またぞろ鍬をふるったが体が鉛のように重く腕にちっとも力が入らず、浅く地面にささった鍬をようよう引き抜いたら、もう鍬を振り上げる気力がない。

頭では、こんなことでは駄目だ。最低でも半分、それが無理ならせめて三分の一でも耕して帰らないと。と思うのだけれども、どうにも身体が動かず、「ちゃんとしょうと思てんやけどなあ」と呟いたところへ、後から、「おいっ」と声をかけられ熊太郎は飛び上がるほどに驚いた。

「ああ、びっくりした。ああ、びっくりした。心臓がぎゅんとなったわ」

鳩尾《みぞおち》の辺りを押さえて言う熊太郎に、「なにをそないびっくりしてんね」と笑ったのは番太である。むかし熊太郎に腕殴をされ、配下のようにつき随《したが》っていた番太もいまでは一人前の百姓のおっさんであった。

「不意に後から、おい、ちゅうわれたら誰かてびっくりするわ」

「そらすまんことしたけど、それはそうと熊やん、こんな朝、早よからなにしてんねん」

訊ねられて熊太郎は野良仕事をしているとは答えなかった。かつて使い走りのように扱っていた番太に、「いやあ、遅ればせながら百姓仕事始めましてん」と言って先輩面されたり、初心者扱いされたりするのが嫌だったからである。熊太郎は咄嗟に適当な嘘を考えた。

「訳言わな分からんね。昨日の晩な酔うてここら歩いとったんや。ほで、おまえ家帰って朝起きて煙草吸うたろ思うたらな、煙管の雁首あらへんが。んなもんどこでなくなりよんやろ、おもて考えたら、ちょうどここら通ったときな煙管振り回したんや。あんときに飛びよったんやなあ、おもたからな鍬持ってきて探しとんね」

「そうやろ、そうやろ。わしもおまえが朝はよから鍬持って田ァにおるから、まさか熊やんが朝から野良仕事しとるはずないおもとったんやけどやっぱそうか」

「あたりまえやんけ。わいがこない早よから野良仕事なんかするはずないやんけ」

「そらそやな、はっはっはっはっ」

「あたりまえやんけ、はっはっはっ」

と二人は楽しく笑ったが熊太郎は実はちっとも楽しくなかった。

以前の熊太郎であれば、野良仕事なんか阿呆らしい、と傲然としていたから心から笑えた。

毎日、汗水流して働いている番太らを芸のない奴ら、色気のない奴らと軽侮していたし、その気になれば自分はそんなことは安々とできるのだ、と思っていたからである。しかも以前はそうして毎日働いている番太たちは熊太郎を羨《うらや》ましいと思っているに違いないと思っていたし優越感を感じていた。ところが熊太郎はそれらがすべて逆であったことを知ったのである。

俺は田を耕す能力がない。真剣にやろうと思ってもできない。優越感を感じていた番太らは実は逆に熊太郎を軽侮していて、むしろ気の毒な奴だと思っている。俺は馬鹿にされていたのかっ。くち惜しいわいっ。もっと早い時期にちゃんとしようと決意しておけばよかった。しかし葛木ドール殺しのこともあってそれもできなかった。ほんたうにくち惜しいわいっ。

熊太郎は心のなかで血の涙を流した。

しかし外見上はそんな素振りも見せずに笑っていた。

「ははははは」

虚しい笑いであった。

「はははははは」

熊太郎につられて笑っていた番太が、ふと笑いやんでいった。

「……けどおかしいな」

「なんやいな」

「そんな夜中になんで煙管振り回しててん？　それもこんな田圃の根際《ねき》で」

聞かれて熊太郎、「そ、それは」と言葉に詰まったが、「そらおまえ、踊りの稽古しとったんやんけ」と苦しまぎれに答えた。

番太はまた、「ばははは」、と笑い、「熊やん、そらおまえらしいわ」と言いなお笑った。夜中に田圃で踊りの稽古するのがおまえらしいと笑われて熊太郎は傷ついた。おまえのような男に俺の気持ちが分かったまるか、ど阿呆、と思った。しかし自分から言いだしたことでなにも言えない。熊太郎は暗く低い声で、「まあな」と答えた。

かくして熊太郎は百姓仕事に挫折した。

爾来《じらい》、挫折しっぱなしだったかというと、そんなことではなく、こんなことではいけないと猛省、今度こそ心を入れ替え、酒と賭博を断って精だして働こうと誓うことが何度かあった。

誓うのはたいてい深夜深更《しんこう》であった。

なんだかわからないかそこそいう音や風の音、遠吠えする犬の声などが耳について眠れない冬の夜。家人の寝返る音や溜息のような寝息にその暑苦しい寝姿が想像せられ、いくら目を閉じていても眠れない夏の夜。或いはあらゆるものが冬に向かって滅びていく気配が寂しい秋の夜長。

熊太郎は自分というものがこの先どこに行くのか。上も下も右も左もない真っ暗な無明をどこに行くのかも分からぬまま、ただひとりで歩いているような不安にかられ、がばと飛び起きると土間に裸足で降りたってがぶがぶ水を飲み、今度こそ。今度こそ真面目になろう、と誓うのであった。

そのままんじりともしない熊太郎は明るくなるのを待ちかねて田に畑に赴き、農作業を行い、さすがにちょっとやって、楽しくない、などといって投げだすことはなく、一心にこれに取組み、翌日も、またその翌日も朝早くから田に畑に精勤するというのは感心であった。

しかしこれがひと月経たぬうちに熊太郎は田に行くのが嫌になった。

なぜか。それは絶望的な彼我の差であった。

熊太郎はこの十年、博奕と飲酒ばかりして暮らしてきたので百姓仕事のスキルがまるでない。ところがかつての遊び仲間である小出や番太や駒太郎はこの十年間、ずっと百姓をしてきたのであり、その間、着実にキャリアを積み上げていた。

十年先に出発したものに一箇月で追いつくことはまずできない。

まあそれも相手が止まっていればいずれは追いつくことができるかも知れない。しかし相手は相手で日々、先に進んでいるのであって、自分が相手と同じ速さで走ったとしても十年分の距離はそのままである。まして自分が相手より遅いとなればその距離は開く一方だ。

作物がうまく生長せず、枯死したり腐ってしまった作物を抱えて茫然としている、愕然《がくぜん》としている熊太郎を横目で見て、小出や駒太郎たちは車に山盛の作物を積んで、にやにや笑いながら通り過ぎていく。まあそんなものは、「ほおら、おまえとこうまいこといとんのお。どないしたらそんなうまいこといくんか教えてや」と、問えば済むことなのに、なにかと内向する熊太郎は、腹の奥から酸のような敗北感が沸き上がるのを感じ、少年の頃、ひとり独楽鬼ができずに泣いたときの感覚が甦るのを感じた。

あのときもそうだった。俺はみなが易々とやっていることができない。なぜできないのか。それは俺のこの思弁癖が関係しているのかも知れないし、少年の頃から続いている直線的な物事の筋道に関する厭悪も関係しているだろう。それこそが、独楽鬼や百姓仕事といった、人が普通に易々とやっていることができない原因の一つなのかも知れん、と熊太郎は思った。

そんなだから女のこともうまいこといけへんにゃと熊太郎は思った。

熊太郎は恋愛の問題、性的の問題においても同じ年頃の小出や駒太郎が易々とこなしていることができなかった。

年頃になって以降ずっと熊太郎にとって娘は彼女らしか知らない秘密の決まりに則《のっと》って行動している不可解な存在であった。その決まりを冒すと罰せられるのだけれども、その決まりはまったく想像もつかないような突飛な決まりでいくら注意していても娘たちに近づく以上、まず間違いなく冒してしまう決まりなのであった。

では娘たちに近づかなければよいというようなものであるが年頃になった熊太郎からみ

ると娘たちは抗しがたい磁力のようなものを放っていて、熊太郎は娘たちに近づきたい。しかしその都度、熊太郎は秘密の決まりを冒してしまい手ひどい拒絶にあうのであった。ところが、爽やかなクールミントのような顔の小出、駒太郎、番太、竹田、帯。みんな娘らと気安く口をきき、盆踊りの夜などはじゃらじゃらほたえたりしているのである。しかも連中は百姓仕事のように辛い思いをする節もなく、むしろ気楽にふにゃふにゃしてそんなことをしている。

その様をみた熊太郎は、俺かて娘らといちゃつきたいよ、と思った。いったいどのようにして小出や駒太郎らは、あの不可解な秘密の決まりを乗りこえて娘らに接近するのであろうか。そう思った熊太郎は小出や駒太郎らの様子をさり気なく観察し始めた。

ある日、熊太郎が神社の裏参道をちょっと登ったところをぶらぶらしていたら向こう左手の高くなった見晴らしのよいところから、娘らが三人連れだって風呂敷包みのようなものを持って降りてきた。それへさして、橋の方から駒太郎と番太と小出が鍬をかたげて登ってきて、この分だと中途で鉢合わせするに違いない。なにを吐《ぬ》かしゃがんのか、聞いてこましたろ、と思った熊太郎は、少し登って道が高台の斜面にかけて右に曲がり、そこから娘らのいる高台の天辺にむけて幾筋かの細道が伸びているあたりまで、しゅらしゅらっと駆けていき、立ちあがる斜面に背中をひっつけてつくもった。

うふふ。ここなら向こうの声が聞こえるし、こっちの姿は見えない。熊太郎はほくそ笑んだ。粘土質の斜面が背中に冷たかった。もろもろ落ちてきて襟首から背中に入ったりした。

いったいなんちゅいよんにゃろ。やっぱ、ごきげんさん、とかそんなことを言うのだろうか。熊太郎が聞き耳を立てていると、「おお」という駒太郎の声が聞こえ、それに続いて娘らのげらげら笑う声が聞こえた。

駒太郎はきわめて気さくであった。

「おお」と言ったのに続いて、挨拶《あいさつ》もなにもない単刀直入に、「どこいっきゃ」と訊ねた。どこへ行くのだ、と訊ねたのである。

それでも娘らはげらげら笑っている。

俺に対して娘らがあんな笑い顔をみせることはついぞない。コツはやはり気楽さであろうか。熊太郎が考えているとこんだ小出が、

「笑《わろ》てたらわからへんやん。どこいっきゃちゅてたんねてんにゃんか」と言った。

それでも娘らはげらげら笑っていたがなかのひとり、もっとも美しい娘が、「二河原邊《にがわらべ》に空豆煎りにいてたんやんか」と答えた。

「くほほ。牡丹餅の餡《あん》こしらえんのか。仰山こしらえんにゃなあ。三人も寄って」

「げらげらげら。げらげらげら」

熊太郎はそんな他愛のないやりとりを聞いて心の底から、なにをしょうむないこと言うて笑ろとんじゃ、あほ、と思った。そんなことを思いながら、しかし、そうして娘とほたえている駒太郎らが熊太郎は羨ましくて仕方ない。なお踞《うずくま》って聞き耳を立てていると小出が、「また、夕方ンなったら牛滝堂のとこ来いや」と言った。

娘らは笑って答えなかったが、その笑い方たるや明らかに、夕方に牛滝堂に行くと同意したととれる笑い方で、しかも、と熊太郎は眉を顰《ひそ》めた。

小出は、また、と言った。ということはあいつらは最低一回は過去に牛滝堂のとこで集合しているはずで、まったくもって油断も隙もないというか、なんという気色のええことをさらしているのか。俺はそんなこと一度もしたことがない。

そんなことを考えているうちに駒太郎たちは高台の上に登っていき、娘らは坂を下ってきたが、まずいことに坂を下りきった娘たちは右のようじょこ場の方へ行かず、左の熊太郎がつくもっている方へやってきた。熊太郎はしまったと思った。

こんなところにつくもっているところを娘らがみたらどう思うだろうか。気色悪い奴と思うに決まっている。彼女らはまず小さく驚き、次に、自分たちを驚かすという罪を犯したものに対する罰として、ことさら大仰に驚いてみせ、「きゃあ」とか「すう」とか言って喚き、この者が自分たちを驚かせた、と世間に触れて歩くのだ。つまりだから天照大神の怒りに触れて高天原を追放された素戔嗚尊《すさのおのみこと》は、最初は高天原の崖のところに踞っていただけなのではないか？　そしてそこをたまたま通り掛かった縫い女だかなんだか知らんが、娘が大仰に騒いだため加害者みたいなことになって、加害者でもないのにそんな風に騒がれるのが心外で自棄《やけ》になって暴れ、それで追放された。そんなことが意外に真相なのかも知れない。それはよいがしかし俺はどうすればよい？

熊太郎は焦り、苦慮したがやがて、あることを思いついた。すなわち熊太郎は具合の悪い人のふりをしようと思ったのである。

こういうところに趣味で踞っているとしたらそれは気色の悪い奴だけれども、具合が悪いのなら向こうも仕方ない、というかむしろ逆に、「あ。城戸熊太郎はん、こんなとこでお腹押さえてどないしゃはったん」「へぇ、ちょっと腹痛おこしてんやんかあ」「そらいかんわ。どこが痛いンでっか。ここでっか」などと介抱をして貰えるかも知らん。そしたら口をきくきっかけになるし、その後、道で行きおうても、「あんときはおおきに」と声をかけることができる。というかそういう堅苦しい言い方がいかぬのか。駒太郎みたいに、もっとざっくばらんに、「先《せん》はすまなんだのお」という調子で喋って、へたら向こも、げらげらげら、と笑って楽しく交際ができるのだ。

そんなことを考えて熊太郎は腹を押さえ、「ううむ」と唸り、それから薄目を開けて様子を窺った。娘らはもうそこまで来ている。

熊太郎は慌てて目を閉じ、俯いて唸った。

そうしているうちになんだか本当に腹が痛いような気持ちになった。ややあって薄目を開けると、娘らはもはや通り過ぎた後で、道が右に曲がった田の縁のあたりを歩いていた。いてまいやがった。そう思って熊太郎がその後ろ姿を見送っていると、娘らは気味悪そうに後ろを振り返り、熊太郎は慌てて目を閉じ腹を押さえた。しかし娘らは何事かを囁《ささや》きながら急に早足になって坂を下っていき、次に熊太郎が目を開けたときにはもうその姿は見えなくなっていた。

熊太郎は、自分はまた娘たちの決まりに抵触してしまったのだと思い、そして立ちあがった。

背中がずくずくに濡れていた。

なぜこんなに背中がずくずくなのかと訝った熊太郎は、それまでもたれていた斜面をみた。粘土質の斜面にはへばりつくようにして草が生えていて、上の方からちょろちょろ水が流れだしていた。

この水のせいで俺はずくずくになったのだな。と熊太郎は呟いた。

五月であった。眼下のせせこましい田がずくずくになっていた。界隈は水分という名の通り水の豊かな土地でいたるところに水が流れ噴出していた。そして熊太郎の心もずくずくであった。背中もずくずくであった。熊太郎は、なにもかもがずくずくだと思った。

それから何日か経って、気持ちよい午後。熊太郎は村の道を歩いていた。農具を持っているわけでもなく、傍からみると特に目的を定めず散歩のようなことをしているようにみえたが実はそうではなく、熊太郎はばりばり目的があって歩いていた。どうしても娘らと話をしたりじゃらじゃらしたりしたい熊太郎は先日、高台の下の崖のところで学んだ技法を用いて娘らに声をかけるべく手頃な娘を物色して歩いていたのである。

熊太郎が歩いているとむこうから昨年、佐備《さび》の方から来た若嫁が歩いてきた。熊太郎は無言で通り過ぎた。

熊太郎がひやみぞという湧水場《ゆうすい》までやってくると娘たちが数人つくもって大根のようなものを洗っていた。

湧水場とは葛城・金剛山系の地下水脈が突如として湧出しているところで、その水の湧いているあたりに、石を畳んで広くて浅い水の溜まりを拵《こしら》え、生活用水として使用できるようにしてあったのである。簡単な屋根もあって、女たちは、こんなところで仕事をするのは井戸や川で仕事をするよりよほど楽しいと思っていた。

女たちが語らいながら仕事をしているのをみて熊太郎は、ここだ、と思った。

つまりここで、「ごきげんさん。ええお天気だんなあ」とか、「どうです？　洗いもんの具合は？」といった尋常の挨拶をするのはよろしくなく、駒太郎らがやっていたように、

「おお」とか、「くほほ、なにしてん?」みたいな同じ若い者として気楽さ、気さくさ、そんな雰囲気で話しかければよい。そしてそれが難しいことかというとそんなことはなく、まあ、相手が知らない人であれば突然そんなことをいうのはどうも言いにくいし、言われた方も当惑するに違いない。しかし相手は娘とはいえ、近所の者で小さい時分から顔を知っている。家も名前も知っている。突然、「おお」と言っておかしいということはない。

そう考えた熊太郎は娘たちが野菜を洗っているのをたまたま見かけ、なんの気なしにぶらぶらやってきたという体を装い、娘らに、「おお」と声をかけた。

予定では、ここで娘らは、「げらげらげら」と笑うはずであった。ところが熊太郎が、「おお」と言った途端、それまで楽しげに語らっていた娘らがぴたりと話しやめ、離れたところからみても分かるくらいに身を固くして、絶対に熊太郎と目が合わぬよう、俯いて一心に大根を洗いはじめた。熊太郎は心のなかで、なんでやあ、と叫んだ。

おお、と呼び掛けたのが、おい、と聞こえたのか。「おお」「おい」似てる。だとしたらまずい。おい、というのはなんか誰何してるみたいな、いかにも文句あるみたいな言い方で、そう聞こえたとしたら緊張するのも無理はない。

そう思った熊太郎は今度は、もっと馴れ馴れしく、気楽に聞こえるように留意して、「なにしてん?」と訊ねた。

逆効果だった。娘たちはますます身を固くし、なかには目を閉じて恐怖に耐えるような表情をしている娘もあった。

熊太郎は悲しんだ。

同年の村の青年である駒太郎や小出ならあんな楽しそうに笑って、あまつさえ夕方に牛滝堂でほたえる約束までしている。ところが俺が同じことを言うとこんな怪漢かただけ者が暴れ込んできたみたいな顔をする。なぜだ。しかしこのままではおかしげな奴だと思われる。こないだの斜面につくもってずくずくになっていたときのこともある。考えてみればなにもない斜面のところにつくもってずぶ濡れで腹を押さえて黙りこくっている奴は気色が悪い。娘たちが怯えるのも無理はない。そういうことも含めて、おかしげな奴、という評価が定着するのはできればこれを避けたい。

悲しみ、そして娘たちの態度を訝りつつもそう思った熊太郎は自分は怪しいものではない、ということを説明しようと、できるだけ気さくな感じになるように留意して娘たちに話しかけた。

「いまわしは、おい、っていうてへんで。おお、ちゅたんやで。おお。久しぶりやなあ、みたいなね、そんな挨拶。へてから、なにしてん？　ちゅたんも咎めてんにゃあれへにゃで。それはごく、気軽な、なにげない人間としての興味でなにしてん？　てたんねただっきゃで。ちゅうか、なにしてるも、かにしてるもだいこ洗ろてんにゃろ。そんなもん見たら分かるわいな。分かるけどや、一応、なにしてん？　聞くやん？　ほんだら、だいこ洗てまんね、ちゅうやん？　ほんだ、ほーん、ええだいこやね、みたいなことちゅてね、話になって話がこう、なんちゅうの繋がっていくやんかあ。そういう軽い気持ちでいうただけやねんで。ちゅうか言うやん？　言えへん？　どこ行っきゃ、とか、なにしてまんねん、とか言うやんか」

熊太郎は、あっ、と思った。

熊太郎はそんな風に事を分けて話をした。ところが娘たちはまだ身を固くしている。娘たちのこの頑《かたく》なな態度というのはこないだの斜面でのことが原因ではないかと思ったのである。であれば誤解を正さなければならない。熊太郎は慌てて言った。

「ちゅうか、もしかしてこないだの崖でわいがずくずくなっとたでて誰かちゅうてん聞いて気色悪なってんちゃん？　ちゃうねん。まあずくずくにはなっとんてんけどな、あこ粘土みたいなっとってな、水ごっつ漏っとってな……」と、話しながら熊太郎はあるもどかしさを感じていた。このような話し方ではなにも伝わらないと思ったのである。

しかしだからといって堅苦しい喋り方をすると娘たちは警戒して話を聞いてくれないし、それにもっと言うと熊太郎は自らの思弁を的確に表現する言語を持たず、相手が娘でなく、親や駒太郎たちであってもうまく話が伝わらない。熊太郎はそもそも不如意な手持ちの言葉をさらに崩した形で使う他なかった。熊太郎はそれでもなるべく伝わるように努力して話を続けた。

「しゃあけど、わし水、漏ってんの知らんかってんやんかあ、ほいでずくずくなってもてんけどな。しゃあけど、分かるよ。気持ち分かるよ。あんななんもないとこにつくもってるちゅうことそのものが、なんや気色悪いやんな、ちゃうね。腹痛やんか、腹痛。あこ通ってようじょこ場の方ィ降りて行く途中やってんけどな、急にぐわあ腹痛なってきょってなあ、うう、なってもて、ほてつくもっとったんやんかいさ。腹痛いやろ？　もうなんちゅうの？　水が垂れてるとか、もうそんなん腹の痛さで分からんようなってもてな、ほんでずくずくなってもうてんやんかあ。え？　なんで？　なんで？　なんで絶対こっちみんようにしてぎゅうなってんの？　ちゃうやん。そやからいま言うたやん。わし、水、漏ってんのん全然、気ィつけへんなんだんやんか。ほんでそれは腹痛やったからやねん。そんなことようあるやん。いっこのことじいっと考えとったら他のこと気ィつけへんことてあるやろ？　ない？　ある？　ない？」と熊太郎は問うた。

しかし娘たちは、いまや野菜を洗う手すらとめ、恐怖に身を竦《すく》ませていた。熊太郎の言っていることがただの一語も理解できなかったからである。

娘たちは熊太郎から顔を背け、固く目を閉じていた。これにいたって熊太郎は弁解・弁《べん》疏《そ》すら不調に終わったことを知って焦ったが、焦れば焦るほど言葉は迷走した。

「ちゅうかわしを気ちがいやとおもてんの？　それはちゃうで。あ。雀が天麩羅《てんぷら》食べてるよ、って、あ、しまった。これは冗談のつもりで言うたんやけどね、いまこんなこと言うたらよけおかしいとおもわれるやんなあ。ちゃうで、冗談や。冗談を言えるゆうことは正気の証拠やとおもてゆうたんやけど、あかんかったわ。よけいおかしいとおもわれたっちゅうことをわかってるゆうことは正気やとおもわへん？　おもわへん？」

熊太郎は完全にド壺にはまっていた。

熊太郎はがっくり疲れて農村地帯を歩いていた。

農村地帯というのは生まれ育った水分であったが、いまや故郷は熊太郎にとって、よく知らない農村地帯であった。

熊太郎はなんであんなことになってしまったのだろうかと後悔した。

いくら気安く喋っても、娘らは怯えるばかりでそれをほぐそうとして言った冗談がさらに相手の警戒心を煽ることになったというか、はっきり言って気がおかしいと思われてしまい、それで余計焦って、最後はもう冗談にもなっていないというか、熊太郎は自分でも訳が分からない、

「蛇がにゅうめんを飲み込む様子というものが活写されてんね。田ア耕すとき、牛が猿を抱くようにやれなんちゅうけど嘘やで、丁目が出るか半目が出るかちっとも分からん状況で、わがの銭を全部、突っ込む。そんな気持ちでひと鍬、ひと鍬、精魂こめて田アにうちつけていく。それがわいら無職《ぶじょく》の野良よ。ああん。どうも口から蛇が出てきて空に昇っ

てくわ。その蛇がにゅうめんを。回る回るシャッポーが……」

などと訳の分からぬ、奇妙な、さんざん堪えたあげく発語するたびに、ああもう駄目だと諦めてする失禁のような快感を伴う言葉を娘たちに浴びせかけたのだった。

そんなことを言うから娘たちはますます気味悪い。

最初のうちこそ気丈にも身を固くして堪えていたが、あまりの訳のわからなさに堪えきれなくなって泣きだした。娘が泣きだして、やっと正気に返った熊太郎は、

「すまん、すまん、ちゃうね。わいはそんなつもりはちょっとも……」となんとか泣き止まそうとしているところへ、近所のお婆《ば》ンがやってきて騒ぎだした。熊太郎は、

「お婆ン。ちゃうね、わいは別に、ちょっと声かけただけで……」と弁解したがお婆ンは聞かず、

「えらいこっちゃ。極道者の熊太郎が女子の子ォに転合《てんご》してるで」と絶叫した。

そこへ通り掛かったのは湧水場にいた玉という娘の父親で、源兵衛といういかつい体つきの百姓であった。お婆ンの声を聞いて湧水場にやってきた源兵衛は一も二もない、

「おんどれ、なにさらしゃがった」と怒鳴るといきなり熊太郎につかみかかってくる、熊太郎は、「違う、違う」と言いながら畦道を走って逃げだしたのであった。

逃げに逃げ、源兵衛が追ってこないのを確認した熊太郎は一息つき、そしてふらふら歩きだしたのであった。歩きながら熊太郎はなぜこんなことになるのかと考えていた。

小出や駒太郎が話しかけると娘らは笑ってこれに答え、熊太郎が話しかけると身を固くしてしまいには泣きだす。俺と駒太郎のどこが違うのだ。それは確かに俺は蛇がにゅうめんを飲むとかそんなことを言った。しかし、それは最後の方で言っただけで、最初のうちは駒太郎らと同じく、おお、とか、どないや、調子は？　みたいなことを言っただけで別に妙なことも言ってない。ということはどこが違うのか。顔か。確かに小出は涼やかな顔をしている。貴族的でもあるし大家の若旦那のようでもある。しかし本物の貴族や若旦那と並べてみれば間違いなく百姓だし、それに最近はおっさんになって、爽やかなおっさんという奇妙な感じになってきている。では、駒太郎はと言うと子供の時からじゃが芋のような顔だったのが、成長するにしたがってますます、じゃが芋っぽくごつごつしてきて、目は細いし、鼻は胡座をかいているし、いかにも田舎の青年という感じで女が好む顔ではない。竹田の倅は奈良の大仏を無教養にした上でさらに貧乏にしたような顔をしていたし、番太は踏み潰された牡丹餅のような顔をしていた。それに比して俺はどうなんだ。俺の顔は。

と熊太郎は自らの容貌について考えた。熊太郎はそんな不細工ではないはずだと思った。

事実、熊太郎は、目が大きく、唇が厚く、若干、あくのある顔であったが、鄙《ひな》にはまれな整った顔立ちをしていた。子供の頃は周囲の大人に、ええ顔や、と言われたし、少年時代は、年増のちょっと蓮っ葉な感じのする主婦や料理屋のようなところに出入りしている半玄人みたいな、一膳飯の土間で馬子に混じって焼酎を飲んでいるみたいな女に、「あんた、ええ顔してるなあ」と言われた。

熊太郎は女にとってちょっと危険な頽廃《たいはい》、背徳の気配の漂う美男であったのである。

容姿に劣る駒太郎らが歓迎され、自分が警戒される。というとやはり異なるのは言語だろうかと熊太郎は考えた。

つまり子供の頃からの思弁癖。そしてその思弁を表現する言語を持たぬことが原因なのか。

「なにしてん?」「どこ行っきゃ?」駒太郎たちがそんな気楽な口調で喋っているのを聞き、同じように気楽な口調で訊ねた。にもかかわらず自分の場合だけ娘らが身を固くして返事をしないというのは、つまり駒太郎らの場合、思ったことをそのまま言っている。娘さんたちはなにをしているのだろうか。と思うから、「なにしてん?」どこに行くのだろうか、と思うから、「どこ行っきゃ?」思いと言葉がひとすじに繋がって真っ直ぐである。ところが俺は違う。まあ、子供のときに比べたら大分と言葉を覚えたが、それでも頭のなかでいろんな考えが渦巻いて、それが言葉をともなって口から出ていかないから、思いは不快に曲がりくねって、御所の蛇穴の蛇みたいなことになっている。そんな蛇の揚げ句、口だけ真似をして、「なにしてん?」とか、「どこ行っきゃ」とか言っても、娘たちはそうしてちょっと聞いただけでは無邪気に聞こえる言葉も、駒太郎たちのそれと違って、思弁の毒にまみれていることを敏感にも察知しているのではないか。だからあんなに警戒する。だからといって俺が俺の思っているすべてのことを言おうと思ったら、「なにしてん?」みたいな短い言葉ではとうてい表せず、ものすごく長い話になって時間がかかるし、説明のための説明から話をしなければならないし、そうなったらそうなったで娘らは俺をますます気ちがいだと思う、というか、さっき思われた。そう。さっきだってそうなのだ。あまりにも娘たちが警戒しているものだからこそ俺はどういうつもりで話しかけたかという根本の土台について説明を始めたのだ。しかし、普通に考えれば、なぜ短い言葉で気さくに話しかけたかということを長い言葉で緊張して説明する奴はやはりおかしい奴なのだろう。それは喋っているうちに俺もわかった。だから焦った。焦って、自分の考えを言葉にしないでただ洩れに洩らしてしまった。淀川の水飲んで腹だだ下り。警戒されて焦って思弁だだ洩れ。自分は気さくないい奴だと言おうと思っていたのに、ずぶ濡れで斜面に座りこんでいたのは急に腹痛が起こったからだと説明しようとしただけなのに、いつの間にか、いもしない雀が群がって天麩羅を盗み食いしているとか、蛇がにゅうめん飲み込むとか、口から大蛇が出て昇天するのだとかそんな空想的な戯言《たわごと》を洩らして余計に恐がらせてしまった。あげくの果てにお婆ンに騒がれ、いかついおっさんに石もて追われる。それも元はといえば俺の思弁癖が原因で、駒太郎らのように真っ直ぐな言葉が喋れないからだ。といのはでもどうだろうか。となると娘たちは俺が喋って初めてその言葉に思弁の毒が混入ことを知ったことになるが、あの娘らは俺が湧水場に近づいていった段階でもう固くして絶対にこっちを見ないようにしていた。ということは俺の言葉が原因ということは後はなんなのだ。

熊太郎は、「あっ」と声をあげた。

顔が不細工だからでもない。言葉や思想がキショイからでもない。となると考えられるのは噂、と思ったからである。

噂。評判。百姓仕事もろくにできないアホの酒飲みの博奕打ち。まあ、それはそうだ。しかしそれくらいのことは誰でもしているというか、こないだ鹿造は池田専太郎方で酒を飲み、飲みすぎて失神の揚げ句、小便を洩らした。アホの酒飲み極道である。ところが昨日、鳥居の根際《ねき》で女と楽しそうに喋っていた。或いは博奕にしてもそうでまあ俺ほどではないにしても、そこらで小博奕《こばくち》する者はある。だから噂と言ってもその程度の噂ではなく、つまりはっきり言うと御所の蛇穴の近くの岩室で葛木ドールを殺した。俺は殺人者だ、という噂が、あのときあそこにいた、駒太郎、番太、鹿造、三之助のうちの誰かが娘らに言い触らしているということである。

そう考えて熊太郎は戦慄した。

確かにあの日以降、俺と駒太郎らの間にははっきりと溝ができた。葛木ドールに、「おまえら仲間か」と問われて、駒太郎が、「別に仲間と違います」と言ったとき、俺はがーんとなった。愕然とした。俺らは仲間じゃなかったのか、と思った。そしてあいつらが蛇穴の前で屯《たむろ》ってたとき俺は二度、衝撃を受けた。だってそうだろう、あいつらは俺を岩室に見捨てて逃げた。ところが蛇穴に落ちた鹿造は見捨てないで見守っていたのだ。つまり彼らが芯から利己的なのであれば鹿造も俺同様捨てて逃げただろう。ところがあんなに気色の悪い蛇穴だというのに鹿造についてはこれを見捨てず見守っていた。つまり俺はあいつらにとって鹿造以下の存在だったということで、くわあ。俺は鹿造以下なのか。と俺は思ったんだ、思ったんだ、思ったんだ。三回も思ってしまう。だからその後も、俺が百姓をしないで、遊んでいてもあいつらは当然のような顔をしてにやにや笑い、「熊やんは極道者《もん》やのお」とか言っていたのである。しかしもし自分らの仲間がそんなことをしていたら、真面目な顔をして、「そんな極道してたらあかんやんけ」とか言うて説教をしただろう。しかし俺には言わない。つまり俺はのっけからはみごで、つまり、俺はあの独楽鬼ができなかった段階ですでに予《あらかじ》め村の餓鬼からはみごにされていたのだ。だから俺は大楠公流の奇知・奇略で一時的にあいつらを部下のように従えていたが、それが有効だったのはあの御所に行った日まであの日から俺はずっとはみごにされていたということなのである。それを知らぬものだから俺はあいつらにとりいろうとして、代わりにようじょこに行ってやって牛を川に落としてまた親に迷惑をかけたりした。でもあいつらは俺が窮地に陥っても別になんとも思わないし、牢屋にいれられても、おほほん、と笑って終わりで、近所の者だから庇うといったことはしない。というか、逆におもろがって、「ちょっと、ちょっと知ってる？　あの熊やんおるやろ。そうそう、あのあほの極道。あいつ人殺ししとんねで」とか半笑いで言い触らして歩いているのだ。だから女は俺をみて異常に怯え、なにを言っても返事をせぬのだ。

熊太郎はこのように考えて初めて得心したが、しばらくして、違うかな、と思った。しかしだとすればおかしいのはそうすっと岩室が暴かれて葛木ドールの死骸が出てこやんとあかぬのだけれどもそんな話はとんときかないし、ではあいつらが自分で御所に行って岩室を調べたかというとあいつらにそんな度胸があるわけもなく、またもし万が一、奴らがそうして死骸を見つけたとしたら小心な奴らが黙っていられるわけはなく、すぐに駐在所に駆け込んでいるはずだ。

熊太郎はそんなことを考えて農村地帯に腕組みをして立ちつくしていた。

せんど考えて熊太郎は、やはり駒太郎らが葛木ドールのことを知っているはずはないと結論した。

どのように考えても遺跡発掘マニアの税所篤より先にきゃつらが葛木ドールを見つけるはずがないし、その税所篤は二月に辞任しているわけで、となるともはや、そんな御陵を暴くてなことをする奴はないから、だから俺が人殺しだという噂が村内に流れることもないし、これまで流れたこともないはずだ。

熊太郎はそのように考えていちおう安心したが、しかし抑鬱《よくうつ》的な気分が熊太郎の心に蟠《わだかま》った。

このところ娘らとじゃらじゃらすることを熱望していた熊太郎は苦しく切ない思いであったが、その一方で浮き立つような気分でもあった。しかし、右の俺ははみごにされているのではないか、という考えによって熊太郎は実に厭な、抑鬱的な気分になるのであった。

農村地帯が急速に暗くなっていった。


直線的な欲望を表明することを途轍《とてつ》もなく恥ずかしいと思ってしまう熊太郎はそのようにして、百姓仕事や恋愛といった、他の村の青年が大した努力もしないで安々とこなしていることができず、百姓仕事については容易にこれを諦めたが、恋愛、娘とじゃらじゃらするという件についてはしかし容易に諦めなかった。

農村地帯で一時的に落ち込みもしたが、明け暮れ朝な夕な、村内で抗しがたい磁力のようなものを放つ娘らの姿をみるにつけ、なんとかしてこれに近づきたいものだ、と強く念願し、また、小出や駒太郎らがそれら娘らとじゃらけている姿を目撃するにつけ、あんな奴らにできて俺にできぬはずがないという闘志を胸のうちに燃やした。

しかしただ往来で声をかけて駄目なのは先の惨めな失敗によって明らかで熊太郎は八月十六日に開催される盆踊りに焦点を定めた。

盆踊り。熊太郎は御所の岩室で葛木兄弟に盆踊りの歌を無理矢理歌わされて以来、みながそうして楽しみにしている盆踊りには参加しないで、盆踊りの夜はひとりで陰気にしていた。

しかし盆踊りの夜は女も大胆になり、踊って上気している女に、「ちょう向こ行て休めへんか」と提案すると娘であろうが後家であろうが、たいていはついてくるという話は聞いていた。

なんでそんなことになるかというと、盆踊りというのはつまり盂蘭盆会《うらぼんえ》、つまり死霊を慰めるために行われる儀式であったからで、盆踊りの場はすべて死霊の都合を最優先して仕切られていたからである。ではなぜ死霊の都合を最優先したら女が上気して大胆になるのかというと、それはちょっとわからない。わからないが、まあ推測で言うと、生きている人間は太陽の光を浴びて光のなかにあるが死んだ人間は闇のなかにある。考え方がすべて逆で、生きた人間が年に一度、死んだ人間に奉仕というか、その慰めるためにはやはり生きている人間の常識のようなもの、例えば貞節のようなものはこれを打破してしまう必要がある。

もちろんそのために音楽があるのであって単純な反復ビートや囃子、ダンスは人をトランス・忘我に導き、それにともなう性的行動も人を恍惚に導く。

つまりそうして自我が一時的に崩壊するぐらいな状態になって初めて死霊の気持ちが分

かるのであるが、では、そうして恍惚状態になった段階で、さあ、じゃあ、死霊を慰めよう、と果たして思えるのかというと、恍惚状態になって我を忘れているのだから思えない。

それではなんにもならんではないか。あかんではないか。てなものであるが、しかし死霊が、「こんなんでは俺がちょっとも慰まれへんやんけ」と言って怒ってきたこともなく盆踊りはずっと続いてきた。ということはこれはこれで慰まっているというか、まあ死霊の方でも、「俺らのためにここまでしてくれてんにゃから」と思って納得しているのだろうし、もっというと死霊がもっとも嫌がるのは忘れられるということで、生きている人間が死霊のことを考えて阿呆騒ぎをしているということだけで大いに満足なのかも知れない。

或いは盆踊りで踊っている間、人間は死霊に憑依《ひょうい》されているという風に考えれば、肉体を持たぬ死霊がこの間だけは身体を躍動させ、性的行動をとることができるとも考えられる。

助平な死霊である。

それをよいことに生きている人間の方も無茶苦茶をするというか、この日ばかりは心と身体を解放して歌い、踊り、性的な行動も大胆にこれを行うたのである。

だから若い者やなんかは盆踊りはこれは非常に楽しみにしたし、若い男は浴衣なども、わざわざ粋な文様・図案を考案、これを染めにやらしたりした。それというのも女にもてたい一心からのことで、本人はたいそう粋がっているが他人から見ると珍妙なことこのうえなかったりするから笑う。

死霊はこんなことにも慰められるのかも知れない。

というと男ばかりがいれこんでいるようだが、女も、普段から様子の好《え》え人やなあ、と思っているあの人が、「ちょう向こ行て休めへんか」と声けえへんやろか、と期待して容《よう》子《す》をしたりする。実際、声をかけてくるのはぶっ細工なおっさんばかりで、「きしょいんじゃ、おっさん」と罵倒したりしているのだけれども。

熊太郎はしかし岩室で歌わされて以来、盆踊りの歌を聴くとたいそう嫌な気持ちになって陰気になったし、本格的に極道をするようになってからは、このような盆踊りの風俗を大いに軽蔑した。

熊太郎は、平生は真面目に百姓してる奴がなに味な真似しとんねん。いっぺん、心胆がぞくぞく震えるような、これで俺はもう終わりやみたいな思いしてみい。そんな思いもせんと、カスみたいな悪徳ねぶってなに喜んどんねん。あほが。と思っていた。

たいそう粋がったものであるが、では熊太郎が常々豪奢《ごうしゃ》な快楽を味わっていたかというとそんなことはなく、百姓仕事を怠けて小博奕《こばくち》を打っていただけで女とつき合ったこともないのだから笑う。

しかし熊太郎はそのように冷笑的で、そんな盆踊りみたなもん参加できるかれ、と嘯《うそぶ》いて例年、水分で盆踊りがある八月十六日は大和の五條の方へ行ってほっつき歩いたり、用もないのに富田林へ行って屁をこいたりしていた。

しかし当年は違った。

なんとしてでも女の子と仲良くなりじゃらじゃらしたい熊太郎は今年は盆踊りに行ってこますと心に誓い、あれほど軽侮していた駒太郎や三之助たちと同じように浴衣をきて下駄をちゃらちゃら鳴らすなど容子をし、宵からそわそわと落ち着かない、飯も按排《あんばい》食べずに立ちあがり、「なんや、もうええのんか」と平次が声をかけるのに、「エシャーンかかってるからもうええねん」と、また訳の分からぬことを言って奥の間に入っていった。

平次は豊にいかにも苦々しそうな口調で言った。

「おま、いまの熊の言い草、聞いたか」

「へえ」

「エシャーンかかってるちゅいやがった。また口から出任せぬかしとんね。なんであんな奴になってまいよってんやろ。ちさい時分は賢かったのに」

平次の苦しみ、悲しみは深かった。

しかし、そんな平次の悲しみを知ってか知らずか奥の間に入った熊太郎は仕切の戸を閉め、亡母高が嫁入りの際に実家から持ってきた鏡台の前に座りこむと、懐からかねて用意の手拭いをとりだして頭に被り、右から左から自らの姿をうち眺め、かぶり物を深くしたり浅くしたり、また結び目を上にしたり下にしたりして、どの角度がもっとも粋にみえるかの研究を始めた。

ついこないだまで批判的であったくせにもうこんなことをしている。実に軽薄である。ようやく得心のいく角度を見出した熊太郎は、もう一度、かぶり物をかぶった姿を鏡で確認すると、そわそわと立ち上がった。

こうしているうちにも気のきいた娘は、駒太郎や小出に、「ちょう向こ行て休めへんか」と誘われ、「向こう」に「休み」に行ってしまうのではないかと思ったからである。

慌てた熊太郎は、前を掻きあわせ帯をぎゅっと締め、よっしゃ、と自ら気合いを入れ裏口から飛び出していった。ヤレコラセェドッコイサ、ソラヨイトコサッサノソラヨイヤサ、という囃子《はやし》が聞こえていた。

熊太郎は盆踊り会場であるところの墓地へ急いだ。

家のなかでは熊太郎の出ていく気配を察知した平次が嘆いていた。

「いてまいやがった。なんであんなあほになてもたんやろか」

沈痛な表情で言う平次に、豊は、「へえ」としか言えない。

襞《ひだ》のように隆起し、また落ち込む山裾の、その襞と襞の間の細長く落ち込んだところにへばりつくようにして墓地があり、墓地へ降りかかる道の左右に広がって広場のようになったところに櫓《やぐら》がこしらえてあって音頭取りが歌っていた。櫓の横木には反物がかけてある。

午後七時。家の方はまだまだ明るいが山の影。空気に青みがかった、夜の成分のようなものが浸出して、薄暗いとも薄明るいともつかない。

そんな曖昧な色のなかに反物の鮮やかな色が浮き上がっているようで、熊太郎は甚だしく情緒的な刺激を受け、一刻も早くおなごの肌に触れたいような気持ちになり顔見知りの何人かの娘が美しく装った姿を思い浮かべながらせかせか櫓の方へ降りていった。

ところが櫓の近くまで行って熊太郎は愕然とした。あれほど期待してやってきたのにもかかわらず娘はひとりもおらず櫓の周囲には数名のお婆《ば》ンが踊っているだけであったからである。なかには熊太郎が子供の頃、世話をして貰った近所のお婆ンもいて、あのお婆ンはいまだに顔を合わすと抱いている最中に熊太郎がションベン垂れをした話をする。

そんなお婆ンを、「ちょう向こ行て休めへんか」と誘っていったいなにをするというのだ？　子供の頃のションベン垂れの話でもするのか？　馬鹿馬鹿しい。

そう思ってなお様子を窺うと、さきほど期待に胸を躍らせて坂を下ってきたときはあれほど陽気、浮気に聞こえた音頭もなんだか下手くそで、熊太郎は、はっはーん、これはお弟子がうととんねなと思った。

最初のうちはお弟子が歌う。師匠というのは後から出てくる。ということはつまり、俺は娘らがみな連れて行かれると焦るあまり早く来すぎたのだ。いったん戻って出直すか。

しかし、それも不細工な話で、誰かに行きあって、「お、熊、去《い》ぬんか」と問われた場合、返答のしようがない。「おお。帰る」と言って後で戻ってくるのは恰好が悪いし、「ちょう忘れもんしてきてん」と言うのも不細工だ。それもあるし、いったん戻って後でまた来た場合、娘らはみな連れて行かれて、それこそお婆ンしか残っていないのではないか。それやったらいっそここで踊ってた方が結句まし。おっつけ娘らもきょるやろ。

そのように考えた熊太郎は、しかし近所のお婆ンに声をかけられたらあかんと思い、被り物をぐっと手前に引っぱって顔を隠すようにし、俯き加減で軽く踊りはじめた。

熊太郎本人は、それでお婆ンに見つかっていないつもりだったが、お婆ンのなかに混じっていい若い者があかの宵《よい》から踊っているのだから目立ってしょうがない。お婆ンどもは踊りながら、「やっぱりねぇ」と言い交わした。極道で変わり者の城戸熊太郎のすることはやはり訳が分からない。と言い交わしていたのである。

熊太郎は気がつかないでゆるゆる踊っている。

そんな風にして踊るうちに、音頭取りがもう少しうまい兄弟子に交代し、櫓の周囲で踊る人も次第に増え、盆踊りは少しずつ熱を帯びてきた。

月明かりと提灯の明かりぐらいしかないのであたりは暗い。その暗いなかに粗野で直接的な拍子、情感をあおる節、急きたてるような囃子が響いて、意識しなくても身体が自然に動く。とはいっても娘衆やそれ目当ての若い男たちはまだほとんど来ておらず、櫓の周囲で踊っているのは、お婆ンや熊太郎の母親ほどの年齢のおかみさん、後は飲酒をして赤い顔をしたおっさんといった連中ばかりで、熊太郎は、なかなかきょらひんな、と思いつつ踊っていた。

熊太郎は娘らがなかなか来ないことも気になって半乗りみたいな状態で踊り、ときおりヤレコラセェドッコイサ、ソラヨイトコサッサノソラヨイヤサと声を張り上げるなどしていた。

ところが最初のうちはそうして半乗りみたいな状態で踊っていた熊太郎であるが、リズムというものはおもしろいもので人間をどこか別の次元に連れていく。

踊るうちに熊太郎は全乗りになってきた。

熊太郎自身も気がつかぬ間に動作が大きくなり、ヤレコラセェドッコイサ、ソラヨイトコサッサノソラヨイヤサ、囃す声も大きくなった。

頭が痺れたようになり、熊太郎の身体と音楽のリズムがひとつになった。熊太郎はリズムに乗って踊っていたのだけれども、熊太郎には、自分が手足を動かすたびにリズムが変化するように思えた。或いは、身体とリズムが同時に律動しているように。

というのは熊太郎の周囲で踊っているその他の人々も同様で、熊太郎の周囲ではおっさんが盛り上がり、お婆ンが狂乱していた。ひとりびとりが個として音楽に向かいあうのでなく、ひとりびとりが音楽そのもの、全体そのものになっていた。

「くわあ。ええ感じや」熊太郎はときおり唸った。

ヤレコラセェドッコイサ、ソラヨイトコサッサノソラヨイヤサ、お婆ンのしわがれ声が響いた。

熊太郎はそうして夢中の人のようになって踊っていたが、しばらく踊るうちに、また、別の情緒に刺激を受けて、痺れた脳の一部が覚醒した。

熊太郎の情緒を刺激したのは、いつの間にか輪のなかに入り踊りはじめていた娘らの存在であった。小綺麗な浴衣を着て紅をさした娘たちは音楽とともにあって生気に満ち、匂いたつようで、また周囲から浮かび上がるように鮮烈であった。音楽に合わせて躍動するたびに固く隆起した胸元や二の腕のあたり、足元から拒絶的な磁力が放たれた。

脳のある部分は音楽で痺れたままなのに、ある部分は強烈な刺激を受けて覚醒、熊太郎は、これや。これやったんや、と思った。

俺はこの磁力に惹《ひ》きつけられてここまでやってきたのであった。なんで文章語やねん。そう思った熊太郎は、さっそく向こう側で踊っているひときわ美しい娘の近くに行って耳元で、「ちょう向こ行て休めへんか」と言おうとして躊躇した。

娘に声をかけようとして熊太郎が躊躇したのは、休むというのは一定程度踊って疲れたから休むのであって、もし娘がいま来たばかりであれば休む必要はないと言って断られるに違いなく、その可能性はきわめて大だ。ここはしばらく待つ必要があるだろう。

熊太郎はそんなことを考えて、また踊りはじめたが、そうして余所事《よそごと》を考えたせいか、先ほどのようにリズムに乗りきれない。半端な感じで踊っていたところ目をつけた美しい娘はちょうど輪の反対側にいて、いざ声をかけようとしても近くに行くのに時間がかかって若干グツが悪い。

熊太郎は、急に近づいてきたような印象を与えぬよう、半端に踊りながら先へ進み、娘の近くに行こうとした。ところがすぐ前にはお婆ンの塊《かたまり》があって、小さなお婆ンたちが目を閉じ、頭を振り、意外な速さでしゅしゅしゅしゅっと手を動かし踊り狂っていてなかなか抜かせない。

しかし先に行かぬとなんにもならぬから熊太郎は、ヤレコラセェドッコイサ、ソラヨイトコサッサノソラヨイヤサ、と怒鳴りながらお婆ンを抜かそうとしたが小柄なお婆ンたちは、熊太郎を取り囲むようにしてわじゃわじゃ踊り、なかなか抜かせない。

熊太郎はお婆ンらの踊りに呼応するように見せかけながら巧妙に位置取りし、腰を曲げ、両の手を前につきだして、くの字なり、海老が遁走するような恰好で尻をつきだして少し屁をこきながら後ろ向きに進むが、しかし顔面には笑みを絶やさない、という複雑な技法を用いてお婆ンの塊から抜けだした。

そんな苦労をしてお婆ンの渦から脱出した熊太郎であったが、その先にはおっさんの塊があった。

赤ら顔のでっぷり肥えたおっさんが布袋《ほてい》さんのような腹を突きだしてきわめて愉快そうに踊っていたり、日に焼けた狷介そうなおっさんが、忘我の境地でかくかく踊っていたりする。とりわけ目立つのが紀州から移住してきた紀州の伝さんという林業をしてる人の踊りで、低く這うような姿勢を保ったまま首ばかり前方に突きだし、足を必要以上に高く揚げつつ、手を中空にさしあげ指を蠢《うごめ》く蛇のように動かしている。

顔つきがまた奇妙で、もともとこの紀州の伝さんは、四角い顔をしていてつるっ禿げでそのうえ、林業をしている関係上、日に焼けて茶色い顔をしていて、なんじゃキャラメルのような顔をしていて奇妙なのだけれども、そのうえ、わざとやっているのか、踊りに夢中でそんなことになるのか、蛇が鶏卵を凝視しているような目つきになって、さらにはときどき白目を剝いたりもしていて、これを踊りながら自然な感じで抜かしていくのはむつかしいと熊太郎は思った。しかし抜かさないことにはお婆ンの塊とおっさんの塊にはさまれたまま娘に声をかけることができない。

熊太郎はごく自然な軽い感じの踊りを踊りつつ、次第に姿勢を低くし、ついには地面につくくらいに体勢を下げた。

紀州の伝さんは体勢を下げて踊っている。しかし熊太郎はほとんど田植えか草取りにみえるくらいに姿勢を下げ、低い姿勢の伝さんのさらにその下で踊った。

足、特に両腿のあたりが激烈に痛かった。いっそ踵《かかと》を地面につけ、尻をべったり下げてしまえば楽なのかも知れなかった。でもそれでは駄目だ、と熊太郎は思った。

熊太郎はこうして紀州の伝さんの下を踊りながらかいくぐることを個人的な卜占《ぼくせん》、或いは行《ぎょう》のように感じていた。

この苦難を乗り越え、紀州の伝さんを踊りで乗りこえることができれば俺はあの娘を得る。しからずんば娘を得ず。熊太郎はそう思って歯を食いしばって耐えた。

しかし土俵入りの途中で型を忘れてくにゃくにゃしているようなこの体勢は、きわめて辛い体勢であった。おまけに紀州の伝さんが勘違いをした。熊太郎は傍目から見て不自然な感じにならぬように踊りながら伝さんを抜かそうと思っただけなのだけれども、そうして自分を抜かそうとしている熊太郎に気がついた伝さんは、熊太郎が自分にセッションを仕掛けてきたのだと思って喜んでしまったのである。

伝さんは低く構えて踊っているさらに下で踊っている熊太郎にのしかかるように踊ってきた。白目を剝き、舌を出し、口の両側に手をあてがって微妙にわななきながらむんむん顔を近づけてくる。熊太郎は、これは紀州流の踊りかと訝ったが、そのままにしていると伝さんが接吻してきそうな勢いなので、手を拱《こまぬ》いてはいられない、腿が痛いのを我慢して低い姿勢で、無我夢中で踊っているのでそうして伝さんがむんむんしているというのに気がつかない振りをしつつ、徐々に体勢を入れ替え、最初は、紀州の伝さんと同じく前方を向いていたのを反転、最終的には伝さんと向きあうような形になり、竜虎。踊りながらせりあがるようにして高姿勢になっていくと、伝さんはこれに呼応してずんずん低姿勢になっていく。

熊太郎は内心で、しめしめと喜び、そのまま、先ほどお婆ンの塊を脱出するときにしたように、海老のように尻をつきだして少し屁をこきながら後ろ向きに進もうとしたその矢先、紀州の伝さんは、むんむん顔を近づけつつ、今度は自分がせり上がってくる。つまり、これに呼応してせり下がっていけと言っているということで、これを無視して海老の形になって後退するのは不自然。やむなく熊太郎はせり下がり、頃合いをみて、せり上がると伝さんも呼応してせり下がる。

こんな不毛なことを何度か繰り返した後、熊太郎は伝さんの一瞬の隙をついて、海老のように尻をつきだして後退、漸《ようや》くおっさんの塊を脱出、やれやれ大変だった。とゆるめに踊ってふと目の前を見て息を呑んだ。

おっさんとお婆ンの塊から脱出したとはいい条、まだ大分と向こうにいるだろうと思ったひときわ奇麗な娘が、どういう踊りの加減か、熊太郎のすぐ目の前にいて踊っていたからである。

こんな急に現れたのでは声がかけられない、と熊太郎は思った。

しかもその娘の美しかったこと。確か、富とかいう娘で、少年の頃、熊太郎はこの子に飴《あめ》をやったことがあったのを思い出した。あれから随分と時が経ったが、それにしても美しい娘に育ったものだ、と熊太郎は思った。

実際、富は美しかった。

清潔な娘らしい魅力に溢《あふ》れていた。提灯の明かりに照らされた横顔は人の視線を惹きつけ、双眸《そうぼう》は知的に輝いていた。しなやかな肢体は蠱惑《こわく》的であると同時に冒しがたい神聖な獣のようでもあった。熊太郎は踊る富をちらちら見ながら、こんな別嬪に声をかけるのは並大抵のことではないと思った。

まァいずれは声をかけるにしても心の準備というかそういうものがまだできていない。やはりこういうのはいきなりではなく、少し間を空けて、落ち着いてからやるのがよろしかろう。だからいまはなるべく距離を開けないように、かといって詰めすぎないよう、不即不離でいくのが肝要と知るべし。

と熊太郎は考えたがしかしすぐに、いや駄目だ駄目だ、と思った。急《せ》いてはことを仕損ずるというのは確かに一面の真理である。しかし物事にはなにごとにつけ例外というものがあるのであって、この場合の例外というのは、駒太郎や小出のことである。俺は確かに富のあまりの美しさに遠慮をしてやはりこういうものは手順を踏んだ方がよいと思った。しかしあいつらはどうだろうか。そんな遠慮をするだろうか。しないに決まっている。無遠慮な、もぐらのような感受性で、「ちょう向こ行て休めへん？」とかなんとかふざけたことを言うに決まっている。なにを吐《ぬ》かしゃあがる。そんなことになったら大事で、いまのところ彼奴《きやつ》らがまだ来ている様子はないから、いまのうちに是っ非、俺が声をかけておく必要がある。

そのように考えた熊太郎はついに行動を起こした。

踊りながら、といっても今度は先ほどのように奇矯《ききょう》な踊りではない尋常の踊りを踊りつつ、娘に接近していき、後から、「ちょう向こ行て休めへん?」と声をかけようとしたのである。

ところが娘に顔を近づけた途端、熊太郎は絶句してしまった。なんともよい匂いがしてくらくらになったからである。

熊太郎がくらくらしているうちにも踊りの輪は前方に進む。熊太郎は慌てて後を追い、それから何度か、「ちょう向こ行て休めへん?」と言おうとしたが、いざ言おうとするとその都度、くらくらになったり、心臓が痛くなったり、また極度の緊張で胃が痛くなったり、或いは突然、鼻の奥に疼痛を感じ、くっしゃみが出そうになって言えず、ついに、駄目だっ。俺には言えない、と諦めるにいたった。熊太郎は思った。

だいたいにおいて俺のような極道者があんな娘に声をかけることが間違っているのだ。そもそもが縁がないというか、ああいう娘はやはり、もっと良衆《ええし》のぼんぼんが声をかけるべきなのだ。ところがあのどあつかましい駒太郎づれは、そんな遠慮をしないで、貧乏で不細工なおのれを顧《かえり》みないで臆面もなくにやにや笑って、「ちょう向こ行て休めへん?」

みたいなことぬかしゃがるのだろう。と考えると確かに未練だが、じゃあ仮に声をかけ、奇跡的に、「ほたら休みまひょか」ということになって向こうに行っていったいなんの話をするというのだ。「わいは昔、あんたが小さい時分に飴やったことあんにゃけどうまかったか？」とかいうのか。でもそれくらいしか話題がないのだ。

そんなことを考えた熊太郎は富に声をかけるのを諦め、やはり自分はあんな奇麗な娘ではなく、身の丈にあった娘に声をかけるべきだと思った。

だったら、向こうに休みに行ってももっと気楽に話ができる。というかそれくらいの娘だったら別にいろいろ言う必要はなく、森の小鬼の口調でも真似て、「僕と情交せぇへんか？」くらいのことを言っておけばよいのだ。それで肘鉄を食らわすのなら食らわせばよい。わしが貧乏百姓の倅ならおまえだって貧乏百姓の娘。おんべこではないか。

そんなことを考え、富以外の娘を物色した熊太郎は愕然とした。

これまでそんなことはまったく思わなかったのだけれども、そうして富と比較すると、その他の娘が格段に不細工であったからである。

富のふたつ前で踊っている娘は猿が素麺《そうめん》を食ったのだけれども、誤って山葵《わさび》の塊を食べてしまい、鼻がくんくんになるのを堪えているような顔をしていた。

その向こうにも娘が踊っていたが、髪が石川五右衛門みたいに爆発していた。

その隣で踊っている娘は修行中の行者みたいなしかめ面をして踊っている。なにがそんなに辛いのか。

ついこないだまで奇麗だと思っていた娘たちがかく珍妙にみえるのは、熊太郎にとって富があまりにも美しかったからであるが、熊太郎はそのことには気がつかず、こんなことなら、と思っていた。こんなことなら、ちょっと無理をしてでも富に声をかけておけばよかったか。そう思って熊太郎は富を探したが、ちょっと目を離した間に富の姿がかき消えていた。

しまったあ。誰ぞに連れていかれてもた。

熊太郎は後悔の臍《ほぞ》をかんだが、もう遅い。あの富がここらの阿呆みたいな貧乏タレの小倅のものになってしまったのだ。熊太郎は泣きたいような気分であったが、そうなればなったで、いっそ捨て鉢な気分になり、おまえらがそんなつもりなんやったら俺は俺で好きに生きてこましたる。どんな娘でも手当たり次第に声かけて言うこと聞かしたるんじゃと考えた。

そう思った熊太郎はそれまで娘を捜して半乗りで手先ばかりたれたれ動かしてよい加減に踊っていたのを、ヤレコラセェドッコイサ、ソラヨイトコサッサノソラヨイヤサ、全身に力を漲《みなぎ》らせてむんむんに踊り始め、手近の娘に近づいていった。そして耳元で、「ちょう向こ行て休めへん？」と言ったかと言うと言わないで、娘の真後ろで必要以上に力を込めて踊っている。

なぜそんなことになるかというと、熊太郎は、遠くから見ているときは石川五右衛門の爆発とか滝に打たれる行者とか言って批判していたくせにいざ近くに寄ってみると、その姿形《しぎょう》に、奇妙な情緒的刺激を受け、頭脳が惑乱したみたいな状態になって、しかし頭の一部には冷静な部分もあって、このように惑乱したみたいな状態で声をかけたら、「ひや。この人、惑乱したはるわ。きしょ」と言われるのではないかみたいなことも考えるからである。

けれども黙っていたのではこんなところまできて阿呆みたいに踊っている意味がなく、熊太郎は何度も、「ちょう向こ行て休めへん?」と言おうとするのだけれども言葉が喉につかえたようになって出てこない。

そんなことをしているうちに、後から黒い影がしゅらしゅらっと踊りながら熊太郎の前に割り込み、娘の脇にぴったりくっついて踊っていたかと思うと、耳元でなにか囁いた。しばらくの間、ごじゃごじゃ言っている様子だったのが、やがて二人は寄り添って踊りの輪を離れ、黒い森の方に消えていった。男は、女の肩を抱き、女の耳に顔を近づけ何事かを囁きながらも気が急《せ》いているのが踊りの輪からもみてとれた。肩を抱かれた女は小股でよちよちしている。

熊太郎は焦った。

こんなことをしているうちに女はみんな連れて行かれてしまう。しかし言葉が出てこない。そんなことを考えるうち、しゅらしゅらっ、しゅらしゅらっ。あちこちから黒い影が出てきて娘の脇で踊り出した。こうしてはいられない。焦った熊太郎はあることを思いついた。言葉がでてこないのであれば、踊りによって感情を表現すればよいのではないか、と考えたのである。

子供の頃、近所のおっさんが番《つがい》の十姉妹《じゅうしまつ》を飼っていた。ある日、熊太郎がおっさんの許可を得て十姉妹を眺めていると雄の十姉妹が突如として、訳の分からぬ歌を歌うと同時に、身体を左右に揺すぶったり、頭を上下させたりして踊りはじめた。真ァ隣に雌の十姉妹がいたが、平然としているというか、まん丸な、「あきれました。はっきりいって」みたいな目をして冷たく雄の十姉妹をうち眺めている。しかし雄の十姉妹はめげずに踊り狂っている。

気が違ってしまったのか、と心配した熊太郎がおっさんにこれはいったいどういうことなのかと訊ねると、おっさんは面倒くさそうな口調で、これは十姉妹の求愛行動であると説明してくれた。

熊太郎は、つまりあれやあれや、と思った。言論で、「ちょう向こ行て休めへん？」と言えないのであれば、十姉妹のように踊りで自分の気持ちを表現すればよいと思ったのである。

熊太郎は石川五右衛門のように頭が爆発した娘に狙いを定め、その脇に踊りながら近づいていき、いっそう激しく踊りはじめた。

熊太郎は踊った。悶えるように踊った。

この熱い気持ちを伝えたいんや。この熱い魂を伝えたいんや。

そんなことを思いながら手足を激しく震わせ、ときに十姉妹のように頭を上下させた。

鳩のように胸を膨らませ、鳩胸みたいなこともやってみた。

言葉で表現できない思いを踊りに込める。そんな気持ちで踊るうち、熊太郎は自分が驚くほど自由になっているのに気がついた。

この調子、この調子。熊太郎は目を閉じ、もう無茶苦茶に踊り狂った。五体が裂けるほどに。血管がちぎれるほどに。

このちぎれた血管をみてほしいんや。

熊太郎は自分の思いが伝わっただろうか、と目を開けた。

娘の姿はなかった。

娘は突如として踊りはじめた熊太郎をみて即座に、暑苦しいと思い、そそくさとその場を離れたところ、信やんという男に声をかけられ、踊りの輪を離れて休みに行ったのであった。

熊太郎は踊りが足りなかったのだと思ったが、それは誤りであった。

相手が十姉妹であれば或いはそれでもよかったのかも知れないが、相手は人間の女である。やはりそうして無茶苦茶に踊るよりも言語でダイレクトに言った方が希望が伝わりやすいに決っている。

しかし熊太郎は踊りようが足りなかったのだと信じ、さらに無茶苦茶に踊った。ヤレコラセェドッコイサ、ソラヨイトコサッサノソラヨイヤサ。

怒鳴りながら踊るうち、また熊太郎の頭脳は痺れたようになってきた。

それまでは謀略的というか、女をどうにかしようと思って踊っていた訳で、いちおう乗りながらも、魂を伝えたいとかそういう自分の意志があって、脳の一部が覚醒していた。ところが踊るうちに乗り乗りになってきて、熊太郎の頭脳のなかに、なにか軍馬のようなものが走り始めた。

軍馬は全身がまっ黒でその数は百万。平原のようなところを西から東へ耳を聾《ろう》せんばかりの蹄《ひづめ》の音を轟《とどろ》かせてどこまでも駆けていく。ヤレコラセェドッコイサ、ソラヨイトコサッサノソラヨイヤサ、その上空には半透明の阿弥陀如来《あみだにょらい》が浮遊して、三味線をかき鳴らしている。ヤレコラセェドッコイサ、ソラヨイトコサッサノソラヨイヤサ、突如として地面が隆起、軍馬がばらばらと斜面を転げ落ちたかと思ったら地面は三万尺ほどの山となり、おまけに山頂から黒い煙が噴き出ているというのは火山に違いなく、どーん、どーん、どーん、地響きとともに噴火口から上空に噴出したのは米俵や餅や砂金で、同時に大小さまざまの七福神が何組も上空に噴き上げられ、阿弥陀の三味線に合わせて琵琶をかき鳴らしたり、にやにや笑って鯛《たい》をまき散らしたり、杖でそこらをめったやたらと打ちのめし始めたりする。米俵や七福神とともに空中に噴き上がった軍馬は空を飛べるらしく、そこいらをゆるゆる飛びまわっている。空には七色の雲が漂い、極彩色の龍も浮遊して、また虹が三十も四十もかかっていた。おかしなことに狆《ちん》や鶏《にわとり》も飛んでいた。火山は絶え間なく米や金、餅やうどんを噴出していた。

というのは熊太郎の脳内の風景で、つまりそれくらいに熊太郎は我を忘れ、陶酔していたのであった。しかし、そうして我を忘れているのは熊太郎だけではなかった。

時間が経つにつれ、周囲の者もみな音楽と一体化、我を忘れて狂乱していた。

熊太郎はいつしか所期の目的を忘れ、そんな周囲の者の様子を見て、みんな音楽の一部だ。一は全体であり、全体は一。死者も生者もみんなハッピーな仲間だと思ってにやにやした。

ヤレコラセェドッコイサ、ソラヨイトコサッサノソラヨイヤサ。

熊太郎は叫び、再度、自分と世界のつながりを確認しようとして薄目を開け、にやにやしたその瞬間、熊太郎は思わず、あっ。と声を上げた。

熊太郎は全身の血が凍ったような感覚に襲われてそのまま動けなくなった。

熊太郎の視線の先、墓場の影に痩せて小さい男が立っていた。

あれから十年経って姿形は随分と変わっているが面影というものは隠せない。立ちつくしたまま熊太郎は、「小鬼」と呟いた。そう。墓場の影で腕組みをし、おもしろそうに盆踊りの様子を眺めている二十かそこらの男はどうみてもあの、森の小鬼であったのである。「なんでや。なんであいつが水分におんね」熊太郎が思わず呟いたとき後から人がぶつかってきた。「兄やん、なにしてん。おどろ、おどろ」

おっさんに言われた熊太郎は、「すまん」と小声で言った。

卑屈に頭を下げた熊太郎は踊りの輪からこそこそ抜けだし、小鬼とは反対側の山の陰に踞《うずくま》った。

距離こそ少し遠くなったが、櫓の灯りに照らされて小鬼の顔がはっきりと見えた。細い鼻梁。吊り上がった目。妙に朱くて薄い唇。間違いなく森の小鬼だった。

熊太郎は忙しく頭を働かせた。

なんで。なんでいまごろになって姿を現しゃがってん。といってまず考えられるのは俺を探しにやってきたということだ。兄の葛木ドールを殺された森の小鬼こと葛木モヘアは爾来《じらい》、復讐の機会を窺っていたがこれにいたって初めて自らの手で復讐を果たすべく水分に乗り込んできた。ということはどういうことかというと、森の小鬼だってもう餓鬼ではないのだから、くそう復讐してやる、と言って単身乗り込んでくるということはなく、それ相応の手配りをしているにちがいなく、例えば親類の屈強な男を引き具していたり、或いはすでにお上に訴え出ていて、そこいらで巡査が見張っているということかも知れない。

そんなことを考えて熊太郎は胸のあたりがぎゅんぎゅんに苦しい。熊太郎はいっそう姿勢を低くして小鬼の様子を窺った。

小鬼は相変わらず腕組みをしておもしろそうに踊りの輪を眺めている。

背後に、女の嬌声とそれに続いて、ぐへへ、という男の笑い声が聞こえてきた。しかしいまやそんなことに構っていられない熊太郎は、小鬼の姿を注視しながら、ということは、とさらに考えた。

俺は小鬼に見つかったのだろうか。そんなものは当然見つかったに決まっている。そらそうだろう。女に声を掛けようとして果たせず、それではその気持ちを踊りで表現しようとしてひときわ激しく踊り、輪のなかで目立ちまくっていたのである。探そうと思わなくても自然と目に入ってくる。小鬼は当然、踊りの輪のなかに俺の姿を認めていたはずである。しかし、それにしてはおかしいのが小鬼の態度で、熊太郎は墓場の影に小鬼の姿を認めるや慌てて踊りの輪から離れて叢《くさむら》に姿を隠した。小鬼はその様子を見ていなかった。つまり小鬼からみると俺は突然、姿を消したということになる。となれば俺に復讐するためにやってきた小鬼は、おのれ、逃げやがったか。と慌てて俺の姿を捜しまわるはずである。ところが小鬼には、そうして俺の姿を見失ったのにもかかわらず、まるで慌てた様子がない。

熊太郎がそんなことを考えている間も、小鬼は相変わらず楽しそうに、おほほん、と笑みを浮かめて踊りの様子を眺めて熊太郎を探している様子はさらになかった。

それどころか小鬼は腕組みをとくと、すたすたと踊りの輪に歩み寄り、ヤレコラセェドッコイサ、ソラヨイトコサッサノソラヨイヤサ。自らも楽しそうに踊り始めたのである。熊太郎は訝った。

こらどういうこっちゃ？　俺に復讐しいにきたんと違うのか？　けれども俺の姿が輪から消えてなお、ああして楽しそうに踊っているということは彼奴は俺を捜してここにきたのではないということになる。ということはどういうことなのか。単なる偶然か？　小鬼は盆踊りが好きで好きでたまらず、わざわざ御所から水分まで盆踊りを探してやってきた。ンな阿呆なことあるかれ。盆踊りみたなもん中途になんぼでもやってるとこあるわ。ということは小鬼はやっぱりわざわざ水分の盆踊りにやってきたということになって、なんでやね。というのは例えばこういうことか。小鬼の兄、葛木ドールは水分の城戸熊太郎という男に殺された。ドールはそのことを怨みに思って死んだからその霊は御所の岩室ではなく、水分をさまよっている。そのことを知った小鬼はその御霊をなぐさめるべく水分の盆踊りにやってきて踊っている？　わからん。

熊太郎は考えるのをやめた。とにかく、いまのところ小鬼は自分に気がついていない。そう考えた熊太郎は、とにかくこの場を離れることにした。いずれみつかるか、或いはすでにみつかっているにしても、とりあえず逃げるしかなかったからである。

小鬼は楽しそうに踊っていた。みんな楽しそうに踊っていた。若い男と若い女が楽しく密会していた。ヤレコラセェドッコイサ、ソラヨイトコサッサノソラヨイヤサ。

熊太郎はただひとりで暗い坂を昇っていった。

坂を上りきって、右、さらに坂を昇っていけば、熊太郎がずくずくになった高台の斜面のところに出る。斜面の下を通ってその先の二股を下ればようじょこ場で、昇っていけば高台の上に出る。坂を上って左に坂を下っていけば川沿いの道に出る。家に帰るのであれば、熊太郎はこの道をたどり橋を渡って右に曲がって牛滝堂の方へ向かうはずである。ところが坂を登りきった熊太郎は、右に曲がり、さらに坂を上っていった。

小鬼、または小鬼の配下の者が後をつけてきて熊太郎の家をつきとめ、火を放った揚げ句、一家皆殺しにする、という観念が頭に浮かんで去らなかったからである。

坂を上りながら熊太郎は何度も振り返った。音頭が遠くに聞こえているばかりで誰かがつけてきている気配はなかった。

しかし油断は禁物だ。あの小鬼のこと。なにを考えているか分からないし、なにをするか分からない。

熊太郎は緊張して歩いた。

高台の斜面の下を通り抜け、坂を下ってようじょこ場を過ぎ、熊太郎は橋を渡った。

ざんざん音を立てて川が流れている。

富田林街道に出た熊太郎はあたりの様子を窺った。家の灯り以外になにもみえず、後は闇であった。しかし闇はただ一色の闇ではなく、背後の金剛の山並みが漆黒の闇であったのに比して、前方に広がる田圃や畑は薄墨のごとき闇である。平地のところどころに蟠《わだかま》る雑木林は、茄子《なす》みたいな中途半端な闇で、熊太郎は、なるほど一口に闇と言っても様々の闇があるものだ、と思った。

そしていま俺の心のなかは闇だが、その闇にもいくつか種類があって、せっかく喜んで盆踊りに行ったのに娘とじゃらじゃらできずに帰ってきたと思うと暗い気持ちになり、それは薄墨色の闇だ。そして森の小鬼が水分に姿を現したというのは漆黒の闇。もし小鬼が騒ぎだし、明治五年のあのことが明るみに出たら、俺は娘とじゃらじゃらどころではなくなるからだ。そういう風に俺の心のなかには二種類の闇が混じりあってあり、それはどちらも俺にとって厭な闇だ。ああ。博奕がしたい。

思わず呻いた熊太郎は直後、凝然として立ち尽くした。背後から唐突に声を掛ける者があったのである。

「熊太郎さん」というその声は女の声であった。

おのれ小鬼。女を使いやがったか。そんなことを半分、強がりみたいに思って振り返った熊太郎は我と我が目を疑った。

月光のなかに先ほど、さんざんに逡巡《しゅんじゅん》して声を掛けられなかった美少女、富が立っていたからである。

「あ、あんたは……」熊太郎は阿呆のようになってしまい、そういうのがやっとであった。富は岸田という中農の娘であった。熊太郎よりひとつしたの二十三歳で、熊太郎は年下の娘に声を掛けられて周章狼狽しているのであった。

富が熊太郎に、「もう踊れへんの？」と尋ねた。

その調子があまりに気安く、普段は駒太郎や小出のように娘らと心安く話せない熊太郎であったが思わず釣り込まれ、「うん。もう踊れへんね」と気安い調子で答えた。

「なんで踊れへんの？　みんなまだ踊ってるやん」

「俺、盆踊り嫌いやね」と言ってから熊太郎は、しまった、と思った。

みなが楽しみにして喜んでやっていることを嫌いだとか言うから偏屈と言われ、疎《うと》んぜられ、蔑《さげす》まれる。やはり女に好かれようと思ったらそこは嘘でも、「いっやあ、わし、盆踊り好っきゃ。もう、盆盆ですよ、ほんなもん」みたいなことを言わなければならぬのだ。それをば、にべもなく、「俺、盆踊り嫌いやね」みたいに言ったのだからもう駄目だ。嫌われた。

そう思った熊太郎がどうせ表情を固くして狂人を見るような目で俺を見ているのだろうと富の顔を見ると富は、そんな屈託したような様子をまるで見せずに言った。

「わたしも盆踊り嫌いや」意外な富の返事に驚いた熊太郎が言った。

「あんた、盆踊り嫌いなんか」

「嫌いや」

「なんで嫌いやね。村の者、みな喜んで踊っとるやんけ」

「なんか阿呆みたいやん」

「まあの。けど、ほななんで行ってん。さっき踊ってたやん」熊太郎は精一杯、しゃんとして訊ねた。熊太郎に、盆踊りが嫌いなのになぜ盆踊りに行ったのか、と訊ねられた富は答えた。

「友達に誘われてん」

「ふーん。ほだ友達置いて帰ってきたんや」

「いつの間にや、男の人とどっか行ってまいよったわ」

平然と富が言うのを聞いて熊太郎が顔を赤らめた。熊太郎は、果たして富は、どこまで事情を分かって言っているのかと思った。熊太郎は富の横顔をちらちら盗み見た。富はなんらの屈託もない表情をしていた。熊太郎は言った。

「ほだ、あんたこれから帰るとこか」

「そうや」

「あんたんとこ、どこやったかな」

「牛滝堂のさきやんか」

「わしとこも同方向や。一緒に帰ろか」

「そおしまほか」

そんなことを言って熊太郎と富は肩を並べて歩き始めた。熊太郎はぞくぞくするようだった。

なんたら僥倖。なんたら幸運。俺はいま富と並んで歩いている。そう思っただけで熊太郎は幸福な気持ちになり、雲の上を歩いているような心持ちがするのであった。

複雑な闇のなかに富田林街道が青い月の光に照らされ、ただひとすじに続いていた。


富は後ろで手を組んで地面をみながら歩いたり、或いは逆に手はそうして後ろで組んだまま、反対に胸を反らして、つま先から足をおろすようにして歩いたりしている。

熊太郎にはそんなことをしている富が容子《ようす》をしているのか。或いは天然自然に振る舞っているのか、判然としなかった。熊太郎はここでこそ、「ちょう向こう行て休もか」というべきなのかと思った。しかし向こうとはどこなのだ。とも思った。

左は畠《はたけ》で右は川だし、背後はいま来た道だ。もっとも、向こう、前方だが前方はふたりの家で、家に帰って、「ちょっと休む」訳にもいかない。しかしこうして黙って歩いているのはいかにも芸がないと熊太郎は考え、なにをいうのかを考えないまま、「あんた」と声をかけ、「なに?」と無邪気に熊太郎の顔を覗き込む富に、「わし、むかしあんたに飴やったことあんねけど覚えてるか？」言って、しまったあ、と思って落ち込んだ。

そもそも女とは甲斐性のある男に惚れる。ダイアモンドの指輪かなんかを、ぱーん、と買う。「ああ。甲斐性のある人やわあ。好きやわあ」となるのである。だから男は女の前ではいい格好をして甲斐性ある振りをする。挙げ句どないもこないもいかぬようになって高利の金を借り破産する。蓋《けだ》し情けない話であるが、それというのも女の前でいい格好をしたい一心からで、たいていの男は女の前で大きなことばかり言うのである。

しかるに熊太郎は惚れた富に、自分は十年前にあなたに飴玉一箇を与えたことがある、と言ってしまったのであり、これはつまり自分が最大限見栄を張って飴玉一箇ということと言ったのと同じことで、熊太郎は、なんたらしょうむない男だ、と軽蔑されたに違いないと思って落ち込んだのである。絶望した熊太郎は重ねた握りこぶしを腹にあてがい、左から右に、かい撫でに撫でるような仕草を繰り返した。意識しない、無意識の裡《うち》にしてしまった仕草である。

その仕草がおかしくて富は笑った。

富は笑いながら、「そら飴くれたん覚えてるよ。覚えてるけど、それなんやの？」と言って熊太郎の腹を指差した。

言われて初めて熊太郎は自分が拳で腹を撫でるような仕草をしているのに気がつき、大きな声で、「ああ。ああ。こ、これかいな。こんなもんなんでもあらへんがな」と言って慌てて腹から手を離した。

熊太郎は俺はいったい俺はなにをしていたのだろうかと考え、すぐに自分が無意識裡に切腹をしていたのだということに思いいたった。しょうむないことを言ってしまったため富に軽蔑され、絶望のあまり死んでしまいたいという気持ちになって、つい切腹の仕草をしてしまったのである。

まったく阿呆な仕草をしてしまったもので、こんな仕草をみられたのだからますます軽蔑されたに違いない。そういえば子供の頃、ありもしない笛を吹く真似をしているところを平次に見られて恥ずかしい思いをしたことがあったなあ。

と思いつつ熊太郎は、富の笑いに侮蔑的な響きがないのを心の杖におもいきって言った。

「切腹の稽古してんね」

「なんでそんなことすんの？」

「なんでちゅうことないけど、男はいつ何時、切腹せんならんか分からんやろ。しゃあから常からこなして切腹の稽古してんにゃん」

「ふーん。盆踊りの晩に？」

「そやんか」

「ぶっ」と富は吹き出し、「やっぱりおもろい人や」と言ってなお笑った。熊太郎はつり込まれて笑い、そして問うた。

「やっぱり、あんたわしのこと知ってたんか」

「そら知ってるわ」

「知ってるてやっぱりわしが飴やって、それ覚えてたちゅうことやろ」

「ちゃうやんか。それ子供のときのことやん」

「ほだ、なんで知ってんね」

「そら知ってるわ。熊太郎さん、有名やもん」

「有名？　わし、有名なん？」と熊太郎に問われて富はまた、くふふ、と笑った。

「有名や。みな噂してるわ」

「どうせ極道やとか、気ィおかしいとかそんなん言うてんにゃろ？」

「まあそやけど、わたしは気にせぇへんよ」

「ほんまか？」

「ほんまやんか」

富は平坦な調子で言った。熊太郎は富が悪評を気にしないと言ったのが嬉しかったがにわかには信じられず、にやにや笑って言った。

「けど、あれやろ、やっぱ女子《おなご》からみたら、俺みたなもんより、小出やら駒太郎やらの方がええにゃろ」

「そんなことあらへんわ」

「いやあ、あるやろ。あいつら、俺と違て働きもんやし、甲斐性あんがあ」

「わたしあの人ら嫌いや」

そう言って富は急に早足になってひとり先に進んだ。熊太郎はこれに追いすがって訊ねた。

「なんで嫌いやね」

「そやかて阿呆やんか。盆踊りやいうてあんな馬鹿みたいに踊って」と言って富は笑った。熊太郎も笑った。

熊太郎は自分を迫害する村の者を富が敢然と批判するのを聞いて嬉しかった。しかし熊太郎は内心で、あぶなかった。危機一髪であった。とも思っていた。なぜなら熊太郎は富が馬鹿のようだと批判した盆踊りを誰よりも激しく踊ったからである。しかし口ぶりからして富は熊太郎が激しく踊る姿を見ていないようだった。

熊太郎はあのアホな姿を見られないで本当に助かったと思った。

富と熊太郎の前方に黒々とした闇が蟠っていた。ふたりは肩を並べて闇に向かって歩いた。

熊太郎は富と並んで歩くのが嬉しく、この道が永遠に続けばよいと願ったが狭い村のこと、ほとんどなにも話さぬうちに熊太郎の家近くまで来てしまった。

富はごくあっさりと、「ほな、さいなら」と言う。これっきりかと慌てた熊太郎は、あわわ、と言った。慌てて、あわわ、筋が通っているが、川の水音が喧しくて聞こえなかったのか、富は、「え？」と聞き返した。

「いや、あの、おやすみっちゅうか」

「なんやの」

「ちゅうか、もう遅いさかいね、いまから向こ行て休むのもなんですやろ」

「なに言うてのん？　向こてどこ？」

「い、いや、向こちゅうのは、ほれ、あっちやん」

と言って熊太郎は牛滝堂の方を指差した。

「あっちはわたしの家やん」

「あ、そうそう。おまの家やろ。しゃあから、ほれ、もう遅いさけ送ったろか、ちゅてんにゃん」

「かまへんわ。そやかてここ熊さんの家のほん近くやんか」

「そんなん別にかましませんねで」

熊太郎が必死の口調で言うと、富は、「なんや商人《あきんど》さんみたい」と言って吹き出し、「ほんまかまへんね。ほな、さいなら」と明るく言うと、そのまま歩いていってしまった。

熊太郎は家の前に取り残された。

家の前には家の明かりが洩れており、富がいく道の方が暗かったが、熊太郎は家の前が闇であり、道を行く富の後姿が光であるように感じた。

富が去った後に、実体のない香気のようなものが漂っていたが、富の後姿が遠ざかるにつれてそれも薄れていった。富の後姿が闇に隠れて見えなくなる寸前に、富は振り返って手を振った。

大胆な仕草である。

熊太郎も手を振り返したが、富はそのまま闇に隠れて見えなくなった。

それでも熊太郎は家の前にそのまま立ち続け、大分経ってから家のなかに入った。

熊太郎は幸福であった。


家のなかは静かであった。平次と豊、それから弟の光蔵も盆踊りに行っていたが、最短のルートをたどって一足先に家に戻り、縄を綯《な》ったり、縫い物したりしていた。

そんな静かな家のなかで熊太郎は闖入者《ちんにゅうしゃ》のようであった。

「ただいま戻りました」

「大きな声やな。どこ行てたんやいな」

「盆踊りに行てたんやがな」

「盆踊りわかったるがな。おまがアホみたいな格好して踊りょるもんやからわしゃ恥ずかしてならなんだわ。みなが、ありゃ城戸ンとこの倅やで言うとるような気ィしてな。ほてみてたらおま、すっと去《い》んだがな。わしゃ安心したらもう踊んの嫌なってな、ほて帰ってきたんやけど、おまはあれからどこィいてたんじゃ」

「わははは」

「大きな声やな。なにがおかしいね」

「えらい、すまん。あんまり心配しいやからつい笑たんや。そないに心配せいでもええわ。そこらちょう歩いてただっきゃ」

「それやったらええけどな。もうほだ早よ寝え」

「そないするわ」と言って熊太郎は寝間へ下がったが平次は不思議でならなかった。

「おい、豊」

「なんだす」

「熊の奴、ちょっとおかしないか」

「へえ。そうだんな。平生はあない大きな声で喋ったり笑ろたりしまへんなあ。なんや妙にはしゃいでるみたいやし」

「おまえもそう思うか。実はわしもそう思うね。あの餓鬼、こんだなにたくらんどるんやろ」と平次は寝間の戸を睨んだ。寝間のこちゃら側ではしかし熊太郎、まったくなにもたくらまず、ただ心と身体のはしゃぐままに、布団のなかで、「おおおっ」と小さく叫んで手足をばたばたさせたり、そうかと思うと突如として、ヤレコラセェドッコイサ、ソラヨイトコサッサノソラヨイヤサと歌いだすなどして興奮しきっていた。

熊太郎はそのようにしてくすくす笑ったり、手足をばたつかせたりしていたが、突然、「あっ」と大声を上げ、暗闇で絶望した。

富と並んで歩けたことが嬉しくて、余のことをすっかり忘れていた熊太郎であったが、せんどほたえ、ほたえ疲れてうとうとしかけた頃になってようやく、盆踊りで森の小鬼の姿を見かけたことを思い出したのである。

あっ、という大声はそのことをすっかり忘れていたことにまず驚き、一瞬遅れて深い悲しみと絶望に襲われた熊太郎が瞬間的に発した歎声《たんせい》であった。

熊太郎はふわふわする雲の上を歩いていたところ急に足を踏み外して奈落まで一直線に落ちたような気持ちになった。熊太郎の脳裏に黒雲のごとき念慮《ねんりよ》がたちこめた。

もはや夜分である。踊り終えた小鬼はいまから水越峠を越えて御所まで帰るはずはなく、今日はやはり水分か森屋に泊まるのだろう。小鬼は宿屋に泊まるのか。それならばよいが誰ぞの家に泊まるのだったら困る。なんとなれば家に泊まるくらいだからそれは心安い間柄にちがいなく、となればいろいろ雑談をするし、まして盆踊りを踊った興奮、酒を飲んでいれば酔いもあって、ますます口が軽くなって、「この水分に城戸熊太郎ちゅうもんいてる?」みたいなことはこれは絶対訊くだろう。訊かれた方は特に深い考えもなしに、「おるよ」と答える。小鬼は、「その城戸いう奴はいまから十年前に僕の腕をへし折ったうえ、僕の兄の葛木ドールを殺して尊い山陵に死骸ほかして、そのうえ御陵の宝物を盗んで逃げた極悪人やよ。僕はあいつに復讐したろとおもてんねよ」みたいなことをぬかしやがる。その誰か知らん連れは、「えっ」と驚き、「そらほんまのことけ」とたずねる。小鬼は、「嘘やと思うねやったらこれをご覧」と言って左腕を差し出し、「ご覧。僕の左腕を。ひどいこと曲がったあるでしょ。あの城戸熊太郎に腕折られて僕の腕はこんなことになっちゃった。おかげで僕は農耕もできず貧乏してる。そのうえ兄まで殺されて黙っていられると思う。僕はどんなことがあっても城戸熊太郎に復讐してやるわ」と言い、連れだかなんだかはすっかりそれを信じて、「熊やんがそんな悪い奴とちょっとも知らなんだわ。よっしゃ。わいが助けたるよってにあんた兄やんの仇討《かたき》ったり」みたいなことをぬかしやがるのだろう。お調子者めが。そうなったら騒ぎになって小鬼が木刀もって殴り掛かってくるに違いない。小鬼が木刀で殴り掛かってくるくらいだったら反対にどつき回してやるが、しかし騒ぎを聞きつけて富田林の交番所に駆け込む奴なんかも出てくる。竹田とか小出はそういうことをするに違いない。いらんことしィが。そうなったらいよいよ俺はおしまいで、人を殺した罪、山陵を暴いた罪で死刑になる。ああ、こわ。

熊太郎は恐ろしかった。訳の分からぬ真っ黒なものがのしかかってくるような心持ちだった。頭が蒸れていた。熊太郎はなにかから逃れるように寝返りをうった。熊太郎は小鬼のことを忘れようとして無理矢理に富のことを考えた。

そう。俺には富がいた。富がいる。あの富が、くふふ。俺に話しかけてきたのだ。俺は富と並んで歩いたのだ。くふふ。ざまあみろ。駒太郎や小出は、素麵を食う猿、石川五右衛門、滝に打たれる行者などとうちゃうちゃするがいい。その間、俺はあの美しい富と肩を並べて月光に照らされた富田林街道を歩いたのだ。くふふ。それにしてもあの富の口調はどう考えても俺に気がある口調で、なんとなれば、富は盆踊りも嫌いだし、それに狂熱する村の奴らをアホと批判した。そして俺はその村の奴らにハミゴにされている。ということはどういうことかというと、つまり富は俺を好いているということにどうしてもなってしまう。それだけでは弱いと言うのであれば、富は既に俺の悪評を聞いて知っていると言っていた。にもかかわらず、向こうから俺に声をかけ、さらには、自分はさぞかし評判が悪いでしょうと問うた俺に対して、自分はそんなものは気にしないと明言したのである。これはもうはっきり、自分はあなたが好きだと明言したも同然で、つまり富はどう考えても俺に惚れているとしか思えない。どうだ。これをみたか？　これまで俺を農作業ひとつできぬ愚者と馬鹿にしてきた駒太郎や小出や竹田。なめやがって。しかしながらざまあみさらせ。俺が富とでき合っているということを彼奴らが知ったらどんなにか羨ましがるだろうか。口惜しがるだろうか。おほほ。それくらいに富は美しいのだ。好き好き富ちゃん。俺は富のことを考えるといてもたってもいられない。遣《や》る瀬ない。

そんなことを考えて熊太郎はまたぞおろ布団のなかで手足を突っ張る、ばたばたさせるなどし、くふふ。くふふ。と笑っていた。

くふふ。みなが羨む美貌の富。そんな富と俺はようじょこ場のへんを歩いてる。向こうから駒太郎がやってくる。そのとき駒太郎はどう思うか。くはは。熊の餓鬼、あんな別嬪と歩いてけっかる、と口惜しがるに違いない。ざまあみさらせ。口惜しがった駒太郎はどうするだろうか。くふふ。口惜しいからなんぞ意趣返《いしゅがえ》ししたろと思うかもしらんな。具体的にはなにをしょるやろか。くふふ。あんな奴になにができる。せぇだいしても人の悪口、まあ言うたら、「あの熊太郎は実は明治五年に御所で人殺しとんねんで」みたいなことを言うて歩くくらいやろ。はは、なにをぬかしゃがんねん、そんなこと言われたかて痛いことも痒《かゆ》いことも……、えらありやんけ。ちゅうか、そのことに関するもっとも確実な証人である小鬼がいま水分にきとんねやんけ。くわあ、せっかく富のこと考えてええ気分やったのに思い出してもおた。

熊太郎は絶望のあまり唸り声をあげて寝返りを打った。

どないしょ。どないしょ。恐怖と不安に狂いそうな熊太郎はそこから自分を救い出す手だてとして、再び富のことを考え、しばらくの間は幸福であったが考えるうち、また森の小鬼のことを思い出し、ハッピーとバッドの狭間を輾転反側《てんてんはんそく》、払暁《ふつぎょう》までまんじりともしなかった。

翌朝。早いうちに寝床から出てきた熊太郎は土間にいた平次に挨拶をした。

「おはようさんでござります」うぷぷ。土間で口を漱《すす》いでいた平次は驚いて噎《む》せた。

「なんや、熊やないか。びっくりさせやがって。おはようさん」

「おはようさんでござります」熊太郎は重ねて挨拶をした。

「けったいな言いようさらしゃがる。こない早よから起きてきてどなしたんじゃ」

「なんちゅうことないねけどね、ちょっと行て参じます」

「ほんま、けったいな口きくなあ。いったい全体どないしたんじゃ……、て、いてまいやがった。おい。豊、聞いたか。行て参じますちゅいよったで」

「きんのの晩からこっちほんまけったいでんな」

訝る両親を尻目に熊太郎は早朝の村に飛び出していった。

なぜ熊太郎はかかる早朝に家を出たのか。そこいらで富と行き会うかも知れぬと思ったからである。熊太郎は富と出会う様を夢想しつつ、早朝の水分をふらふら歩いた。

俺がこうして歩いていると、向こうから富がやってくる。まあ、俺の方から声をかけるわな。「あ。きんのはどうも」向こも言いよるわ、「ほんにきんのは……」互いに見交わす顔と顔。ちゅうやっちゃ。そこで俺が、「今日はこない早よからどこ行きやね」とたんねるわ、そしたら富は、「用をいいつかって大和郡山《やまとこおりやま》までお使いにいきまんね」とこない言いよってからに、俺の顔をじんわり見て、「そういうあんさんはどこ行きだんの」ちいよるから、「別になんちゅうことない、ここら、ぶらあ、ぶらあ、してんね。あ。そや。ちょうどええわ。大和郡山行くにゃったら、わい向こに友達いてんね。いま急に、顔、見にいったろかと思てんけろ、なんやったら道連れになろか」ちゅったら、嬉しそうな顔して、ちょうどええわ。

「ほんまだっか。ああうれし」ちゅいよって、ほて、二人して大和郡山に行くことになるわ。途中で眺めのええとこあったら一服するし、団子食うたりしてなかなか道中がはかどれへん。大和高田あたりで日ィ暮れてしもて、「どないしまひょ」「どないしょうなあ」言うたってしゃない。宿屋に泊まることになるわ。ええ加減な宿屋に入ったら番頭が気ィきかしたんかどうなんか、部屋が一つよかないちいよる。俺が、「そら、そら困る」ちゅて慌てたら、こないなったら女子《おなご》の方が大胆なね、「よろしやおまへんか」ちゅて、ひとつ布団にふた枕、ああ恥ずかし、ふあっー。

阿呆のような夢想をして熊太郎が歩いていると向こうの方から人が歩いてくる。熊太郎は、すわ富か、と胸を高鳴らせたがじきに、なーんだ、と思った。歩いてきたのが男の二人連れだったからである。

紛らわしい奴らだ。俺が道を歩いているときは男は出歩くな。

理不尽なことを考えながら熊太郎はまたぞろ偶然に富と出会い、大和郡山に行くことになるというストーリーの構築にとりかかったが、しかし、向こうから人が歩いてきて、こっちからも熊太郎が歩いていくから、当然、互いの距離が縮まってくる。熊太郎からみると二人連れがぐんぐん近づいてくる。二人連れからみると熊太郎がぐんぐん近づいてくる。近づいてくると背格好や着ているもので職業や年齢が分かるようになる。もっと近づいてくると、顔の造作や皺までもが分かるようになる。もっと近づくと顔と顔がくっつく。ってそんなのはないが、しかし二人連れが誰だか分かるあたりまで近づいてきて熊太郎は思わず声をあげそうになった。

二人連れのうちのひとりは駒太郎、そして楽しそうに語らいながら歩いてくるもうひとりは、間違いなく森の小鬼であったからである。

熊太郎は心臓がぎゅんとなるのを感じた。肘から先がさあっと冷たくなるようにも感じた。頭脳のなかに、どないしょ。という言葉が八百万も現れ、暴れ回った。

どないしょ。どないしょ。どないしょ。どないしょ。どないしょ。どないしょ。どないしょ。どないしょ。どないしょ。どないしょ。どないしょ。どないしょ。どないしょ。どないしょ。言うててもしゃあない。ほんまにどないしょ。

焦った熊太郎は、いろいろ考えなければならないことや対処しなければならないことがあるが、まずこの局面をどうしようか迷った。まずは尋常に挨拶をするか、或いはまったく無視をして通り過ぎるか、どちらの態度をとるか迷ったのである。

小鬼はともかくも駒太郎は子供のときから明け暮れに顔を合わせており、挨拶をしないのはいかにも不自然である。或いは、雑踏、人ごみのなかであれば気がつかない振りができたかも知れない。しかし左右は畑の見通しのよい一本道で、前から歩いてくる者に気がつかない訳がない。しかし挨拶をしたが最後、森の小鬼と相対さなければならず、そうなれば当然、明治五年のあのことに話が及ばない訳がない。しかも駒太郎と小鬼は仲良さげに肩を組み、顔をくっつけんばかりにしてべちゃべちゃ話しながら歩いている。あの様子なら当然、小鬼は駒太郎にあのことについて話しているだろうから、挨拶どころか、すれ違いざま、ふたりしてつかみかかってくるかも知れない。だったらいっそ踵《きびす》を返して駆け出そうか。しかし緊張と恐怖で足がべらべらになって、普通に歩くことさえままならない。そんな状態で駆け出したところで直きに追いつかれるだろう。

などと考えるうちにも、駒太郎と小鬼はずんずん近づいてきて、仕方ない、熊太郎は黙って通り過ぎることにしたが、しかしなんぼなんでも黙って通り過ぎるのは白こすぎると思った熊太郎は、右手の畑になにか見慣れぬ奇妙なものを発見したという体を装い、首を九十度右に曲げて歩いた。

はたから見ればそれ自体、奇妙かつ、白こく、気がつかないで通り過ぎようとした者でさえ、この首を異様に曲げた男をみれば、なんだ、と注視するに違いなかった。

ところが幸運にも、駒太郎と小鬼は夢中で話していて互いの顔しか見ておらず、また、いささか酔ってもいたようで前から来たのが熊太郎とは気がつかず、まったく熊太郎の方を見ないでそのまま通り過ぎた。息を止めて歩いていた熊太郎は、ふっ、と息を吐いた。

そのときである。後ろで、「あ？　熊やんとちゃうんか」と駒太郎の大きな声がして、熊太郎は固まった。

熊太郎は、終わったな、と思った。熊太郎は対照的な弱々しい声で言った。

「あ、駒やん。おはようさん」

「おはようさんやないで」駒太郎はまた大きな声で言うと、小鬼を促して熊太郎のところまで戻ってくると、「おまえ、なに横向いて通り過ぎとんね」と大きな声で言った。

「いや、別に横向いてへんけどな」

「なんかしてんね。いま横向いて通ったやんけ、なあ」と、駒太郎は傍らの小鬼に言った。

小鬼はそれには直接答えず、げらげら笑い、両腕を袖のなかに引っ込め、それから今度はその両腕を襟元から出すと、手のひらを頰にあてがい、処女が羞《は》じらうようにくにゃくにゃするような仕草をしつつ、目を剝いて、ひょっとこか蛸のように口を尖らせた。駒太郎もその様をみてげらげら笑っている。熊太郎はこんな訳の分からぬことをするのはやはり小鬼だと思った。熊太郎は言った。

「駒やん」

「なんやいな」

「駒やん、酔うてんのんか」

「かはは。酔うてるよ。酔うてまっせ」

熊太郎は酔うた相手なれば訊ねられると思い、思い切って訊ねた。

「その人はたれやね」

熊太郎の声にビブラートがかかっていた。さほどに熊太郎は緊張していたのである。そして熊太郎は、しまったあっ、と思った。

「その人はたれやね」と熊太郎が訊ねた瞬間、それまでげはげは笑っていた駒太郎の顔にさっと緊張が走ったからである。駒太郎は言った。

「熊。おどれ、このお人が誰か、わいにたねとんのんか」

と駒太郎に凄まれて今更違うとは言えず、熊太郎は気弱に答えた。

「そ、そやがな」

「ほ、ほんまにたねとんねな」

「ほ、ほんまにたんねてもてん。す、すまん」

「なんも謝ることないわい。たんねてんねやったらおせたるわい、おう」

そう言って駒太郎はいったん言葉をきり、それから、「このお方が誰かちゅたらなあ」と言って熊太郎をぐっと睨みつけ、「こんなお方じゃあ」と絶叫すると、両腕を着物の袖のなかに突っ込み、襟元から出して、掌を両頬にあてがい、処女が羞じらうようにくにゃくにゃしつつ、口を蛸かひょっとこのように尖らせた。小鬼がさきほどした仕草と同じ仕草で、いったいなぜそんなことをするのかというと、おちょくってそんなことをしているのである。

この様を見た小鬼も先ほどやり始めて、いったんは終息の方向に向かっていたくにゃくにゃをまた激しくやり始め、二人は乙女のように両頬にかわいらしく両手をあてがい、蛸のように口を尖らせて、右に左に首を傾げて可愛ぶった。

駒太郎と小鬼はしばらくの間、表情を造ってくにゃくにゃしていたが、やがて駒太郎が堪えきれずに、ぷ、ぷっぱははははははははははと笑い出し、ほぼ同時に小鬼も、ぷっ、ぷぷっ、ぶばははははははははははははははははと笑い出した。

駒太郎と小鬼は涎《よだれ》を垂らして爆笑した。

まるで発作であった。

笑いの大波が去り、背中を震わせて、ひいいいいいっ、と苦しい息をしていたかと思ったら、またも笑いの大波に見舞われ、ばはははっ、と笑い出すなどしていた。

こんなくだらないことでこの二人はなぜここまで笑っているのか。まるっきりの馬鹿なのか。そうではなかった。もはや早朝である。体験のある人は分かると思うが徹夜をして朝まで起きていると頭が朦朧《もうろう》となって普段だったら笑わないようなことでも爆笑してしまうことがあるのである。

また、駒太郎と小鬼は酒を飲んでいた。踊りでさんざん興奮してそのまま家に帰るのも寂しく、どこからか手に入れた清酒を夜通し飲んでいたのである。酒を飲むと思考がアホになり、感情が原始的になるのはよく知られているところである。さらに駒太郎と小鬼の身体からはかすかに香ばしい匂いが漂っていた。二人は小鬼が持っていた麻の葉を吸っていたのであった。

熊太郎は呆然と立ち尽くした。小鬼と駒太郎はそんな熊太郎を無視してそのまま、大笑いし、ときに互いの肩を叩き合うなどしながら歩き去った。

後に熊太郎ひとりが残った。熊太郎は真っ直ぐ立っているのにもかかわらず、天地がぐらぐらするように感じていた。

「ただいま戻りました」蹌踉《そうろう》として家にたどり着いた熊太郎は、挨拶をするとそのまま座敷へ通り、布団をひっかぶって横になった。平次は豊に言った。

「おい。みてみい。珍しい、朝早よから出ていたおもたらもう帰ってきて、あなことして寝てまいやがったで。なにしてきよったんやろ」

「なにしてきはりましたんやろ」

「どっちゃにしても嘆かわしいこっちゃで」と平次は嘆息した。

総領息子がこのような体たらくであることに対する親としての悲しい嘆息であった。

もともと頑健であった平次もこのごろは腰の筋が痛んだり、胸が急に苦しくなることがあった。そんなとき平次は、自らの身の弱りもさることながら、熊太郎の顔がしきりに頭に浮かんでその行く末のことを思って暗い気持ちになるのであった。

年寄って馬鹿息子のことで苦労をしている平次はそのようにいとしいが熊太郎は熊太郎で苦悩していた。十年間恐れ続け、そのために人生を棒に振ったと言うか、まじめに百姓仕事をやろうとしても、どうせあれがあるから、とやけのやん八で遊び惚《ほう》けてしまったあのこと。しかし発掘調査好きの税所篤が辞任して、ことによると逃れおおせたかも知れんと思っていたあのことが、いま森の小鬼の出現によって明るみに出ようとしているのである。

熊太郎は巨大な黒い固まりにのしかかられ、全身をじわじわ撫でまわされているような心持ちで横になっていた。

熊太郎は重壓《じゅうあつ》に押しつぶされそうであった。

横を向いて富のことを考えると少しだけ呼吸が楽になるような心持ちがした。しかし、真っ黒な不定形の固まりは、直きに横手に回り込み、熊太郎の目といわず鼻といわず押さえ込みにかかり、熊太郎の呼吸はたちまちにして苦しくなるのであった。

狭い村のことである。盆踊りの明くる日に熊太郎がどっと床についたという噂はたちまちにして村中の人の知るところとなった。

熊太郎が寝込んだと聞いた村民は、「あの熊が寝こんどんにゃと」「ほんまけぇ。分からんもんやの。やくざのくせにな」などと噂した。

放蕩無頼の輩《やから》は、どつきまわされても刺されても痛いことも痒いこともない、苦痛に無感覚な、自分たちとは別種の生き物と思っているのである。そんなことはないのに。

熊太郎は三日間寝ていたが、原因は極度の心労であった。心労のため身体の様々な機能が一時的に低下したのである。ということはつまり精神的の症状ということで、特にどこが悪いという訳ではないので、二日目の昼には起き上がって水を飲んだり、腰掛けて外を眺めたりするようになり、三日目には普通食も食べられるようになった。ということは治ってねやないけ。早よ、起きて働かんかあ、ど阿呆、てなものであるが、熊太郎の心には依然、大いなる憂悶《ゆうもん》が蟠っていた。

そんな熊太郎の心の慰めとなったのはやはり富のことで、熊太郎はこんなことになった自分の話を聞いて富が見舞いにきてくれるのではないかと夢想、その光景を想像して寝床でにやにやした。

「熊ちゃん。大事ないのんか。あんたにもしものことがあったら、わては、わては……」

「心配しいな。この城戸熊太郎がこれしきのことで死ぬわけがないわ。いまに元気な身体になったら百万円くらい博打《ばくち》で儲けるさかい、ほしたら一緒に日本国中を遊んで回ろな」

「ほんまだっか」

「二言はない」

「いや、うれしわあ。なあ、熊さん」

「なんや、お富ちゃん」

「好・き」みたいなことになりよんのとちゃうのんかい、ぷわあー、かなんなあ。と、呟いて熊太郎は布団を抱きしめて転げ回った。完全な阿呆である。

熊太郎がそうして布団を抱いて転げ回っているちょうどそのとき、玄関の間から豊が声をかけた。

「熊はん、お友達が見舞いに来てくれはったで」

「うわっ。ほんまになりよった」

熊太郎が慌てて、布団をちゃんとしてこれをかぶるのと同時に仕切りの戸が開き、「熊やん、大事ないけ」という野太い声が響いた。

駒太郎であった。

熊太郎は、最悪やな、と思って目を閉じていた。

しかしもっと悪いことが起きた。

「あの盆踊りのあくる日ぃからしんどいんか、ほてもういまは起きられるんけ、案外、元気そうやんけ」と常套《じょうとう》的な見舞いの言葉を口にしつつ駒太郎に続いて森の小鬼が座敷に入ってきたのである。

元気なときであれば感情を揺さぶられ、心拍数が上昇、動悸や目眩《めまい》がしたりしたかもしれない。しかし病床の熊太郎は意外にも平静であった。

高熱を発して体力を消耗した熊太郎は普段よりもずっと弱気になり、その件についてはもはや諦めたような気持ちになっていたからである。

もう、俺はあかん。そう思うと、浮き世のことにいちいち心を動かされなくなる。熊太郎は駒太郎と小鬼をうつろな目で交互に見比べ、なにしにきょったんやろ、と思った。

駒太郎は俺を野良仕事もできんアホとして軽蔑している。俺が寝込んだからといって見舞いにくるなんてことはまずない。それをば見舞いにきょったんはいったいどういう訳だろうか。

熊太郎の表情を読んだ駒太郎が言った。

「いや、わいはな、熊が寝込みよったちゅても、どうせ大したことないやろから見舞いみたなもんせんでもかまへんがちゅっとったんやな。ほれをこいつがな、いや、わしゃ心配やさかい見舞いにいきたいちゅいよってな、一緒にいてくれちゅういよるさかいにこなしてやてきたんやな」

弁解がましく言う駒太郎の口元の筋肉のひょくひょく動くのをみつつ、熊太郎は思った。なるほどな。俺が弱ってるのをええことに一気にカタつけよ思てきょったんやな。ほれやったらかまへんわ。カタつけるんやったらいまつけてくれ。どうせ俺はもうあかんねやし。

熊太郎は小鬼にではなく駒太郎に言った。

「駒やん」

「なんやいな」

「ほて、おまえ、どないするつもりやね」

「どないするてなにをやね？」

「いや、とぼけんでもええね。わいはな、いつか今日みたいな日ィがきょるやろ思て疾うに覚悟決めとんね」

「なんかしとんね。もう死ぬみたいなこと言うとるわ。そない重い病気には見えんけどなあ」

「いやいや、駒やん。もうとぼけんのやめて。ほいでおまえ、どこまで聞いとんね」

「なにを言うてるかさっぱり分からんなあ。どこまで聞いてるてなんの話やね」

「駒やん。もうわいはほんまかまへんね。わいはな、もう疲れ果ててしもたんや。しゃあけど、おまえが森の小鬼と連れやとはちょっとも知らなんだわ。いつから連れやね。まさか、あの御所いたときから連れっちゅうことないにゃろ？　いつから連れやねやいな？　まて、聞いてもまだぽかんとしてんのかいな。もう、ええっちゅね。まあ、言いとないねやったら無理に言わいでもええわ。おまえも嘘でも小さい時分からの友達裏切るっちゅうことになんにゃもんなあ。ちゅうか、わいのことなんか友だっちゃ思てへんか。はは。まあ、ええわ。そいで正味、どないすんねやな？　もう駐在所ィ行たんけ？　それともこの場でわいをどつきまわすんけ？」

問う熊太郎の頭のあたりに駒太郎がすっと手を伸ばした。

もとより覚悟を決めている熊太郎である。やるならやりやがれと目を閉じ、尻の穴にぐっと力を入れたが、意外にも駒太郎はどつきまわしも首を絞めもせず、ただ熊太郎の額に手を当てて言った。

「熱はそんなでもないな」

「なんやね」

「いや、あんまり訳の分からんこと言うもんやさかいな、熱あんのかなあ、おもて」

「なにが訳分かれへんね」

「先前《さいぜん》からなに言うてるかちょっとも分かれへん。どこまで聞いとんね、ちゅて訳の分からんこと言うと思たら、おまえをどつきまわすの、駐在所ォのて、なんやいな？　御所いたときがどったらこったら、友達の裏切りて、なにを言うとんね。ほいでなに？　森の小鬼？　なんやね、誰やねそれ？　おまえ、夢、見とんか？」

駒太郎は真に不思議そうに言った。その様を見て熊太郎は真に不思議だったので、熊太郎も真に不思議そうに言った。

「森の小鬼が誰て、おまえの隣に座っとんが」

「わいの隣にて、誰もいてへんがな」

「そっちゃの隣とちゃうがな。こっちゃの隣、そお、座ってにやにや笑とんがな」

「なーにをいうとんね。こいつはおまえ、おまえもよお知ってるやっちゃがな」

「そや。よう知ってるわ。忘れもせん顔や。わいの一生をわやにしたやっちゃさかいな。森の小鬼やんけ」

「まだそんなこと言うてんのんか。こいつはおまえ、松永熊次郎やんけ」

駒太郎はそう言って隣の男の肩を叩いた。

「しゃあけど分からんのも無理ないか。もう十年経ってるもんなあ。しゃあけど、わいはすぐに分かったで。あ、向こからくんの熊次郎とちゃうんかいと思たがな。しゃあけど熊、おまはわからんかもしれんわ。なんでかちゅて、おまはあの時分あんまりわしらと遊べへなんだもんなあ。そないするうちに熊次郎は宇治《うじ》に行てまいよったやろ。おまがわしらと遊ぶようなたんはその後やもの」

熊太郎は相変わらず言われていることが分からない。釈然としない口ぶりで問うた。

「分からんにゃけど、なんやね、おまえはこの男が森の小鬼やないちゅとんのんかい」

「しゃあからこいつは松永熊次郎やっちゅてんね」

「松永っちゅうことは、つまり、あの松永け」

と言って熊太郎は松永傳次郎《でんじろう》の顔を思い浮かべた。村会議員をしていて随分と幅を利かせているおやっさんである。

「そやがな。先前《さいぜん》から何回言わすね。ここにおんのは松永の長男で、十年前に宇治ィ行て、ほてこないだからまたここィいんできた松永熊次郎やんけ」

　ほっほーん。松永。と熊太郎は思った。

　そう言われれば松永にそれくらいの子供があったような気がした。しかし、どんな顔だったか思い出せない。そして、目の前に座ってにやにやしている、吊り目で鼻梁の尖った唇の妙に赤いもじゃもじゃ頭の男はどのように見ても森の小鬼で、熊太郎は混乱した。

「ちゅことは、あれかい、こいつは森の小鬼やのおて、松永熊次郎」

「そやがな。ちゅうか、先前から聞こ、聞こ思ててんけど、その森の小鬼ちゅうのは、いったいなんやね」と駒太郎は不思議そうに訊ね、熊太郎は思わず大きな声を出した。

「なに言うてんね、森の小鬼ちゅうのはおまえ、あんときほれ、おまえ、赤松銀三の水車つぶして、おまえ、ほんでわしら、おまえ、みな御所行て、わしだけ連れて行かれたあんときの気色悪い餓っ鬼ゃがな」

「なに言《ゆ》うてるか全然、わかれへん」

「ほやから」と言って熊太郎は息を吸い込み、大きな声で、「わしらが角力とったら……」と言ってから横目で熊次郎の方を見て急に声をひそめて、

「わしらが神社で角力とってたら、ほれ、来た奴おったやんけ、ほんでほれ……」と早口で言った。

熊太郎が早口になったのは隣にいる熊次郎に気を遣ってのことであった。男が熊次郎であればなんら憚《はばか》ることなしに森の小鬼の話をすればよいのであるが、それでも気を遣って早口になったのは、男が森の小鬼である可能性を完全に否定しきれないからであった。

男が松永熊次郎であるというのは真っ赤な偽りで、そんなことをいうことすら、小鬼と駒太郎の謀略であったとしたら……。しかし、そんな突飛なことがいったいなんの謀略になるのだ。やるんだったらすぐにでも駐在所に訴え出るとか、俺は兄を殺されたと村で言い触らすとかすればよいのであって、それをしないでなぜ松永の長男だなんて回りくどいことをするのか。そんなこと松永に聞きに行けばすぐに分かることではないか。

そんなことを考えて熊太郎の心は千々に乱れた。しかし、駒太郎は相変わらずのんきなもので、「角力？　そんなことあったかいなあ」とのんびりした口調で言う。

熊太郎はさらに声をひそめ、さらに早口になって言った。

「なに言うてんね、あったやんけ。ほいでおまえ、御所行て、おまえ鹿造が蛇穴に落ちて……」

と熊太郎が言って初めて、駒太郎はようやく思い出したという風に声を上げた。

「あ、そないいうたらそんなことあったたなあ」

「みてみい、あったやろが」

「そやそや、おまえが蛇穴に落って……」

「ちゃうやんけ。蛇穴に落ったんは鹿造やんけ」

「え？　そやったけ」

「そやんけ」

「そやったかなあ」

「そやったよ。ほんで、そんときになんでわしらが御所行たかちゅうことを思い出してみいや」

「なんで行たんやったかいな」

「それがほの、その」熊太郎はそう言って寝たまま顎で熊次郎を指し示した。しかし、なんの遠慮もない駒太郎は、「それがこの熊次郎に関係あるっちゅうんかい」と真顔で聞き返し、熊太郎は、わちゃあと思ったが、すぐに、ほれやったら俺も真顔で聞いたるわ、と思って真顔で言った。

「お前がそない言うんやったら俺も聞かしてもらうけろ、先前、お前は、この男がどないしても見舞いたいちゅうてるちゅたなあ」

「ちゅたよ」

「ほた、たねるけろ、この人がおまの言う通り、熊次郎やったとしてやで、ほた、なんで俺の見舞いに来たいね。おかしやんけ。熊次郎は小さい時分に宇治ィ行てわしのことなんか知らんはずやんかいさ。その熊次郎がやで、なんでそない、わしの見舞いにきたいね」

「言われてみたらそやな。熊次郎なんでやな」

駒太郎にそう問われて初めて、それまでちんと座ってにやにや笑ってばかりでなにも言わなかった熊次郎が声を発したが、熊太郎はその声に驚いた。

熊次郎は見た目が森の小鬼と酷似している。熊太郎はいまだ彼が森の小鬼その人ではないかと疑っているくらいである。そしてその姿はどんなかというと、髪が赤く目が吊って、唇も妙に赤くて、異貌《いぼう》ではあるが、全体の印象は痩せているし、背ィも小さいし、小作りというか華奢な印象である。そんなだから熊太郎は彼の声もまた甲高くて、きいきいするような声であろうと予想していたし、事実、森の小鬼もそんな、甲高い、きいきい声だった。

ところがこの熊次郎と来たら、そんな華奢な外見をしているくせに、声だけは野太いだみ声で、目を閉じて聞いていたらいかついおっさんか浪花節《なにわぶし》語りが喋っているのかと思うほどであったのである。熊太郎は、或いは森の小鬼が変声期を経てこんな声になったのかとも思った。それにしても野太いだみ声で、この顔からこの声が出てくるとはどうしても思えない。男はそんな顔とアンバランスな声で、「そらあれですわ。熊太郎はん」と語り始めたのであった。

「宇治からもろってきてあんたの話いろいろ聞いてね、怒んなはんなや、怒んなはんなや、博打ばっかりひて、昼から酒飲んで、ちょっとも仕事せぇへん人やちゅうこと聞きましてね、実はわたいもそんな人間だんね。宇治ではちょっとも仕事せんとそんなことばっかりひてて、こっちゃに戻されたんでふわ。ほて、親父にどやされましてんけどね。あんたのこと聞いて、ああ、いっぺん、その人に会うてみたいなあ、思てましてん。ほな、寝込みはったちいまっしゃないかいな。ほて、駒はんにね、熊さん寝込みはったらしいなあ、言うたら、なんや、あの盆踊りのあくる日ィに会うたんが熊やがな、ちゅうんでね、ほれやったらいっぺん見舞いにいきまひょいな、ちゅてね、ほてこなしてやってきたんでふわ」

まだ青年であるはずの熊次郎はまるでおっさんのように話していた。

駒太郎と熊次郎が帰った後、熊太郎は横になったまま座敷の隅のひだまりを見つめていた。畳の上のその日だまりに山椒《さんしょう》の木の葉影が揺れていた。

静かであった。熊太郎は思った。

世の中には他人の空似というのがあるという。しかしそれにしても似すぎている。どう考えても別人とは思えない。それにあんな気色の悪い奴がこの世にふたりもいるなんて考えると厭な気分になる。あんな者はひとりいれば十分だ。それにあの声。なんですか、あれは。あれは人の精神を脅かす声だ。幡随院長兵衛《ばんずいいんちょうべえ》が可愛い娘っこみたいな声で喋ったらどうなる。絶世の美女が義太夫語りみたいなもの凄い声だったら。世の中はメチャクチャだ。梅に鶯《うぐいす》、松に鶴。世の中にはやはり一定の調和というものがあり、それがあるから人は安心して生きていかれるのだ。それをばあいつは、あんな華奢な身体をしているくせに野太い、おっさんみたいな声を出す。ほんま調子狂う。勘狂う。あんな奴が中盆におったらあかんやろね。なんか言うたんびに、かくっ、かくっ、て踏み外したみたいなってみな負けてまう。しかし俺にも似たところがあって、つまり俺は河内の百姓の倅。にもかかわらずかく思弁的で、外見と中身が一致していない。ここは俺と彼奴の似たところだ。百姓の倅なのに思弁的。華奢なのに野太い声。似てるなあ。似てるわ。ただ、俺の場合、その思弁をうまくみなの使っている言葉と同じ言葉を使って伝えることができず、思弁は内向して身体のなかを暴れ、身体を蝕《むしば》み、挙げ句、彼奴ら以上に粗暴な言葉を使ったり、言葉すら捨てて粗暴の振る舞い、愚行、乱行に及んだりしているのだけれども、それはたいへん苦しいことなのだけれども、あの小鬼の熊次郎の場合はどうなのだ。聞く限りにおいては、自分のそんな野太い声を楽しんでいるようにも見えたけど。ということはどういうこと？　あ。ひょっとするとこういうこと？　つまり、あの声はあいつにとっては粗暴な行為で、つまりあいつはその内面になにか苦しいことがあって、それをごまかすためにわざと、無理をしてあんな野太い声で喋っている。「なぜ、お酒を飲むの」「苦しいからさ」「でもその割には楽しそうにばか踊りを踊ったり藤八拳《とうはちけん》をしたりしてたじゃない」「それも苦しいからさ」みたいな。そしてその内面の苦しみとはなにかというと、兄、葛木ドールを惨殺された苦しみ、悲しみ。

そう考えて熊太郎は慄然としたが、しかし直きに、ンなことはないだろう、と思い直した。

肉親を殺されて悲しい人間が声色を使ってその悲しみを紛らわせる、なんて話は聞いたことがなかったからである。

ということはやはり、小鬼と熊次郎は他人の空似であり、ふたりは別人。森の小鬼こと葛木モヘアは葛木モヘアであり、今日来た奴は駒太郎の言う通り、松永傳次郎の長男で松永熊次郎なのだ。

そのことは熊太郎にとってよいことのはずであった。

そらそうだろう、生き証人の森の小鬼が村内をうろうろして駒太郎やなんかとつるんでいるのと、いないのとでは大違いである。しかし熊太郎の気分は晴れなかった。

熊太郎は布団から這い出ると座敷の隅まで這って行き、日だまりに仰向けになった。

山椒の葉影が映って熊太郎の顔面がだんだらになった。

山椒の木が風に揺れるとともにだんだら模様も揺れた。熊太郎は掌をじっとみつめた。掌のうえでだんだらが揺れていた。

熊次郎が森の小鬼でなかったのは熊太郎にとって喜ぶべきことであるのにもかかわらず熊太郎の気分が晴れなかったのは、森の小鬼と瓜二つの松永熊次郎とこの後、村内でしばしば顔を合わせるのが厭だったからである。熊太郎は常から、厭なことはなるべく忘れて暮らしたいと念願していた。賭博、飲酒といった遊蕩に耽るのも、その瞬間、厭なことを忘れていたいからである。しかし、森の小鬼そっくりの松永熊次郎が村内をうろついていれば、さまざまの厭なことのなかでもっとも厭な、あの岩室でのことをつねに思い出してしまう。

熊太郎はそのことを無意識裡に感知して厭な気分なのであった。

熊次郎は帰った。

ところが熊次郎のその顔だけが熊次郎という存在を離れて熊太郎を嘲弄《ちようろう》するかのごとくにそこいらをひらひら飛び回った挙げ句、森の小鬼の顔に、ぺちゃ、とひっつき、熊太郎のそばにやってきては鼻をつまんだり、尻を舐めたりした。

熊太郎は身体がぞわぞわするように感じて、だんだらの日だまりから脱却して立ち上がった。

熊太郎は三日ぶりに着物を着替え、そして座敷を出て行った。こんなときこそ、富とあって話をしてよい気分になりたいと思ったからである。

熊太郎は今日こそどこかで富と行き会うだろうと思っていた。

熊太郎の去った暗い部屋で日だまりが生き物のように蠢いていた。

熊太郎は毎日毎日、村内を歩き回った。しかしなかなか富と会えなかった。

狭い村内のことで、もちろん富の姿を見かけることはこれはあった。しかし状況が話しかけることを許さなかった。

例えばあるとき熊太郎は往来を通行している富を見かけたが、このとき富は、かしましくうち語らうお婆《ば》ンや他の娘たち数名と連れ立って通行していたため、熊太郎がそのなかに割って入ることはできなかった。熊太郎は、ここに僕がいるよ、ということを富に知らせたくて、すれ違う前から富の方をずっと見ていたのだけれども、富は隣の娘と熱心に語らっていて熊太郎がいることにまったく気がつかなかった。

なのにその手前にいた別の、頭に汚らしい手ぬぐいを巻いて、手になんだか分からぬ、まるで十手みたいな農具を持った娘が熊太郎の視線に気がつき、「ひや。あの人、先前からわたしの方、じっとみてはるわ。きっとわたしに気ィあんにゃわ。やらし。好かん蛸」みたいな顔をして熊太郎を睨みつけ、それから隣の娘に何事かを囁いた。したところ、隣の娘も、「ひや。情慾《じょうよく》をもって女を見るなんて。やらし」みたいな、非難がましい目つきで熊太郎を睨みつけた。

熊太郎は慌てて視線をそらしてそそくさその場を離れたが、まったく納得がいかない。

熊太郎は、誰が好かん蛸じゃ。おどれなんか見るかあ、ドタフク。と怒鳴りたかった。しかし、そんなことを怒鳴ったら経緯を知らない富はなんと思うだろうか。わけもなく逆上して暴れだす凶悪な人と思うだろう。さらに、あの汚らしい手ぬぐいを巻いた女が、好色的な視線で自分を凝視していたと偽証したら。

そんなことを考えて熊太郎は怒鳴るのをやめた。

それ以外にも、富を見かける機会は何度もあったがその都度、富の両親が隣にいたり、いまなら話しかけられる、と思った瞬間に道を訊かれ、教えている間に富がどこかへ行ってしまったりしてちっとも話ができなかった。

一度だけ、千載一遇の好機、と思ったことがあった。熊太郎が、ビアというものはうまいらしな。そんなどうでもよいことを考えながら、水分《すいぶん》神社の参道を昇っていくと、富が拝殿に続く石段を下りてくるのが見えた。境内に人影はなく、樹木が風に揺れる音が聞こえるばかりである。

熊太郎は、やっと、やっと、このときが来た。悲しかった、辛かった。と思いつつ、さあ、境内を横切って拝殿の方に行こうとしたまさにそのとき、身体に異変を感じた。なぜか突然、激烈に手水《ちょうず》に行きたくなったのである。

とりあえず熊太郎は絵馬堂の裏に身を隠した。当面はそこにうずくまって便意が去るのを待ち、しこうして後、富に話しかけようと考えたからである。ところがいつまで経っても便意は去らず、それどころか逆に激しくなるばかりで、熊太郎は傍らの木の幹に取りすがり、ううむ、と唸ってこれに耐えた。或いは、この便意をなんとか屁でごまかそうともしてみた。

肛門に力を入れ、細心の注意を払って屁をする。しかし駄目であった。屁をすればするほど切迫感はいや増し、もはや一刻の猶予《ゆうよ》もならぬという状態に陥った。

富は拝殿の階段を下り、境内を横切り参道に向かいつつあった。早くしないと富は神社から出て行ってしまう。

焦った熊太郎は、いっそ、このまま出て行って話しかけようかとも思ったが、そんなことをしたら、間違いなく富の前で脱糞という醜態を演じてしまうだろうと考えて思いとどまった。

そんなことをするうちに言わんこっちゃない、富は参道を下りて行ってしまって、熊太郎は、あったらこの好機を逃すとは口惜しい、と思いつつ立ち上がり珍妙な歩調で歩き始めた。

精神が激動したため少量ではあるが洩らしてしまっていたのである。

そんなこんなで、熊太郎はちっとも富と話せなかったが松永熊次郎とは頻繁に顔を合わせた。

あまりにもよく会うので、熊次郎は熊太郎をつけて歩いているのではないかと思うほどで、今日も今日とて、熊次郎は野太い声で、「おほっ。こら熊はん、どこ行っきゃな?」と訊ねてきたのであった。

熊太郎は、なんちゅう餓鬼らしない声や、さらには餓鬼らしない言葉遣いや、と思った。それにむかつくのは、駒太郎と見舞いにきたときにはまだ、宇治にいたので言葉がやらかいというのもあるのだろうけれども、年長の熊太郎を尊敬して丁寧《ていねい》な口をきいていた。それがここにきて少しずつ変わってきていて、前は、熊太郎はんといっていたのが最近は、熊はん、と言うし、三回に一回は、熊やん、と言うのである。五つも六つも年下の餓鬼にそんな言いようをされてへえへえするいわれはないので、熊太郎は、「わしがどこ行くかなんでいちいちわれに言わんならんのんじゃ、どあほ」と言いたかったが、しかし言えなかった。

熊太郎は、森の小鬼にそっくりな熊次郎が野太い声でむんむんしているその姿になんともいいようのない人間的圧迫感を感じていたからである。

厭な圧迫感であった。

頭では彼が森の小鬼でないことは分かっていた。しかし、そのそっくりな顔を見るにつけ熊太郎は心の奥底で、本当の本当は熊次郎は森の小鬼で俺の旧悪をすべて知っていて、いつか言い触らしてやると思っているに違いないと思ってしまうのである。

森の小鬼にして松永熊次郎という二重性は熊太郎の心の奥底で、華奢な体つきなのに野太い声、餓鬼なのに豪胆な態度という二重性とぴったり符合し、さらにはそれぞれの二重性が別の二重性の根拠となって、森の小鬼にして松永熊次郎という現実にはありえない不可思議を保証するのであった。つまり、餓鬼なのにふてぶてしいのは彼が本当は森の小鬼で熊太郎の秘密を知っているからであり、小鬼にして熊次郎という不思議は華奢なのに野太い声という身体的な特徴がこれを保証し、華奢な身体なのに野太い声なのは彼が餓鬼なのに豪胆である。豪胆であるから声が野太いと考えられてしまうのである。

そのように人間的圧迫感を感じていた熊太郎は、だから、「熊はん、どこ行っきゃ」と、馴れ馴れしく声をかけられて、邪慳《じゃけん》に、「じゃかましい」とか、「あっちゃいけ」とか言えず、内心に抵抗感を感じつつ、なんとか年長者の威厳を取り繕って、「どこ行っきゃちゅたかて別にどこも行くかいな。今日日ちょっともええ博奕もでけへんしな」と愚痴めかして言うのであった。

熊次郎は野太い声で言った。

「え？　熊やん、博奕しいたいのんか？」

熊太郎は、ちっ。熊やん、ちいやがる、と忌々《いまいま》しい気持ちであったが博奕はしいたいので我慢して言った。

「そらしいたいわな。しゃあけど、今日日なかなか、ええ博奕でけへんやろ」

「それがわいの知ってる家でな、ええ博奕がでけてんね。いまから行たろおもてんにゃけど、なんやったら一緒に行けへんか」

「そら行ってもええけど、おまえらの言うこっちゃ。ええ博奕ちゅうてもたいしたことないんちゃうんか」

「それが、ええ博奕やねんて。だまされた思てついてきてみ」

「しゃあけどわし銭あらへんが」

「任しとき。わいは今日は銭あんね」

「ほだ行こか」

と熊太郎は熊次郎について歩き出し、マジこれではどちらが年嵩《としかさ》か分からない。


博奕場に着く頃にはすっかり日が暮れていた。

大きな倉庫のような工場のような建物が建ち並ぶ一角に博奕場はあった。角刈りの男が大きな建物の壁に背を持たせかけて立っており、その脇に小さな戸があった。

「ここや」熊次郎は熊太郎に野太い声で言うと、角刈りの男に、「遊ばしてもらうで」と言った。角刈りの男は、「おお、熊はんか。よおお越し」と言って戸をあけてくれる。

熊次郎は角刈りの男に手を挙げ、腰を屈めて中に入って行き、その態度、物腰が実に遊び慣れているように見え、熊太郎は、なんちゅう餓鬼なと思いながら熊次郎に続いて中に入った。

暗い倉庫の片隅に百目蠟燭をとぼし、大きな通し盆茣蓙がしつらえてあった。三十人くらいの男たちが盆の周囲で目を血走らせていた。熊太郎は、こら、おおけな博奕や、と思った。熊太郎が普段、顔を出しているけちくさい博奕とは博奕が違ったのである。そんな賭場で熊次郎は、さすがにこの歳で、顔、ということはないのだろうけれども、若い者や中盆が、「おお、熊か、よう来たなあ」などとしきりに声をかけたり、笑いかけたりしてくる。ところがそうして声をかけたり、笑いかけたりするものだから、その後ろを行く熊太郎も知らぬ顔をして通る訳にはいかず、目礼をしたり頭を下げたりするのだけれども、熊太郎がそうすると、相手はとたんに無表情になって横を向いたり、別の人に話しかけたりする。なかには熊太郎を見るなり、露骨に、ちゃっ、と舌打ちする人もあって熊太郎は勝負をする前からもの凄く厭な気分になった。

そらここではお前はええ顔やろ。しゃあけど、わしのよお行くとこ行ってみい。そこではわしが……。

と考えて熊太郎は落ちた。熊太郎が賭場に顔を出したからといって、このように親しげにする者はなかったからである。

いざ勝負が始まってからも熊太郎は散々であった。なんとなく熊次郎に圧倒されていたり、熊次郎ばかり周囲にちやほやされて自分が無視されるのが面白くない熊太郎は、熊次郎の反目、反目に張り続けた。ところがどういう訳か、賽は熊次郎にばかり味方し、ちっとも熊太郎に目と出ない。

熊太郎は熊次郎に二円がとこもらって張っていたのだけれども忽ちにして残り少なにな

ってしまった。熊太郎は、ここが思案のしどころだと思った。

確かに熊次郎と同目に張るのはおもろない。しゃあけれどもここでみな負けてもたら終いだ。韓信《かんしん》の股くぐりという話があるように人間は一時の感情に負けては駄目だ。一時的には屈辱だと思っても最終的には勝利して栄光をつかむ。つまりどういうことかというと、いまは一時的に熊次郎に屈して同目に張る。しかし最終的には大勝して、年下のくせになんかこう圧迫してくる熊次郎に、くほほ。妓《おんな》でも奢ったろか、と言う。それが目標だ。

熊太郎はそう考えて、「こんろはそっちゃに張るわ」と言って熊次郎と同じく丁目に張った。

「よろしか。いきまっせ、勝負」壺が開いた。

「五・二の半」

熊次郎は今回に限ってはころっと負けた。しかし先ほどからうんと目を持ってる熊次郎は一度くらい負けたって大したことない。野太い声で、「わちゃあ、いかれてもた」と笑ってる。

しかしもはや銭がない熊太郎はそれで終わりである。

熊太郎は身体の奥底がつんつんするような、心のなかになにかが疾走しているような気持ちになって盆茣蓙の前を離れた。

しかし勝負好きというのは未練なものである。銭もないくせに熊次郎の背後に回って、

後から、

「あっ」「よっしゃ、よっしゃ」などと小さな声を上げながら勝負の行方を見守っている。

そんな熊太郎に若い衆が声をかけた。

「兄ちゃん、なにしてん」

「なにしてんて、みてんにゃんけ」

「みてるだけやのおて勝負せえや」

「さっきまで勝負してたんや」

「ほて負けたんかい」

「じゃかあっしゃ。ほっとけ」

「ほっとく。ほっとく。ほっとくけど邪魔やねん。銭ないんやったらいつまでも未練がましいしてんと去《い》んだらどないやね」

「誰が銭ないね、あほんだら。後で勝負しょうと思て考えとんのんじゃ、どあほ」

「ああ、すまんすまん。怒ったんかいな。ああ、恐《こ》わ。ああ、恐わ」

と馬鹿にしきったような口調で、若い衆は去り、熊太郎は憤懣やるかたなく、なんとか捲土重来《けんどちょうらい》を果たしたいがいかんせん銭がない。

熊太郎は思案した。

なんとか、もう一回、勝負をして巻き返しを図れぬものか。まあ、やってやれないことはない。衣服を剝《とば》ねれば銭を貸してくれる。しかしぐんぐんに勝っている熊次郎の前で衣服を剝《は》ねるのは、いかにも自分が熊次郎より劣った人間のような感じがして嫌である。しかしそれも後で熊次郎より儲けて、くほほ、と笑うため。一時的な屈辱は仕方ない。

そう考えた熊太郎が帯を解き始めたとき、またぞろ目と出て銭を儲けた熊次郎が振り返って、

「お。熊、なにしてん。帯、解いてなにしてん」と言った。

熊太郎はついに熊と呼び捨てにしやがったと腸《はらわた》が煮えくり返るようだったが、つとめて平静を装って言った。

「衣服、剝ねたろ思てんね」

「なんや。もう銭ないんけ」

「そやね」

「ばはは。弱いやっちゃなあ。やめとけやめとけ」

「銭あらへなんだら勝負できひんやんけ」

「銭？　なに言うてんね。そんなもんわいが貸いたるやんけ」

「ほんまか」

「そのかわり後で先前《さいぜん》の分と合わせて証文書いてもらうで」

「書く書く。書くさかいに貸いてくれ」

熊太郎は熊次郎に五円の銭を借りた。

熊太郎は野太い声で偉そうなことを言いながら銭をわたす熊次郎に内心で、いまにみとれよ、と言った。

いまはそうやって偉そうにさらしているが、ツキなどというものはそう長く続くものではない。月が満ちれば後は欠けるばかりだ。そのときこそ、俺の出番、借った銭、みなかやして、そのうえで衣服《とば》、剣ねてるおまえをみて、おほほ、と笑ってあげるわよ。なにを俺は女学生みたいな喋り方しとんねん。わからんわ、もう。

めったやたらと興奮した熊太郎は、盆の前に座り、「なめとったらあかんど」と呟きながら張った。勝負事と恋愛は似たところがあって、より冷静な者は主導権を握り、自らのペースでことを進め得るが、より熱中した者は常にペースを乱される。とするとこんな体たらくの熊太郎が勝てる訳がない。熊太郎はいきなり二円負けてなお逆上、その後も負け続けた。

連戦連敗するうち熊太郎の頭は霞がかかったようにぼうとなり、熊太郎は現実と自分が薄い膜で隔てられているように感じていた。そんな現実感を喪失したような状態で、いまや熊太郎は勝利して熊次郎を見返すとは考えていなかった。熊太郎はま逆のことを考えていた。

思えば子供の頃から俺は直線的な力の行使を憎んでいた。軽蔑していた。饅頭が欲しいからといって饅頭、饅頭と絶叫したり、手づかみでこれをとって食らう駒太郎らを情けない奴らだと思っていたのだ。そして博奕。人間はなんで博奕をするのかというと、目と出たときの気色の良さを味わうためで、別に銭を儲けたいからではない。純粋に銭を儲けたいのであれば、商いをすればよいし、その才能がないのであれば最悪の場合、強盗という手だってある。それをしないで博奕をするのはやはり、目と出たときの、自分と世界が合一したようなあの疼痛的な快感を味わうためだ。そのためには銭を損したってよいし、財産をなくしたってよい。というかそれはあの疼痛的な快感を味わうための代価であって、つまり一見、目腐れ銭のやり取りに狂奔しているようにみえる博奕場は、そのように屈曲した快楽を求めて人の集まる場所なのであり、あの身もふたもない直線的で粗野な力とはもっともほど遠い場所なのである。そんな博奕場でこの熊次郎ときたらいったいなにをやっているのだ。直線的に、まるで労働するかのような汚い勝負をしてひとりで駒を集めている。

熊太郎は、熊次郎、おまえに敗北のおとろしさをみしたる、と心のなかで言った。

おまえはそうやって勝ち誇っている。そのおまえの隣に凄惨な敗北を喫し、それでもやめず負け続けて敗北の美を体現する者のあることを、熊次郎、おまえにみせつけてやる。色気もなんにもない、勝負にはただ勝てばよいと思っているおまえに。ふっ。おまえの精神はそれに耐えられるかな?

熊太郎はそんなことを考え、狂したようになって負け続け、あっという間に三円の銭を失い、さらに熊次郎に三円を借り、これも負けた。

負けながら熊太郎は敗北に酔った。

みよ。熊次郎。いじましい百姓のおまえは一生かかってもこんな負け方はできんだろう。俺は真の侠客だ。大楠公の再来だ。羨ましいでしょう。

そう思って熊太郎は熊次郎の横顔を見た。

ちっとも羨ましそうにしていなかった。札束を前に熊次郎の頬は幸福に輝いていた。熊次郎は札束を懐にしまうと、熊太郎に野太い声で言った。

「さ。わいは去ぬで。どなたさんもごめんやっしゃ」熊次郎はさっと立ち上がり、しょうがなく続いて立ち上がった熊太郎に、「さ。証文書いてもらうで」と言うと帳場で紙と筆を借りた。

さらさらっと何事かを書き込んだ熊次郎は熊太郎に紙を指し示し、「さっ。ここに、ここに、ほれ。名前、書いて、名前」とせかせか言って筆を渡して、熊太郎が名前を書くと、「書いたら、その下に爪印押し、爪印」と促し、押したのを確認、これを懐にぽーんと放り込んで、「さ。ほだ、行こか」と落ち着き払った口調で言った。

これに対して咄嗟に、「へえ」と返事をしてしまって熊太郎は自分に腹を立てた。

しかし別々に帰る理由もない。

熊太郎は熊次郎と並んで帰り、帰途、飯や酒を奢ってもらい、「すんまへんなあ」と言わなければならないのではないかと思いつつも努力して、「すんのお」と言うなど葛藤《かっとう》した。

それというのも熊太郎が常時、熊次郎に人間的圧迫を感じていたからである。

ただでさえ森の小鬼に似ていて嫌な熊次郎が、そのうえ野太い声で圧迫してきて、さらになんだか知らぬが得体の知れぬ貫禄《かんろく》があって、そばに居ると自分が三下奴《さんしたやっこ》か付き人になったような心持ちがして熊太郎は嫌なうえにも嫌だった。

ところがそんな嫌な熊次郎にはしょっちゅう行き会い、「おお、熊太郎やんけ」とか言われながら会話をしたり、ときに飲酒をしたりするというのに、富とはちっとも話ができない、というか最近では、その姿を見かけることすらほとんどなく、熊太郎はじりじりするような心持ちであった。

そして熊太郎が熊次郎と賭場に行ってひと月ばかり経ったある日の朝。

飲食業、池田専太郎は店先に腰掛けて飲む酔客を持て余していた。

まだ午前八時である。まともな人間が酒を飲む時間ではない。

しかし、客は頭を真直《まっす》ぐにしていられないくらいに酔っていて、いまにも椅子から前のめりにくずれ落ちそうだった。全身、ずぶ濡れであった。顔が赤いのを通り越して赤銅《しゃくどう》色《いろ》みたいになっていた。それでも客は杯を放さず、長いことかかって、口のところまで持って行き、これを飲もうとしてぶちまけた。この様を見ていた池田専太郎は、難儀なこっちゃ、と思った。

いったいいつまでいてるつもりやろ。早よ、去んでくれへんかなあ。しゃあけど、普通の人間やったらこんな時間にのんびりしてられへんにゃけど、こいつだけは特別ゃからなあ。なかなか去によらへんにゃろなあ。いつまでも片付かんで往生するわ。ちゅうか、あ。ちゅうか、この餓鬼、えらい飲んどるけど銭持っとんにゃろか。なんや急に心配なってきたなあ。いっぺんたねたろ。

そう考えた池田専太郎は酔客に近づいて声をかけた。「もし」呼ばれて朦朧たる酔眼を池田に向けたずぶ濡れの男は城戸熊太郎その人であった。熊太郎は言った。

「お、おまえとこの酒は性の悪い酒やな」

「そうかなあ」

「そうかなあやあるかれ、あほんだら。いま、俺が飲もおもたらやで、さ、酒が飲まれんの嫌がって、口のとこまで来たら、ぶわあ、逃げてまいよったがな」

「なに言うてんね。そらおまえが酔うてこぼしてんねやないけ」

「ごちゃごちゃぬかさんと、もう一本つけてこい」

「もう一本て、熊はん、おまえ大分と酔うてるで」

「じゃかっあしゃ。わしの銭でわしが飲んでんにゃないけ。酔おうと酔おまいとわしの勝手じゃ。さっさとつけてこい、ど阿呆《あほ》」

「そら商売や。持ってくるけどな。おまはん、銭持ってんのけ？」

「かっ。情けない餓鬼な。銭の心配しとんのかい。心配しいな」

「持ってんねな」

「持ってへんわい。なにをうろうろしとんね。後で払ろたる、後で払ろたるちゅうね。そやさかいもう一本……、なに？　銭払わんと持てけえへんちゅうんか。よっしゃ。持てくんな。持てくなよ。その代わり、今晩、気ィつけとけよ」

「なにを気ィつけんね」

「風間《かざま》みて今晩この店に火ィつける」

「なんかしとんね。気色悪いなあ。ほな、後一本だけやで。銭払てや」

「払うちゅたら払うわ、ぼけ。早よ、酒こっち貸せ」

言うと熊太郎はまた酒をあおった。

まったくもって乱酔の体である。いくら熊太郎が酒と博奕に身を持ち崩しているといっても午前八時からかく酔っているというのは珍しい。なぜ熊太郎はこんなに酔ってしまったのか。

それは心に大きな屈託があり飲まずに居られなかったからで、ではなにがそんなに屈託だったかと言うと、今朝。朝飯を食べているとき親たちが、今日は岸田富の嫁入りやさけ、手伝《てつたい》にいかんならん。見に行かんならん、と話しているのを聞いたからである。

富が嫁に行く。

聞いた瞬間、熊太郎は全身が、かっ、と熱くなるように感じ、それから、急速に四肢が冷たくなって痺れ、目が痛くなったうえ大量のふけが出た。鳩尾《みぞおち》、胃のあたりに、気が狂った文士が自作の俳句を喚き散らしながら、大麦の粉をまき散らしているような嫌な感覚があった。頭のなかに竜巻が四十ほど同時発生し、いろんなゴミやがらくたを巻きあげつつ暴れ回っているような気がした。そのせいか、舌が縺《もつ》れうまく喋れない。手が中風の人のようにべらべらになって、飯を口に運ぶことはできない。心臓が鼓動を拍《う》つ度に大噴火が起きているような心持ちがした。悲しみの溶岩流、絶望の土石流が血管を駆け巡った。

熊太郎は箸を置くと無言で立ち上がった。平次が声をかけた。

「おい、熊。飯、中途にしてどこ行くんやな」

熊太郎は返事をしないで土間に降りて行った。

「どないしょったんやろ」

「へえ。顔色が紙のようだすな」

「あ。表ィ出ていてまいやがった。朝から雨やのに、おい、熊。雨降ってんのに笠も被《かぶ》らんと表ィ行たら風邪ひいてまうがな。おい、行くんやったら笠、被って……、ていてまいやがったわ。ほんま難儀なやっちゃ」

平次は嘆息してしばらくの間、箸を止めて呆然としていたが、豊に声をかけられて我にかえり、またのろのろと飯を食べ始めた。

外は土砂降りであった。上空に黒い雲がかかって、山も川も田も畑も墨で染めたように黒かった。

この様をみて熊太郎は狂喜した。

熊太郎は折からの雨とて誰も歩いていない村内をずぶ濡れになって歩きながら呟いた。

「くほほ。雨が降っている。雨が降っているということはどういうこと？　嫁入りの行列ができないということやないけ。くほほ。くほほ。おほほ」

熊太郎は思った。

この雨では嫁入りの行列はできない。無理にやったら行李《こうり》も簞笥《たんす》もずくずくになってまう。はは、おもろ。喜んで歩くうち熊太郎は道の脇にちょっとひっこんだところがあって木々の間に神さんが祀ってあるところを通りがかった。古くて小さい祠《ほこら》でなんの神さんか分からない、ただ、木ィのとこの神さん、とみなが呼ぶ祠である。

熊太郎は祠の前にぬかつくとこれを拝み、それから願をかけた。

「神さん。この雨をやまさんといてください。ずっと降らしてください。お願いします。もしこの雨をずっとやまさんといてくれたら私はいまから酒やめて博奕もやめて一所懸命精出して働いて、立派な石の灯籠を建ててさしあげます」

　熊太郎がそう祈って立ち上がると、東の空、金剛山の上空に幾条もの金色の筋が現れ、ぴたりと雨がやんだ。

　金色の筋は木立の間を斜めに貫き、地を這うものを遍《あまね》く照らした。

　木々から、下草から、苔からしたたる水滴に光が反射して輝いた。空を低く覆っていた黒雲は忽ちにして散り、金色の清浄な光に照らされてあらゆる生命が希望に輝いているようだった。

　熊太郎ひとりが絶望していた。

　熊太郎は静かな、しかし威嚇するような口調で、祠に向かって言った。

「おまえ、なめとんのか？」

　祠は当然ながらなにも答えない。

　熊太郎はうつむいて落ちていた木の枝をひらうと、急に卑屈で投げやりな口調になって言った。

「ははん。あはははん。別に、別になめてませんやん。なんもなめてませんやん。ただ、俺が雨、降らせ言うたからやましただけですやん。俺が雨やましてください、言うたら降らしたんちゃいますの？　ははん。あはははん。それが神さんちゅうもんですやん。ははん。わああった。わありました。神さん。これでもくらいさらせっ」

言うなり熊太郎は手に持っていた木の枝でおもっいきり祠を叩きのめし、「この、アホ神がっ」と毒づいた。

木の枝が真っ二つに折れた。祠はびくともしない。ただ脇に黒い筋がついただけである。

熊太郎はこれをみて急に神罰が恐ろしくなり、しかし罵倒しておいて急に謝るのもきまりが悪い、

「バチあてんねやったらあてさらせ。その前に自分で酒、むちゃくちゃ飲んで飲み過ぎて死んだらあ。あほんだら。ごめんな」と虚勢を張って池田方まで走って行き、息もつかず三合飲んで、ぐでぐでになったのであった。

それは熊太郎の自己処罰であったのであろうか。

しかし飲むうちに気が大きくなってきてはいた。

なにが富じゃ、あほんだら。あんなもんただの女子《おなご》やないけ。女子みたいなもん、銭もっとったら、なんぼでも寄ってくるんじゃ。富みたいなものに拘泥《こうでい》するいわれはなにもない。熊太郎はそんなことを考えて酒をあおった。

店先を人が通って行った。どの人も朝から酒を飲んでいる熊太郎の姿を認めるや、顔をしかめたり、軽蔑したような表情を浮かべたりして通り過ぎて行った。慌てて目をそらす者もあった。

熊太郎は、かっ。アホどもが。と思った。

　こうして朝から酒を飲んでいる俺。堕落、淪落《りんらく》しているこの俺をみて、そんな顔をしてござる。熊次郎は敗北のなかに鳴る人間のぎりぎりの音を聞かなかった。おまえらもそうだ。その音がどんな音か教えてやろうか？　それは、きゅう、という音さ。樽《たる》の栓《せん》を抜いたみたいな音。はっ。ばかばかしい。そんな音がなにになるというのだ。なんにもならんさ。でも、勝負といって、勝つことの残酷さをお前らは知っているか。勝つ者があるということは負ける者があるということだ。だからみんなで勝とうなどというのは空念仏で、がつがつ勝とうとする者があれば必ず、それに踏みにじられる敗者がある。よい例が、例のようじょこ場で、みなが我勝ちに先へ先へ進もうとする。だから俺は犠牲になって牛を水にはめてしまった。俺が犠牲にならなければ他の誰かが犠牲になったに違いないのだ。その犠牲者は、おまえや、おまえ。いま俺の前を顔をしかめて通ったおまえかも知れなかったのだ。にもかかわらず、あいつはアホだ、と俺を馬鹿にしくさる。大楠公は湊川《みなとがわ》で敗死した。大楠公くらいになれば自分が勝つための戦略はいくらもあったに違いない。しかし君に忠たらんとして負ける戦いをしたんやんけ。俺かて同じなんじゃ。俺はおまえら全員の代わりにたったひとりで負けたってんにゃんけ。なんでそれがわからんのんじゃ、どあほ。あんな顔して通り過ぎやがって。ちゅや、でも富も同じこっちゃ。自分は村の奴とは違う、みたいな顔してたかて結局は金持ちのぼんのとこ嫁に行くにゃんけ。俺みたいな貧乏たれの酒飲みの博奕打ちのとこにはきょらひん。女子ちゅうのは結局そんなもんなんか？　ちゅうか、富だけは、富だけは違うと思てたのになあ。と熊太郎はまた未練なことを思い、盆踊りの後、一度だけ富とあったときのことを思い出して、ぐい、と酒を呷《あお》った。

そのとき熊太郎は溪口《たにぐち》十吉という者に二十銭の手間を貰って車を曳いていた。熊太郎が丘に続く見晴らしのよい道を歩いていると田を隔てた向こうの道に富と友達らしい二人の娘が立っていた。よそ行きらしい着物を着て三人で一方向を見ているというのは、誰かが来るのを待ってるらしかった。熊太郎は立ち止まって汗を拭う振りをしながら久しぶりに富の姿をうち眺めたが、どうせ気ィつきょらひんにゃろ、と思っていた。ところが富は車を曳く熊太郎の姿を認め、これに向かって大きく手を振ったのである。しかも嬉しそうに笑って。

熊太郎は嬉しくてならなかった。

富はあの夜、連れ立って帰ったことを忘れていなかったのだ。でなければ友達の手前もあるのに、あんな好意的な手の振り様をする訳がない。

そう思った熊太郎は、できれば荷車を捨て、田の真ん中を突っ切って、富のところに走って行きたい心持ちだった。しかしそんなことをするとまた、連れの娘らが、突然、襲いかかってきたと曲解して、きゃあきゃあ騒ぎ立てて、そうなるとせっかく富が自分を認めて手を振ってくれた、その行為そのものを台なしにしてしまうと考えて小さく手を振って応ずるにとどめ、また車を曳き始めたのであった。

しかしこのことがあったから熊太郎は希望を抱いて今日まで生きてこられたのであった。そのとき熊太郎は、確かに間ンが悪く、富とは会うことができない。しかし富はいまだ俺に好意を抱いているのだ、と確信したのである。

あははん、あははん。熊太郎はにやにや笑いながら車を曳き、荷を降ろし、荷を積み、溪口十吉のところに戻ってもまだにやにや笑い、溪口に、「なんや。気色悪いやっちゃな」と言われ、それでもまだ笑っていた。

なのに富は嫁にいってしまう。だったらあの笑顔はなんだったのだ。

熊太郎は未練にもそんなことを思い、ぐらぐらであるのにもかかわらず、またぞろ、酒をつごうとしたがもはや銚子はむなしかった。熊太郎はふらふらと立ち上がった。池田はこれ以上、貸し売りをせぬだろうと思ったからである。

「おおきにごっつぉはん、また来るわ」と言って店を出る熊太郎に池田専太郎は小声で、「二度と来んでええわ」と呟いた。

池田は小声で呟いたつもりであったが、熊太郎はこれを聞いていた。熊太郎は聞こえなかった振りをしてことさら上機嫌な風を装って表に出た。

ずぶずぶに落ち込んでいたのにもかかわらず。或いは、ずぶずぶに落ち込んでいたからこそ。

熊太郎は店の外に出た。

日の光は酷烈であった。

熊太郎が祠に祈ったとき、日の光は金色に輝き、地を這う者に恩寵《おんちょう》のようであったが、いま日の光は試練のようであった。

苛烈な光が地上を這うすべての者に容赦なく照りつけ、その身体から水分を奪った。農夫はみるみる体力を失った。頑健な牛や馬でさえ捗《はかど》らぬ道のりに難渋した。牛や馬でさえ、健康な農夫でさえそうなのだから、ろくに眠っておらず、そのうえしたたか酔っている熊太郎はなおさらであった。

座って飲んでいる最中はさほどでもなかったが立ち上がって歩き出した途端、頭がぐわんぐわんした。吐き気。めまい。動悸。

あまりに短時間に大量の酒を飲んだため、熊太郎は早くも宿酔《ふつかよい》に陥り始めていた。

その熊太郎の背に頭に凶暴な日の光が容赦なく照りつけた。

熊太郎は、くわあ。こらきついなあ。と呻いた。

そんなにきついのであれば家に帰って休めばよい。

にもかかわらず熊太郎は自宅とは逆の方角に歩き始めた。熊太郎は呟いた。

わいは負けへん。わいは負けへんで。

熊太郎はいったいなにを気張っているのだろうか。ついさっき、直線的に勝利しようとする者への憎しみについて考えを巡らせていたのではなかったのか。

熊太郎は安楽な家に帰らず、この強烈な日差しのなかを歩き続けることによって自身の魂をより高めることができるはずと思い込んでいるのであった。熊太郎はこの過酷な行軍を個人的な行《ぎよう》のように感じているのだ。

しかしそれがいったいなぜ行になるのであろうか。

苦しい自己犠牲によって他人を助ければそれは崇高な菩薩行である。或いは、定められた方式に則って修行するのも行であろう。しかるに彼の場合、宿酔の状態で炎天下を歩いているというだけであって、そんなものはただ本人が辛いだけであって、なんの役にも、誰の役にも立たない。

尊敬ということもされない。例えばこれが禁煙とか減量みたいなことだったら、「ほお。意志がお強いのですな」と感心されるだろう。しかし、「ぐでぐでに酔っぱらって炎天下を倒れるまで歩き続けました」と言ったところで、「あほちゃう?」と言われて終わりである。

しかし熊太郎はこれを行と信じていた。

泥酔し、脈絡を欠いた思考で熊太郎は、こんな辛いことに耐えているのだから大丈夫だ。こんな苦しみを受けているのだからきっと報われるはず、と無根拠に思い込んだ。

実際、熊太郎は惨憺《さんたん》たる状態だった。

全身に重苦しい不快感が広がると同時に、頭が割れるように痛んだ。腐ったこんにゃくのような頭。汗が噴出して滴った。嘔吐感はやまなかった。実際に何度も嘔吐した。水が飲みたかった。水はなかった。


いつしか熊太郎は両側が林の坂道を登っていた。

熊太郎は、一足歩むごとに思わず知らず、はん、はん、はん、はん、と声を上げていた。声をあげると少し楽になるような気がしたからである。

苦しい上り坂を歩きつつ、熊太郎は、ここや、と思った。

ここや。この難局、難所を乗り切ればなんとかなる。この難局さえ乗り切れば。

そんなことを考えながら熊太郎は歩き続けた。

道が下り坂になって、下りきったところで、はんはんが停まった。と同時に歩みも停まった。全身の不快感耐え難く、熊太郎はもはや一歩も歩けないのであった。

熊太郎はあたりを見回し、中佐備《なかさび》や、と思った。

中佐備っちゅことは中佐備や。こんなところでへたってたらあかん。ここで諦めたらわいは終わる。熊太郎は立ち上がった。苦しいことこのうえない。けどここで倒れたら俺は滅亡するのだ。それに比べたらこれくらいなんじゃ。

熊太郎はなんでもないような風をよそおって立ち上がった。

無駄な努力であった。

熊太郎は鯉《こい》がえずいているみたいな顔をしていた。頭がぐらぐらであった。右へ川沿いの低地を行けば富田林、真っ直ぐに再び立ち上がる坂を上れば滝谷不動《たきだにふどう》であった。

熊太郎は真っ直ぐ進んだ。

上り坂はきつかった。

はん、はん、はん、はん。

またぞろ熊太郎は一足踏み出すたびに、はんはん、言い始めた。人通りは絶えてなかった。太陽はもはや中天に近く、いや増して酷烈であった。影が濃かった。

はんはん、はいつしか、もうあかん、に変わっていた。

熊太郎は一歩歩むたびに、もうあかん。もうあかん、と言いながら誰もいない峠道をただひとり歩いた。

まったく無意味な苦役を行と信じて。

一時間後。熊太郎は滝谷不動明王寺にいた。

滝谷不動明王寺は弘仁《こうにん》十二年、弘法大師によって開かれた古刹《こさつ》である。眼病平癒に霊験あらたかと言われ、また、一言だけなら願いを聞いてくれる一言成就の不動さんとしても有名である。

熊太郎はその滝谷不動明王寺の、山を背にした本堂ではなく、滝行場のある渓谷の方に下っていった。滝行をしようと思ったのではない。熊太郎は、まったくなにも考えずただ、水の気配のする方角に向かって歩いていったのである。

滝行場にいたる道は樹木に覆われて薄暗く涼しかった。

水の流れる音が聞こえていた。

少しばかりましだ、と思いながら熊太郎が坂を下って行くと途中に崖を背にして不動堂があった。不動尊の前に水盤と柄杓がある。これで不動に水をかけ祈念すれば眼病が平癒する、或いは願いが成就すると信じられているのである。

しかし喉が渇ききっている熊太郎は、柄杓を手に取るとこれを貪《むさぼ》り飲んだ。

立て続けに三杯飲んで、ううっ、と呻き、それからもう二杯飲んだ。

喉の渇きはそれでとまったが、身体の不快感はなお甚《はなは》だしかった。熊太郎は、息のような、歎声のような情けない声を上げつつ、等閑《なおざり》に不動尊に水をかけ、拝んだ。そんな風にいい加減に拝むのさえ大儀なくらいに身体が辛度《しんど》かった。

それでも一応は拝んだ。そう納得して振り返った熊太郎は、ひっ、と声を上げて飛び上がった。

あたりには誰もいないと思ったのに、不動堂の向かいにお婆《ば》ンが踞《うずくま》っていたのである。

こんなところにお婆ンが踞っているなんて奇怪だと熊太郎は思った。

しかもお婆ンはただ踞っていたのではなかった。お婆ンの前には木の台が置いてあって、台のうえには粗末な椀がいくつも並べてあった。いったいなにをしているのか。訳が分からない。

かかわり合いにならぬのが一番だと、目を合わせないようにしてそのまま行こうとした熊太郎にお婆ンが声をかけた。

「兄ちゃん」

頭の真っ白なお婆ンに似つかわしくない、低い、地獄の底から響いてくるような声だった。

熊太郎は一瞬、首をすくめ、それからようよう振り返った。熊太郎をひたと見据えるお婆ンの目は、しわくちゃの顔のなかで不釣り合いなくらい獰猛《どうもう》な目つきであった。

熊太郎はお婆ンの目に戦慄したが、しかし、ここで気後れしたところ、挫けたところを見せれば相手につけ込まれると思ったので精一杯虚勢を張って、「なんじぇえ?」と答えた。

怖がりながら言っているからちっとも迫力がなく、逆に屁垂《へたれ》が言っているみたいになって熊太郎は後悔したが言ってしまったものは仕方ない。言ったことやったことは取り返しがつかない。

そんなこととは無関係にお婆ンは横柄《おうへい》な口調で言った。

「兄ちゃん、滝行にいくんかえ?」

「いや、ただのお参りや」

「そうしい、そうしい。あんなことしたかてなんにもならへん」

とお婆ンは愛想のない口調で言うと、「それより兄ちゃん」と言って熊太郎の目をひたと見据えた。

「な、なんやね」

「どじょう放したりや」

「どじょうてなんや」

「兄ちゃん、どじょう知らんのか」

「どじょうは知ってるわな。どじょうをどないすんねな」

「この下の川に放したりちゅうね」

これにいたって漸《よう》く《や》、熊太郎はお婆ンが、どじょうを放生《ほうじょう》すれば功徳《くどく》になると言っているのを理解、お婆ンを恐れて損をしたと思った。

「しゃあけどどじょうみたなもんどこにおんね」

「お前、目ェ開いとんのんか。こっちきて見てみいな」

お婆ンに言われて熊太郎が台の上を覗き込んだところ、椀の底に三寸かそれくらいの黒い長細いものがじっとしているのがみえた。熊太郎の自分が思うどじょうとよほど違って見える、と思った。

熊太郎の知っているどじょうはもっと生き生きしていた。ぷりぷりと弾力に富み、活発に活動し、これを食さんと掬《すく》いとれば猛烈に暴れた。死んで椀になってさえ、その肉に分厚い実感のようなものがあった。しかるにこのどじょうはなんだ、と熊太郎は思った。

熊太郎はもう一度、椀のなかを覗き込んだ。

椀の底にどじょうがただ一匹、はかなく揺らいでいた。まったく生気がなかった。諦めきったように椀の底で動かず、生きているかどうかすら疑わしかった。

熊太郎は椀を手に取り、これを左右に揺すぶった。しかし、どじょうはだらりとのびきったまま左右に揺れるばかりである。熊太郎は言った。

「これ生きとんのんかいな」

「生きてるがな。ぴちぴっちゃ」

「どこがやねん。ほな放したるわ。一匹貰うで」

そう言って行こうとする熊太郎をお婆ンが呼びとめた。

「兄ちゃん、兄ちゃん」

「なんやね」

「銭、銭」

「なんや銭とんのんかい。毒性《どくしょう》なお婆ンやな」

「なんの毒性なことがあるかいな。銭払うから功徳になんにゃんか。一銭」

「高っかいなあ。ほな、これ一銭」

「兄ちゃん、ええことしなはるわ」

「そやろ。わしゃええことしいやねん」

そんなことを言って椀を持って滝行場に降りて行こうとする熊太郎にお婆ンが言った。

「どこ行くにゃいな。そっから放したりや」

「いや。わしはもっと下の方で放したんね。ほうせんとまたおまえに捕まって売られるやんけ」

「後で椀かやしてや」

「言われんかてかやすわい」

言い捨てて熊太郎は滝行場に降りて行った。

不動堂から渓《たに》沿いに少し降り、小さな橋を渡って右側が滝行場である。正面に小さな堂があり、その左にどうどうと音を立てて落つる滝があった。

滝の左手に磨崖仏《まがいぶつ》が彫ってあった
滝の音。そして鳥の鳴き声が聞こえていた。

樹木の枝に遮られ、青空が切れ端のようであった。

熊太郎は椀を持ったまま堂の脇の滝行場にいたる細道を降りかけて立ち止まり、滝を見上げて、「くはっ」と言った。

熊太郎は小さな橋のところまで戻り、欄干から身を乗り出して水面の様子をうかがった。水面までは大人の背丈ほどの距離、川の両側は切り立った崖で川幅は狭かった。反対側に堰《せき》が設けてあるためか、水深は浅く流れは緩やかで、川底の砂や小石がはっきり見てとれた。

椀のなかのどじょうは相変わらず動かない。熊太郎は心のなかで、いまはそうやって絶望してるかも知らんけど、いまわいが川に放したるよって、ほしたらおもっきし自由闊達に泳ぎ回れよ。とどじょうに語りかけ、それから椀を傾けた。わずかな水とどじょうが水面に向かって落ちていった。

ぽちゃん。という音もたてないでどじょうは川に還った。熊太郎はさらに身を乗り出してどじょうの様子をうかがった。

目を凝らして波紋のおさまった川底を見るとはたしてどじょうは、右の崖下の、砂地が露《あらわ》れて水が淀んで動かないところにいた。

しかしどじょうは、せっかく川に還ったというのに狭い椀のなかに居たときと同じように、棒のようにじっとしてちっとも自由闊達にせず、みたところ黒い木の枝のようにしか見えない。

熊太郎はどじょうを見て苛々《いらいら》した。

人がせっかく放してやったのになにさらしとんね。或いは長いこと椀のなかに居たため、どうせ俺はあかんどじょうや、と思い込んでしまっているのか。そんなことはない。いまやおまえは俺によって救われ、天然自然の川のなかどこでも好きなところに行ける愉快などじょうとして暮らすことができるのだ。しかしおまえはいまだそのことを知らない。

熊太郎はどじょうに気合いをいれることによってその精神を活性化させてやろうと考えた。

熊太郎は手頃な石を拾うと、どじょうの居るあたりめがけて投げた。水が揺れてどじょうがくにゃくにゃした。しかし、よく見るとただ水が揺れるに任せてくにゃくにゃしているのではなくして、自分で身体をくにゃくにゃさせているようにも見える。

その調子だ。熊太郎はさらに石を投げた。

したところどじょうは、今度ははっきりと、石を投げちゃいやんいやん、と言っているかのように身体をくにゃくにゃくにゃし始めた。

ますますええ調子や。それや、それや。その調子で頑張れ。熊太郎は喜んでさらに石を投げた。

したところどじょうはついに、つっ、と十センチほどではあるが自分で泳いで移動をした。その様をみて熊太郎はこれで大丈夫だと思った。

それだけ泳げるのであれば天然自然のこの川のなかでどじょうとして楽しく暮らして行けるだろう。熊太郎は喜んでどじょうの様子をうかがった。

どじょうは絶好調であった。椀のなかに居るときは絶望しきって棒のように動かなかったのが、いまや勢いよく左右に身体をぷりぷり振るわせ、ついっ、ついっ、と水の中を快活に移動している。そしてどじょうは見えなくなり、おおいに満足を覚えた熊太郎がお婆ンに椀を返しに行こうと思ったそのときである。

どこからともなく嘴《くちばし》の長い、鮮やかな色の小鳥が飛んできて、ばしゃ、水面に到達したかと思ったら、なんたら早業だろう、どじょうをくわえて即座に飛び上がり、崖からにゅうと突き出た木の枝にとまった。どじょうは加えられたまま くにゃくにゃ身悶えしている。

しばらくの間、小鳥はつぶらな瞳で小首を傾げ、このくにゃくにゃするものをどうしようかな、と思案する風であったが、やがて、頭を激しく上下させてどじょうを木の枝にがんがん叩きつけ、これを絶息せしめ、うがいをするように上を向いて丸呑みに呑み、呑み終わると何事もなかったかのようにどこかへ飛び去った。

熊太郎は絶望した。

せっかく俺が助けても鳥が来て食ってしまう。結局どじょうは救われないのだ。今頃、ちょうど富の嫁入りの行列が出た頃や。

熊太郎は橋の上で動けなかった。切り立った崖に生えている羊歯《しだ》がゆっくりと上下していた。

熊太郎はゆるやかに上下する羊歯を見て、おいでおいでをしているようだ、と思った。羊歯が自分をどこかへ招いているようだと思ったのである。

熊太郎は、当然それはよいところではないだろうと思った。熊太郎は決意した。

いってこましたろやないかい。どうせ、俺もどじょうも救われへんね。それやったら一生、やたけたでいったるわ。どうとでもなりさらせ、あほんだら。

熊太郎の心はたぎり、そして渓谷は静かだった。どうどうと滝の落つる音だけが響いていた。

明治二十四年秋。熊太郎は三十四歳になっていた。滝谷不動で、俺は一生、やたけたでいったる、と誓ってから十年。熊太郎はもはや引き返し不能な地点まで来ていた。酒、婦女、賭博、喧嘩沙汰。熊太郎は毎日、そんなことばかりしていた。

この頃になると熊太郎はどこの賭場に顔を出しても、熊やん、熊やん、と言われるし、村の連中もいままでは、なにをするのか、どんな無茶をするのか分からぬ男として熊太郎を恐れている節もあり、そうそう馬鹿にもされなくなった熊太郎はいっぱしの侠客のような顔をして村内を揺れて歩いていた。

そして以前は、ときおりは熊太郎と連れ立って賭場で遊んだり、悪所に出掛けたりした駒太郎や小出たちであったが、嫁を取り子をもうけ、最近では外見も含めてすっかり百姓のおっさんになって、そんなところにはめったと出掛けて行かないし、熊太郎を見かけてもまるで別世界の住人であるかのように振る舞った。

これはフリーターと大学生がロックバンドを組んだときと状況が似ている。フリーターはバンドを一定程度、続くものだと認識、自らの人生と深く関係づけている。ところが大学生の方はそうではなく、バンドは社会的な活動ではなく学生生活の一環であり、就職して社会に出ればそんなことはやっていられないと考えている。

そしてフリーターは学生と別れてバンド活動を続け、学生は就職して社会人となる。

それでも最初のうちはたまに会って酒を飲み、近況を報告し合ったりする。ところが十年も経つうちに行き来もなくなり、偶然顔を合わせてももはやそもそもまったく知らなかった人と同じくらいか、或いはそれ以上に話題もなく、それどころか話す言葉から顔つきから服装までまったく隔たってしまって簡単な挨拶すらままならなくなるのである。

そしてこの場合、寂しいのはどちらかというと、そのままバンドを続けたフリーターである。

学生であったメンバーはかつてとは別人のようである。社会の中核にいて意義ある仕事をし妻子を養っているという自信にあふれている。それにひき比べて自分はどうか。十年前と同じような格好をし、同じようなことをしている。それでバンドが売れればよいがそんな気配はさらさらない。まったく進歩しない。というか逆に年を取った分、体力が衰えた。と、自分ばかり取り残されたような寂しさを感じるのである。

いっぱしの俠客のような顔をしてのし歩いている熊太郎もまた心のどこかにこのような寂しさを抱えていた。自分だけが取り残されたような気分だったのである。そんな寂しさを紛らわすために、酒や賭博にますますのめり込んだり、暴力的な言動に及んだりするものだから寂しさはいや増す。悪循環である。

明治二十四年秋のこの日もこの日とて熊太郎は農耕をしないで池田専太郎方で酒を飲んでいた。

熊太郎は往来をじろじろ眺めながら飲んでいた。

娘が大きな笊《ざる》を持って歩いていた。

熊太郎はその様を見て冷笑的に言った。

「はっ。笊《いかき》もって歩いてけっかる。ちゅうことはなにをするのんか。祭りの時分や。大方くるみ餅こしらえる豆持って歩いとんにゃろ。はっ。毎年、毎年、もみない餅食てなにがおもろいんじゃ、あほんだら。そない言うたら家方《うちかた》でもお母ンが朝から豆みしって湯がいとったのお。あんなもんはわいは食わん。ちゅうか、毎年するから、みながするからちゅうだけでするちゅっことが俺は嫌いやね。逆にみながようせんことをする。それが男の値打ちとちゃうのんか。人と同じように田ァ耕して、同じようにくるみ餅食て、わあわあ言うてても あかんにゃ。なあ、おい。て、へっ。誰に言うとんね。酒、うまいわ」

熊太郎は独り言を言い、肉厚のガラスコップから酒を飲んだ。

空は澄み渡り、爽やかな風が吹いていた。

熊太郎は空を見上げて言った。

「なに爽やかに澄み渡っとんね。そのいかにも爽やかですわ、ちゅうてるみたいな感じがわしは気に入らんね。どしゃぶりになりゃがりゃへんかな。ははっ。ほだ、俺、笠ないさかいにずくずく濡れるわ。はっ、あほらしもない」

農具を担《かた》げた若い男が熊太郎の視界を横切った。

熊太郎は口を曲げて笑い、そして言った。

「いひっ。いひひひっ。鍬《くわ》、担げて歩いとるわ。鍬、ちゅうもんはみな、あなして担げとるね。おもろない。たまには、刀みたいに腰に差して歩いたらどやね。鉄砲構えるみたいにして、ずんずん歩いていたらどやね。そういう工夫をな、ちょっとはせぇちゅうことをわいは百姓に言いたいね。まあ、言うだけやけどな。なすびの古漬けみたいなもんで酒飲んでる自分がちょっと悲しいな」

　なにを言っているのかまったく分からない、連続しない酔漢の思考である。そんなことを言いながら熊太郎が酒を一口飲んだとき、ひとりの男が池田の店先に駆け込んでくるなり、「おやっさん、水一杯くれ」と怒鳴った。よほど急いで駆けてきたとみえ、傍らの卓に手をついてぜいぜい言っている。熊太郎はいぶかしげに男の顔を見た。

　男の顎から汗が滴り落ちていた。熊太郎は、池田の親爺が持ってきた水を一息に飲み干す男の、喉仏が上下する様を見つめつつぼんやり思った。

　確かこいつは高橋論次郎ちうやっちゃ。はっ。なにが高橋じゃ。鼻、低橋のくせしゃがって。といってこいつはなにをこんなに慌てふためいているのだ。なにか異変でもあったのか。なんぞあったんかい、と聞いてみょうか。しかし村社会を省かれている俺のこと。いやいや、とか言うてごまかしゃがるかも知れん。どないしょ。と熊太郎は逡巡したが、池田の親爺は、「えろう慌てて、どないしたんやな。なんぞあったんかい」と直截に訊ねた。それに対して男も、「えらいこっちゃね」とあけすけに話を始めた。

「えらいこっちゃね」

「いったいどないしたんやな」

「お宮さんでな、若いもんが地車舁《か》く稽古してたんやな。ほしたらそこいな、ほれこないだうちから、辻本はんとこの山の手伝してる奴あんの、知ってるやろ」

「ほんほんほん。知ってる知ってる。よう知らんねけろなんや、中村の谷善之助の養子ちゆことになったあるらしな」

「ほんまかいな。よお、知とんな。そらわいは知らんねけろ、とにかくそいつが、ぶらあっ、と来てな。わしに昇かしたれや、ちゅいよってんと。しゃあけど、地車昇くもんは前から決まっとるやろ。あかんあかん、ちゅたんやて」

「ほんほん。ほたら？」

「なんかしてんね。ちょっとくらいかめへんやんけ、ちゅいよったんやて。しゃあけど昇くもんは前から決めたあるやろ。あかんちゅうね、邪魔やさかい、あっちいけ、ちゅたんやて。ほれでもその餓鬼、かめへんやんけ、ちょっとくらい昇かしたれやちゅいよってんと」

「ほんほん。ほんでほんで」

「あんまりひつこいもんやさかいな、若いもんや。血の気多いやろ。そのうえこっちゃは二十人からおって向こはひとりゃがな。どひつこい餓鬼っやなあ。いっぺん、痛い目に遭わしてもたれ、ちゅうことなって前におった四、五人がそいつに、わっ、と飛びかかったんやがな」

「ほんほん」

「ところがな、その餓鬼の強いの強ないの」

「どっちやねん」

「強いにゃがな。飛びかかってくんの、しゅっとかわしたと思たらな、ぽんぽんぽーん、ておまえ、目にも留まらんちゅうのはこのこっちゃ、四、五人、いっぺんに張り倒してまいよったんやがな。それ見た他の奴らも怯んでまいよってな、兄哥《あにき》すまなんだ、堪忍してくれちゅて謝ってまいよったんや」

「えらい弱いやっちゃなあ」

「いや、その餓鬼が強すぎんにゃ。ほてそいつが言いよんにょには、謝ったちゅことは、おどれらが悪いちゅことを認めたちゅうこっちゃ。そらまあそやわな、こっちゃは穏やかに話しとんね、それをいきなりどついてきたんやさけな。みてみい。わいのでぼちんにたん瘤《こぶ》できとんが。そっちが悪いにゃから見舞金、出したらんかい、とこないいよんにゃがな」

「うわっ。難儀やな。なんぼ出せ、言うとんね」

「それがおまえ、二十円出せ、ちゅとんにゃが」

「うわっ。二十円。おっとろしな」

「ほやろ。ほいでいまおまえ、武部のおやっさんやらみなきて、話して見舞金やったら二円くらいが相場やろ言うて話しとんやけど、いっこも聞きょらへん。是ッ非、二十円払え、ちゅて剣呑《けんのん》やさけな、わしおまえ、小出のおやっさんにな、おまえ警察の旦那はん呼んでこいや、て耳元で言われてな、ほんで呼びに行くとこやにゃがな」

「そらえらいこっちゃな」

という高橋と池田の話を脇でコップを弄《もてあそ》びつつにやにや笑いながら聞いていた熊太郎は、なるほどなと思った。

確かそんな奴がいるという話は熊太郎も聞いていた。

辻本という山の仕事をしている者が雇い入れた若い男が竹田市五郎の借家を借りてそのまま住まった。なかなかに威勢の良い男で、ちょっとした手慰みのようなこともするらしいという話を聞いていたのである。

熊太郎は高橋の話をちょっといい話だと思った。はは、おもろ。と思った。

排他的な村の連中が困っているのが小気味よかったからである。

そら誰だって地車はこれを舁きたい。しかしその人選はきわめて恣意《しい》的で、表面的には背の高さをそろえやなあかんとか言っているが結局のところは、村の有力者、手広く事業を営んでいる者、多くの田畑を所有している者、いわゆるところ良衆《ええし》の子ォしか舁けないのであって、熊太郎だって一遍くらいは舁いてみたいと思っていたが、しかしどうせ無理だろうとおもって諦め、意地を張ってそんなことには興味がないような顔をしていたのである。

それをば他所《よそ》から来た者が正面から、俺にも舁かせろと言い、結果、連中が大金を払わなければならなくなったというのは実におもろいことだと熊太郎は思っていたのである。

熊太郎は、おほほん、と笑って酒を飲んでいたが、その熊太郎を見て池田専太郎はあることを思いついた。いつとも酒を飲んじゃあ、貸し売りにせえ、と言って踏み倒す熊太郎である。この際、ひとつ熊太郎を困らせてやろうと思ったのである。

池田はにやにや笑った。人が困っていると聞いてにやにや笑っている奴を困らせてやろうと思ってにやにや笑っている奴がいる。まったく人の世というのは恐ろしいところである。

池田は高橋に言った。

「その男はよほど強い奴とめぇるなあ」

「そや。強いにゃ。そやさかいもうどないもならへんよって、わいが警察ィ行くにゃ」

「しゃあけど警察の旦那はんが来たらおまはんらも叱《しか》られんのとちゃうけ」

「そらそやわな。なんしょ、最初に手ェ出ひたんは私らやよってにな。しゃあけどもう私らでは手に負えんよってにな、しょうことなしに警察ィ行くにゃんか」

「そこやが。別に警察ィ行かいでもあんじょお決着つくがな」

「どないしたらええにゃ」

「そこで飲んではる人、見てみいな」

「そこて、ああ、ほんまや。明るいとっからうちら入ってきたもんやさかい気ィつけへなんだ。うわっ。熊太郎やんけ。えらい奴におうてもおた」

「誰がえらい奴じゃ」

「へつへっへっ。熊はん、ごきげんさん」

「なんかしとんね」

「まあ、熊はん、そない怒りなや」

池田はそう言って熊太郎を宥《なだ》め、それから高橋に言った。

「ここにおる熊はんは、いわば俠客やで。ほんでおまはんはこれから警察ィ喧嘩の仲裁を頼みに行くんやろ。喧嘩の仲裁ちゅたら俠客の本業やんけ。なんも警察みたいなとこ行くことあるかいな。この熊はんに頼んでみいな。なんぼ相手が強いかしらんけど、ばーんと間に入って、きっちり両方の顔立つようにしてくれるわ。なあ？　そやんなあ？　熊はん」

池田はそう言ってへらへら笑った。

熊太郎の顔色が変わった。

しかし普段から俠客ぶって村内をゆらゆら揺れて歩いている熊太郎である。そんな強い奴を相手にはできないとは言えず、口ごもりつつ言った。

「いっゃー、そらどうかなあ、実際の話」

「なんやね。仲裁、あきまへんか」

「あかんちゅう訳やないけどな、そういう事情でわしが行って果たしてどうなのかなあ？

ちゅうかね、やっぱわしもほれ、本職やさけ、やっぱその、万が一の部分やね。つまり実際の喧嘩になったときのこととか考えるやんかあ」

「やっぱ、あんたでも喧嘩なったら負けまっか」

「あほ抜かせ。そんなおまえ、そこらのド餓鬼にこの城戸熊太郎が負けるかあ。わいが心配しとんのはその逆ゃがな。もし、わいがやで、ものの弾みでその餓鬼の腕の一本も折ってみい。村の者にあべこべに迷惑かかるんちゃうんかとな、わいはそれを心配しとんにゃんけ」

「かまうことあるかいな、やったりやったり。元々、二十円とか無茶いうてんのんは向こうや。ちょっとくらい懲らしめたった方が薬になってええわ。なあ、熊はん、ここはひとつ村のために行ったりや。な、熊はん、それが任侠道《にんきょうどう》やろ」

「ま、任侠道ちゅうても、わいの場合、まあ、百姓いうのが半分あって、あとの半分でやってる任侠道やさかいに骨折る言うてもそこには自ずと限界みたいなもんがあんねんけどな」

「そんなこと言わんといったりや。なあ、おまはんもなにぼやっとしてんね、頼まんかいな」

　と池田に言われ、横にぼやっと立っていた高橋は年が若い分、池田が、強がってはいるものの実際にはさほどではないだろう、と読んで熊太郎をおちょくって喜んでいるとは気がつかず、警察に行かずに済むのであればそれにこしたことはないと考え、「熊はん、頼んます。仲裁しとくなはれ。この通りだす」と熊太郎を拝んだ。

拝まれた熊太郎は日頃、俠客ぶっている分、へっこみがつかない。

「しゃあないなあ、ほな行こか」と渋々席を立った。

池田の親爺は、「いやあ、熊はんが行ってくれんにゃったら、もう大丈夫やんか」と大きな声で言った。白《しら》こいおっさんである。

熊太郎は難儀なことになったと思ったが行きがかり上、仕方ない。俺の人生はこんなことの連続だ、と思い、こうなった以上、度胸据えてかかってあかなんだら、そんときはそんときやと爽やかな秋空を見上げた。

真剣な表情の高橋とへらへらした池田とげっそりした熊太郎が連れ立って水分神社の表参道を登っていくと、境内でひとりの若い男と数人の村の男が立って話をしていた。

傍らに若い者がかたまって心配そうに見守っており、その脇には二本の丸太にウェイトをくりつけた練習用の地車が置いてある。

若い男はへらへら笑って丁寧らしい口調でなにか言っていたかと思うと、突如として激昂して大きな声で威嚇したりしていた。それに対して村の男らは、ひたすら謝ったり頭を下げたりしている。

熊太郎は若い男を見ておののいた。

顔立ちはなかなかの男前なのだけれども全体に荒《すさ》んだ印象があり、もとがよい顔をしているだけにその崩れたようすになお凄みがあった。荒い稼ぎをしているせいか筋肉が隆起して、上半身など捏《こ》ねあげたようである。

村の大人たちは頑固者ぞろいで、平生であれば若い者が愚図《ぐず》ったくらいで容易に耳を貸さないのだけれども、この若者のどこか捨て身みたいな、言うことを聞かぬのであれば自分もこの場で死ぬ代わりにおまえらも全員殺す、と言っているみたいな迫力に気圧《けお》され、なんら反論できないでいた。

いったんは度胸を決めた熊太郎であったが男の様子をみるにつけ意気沮喪《そそう》、その場に立ち止まってしまった。高橋が言った。

「どないしなはったんでっか。あれでんが」

「ああ。わかったある」

熊太郎は答えて、もうこうなったら、ほんまに度胸決めてかかるよりしゃあないが、相手が懐に短刀をのんでいて、そんなもので、ずぶっ、といかれた場合は痛いだろうなあ、嫌だなあ、などと早くも負けることを考えつつ、男らに近づいて行ったが、そんな弱気をみせるわけにはいかない、熊太郎は精一杯虚勢を張り、「おい、若いの」と声をかけた。

ところが雰囲気にのまれて気が挫けているため大きな声が出ず、男は気がつかない、やむをえずもう一度、「あのお、すんません」と言って漸《ようや》く若い男と村の大人たちは熊太郎に気がついた。

大人たちはなぜ熊太郎がここに来たのかと訝り、追い払うような仕草をする者もあった。その一方で若い男はもっとはっきりした反応を示した。

男は熊太郎を睨みつけ、「なんじゃ、おどれは」と怒声を発した。

熊太郎は男の顔を間近に見てぼやんとなった。

間近で見る男の顔はおそろしかった。狂った獣のようであった。鬼神のようでもあった。熊太郎にもはや恐怖心はなかったが、気力がまったく湧いてこないというか、男の顔を見るにつけ、やる気がエクトプラズムのようになって鼻から垂れているような心持ちになった。

どうとでもなれ、と腹をくくっている熊太郎にとって、鬼神のような男やその前にひれ伏す村の大人たちはガラスケースの向こう側の人たちのように見えた。熊太郎にとって、この境内全体が秋空の下で非現実のようであった。

熊太郎はいったん空を見上げ、それからもう一度、男の顔を見て、しかし、あ？　と思った。

確かに男は凶悪、凶暴な顔をしている。しかし意外にもその凶悪、凶暴な表情のなかにどこか話が通じるのではないかと思わせるようなところがある、と熊太郎は思ったのである。

それに比して、と熊太郎は思った。

例えば、駒太郎はけっして凶悪、凶暴な表情をしていない。していないけれどもその顔つきに、絶対に話が通じない。思いがつながらないと思わしむる、鉄仮面のような拒否的ななにかがある。ところがこの男は、こうしておもいっきり威嚇《いかく》的な顔をしているのにその拒否的なものがなく、むしろ逆に、相手を受容しよう、別の言い方で言うと、相手に関係しよう、関係したいという意欲が感じられる。言わば人なつこさのような。ということはでもけっして俺の言い分が通るとか、話がまとまるとかそういったことではなく、もちろんあいつは俺が仲裁に入ったことそれ自体にむかついて、俺をどつきまわし、挙げ句の果てに半殺しにするだろう。ところがあいつの顔を見てたら、それも納得できるというか、たとえ半殺しになっても、それは十分に議論を尽くしたうえの半殺しというか、お互いに納得して、こうなったらもう半殺ししかないよなと互いに認めたうえでの爽やかな半殺しみたいな、そんな半殺しになりそうな気がするのだ。といってでもそんなものは気がするだけで実際は話し合いも納得もない、無茶苦茶な半殺しな訳やけどもな、はは。

熊太郎は心のうちで笑った。最悪の結果を予測しつつもどこか楽観したような精神状態であった。

人々は一言も発しないで熊太郎と男を交互に見比べていた。

咳ひとつ聞こえなかったが、ひそかに屁をこく者はあった。

「兄さん。わしはこの村に住まいする城戸熊太郎いうもんやねんけど、この喧嘩、わいに預からせてくれへんか」と若い男に語りかけた熊太郎の声はまったく平静であった。

若い男はなにも答えない。熊太郎は続けて言った。

「話は聞いてるで。そら確かに最初に手ェ出しょんたあいつらは悪い。それについてはわしがこのとおり謝る。すまなんだ。しゃあけど兄さん、膏薬代二十円ちゅうのはちょっと吹っかけ過ぎとちゃうか？　見りゃあ、たいして怪我もしてへん様子や。ここはわしの顔に免じて二円くらいで堪忍したってくれや。なあ、兄さん」

と一息に言って熊太郎は驚いた。

自分がこんな風にすらすらものを言えるとは思っていなかったからである。

ところが熊太郎がこれだけ事をわけて話しているのにもかかわらず男は、この強い俺にそんなことを言う命知らずがあるなんて信じられない、みたいな顔をして黙っている。

熊太郎は村の者の顔を見た。

村の者は熊太郎がいったいどのように始末をつけるのか、あるいはどつきまわされて半殺しにされるのか、それはそれでおもろいなみたいな、興味津々みたいな顔で事の成り行きを見守っていた。

熊太郎は、なんちゅう奴らだ、と思った。

ついさっきまで脅されて半泣きだったくせに、もうおもろがってわくわくしてけつかる。熊太郎はむかついたが、しかしいま後へ引けばあの村の奴らに、くほほ。熊の餓鬼、口だけで仲裁みたいなものようしょらへんやんかと嗤《わら》われるに違いなく、それはそれで業腹《ごうはら》で、ならばいっそ、と思った熊太郎はついに大声を出した。

「おい、兄ちゃん。わしがこないして割って話しとんね。しゃあのに黙って口きかんちゅうのはどういうこっちゃね。それともなにかい？　仲人がわしでは不足かい？　こっちゃ腕ずくでもかめへんねんど。それがいややったらなんとかぬかさんかい、こら」

言ってしまって熊太郎は、いよいよ進退窮まったと思った。

ここまで言われたら相手も黙ってないだろう。とりあえず餓鬼の時分にやった、「腕殴」か「腿蹴」でもやってこましたろか？　くほほ。そんなもんきくかれ。俺はこいつにいまからどつきまわされてぼろぼろになる。でもそれは傍観者みたいな顔をして他人を嘲笑《あざわら》っている奴よりまだましだ。くほほ。

そんなことを思って熊太郎が身構えると若い男は熊太郎の目をひたと見据え、ぐい、と一歩踏み出した。熊太郎と男の間には火花が散るような緊張感が漂ったが、少し離れたところでみている若い者や池田の親爺らはだらだらである。ひとりが隣の奴に小声で話しかけた。

「おい、熊はん、えらいこと言いよったなあ。腕ずくでこい、いいよったで」

「ほんまやねぇ。しゃあけどそんな言うて大丈夫なんか、みてみいな、あの若いの。あら相当喧嘩なれしとんな」

「ほやねん。身のこなしがちゃうわ。あの若いのは、どしっとしとるけど、熊はんはなんや猿が人形芝居の稽古してるみたいなね」

「どんなんやね。しゃあけどほんま大丈夫かいな。あないえらそうに言うて。どつきまわされよんど」

「おもろいな」

「こらっ。おまえなんちゅうこと言うね」

「すまん。けどおもろないか？」

「そら、おもろいわ」

「おまえかておもろがっとるやないけ」

そんなことを言って傍観者はおもしろがっていたが熊太郎は絶望していた。

結局いつもこんな事になってしまう。俺は別にこんな風になるのを一度も望んだことはないのだが。森の小鬼のときもそうだったし、周囲の者にわあわあ言われて気がついたら俺がもっとも危険な役割を背負わされるのだ。なんでこういうことになるのかというと、それはまあ俺が慌てもので思慮に欠けるからだが、しかしそれは俺が元々馬鹿だからではなく、対人的にいつも焦っているからだと思う。つまり自分の言葉は相手に通じていないのではないか。相手は本当は別のことを言いたいのではないか、なんて考えていつも焦っているから、ついまともな判断ができなくなって、気がついたら俺が損な役割を負わされている。しかしそんなことを考えない横着な奴はいつも高みの見物だ。後は、虚栄心。ここで断ったら格好悪いかな、とか、普段、いい格好をしている手前もあるしな、とかそんなことを考えている。自分の行動に論理的な整合性を求めすぎるのだ。みな、そんなことはないがしろにして楽に生きている。けど俺は苦しく生きている。いまもそうだ。この兄ちゃんにどつかれる。

熊太郎はそんなことを考えつつ、しかしこの期《ご》に及んでなお体裁のことを考えた。

そして俺はいまから負けるわけだけれども、同じ負けるにしても、恐怖と痛みで泣くとかそういう見苦しいことはしたくないものだ。まあ、どつかれるのは仕方ないとして、そのどつかれ方が問題で例えばこういうのはどうだろうか。とりあえず、ばんばんばーん、とどつかれる。どつかれておいて、相手の顔を見て、にやっ、と笑い、「どや？　兄ちゃん、これで気ィ済んだか」と言う。つまり、鈍臭くてどつきまわされる訳ではなく、その気になれば相手をどつきまわせるのだけれども、あえて相手にどつきまわさせるといったポーズをとる。さすれば相手は、この余裕はなんなんだ？　ことによるとこいつは底なしに強いのではないか？　と不気味な気持ちになってそれ以上、どついてこず、また、一部始終をみていた群衆も、やはり仲裁をするためにわざと殴られてみせるとは、なんたら肝の太い男か、と感嘆するに違いない。ただ、この方式に問題があるのは、ばんばんばーん、とどつかれ、にやっと笑う前にさらに、ばんばんばーん、とどつかれたら痛くて笑えず、逆に泣いてしまうかもしれないという点だ。相手の力が強かった場合、一発目の、ばばばーんで泣いてしまって、にやっと笑えないということも考えられるが、それは俺自身の耐久力にかかってくるだろう。つまり俺自身がどこまで頑張れるかっちゅうことやな。まあ、油断しないで下腹に力をいれ、歯を食いしばって、ぐっ、と堪えて、それから、にやっと笑う。けっこう難しいよ、これ。ぐっ、と堪えて急に、にやっ、と力抜く訳やからね。これが力抜くの早すぎたら、ばーん、いかれてまうでしょ。反対に、いつまでも、ぐっ、と我慢しとったら、「気ィすんだんかい」と言うとき迫力でえへんからね。ぐっ。にやっ。ちゅうこの間合いね、つまり呼吸《いき》と間《ま》ァ、これが肝心や。

そんなことを考えて、熊太郎は、さあ、どつけ、とばかりに、男の方に顔を突き出し、男の方も、さらにもう一歩、熊太郎の方へ踏み出して、緊迫感がいや増した。

さすがにもう無駄口を叩く者もない、水分神社の境内に一触即発、ただならぬ気配が漂って、いよいよくるな、と思った熊太郎が、下腹に、ぐっ、と力を入れた瞬間、男が意外なことを言った。

「わかった。この喧嘩、あんたに預けるわ」

「はあ?」

「この喧嘩、あんたに預けるちゅてんにゃ」

熊太郎は我と我が耳を疑った。訳が分からないと思った。

熊太郎自身が訳が分からないのだから傍《はた》のものはもっと分からない、口々に、「喧嘩、預けるちゅうてんで。どないなっとんね」「さあ、わからん」などと言い合って首を傾げており、熊太郎も、「つまりなにかいな、わいにこの喧嘩預けてくれるちゅてんねな。ほんまに？　ほんまに？」と重ねて訊ねるなど、いまだ半信半疑であったが、なんだかわからぬが面目が保たれている以上、このまま仲人を続けるよりなく、内心の動揺を隠し精一杯落ち着いた振りをして村の大人を呼んだ。

「みな、こっちきてくれ。きたな。さて、この人はわいにこの喧嘩預けるちゅてんにゃけど、おまえらもそんでええか」

大人のなかのひとりが答えた。

「ああ、かまわん、かまわん、おまえに預けるわ。そのかわり二十円てな大金……」

「わあったる、わあったる、任した以上、横手からごじゃ言わんとってくれ。ほな、どちらさんもわいに喧嘩預けてもろてありがとさんに存じます。さて、そこの若いの。おまえ、あかんで。村に住む以上は村のしきたり、掟を守ってもらわんとどもならん。横車押して地車昇かせとかそんなん言うてもあかんね。そんなんはみな村方で決めてるこっちゃさかいな。そやからおまえ、村の者《もん》にまず謝れ」

熊太郎にそう言われて男は素直に、「へえ。ほなあやまるわ」と言うと、首に巻いていた手拭をとり、「皆はん、えらいすまなんだのお」と頭を下げた。

次に熊太郎は村の者に向かって言った。

「それからおまえらもおまえらやで」

「そうか」

「そやがな。大勢を頼んでひとりに殴りかかったらあかんやないけ。この男が強かったからええようなもんの、弱かったら半殺しにしてもたかも知れん訳やろ。あかんやん、そんなん。しゃあから村からこの人に膏薬代、いや、二十円とは言わんわい、一円五十銭くらい出したれや。そんくらいの銭、すぐにでも集まるやろ。銭、集めていま渡してまい」

熊太郎がそう言うのを聞いて村の大人は、あきらかにほっとした様子であった。

熊太郎は満足し、そして、しかも俺は最初二円と言ったのを五十銭値切ってやったのだ。そこも感謝してほしいものだと思った。

村の大人のなかのひとりが銭を集め始めた。

「はい、みな銭出してや。ひとり十銭も出しゃあええにゃ。え？　おまえ銭持ってないの？　しゃあないな。ほな、おまえ。え？　おまえも？　おまえも？」

「そらそやがな。わいら地車舁く稽古しとったんやで銭みたいなもんあるかいな」

「しゃあないなあ。ほな、わしらで取り替えとくけども後で払てや。ほな、私ら五人や、一人三十銭ずつやで。え？　十銭よりないんけ？　情けない奴やの。おまえは？　え？　五銭。ええ加減にせぇや。大の男が五銭やそこら持って道、歩くな。え？　そういうおまえはなんぼ持ってんね、てか。なんかしとんね。わいらそんな五銭や十銭持って表歩くかあ、ぼけ、いま出すから待っとれちゅうね。あ？　あれ？」

「なんぼ出ましたんや」

「二銭」

「わしらより少ないやないけ」

わあわあ言いながら銭を集めているこちら側では若い者が熊太郎について話をしていた。

「あの熊太郎て、わしアホやと思とってんけど強いねんなあ」

「ほんまほんま。わしもてっきりただのイチビリやと思ててんけど、ごっつい貫禄やねんなあ。能ある鷹は爪を隠す、なんちうけど、あらああみえて相当の俠客やね」

そんな声が熊太郎の耳にも入って熊太郎は大満悦であったが、そんな素振りはつゆほどもみせず、素知らぬ顔をして爪先で地面を掘ったり、首を左右にかくかく曲げたりしているうちに大人が銭を持ってくる。

「熊やん、すまんのお。五十銭より集まらなんだんや。残りの一円は後で届けるよっていまはこれで堪忍したって」

「ああ、かまわん、かまわん」

銭を受け取った熊太郎はこれを若い男にそっくり渡すと、
「聞いての通りや。残りの銭は後で届けるそうやさかい、もし届かなんだり、後でまだごじゃごじゃいう奴があったら、すぐにわしにいうてくれ」と言って村民の方を振り返り、「そっちもそうや。わしが預かった以上、後でまた揉めるてなことせんといてや。ほしたら、さいならごめん」と言い捨てて裏参道の方へ歩いて行った。

裏参道の狭い石段を下りながら熊太郎は、それにしてもどういうこっちゃろ、と首をひねった。

あの男が、なぜあのようにあっさり熊太郎の仲裁を受け入れたのかまったく分からない。ことによると、いまはそうやって引き下がっておいて、後で因縁をつけてくるつもりか。さっきは大勢の前でえらい痴《こけ》にしてくれたのお。耳からセンブリ飲ましたろか、こら。そんなことを言ってどつきまわしにくるのではないか。とにかく早よ去《い》の。

そう考えて熊太郎が足を速めた途端、背後で、「おい、おい」と呼ばう声がして熊太郎は飛び上がった。

振り返ると先ほどの男が立っている。

熊太郎は、言わんこっちゃない、やっぱり復讐しにきやがったんや、と思ったが、さきほど偉そうに言うた手前、急に卑屈にもなれず恐ろしいのを我慢して、「なんじゃい」と余裕をかまして低い声で言った。

「得心いって手ェ打ったんとちゃうのんかい。それをまだぐじゃぐじゃ抜かすんか」

と、熊太郎が低い声で言ったのは、余裕のあるところを見せつけるという意図もあったが、大声でどやしつけたら、相手が逆上するかもしれないと思ったからでもあった。

しかし相手は、「いや、そやないんや」とあくまでも下手に出てくる。

熊太郎はまぶしそうに目を細めて言った。

「ほたなんやね」

「おまはん城戸熊太郎、ちゅうたなあ」

「ああ。わしは城戸やが」

「わいの顔覚えてへんか」

「おぼえてへんか、てそない顔つき出されても……。いやあ知らんなあ」

「ほんまに覚えてへんか？　よう見たって」

「いやあ。知らんわ。どこぞで会うたかいなあ」

「そうか。ほた言うわ。わいはいまからちょうど十年前、富田林の正味の節ちゃんの賭場であんたに危ないとこを助けられた谷弥五郎ちうもんや」

と男が名乗って初めて熊太郎は、「あ。あのときの」と声を上げた。谷は、「実はそうやね」と頭をかいて笑った。

十年の歳月はまだ少年であった谷弥五郎を逞《たくま》しい青年に変えていた。そして十年の間に熊太郎はどうしようもないのらくら者になった。熊太郎は思った。

あの頃であれば俺はまだ引き返せた。けどもうあかん。あの子供がこんなに成長してしまうほどに時が経ったのだものな。はは。そらあかんはずや。しかし、あのときはあのときで俺はもうあかんと思っていたのやがな。くほほ。あのときは実はまだまだ頑張れた。それを頑張らなかった。

そんなことを思いつつ熊太郎はじろじろ弥五郎の姿を見て、しかし、と思った。

確かに弥五郎は筋骨逞しい若者に成長はしている。しかし逞しい若者に成長といっても、日の光を浴びて農耕をしたり、漁撈《ぎょろう》をしたり、或いは微笑《ほほえ》んで草笛を吹くみたいな健全な若者に成長したのではなく、どちらかというと弥五郎は、暗がりで酒を飲んで婦女と戯れたり賽子や花札を弄んだり、短刀を振り回して暴れ散らすみたいな頽廃と淪落の気配を漂わせる、崩れたような若者に成長している。つまりは極道者になりゃがった、ちゅうこっちゃ。

と熊太郎は納得した。

その極道者の弥五郎が十年前のことを恩に着て俺の言うことを聞いたというのは因縁、因果なこっちゃ。

そんな因果因縁に思いを馳せている熊太郎に谷が言った。

「そんなこってその節は世話なったのお」

「なに言うてんね。そんなもんかまへんが」

「それはそうとあんた、この後、なんぞ用あんのんけ」

「何の用のあるけぇ。ただぶらぶらしとんにゃ」

「ほしたら、あんときの礼がしたいにゃ、そこらでちょっとこんなことどや」

「ああ。結構やな」

「ほしたら、いこか」

熊太郎と弥五郎は連れ立って裏参道を降りていった。

熊太郎より弥五郎の方が三寸ばかり背ィが高く、歳も離れていたがどこか似通った二人連れであった。参道の梢の上に梟《ふくろう》がとまっていた。

遠ざかる二人の姿を見送った梟が、ほう、と鳴いて金剛山の方へ飛んで行った。


正味の節ちゃんの賭場で熊太郎に助けられた弥五郎とその妹、梁《やな》はその後も、いろいろなところを転々とし、最終的には中村に住まう遠い親戚の谷善之助という者の養子になり、梁は、二河原邊《にがらべ》の新田《にった》兵五郎という人のところへ奉公することになり、弥五郎は辻本という山をしている人の仕事を手伝うこととなって、竹田市五郎という人の土間をあわせて僅か八畳ばかりの借家を一箇月十銭で借りて住まっていたのである。

森屋の飲食店で右のごときを熊太郎に語った弥五郎は、「水分にいたらあんたに会えるかおもてたんやけろ、ずっと山におったやろ、ようよう今日会えてうれしわ」と言って本当に嬉しそうに杯《さかずき》を傾けた。

熊太郎は、なぜこの弥五郎はかく俺を慕うのか、と訝ったが、しかしそれも当然であった。

幼少期から辛酸をなめた弥五郎にとって、大人というのはおしなべて弥五郎からなにかを奪おうとする者であった。

大人はことあるごとに弥五郎から奪った。弥五郎の労働を奪い、その代価として与えるべき報酬も、弥五郎が子供であるのをよいことにまともに払わなかった。そんな風に自分が奪われていると知った弥五郎は大人や社会から奪い返すのは当然だと思うようになった。なのに大人たちは、自分たちが奪うときは当然のように奪うのに、そのように弥五郎が奪われたものを奪い返すと無頼漢、悪徒と憎み誹《そし》った。また、正味の節ちゃんがそうであったように、弥五郎が奪い返したものをまた奪う大人があった。ところが、そういう大人を非難する者はなかった。これが弥五郎には不思議でならなかった。大人が子供である自分から奪っても平然としている一方で子供の自分が大人から奪い返すと、極悪みたいに言われるのである。

そんな風にして育った弥五郎に熊太郎は鮮烈な印象を残した。

なんとなれば熊太郎は弥五郎を庇《かば》ったただひとりの大人であったからである。

熊太郎は、「わいを助けてくれたんはあんただけや」という弥五郎の話を聞きながら酒を飲み、なるほどなあ、と思った。

あのとき俺がこいつに加勢した。俺はそんなことは忘れていたけれどもそれが今日になって俺を助けた。つまりあのとき俺がこいつを助けなんだら俺は今日、面目を施すということはなかった訳で、こういうことを称して、情けは人のためならず、というのであって、なるほど。ええこととちゅうのはしとくものやなあ。と思ったのである。

しかし、その、ええことをしなければ後年の惨事は起きなかったかも知れず、まこと人の有為転変は計り知れぬものである。

この日、熊太郎と弥五郎は兄弟分の盃《さかずき》を交わした。

男持つなら熊太郎弥五郎、昭和の御代まで名を残すと河内音頭《かわちおんど》に歌われた義兄弟の契りが結ばれたのである。といって正式の盃事をしたわけではなく、もたれたら壁土はぼろぼろ剝がれ落ち、障子は破れ放題という情けない飲み屋の座敷でよい加減な肴《さかな》を突《つつ》きながら、「われと俺とは今日から兄弟分や」と酔った挙げ句に叫びつつ、献酬しただけの話である。

そんな程度のことはしかし珍しくもなんともなく、平成のいまでも高架下の焼鳥屋などで酔った挙げ句に感極まって、「俺とおまえは兄弟分だ」などといって盃のやり取りをして、「あー、ええ感じや」なんて叫んでいる人はなんぼでもある。そして翌日は互いに知らん顔をして仕事をしているのだ。

しかし、弥五郎は本気だった。翌日になっても知らん顔をして仕事をするということなく、熊太郎を兄哥《あにき》、兄哥と奉《たてまつ》って、どこにいくのにも付き従った。

このことは熊太郎に多大な利得をもたらした。熊太郎は博奕は好きであったがどちらかと言うと盆暗《ぼんくら》であった。しかし、弥五郎は違った。世間育ちの弥五郎は嗅覚が鋭敏で、熊太郎が賭場で鈍臭いことをしようとすると、「兄哥、そらあかんわ」と言ってとめ、熊太郎は損失を未然に防ぐことができた。

また、熊太郎はそのことをおおっぴらにはしておらず、そこのところは曖昧にしてごまかしていたがきわめて喧嘩が弱かった。しかし、弥五郎は見るからに強そうだし、実際、強かった。その弥五郎が、「兄哥、兄哥」と慕っているのであり、熊太郎はこの様をみれば誰も俺が弱いとは思わぬだろうと思った。

子供の頃、自らを大楠公に擬した熊太郎は、自分はむしろ自らは武力を持たない後醍《ごだい》醐《ご》帝ではないかとも思った。そして熊太郎はそのことについて忸怩《じくじ》たる思いがあったので、ときに弥五郎のとめるのも聞かず、独自の方法論にこだわって鈍臭い負け方をしたりした。

それでも熊太郎にとって弥五郎はきわめて便利な弟分だった。ときおり熊太郎は弥五郎のことを、この男はもしかしたら俺にとって宝石のような存在ではないのか。と思った。そう思うとき熊太郎はみずからを本当は石ころであると思い、それを知れば弥五郎は自分から去るだろうと思っていた。

今日も今日とて熊太郎と弥五郎は連れ立って奈良の五條というところにできている博奕場に向かっていた。

昨夜は夜通し雨が降っていたのが、今日はからりと晴れてちょっと暑い。

夜来送雨白龍去、片々玉鱗飄暁風なんて詩が残る五條十八景の一、大善寺を過ぎる頃、谷弥五郎が言った。

「兄哥、兄哥、ちょう待てや」

「弥五、なにしとんね、早いこと来んかれ」

「ちょう待ち、ちゅうねん。ほんま博奕場行く言うたら足早いわ」

「そうかあ」

「そうやて。なにをそない焦っとんね。急いては事をし損じるちゅうで」

「えらい事知っとんな。ほな、ちょうゆっくり行こか」

熊太郎はそう言ってほとんど止まっているのではないかというくらいにゆっくり歩き始めた。

「ちゅて、それなにしてんね」

「ゆっくり行てんねやんけ」

「あほなことすな」

馬鹿なことを言いながら、熊太郎、弥五郎。五條の新町通りにやってきたのが午後五時頃。

通りに沿っておとろしく間口の広い立派な商家が並んでいて熊太郎は気後れするくらいであったが、これから勝負をするにあたってちょっと底を入れておいた方がよい。

通りをちょっと裏手に入って手頃な家に入るとうどんと鮨《すし》を食べ、それから勇躍向かった博奕場。取り仕切っている親分の貫禄か、新町通りを川手へ入った大きな宿屋の二階の広間で三十人程のお客が遊んでいる。

「ごめんやっしゃ」案内されて熊太郎弥五郎、座について熊太郎が、「さあ、いてこましたろ」と言ったそのとき弥五郎が、「兄哥」と声をかけた。

「なんやね、うるさいのお」

「あこにいてるあいつ見てみいな」

そう言われて弥五郎の視線の先を追うと、盆茣蓙のちょうど反対側、中盆の隣、あたりに松永熊次郎がどっかと腰をおろしていた。目の前に駒札が山と積んである。

「あら、おまえ、松永熊次郎やんけ」

「そやなあ。どないしょう兄哥。向こう行て挨拶するか」

「いや、ええやろ」

熊太郎は不快な気持ちで言った。

熊太郎がなぜ不快だったかと言うと、もちろん熊次郎の姿形が森の小鬼に酷似しているからだけれども、熊太郎が熊次郎を見て不快になるのはそれだけが理由ではなかった。熊太郎は遊蕩に身を持ち崩し、村から完全に遊離していた。熊太郎は幼友達であった駒太郎や小出らは自分を畏怖しつつもどこか馬鹿にしている、下に見ているのを感じていた。そして遊蕩が原因で宇治から戻ったという松永熊次郎もまた、実直な者が多い村にあって熊太郎と同じく、賭場に出入りし、昼酒を飲んだ。ところがそんなことをしながら松永熊次郎は、父親の松永傳次郎と共同して、手広く農地を経営し、その収支はいたって順調であるらしく、村民はみな松永家の内福を噂した。

熊次郎は村民とも尋常に交際し、村の寄合などにも顔を出していたし、傳次郎は村内の有力者でその子弟である熊次郎には年上の駒太郎たちも一目置いている風であった。

熊太郎はそこが納得いかなかった。

同じく遊蕩に耽りながらその一方で生業《なりわい》は大をなしている。そんなんありか、と熊太郎は思った。

俺などはみなに馬鹿にされ親不孝をし、富は他家に嫁に行くし、滝谷不動で助けた泥鰌《どじよう》は鳥に食われてしまう、そんな思いをしてもう土俵際いっぱい、徳俵に足がかかったみたいなところで極道している。しかるに、なんですか、あの熊次郎は？　なにを余裕かましているのですか？　はあっ？　パルドン？　と思ったのである。

しかもそれでも博奕が弱ければまだよかった。ところがこの熊次郎が滅法博奕が強く、そこがまた熊太郎は大いに納得がいかなかった。

屋財家財の投擲《とうてき》弾、すべてを投げ捨て、人生そのものを壺皿に叩き込み、全身全霊で博奕に取り組んでいる熊太郎がぼろ負けするのを後目《しりめ》に、一方で余裕綽々、まともに百姓をしながら片手間みたいにしてやっている熊次郎が大勝するのである。

熊太郎はそんな熊次郎を見ると、なんだか自分が著《いちじる》しく劣った人間のように思えてぬらぬらと不快になったのである。

さらに熊太郎は熊次郎の態度が不快であった。

初めて駒太郎に紹介されたとき熊次郎は熊太郎に対して同じやくざ者として大いに敬意を払っていた。ところが誘われて博打宿に赴き、熊次郎が大勝する一方で熊太郎が大敗するのを見た熊次郎は途端に熊太郎を軽侮するようになった。

そしてその傾向は年とともにひどくなり、最近では熊次郎は村で行き会うなどしても露骨に馬鹿にしたような、せせら笑いを浮かべ挨拶もせず、用がない限り口もきかぬのであった。

その馬鹿にしたような顔がまた森の小鬼にそっくりで熊太郎は馬鹿にされてむかつくのと同時に腹の底がぞくぞくするような心持ちであったが、そんな態度をみた弥五郎は単純に腹を立て、あの餓鬼、兄哥に対して、なんちゅう態度とりゃがんね、いっぺんどつきまわしたろか、といきまくのだが、なんとなく松永が気味悪い熊太郎は、やめとけや、と弥五郎をとめるのであった。

けれどもそうして弥五郎がむかつくのも無理はなかった。

というのは村内のあちこちに顔が利く熊次郎は山仕事、溝浚《さら》え、井戸掘に際して臨時傭員の周旋などしており、自分の田畑を持たぬ弥五郎も何度か仕事を斡旋《あっせん》してもらったのだが、最初に給銀の決めをしなかったのをよいことに、熊次郎は普通であれば三十銭が相場の仕事に、二十銭しか払わないなどし、その都度弥五郎は文句を言うのだけれども、熊次郎の、「まままままま」みたいな押しが強いのか弱いのか分からない、野太い声で凶悪なこんにゃくみたいな言い様になんとなく説得され、最終的に曖昧なままにされていたからである。

しかし本当に説得されて納得した訳ではないから思いは内向し、熊太郎と同じく弥五郎もまた、熊次郎の顔を見てなんとも言えぬ不快を感じるのだった。

そんな不快を兄弟ともに腹の底に抱きながら、熊太郎弥五郎は、熊次郎の顔をちらちら見ていた。いくら大きな盆だからといって同じ盆茣蓙の前のいるのだから、そうしてちらちら見ている二人の視線に気がつかぬはずがない。ところが松永熊次郎はいったいどういうつもりなのか、目礼すらしようとせず左右の客と笑顔で話しながら楽しく遊んでいる。

暫《しばら》くして弥五郎が言った。

「兄哥、あの熊次郎の餓鬼、なんやね。わいら来てんのに目ェも合わしょりゃがらん」

「ほんまやなあ。気ィついてへんのかなあ」

「なに言うてんねん。そことこにいてんね、気ィつけへんことあるかいな。わざと知らんふりしてけつかんにゃ。気ィ悪いやっちゃなあ」

「しゃあからちゅて、こっちから挨拶すんのも縁起《げん》くそ悪いしなあ」

「しゃあろ？　ほんま、気ィ悪いやっちゃわ。あ。いまこっち見てほんで向こむきゃがったで。やっぱり、知ってやっとんねや」

「まあええ。あんなもんほっといて儲けよで」

と熊太郎は弥五郎を諭したが、熊太郎自身、熊次郎の態度が気になって仕方なかった。教えられて熊次郎がいるのに気がついた熊太郎は、最初は部屋が広いので熊次郎が気がつかぬのだと思って、暫くの間、熊次郎の方をじっと見ていた。熊次郎が気がついたら自分から会釈しようと思ったのだ。

心の奥底では熊次郎の存在を不快に思っているのに、なぜそんなことを思ったかと言うと、この大和の五條というところで同村の人間と会えたのが懐しかったからで、これを世界が狭くなったいまに例えればアフリカの奥地を旅行中に日本人にあったようなもので、当然、声をかけたくなるのが人情だからである。

そして漸《ようや》く、熊次郎がこっちを見たので熊太郎は、へっ、と笑って軽く頭を下げた。

ところが熊次郎はそれに対してなんらの反応を示さず、黙って横を向いたのである。いくら俺を馬鹿にしていても他郷で行き会ったら、挨拶くらいするのがあたりまえと違うのか。それすらしないほど俺をなめているのか。

そう思って熊太郎は傷ついたが或いはしかし気がついていないのかも知れないとも思った。

なぜなら熊次郎の横の向き方があまりにも自然だったからで、通常、これだけ近い距離で明け暮れ顔を合わせている人間の挨拶をあえて無視しようとするなら、もっと、俺はおまえを無視するぞ、という気負いのようなものが、むんむんするはずである。ところが熊次郎はまったく自然に、そんな気負いなどまるでなく横を向いたのであり、これを芝居でやるのはよほどの役者でないと不可能で、熊太郎は、ことによると本当に気がついていないのか、と思ったのであった。

そこで熊太郎は、もう一度、熊次郎の顔を見たのだけれども熊次郎の視線はついに熊太郎をとらえることがなく、これにいたって熊太郎は、やはり無視しているのか。だとしたらものごっつくえげつない無視だ。と思い、年下の熊次郎にそこまで馬鹿にされているのか、と思ってくよくよした。

そのくよくよしているところへさして弥五郎が、「目ェもあわしょりゃがらん」と直截なことを言ったのであった。

弥五郎が直截にそう言ったことによって、できればこのことをなかったことにしたかった熊太郎の傷ついた自我がなお傷ついた。しかしそのことによって熊太郎が気楽になったのもまた事実であった。熊太郎は弥五郎のこういうところが好きだった。

熊太郎は自分の心に決まりをつけるようにもう一度、言った。

「さあ、弥五。張ろで」

二時間後。熊太郎、弥五郎は吉野川沿いの道を無言で歩いていた。

日は既に落ちて四囲は暗く、ただ川の流れる音だけが聞こえていた。ふたりは悄然と歩いていた。

そんな暗い音のしないところを黙って歩いて楽しいのだろうか。

ちっとも楽しくなかった。では、なぜふたりはそんなところを歩いていたのか。

博奕で負けたからであった。

大敗であった。

まあ、熊太郎が負けるのは珍しくなかった。しかし、博奕に強い弥五郎までもがかく負けるのは珍しかった。なぜ、そんなに負けたのか。

というのは博奕というのは直感や集中力がものを言う精神のスポーツであるからであった。

熊太郎も弥五郎も無闇に傲然としているうえ、不可解な鹿十《しかと》をする熊次郎がいたため勘が狂いがちだった。さらに、そのむかつく熊次郎が大勝してへらへらしている様を見て熱くなり判断力を失い、錯乱した素人みたいな状態になってしまったのであり、これでは博奕に勝てる訳はない。しかし熱くなっているから懐の銭が一銭もなくなるまで張り続け、そして青くなったのである。

それでも熊次郎が通常の反応をしていれば、同村の人間でもあり、また大勝している様子でもあるから、声をかけて銭を借ることもしただろう。しかし、ここまで知らん顔をしていて負けたからといって急に、「いやあ、松永はん」とか言って話しかけるのは熊太郎も弥五郎もしたくなかった。

しかしいま熊太郎、弥五郎が衣服を着て歩いていられるのは熊次郎のおかげであった。なぜなら普段であれば衣服を剟《と》ねて勝負をしたはずであるが、そうしようとする弥五郎を、熊次郎の前で褌姿になるのはむかつくからやめよう、と言って熊太郎がとめたのである。

衣服を剟ねて勝負をしていたらまず間違いなくそれも負けて今頃二人は裸で往来していたのに違いないのである。博奕宿を出たふたりは、「どないしょ」と言って顔を見合わせた。

懐には一文の銭もない。

　ということは黙って水分に帰るしかないのだけれども、飲まず食わずで真っ暗な河内街道、金剛山を越えてとぼとぼ帰るのはいかにも気が重い。しかし、「どないしょう」と言ってどうなるわけでもない。熊太郎はなんの目算もなく、「ちょう、向こ行ってみょうか」と言って吉野川の方へ向かって歩き始めた。水分とは逆の方向である。弥五郎が声をかけた。


「兄哥、そっち行ったら逆やんけ」

「逆でもええやんけ」

「逆行ったら、道のりが増えんが」

「かまへんやんけ。わいはな。いまから金剛山を越えなあかんちゅう事実から目を背けたいねん。そやから金剛山と反対の吉野川の方へ行てみょうちゅたんやな」

　そんな暴論を熊太郎が言って、ふたりは悄然と吉野川沿いを歩いていたのである。

　熊太郎が不意に言った。

「弥五、そこ河原やんけ」

「河原やったらなんやね」

「焚き火しょうや」

「焚き火？　なんでそんなことすんねな」と弥五郎が目を剝いた。

「これには深い仔細《しさい》があんね」

「どんな仔細やね」

「わいはな、なんやもう歩くん嫌なったんや。ちゅうことは止まるしかしゃあないやんけ。しゃあけどおまえ、こんな真っ暗ななかで止まったら心細いやんけ。しゃあから火ィ燃やしてな、焚き火してな、それにあたってるちゅう、こういう格好をしょう思たちゅうのがその仔細や」

「いちいち邪魔くさいやっちゃな。つまり河原で焚き火して野宿しょうとこない言うてんのんか」

「まあ、早よいうたらそういうこっちゃ」

「のっけからそないぬかさんかい」

言うと、山仕事をしている弥五郎である。そこいらをきびきび走り回ってよい加減な薪《まき》になりそうな木切れを拾い集めると、大きなごつごつした岩が転がる河原の具合のよいところを選んで忽《たちま》ちにして焚き火を拵《こしら》えた。

熊太郎は平らな岩に背を持たせかけた。

「おお、こらぐつええわ」

「ほうか。ほたらこれはどや」

弥五郎は言うと、熊太郎の前に徳利《とつくり》を三本並べた。熊太郎は驚いて言った。

「なんやこれ。どないしてん」

「となりの間ァに鮨と酒あったやろ。あんまりぼろぼろに負けてむかついたから、帰りがけに褌の紐のとこいはそんできたんやな」

弥五郎はそういうと得意げに鼻をおごめかせた。熊太郎はそんな弥五郎を見て、ほんまにこいつはええことしいや、と腹の底から思った。酒を飲み飲み弥五郎が言った。

「しゃあけど兄哥、なんで博奕ちゅうのは中途でやめられひんにゃろな」

「ちゅうとどういうこっちゃね」

「博奕て勝っててても負けててもええとこでやめられへんやろ？　あれなんでやろな」

「それはな、博奕するもんは勝負して負けるわなあ。ほんだら、おっかしいなあ、と思うねん。なんで負けたんや、と思うにゃ。なんでかいうたらな、博奕するもんはみな絶対に次の勝負は勝つ、と信じてるからやんけ」

「しゃあけど、博奕ちゅうのは勝ったり負けたりするもんやで。そんなもん子供でも知ってんが」

「そや。博奕ちゅうのは勝ったり負けたりするもんちゅうのは分かってんね。しゃあからよけ次は絶対に勝つと思うんや。これまでせんど負けてきたわけやからね。次は絶対に勝つとこない思うんや。ほんで負ける。ほたらまた、次こそは勝つと思てまうね」

「しゃあけどそれは負けてるときの話やろ。勝ってるときはどないなんね。勝っててもええとこでやめられへんで、もうひと勝負、もうひと勝負ちゅうてるあいだに一銭もなくなってるときあるやんけ。あれはどないなってんね」

「あれはな」と熊太郎は淀みなく答えた。

「あれはそないしてせんど負けてようやっと勝つやろ、ほんならな、これまで貧しいもんが虐《しいた》げられる間違った世の中やったけど、やっと自分みたいなもんが報われる弥勒《みろく》の世の中が来たと思てまうねん。ほんで正しいちゅうことは正しいちゅうことやろ。その正しいことが一瞬で終わるはずないと思てまうねん。これは正しいことやからずっと続くはずやと思てまうねんな。ほんで勝負して負けるわな。ほしたら、あれ？　と思うわけや。自分が負けるのは間違いやと思う。ほんで間違いがいつまでも続く訳がないと思て、また賭けてまた負ける。また賭けてまた負ける。そんなことしてせんど負けるやろ。ほしたら博奕ちゅうもんは勝ったり負けたりするもんやからこんだけ負けたということは次こそは絶対に勝つと思て……」

「振り出しに戻っとんが」

「そや。そやさかい博奕は途中でやめられへんにゃんけ」

「なるほどなあ。おもろいなあ」

「ちょっともおもろいことあるかれ」

言って熊太郎はごろっと横になり手枕をした。

弥五郎に説明しながら熊太郎は思った。

松永熊次郎はそんな轍《わだち》にはまらず、今日は目がないと思ったら直ちに引き上げ、また十分に収益を上げたと判断するや、ただちに引き上げいつまでもぐずぐずしていることはないのだろう。はっ卑怯な奴だ。博奕と雖《いえど》もただ勝てばよいという訳ではない。ほな、なんやねちゅわれても困るけど。ちゅうかでも、こんなことを考えているから俺は博奕が弱いのだな。

事実、そんなことをまったく考えない弥五郎は俺なんかよりはるかに博奕が強い。しかし、そういえば不思議なのは俺はいま弥五郎相手に賭博者の心理という精妙複雑なことをちゃんと言葉で話すことができた。村の者が相手であれば絶対に無理だっただろう。というか、俺がいまこんな吉野川の河原で懐中に一文の銭もなく、盗んだ酒飲んで野宿するてな因果なことになったのは、子供の時分から思いと言葉が一筋につながらぬという特殊の事情が主たる理由であるのに弥五郎にだけは忌憚《きたん》なく思ったことを話せたのはなぜだろう。

そんなことを考えた熊太郎が弥五郎の姿をみやると弥五郎はさきほどまで話をしていたのにもかかわらずもう口を開いて眠っていた。着物の襟が大きくくつろいで腹当てが丸出しになっている。

熊太郎は、「ふっ、気楽なやっちゃ」と笑ったが、熊太郎自身も身体のなかは酒で暖かく、身体の表面は焚き火で暖かい。弥五郎を笑った熊太郎もまた思わず知らず眠りに落ちた。

深閑たる闇のなかでただ火が燃えていた。

火は闇のなかでいかにも頼りなく心細かった。


翌朝。熊太郎は、わっぴゃぴゃん、くっしゃみをして目を覚ました。

「ああ。おお」両腕をこすりながら熊太郎は周囲を見渡した。

水分の川とはよほど様子が違っていた。

朝靄《あさもや》の立ちこめる対岸に崖が迫り、崖の上には鬱蒼《うっそう》と木が茂っていた。崖下あたりは淀みになっている。熊太郎らが寝ていた側の岸は、広い河原ではあるが、大きな石がごろごろ転がって、川の水が岩を嚙み白い飛沫があがっているところもある。熊太郎は、「おお、おわー」と意味不明な音声を洩らしつつ腕をこすり、それからもう一度、わっぴゃぴゃん、とくっしゃみをした。

そして熊太郎は極度に腹が減っているのに気がついた。熊太郎は、そらそや。昨日の宵にうどんと鮨をちょびっと食たなり、なんも食てへんもんな、と思った。極度に腹を減らして目を覚ました熊太郎の脇で谷弥五郎が眠りこけていた。博奕で大勝した夢でもみているのか、寝ながらにやにや笑ってる。

「気色悪いやっちゃ。寝ながら笑ろとるわ」

そう呟いた熊太郎は弥五郎の肩に手をかけ、「おお、起きんかい」と言って揺すぶり起こした。

揺すぶり起こされた弥五郎は、「ああ、おー」熊太郎と同じく無意味な音声を発して腕をこすり、四囲をぼんやり見渡し、それから熊太郎の顔をみて、「おはようさん」と言った。気楽な奴である。熊太郎はしきりにあくびをする弥五郎に言った。

「弥五、おまえいま寝ながら笑てたけど、ええ具合に酔うて別嬪の膝枕てな夢でもみてたんけ」

「そんなことあるかれ」

「ほなどんな夢みとってん」

「だだけもんが伊勢《いせ》音頭歌いながら鉄砲ばんばん撃ってくる夢見てた」

「なんちゅう夢や、ちゅうのはどうでもええけど腹減らへんけ」

「うわっ」

「なに吃驚《びっくり》してんね」

「腹、減ってへんかちゅわれてみて気ィついたんやけどあんまり腹減ってるもんやから吃驚して、うわっ、言うてもうた」

「けったいな奴っちゃで。とにかくわいも腹減ってんね、なんぞ食お」

「なんぞ食おはええけど、銭どないすんね」

「銭はないけどおまえは俺の弟分やないけ。弟分やったら兄のために朝飯くらいどないかせえや」

「おっとろし甲斐性なしの兄貴分やな。ほたら川、入って魚とって食おか」

「魚？　どないしてとんね」

「ここらにある岩で囲い拵えてな、わあー言うて棒で川の水たたきながら囲いの中へ魚追い込んだらええんとちゃうか」

「それ誰がすんね」

「誰がすんねて決まってるやんけ。兄哥とわいですんねやんけ」

「熊やな。わいはそんなんと違てもうちょっと人間らしい朝飯が食いたいね」


犬も歩けば棒に当たる。そんなことを言いながら熊太郎弥五郎はとりあえず町家の建ち並ぶあたりへ向かって歩いて行った。

新町通りの外れに朝早くから開いている飯屋があった。


通りに向かって四間の間口がすべて開け放ってあって、表には馬がつないであったり荷車が留めてあったりする。店のなかは馬子や行商人などでぐしゃぐしゃになっており、うまそうな飯の匂いが往来に漂っている。熊太郎は唾を飲み込んで言った。

「弥五。わしもう辛抱たまらん。ここで朝飯食お」

「ほんまやなあ。わいも辛抱たまらん。入ろ入ろ」

　と熊太郎弥五郎の二人連れ、銭もないのに飯屋に入って店の女に飯と豆腐と酒を注文、やがて運ばれてきた飯のうまかったこと、それぞれ三杯ずつ食べて動けなくなった。

「ああ、苦しい。腹一杯や」

「ほんまほんま。ああ、うまかった」と言って弥五郎急に声を潜めて言った。

「しゃあけど、兄哥、銭どないすんね」

「どないすんね、ちゅうてないもんしゃあないやんけ。食い逃げしょお」

「え？　食い逃げ」

「しっ。大きな声出しなっちゅうね。ええか。店の者がこっち見てひん間ァに、しゅっと立ってしゅっと行くねんど。わいがいま間合いを見計ろうてるさかい、走ったらあかんど」

　そう言うと熊太郎は凶悪なえべっさんみたいな顔で従業員の動きに注視、全従業員の注意が反れた、一瞬の隙を逃さず、「よっしゃ、いまや」と小声で言うと自らも席を立とうとした。

　ところがどういう訳か立ち上がれない。

「あれ？　どないなっとんね。あれ？　立たれへんやんけ。あれ？　あれ？」

　おかしいと思った熊太郎が首をひねって後ろを見ると立ち上がれないはず、弥五郎が熊太郎の帯を、がしっ、とつかんでげらげら笑っている。これから食い逃げをする関係上、目立ちたくない熊太郎は声を押し殺して言った。

「弥五君。おちょくっとったら殺すよ」

「ま、ま、待ちちゅうね」

「なんかしとんね、俺が必死のパッチで間合い見計ろうてんのにわれなにさらしとんね」

「ちゃうがな兄哥。ちょうわいの話も聞き」

弥五郎はいきり立つ熊太郎を押しとどめた。

「先前《さいぜん》までここで飯食てた男あったやろ、そいつがな、勘定済ませて身繕《みづくろ》いしてそれから手水《ちょうず》行きよったやろ」

「行きよったのお」

「それからこっち戻ってくんのかな思てたらそのまま表出て行っきょた。これ忘れとんにゃ」

そう言って弥五郎は卓子の下、膝の上に置いた胴巻を熊太郎に指し示した。

「あっ。銭」

「しっ。大きな声、出したらあかん」

と今度は弥五郎が熊太郎をたしなめた。熊太郎はどきどきして言った。

「どないしょう」

「なんぼ入ったあるか知らんけど、とりあえずこの銭でここの払いしてまお」

聞くなり熊太郎は急にそわそわして言った。

「ほた、弥五、早よ払てまわんと、さっきの奴、気ィついて戻ってきょんが」

「しゃあけど急に出て行ったら怪しまれるわ。ここはわいに任しといてくれ」

言うと弥五郎は、悠揚《ゆうよう》迫らぬ態度で楊枝《ようじ》を使い茶を飲んで、それからようやく店の者を呼び止めて勘定を済ませた。

その間も熊太郎は、胴巻を忘れた男が戻ってくるのではないかと気が気でない、卓子の下で手探りで銭を取り出して手渡し、店の女に茶利を飛ばして余裕をかましている弥五郎に、「おい、銭払ろたんやったら早よ行こで」と言い捨て、ひとり表に飛んで出た。

その場におることにもはや精神が耐えられなかったからである。

弥五郎はすぐに出てきた。

「兄哥、待ったれや。ひとりで先々、行くなや」

「なにしとんね。早よせんと先前の奴が……」

「兄哥、おまえそればっかしやなあ。あんまり、慌ててたらおかしい思われるやんけ」

そんなことを言いながらふたりは飯屋の前を離れ、街道を東へ桜井寺《さくらいじ》の前までやってきた。桜井寺は文久三年八月十七日、五條代官所を襲った天誅組《てんちゆうぐみ》が本拠地とした寺である。

しかし熊太郎弥五郎はそんなことはどうでもいい、弥五郎は、「ここまできたらもう大丈夫やろ」と言うと四囲を見渡してそれらしい人影がないかを確かめたうえで、懐の胴巻を取り出し、「大分《だいぶん》と重たいわ」と言って笑った。熊太郎は、「ほんまけぇ」と言って弥五郎の手元をのぞき込んだ。

胴巻の中身を確かめる弥五郎の手元を見ていた熊太郎は驚いた。あんなところで飯を食っている小商人である。銭ばっかり三円かそこら入っていたら御《おん》の字だと思っていたのが豈図《あにはか》らんや、胴巻には大小取り混ぜて百円からの金が入っていたのである。「おほ、これは」と弥五郎は歓声を上げ、熊太郎は、「いやっ、これは」と言って軽くわなないた。米人ならば、ワーオ、と言ったであろうか。或いはもっと驚いて、オーマイガー、と言ったかも知れない。

禍福は糾《あざな》える縄のごとしなんてことが言ってあるが、本当にその通りである。五條の博打宿に遊びに行き、ぼろぼろに負けて野宿、川の魚を獲って食べるか食い逃げするかしかなかった奴がいまや百円からの金を手にしているのである。といって、手放しで喜んでもいられないのはやはり禍福が糾える縄のようであるからで、いまは大金を手にして、ラッキー、と言って喜んでいるかもしらんが、いまがラッキーである以上、次に訪れるのは順番でいうとアンラッキーであるからである。もっと言うと、熊太郎弥五郎はそんなことは考えもしないが、落とし物を拾ったらそれはお上に届けなければならぬのであり、これを私するのは拾得物横領といって悪いことなのである。さらに言うと、ふたりがこれを私する相談をしているのはいったいどこであろうか。桜井寺というお寺である。お寺というのはありがたい仏様を拝むところで、その仏様は、不偸盗戒《ふちゅうとうかい》といって人のものを盗んではいけないと教えているのである。にもかかわらず盗むとどうなるかと言うと、バチがあたる。つまりどちらにしても熊太郎弥五郎はこの先、えらい目に遭うということなのだけれどもそんなことは知らないものだから、わくわくして金の遣い道について相談をしている。


「兄哥、どないしょう」

「どないしょう、ちゅたかてどうせこんな金や。ぱあっと使てまお」

「ほた、昨日《きんの》のとこいてもっかい勝負しょうか」

「それもひとつの見識やの」

「なに偉そうに言うてんね」

「しゃあけど昨日んとこはなんや起縁《げん》くそ悪い。奈良へでも押し出そか」

「そらええけど奈良でええ博奕でけてるやろか」

「でけてへんでもええやんけ。銭はなんぼでもあんにゃ。そこら見物してもええにゃ」

「そない言うたら」と弥五郎は言い、なんやね、と訊ねる熊太郎に言った。

「わい奈良の大仏ちゅうのみたことないね」明るい口調であった。

「なんや、おまえ奈良の大仏みたことないの」

と表面上はなんでもない口調で弥五郎に言いながら熊太郎は明るい口調で奈良の大仏をみたことがないと言う弥五郎に無限の悲しみを覚えていた。

もちろん弥五郎とて奈良に行ったことはあるはずだ。しかし、せっかく奈良に行っても彼は遊郭と博打宿にしか行かず、お寺やお宮さんに参るということはけっしてないのだ。なぜなら、幼き頃より弥五郎は過酷な労働に明け暮れ、奈良のお寺に参るような時間的精神的余裕はなかったし、長じてよりは奈良に行っても木辻にばかり行っていたのであって精神的文化的に荒廃しきった生活を送ってきたのだ。それというのも貧しさゆえ。いかにも可哀相なやっちゃのお、と思ったのである。

熊太郎は言った。

「ほんだら奈良行こ。奈良行ってあちこち見物してうまいもん腹一杯食て遊んで歩こで」

弥五郎は明るく答えた。

「そらけっこやの、そないしょう」

そんなことでごく気楽な二人連れ、街道を北へ向かい、途中、桜井で日が暮れたが銭はたんとある、宿屋へ泊まってうまいものたんと食べてお酒も飲んで、その日は早くに寝て、翌日の午《ひる》過ぎに奈良に着いた。

ふたりは奈良の三条通をぶらぶら歩き、南円堂の前までやってきてそれから北へ、東大寺の方へ向かい、南大門をくぐって大仏殿にやってきた。

「さあ、弥五、これが奈良の大仏や」

「へぇ、おっとろしいおっきいのお」

「なんでも身の丈が五丈三尺五寸あって鼻の穴を傘さして通れるちゅうからの」

「しゃあけど兄哥、なんでこんな大っきい仏さん拵《こしら》えてん」

「そら、おまえ……、大っきけりゃ大きいほどありがたいからとちゃうんけ」

「あ、なるほど。耳もおっきもんなあ。わいらの願いもよう聞こえるもんなあ」

と弥五郎、誤った理解をし、

「ほた、ちょっと拝ましてもらうわ」

と大仏に向かって熱心に祈り始めた。

熊太郎も一応、手を合わせたが弥五郎があまりにも真剣に拝んでいるのが気になって祈りに身が入らず、すぐにやめてしまった。ところが弥五郎はまだ拝んでいる。熊太郎は後ろに下がり弥五郎の祈りが終わるのを待ちつつ、弥五郎はまったく神仏を信じないというのではなく、ただ、余裕がなかったのだ、と思っていた。

そんなことをしているうちに熊太郎は恥ずかしくなってきた。

なんとなれば薄暗い大仏殿にはせんぐりせんぐり人は入ってきて人は多い。しかしみな、無闇に巨大な大仏を見てへらへら笑ったり、弥次喜多が抜けなくなった柱の穴をくぐってほたえるなどするばかりで、弥五郎のように真剣に祈っているものは一人もない。と思ってうち眺むれば、巨大な大仏はあまりありがたくなく、少しばかり物の分かった人間はこんな大仏は見るもので拝むものではないと心得ていて、まともに拝む場合は二月堂、三月堂などで拝むに違いない。それをば知らずあんな真剣に拝んでいる弥五郎というのはそういう、通の人たちの目から見ればいかにも田舎者と言うか、鈍くさい奴に見えるに違いなく、また、その連れの俺というのも同じく鈍くさい田舎のあほと思われているに違いない。格好悪い。早く拝むのをやめてほしい。

そんなことを思って熊太郎がじりじりして待っているとようやく祈りを終えて戻ってきた弥五郎が伽藍《がらん》中に響き渡るような大きな声で、「兄哥、待たしたのお」と言うから、熊太郎はますますきまりが悪く、「行こ」と小声で言ってそそくさ大仏殿を出た。

それからやって参りましたのが若狭《わかさ》の呼び水良弁杉《ろうべんすぎ》、二月堂。熊太郎は弥五郎に言った。

「ここが有名な奈良のお水取りするとこや。十一面観世音菩薩《かんぜおんぼさつ》が祀ったあんね。肌に温みがあって肉身の像ちゅわれてんね」

「兄哥、その十一面観世音菩薩てなんやね」

「なんやねて、観音《かんのん》さんやんけ」

「いや、観音さんは分かっとんねけどな。その十一面てなんやね」

「顔が十一個あんにゃんけ」

「十一個てどないなってんね」

「顔がな、前と後ろと横に四つついとんにゃ。ほんで、頭の天辺ちょからちんまい頭がぶわあ、吹き出しとんにゃ」

「おとろしな」

「おとろしことあるかれ。ありがたいにゃで。どんな悪いことしとっても、この観音さんに、すんません言うたら許してもらえんね」

そう言って熊太郎は真剣に拝みたいような気持ちになって言った。

「わい、ちょう拝むわ」

熊太郎は真剣に拝んだ。

葛木ドールをどつきまわして殺したこと。山陵を暴いたこと。父母を敬わず労働を忌避して飲酒や賭博ばかりしていること。そんなことを許してくれと祈った。

掌と首筋が熱くなって汗が噴出した。

それからやって参りましたのが春日大社《かすがたいしゃ》。熊太郎が弥五郎に言った。

「ほれ、みてみい。いまそこ通ってきたやろ。あれが若草山や。ほてここが春日大社やんか」

「なるほど、きれいな山やね。しゃあけど、兄哥、いっこたんねてもええか」

「ええよ」

「わいな、前から不思議やったんやけど、なんでここらにゃこない仰山、鹿おんね」

「ここらの鹿はみな春日明神《みょうじん》のお使いやね」

「ほんまかいな」

「ほんまか嘘か知らんけどそういうことになったんね。しゃあからここらの鹿は大事にせんといかんね」

「ほんまかいな。ほな、向こでお婆ンが鹿の餌ェ売っとるやんか。あれ買うてきてやったほうがええのんかなあ」

「そら、やったら功徳になんのとちゃうけ。知らんけど」

「ほな、わいちょう買うてくるわ」

言うが早いか弥五郎はお婆ンのところに駆けていき、鹿の餌を買って戻ってきて、「へ。これ兄哥の分や」と言って熊太郎に手渡した。

「なんや、わいのんも買うてきたんかい」と熊太郎が受け取った鹿の餌は、米糠《こめぬか》で拵えた粗雑な煎餅十枚で、煎餅を束ねた紐を解くやいなや、目ざとくこれをみつけた鹿が熊太郎を取り囲み、鼻をふんふんさせまん丸な目で熊太郎を見上げた。

弥五郎も同様に鹿に取り囲まれ、「ぐほほ。つぶらな瞳がかいらしやんけ」とやくざ者に似合わぬメルヘンな気持ちになって喜んでいる。

熊太郎は初め、くれくれと言ってくる鹿に餌を与えた。身体の大きな鹿で、首をくんくん振って餌をくれと言っているその姿が愛らしかった。熊太郎はその鹿に煎餅二枚を与え、次にその後ろのちょっと小さな鹿にも餌を与えようとした。なぜならその鹿も腹を減らしているらしく、小規模にくんくんしていたからである。

ところが熊太郎が後ろの鹿に、「はい。お前も食え」と言って餌を与えようとした瞬間、大きい方の鹿が、「いやーん、僕のえさー」と言って割り込んで、熊太郎の手に顔を押しつけて無理矢理に餌を食べた。熊太郎は激怒した。

なんたらあつかましい鹿であろうか。少しは後ろの奴にも分けてやるという精神はないのか。つぶらな瞳をしているだけによけいにむかつく。

そう思っている間にも大きい鹿は熊太郎の手に首を押しつけてきた。

まったくもってなんというあつかましい鹿だ、と呆れ果てた熊太郎は、「おまえにはやらんちゅとるやろ」と鹿を一喝し、後ろにいた小さい鹿に餌をやった。

小さい鹿はうまそうに餌を食べ、残り七枚の餌はついにむなしくなった。小さい鹿は満足そうに鼻をむずむずさせ、どこかへ行ってしまった。

ところがあつかましい方の鹿は立ち去らないでまだくんくんしており、熊太郎は鹿に、「もうしまいじゃ、どあほ」と言い、両の手をはらって、もはや餌のないことを鹿に示した。

その様をみた鹿は、信じられない、という顔で立ち尽くしていたが、やがて熊太郎の目をじっと見たまま、世にも悲しげな声で、「ひいいいいいっ」と泣いた。

人の心を打つ声であった。行く人が何事かと振り返り、熊太郎の顔をまじまじと見た。

熊太郎は心のなかで、違う、違う、と叫んだ。

違う。こいつがこんな声で悲泣するから一見、俺がこいつになにかしたように見えるがそれはまったく逆で、むしろ俺はこいつに餌を与えたのだ。にもかかわらずこいつがあまりにもあつかましく他の鹿に餌を分けてやろうとしないから、むかついて、それ以上、こいつに餌をやらなかっただけで俺は虐待とかそういうことをしているわけではない。

熊太郎のそんな心中をみすかしたように鹿は、ここを先途と泣き叫び、行人はますます熊太郎の顔をじろじろ見た。

くっそう。汚い奴だ、と熊太郎は口惜しかったが、世間に負けた熊太郎は自ら鹿の餌を購《もと》め、これをあつかましい鹿に与えた。くっそう、むかつく。と憤《いきどお》りながら。

そんなことをしながらぶらぶら歩いてやってきたのが猿沢《さるさわ》の池。

「魚半分水半分ちゅけど、どないやねん？　実際のとこ」などとしょうむないことを言いながら通り過ぎ、それから、さらにあちこちを見物して歩いて、さあ、もう大方、夕景になってきた。

さあ、そろそろ今晩の宿を決めんならん。銭はあるこっちゃし、三条通に戻って印番屋か小刀屋ィでも泊まろかい、という意見も出たが、「やっぱし木辻ィいってみよう」ということになって猿沢の池のところを左へ曲がり、熊太郎弥五郎は木辻へ向かった。

木辻にたち並ぶ、三油屋、大砲楼、淀谷楼、白石楼、葛城楼、日進楼、敷島楼、加能楼、福山楼、松田楼、本有馬楼、都楼、花月楼、生駒楼、初音楼といった遊郭。張り店をしている妓《おんな》を冷やかして歩き、「お。そろそろどっかあがろで」ということになって岩谷楼という家にあがった。

なんといっても銭がある。いつもと違って台の物やなんかもがんがんとって豪儀にやる。さすれば当然のこととして妓夫太郎《ぎゆうたろう》や遣り手《やて》も銭を持っている客にはうんとサービスをするし、世辞もたらたらで始めのうち熊太郎は実に気分が良かったのだが、しかし次第に遣り手婆《ばば》の世辞に腹が立ってきた。

もちろん熊太郎も人間である。自分の歓心を買おうとして愛想を言っている人間に対して腹を立てるということは基本的にはない。しかし、この津金翠《つがねみどり》という遣り手婆の世辞はきわめていい加減であった。

「兄さん方、どこからお越しです」と聞くので、「わいら二人とも河内もんや」と答えると、「あら河内ですか。まさしく文化の発信地から……」などと陳腐なキャッチコピーのような台詞を歌うように言うのである。

最初、熊太郎は、いったい河内のどこが文化の発信地じゃ、と思い、けったいなことをいうおばはんだが、まあ一生懸命、世辞を言っているのだろうと思って聞き流した。

しかし、次第に津金翠が一生懸命に世辞を言っているのではなく、まったく自動的にぺらぺらよい加減なことを言っているということが分かってきた。

台の物をとれば、「まさに食通のお二人にぴったりの……」と言い、弥五郎の着物を見て、「まさしく一分の隙もない着こなしと身だしなみ……」と褒《ほ》め、それぞれの相方が決まると、「めくるめく官能と快楽の夜がまさにこれから?」と意味不明なことを言った。

腹が立った熊太郎は、いちいち津金の言い草に対して、「わしら、平生は茶粥《ちゃがい》ばっかし食とんねん」「こりゃ、おばはん野良着やで」「なんか腹痛なってきたわ」などとまぜっかえしたが、しかし津金翠はまったく聞こえなかったかのようにそれに対してはいっさい反応を示さず、相変わらず歌うような調子で、「まさに好男子の典型ともいうべきお二人が……」とか、「お二人の行く手には輝かしい未来が……」といった陳腐なキャッチコピーを歌うような調子で言い続けてやめぬのである。

見え透いたべんちゃらに辟易《へきえき》し、また呆れ果てた熊太郎は相方と弥五郎を促して、それぞれの個室へ向かった。とはいうものの養老二年、元興寺建立の際、人足の足止め策として妓《おんな》が集められたという日本最古の遊里とも言われる木辻の、なかでも立派な岩谷楼なのだから玉は揃っている。座敷の様子もいいし、妓も荒い稼業の割りにはおっとりしていて、しかし床に入れば大騒ぎで、さんざんにほたえて翌朝、寝間の上で煙草を吸ったり、妓の部屋で朝飯を食うなどしているところへ勘定書がくる。見れば思ったほどでもないから奇麗に払って、弥五郎を呼びにやるとこれも愉快だったと見えて鼻の下を大分に伸ばして、「おい、兄哥、流連《いつづけ》しょうか」とか言ってるから、「あほかい」と言ってこれを促し、「近いうちに裏返すわ」「きっとだっせ」みたいな親が聞いたら泣くようなやりとりを妓として、廊下へ出て少し行くと、「なんかしとんじゃこら」という男の怒鳴り声と妓の罵声に続いて、「すみません、すみません」と言う、おちょくってるみたいな声がしたかと思ったら、部屋から二子織《ふたこおり》の着物を来た若い男が転《まろ》び出てきて、「た、たすけてください」と言いつつ熊太郎の足にすがりついた。

そうして飛び出てきた若い男を追って、昨日、熊太郎たちを登楼させた妓夫太郎が飛び出てきた。その背後にはひらひらの、金魚みたいな妓もいる。

妓夫太郎が、「なんかしとんね。なにがたすけてくださいじゃ、ぼけ。どうもえらいすんません」と言った。概《おおむ》ね若い男に向かって言ったのだが、どうもえらいすんません、と言ったときは熊太郎と弥五郎の方に向かって頭を下げていた。熊太郎は妓夫太郎に言った。

「なんや、どないしたんやいな」

「へえ。えらいすんまへん。いーえな、こいつがね。昨日、登楼《あが》りょったんですけどね、さんざん遊んでほたえて、ほて今日になって一文も銭がないちいまんね。ほて、しゃあない家までとんにいくちゅたら、家は言われへんて、こないふざけたことぬかしゃがるんですわ。こちゃ、それでは困りまんなあ、ちゅいまんがな。ほしたら、ほんまでんなあ、ちゅてへらへらしくさるもんでっさかいね、わたいもむかついてしもてつい大きな声出してしもたんですわ。えらいすんません。おいこら、ええ加減、手ェ放さんかい」

そう言うと妓夫太郎は男の頭をはたき、それから頬の肉をつまんで引っ張った。

「痛い痛い痛い」

「痛いっちゅう神経がおどれにあんのんか、こらぁ」

そう言って激怒している妓夫太郎に熊太郎は訊いた。

「ほんで、この餓鬼、どないすんね」

「へえ、どないするちゅてもとりあえず家、聞いて、ほれから馬ンなりますわ」

「けど、家は言いとないちゅてんにゃろ。言わへなんだらどないすんね」

「ほたしゃあない、とりあえず半殺しにしてほれから考えますわ」

「そうしい、そうしい。ほっといたら癖なるわ」

そう言って熊太郎は行こうとしたところ、若い男は、またぞろ熊太郎の足にすがりつき、

「そんなこと言わないで助けてください」

と言って熊太郎の顔をじっと見上げた。男の顔を見た熊太郎は、ほう、と溜息を洩らし

た。

男がおとろしいくらいの二枚目であったからである。熊太郎は男に言った。

「兄ちゃん、男前やな」

「そうですか。男前ですか。いやあ、照れるなあ」

と男は妙な抑揚で言ってにやにやした。

ただし心の底からにやにやしたのではなく男前と言われてにやけている男をことさら演じ、そしてそのことが余の者にわかるようにことさらにやにやした。

熊太郎はそんな冗談みたいなことをしている余裕がないはずなのになあ、と思って男の顔を見た。男も熊太郎の顔を見た。そして、男は意外なことを言った。

「では、この男前に免じてたすけてくださいよ、城戸熊太郎さん」

熊太郎は驚いた。知っているはずのない相手が自分の名前を知っていたからである。

熊太郎は弥五郎を振り返って言った。

「こいつなんでわいの名前知っとんにゃろ」

「さあ、なんでやろ」と弥五郎も不思議顔である。

熊太郎はしゃがみこんで威嚇するように男の顔面に自らの顔面を近づけて訊いた。

「おまえなんやね、誰やね」

「私ですか。私は、貧打ルン蔵というのは嘘で、ベテベテ山太郎というのは冗談で、四代目笑福亭松鶴というのは偽《いつわ》りで……」

「殺すよ」

「申し訳ありません。真実の名前をいいます。私は河内国石川郡赤阪村字水分に住まいを致しまする農業松永傳次郎の次男で寅吉という者です。今後ともご指導、ご鞭撻《べんたつ》を賜りますよう、よろしくお願い申し上げます」

「なんかしてんね。てそういや、あこにちんまい弟があったけどこないおっきなっとたんか」

「はい大きくなってたのです」

「他人事みたいにいうてけつかる。よっしゃ。おまえが同村の人間と知れたらほっとくわけにいかん。助けたるわ」

熊太郎がそう言うのを聞いて弥五郎が驚いた。

だってそうだろう。松永寅吉が松永傳次郎の次男であるということはあの松永熊次郎の弟ということで、その松永熊次郎は五條の博奕場で熊太郎と弥五郎にどんな態度を取っただろうか。

はっきり言って鹿十《しかと》である。

普通だったら、熊太郎、弥五郎が持っている銭を全部とられたのが分かっているのだから、同村の者として少しくらい銭を回そかと言うのが当たり前である。ところが熊次郎ときたら、それどころか挨拶すらしないでそっぽを向き、ときおりこちらを皮肉な目で盗み見てはにやにやしているのである。そんな奴の弟をなにも助ける必要はない。

しかし熊太郎には別の考えがあった。

ひとつには、だからこそ救ってやろうというのがあった。

熊太郎は、はっきりと悪意を抱いて接した相手が意外な善意をもって応対したら人間はどんな気持ちになるだろうかと考えた。

当惑。そして恥の感覚に満たされるだろう。自分はこの人がかく善意の人だということも知らずにあんな悪意をもって接してしまった。自分はなんたら卑劣な人間なのか。恥ずかしい。そう思って人は落ち込む。そこに追い込んでこましたる。自分は仰山、駒札を集めて儲けている。にもかかわらず困窮している同村の者を鹿十した。ところがその鹿十した相手が、こんだ自分の弟が困窮しているのを救うのである。熊次郎は困惑するに決まっている。そしてそればかりでない別の思惑がまた俺にあるというのは、例えばこの谷弥五郎である。俺は正味の節ちゃんの博奕場で期せずして弥五郎を救った。別に救おうと思ったのではなかったが結果的に救った。しかしそのことが後日、俺を救った。水分神社で暴れていた男が谷弥五郎で、俺に恩義を感じていた弥五郎は俺の仲裁をあっさり受け入れ、俺は村の連中に面目を施すことができたのである。いまここで寅吉を救い、松永家に恩を売っておけば、弥五郎と違って金もあり、また多くの田地山林を持つ松永家のこと、後日、大きな利を生むのではないか。もちろん功利的な考えであるが、しかし俺はただ功利的なのではなく神のこともちゃんと考えている。昨日、俺は二月堂で十一面観世音に、葛木ドールをどつきまわして殺したこと。山陵を暴いたこと。父母を敬わず労働を忌避して飲酒や賭博ばかりしていること。そんなことを許してくれ、と祈った。その際、掌と首筋が熱くなって汗が噴出した。以前であれば、どうせ罪障《ざいしょう》にまみれているのだから多少よいことをしたところでどうせ自分は助からないと思ってよいことなどする気になれなかった。しかし、十一面観世音に祈ったいま、俺はそうした罪障がチャラになったかも知れない状態にあるのであり、ちょっとでもええことをすればその分だけ、ええ人になれる好機なのだ。

そんな都合の良いことを考えていて果報が願える訳がないが、熊太郎はそんなようなことを考えて、松永寅吉を救おうと思ったのである。


ややあって。一階の間で、熊太郎が煙草を吸っているその隣に谷弥五郎が胡座《あぐら》をかいて座り、少し離れたところで寅吉が神妙に正座、熊太郎らの向かいには妓夫太郎が座り、金を数え、その隣に津金翠が座って、二十五銭の釣りになりまんな」

「四ィ五ォ六円、へ。ほた、二十五銭の釣りになりまんな」

「おかんかれ。二十五銭やそこらもろてもしゃあない。おまえにやるわ」

「へ。こらどうも仰山に頂戴いたしまして」

へらついて言う妓夫太郎とは対照的に苦りきったような口調で熊太郎は言った。

「それにつけても、寅よ。われ、おっとろし遊びやがったの。わいら二人分より、まだよけやんけ」

「おかしいですね。なにかが包縮したのかな」

と寅吉は訳の分からぬことを言ってごまかした。津金翠が歌うように言った。

「困っているお友達を助けるなんて、まさに現代の幡随院長兵衛……」

熊太郎は、殴りたいな、と思った。

岩谷楼を出た熊太郎は改めて寅吉の顔をじんわり見た。

何度見ても男前であった。しかもどこか賢そうな顔であった。

にもかかわらず一文の銭も持たず娼館《しょうかん》に登楼するなどという阿呆なことをすると言うのはどういう訳だろうか。そんなことを思っている熊太郎に寅吉が言った。

「どうもすみませんでした。このご恩は死ぬまで忘れません。お借りしたお金は一生かかっても返そうかな」

「はあ？」

「え。ですからね、ご恩は忘れません、とこない申し上げた」

「そら、わかったる。その後、なんちゅたんやな」

「お借りしたお金は一生かかっても返そうかな」

「ちょう待て。その返そうかなてなんやね。普通は、一生かかっても返しますちゅうんちゃうけ?」

「まあ、普通はそうかも知れないね」

「知れないね、てなんちゅう口きくね。ほた、聞くけどおまは普通とちゃうのんかい」

「まあ、普通ですけどね。ただ、普通というのはどこまでいっても普通であってやはり面白くないでしょ。面白くないのはやはり面白くないので面白くするためにちょっと変えてみたんですよ」

谷弥五郎が言った。

「それっておちょくってるということとどこがちゃうね」

「どこも違いませんよ」

「兄哥、どつきまわしてええかなあ」

「兄哥、どつきまわされてええかなあ」

「掛け合いやな」

言いながら熊太郎は、はっはーん、と思っていた。つまり、この松永寅吉という男は、とにかくなにか面白いことを言って常に人を笑わしているつもりで実際には自分が笑われているという類いの人間だということが分かったからである。

しかし熊太郎は意外にも腹が立たなかった。

それはなんだか話し様も妙な、寅吉のなかに自分に似たなにかを見いだしたからであり、また、寅吉の兄であるところの熊次郎の、あまりにも実利的実際的な生き方と正反対の生き方を寅吉の中に見いだしたからである。

こいつとは友達になれそうだ。そんなことを漠然と思っている熊太郎に寅吉が言った。

「ところで、あんたらこれからどないすんね？」

熊太郎は、こいつ普通にしゃべれるやんけ、と思いながら言った。

「決めてへん」

ほれやったら伊勢へ行けへんか。ええ博奕がでけてんで。という寅吉の誘いに乗って熊太郎弥五郎に寅吉の三人連れは伊勢へ向かった。

最初むかついていた弥五郎も松永熊次郎とは正反対に気安い寅吉とすっかり意気投合し、酒を飲むのも三人、飯を食うのも三人、なにをするのも三人で、しかも懐にはまだ仰山にお金が残ったある、貸座敷にあがる、博奕場巡りをする、おもしろおかしい旅行して、あった銭をば全部使おて、すっからかんで水分へ戻ってきた。

「はは。おもろかったな」

「ほんまやな。そやけどもう銭一文もあらへんで」

「そやな、またどっかの飯屋ィ行て百円拾おか」

「そうさいさい落ってるかあ、あほ」

しょうむないことを言いながら、松永の家の近くまで戻ってくると、一軒の家の前に村の者が集まって、わあわあ言っている。「なんやろね」「なんぞあったんかな」と、熊太郎らは近寄って行き、一番後ろにぼんやり立っていた今田鹿造に、「なんどあったんけ」とたんねたところ、鹿造は、「ここの家の娘が石見銀山《いわみぎんざん》嚥《の》みよったんやがな」と答えた。

ここの家というのは戸口にさしてみなが立っている竹田山三郎《やまさぶろう》という男やもめの宅で、山三郎方にはくみという一人娘があったが、この娘が石見銀山という殺鼠剤《さつそざい》を嚥んで自殺を図ったというのである。

自殺の原因は失恋であった。

相手は富田林の酒造業を営む家の息子で、息子は東京の大学に通っていたのだが夏期休暇で帰省した際、親戚に頼まれて手伝に来ていたくみとできあってしまったのであった。

といって息子がくみを愛していたという訳ではなく、そら口では愛しているというようなことを言ったがそんなものは口先だけで、実はただ性欲に任せてくみを我がものにしただけのことである。それが証拠にその際、息子は自分の家はようけ銭を儲けている大きな造り酒屋で地主。相手は三反百姓の娘。きっと自分に逆らうことはできんだろう、と計算していた。

というとでも実際その通りで、ご大家のぼんに言うことを聞けと言われたくみは身分を考えると、じゃかあっしゃ、ぼけ、などと邪険なことも言えず、弱めに、「やめてください」と懇願したが、弱めだとやはり弱いのでついに言うことを聞かされてしまったのであった。

地位や立場を利用して女にいうことを聞かせるとはまったくもって呆れ果てた馬鹿者で、大学に行って立派な学問を修《おさ》めながらいったいなんということをするのだと思うが、平成のいまでもこんなことはよくあって、男というのはしばしば理性を失ってこういうことをしてしまうのであり、まことにもって困ったことである。

その後、くみと息子は逢瀬《おうせ》を重ねた。その都度、息子は愛しているとか嫁になってくれとか一緒に東京に行こうなどと言った。もちろん口から出任せに言っただけである。しかしくみは無邪気にもこれを信じ、息子の嫁御寮になれるものと信じていた。当然のことながら息子はそんなことは考えていない、最初のうちこそそんなことを言っていたが、やがてくみが、「お嫁さんにしてくれはんにゃろ」と言うと、「まあ、基本的にはそういう方向性でいきたいと思ってるんだけどね」などと誤魔化すようになってきた。

そうなるとくみも不安だからしつこく聞く。しつこく聞かれるとうっとおしいから息子はだんだん面倒くさくなり、ついには本性を現して、「最初は本気で結婚しようと思っていたのに、しつこく言うから嫌になってきた。ここは重要だよ。僕は最初は結婚しようと思っていたんだ。でも君がしつこいから嫌になったんだよ。つまり原因を作ったのは君だ。僕じゃないからね。僕を恨んだらあかんぜ」

と身勝手なことを言い、予定より早く休暇を切り上げて東京に帰ってしまったのである。しかもそれだけ言っておきながら別れ際には、またぞろくみにのしかかっていったというのだから卑劣である。

まったくもって家に銭があって、子供の頃から大勢の奉公人や出入りの者にかしずかれ、ぼんち、すぼぼん、と言われて大きくなるからこんなエゴイスティックな痴れ者が出来上がるのであり、いくら家に銭があってもこんな了見では身代はもちかねる。事実この家も明治の末、この息子の代になって身代限りをしてしまったそうである。

それはそうとして、しかしかわいそうなのは息子に裏切られたくみで、毎日悲嘆にくれていたが、さらに具合の悪いことにはくみは息子の子供をみごもっていた。

親にも打ち明けることができず相談する相手もないくみはついに思いあまって石見銀山を嚥み、気息奄々《えんえん》、嘔吐に苦しみながら右の経緯を涙ながらに親に打ち明け、「おとうはん、すんまへん」と謝ったというのはいと哀れである。

そうした経緯を鹿造やその他の者に聞いた熊太郎は、なんたらあくどい息子やと思い、かいらしい娘やったのにあたらそんな者に騙されて村の男としてむかつくと思った。熊太郎は鹿造に尋ねた。

「ほて死んだんかい」

「いやまだ死んでへんけどな。お医者の先生が言うには薬嚥ましても明日の明け方までもつかもたんかちゅてたらしよ」

鹿造はそういって尻を掻き、それからなにを思ったか自分の乳を揉んだ。

結局、くみは苦しみ抜いたあげく夜半過ぎに亡くなった。

涙を流し、何度も何度も父に謝ったと言う。村の者は、もともと浮気蓮《はす》っ葉《ぱ》なところがあった娘だなどと噂したが、それにしても哀れである。

くみの葬礼の席で父親の竹田山三郎は涙を流して無念の思いを語った。

「なんちゅてもひとり娘や。それをこんな目に遭わしゃがった男がわしゃ憎い。しゃあからわしゃ、ひとりで向こィ文句言いにいたんや。ほたら番頭《ばんとう》みたいな奴が出てきょってな、そいつなんちゅいやがったと思う？　わしの顔見て、せせら笑ろて、わしゃ、貧乏たれのど百姓がしょうむないこと言うて強請《ゆすり》にかかっとるわ。ちゅいやがった。わしゃ、むかついてもおてな。人の家の娘殺しといてその言い草はなんじゃあ、ちゅてな、その番頭みたいな奴の首ねじ上げてもたんやがな。ほたら、それまで偉そうにしとったくせに、ひいいいっ、ちゅて悲鳴上げよんね。わしゃ、ざまあみさらせ思たわな。ほて、がーん、どったろ思て手を振り上げたとこいさして後ろから襟首つかまれて庭に引き倒されて、向こで働いてる若いもん五、六人でよってこってどつきまわしゃがったんや。口惜してなあ。わしゃ、その足で警察ィいたがな。しゃあけど向こで相手にせぇへんのや。どうやらわしを強請か狂人とおもとるみたいやね。ほてそれからも人に話しても、相手が悪い、ちゅて誰も親身になってくれへんね。ほんま口惜しいわ。口惜してならんわ」

山三郎はそう言ってぽろぽろ涙をこぼし、酒を飲んだが、その山三郎の話を聞いているのは誰あろう松永熊次郎であった。

熊次郎は頷き、相づちを打ち、ときに意外そうな顔をして問いを発するなどして完璧な聞き役であった。その様を末席から眺めていた熊太郎が隣に座っている弥五郎に言った。

「おい、弥五ちゃん。あれみてみ。熊次郎が竹田の話、聞いとんな」

「ほんまやな。えらい親身に聞いとるわ」

「ちょうおかしいな」

「なにがおかしね」

「しゃあかてそやろ。五條の賭場でわいらに会うても挨拶もせんかった男やで。その男がなんであない親身になって人の話、聞いとんね」

「そら、五條でわいらを鹿十したんは、わいらが嫌いやからやろ」

「そんなこと言うなや」

「なんでやいな」

「傷つくやんけ」と本当に傷ついたように言う熊太郎に寅吉が言った。

「兄貴には気ィつけや」

兄貴には気ィつけや、他人に対して実の弟がそんなことを言うのはよほどのことである。

しかし宇治から戻り、最初こそ挨拶に来るなどしていたのが、そのうち露骨に熊太郎を軽侮するようになり、ついに五條では完全な鹿十をした熊次郎は熊太郎にとって実害はないのだけれども非常に不快な存在で、その不快な熊次郎を第三者が批判するということは、その不快な圧迫感が多少なりとも軽減されるということで熊太郎は精神が按摩《あんま》されるようで気色よかった。

しかもその批判をしたのは、熊次郎にもっとも近い肉親の寅吉である。熊次郎に敵対する者が熊次郎を批判したのであれば或いはそれはためにする批判であるかも知れない。しかし、寅吉は本来であれば仮に熊次郎を批判する者があればこれを擁護するべき立場にある身内である。その身内があえて批判しているのだからその批判はきわめて正当な批判であろうと熊太郎は思い、なおのこと気色がよいというか、精神にアロマテラピーとフェイシャルマッサージを受けているようで心地よかった。その心地よさをなるべく持続させたいものだと思いつつ熊太郎は訊いた。

「なに？　熊次郎てそない根性腐っとんのんか」

訊いてから熊太郎は、ちょっと表現がどぎつかったかな。こんな言い方をしたら寅吉もむっとして黙るかな、と思ったが寅吉は気にせずに言った。

「根性は弟のおれから見ても腐りきってるわ。兄貴はね、目的のためやったら手段を選べへん。冷たいちゅうのかな。なに考えているかわからないようなとこもあるし。ときどき黙りこくって小一時間も牛を眺めていることがあんにゃけど、なんや、ぞっとするような目つきしてるわ。なに考えてんのかなあ思たら、分からんけど弟のおれでもなんか怖いもん」

「なるほどなあ」

そんなことを話しながら三人は焼香をした。

哀れなもんやなあ。熊太郎は仏の前で手を合わせて思い、また、焼香にも来ない、大学生の息子に対して腹を立てた。しかし、だからといってどうする訳でもないし、どうすることもできない。熊太郎は、まあ、成仏してや。と念じて掌を合わせた。

焼香を済ませた熊太郎らはその後、少し酒を飲んで竹田方を辞したが、熊次郎はその後も竹田山三郎に付き添い、野辺送りに参加した。

竹田方を出て、それから池田専太郎方に行ってなお酒を飲んで、くみの噂話をしていた熊太郎らは、熊太郎らより後に竹田家を出た今田鹿造にその話を聞き、「あの不遜な熊次郎がなんでそこまですんにゃろ」と改めて首をひねったが、酔ってくみの話をするうちに話は不埒《ふらち》なエロ話になって、全員そんなことは奇麗さっぱり忘れてしまった。

松永熊次郎が城戸熊太郎方を訪問したのはそれから十日後である。

「熊やんいてるか」と熊次郎が訪ねてきたとき、家にいたのは熊太郎ひとりだった。自ら応対に出て土間に立つ熊次郎を見て熊太郎は驚いた。

まさか、熊次郎が自分のところを訪問するとは思えなかったからである。

熊太郎は熊次郎を座敷に請《しょう》じ入れたが、森の小鬼にそっくりの熊次郎が自分の家の座敷に座っているということが奇妙で仕方なく、どのような態度、どのような口調で話したらよいのかわからない、すっかり度を失ってしまった。

それに比して熊次郎は落ち着いたもので、遠慮もせずに布団のうえに胡座をかいて悠然として、なかなか話を切り出さず、奇妙な目で熊太郎をじっと見つめている。熊太郎は、ますます追い詰まり、つい、こないだは五條で……、と言いかけたが、ぐっと堪えた。

いま五條のことをいうとまるで熊太郎が嫌味を言っているようなことになり、そうなるとこの気まずい感じがもっと気まずくなるのではないか、と思ったからである。

年長の熊太郎がそんなことを考えてあたふたしているというのに、年若の熊次郎は落ち着き払ったもので、懐から煙草をとりだし、一服吸いつけた。香りの強い煙草であった。熊次郎は煙管を火鉢の縁に、かん、と叩きつけ、もう一服吸ってからおもむろに、「熊やん、あんた最近、うちの寅と仲良おしてくれてるらしなあ」と言った。

熊太郎は、なるほど熊次郎は俺が寅吉とつきあっていることに文句を言いにきたのだと思い、「いやあ、仲良うちゅうことあらひんにゃ。木辻で銭ないちゅて難儀してるとこ助けたったんやな」と言い、そう言ってから、もしかしてこのことは五條で鹿十した熊次郎に対しての嫌味に聞こえなかったかと思い、思ってから、俺はなにをそこまでびびっているのだ、と不甲斐ない自分を恥じた。

しかし、熊次郎は、「そらすまなんだなあ」と言ってそのことには頓着する様子もなく、ということは寅吉と熊太郎の交際に文句を言いにきた訳でもなさそうで、あまりにも熊次郎にびびっていると反省した熊太郎は、思い切って単刀直入に聞いた。

「ほて、今日はなんの用やね」

「おお、そうそう」聞かれた熊次郎は大仰な、芝居がかった口調で言った。白い奴である。

「きょうはちょっとおまえに頼みがあって来たんやな」

「頼み？」

「そう頼み」

熊太郎は警戒すると同時に、ぐほほ、と思った。不遜な熊次郎がこの俺に頭を下げてもの頼むやなんておもろいやんけ、と思った。

熊次郎は言った。

「頼みちゅうのはおまえも知ってる竹田のこっちゃねけどな。このままやったら竹田のおやっさん気の毒でならんが。わいはやっぱし、向この家の親なり息子なりが来て、竹田の娘の墓に参って、ほて、竹田のおやっさんにも謝ってそれなりのことするちゅうのがあたりまえやとおもうね」

「まあそやの」

「やろやろやろ。しゃあけどおまえ向こは良衆《ええし》でこちゃ貧乏たれの百姓や。このままやったらこのままやんけ」

「そらおまえそやけどそれやったら警察の旦那に言うてもらうとかしてもあかんのんか」

「あかんあかん。警察なんかみな向この味方やがな」

「それやったらこっちゃの村方のおやっさんらに行てもろたらええのんとちゃうか」

「それもあかんわ。みな銭借るやらなんやらしてるからあかんね」

「ほな、どないすんね」

「まあ、普通のやり方やったらどないしょうもないわ。しゃあからここはひとつ手荒《てあ》ろういかなあかんと思うね」

「手荒ろうてどないすんね」

「まあ、棺桶背《かんおけせ》たろうて向こ行て、われとこの息子の嫁連れてきたったで。ところでまだ結納が済んでへん。後先になってえらい悪いけど、結納をもろていくで、くらいのことは言わんとあかんやろな」

「そら手荒いわ」

「しゃあけどそれくらいせんと竹田のおやっさんが気の毒やがな」

「そらまあそうかもしれんなあ」

「そこでおまえに頼みっちゅうのはそこやね」

「どこやね」

「その、先方へ乗り込む役、おまはんにやって貰いたいんやけどどやろか」

熊次郎はそう言うと熊太郎の目を見た。

熊太郎は言下に答えた。

「断らしてもらうわ」

「あかんか」

「あかんあかん。第一、なんでわしがそんなことせんならんね。そんな義理ないがな」

「しゃあけどそれでは竹田が……」

「気の毒やっちゅうんか」

「そや。竹田が気の毒や」

「そない竹田が気の毒なんやったらおまえが行たらええやんけ」

「そう。そらわしも行けるもんやったら行きたい。しゃあけど行けん事情があるからおまえに頼んどんやんけ」

「なんやね、その行けん事情ちゅうのは」

「それがやな……」

と熊次郎が言うのには、自分の家は父の父の代から件《くだん》の酒屋、田杉屋と深い関係にあり、実は自分が宇治に行っていたのは田杉屋の仲介があってのことで、つまり自分方は田杉屋とどっぷり関係があり自分が行っても交渉にならぬというのである。

しかし、それを聞いてなお、なぜ自分が行かなければならないのかわからない熊太郎は言った。

「しゃあけど、なんでわいやね。他のもんかてかまへんやんけ」

「さあ、そこや。こら、おまえ、荒い掛け合いや。竹田はな、向この息子が竹田の娘と関係したこと認めて詫《わ》びて、ほて銭も二百円はとって欲しいちゅとんね。そんなもん普通に話しとってでける話とちゃうで。やっぱ暴れるとかそんなこともせなあかんやろし、社会に公表すんど。新聞に載せたんど。くらいのことは言わなあかんやろ。そんなんここらの百姓にでけるか。でけるかいや。そらやっぱ常から賭場にも出入りして喧嘩にも慣れとる人間やないとあかんやろ」

「それやったら富田林の俠客に頼んだらええがな」

「あっかいな。あこらの俠客みたいなもん、みな田杉屋の手下みたいなもんや」

「ほうか。あかんのんか」

「ほうやね。ちゅうことはやっぱ熊どん、あんたしかいてへんちゅうことになんにゃ。なあ、熊はん、どうかはここはひとつ、竹田とあの死んだ娘が可哀相やと思し召して頼まれたってくれへんか。なあ、熊さん、この通りや」

そう言うと熊次郎は、布団の外に座り直し、畳に頭をこすりつけた。

「そんなことすんなや。手ェあげてくれや」

そう言いながら熊太郎は尻めどがこそばいような気分だった。

あの不遜な松永熊次郎が頼むと言って畳に頭をこすりつけているのである。

熊太郎は優越感を感じたが、しかし同時に、このことは高くつくのではないか、と不気味な思いもあり、再三、手をあげるように促したが、熊次郎は、「うんと言うてくれるまで頭はあげへんで」と言って頑張る。

熊太郎はぼんやりと熊次郎の背後の土間に日が射しているのを眺めつつ、いっそのこと引き受けてこましたろか、と考えた。

熊次郎の依頼を引き受けるという考えは、税所篤の影に怯え、頼まれもしないのに、駒太郎の牛をようじょこに連れて行って以来熊太郎がずっと抱いていた、村の役に立ちたい、という願望を刺激する魅惑的な考えで、実のところ熊太郎は熊次郎の依頼の趣旨が明確になった時点からずっと、その申し出に魅力を感じていたのだった。

しかし、ようじょこのこともあり、調子に乗ってかかる申し出を受けると結果的に自分が大変な損害を負うということを熊太郎は経験的に知っており、だから余計者の自分が村の役に立つという魅力的な申し出を受けられないでいるのであった。

熊次郎はまだ、畳に頭をこすりつけて、「頼む、頼む」といってわなないたり、尻をぷりぷり左右に揺すぶったりしている。その姿を見ながら熊太郎は、やった場合、やらんかった場合、それぞれの利害得失について思いを巡らせた。

やって得るものは第一に名誉である。熊やんは偉いやっちゃ。凄いやっちゃ。みなが尊敬する。いままで俺を阿呆の極道だと思って馬鹿にしてた連中が尊敬する。女が惚れる。さらには、木辻で寅吉を助けたときも思ったが、よいことをしておくと後でそれが自分の利益になる可能性が大ということで、例えばいま熊次郎がこのことを俺に頼みにきたのは、木辻で俺が寅吉を助けた、その信頼感に負うところが大きいのかも知らん。というとでも俺は利己的なことばかり考えているようだが、必ずしもそうではないというのは、二月堂で俺は十一面観音に祈った。そのことによって俺のこれまでの罪障が消滅していたとしたら、俺はこれまでと違ってよき人として生きることができるのであって、手始めに竹田のために働くというのは仏教的見地から考えてもけっして悪いことではない。では翻《ひるがえ》って失うものはなんだろうか。というとまず先方に行き、まあ、手荒い掛け合いに行く訳だから先方も侠客を頼んでいて、まさか斬り合いにはならんだろうが、どつき合いくらいにはなるかも知れない。その際、こっちがやられたら痛いだけ損である。また、そうしてどつかれるなどして、詫び状も銭もとれなかった場合に失うのもまた名誉である。なんや、熊の餓鬼、偉そうに言うて乗り込んで行て、どつきまわされて泣いて帰ってきよったがなと言われる。そこいらのあたりの目算はどのようになっているのだろうか。

そう思った熊太郎は、熊次郎に声をかけた。

「熊次」

声をかけられた熊次郎が頭を上げた。

「やってくれんのんか」

「いや、そやない、そやないねんけど、もしやで、もしわしが掛け合いに行てやで、詫びも銭もとれへなんだらどないなんね」

「そらその心配は絶対にないね」

「なんでそない言えんね」

「あんな。向こは良衆《ええし》や。良衆ちゅうのはなによりも外聞を大事にしやはんにゃ。まして向こには年頃の娘もおんにゃ。さんざん脅かしといて、社会に公表すんど。大坂の新聞に言うどちゅうたら一発や。震えあがって詫び状書っきょるわ」

「そら、脅かすとこまではでけるで。しゃあけど、その後、そないぽんぽん行くけ？」

「そら大事ないね」

「なんでやいな？」

「おまえは脅かすとこまでひてくれたらええね。後はわいが行て、向この相談に乗るようなふりしてうまいことするさかい」

「なるほどな。ほなしょうか」

「やってくれんのんか。おおきに、おおきに」と熊次郎は熊太郎の手を取ってゆすぶり熊太郎はまた尻めどにこそばさを感じつつ言った。

「しゃあけど向こが俠客やなんか呼んでたらどないしょ」

「そこはおまえの意地と度胸でなんとかなるやろ。それにおまえ、あの谷弥五郎ちゅうおまえの弟分、無茶苦茶強いらしいやんけ。あいつと一緒やったら大方、大丈夫なんとちゃうんけ」

「そや。弥五な。しゃあけど弥五の餓鬼、わいと一緒に行く言いよるやろか」

「そら兄のいくとこやから行きよるやろ」

「いや、わからんで」

と言う熊太郎に熊次郎は決然とした口調で言った。

「ほた、こないしょう。もし谷が行かんちゅうたらわいもすっぱり諦めて他の者に頼むか、わいが自分で行くかするわ。谷が行く言うたら行く。こういうことでどや?」

そこまで譲歩されて、熊太郎はなお、行かない、とは言えず、「ほなそういうことにしとこか」と答えた。しかし、熊次郎には確信があった。

冷徹な熊次郎は身体のなかに暴れ虫を抱えこんでいるような弥五郎が大家に行って暴れ

てくれという依頼を断る訳がないし、賭場で熊太郎の勝負ぶりを見て、ここぞとなると狂したようになる熊太郎は、田杉屋とのやり取りに際して大いにぶち切れてくれるだろうと読んでいたのである。

そしてその読みは悉皆《しっかい》的中していた。

ただ一点、もっとも重要な点をのぞいて。

熊太郎が半ば引き受けたのを聞いた熊次郎はまた寛《くつろ》いだ雰囲気になり、煙管に煙草を詰めるとこれを一服、吸い、口を閉じたまま、おまはんもどや、という風に吸い口を熊太郎の方に向けて煙管を差し出した。

熊太郎は、「自分のんあんが」と言って断ると、熊次郎は、ぷはぁ、と息を吐き出し、目をしばしばさせながら、「まあ、そう言わんと一服つけや。これはええ煙草やで」と言い、熊太郎は、ほなもらうわ、と言って一服吸いつけた。

変わった味と匂いの煙草であった。熊太郎は、変わった煙草やな、と思った。思った瞬間、変わった煙草というその言葉の響きがとてつもなく珍妙な響きに思えてならなくなった。なにか煙草なのに河豚《ふぐ》の形をしているとか、煙草なのに、猿の出入り口となっているとか、そんなおかしなことが次々に思い浮かんで、おかしくてたまらず、熊太郎は、ばははははははははははははははははははは、と爆笑した。

笑っていると、どこかで誰かが笛と太鼓の練習をしているらしく、とんとんすととん。

ひゃらぴーひゃららら。という音が風に乗って聞こえてきたが、その音が奇妙に生々しく、太鼓の皮と枹《ばち》がこすれ合う音、唇が笛に触れる感触までもを伴って聞こえてきて、愉快で仕方ない。みれば、熊次郎も煙草を吸ってにやにや笑っている。ということはなるほど、以前、盆踊りの明けの朝、熊次郎と駒太郎が大笑いして歩いていたのはこの煙草を吸ってのことだったのか。そう思うと、それがまたおかしくてならず、熊太郎はまた笑った。

笑いながら熊太郎は、熊次郎はもしかしたらいい奴かも知れないと思っていた。

熊次郎はそんな熊太郎の様子を窺いつつ、火鉢の縁に煙管を叩き付けて灰を落とし、また、新しい煙草を詰めた。

松永熊次郎は本当はいい奴。

それは大麻を吸引して決まった熊太郎の勘違いで、本当は熊次郎は悪い奴であった。だってそうだろう、五條であんだけ鹿十をしておいて、いまになって急に頭を下げてくるなんて誰が聞いてもなにか企みがあると思うに違いないし、事実それはあった。

熊次郎は熊次郎所有の田地に隣接する竹田山三郎の藪についてたくらみがあった。東條の方の人間でそれらの土地を合わせて買いたいという人間があったのである。

熊次郎の方は一も二もなく売りたかった。というのは五條で大勝していたかに見えた熊次郎であったが実は大敗を喫していて博奕の貸元に四十円から借金を拵えて、追い込みがかかっており、早急に返す必要があった。父傳次郎より一家の経営を一定程度任されていた熊次郎はこの田地を売って得た銭で穴埋めをしようとしたのである。

ところが先方はなにがしいたいのか知らんが、竹田山三郎所有の藪と合わせてでないと買わぬと言う。ところが竹田はなにを考えているのか知らんが、これを売らぬといい、そんなもの絶対売るだろうと楽観していた熊次郎は慌てて竹田のところへ出掛けて行った。

熊次郎は竹田山三郎に、「あんた、土地売らんちゅてるそやけどなんで売らひんね、あんな藪みたいなもん持っとってもしゃあないやんけ」と訊ねた。山三郎は言った。

「あこはな、売りとないね」

「なんでやいな」

「わし、あこいらうのいややね。前、あこの土こぼったら昔の銭やとか石組やら骨もでてきてな。木ィ伐《き》ったら腹いたおこったしな、あこいらいたないね」

「ほたなにか？　あの藪いろたら祟《たた》りあるちゅうんかいな」

「そやね」

と言われ、熊次郎は、「今日日そんなことあんましないよ」とか、「そんなこと言わんと売れや」とか言って山三郎を説得したが、なかなかうんと言わない。

そんな矢先に、山三郎の娘のくみが自殺した。

熊次郎はここで気落ちした山三郎の面倒をみておけば恩義に感じて土地を売ると言うか

も知れぬと思い、なにかと山三郎の相談相手になっておったのが、ひとり娘を失い、そのうえ田杉屋に軽くあしらわれ、しかし自分ではどうともできない山三郎は熊次郎に、そんなことはできる訳がないと知りながら、「田杉屋から正式の詫び状をとり香典二百円をとってきたら藪を売る」と洩らし、そんなことで熊次郎は熊太郎に田杉屋に行って暴れてくれと頼んだのであった。

そんなこととはちっとも知らない熊太郎。熊次郎の予想通り、金持ちの家に暴れ込みに行くというと喜んで、行こ行こ、と大乗り気の谷弥五郎と富田林を目指してさくさく歩いていたのが明けの日の午過ぎ、季節は、ここらの百姓が八朔《はっさく》ぼたんといって牡丹餅をこしらえて食べる季節で、八朔すなわち旧暦の八月朔日《ついたち》のことである。

谷弥五郎はこれからひと暴れできるというので張り切って歩いていたが熊太郎は暗かった。

なんとなれば、たったふたりで先方へ乗り込んでいって果たしてうまく脅迫ができるだろうかと心配であったからである。

黙りがちな熊太郎に元気いっぱいの弥五郎が話しかけた。

「兄哥、えらい黙りこくってどないしたんやな」聞かれた熊太郎はしかし、兄の貫禄を保たなければならないから、向この方が強いかも知れんからびびってる、とは言えない、

「作戦考えとんにゃんけ」と言った。

「作戦てなんやね」

「そらおまえ、向こ行てどないしてびびらしたろか、ちゅうこっちゃんかいさ」

「そんなもん向こ行て、こらあっ、言うて、ばあ、暴れたらええだけちゃうんけ」

「まあ、基本的にはそうやけど、それやったら、ただ暴れとるだけやんけ」

「あ、そうか」

「それにおまえ、向こが下手に暴れて俠客でも呼びに行ってみいな。素人相手ならなんとかなっても刀抜いて斬ってきたらえらいこっちゃで」

　熊太郎が言うのを聞いた弥五郎は、にや、と笑い、

「それもそうやけどな、わいこんなもん持ってんね」

と言って懐から黒い、ずし、と持ち重りのするものをとりだした。

「わわわ。なんちゅうもんもってんね。ペストルやんけ。こっち向けんな、ど阿呆。そんなもんどないしたんじゃ」

「ひひひ。前に人に預かってくれ言われてんけどなその人、水にはまって死んでまいよったんや」

　そらええもん持っとるわ。いざとなったらそれ使お。そやけども最初は下から話して、相手はどうせろくに聞かんから、ここぞとばかりにせんど暴れて、畳建具べりべりにして、

掛け軸やとか道具やとかは泉水に叩き込んで、誰彼かまわずどつきまわして、仕込樽のなかに牛糞叩き込んでまお。と相談がまとまった。無茶苦茶な相談があったものである。

その上で弥五郎が言った。

「しゃあけど警察の旦那に言いに行きゃがったらどないしょう」

「そら言いに行けへんやろ」

「なんでやね」

「出るときに熊次郎と話したんやけどな、わいらが戻らんかったら大坂の新聞に言いに行くことになったあんね。最初に下から話するときにそれ言うといたらよう行っきょらへん。まあ、せいぜい呼びに行ってびびらしたるやんけ」

「ほんならペストルでびびらしたるやんけ」

「そやの。ほたらいまのうちに牛糞ひろとこけ」

「そやな」

と二人は牛の糞を拾い拾い、富田林は寺内町の田杉屋近くまでさくさくやってきた。

永禄年間、宗教都市として開かれ、寛文ごろより商都として栄えた寺内町には豪壮な商家が建ち並んでいる。

平生ただ歩いているときは、「はっ。金持ちのぼけがっ」と余裕の熊太郎であったが、これからこの豪壮でいかめしい邸宅のなかに乗り込んで大家の主をびびらせるのだ思うと、熊太郎は自分自身がどうしてもびびってしまった。

　俺がびびってもてどないすんね。しっかりせんかあ、ど阿呆。

　熊太郎は内心で自らを叱咤したが足元がふわふわしてどうもうまく歩けない。熊太郎は懐の牛糞にそっと手をあて、隣の谷弥五郎の表情を盗み見た。

　まったく尋常の顔つきであった。

　なんたら頼りになる男か。

　そう熊太郎は声が震えないように気をつけて言った。

「えっと、もう近所やと思うねけど、なんちゅうとこや言うとったかいな」

「城之門筋や言うとったね」

「城之門筋のどこやね。そら縦の筋やろ、横の筋はなんちゅとったたっけ」

「そら言うてへんのんかったんとちゃうけ」

「ほなわかれへんやんけ」

「しゃあけど大きなお寺の前の家や言うてへなんだか？」

「あ、なんやそんなんいうとったな。お。あこに寺、見えたんなあ」

　そう言って近づいて行ったのが興正寺、その手前に確かに田杉屋という家があったが、その表に立った熊太郎は思わず息を飲んだ。

豪壮な邸宅の建ち並ぶなか、田杉屋はそのなかでもひときわ豪壮で四囲を圧倒して威容を誇っていたからである。

真っ黒な瓦屋根は海のようで、何重にもうねり果てしなく続くようにみえた。鬼瓦が熊太郎をかっと睨んでいた。上等の漆喰をあほほど使った白壁が城郭のようで目にまぶしかった。間口がおとろしいくらいに広く、塀もまた永遠に続いているようであった。塀の上には威圧的な忍び返しがあって、侵入者を峻しく拒んでいた。

そんな田杉屋の外観に熊太郎は辟易したが弥五郎の手前もあるので、

「なんやね、この家。おちょくっとんのか」と強がりを言ったところ、弥五郎は気楽に、

「ほんまやな。おちょくっとんな。ちょっと笑わしたろ」と言うと、がらっと大戸を開けてなかに入ってしまった。

熊太郎は、くわっ。俺はまだ心の準備が、と思ったが入ってしまったものは仕方ない、せいぜいかっこうよく見えるように着物の裾をはらって、「邪魔するで」と低い声で言い、すっとなかに入った。

滑りのよい戸を後ろ手でぴしゃっと閉めて入った土間は薄暗かった。右に釜屋、下部屋、左に台所、口の間があって、台所の長押には弓と槍がかけてあるのがこの家の家格を物語っており、それをみて熊太郎はまたどんよりした。

口の間には帳場格子《こうし》、結界を引き回してあって、その奥の長押には読めない漢字を書いた扁額《へんがく》が掛けてある。熊太郎はあれはなんと書いてあるのだろうかと考えた。猿春味噌汁飲腹痛。猿が春に味噌汁飲んで腹痛、みたいなことが書いてあるのだろうか。んなわけないか。

熊太郎がそんなことを考えるうちにも弥五郎は帳場格子の前まで、ずんずん行き、「誰ぞおらんのか、こらあ」と大きな声で怒鳴り、熊太郎は首をすくめた。

「へえ。どなたはんだす」

そう言って奥から出てきたのは、五十がらみのでっぷり肥った、こんな大家なのだから番頭といっても二番番頭、三番番頭、四番番頭、五番番頭くらいまでいるのかも知れないが、そのなかでも二番番頭くらいの、いかにも地位の高そうな男で熊太郎は、しまった、と思った。

だいたいにおいて俺はあの宝玉を売りに行った際、あんな小さな道具屋の頭が禿げて白髪ぽやぽやの、くたくたの着物の前がはだけて半裸みたいなことになったおっさんでさえ、びびってちゃんと交渉できなかったのだ。それがこんな紬着て、番頭といえども、普通の店であれば主人、くらいに貫禄ぐんぐんの奴が出てきたら俺はもう完全にびびってまうではないか。どうせなら丁稚《でっち》とかそんな奴が出てきてほしかった。であれば俺はなんら怯えることなく上から、こらあっ、とか言えたのに。

熊太郎はそんな情けないことを思ったが、しかし相手は大家の番頭で、どうみてもまともな客には見えない熊太郎弥五郎に対しても、「おまえらみたいな者がなにしにきやがったんじゃ、ど阿呆」みたいな、あからさまに馬鹿にしたようなことはけっして言わず、「私は当家の番頭で佐兵衛と申します。当家になんぞ御用でございましょうか」と、表面上はごく穏やかに、尋常の応接をしたというのはさすがである。

しかし、先ほどから店の構えと番頭の貫禄にすっかりあがってしまっている熊太郎は、いきなり、「へえ、えらいすんません」と頭を下げてしまった。

確かに、いきなり怒鳴ったのではなにをしに来たのかが相手に伝わらない、最初は丁寧に下手から出て事情を説明、次第に盛り上げていこうね、と弥五郎と打ち合わせはしたが、そこまで卑屈になるのはまずい。さすがに熊太郎も言ってしまってからちょっと卑屈になりすぎたと思って焦り、焦るからちゃんと喋れない、気がつくと訳の分からないことを口走っていた。

「いやね、すんません、ということはね、わしから言うたら間違いやね。つまり、まあ、わしらが水分から来た、言うたら、もうみなまで、言わんでも分かってくれへんかなあ？ちゅうて、あっ。あっ。そんな怪訝《けげん》な顔してるっちゅうことは、わしらが強請《ゆすり》、たかりやと思てんのんかも知れへんけど、それは、そう思わしたわしらが悪いのやったらあやまりますけどね、違いまんにゃ。わいらはなんも悪ない。ちゅうか、むしろ悪いのはお宅さんで、というとますます強請みたいに聞こえるかもしれんけろ、ほんまに強請とちゃうんですわ。ちゅうのは、わしらが水分から来た、言うたら分かってもらえるはずやねんけど、わかってもらえまへんか？　さよか。というこのもって回った言い方が強請っぽいのかなあ。ほんならもうはっきり言うわ。わしらはね、竹田山三郎の使いできたんですわ。これで分かるやろ。どないでふ？」

熊太郎は、竹田山三郎のところから来た、といえば番頭がすべてを諒解《りょうかい》するだろうと思っていた。ところが番頭は、「はて？　なんのこっちゃさっぱり分かりまへんな」と言って怪訝な顔をするばかりである。これにいたって熊太郎は少し腹を立てた。

いくら向こうが大家でこっちが貧乏たれの百姓といえどもやったことはやったことである。それを、はて？　などと、まったく見当がつかぬ、みたいな顔をするのはあまりにも見え透いており、そしてなんでそんな見え透いたことができるかと言うと、こっちを庶民、有象無象と思って舐めているからである。くさい芝居しやがって、ど阿呆、と思ったのである。

そう思ったことで熊太郎の言葉がほぐれた。熊太郎は漸《ようや》く普段の口調に戻って言った。

「佐兵衛はんちゅうたかなあ。とぼけてもたらどんならんな、佐兵衛はん。もっかいだけ言うからよう聞きや。あ、まだ名前、言うてへんなんだなあ。わしは城戸熊太郎ちゅうもんで、こいつは谷弥五郎ちゅうもんや。わしらは石川郡赤阪村字水分ちゅうとこの、竹田山三郎ちゅて、佐兵衛、おまえとこの馬鹿息子にええようにされて、石見銀山飲んで死んだくみちゅう可哀相な娘の親に頼まれてやってきたんじゃ。こないだの葬礼、おどれとっからはただのひとりもけえへなんだなあ。人間には、ついうっかりちゅうことがあんね。こんだけの店や。忙しいのんに取り紛れておどれらがついうっかり忘れたんやろ思て、わしらが親切に香典とりにきたったんじゃ。これでも知らんと吐《ぬ》かすんかこら。なんとか吐かさんかあ、こら」

最初のうちはそれでも低い声で言っていたのが、話すうち我と我が言葉に興奮、しまいには大声で怒鳴ってしまっていた熊太郎は興奮しながらも頭のどこかで、これでもう引き返し不能地点まで来てしまったな、と思っていた。

もはや通常の話し合いはできない。後は憤激を爆発させ続けるしかないのだ。爆発がやんだとき、すなわち滅びるときだ。熊太郎はそんな決意をしていた。絶望的な決意であった。

しかし、熊太郎の内面がそんな凄いことになっているというのに番頭は、

「あのお、お間違えやおまへんか。なにをおっしゃってんのんかさっぱりわかりまへんにゃけど」となお、怪訝顔で、これにいたって熊太郎の、それまでは熊太郎のなかで画然と分かれていた、演技としての憤激とオリジナルな憤激が合一した。熊太郎は怒鳴った。

「こんだけ言うてんのにまだ芝居さらすんか、白《しら》こいんじゃ、ど阿呆っ」

熊太郎は喉が破れて血が出るのではないかと思うくらいの大声で絶叫した。

声を聞きつけた店の若い者が四、五人、店の奥から、「なにごとだすっ」「なんぞおましたんか」と言いながら、ばらっぱらっぱらっ、と押し出てきた。熊太郎は緊張した。

「大事おまへんか番頭はん」「こいつなんだんね」口々に言う若い者に弥五郎が、「やんのんか、こらあっ」と怒鳴りつけ店先での睨み合い、しかし、店の者がやくざ者と騒動を起こすのはまずいと思った番頭は店の者に、「いやいや、大事ない大事ない。ちょっと勘違いしたはんね」と言ったが、熊太郎はその軽い口調にまた腹を立て、

「なにが勘違いじゃ、ど阿呆」と怒鳴った。怒鳴られた番頭は居住まいを正して言った。

「これは相済まんこってございます。若い者が手荒いことでもしたらどもならん、これを収めようと思て、ついうっかりと勘違いしたはると申し上げたんですわ。えらいすんまへん。いずれにしても、とりあえずは、さ、いっぺんこっちあがっとくなはれ。ゆっくりお話をうかがわせてもらいまふわ」

そう言ったうえで番頭は、若い者に茶と菓子と煙草盆を持ってくるように命じた。

経験ある商人である番頭は、適当にあしらって追い返してもこのような者はいずれ戻ってきて後日、また同じことを言ってごねるに違いなく、それだったら少々時間がかかっても、正式の客として遇し、きっちり話をつけてしまうのが結句、時間の節約と判断したのである。

しかし、熊太郎は番頭がそうして正式の客として遇したことについて別のことを思った。すなわち、最初のうちこそ適当にあしらってごまかそうとしていたのだけれども、その誤りを指摘されるや、通常であれば立場に固執して明らかな非を認めようとはせず、四の五の言って失敗の上に失敗を重ねたり、甚だしいのにいたっては誤りを指摘されたという事実に逆上して暴れ出す者さえあると言うのに、潔く非を認めて詫びたうえで、ただちに態度を改めるというのはなかなかできることではなく、さすがにこれだけの店を切り回す番頭はできが違うと思って感動したのである。

人と人の関係とは鏡のようなものである。

番頭が誠意ある態度を取り始めた途端、熊太郎も、さっきまでの荒い言葉でもなく、また、最初に店に入ってきたときのような卑屈な口調でもなく、「ほな、失礼してあがらしてもらうで」と、ごく自然な態度を取ることができるようになった。

熊太郎は内心で、これなら話ができそうだし、ことによると熊次郎が言っていたように暴れるとかそういうこともせず、また後日、熊次郎が来て話をつけるということもなく、いまこの場で自分らが詫び状と香典二百円を貰って帰れるかも知れない、そしたら俺らは大いに面目をほどこす、などと思いながら、番頭に、「ほな、ちょっと一服つけさひてもらうで」と断って煙草盆を引き寄せた。番頭は、「ええ、どうぞどうぞ」と言い、それから、「ちょっとすんまへん」と言って立ち上がると、奥に行きかけた若い者を中の間で呼び止め、立ち話を始めた。

番頭の後姿を見ながら熊太郎は煙管をくわえ煙草盆にかがみ込んだ。

煙草に火がつき、熊太郎は上体を起こした。

番頭はまだ、若い者と話していた。

そして熊太郎は見てしまったのであった。番頭は、右手の人差し指で自らの側頭部を指し、指を三度、回転させたのである。

熊太郎の感情が決潰《けっかい》した。

最初はちょろちょろ流れている水だった。人間の湧き水。人間の脇腹や頭脳に小さな罅《ひび》がはいってそこからちょろちょろ水が流れるのだ。卑小な者の涙。俺はこの大きな大きなお店の前で卑小な存在だった。小さき者だった。安手の茶碗も岩にぶつかれば割れる。俺は毎日、安手の茶碗で飯を食っている。酒を飲んでいる。ここの家の者は、さぞかし素晴らしいお茶碗で御飯を食べているのだろう。そんな俺から水が流れている。それは怒りの水。だんだんに水の流れが激しくなってくる。それはそうだろう、いくら俺がとるにたらぬやくざ者だからといって、或いは、竹田山三郎が貧乏たれの百姓だからといって、事実、実際やったことを、なんのことかしら？　みたいな白こい芝居してやっていないことにし、ひとが一所懸命必死になって説明しているのを、表面上は親切そうな顔で、へえへえ聞いている振りをして、陰に回るとあいつは気ちがいだなどといって笑い者にする。そんなことでいいんですか？　そんなことでいいんですか？　権勢にまかせて、財力にまかせて、必死で訴える小さな者を笑って踏みにじる。そんなことでいいんですか？　人間としてあなた方は本当にそれでいいと思っているのですか？　と内心で叫ぶ熊太郎から、いまや、おそろしい量の水が噴出していた。

滔々《とうとう》と流れる怒りと悲しみの大河であった。

大河は岩を嚙んで流れる暴流、濁流に比べると静かに流れているようにみえる。しかし、流れる水の量とそのエネルギーは岩を嚙んで流れる暴流を遥かにしのいで凄《すさ》まじい。

熊太郎は茶碗を手に取ると戻ってきた佐兵衛に静かな口調で言った。

「佐兵衛はん。これなんやね」

「それはお茶ですが、なにか」

「おまはんとこの商売はなんやね」

「ご覧の通り酒屋渡世をいたしております」

「それやったらなんで茶ァ持ってくんね。酒、持ってこいや」

あくまで低い声であった。番頭は呆気にとられて熊太郎の顔を見た。

怒りのあまり白目が充血して真ッ赤いけであった。

熊太郎の顔を見た番頭は、正気の目ェやあらひん、と思った。つまり熊太郎はそれくらいに腹を立てていたのであった。しかし熊太郎を狂人だと思いこんでいる番頭は、いまは逆らわない方がよいと判断、家の者を呼び、酒を持ってこさせた。

　熊太郎は茶碗に酒をつぐとこれを飲んだ。弥五郎も飲んだ。

　茶碗を畳の上に置いて熊太郎は言った。

「さあ。佐兵衛どん。もっかい同じこと言うわ。わしは赤阪村の水分ちゅとこから来た城戸熊太郎。ここにおんのは弟分の谷弥五郎。わざわざ御当家までやってきたその訳は、御当家の息子さんにええようにされて死んだ、水分の百姓、竹田山三郎の娘、くみへの詫び状と香典、それもよけやない、たった二百両、それを頂戴にあがりました。それさえもろたらさっさと去ぬにゃさかい、さあ、詫び状と香典、いますぐ出したってくれや。あ、そうそう、言い忘れてたけろな、もし、どなしても出さんちゅうにゃたらしゃあない。すぱっと諦めるわ、しゃあけどこっちゃにも意地ちゅうもんがあるからのお、大坂の新聞ちゅうもんにあらいざらいみな載せさせてもおて、世間の人にどっちゃが間違うてるか決めてもらうつもりやからのお、そこらよお考えて決めてくれ」

「さ、そないおっしゃられても当方にはとんと見当が……」

「つかんちゅうのかい」

「さいでふ」

「さよか。ほな、ええわ。おい、谷君、ちょっと例のもん貸してくれるか」

「例のもん？　ああ、例のもんね」言うと弥五郎は懐から牛糞の包みを取り出した。

「これかいな」

「ちゃうちゅうね。もう一個のほう、もう一個のほう」

「あ、あっちか。すまん、すまん」

謝って谷が懐から取り出し熊太郎に手渡したものをみて番頭は腰を抜かした。

番頭は、左手を後ろについて上体をのけぞらせ、右の掌を熊太郎に見せて顔の前で振って言った。

「ちょ、ちょっと待っとくなはれ、そ、そんなペストルみたいなもん出してどないしなはんね」

「うん？　別に殺すだけやけど」

「やめとくなはれ。殺さんといとくなはれ」

「ほな、詫び状と香典出すんかい？」

「そ、それは……」

「ほな、しゃあない。殺すわ」

そう言うと熊太郎は拳銃を構えて番頭の額に狙いを定めた。

「ひいいいっ」

番頭は空気が洩れたような悲鳴を上げ、そして小便をちびった。

番頭は四つん這いで逃げようとしたが腰がかくかくして逃げられない。

熊太郎と弥五郎は畳の目を伝って流れてくる小便をよけようとして立ち上がった、ちょうどそのときである。表の方から「ごめん」と言って入ってきた者があった。

巡査かも知れないと思った熊太郎は咄嗟に拳銃を懐にしまったが、入ってきたのは一目で分かるやくざ者であった。番頭に耳打ちされた若い者が近所の親分を呼びに走ったのであった。

熊太郎は、やっぱりな。と思った。

誠実に話を聞く振りをして裏ではこんなことをしている。汚い奴だと思った。

やくざ者は、熊太郎弥五郎と番頭の様子を見るなり、状況を察知して、

「おどれら、正味なに考えとんど。足元、正味、明るいうちに帰らんかれ、ど阿呆」と怒鳴った。

怒鳴られて熊太郎弥五郎は怯んだだろうか。まるで怯まなかった。

なぜならその口調に聞き覚えがあったからで、そう、番頭が店の者に呼びに行かせた俠客は、明治十四年、谷弥五郎と初めて出会った野天博奕のしがない胴元、正味の節ちゃんその人であったからである。

正味の節ちゃんの後ろにはゴム引きの合羽を来た河童そっくりの中年男が立っていた。合羽の清やんである。後のふたりは熊太郎の知らない若い男であるが、いずれもぼけみた

いにもっさりした若い衆である。そんな奴らが人を威嚇しようとして気張り、土間に立ってふんふんしている様子が気に障って仕方ない熊太郎は怒鳴った。

「おおっ、こら。おどれまだここらうろうろしてけつかったんか。おまえみたいな蠅《はえ》がうろちょろしてたら目障りでかなんね。さっさと失せさらせ、ど阿呆」

「ハエ？　なんちゅことぬかしゃがんね。われ、この俺が誰か分かっててそんな口きいてんのんか」

「分からいでか。われ、正味の節ちゃんやろ」

「お？　俺の名前知っとんのお。どこぞで会うたことあるけ？」

「会うたかなあ？」

「会うたがな」

「忘れたんやったらしゃあない。教《おせ》たるわ。明治十四年や。おまえのしょうむない仕切り盆で遊んで五十円の小遣い貰て帰った粋な兄ちゃんがあったやろ。ありゃわっしゃがな」

「あ。あれは忘れへんで。あれは忘れへんで。ほ、ほんなら隣におんのは……」

「あんときの子供や。あの子供がこないおっきなったんやさかい、お互い年とるはずやの」

「じゃかあっしゃ。あの後、わしは銭がのおてどえらい苦労したんじゃ。ここで会うたが百年目、どつきまわしたるさかい覚悟せえ」

熊太郎は思った。

復讐に燃え、どつきまわしたるさかい覚悟せえと言い、迫ってくる正味の節ちゃんたちは四人。背後には店の者が十人ばかり、割り木を提げて突っ立っている。いくら弥五郎が強いといえどもこれでは勝ち目がない。となると拳銃を見せびらかして逃げるより他ないが、そうすると脅迫の実、脅迫の実というのも妙な話だが、先方に、撃退したという印象が強く残って、実を得ることができないまま、こいつらは自らの欺瞞《ぎまん》をまるで省みないで相変わらず嘘をついて傲然とするだろう。それはあまりにもむかつく。いったいどうしたものか。

そう考えた熊太郎は一計を案じた。

明治十四年、節ちゃんの賭場で熊太郎が追及されなかったのは、節ちゃんらが逆上した熊太郎を狂人と思いこんだからである。なにをするか分からん奴。そう思って正味の節ちゃんはびびったのである。熊太郎はあれでいってこましたろ、と考えたのである。

知って気のおかしい奴の振りをして正味の節ちゃんをびびらせ、相手に恐怖心を抱かせてから引き上げる。あいつらはびびって反省する。これだ。これだよ。

熊太郎は弥五郎に、「いまからわし、ちょうけったいな奴の振りするけど、びびらんと調子合わしとけよ」と耳打ちし、一度懐にしまった拳銃を取り出して、正味の節ちゃんに銃口を向けた。

節ちゃんらは、「うわあっ」と悲鳴を上げて立ち止まる。

それをみてとった熊太郎は、「もうやめてくれませんか」と低く悲しげな声で言った。

全員、息を飲んで黙りこくっている。

店の間に熊太郎の声だけが響いた。

「もう嘘はやめてもらえませんか。私は嘘が嫌いなのです。というか、嘘に耐えられないのです。私は奈良で十一面観世音菩薩に罪を許してくれと頼みました。正直言って私の罪が許されたかどうか、それは私にも不明です。ただ私は私が十一面観世音菩薩に祈った、その一点のみにおいて、私を今後、厳しく律して行こうと思ったのです。それは万分の一かもしれないけれども、もし私が許されていたらという目に賭けて今後は正しいことだけをやって生きて行こうと思ったのです。私の生命を掛け金として」

節ちゃんが清やんに囁いた。

「正味、あれ、なに言うとんねん」

「さっぱり分かれへん」

番頭が、そうっと奥へ這っていこうとして弥五郎に蹴り倒された。

熊太郎は続けた。

「私がここに来たのもそのためです。貧しい者が殺され、金持ちがそのことを認めないで平然としている。私はこれを改めようとしてここにきた。ところが金持ちは貧乏人を踏みにじってなんら恥じることがないばかりか、そのことを告げようとしてきた私の話をうわべでは誠実に聞く振りをしながら、嘲《あざけ》り、果てはならず者を呼んで私を痛めつけようとするのです」

熊太郎は、「そのことが私に新たな罪を犯させるのです、例えば……」と言って言葉を切ると、中の間と口の間の境のところに立つ店の者に近づき、こめかみに拳銃を突きつけ、「ちょっとその割り木を貸してください」と言い、目を閉じて顔を背ける店の者から割り木を受け取ると、手をだらりと下げ、百万円入りの財布を落として途方に暮れている人のような足取りで歩いて土間に降り、息を飲む節ちゃんたちに近づくと、突然、割り木を振り上げ、「馬鹿者《ばかもん》があっ」と怒鳴ると、手前にいた合羽の清やんの側頭部に力任せに打ちつけた。

ぎゃん。

一声あげて清やんは土間に崩れ落ちた。

熊太郎はその清やんの背中をなお割り木で激しく打ちつつ叫んだ。

「なんで嘘つくんじゃ。なんで嘘つくんじゃ。おまえらが見え透いた嘘つくから、俺はこんなこと、俺はこんなことせんならんのんじゃ。なんで正直に言わへんのんじゃ。俺はこんな人殴るとか、ほんまはしいとないのんじゃ。ほんまは嫌いなんじゃ。それをおどれらが嘘ばっかしつくからこんなことせんならんにゃんか。観音さんはもう許してくれはらへんど。いくとこまでいったろか、ぼけぇ」

しまいの方は涙を流して絶叫した。

右手に拳銃を持ったまま割り木を振り回したのでときおり引き金が引かれ天井に向けて何発か弾が発射され、節ちゃんたちや店の者はその都度、首をすくめた。

小便をちびる者も複数あり、店土間や座敷がずくずくになった。

銃声と熊太郎の泣きわめき声と若い衆のうめき声が店土間に響いた。

節ちゃんが思わず呟いた。

「正味、ほんまもんや」

からん。

熊太郎は土間に割り木を投げ捨てると、口の間にあがり放心したように座り込んだ。

正味の節ちゃんたちも店の者たちも恐怖に身がすくんで動けない。

やがて熊太郎が拳銃を持ったままの右手を動かした。

弥五郎を除く全員がびくっとして身を固くした。しかし熊太郎は拳銃を左手に持ち替えただけであった。熊太郎は空いた右手を伸ばして片口をとると、酒を茶碗に注ぎ、一口飲んで、

「うまい酒やなあ」と言った。まったく尋常の口調であった。

茶碗の酒を飲んでしまうと熊太郎は番頭に、

「言いたいことは全部、言うたよって今日のとこは引き上げるわ。近いうちにまたくるよってに、主人、息子ともよお相談しといてや。頼むで」と言った。

なんだか知らないがとにかく帰るといっているのは重畳《ちょうじょう》、と胸を撫で下ろし、また安堵の小便を洩らす番頭に熊太郎は、「ただし」と言った。

番頭は、震える声で、「ただし、なんだっしゃろ」と聞いた。

熊太郎は、にや、と笑って言った。

「わいは前から、こんなうまい酒がいったいどなしてでけるのやろ。いっぺん、酒のでけるとこ見てみたいと思ててん。せっかくお宅へ寄せてもろたんや。酒のでけるとこめしてもらえるか」

これだけの狼藉《ろうぜき》を働いたうえで酒造りを見学したいなどとのんびりしたことを言う熊太郎の真意を測りかねた番頭は、「へぇ」と曖昧に答えた。

「へぇ。ちゅことはええちゅことやろ。さあ、弥五ちゃん、めしてもらお」と熊太郎が立ち上がり、弥五郎もこれに従う、番頭は慌てて言った。

「すんまへん。うち方ではそういう見学みたいなことやってまへんね」

「あ、ほんまあ。残念やわあ」明るい口調で言うと熊太郎は、拳銃を番頭のこめかみにぴったり押しつけると撃鉄を起こし、「ほな、死んでな」と言った。

「ご、ご案内させていただきまふ」番頭は震える口調で言った。

「はっはーん。これが仕込み樽かい」

酒蔵に案内された熊太郎は、八尺もあろうかという仕込み樽を見上げて言った。

「さいでふ」

「ほた、あれかいな、なんや唄うたいもって、棒で、ばー、掻き回してんがこれかいな」

「さいですわ」

「ふーん。玄妙なもんやね。わしゃ長いこと酒飲んでるけどどこら見始めやわ。ちょっとなかのぞかしてもらうで」

そう言って熊太郎は、樽に立てかけてあるはしごに足を掛け、「弥五ちゃん。例のもん」と言って弥五郎から包みを受け取り、とんとんと駆け上がると、

「番頭はん、酒がうもなるようにええもんいれといたげるわな」と言いいつつ、仕込み樽のなかに大量の牛糞を投げ入れ、「あっ。なにしなはんね」と言って足にすがりつく番頭を蹴り飛ばして飛び降り、猿のように素早い動作でずらりと並ぶ仕込み樽すべてに牛糞を投入した。

番頭は土間に這いつくばりつつ、「なに入れなはった、なに入れなはった」と、熊太郎ににじり寄る。店の者、節ちゃんは呆然と立ち尽くしている。

熊太郎は足に取りすがる番頭に向かって言った。

「酒造り、ちゅもんはその家の主の性格が味に出るちゅこと聞いてるわ。その家の主がひつこいやっちゃったらひつこい味になるし、あっさりしたやっちゃったら淡白な味になるらしやんけ。ほた、おまえとこの主はどやね？　根性糞色《ばば》や。そうかてそやないけ。やったことやった言わんと白きって、人を気ちがい扱いしたり、話、聞く振りして裏でやくざ呼んだりしとるやんけ。そやさかいにわしがおまえとこらしい酒の味になるように樽ンなかに牛の糞いれたってんやんけ。ありがたいと思いなさい」

「きゅう」番頭は一声哭《な》くと、大事の仕込み樽に牛糞を入れられたという事実に精神が耐えられなくなり、錯乱したようになって、

「あぴゃぴゃ。あまま。ロシアの牛鍋、金鍋で食べたいわあ」などと訳の分からぬことを喚き、転げ回って失禁、慌てて駆け寄った一同を後目《しりめ》に、熊太郎弥五郎は、

「邪魔したたな。またくるで」と言って田杉屋を後にした。

「おほほ。すっくりいたたな」

「ほんまほんま」

田杉屋に暴れ込んで、さんざんに脅かすという所期の目的を達成した熊太郎と弥五郎は上機嫌で街道を歩いていた。弥五郎が言った。

「しゃあけど兄哥、うまいなあ」

「なにがやね」

「なにがて、とぼけたらあかんが、気ちがいの真似やがな。あいつら芯からびびっとったやんけ」

弥五郎に言われて熊太郎は複雑な心境だった。

確かに最初のうちは、けったいな奴の振りをしてやろうという気持ちが多少あったが喋るうちに次第に気持ちが昂《たかま》ってきて、最終的には正直な自分の気持ちのみを述べ行動し、なんらの演技もしていなかったからである。

ということは俺は狂人なのか、と熊太郎は思った。

いや、そんなことはないはずだ。ではなぜ、俺が正直な自分の気持ちを述べ行動したら、みな俺を狂人と思うのだ？　ということは俺はやはり狂人？　いややなあ。まあ酒蔵に行く頃は平静な気持ちに戻っていたのだが。

そんなことを考える熊太郎に追い討ちをかけるように弥五郎が言った。

「しゃあけど、あいつら警察にいいに行っきょらへんやろか」

熊太郎は実に厭な気分になった。

警察と聞くたびに熊太郎は、明治五年のあのことが露見してしまうのではないかとつい考えてしまうからである。熊太郎は自分に言い聞かすように言った。

「そらそんなことないと思うよ。そうかて、あいつらがもし警察いたらやで、わいら新聞にみな言うちゅてんねんもん。それがおとろしてよう行きよらへんとおもうわ」

「そらそやの」

そんなことを言いながら水分に帰り、松永熊次郎に、かくかくしかじかで精だい暴れてきたと報告すると、熊次郎は、熊太郎の手を取って感謝し、君たちは他のために身をなげうって正義をなす義《ただ》しい人である。というようなことを言って感謝、「とりあえずこれでうまいもんでも食て」と言って一円二十銭を差し出したので熊太郎は大いに面目を施し、警察のことを考えて暗くなっていたのも忘れて弥五郎と森屋の知った家に行き、酒を飲み御馳走を食べ三味線を弾いたり、出鱈目《でたらめ》のワークソングを歌って、妓《おんな》に、「俺がこんな唄うたうのつるくせへんと思てるやろ。アホンダラ。わいは今日は牛糞酒こしらえたんやで。ここまでくるのに十年かかったんやで」と、訳の分からぬことを言うなどして高揚していた。

熊太郎らはそれでよかったが、大変なのは田杉屋で、熊太郎らと入れ違いに一杯機嫌で旦那衆の寄合から帰宅した田杉重吉は口の間が小便にまみれて異臭を放っているのに激怒した。

田杉重吉は怒鳴った。

「これ。なんやこの体たらくは。店の間がこんな小便くさかったらどもなりませんやろ」

ところが店の者はへどもどし、女どもは泣くばかりで話にならない。田杉は、番頭に言った。

「これ、佐兵衛。これはいったいどういうこっちゃね。おまはんから説明してもらおか」

「へ、へぇ。それがさっぱり分かりまへんね。城戸とかいう奴とね、それから谷ちゅう、若い奴が二人来てね、突然、きょりましてんけどね、娘が死んだんで詫びがどうの、香典がどうの、酒屋やったら茶より酒やろ、とか言うて、ほんで、ぶわぁなって……」

「なんのこっちゃ、ちょっともわかりませんな」

「へえ、わたいもちょっともわかりませなんだんや」

「おまはんが分からへんなんだら、私はもっとわかれへん。しゃあけどそらおまえ強請《ゆすり》と違いますのんかいな」

「へえ、わたしもすぐにそない思たんだす。しゃあけどね、どうも目の色もおかしいし、こらちょっとここいかれとんなと思たんでね、話聞く振りしてすぐに正味の親方呼びにやったんですわ。ほて、すぐ親方、来たんですけろね。そいつが懐からペストル出してわたいのこめかみにぴたっとあてがいよってね、わたいはもお、怖おて、怖おて……」

「ほんで、小便ちびりましたんか」

「相済まんこってございます」

「どあほ。ほんで正味の親方が追い払てくれはったんやな」

「いや、それが、あかなんだんですわ。なんせ、ペストル持ってる上になにしよるかわからん狂人だっしゃろ。みな、生きた心地がせんで……」

「また、小便かいな」

「そうだんね」

「なにしてなはんね。ほんで帰りなさったんかい」

「いや、ところが……」

「まだ、あんのんかいな、どないしなはった」

いや、それが……、と番頭が大事の仕込み樽に牛糞を投げ入れられた話をすると主人、激しく番頭を叱責し、「いや、仕込み樽をめさんと撃ち殺すいわれまして……」と弁解する番頭を、「なんでそこで撃ち殺されませんのじゃ」と怒鳴りつけた。

しかしそれにつけても、なぜあんな者が暴れ込んできたかまったく見当がつかなかった。

熊太郎の主張について田杉屋方に思い当たる節は本当になかったのである。

「それにしてもなんでそんな狂人が私の留守に暴れ込んできましたんや」

何度目かの田杉の問いに一同、またも首を傾げ、問いに答えられる者はなかったが、番頭が不意に、「あっ」と声を上げた。

「どないしましたんや。なんかおもいあたる節でもあんのんか」

「もしかしたら、田椙屋《たすぎ》さんと間違てんのんとちゃいますやろか」

「あっ」と、主人が声を上げた。

当時、寺内町に田椙屋という造酒家があった。

田杉屋より規模は小さいが、なかなかの大家で、あまりのことに気が動顛していてそのことに思いいたらなかったが、訪ねてきて要領を得ぬことをいう者には先《ま》ず、田椙屋はんとお間違えやおまへんか、と訊ねるのが常であったのである。しかも主人、番頭は知らなかったが、店のなかでも地位の低い者は田椙屋の若旦那が手伝の娘とできあっているということを田椙屋の同じく地位の低い者から聞いて知っていた。

そのことも主人、番頭に明かされて、熊太郎の言っていたことが漸く一同の腑に落ちた。

しかし、なんや、そうやったんか。よかった、よかった、あはははは。と笑う訳にはいかない。

なぜなら座敷の小便はまあ掃除をすればなんとかなるが、大事の仕込み樽に牛糞を投げ込まれており、これはどうにもならない。一部に、万病に効く牛糞酒といって売り出そうという意見も出たが、もちろんそんな意見が通るはずがない。

とにもかくにも田椙屋に報《しら》せようということになって、佐兵衛が田椙屋に赴《おもむ》いた。

話を聞いた田椙屋は青くなった。

だってそうだろう、たかが百姓の娘と侮《あなど》って、抗議に来た竹田山三郎も軽くあしらい、その後、なにも言ってこないから、終わった話だと忘れていたのが、突如として狂人二人が自家と間違えて他家に乱入、暴れ放題に暴れていったというのだから恐ろしいに決っている。

しかも、佐兵衛がいかにも恐ろしいように話した。

佐兵衛は、悪鬼のごとき狂人はピストルや棍棒で武装、復讐の念に凝り固まっているため、交渉は不能で、割れ鐘のようなおそろしい声で喚き散らすや、駆けつけた俠客を棍棒で叩きのめして瀕死《ひんし》の重傷を負わせ、また、屋敷内で拳銃を乱射し、また、店内の器物を破壊し、さらには酒の仕込み樽に牛糞を投げ込むなど、非道の限りを尽くした。そのうえ、狡猾にも狂人は、このことけっして警察に言うな。言わば大阪の新聞にこの家の恥をみな喋る、と脅し、また、交渉不調なる場合も新聞に喋ると言う。実に極悪非道なる狂人というべし。と話したのである。

物事を悪く悪く考える癖のある田椙義値《よしなお》は話を聞いただけでちびりそうになった。訳の分からぬ狂人がなんの前触れもなく店に乱入、にたにた笑いながら理不尽で圧倒的な暴力を行使して、店の者をひとりずつ惨殺していく。店の者は恐怖に震えながら土間にうずくまっているしかない。狂人はなにか言っているのだけれど、その内容は、「賽子が発狂しているから色肉の大八車が入れ替わってしまうんよね」などと意味不明で、迂闊に頷いたり、返事をしたりすると、「おまえになにがわかる」と怒鳴られ、問いつめられ、真っ先に殺される。その間、狂人は同時に店も破壊、畳建具から商売道具まで、滅茶苦茶に壊され、最終的には店に爆発物が仕掛けられ、轟音とともに店は吹き飛び、紅蓮《ぐれん》の炎に包まれた店は、灰燼《かいじん》に帰し、なにもかもが駄目になって全員死ぬ。滅びる。

佐兵衛の話を聞いた田榀義値はそんなイメージを抱いて怯えた。

そして義値は、これというのも息子を東京の学校などに行かせたからだと思った。

東京の学校に行ってから息子は文学などと訳の分からぬことを言い出した。なにが文学か。ただの助平ではないか。だいたいにおいて商人の長男が学校などに行ってどうするのだ。私も若い頃は狂歌に凝ったこともあるし、芝居者と交際もした。しかし、それはあくまでも商売にこくをだすための趣味であったりつきあいであったりするわけで、狂歌師になろうと思ったことなど一度もない。こともないか、ちょっとは思った。しかし、てて親に叱られてそんなことは諦めた。それをばあいつと母親が一緒になって行かしとくなはれ行かしとくなはれというから、根負けして東京へやってしまった。そしたらこんなことになってしまった。まったくもってなんという失策だ。なんという助平だ。女と遊びたいのであれば松島にでも新街にでも行けばよいではないか。それをばあんな百姓娘に手ェ出して。それが文学か？　私には文学がわからない。

義値はそんな未練なことを思ってくよくよ後悔したが、しかし、いつまでも後悔していても始まらない。田杉屋には後日、正式に謝罪に行くことにして、とにかく、二百円かそこらで、店と店の評判を滅茶苦茶にされたのではたまらないと、明くる日早速、現銀で二百円と詫び状に酒と鮮鯛を調《ととの》え、番頭にこれを持たせて竹田山三郎方に届けた。

しかし詫び状の内容はでたらめであった。詫び状には、

自分とこの息子とお宅の娘は夫婦約束をしていたが、息子が学問を修めた後、娘を嫁として迎えると言って東京に戻ったのを、娘は（もっぱら娘が無学であることを主たる理由として）、息子が婚約を解消して東京へ戻ったものと曲解、悲観して自殺をした。そのことについての責任の一端は息子、並びに親の私どもにもあるのであり、（本来は詫びる必要はないのだけれども、そちらが気の毒なので）ここにお詫び申し上げるとともに御仏前御香料として金二百円をお供えする。と書いてあった。

まったくの嘘である。

息子は娘に学校が始まるので帰るが学校が終われば戻ってきて嫁として迎えるなどということは一言も言っていないし、娘が息子の行動を曲解したということもなく、息子は、「おまえの顔みとったらうっとおしいから東京へ戻るわ。近くにくんな」と言ったのであって、娘は息子の意志を正確に理解したのである。

しかるに詫び状には、息子はそんなことは言っていないのに無知な娘が勝手に曲解して自殺してしまったと書いてあるのであり、「そのことについての責任の一端は息子、並びに親の私どもにもあるのであり」というのは、一見、自分たちに責任があると認めているか

にみせかけ、一部責任はあるが基本的にはそちらの無知ゆえの曲解が原因、と言っているのである。

また、御仏前御香料として金二百円を供えるということを明示してあるのは、香典としては非常識な二百円という大金を支払ったということを後日の証拠として残すためである。本来、詫び状というものは全面的に非を認めて虚心坦懐《きょしんたんかい》、心から相手に詫びる気持ちでもって書かなければならぬというのに、この詫び状には、はっきり言って、おまえとこの娘が阿呆やからこんなことになったが、気の毒なので香典だけは払ってやる、としか書いておらず、こんなものは詫び状ではなく、ある意味、喧嘩状である。

竹田山三郎は詫び状と香典を手にも取らずにぼんやりしていた。

山三郎はほとんど字が読めなかったので、このめちゃくちゃな詫び状の意味するところが理解できなかったのである。とはいうものの山三郎は強烈な違和感を覚えていた。

確かに相手は、詫びの手紙と二百円という大金を差し出し、また口頭でも、「この度はまことに申し訳ありませんでした」と言って畳に頭をこすりつけて謝った。

しかし、山三郎は、ちっとも謝られている気がしなかった。というか、一応、形だけ線香を上げ、まったく感情のこもらない、棒読みのような謝罪の文言を口にし、金と手紙を差し出した途端、落ち着きなく尻をもぞもぞさせて、帰る間合いを見計らうというそのまるで誠意のない態度に、逆に馬鹿にされているように感じていたのである。

しかし相手は一応謝っているし、一応、詫び状も金も持ってきているし、一応、仏壇に線香を上げ、悔やみのようなことも言っている以上、山三郎は、なんだその態度は、と咎《とが》めることもできず、山三郎は違和感を抱いていたのである。

気まずい沈黙が続き、番頭が、一刻も早く帰りたいという態度を隠さなくなりついに、

「それでは私はそろそろ失礼いたします」と言ったそのとき、山三郎が言った。

「あなたは番頭さんでしたな」

「さいでふ」

「なんで主人が来えへんね」と訊ねた。

番頭は、へ？　と頓狂な声を上げた。山三郎の問いがあまりにも意外であったからである。

番頭は、田椙屋の主《あるじ》といえば寺内町でも有数の酒造家であり金融家であり地主であって、つまりは目も眩むような資産を持った旦那衆である。

その旦那衆である田椙義値がこんな寒村の小汚い百姓屋に来る訳がないではないか。なにを言うとんじゃ、このおっさんは、と思ったのである。

「へえ。主は多忙じゃによって番頭の私が名代として参上つかまつりましたようなこってして……」そう言って頭を下げる番頭に山三郎は言った。

「さよか。主はんは忙しいんかい。忙しいん結構やんけ。しゃあけどな、こちゃ、娘なく

しとんね。なんぼ忙しかっても、うちの息子がえらいことしましたて親として謝ってくんのんがほんまとちゃうんかい。わしゃ、貧乏たれの百姓でおまはんとこの主さんは良衆《ええし》の旦さんや。こら月と鼈《すっぽん》や。提灯に釣り鐘や。しゃあけどな、娘いとしい、息子いとしいちゅう気持ちに変わりはあらへんねで。そりゃわしゃ詫び状出せ、香典出せ、言たわい。言たけど、それはな、こんな紙切れが欲しかったんとちゃうね。銭が欲しかったんとちゃうね。わしゃ、おまえとこの主に、申し訳ないことした、ちゅて腹から思て欲しかったんじゃ。しゃあから、詫び状出せ、香典出せ、ちゅたんや。なんやね、こんなもん。わしゃな、こんなもん欲しかったんとちゃうんじゃ。こんなもん、こんなもんなんぼ貰たかて、娘は、くみはもう二度とかやってけえへんのんじゃ、なんじゃいこんなもん」

堰を切ったように一息で言うと山三郎は金の包みを、頭を垂れて聞いていた番頭に投げつけた。金が音をたてて畳の上にこぼれた。

山三郎は泣き崩れた。座敷に山三郎の嗚咽だけが響いた。

番頭は暫くの間、神妙な面持ちで座っていたが、散らばっていた金を拾い集めると、山三郎の前に置き、無言で頭を下げて出て行った。

番頭が出て行った後も山三郎は肩を震わせ嗚咽していたが、やがて立ち上がると、惚けた人のような足取りで奥の座敷との境まで歩いて行った。暫《しばら》くの間、山三郎は鴨居を見上げていたが、いったん台所に行き、踏み台をもってすぐに戻ってきた。

山三郎は帯を解いて踏み台の上に立ち、解いた帯を鴨居にかけた。

「南無阿弥陀仏」

山三郎は踏み台を蹴った。

五十四歳であった。

妻にも娘にも先立たれた男鰥《おとこやもめ》の哀しい最期であった。

そして山三郎が自ら縊《くび》れたちょうどそのとき、田相屋の息子は寄席《よせ》に出かけ、娘義太夫《むすめぎだゆう》に、「ドースル、ドースル」と親不孝な声を張り上げていた。

山三郎が自殺してそのわずかな財産は弟の幸吉が相続した。

他に身よりたよりがなかったのである。

大坂で職工をしており、水分に戻る気のない幸吉は家屋敷、田地をただちに売り払い、かくして熊次郎は当初の目論見通り、坪四円で田地を売り借金の穴埋めをすることができた。

熊次郎はそれでよかったし、また、田相屋も、わずか二百円を払っただけでもはや後腐れがなくなったのは幸いであると認識していた。ところが収まらないのは、間違えて襲撃された田杉屋である。濡れ衣を着せられ、さんざんに脅された挙げ句に大事の酒に牛糞を混入されたのだから無理はない。

もちろん、田椙屋からは相応の金が支払われた。

心配性の田椙義値は、このまま田杉屋が潰れるなどすれば、自暴自棄になった田杉重吉がどんな報復をしてくるか分からない、と思って怯えた。

悪鬼と化した田杉重吉が白髪を振り乱して店に乱入してくる。そのとき田杉重吉は乞食になっているから、全身から異臭を発していて、身体から虱《しらみ》や得体の知れない粉のようなものがぼろぼろこぼれ、また、全身に癰瘡《ようそう》ができていて血膿がどろどろ流れ出ている。その様におそれをなして誰も近づけないのをよいことに妻や娘に抱きついてほっぺたをべろべろ舐める。妻子は恐怖で発狂する。さんざんに暴れ狂った重吉は、「おれが穢《きたな》いからみんなが嫌がるねんな。ほしたら風呂はいるわ」というと、蔵に行き、仕込み樽に頭から飛び込み、やがて浮かび上がってくると、立ち泳ぎしながら、「わっはっはっ。酒風呂じゃあ」などと怒鳴る。酒は出荷できなくなり、なにもかもが駄目になって全員死ぬ。滅びる。

そんなことを考えた田椙義値は一も二もなく田杉屋の損害を賠償したのである。

しかし、それだけでは田杉屋はどうしても納得ができなかった。

もちろん、田椙屋にこれ以上の責任を追及するつもりはない。ただ、許せないのはあの二人連れで、さんざんに脅かされて商売物を滅茶苦茶にされて、それであの二人はなんら処罰されず、毎日、花巻うどんを食ったり踊りを踊ったりして楽しく暮らしているというのは許せないと思ったのである。

ことに番頭の佐兵衛は、さんざんに脅かされた当事者だけに、許せない気持ちが大層強かった。とはいうものの、警察に訴えるのはご容赦願いたいと事を公にしたくない田椙屋から懇願されているし、できることといえば、どつきまわすか、或いは、銭をとることくらいである。

あのふたりにとってより辛いのはどちらかということが協議され、それは銭だろうということになった。しかし、あまり大金を請求したら、ない袖は触れぬと開き直るに違いなく、しかし、あまり安すぎても意味がない。そこで百円という銭を請求することにした。

水分への使者には番頭が立った。護衛として正味の節ちゃんと合羽の清やんが同行した。道案内には、松永熊次郎が立った。

熊次郎、番頭の佐兵衛、正味の節ちゃん、合羽の清やんが熊太郎宅の表の方に立ったちょうどそのとき、ひとり自宅にいた熊太郎は座敷に寝転んで悶えていた。

弥五郎と自分が暴れ込んだのは別の家だったということを聞いて以来、熊太郎はきまりが悪くて仕方がなかった。

なんという阿呆なことをしたのだろう、と熊太郎は思った。

全然、関係のない家に行って関係のないことをまくしたて、相手が関係ないというのに激怒して暴れ散らし、しまいには興奮のあまり号泣して無関係な者を割り木で殴ったりしたのだ。勘違いした大馬鹿。自分が無知なのも相手が偉いのも知らずに当代の碩学《せきがく》に、君は間違っている、と議論を吹っかけるみたいな。

　そんなことを考えて熊太郎はまたいてもたってもいられなくなり、「あ。うーん」と意味不明の音声を洩らし、畳の上をごろごろ転がって静止、海老反りのような格好をした。そんなことをしてもなににもならないのは分かっているのだが、そんなことでもしないときまりの悪さに耐えられなかったのである。

　ここ数日、熊太郎はそんなことばかりしていた。

　道を歩いていて突然、暴れ込んだときの自分の台詞を思い出し、「あ。うーん」と呻き、両手で顔を覆って畦道にうずくまったりした。或いは、大きな声で、「えべらぼんべん」などと意味不明のことを口走るなどした。

　そうすることによって一瞬、恥ずかしさ、きまりの悪さをごまかすことができたのである。

　しかし、そんな熊太郎の内面を知らない村人たちは、熊太郎のそうした姿をみて、「やっぱりねぇ……」と呟いた。

　そして熊太郎が、「うーん。えげれはやっぱしパンやね」とまた異言を口にしたとき、土間の方から、「熊やんいてるか」という声がした。

　自意識の苦悶がちょうど頂点に達したときの来客に、熊太郎は心臓が破れんばかりに驚き狼狽《うろた》え、慌てて立ち上がると、「はいはい」と頓狂な声を上げて口の間に出た。

しかし、佐兵衛たちも緊張していた。熊太郎らが間違えて襲撃したということを知ったときは怒りのあまり、店の者と一緒になって、絶対に報復する、と息巻いていた佐兵衛であるがいざ熊太郎に会うという段になると、あの日の熊太郎の形相が脳裏に蘇《よみがえ》って恐ろしくてしょうがない。

とはいうものの今更ひきかえす訳にもいかず、途次、佐兵衛と節ちゃんは、少しでもおかしいと思ったときは無理をせず身の安全を最優先しましょうと確認するなど初手から逃げ腰である。

佐兵衛らは怯え、熊太郎は訳もなく周章狼狽している。

どっちもどっちの情けない面会である。

しかし、怯えているとはいえ、この対面はどちらかというと佐兵衛らに有利であった。なぜなら、佐兵衛らは最初から熊太郎に会うというのは分かっていて、心の準備ができているのに比して、熊太郎はまったく心の準備ができなかったからである。

土間からは、「熊やんいてるか」という声がした。ということは熊太郎は、周章狼狽したとはいえ、来客は見知った村の者であると思って口の間に出た、ところが、出てみると土間には、村の者である松永熊次郎以外に、村の者でない者が立っていたのである。しかも、それは、ここ数日、思い出すたびにのたうち回るような、あの自らの失敗の、その当事者が土間に立っていたのである。

熊太郎は内心で、ぎゃん、と叫び、そして、ついに来たか、と思った。あれだけのことをして先方が文句を言わず黙っているとは思わなかったからである。

そう思った時点で熊太郎はすでに敗北していた。

みるからに衝撃を受け、弱気になっている熊太郎に熊次郎は、

「熊やん。なんでもおまはん、こないだ田杉屋ィ行て無茶苦茶したらしやんけ。この人らの顔に見覚えあるやろ。今日はそのことについて話しィにござったんやと。あがらしてもろてもええな」と言うと、振り返って、「さ、あがってくらはい」と佐兵衛らを促した。

なんと言ってよいのか、どんな顔をしてよいのか、判断がつかず呆然としている熊太郎の顔を見て、正味の節ちゃんはさすがに博奕打、勝負師の勘で、こら弱気になっとる、とみてとったから急に態度を太くして、「ほな、あがらしてもらうで」と言って、裾をわざと乱すみたいにして大股でずんずんあがる、合羽の清やんもあがる、佐兵衛もあがる、熊次郎もあがる。

男が四人、どやどやとあがってきて無言で睨んでいるのだから気まずいことこのうえない。

気まずさに耐えられない熊太郎はすがるように唯一の顔見知りである熊次郎の方をみるのだが熊次郎は素知らぬ顔で煙草を吸っている。

ついに耐えられなくなった熊太郎は、「あの、今日はどういう……」と言った。

それを聞いた番頭は、正味の節ちゃんがその瞬間、態度を太くしたのを見てとり、また熊太郎が明らかに半泣きになっているのを見て、こらいける、と思い、急に偉そうな大家の番頭の態度になり、「どういう？　どういうて聞きなはんのんか？　あんた」と、まったく呆れ果てたというような口調で言った。

生殺しのようなこんな口の聞き方は自分が主人に叱られるときの口調を真似ているのであった。

それを知っている正味の節ちゃんは内心で、こいつ旦《だん》さんの真似ひてけつかる、と思ったが表面上は真面目に熊太郎を睨んでいた。

合羽の清やんも河童の顔で睨んでいた。

熊太郎ひとりが追い詰まっていた。番頭は言った。

「あんたのした無茶、いまもっかい一から言いまひょか」

ただでさえ思い出したくない恥ずかしいことをその当事者に言われる、こんな情けないことはない、熊太郎は下を向いたまま小さな声で言った。

「いえ、もうそら重々承知してまふ」

「あ、さよか。わたしゃ、あんたがてっきり忘れてると思てましたわ。なんでて、そうだっしゃないかい。あんだけのことしといて、なんで自分から謝りに来まへんね。なんでわたいらが来るまでほったらかしでんね。それともなにか、わたいらがけぇへなんだらこのまま、頰っかむりしょうと、こない思てなはったんか。これ、なんとか言いなはれ」

「いえ、けっしてそんなことは……」と熊太郎は反射的に言ったがその後なにも言えなかった。

なぜなら番頭の言う通り、黙っていて済むものならこのまま黙っていようと思ったからである。

「ないちいなはんのか？　ほた、たんねまひょ。あんたいったいうちが蒙《こうむ》った迷惑についてどないして責任とるつもりだんね」

「それはその……」

言葉につまった熊太郎は熊次郎に、「熊次どないしょ」と救いを求めるように言った。

このような交渉に長け、しかも田椙屋とも関係の深い熊次郎がうまくとりなしてくれないかと思ったからである。熊次郎は言った。

「ちゅうか、熊やん、そもそもなんであんな無茶したんやいな」

訊かれた熊太郎は即座に、そら、おまえが頼みにきたさかいやないかい、と言おうとしてやめた。熊次郎が襲撃に関係しているということが、田杉屋経由で田椙屋に知れたら熊次郎の立場が危うくなるだろうと考えたからである。熊太郎は言った。

「そら、おまえ、竹田が気の毒やったさかいやけろな」

「しゃあけどなんぼ気の毒やちゅたかて、いきなり殴り込むちゅことあらへんやろが。それも間違えてちゃう家に殴り込んでんにゃもん。そら誰かて怒らはるわな。ちゃうけ」

「ああ、まあそやねんけどな」と言いながら熊太郎は釈然としなかった。

というのはしかし当然で、事情を知らぬ振りをするだけならまだしも、自分で頼んだことなのに、そんなことしたらあかんやんけ、みたいなことまで言われるのは熊太郎としては非常に心外であったからである。

熊太郎はよほど、おまえが行ってくれと頼むから行ったのだ、とぶちまけてやろうかとも思ったが熊次郎の立場を慮《おもんぱか》って堪えた。

「とにかく」と番頭が大きな声を出した。

「わたいとこはえらい損害を蒙ってまんね。しゃあけど、まあみたとこあんたがそれをみな弁済でけるとは思えまへんし……」と言って番頭は座敷を見回した。

「しゃあけど、このままなんもなしちゅうわけにもいかんでなあ、せめて迷惑料ちゅうことで三百円は出ひて貰いまひょかいな」

言われて熊太郎は呆然とした。三百円などという銭はどう考えてもできない。熊太郎は言った。

「さ、三百円、ちゅわれても、そんな大金、わしらとうていでけへんわ」

「でけへんちゅうねやったらなんであんな無茶しなはんね。あんたがやったこっちゃないかいな。三百円払いなはれ」

「へ、へぇ。しゃあけど、どないしても払われへなんだらどないなりまんにゃろ」

「どないしても払われへん？　払われへんちゅうねやったらしゃあおまへんわ。警察ィ行てわけ言うて、あんたを牢屋へ入れてもらいますわ」

「け、警察か。そらかなん」

「それやったら三百円払いなはれ。家屋敷、田地、山林みな売り払ろたら三百円くらいでけまっしゃろ。すぐにとは言いまへん。三月待ちまっさ。その間に三百円こしらえなはれ。よろしな」

「へ、へぇ」

「ほな、待ってまっせ。でけへなんだら警察ィ言いに行きまっさかい」

そう言って番頭らは引き上げようとした。熊太郎は叫んだ。

「ま、待ってくれ」

「なんやいな。なんか文句あんのんかぇ」

「文句やない、文句やないけど、言うてないことがひとつあんにゃ」

「なんやね」と熊次郎が言った。

「確かに間違えておまはんのとこに暴れこんだんはわいが悪い。しゃあけど、そりゃわしの一存でやったことやないで。わしゃ頼まれてやったんや。誰に頼まれたか言うたろか、そら他でもない、ここにおる松永熊次郎に頼まれて、ほて行たんやで」

熊太郎の意外な告白に番頭は一瞬、動作を止めたがすぐに、あほらしい、という顔をして言った。

「この人は田椙屋はんに出入りしてる人だっしゃないかい。その人がなんで田椙屋はんに仇《あだ》なすようなことすんね。しょうむない嘘言いなはんな」

「嘘やないんや」熊太郎は熊次郎の顔をみて言った。

「田椙屋に出入りしてるさかいにわしに頼んだんや。自分は行けんからちゅて。わしゃ、いっぺん断ったんや。しゃあけどこいつが、竹田が気の毒ゃさかい、どないしても行てくれちゅて頼むもんやさかい、しょおことなしにわしゃ行たんや」

三百円払えといわれるまでは、熊次郎の立場を慮っていたが、三百円と言われ急に裏返ったのは、自分に余裕があるうちは他人のことも考えられるが、いよいよ危なくなれば他人を犠牲にしてでも助かりたいと思うからである。

番頭は熊次郎に、「いまの話、ほんまだっか」と訊いた。

熊太郎は本当のことを喋って後ろめたかったので熊次郎から目を逸《そ》らしたが、その後の熊次郎の言い草を聞いて、我と我が耳を疑った。

あろうことか熊次郎は、「なに言うてなはんね、嘘に決ってまんがな」とせせら笑って言ったのである。

番頭は、「そらそやな」と言うと、正味の節ちゃんに、「親方、ほな行こか」と言って立

ち上がった。熊太郎は激昂して、
「なんかしとんね。おまえ、わいとこにわざわざ来て、ここや、ここの、この座敷に、手ェついて、頼む、頼む、ちゅたやないかい。それを嘘と吐《ぬ》かすんかい、こら熊次」と怒鳴ったが、熊次郎は、「おお、怖わ」と馬鹿にしたように言い、番頭と正味の節ちゃんと合羽の清やんは、それまで弱気だった熊太郎が急に怒鳴り出したのをみて、いよいよ例の発作が始まるで、と口には出さねど目と目で合図、そそくさと履物を履いて出て行こうとした。

一同が自分をおかしい奴と思っているなというのを熊太郎がすぐに察知したのは、田杉屋に暴れ込み、正味の節ちゃんらが来た際、気がおかしい振りをして相手を不気味がらせたという自覚があるからで、みれば、番頭も節ちゃんもあのときと同じような怯えた目をしている。

だからこそ、熊太郎の主張を狂人のたわ言と思って相手にしない訳で、そのことにも思いを巡らせた熊太郎は、怒鳴りつけたいのを我慢して、「番頭はん、ちょう待ってくれや」となるべく優しく言うのだけれども番頭たちにすればそれがなお不気味で、「さいなら、御免」と行ってしまう。

続いて熊次郎も出て行こうとする、熊太郎は、「待たんかい、こら」と言って、熊次郎を呼び止めた。

ちょうど戸口に立っていた熊次郎は、番頭らに、「ほんだら、ごめんやっしゃ」と挨拶、後ろ手で戸を閉め、熊太郎に向き直ると、番頭らに対する慇懃《いんぎん》な口調とは打って変わった太い口調で、「なんじゃい、こらあ」と言った。太い態度をとったことはあるものの熊次郎が熊太郎にこんな乱暴な口をきいたことはこれまでなかった。

しかし熊太郎もむかついていた。熊太郎は怒鳴った。

「おまえ、なめとのんか」

「なめとんのかあ？　はっ。なんかしとんね、ぼけ」

「誰がぼけじゃ、こら。おまえ、おちょくっとったらあかんど、こらあ。おまえ、わしとこ来て、頼んだやないけ、それがなんやね、嘘に決ってるちゅて、せせら笑いやがって、あんまりおちょくっとったらしばき倒すど、こらあ」

そう言って熊太郎は熊次郎の襟首をつかんだが、熊次郎はこれを激しく振り払って言った。

「誰がおちょくっとんじゃ。ええか。おまえはな、誰にも頼まれへん、自分の俠客としての評判あげよ思て、勝手にええ格好して、ほて間違えて田杉屋行て暴れた鈍臭い阿呆なんじゃ。おれがおまえに頼んだて、そんな夢で屁ェこいたみたいなこと吐かして誰が信用するかあ、あほんだら」

熊太郎は言葉を失った。

といって言うべきことがなかったのではない。

それどころか熊太郎のなかに言うべき百万言がひしめいていた。だからこそ、熊太郎はなにから話したらよいか分からない。相手の主張があまりにも無茶苦茶で、反論すべき点が山ほどあり、どの論点から手をつけていけばよいか咄嗟に判断がつかなかったのである。熊太郎はようやっと、「おまえなあ」と言った。しかし、その後、言葉がうまく出てこず、「ええ加減にせぇよ」とだけ言った。

一方の熊次郎は余裕綽々である、「なにをええ加減にせぇちゅうねん」と落ち着いた口調で言った。これにいたって熊太郎は漸《ようや》く、反論の突破口を見いだして言った。

「嘘つくのもええかげんにせぇちゅてるんじゃ」

「なにが嘘やね」

「おまえ、恥ずかしないんか」

「はっ。よう吐かすのお。おまえこそ恥ずかしないんか。それまで黙ってたくせに三百円て聞いた途端、顔色変わって、熊次に頼まれましたやなんて吐かしゃがって、おまえそれでも男か、こらあ」

言われて熊太郎は恥ずかしいと思ったが、しかし自分の言っているのは事実であり、熊次郎の言っているのはまったくの虚偽ではないかと思い直して言った。

「じゃかあっしゃ。しゃあけどおどれの吐かしとんのはまるっきりの嘘やないけ。わいの言うてんのはほんまの話や。あんまり白きんにゃったら、おんどれがわしに富田林行て暴れてくれて頼んだて村中に触れて歩くど、こらあ。ほしたら難儀すんのはおどれやど」

と熊太郎に言われた熊次郎はにやにや笑って言った。

「おお。好きなようにしたらええやんけ」

熊太郎から話を聞いて弥五郎はむちゃくちゃ怒った。

「そんな無茶な話あるかれ」と怒った弥五郎は、ただちに熊次郎をどつきまわしにいこう、と提案した。しかし熊太郎は反対であった。

「それがあかんね」

「なんであかんね。そんな嘘言われて黙ってることあらへんが。そらいっぺんどつきまわさんとあかんのんとちゃうけ」

「ちゃうちゃう。ええか。わしらはいまどない思われてんね。頼まれもせんのに御大家《ごたいけ》に暴れ込んで無茶苦茶した奴らと思われてんにゃで。そのわしらが今度また熊次郎どつきまわしてみい、世間はなんちゅう？　ああ、やっぱあいつら無茶者《むちゃもん》やちゅうに決ってるやんけ」

「ほなどないしたらええねん。このままほっとくんか」

「ほっとくかあ。しゃあからな、ここは腕やのおて口でいくんや、口で」

「嚙むんか?」

「あんなことばっかし言うてるわ。ちゃうやんけ、わしらが田杉屋に掛け合いに行たんは、熊次郎に頼まれて行たんやちゅうことを村中に触れて歩くんやんけ」

「ほしたらどないなんにゃ」

「ほしたら、あ、なるほど。あの一件については熊次が裏で糸引いとったんか。ちゅうことは、熊やんと弥五やんは頼まれただけやってんな。はっはーん。ちゅうことになるやろ。そうこうするうちにそれが田榾屋の耳にも入るやろ。ほんだらあいつもただでは済まんしやな、三百円ちゅう銭もわいらやのおて松永が払うんがほんまとちゃうけ、ちゅう話になってくるやんけ」

「なんや邪魔くさいなあ。ばーん、どついた方が早いんちゃうん?」

「あかんあかん。とにかくいまは世間に無茶者や思われんようにせなあかんね」

と、なにかといえばどつきまわしたがる弥五郎を熊太郎は右のごとく、真実を暴露することがなによりも熊次郎に打撃を与えることになるのだ、なぜなら我が真実を話しているのに対して彼は偽りを話しているのだから、と言って説得、ならば、早速、誰かに真実を話そうと、そこいらをぶらついていると向こうから駒太郎が牛を曳いて歩いてくる。

熊太郎はさっそく駒太郎に声をかけた。

「駒やん」

「なんや」

「ちょう、聞いてくれや」

「すまん。わしいま忙しね。今度にしたって」

そう言って行きかける駒太郎に追いすがって熊太郎は言った。

「道々でええから話聞いてくれや」

「しゃあないのお」

そう言って駒太郎は迷惑顔で立ち止まった。

「おまえも聞いてるはずや。例の田杉屋の一件な。あれな、わいと弥五が勝手に行たちゅことなってるけろ、あれほんまはな松永熊次郎に頼まれて行てんで。いや、嘘やない。熊次がわいとこ来てな、竹田山三郎が気の毒やさかいに田杉屋行て、せいだい暴れてびらしてくれと、こない頼みょるさかいにな、ま、なんで熊次がそこまれ竹田に同情すんのんか、わしにはわからんねけろな、そない頼みょんね。しゃあけど、わしゃ、いっぺん断ったんや、そない、竹田が気の毒や思うんやったら自分で行たらええやんけ、ちゅて。ところが熊次が言うのにには、自分は田椙屋に出入りしてるさかいどうもグツ悪い、おまえが行って暴れてくれたら後でわしが行て詫び状と見舞金とんねんさかい、ちゅいよるもんやさかい、竹田も気の毒やし、それやったら行こか、ちゅて、弥五やんと一緒に行たんやんか。ほしたら拍子の悪い、田椙屋ちゅう家と字ィはちゃうねけろ、おんなし田杉屋ちゅう家ありゃがってな、こちゃそんなもん知らんさかい、そこの家行て暴れてもおてんやんかァ。そんなん殺生やわなあ、二軒あんにゃったら二軒あるてのっけに言うといてもらわななあ。そんなんで間違うてもおてんけろな、しゃあけどわいらが暴れ込んだお陰で合うてる方の田椙屋びびってまいよってな、詫び状と銭二百円持ってきよってん。それはそれでよかったんやけろ、収まらんのはもう一軒の田杉屋やんけ。番頭が俠客連れてわいとこ来て、迷惑料三百円払えとこない吐かしゃがんね。三百円やで、吃驚《びっくり》するやろ。しゃあけどもっと吃驚すんのはそんとき番頭と俠客、わいとこに案内してきたんが誰やと思う？　熊次やんけ。ほんで熊次の餓鬼、知らん顔さらしゃがってな、熊、おまえなんでそんな無茶したんや？　て尋ねよんねん。白こいやろ？　わい、むかついてな、おまえが行てくれて頼むから行たんやんけ、ちゅたってん。ほたら、熊次の餓鬼、せせら笑いやがってな、そんなもん頼んでない。お前らが勝手にええ格好して行たんやんけ、とこない吐かしゃがんねん。自分が行けちゅといて、後になってそんな言うてへんて、熊次郎てごっつい卑怯やと思えへん？　ごっつい卑怯やんなあ」

熊太郎は必死で喋った。

ともすれば激越な口調になりがちなのを抑え、つとめて穏やかな口調で話した。ヒステリック、という印象を相手に与えるのを避けるためである。

主観的な意見ではなく、客観的な事実のみを話すようにも心がけた。

村の娘たちに話しかけようとして、思うように話せず、頭から蛇が湧き、その蛇がにゅうめんを呑みながら昇天していくのだ、などと話して娘たちを恐慌に陥れていた頃から比べると、長足の進歩と言えよう。

ところが、そこまで気を遣い、また、理を尽くして話をしているのにもかかわらず聞き手の駒太郎の反応がまるではかばかしくなかった。

最初のうちこそ、なにを話すのだろうと興味を持って熊太郎の話を聞いている風であった駒太郎は、話が田杉屋の一件と知れた途端、急速に興味を失い、俯いて内容とは無関係なタイミングで、「ふんふん、ふんふん」と忙《せわ》しなく頷いたり、頭をかいたり、牛の鼻を撫でたりして、明らかに話が早く終わらないかなと思っているのを隠さず、熊太郎が話し終えるやいなや、

「まあ、人間、いろいろ難しいんとちゃうか」となにもいっていないに等しい言葉を残して立ち去ったのであった。

熊太郎はがっくり疲れ、暫くの間、黙って首を垂れ、虚《うつ》ろな目で弥五郎のちんぽのあたりを見つめていたが、ややあって顔を上げると弥五郎に尋ねた。

「いまなんか問題あったかなあ」

「さあ、どやろか」

「なんかいっこも伝わってへんみたいな感じしたんやけど」

「ちょう、早口過ぎたんかも知れんな」

「そうか。早口か」

熊太郎は、そう呟き、しかし、こんな迂遠なことをやっていてなにか意味があるのか、とも思った。熊太郎は言った。「弥五ちゃん、池田ィ行てちょう休もか」

池田屋には見知った者、数人の先客が居て飯を食っていた。

入ってきた熊太郎、弥五郎を見て、驚いたような顔をしたり、慌てて目を逸らしたりするというのは、おそらく田杉屋の一件を聞き及んでいるからであろうと思った熊太郎は池田に酒を注文すると、ひとりで丼飯のようなものを食っていた原田という顎のしゃくれた男に、早口にならぬように注意しながら駒太郎に話したように話を始めた。

熊太郎は原田に向かって話しながら、しかし、ときおり視線を向けるなど、他の客も意識して喋った。ところが原田もまた他の客も、駒太郎と同じく、熊太郎の話をまともに聞かない。

原田は仕方ないから、ときおり気のない相槌をうつなどするのだけれども他の客にいたっては聞こえていないはずがないのに、聞こえていない振りをして、ぼんやり外を眺めたり、掌をじっと見つめたり、耳を掻いたり鼻を摘んだりしている。その癖、誰も口をきかぬし、出て行くということもしないのである。怯えたような目をしている者もあった。

まったく浸透していないのが分かるから焦る。焦るからついつい早口になったり、この表現は伝わりにくいのか、などと余計なことを考えながら喋るから論旨も乱れ、ただでさえ聞く気のない相手にとって、熊太郎の話は、経緯をすべて知っている弥五郎にすら分かりにくいものになっていった。

「とにかく、熊次は嘘つきやっちゅうこっちゃ」

と、疲労感と徒労感に打ちひしがれて熊太郎は話を打ち切った。

口を開くものはなかった。

気まずい沈黙が続き、ややあって熊太郎からもっとも遠いところに座っていた男が席を立った。これをきっかけに、他の連中も席を立ち、ついには原田も席を立って出て行き、店内には熊太郎と弥五郎だけが残った。

熊太郎は小さな声で、「なんでやね」と言った。

「なんでどいつもこいつも俺の話、聞きくさらんね。人が割って話しとんのに、なんやね、上の空みたいな顔さらしゃがって、なんやね、どないなっとんね」

激昂する熊太郎に弥五郎はなにも言えない、

声をかける者があった。

「熊やん、そら無理ないで」

「あ、寅ちゃんやんけ。聞いとったんか」

「ああ、先前から表で聞いとってんけどな、熊ちゃん、村の奴らに兄貴のこと言うて歩いてもそら無駄やで」

「無駄？　なんで無駄やね」

「兄貴が昨日、村の寄合で先に喋りよったんや」

「なんちいよってん？」

「熊やん、怒りなや」

そう断って寅吉が語ったところによると昨夜、村の集会に出席した熊次郎は、「みなもう知ってると思うけろ」と前置きをして、富田林の一件について話をしたのだと言う。

熊次郎によると竹田山三郎の娘くみと富田林の大家、田椙屋の息子とのことを聞き及んだ熊太郎は自らの侠客としての名をあげるため、そして大金を強請《ゆす》りとるため、誰に頼まれた訳でもない、独自の判断で弟分、谷弥五郎を伴って田椙屋に向かった。ところが笑止にも熊太郎はよく調べないで乗り込んだため誤って同名の田杉屋に乗り込んでしまい、噛み合わない会話を交わした後、大阪の新聞に暴露すると脅し、拳銃を乱射して数名に怪我を負わせるなどして暴れたうえ、酒の仕込み樽に牛糞を混入するという暴挙に及んだ。このことを知った田椙屋は恐怖して詫び状と金を竹田山三郎に届けたが、山三郎はこのことでかえって前途を悲観し、首を縊ってしまった。また、いわれない損害を蒙った田杉屋は、熊太郎に損害を賠償するように迫ったが、その金を払いたくない熊太郎は、実はこの一件は松永熊次郎に頼まれてやったことで、真の責任は松永熊次郎にある、などという完全な出鱈目《でたらめ》を言い出したが、さすがにそんな見え透いた嘘を信じるものはなく、その場に居たものは全員失笑を禁じ得なかった。と話したらしいのである。

　話を聞いた熊太郎は、「なんかしとんね」と叫ぶと寅吉の首をぐいぐい絞めた。

「く、苦しい、放してくれや」

「じゃかあっしゃ。なにが完全な出鱈目じゃ。嘘ついてんのんはおどれやないけ」

「わいが言うてんのとちゃう。兄貴が言うてんねやんか」

　漸く落ち着いた熊太郎は言った。

「しゃあけどおかしやんけ。わいが言うてんのがほんまで向こが言うてんのんが嘘や。なんでみな、嘘を信じんね」

「そら、向こが先に言うてまいよったからとちゃうけ」

「なんぼ先に言うたかて嘘は嘘やんけ」と不満げな熊太郎に寅吉が言った。

「熊やん、わいは、熊やんの言うのがほんまやと思てるよ。しゃあけろ、村の奴らは兄貴の嘘にころっといかれとんね。なんでか言うたらな、熊やん、おまえが向こ行て暴れたときのことおもっきし大層《たいそ》に言いよったんや」

「大層にてなんやね」

「言うた通りに言うで。怒りなや。兄貴はな、あいつはちょっとここがおかしいちいよったんや」寅吉は人差し指でこめかみをこつこつ叩いて言った。

熊太郎は、しまった、と思った。

田杉屋の土間で、大勢に取り囲まれた熊太郎は、正味の節ちゃんの博奕場で頭がおかしい奴と思われたのを勿怪《もっけ》の幸いに多勢に無勢をしのいだのを思い出し、自ら進んでちょっとおかしい奴のふりをして暴れたからである。

そのことがいまになって仇になった。そのさまを正味の節ちゃんか番頭から聞いた熊次郎はこれを大げさに脚色して村の奴らに吹聴、俺はおかしい奴だからいっていることは全部虚偽で、自分の言うことが真実と思いこませるのに成功したのだ。ううむ、汚い奴。卑怯な奴。でもそれは俺の自業自得な部分もある訳で、確かに俺は粗暴な奴と思われないように注意して喋った。しかし気ちがいと思われているとは知らなかった。でも考えてみれば、汗かいて必死なって、居心地悪そうな言葉遣いで焦って喋ってるその姿こそ気ちがいっぽいし、俺は喋りながら熊次郎の話を裏書きしていたようなものだった。しまったことをしてしまった。

熊太郎は深い溜息をついて言った。

「どこまで汚いやっちゃねん」

「すまんのお。我が兄ながらほんまわいも嫌なってんねん」

そう言って寅吉は熊太郎らのとった酒を茶碗に注ぎ、ぐいと飲んだ。

寅吉は言った。

「あ。池田のおっさん、酒、変えよったんかいな。わりかしうまいやんけ」

熊太郎はまた溜息をついた。

「ほなどないしたらええねん」絶望的な口調で言う熊太郎に弥五郎が言った。

「こないなったら、もう開き直るしかないんちゃうけ」

「開き直るてどないすんね」

「熊次郎が頼んだんやさかい、迷惑料は熊次郎からもろてくれちゅたらええやんけ。それでもぐずぐず言うてきたらないもんはないちゅうしかないで、こら」

「あかん。ほんだらあいつら警察ィ言いに行きよるわ」

「そらそんときは……」

「どないすんね」

「かまうことあれへん。兄哥、どっか逃げててくれや。わいがひとりで監獄ィ行てくるわ」

熊太郎は俯いて眉と眉との間を親指で揉んだ。

熊太郎はこともなげに、わいが監獄に行くという弥五郎の自己犠牲の精神に感動、涙がこぼれそうになっていたのである。

眉間を揉んだのは、その涙を隠すためであった。暫くして熊太郎は顔を上げた。

熊太郎は、これまで何度か考えたことはあるが実行したことはないあることをいよいよ実行する決意をしたのであった。熊太郎は言った。

「弥五。おおきにやで。しゃあけろ、監獄行かいでもええで。わいが三百円算段するわ」

寅吉が驚いて言った。

「算段てどないすんね。おまえとこの田地、山林みな売ったかてそらでけんやろ」

「そうとちゃうね。誰にも話したことないねけろな……」

そう前置きして熊太郎は明治五年のあの出来事について話を始めた。

森の小鬼と名乗った不思議な少年のこと。森の小鬼を探して御所《ごせ》に向かったこと。そこで見た奇怪な蛇穴と葛木ドールという怪人のこと。そして、あの古墳内での忌まわしい事件のこと。

寅吉と弥五郎は一言も差し挟まず熊太郎の話を聞いていた。

熊太郎は最初のうちこそためらいつつ話をしていたが、誰にも打ち明けられなかった秘事を話すことによって気持ちが軽くなるような心持ちがして、しまいには夢中になって開け広げになにもかもを話していた。汗をかいていた。

熊太郎は最後に言った。

「しゃあから、あの御所での一件は二十年間、ずうっと苦ゥになっとって、もう、あんなとこ二度と行くかあ、と思とってんけろ、もうこないなったらしゃあない、性根据えてもっかい行てこましたろ思てんにゃ」

弥五郎が言った。

「もっかい行てどないすんね」

「決ってるやんけ。葛木ドールの死骸の下にまだ仰山、宝物があるはずや。あれみな浚《さら》えて骨董屋に売んにゃんけ。前はわいも若かったから叩かれたけど、多分、ごっつい宝物や。なんぼになるか知らんけど三百円かそこらにはなんぼなんでもなるで」

翌日。熊太郎弥五郎に寅吉の三人は御所に向かった。暑かった。

水越峠で三人は休憩した。

左手の葛城山にいたる道に木は少なく、右の金剛山にいたる道は鬱蒼としていたが、地面から地の精が吹き出し、まばらな道も鬱蒼とした道も同じくぐらぐらに揺らめいているようであった。

熊太郎の足元に一本、踏み潰れて平べったくなった草があった。

ひょろ長い茎の先に薄紫の小さな花が咲いていたがこれも踏み潰れて黒っぽくなっていた。

俯いてこれをみていた熊太郎は、携行していた竹筒の水を踏み潰れた草に注いだ。

しかしそんなことをしてなにになろう、水をかけられた草はより汚らしい、泥のなかの藁くずのようになっただけであった。

行く手に突如として地面が隆起したような小山が見えた。

熊太郎は言った。

「あこや。あこが、話した古墳のあるとこや」

「なんや普通のしょうむない山みたいやな」

「なんや普通の醤油屋の馬みたいやな」

「どんなんやね」

そんなことを言いながらも三人の会話がいつもに比べてぎこちないのは薄暗い岩室に侵入して、おとろしい死骸をいじくり回さねばならないという恐怖からで、その恐怖を忘れるために無理から阿呆なことを言って笑おうとしているのであった。

丘の中腹あたりまで行くと背の高い柿の木が一本生えていた。

熊太郎は、ここに森の小鬼が苦しげに首を曲げて立っていたのを思い出した。

ここで森の小鬼に再会しなければ葛木ドールを殺してしまうこともなかったのだ。

ほんのちょっとの駒の狂い。

例えばあのとき俺らは一言主神社に寄ったがあそこにあと十分おれば俺らは小鬼に出会わず、俺はいま愉快に田を耕して暮らしていたかも知れんのだ。

熊太郎はそんなことをくよくよ考えた。

そして三人はついに岩室の入り口にたどり着いた。大きな蓋をしたような石が半ば雑草に埋まっていた。熊太郎はかがみ込み、雑草を引きちぎり、土をかき分け確かに見覚えのある石をどけた。

石組みの下に黒い穴が開いていた。虚無への入り口のように黒い穴であった。

熊太郎は自らが虚無への供物になったような気がした。

なかば穴に入った熊太郎は弥五郎、寅吉に言った。

「わいと弥五で行くさかい、寅ちゃんはここで見張りしとって。くさっ。爪の間に臭い草の汁入ってもおたわ」

そういうと熊太郎は、指先のかざをかぎ苦笑いをして穴のなかに消えた。

弥五郎がこれに続いた。

地上には寅吉ひとりが残された。

ひとり地上に残された寅吉は、地面に開いた穴を見つめながら、もし俺がいまこの穴を岩で塞《ふさ》いで知らぬ顔で水分に帰ったらどうなるのだろうか、と思った。

それも面白いんじゃないか。そんなことを考えた寅吉は実際に穴を石で塞いでみた。

うふふ。これであいつらは岩室のなかで白骨化する。それも人生じゃないか。

寅吉が、そんなことを考えていると天気の具合がおかしくなってきた。西の方に急に黒雲が湧いて、あっという間にあたりが鉛色になった。

けったいな天気になりゃがったなあ。寅吉がそんなことを考えていると背後から突然、声をかけた者があった。

鼻が馬のように上を向いた若い百姓であった。汚い手拭いでほおかむりをしていた。顔が長く、なんだか阿呆のような男だった。男は言った。

「兄ちゃん、どっからきたんや」

阿呆のような間延びした声だった。

空がますます昏《くら》くなったかと思ったら、ときならぬ雹《ひょう》が降ってきた。

馬面《うまづら》の阿呆みたいな百姓に声をかけられた寅吉は、「泉州の滝畑いうとっから来ましてん」と即座に嘘を言った。

嘘を言いながら寅吉は石で穴を塞いでおいてよかった、塞がなければ岩室の存在を知られるところだったと思った。

「丁奴良《ていぬら》ちう家い行くとこや。その丁奴良に奉公してる娘の兄がね、家の近所でやっぱり奉公しててんけろ、昨日の晩に卒中で死によって、知らしてやらなあかんで、ちゅうことなってね、ここらの道、ちょっとも分かれへんで迷てんね。ここらに丁奴良ちう家ないけ?」

もし本当にそんな家があったらどうしようと思う一方で、テーヌラなんてな苗字めっさとないやろうとも思いつつ言うと、男は案の定、そんな家はない、と言う。寅吉は「さよか。おおきに」と言ってそそくさ行こうとしたが、男がこれを呼び止めた。

「そいで兄ちゃん、どっから来たんやな」

「そやから泉州の滝畑いうとっから来たんや」

「ふーん、滝畑な」

「そや」

「ほいでどこ行くの？」

「いま言うたやろ、丁奴良ちう家い行くね」

「へっえー、丁奴良」

「そう」

「なにしに行くん？」

「さっきから言うてるやろ。そこで奉公してる娘の兄貴が死によったから知らしてやりにいくね」

「ふーん。そいでどこへ知らしに行くん？」

「そやから丁奴良や、言うてるやんけ」

「あーん。丁奴良。兄ちゃん、丁奴良行くの？」

「何回言わすね」

「ほいで、兄ちゃん、どっから来たん？」

同じことを何度も聞かれ、寅吉は嬲《なぶ》られているのかと思った。

しかし男の目は澄んでいて嬲っている様子はまったくない。

これにいたって寅吉は男が、一秒とかそれくらい前のことも覚えていられない馬鹿だということに気がついた。そうだと分かると口調を偽るのもアホらしい、寅吉は男の質問を無視した。

寅吉は、こいつになら岩室の存在を知られて構わなかったのだ、とも思った。

寅吉が鹿十《しかとう》をしていると男は、黙ってじっと立って動かなくなった。

雹が男の長い頭にばすばす当たっていた。それでも男は動かない。

その様を見て寅吉は慄然とした。

熊太郎の言っていた森の小鬼もおかしげな奴だった。葛木ドールも奇怪だった。そしてこの男も言動がおかしい。ということはこの村というのはなんかそういうおかしい村なのか。ということは、こいつらがなにをするのか、なにを考えているのかまったく想像もつかぬということで、この長い頭の男が突然、意味不明のことを喚き散らしながら殴りかかってくるかも知れぬし、にやにや笑いながら抱きついてきて腰をすくすくするかも知れぬのであり、気味が悪いことこの上ない。

寅吉が怯えていると、男は間延びしたような大声で、「雹やね。また冷害が心配やわ」と言い、頭を回転させながら坂を下っていった。

寅吉は、男の背中が見えなくなってからかがみ込んで石をどけた。

一方その頃、岩室のなかでは熊太郎が当惑していた。

玄室《げんしつ》にいたる狭い斜面を下っている最中にどういう訳か急に真っ暗になったので、用意の蝋燭に灯をともし、やがてたどり着いた玄室、ろうそくの明かりに照らされたその内部の様子は、熊太郎の二十年前の記憶とまったく同じであった。

見覚えのある、宝玉、金の腕輪、壺、盃、盆のようなもの、鏡、管玉《くだたま》、香木、鞠のようなものが散乱していた。石棺の向こう側には砕けた太刀の柄も落ちていた。

ところが、熊太郎に殴られ蹴られ顔面が破裂、石棺に仰向けに倒れて動かなくなった葛木ドールの死骸だけがそこになかったのである。

熊太郎は慄然とした。ということは、誰かがここに入ってドールの死骸を持ち去ったのか？　でもいったい誰が？　森の小鬼？

呆然としている熊太郎に弥五郎が声をかけた。

「兄哥、なに、ぼうと立ってんね。さっさと盗んでさっさと去《い》ので」

そう言うと弥五郎は熊太郎の手から蝋燭を取ると石棺の向こう側に立っている太い蝋燭に灯をともし、風呂敷を広げると、「しもた。もっと大っきいのん持ってきたらよかったわ」などと言いながら、石棺のなかから、刀や宝玉を取り出し、その他のものもいちいち検分、なるべく銭になりそうな、鏡や金の装飾品を取り分けて風呂敷に包み、「これ以上は無理や。また今度にしょう」というとこれを背たろうた。

熊太郎は、まだ、ぼうと立ち、「なんでやね。なんでないね」と呟いていた。

弥五郎が言った。「兄哥、長居は無用や。行こ」熊太郎は、「わからん。ぜんぜんわからん」と言ってこれに従った。

翌日の午前。熊太郎と弥五郎は大阪の鰻谷《うなぎだに》というところにいた。

葛木ドールの死骸がないのを訝りながらも盗掘に成功、さあ、これを売ろう、しかしどこで売ろう、という話になったが、以前、熊太郎が富田林の道具屋で管玉二顆を一円五十銭で売った話をしたら弥五郎が目を剝いた。

「一円五十銭かえ?」

「高いか?」

「むちゃくちゃ安いやんけ。わいやったらなんぼ安ても七円には売るわ」と弥五郎は断言、「なんで七円と言いきれんね」と熊太郎に問いつめられた弥五郎は、「実はここだけの話やねんけど……」と前置きし、自分は以前、陵墓の盗掘を専門とする小林という人間の手伝いをしていたことがある、と告白した。

「富田林の道具屋みたいなとこいったらあかん。それやったら大阪のわいの知ってる店ィ行たほうがええわ」

おまえ、なんでもやっとんねんなあ。熊太郎と寅吉は感心、熊太郎と弥五郎は、帰らんとお父ンに叱られるという寅吉と別れて、そのまま暗峠《くらがりとうげ》を生駒《いこま》越えして大阪に向かったのである。

「こんなん二人連れで行かん方がええから兄哥、ここで待っとってくれ」

弥五郎に言われて熊太郎は鰻谷の、ちょっと見、何商売か分からない、見ようによっては仕舞屋《しもたや》にもみえる家に入っていった弥五郎を見送って往来の一角にたたずんだ。

朝のこととて人通りはまだ少なかった。

大きな柳の木があってその脇に川に降りる石段があった。

丈の短い羽織《はおり》を着た商人のような男が熊太郎をじろじろ見て通り過ぎていった。右側に風呂屋があり、熊太郎はもし弥五郎がなかなか出てこぬようであれば、風呂にでも入って待っていようかと思った。

しかし、そのためには、俺、風呂屋におるから、と弥五郎に伝えねばならず、しかし、弥五郎は店に入ってくんな。と言ったのであり、店のなかに入っていくことはできない。

地面に字を書いておくか。熊太郎はそんなことを思って爪先で、フロニオル、と書いたが、字は大きく歪《ゆが》み、部分的にかすれて判然としない。

熊太郎は柳の根元まで歩いていき、これに背を持たせかけてしゃがみ込んだ。川岸に小さな舟が繋いであるのが見えた。

舟はたよりなく上下に左右に揺れていた。

熊太郎は、ことによると弥五郎は銭をごまかそうとして俺に入ってくるな、と言ったのか、と思い、それから、ああ。風呂に入りたいものだ。と思い、それから、それにしてもなぜ葛木ドールの死骸がなくなっていたのだろうかと考えて暗い気持ちになった。

暫くして弥五郎が店から出てきた。

「相変わらずえげつないおっさんやったわ」

弥五郎は熊太郎の顔を見るなり、そんなことを言った。熊太郎は弥五郎に、「そんでなんぼになってん」と問うた。弥五郎は情けない顔をして、

「兄哥、すまん。こんだけにしか買いよれへんかったわ」と言うと、右手の人差し指を立て、左手を広げた。

「十五円か?」

「いや、なかなか」

「え？　わざわざ大坂まで来て一円五十銭かい」

「いちびってんにゃないで、百五十円やがな」

うー、わっ。と言って熊太郎は卒倒する真似をした。

百五十円。おとろしいくらいの大金である。熊太郎は、隠しているけれども実は弥五郎は驚くべき叡智を備える偉人ではないのかと思った。

偉人は言った。

「とりあえず腹減ったわ。なんど食おで」

道頓堀《どうとんぼり》から千日前《せんにちまえ》にかけては恐ろしい人手で、田舎者の熊太郎は度肝を抜かれた。

どの人も美々しい着物を着て、ぞろぞろ浮かれ歩いている。

すれ違う女が全員、美人であるのに驚いた。

芝居の前を通ると、阿呆ほど巨《おお》きい、極彩色の役者絵が掛けてあるのにも驚いた。

熊太郎は、ここらの人間は誰ひとりとして働いていないようだが、いったいなにをして飯を食っているのか、と訝った。

熊太郎はそのように驚いてばかりで、また、なめられてはいけないと、思いっきり肩に力が入っていたが、放浪時代に何度も大坂を訪れている弥五郎は余裕で雑踏をすいすい歩き、千日前の角まで来ると、京與という魚すき料理の店の前に立つと、「ここいこか、兄哥」と言って店のなかに入っていった。

三階建ての堂々たる店で、熊太郎は気後れしたが、弥五郎はそんな素振りはまったくなく、うまそうなものを手際よく注文し、その際、茶利《ちゃり》まで言って仲居を笑わせ、まったく粋な兄ちゃん振りであった。

これでは年上の俺が弟分だ、と思った熊太郎はなにか兄貴分らしいことを言ってやろうと思って考えそして、言った。

「なあ、弥五ちゃん」

「なんや、兄哥」

「今日はおまえのお陰で百五十円という銭ができた。おおきに。礼を言います」

「なんやねん、改まって、気色悪い」

熊太郎は言った。

「ほんでその銭やけどなあ、弥五ちゃん。けっしてその銭を博奕で倍にしょうと思たらあかんで。倍はおろか一文無しになってまうかも知れんからな」

「兄哥、おまえに言われとないわ。しゃあけど向こは三百円言うとったやんけ。百五十円しかないのにどないすんね」

「さあ、そこや。わしゃ、思うねけど。そらあいつは三百円ちいよったで。しゃあけどこんなもん、元値のあるもんやなし、三百やったら三百、二百やったら二百てまとまっとったら格好つくとわしゃ、思うね。詫びや言うて持ていた銭、足りまへんなあ、とは言いよらへんと思うね」

というのは実際、熊太郎の言う通りであった。

主人と番頭の話し合いの時点では、まあ百円は出させよう、ということであった。それを熊太郎の顔を見ているうちにむかついてきた番頭が咄嗟に二百円増やした金額を口にしたのである。

弥五郎は言った。

「ほんだら百円でもええちゅうことかに」

「かにてなんやね」

「いや、いま仲居が蟹《かに》持ってきよったんや。ほおら、うまそうな」

「話混ぜんなや。しゃあけど、ほんに、うまそやな。うわっ、うまっ」

「ほんまか。うわっ、うまっ。ほんまや。ほんまにうまいわ。しゃあけどおまえ、ここの払いもあるわ。今日はどうせどっか泊まらんならんやろし、銭は百五十にちょっと欠けるやろ、ほんだらいっそのこと、博奕はせぇへんけど五十円はわしらで使て、百円を詫びとして持ていたらあかんのかいと思たもんやさかい」

「そら、百五十てなんかなあ、半端な感じするわなあ。そのうえ、わいらが大坂で使た分引いて、百三十二円五十銭持てきました、ちゅのもやっぱ不細工なわ。そこはやっぱし気ィよう、百円。ちゅうほうが向こも気持ちええんとちゃうけ」

「ほな、やっぱし、五十円はわしらで使おか」

「しゃあない使お」

「なにして使お？」

「そらやっぱし、うまいもん食うたり、芝居みたり、後はちょっとした女郎買いみたいなこともした方がええかも知れんな」

「ほな、そういうことにしょうか」

五十円を使い込む相談なった二人は腹一杯飯を食べて弛緩《しかん》した。あかん奴らである。

熊太郎と弥五郎は大坂で遊び呆けた。

どんな風に遊んだかと言うと、まあ、ありきたりに遊んだのだが、なかには面白い店もあって、誘われるままに入ると、外から見ると格子造りに掛行燈《かけあんどん》と尋常の造りなのだけども、なかに入ると薄暗い部屋は下駄ぐちあがる西洋風で、家鳴りするほど大きな音で音楽がかかっていた。そしてその音楽に合わせて、おっそろしく背ィの高い女が乳をほり出して踊っており、客は座敷のそこここに置いてある椅子にだらしなく座り酒を飲んだり、妓《おんな》と一緒に踊りながらその乳を揉んだりしていた。

田舎者の熊太郎と弥五郎は、そんな店でどのように振る舞ってよいか分からず、失態を演じて妓に笑われた。

そんなことをして遊び呆けた熊太郎と弥五郎が、いったん水分に戻ってまた富田林まで出てくるのも気無精というもの、この足で銭を渡して、すっきりして水分に帰ろうと、寺内町にやってきたのは宝物を売ってから四日後の午《ひる》過ぎで、随分と遊び呆けたものである。

大家の建ち並ぶ城之門筋を歩きながら弥五郎が言った。

「そういや、兄哥、いま百円あんにゃんなあ?」

「そうや」

「この百円、みな渡してもたらわいら一文なっしゃで」

「しゃあないやんけ」

「そやからな、こっから二十円とって八十円にして渡したらどやろか」

「おまえ人の話なに聞いとんね。百三十三円五十銭とか半端は失礼やちゅて大坂で銭つこて遊んだんやんけ。八十半端やんけ」

「半端やけど、八十ちゅたら末広がりで縁起《げん》ええがな」

「なんかしとんね」

そんな阿呆なことを言いながら熊太郎と弥五郎は田杉屋に行き、「このたびはまことにもって相済まんこってございました。これはようよう拵えましたお詫びのお金でございます。どうぞお納めを」と詫びの口上を言い、不足たらしい顔で奇怪なものを見るような目で二人を見て口をきかない田杉重吉に金を渡して田杉屋を辞した。

熊太郎は、初めてだ、と思った。

これまでは銭のことで窮地に陥るたびに平次になんとかしてもらってきた。しかし、今回は初めて自分で百円という大金を算段し、自分の力で解決をしたのだ。

熊太郎は、これで俺も遅まきながら一人前の男になった、と思った。

自信のようなものが芽生え、全身に快活な力がみなぎるのを感じ、正味の節ちゃんか合羽の清やんでもどつきまわしたいような気分になった。しかも、と熊太郎は思った。

あの陵墓にはまだ宝物が残っているのであり、また取りにいって大坂で売れば、また大金が手に入る。つまり俺はこの先、銭の苦労というものをいっさいしなくてよいのだ、あはん、あははん。

そんな愉快な気持ちになった熊太郎はその直後にどぶどぶに暗くなった。

葛木ドールの死骸がなくなっていたことを思い出したからである。

死骸がないということは死骸が勝手に歩くはずはないから誰かが運び出したということで、ということは葛木ドールが何者かに殺されたというのは少なくともその人物は知っているはずで、となるとまっさきに疑われるのは俺で、なぜなら森の小鬼がドールと俺が岩室に入っていったと証言するからである。というか死骸を運び去ったのは森の小鬼ではないのか。しかしだったら俺の名前を知っていて俺が水分に住んでいると知っている森の小鬼は、なぜ警察に言いに行かないのだ。というと理由はひとつ。司直の手ではなく自らの手でより残虐な復讐をするためだ。しかし、それにしてもなかなか復讐に来ないのはどういう訳だ？　というと、そうか。復讐は実はもう始まっている。というのは、あの松永熊次郎は実は森の小鬼で、今回の田杉屋のことも実は俺を破滅させるべく巧妙に仕組まれた罠でそれについては村の顔役である松永傳次郎も一枚嚙んでいて、本当の息子、松永熊次郎はまだ宇治に居るのに、森の小鬼を息子と偽っている。というとでもおかしいのは、熊次郎にはあの臭い匂いがしないという点でそれを考えると、熊次郎と小鬼が同一人物であるとはいえなくなる。というのはでもそうか。あの匂いというのは少年期の一過性のもので成人すればなくなるという種類のものなのか。

そんなことを考えて熊太郎は暗い。

弥五郎は熊太郎が突然黙り込んだので、なにか考え事をしているのだろう、と思い、それならば自分も考えごとをしようと考え、辛い奉公をしている妹のことを考えようと考えたが妹のことをちょっと考えたかと思うと、その考えのなかに、大坂での相方のこと、千日前でみた爺さんの背中の灸の痕、豆腐の表面のすべらかな感じなど様々の考えがぐるぐるに混ざってなにも考えられなくなるのであった。

二人が池田屋の前まで来るともはや夕景であった。

弥五郎が、「大坂であんだけ遊んでくすぼった家、帰んのん切ないから、一杯飲んでいけへんけ」と言った。

どっぷり暗い熊太郎は一も二もない。

熊太郎は言った。

「それって素敵」

池田屋には会合帰りと思しき、村の若い者が大勢いて、飯を食べたり酒を飲んだりしていたが、その若者の様子がおかしかった。

山深い農村の若者のことで言葉も風儀も荒い。

酒を飲んでも飲まなくても大声であけすけな話をするし、おもしろければげはげは笑い、腹が立てば怒鳴る。なにごとにつけ直線的で分かりやすい、素朴な奴らである。

ところがその村の若者が揃いも揃って潤んだ目をしてなにかなよなよしている。

飯など、丼に持った飯をかき込むようにして食べるのが常なのに、飯粒を三粒ばかり箸でつまんでちょびちょび食べている。酒など茶碗に普段であればついでがぶがぶ飲むのに、わざわざ小さな盃をもらって女が酒を飲むときのように糸底に手を添えて、ちゅっ、と吸い、薄目を開けて、「ああ、おいし」などと言っている。

その話柄も、「山で熊と格闘して勝った」とか、「大食い大会で饅頭百個食うて目ェ回した」とか、「最近、鶉《うずら》が卵うみよらへん」といった話をするのが常であるが、

「山の奥の誰もいない湖で眠りたい」とか、

「わいは白鳥になって飛んでいくのや」とか、

「花で輪っか拵えて首からさげたら奇麗やよ」とか、そんなメルヘンな話ばかりしている。

熊太郎は言った。

「弥五ちゃん。こいつらどないしよったんやろ」

「ほんま気色悪いなあ。な、なんやね、こいつら。なんや踊りのお師匠はんみたいにくに

ゃくにゃなってもおとるやんけ。目ェにはうっすら涙ためとるし、ちょっとおらん間にながあったんやろ」

「さあそこや。わしゃ、思うねんけろ、こらあれちゃうか。誰ぞが村に毒撒《ま》きよったんとちゃうけ」

「あ、なるほど。その毒飲んで、みな頭おかしなってまいよったんか。しゃあけど、おかしやんけ。先前、池田のおっさん、酒持ってきよったけど常と変わらなんだで」

「それはやなあ、その毒は若い男にしか効けへん毒やね。わいは三十過ぎとるから大事ないけど、弥五、おまえ、二十四ィやろ、気ィつけよ。なんか内股なってきてへんか」

「気色の悪いこと言わんとってくれや」

弥五郎は芯から気味悪そうにして横を向き、酒を呷《あお》った。

「まあ、そらないとしてもほんまに怪体《けったい》なで。弥五、悪いけどちょう松永行て、寅、呼んで来てくれへんか」

「ええけど呼んでどないすんね」

「あいつは村におったさかいになんでこんなことになったか知っとるやろ」

「ほな、ちょう行てくるけろ、あいつも若いで。あいつもおかしなっとるかも知れんわ。

ああ、気色悪」そんなことを言いながら弥五郎は寅吉を呼びにいった。

「お父ンと兄貴にどこ行きやちゅうわれて出てくんの往生したわ」と言いながら入って

来た寅吉は、「弥五やんに聞いたで。万事うまいこといたらしいな」と語りかけ、その口調は尋常で、「そらええねけど、こいつらこれどないなっとんね」と尋ねる熊太郎に、「あ、これかいな。そらおまえ……」と言って話を始めた。

寅吉は、村の若者が一斉にメルヘン化してしまったのは恋のためであると言い、以下のようなことを語った。

村の若者がこのようになったのは恋のためである。彼らが恋をしたのは、森本縫《ぬい》という、今年で十七になる少女である。縫の登場はまったくセンセーションであった。もっとも登場といって、縫が突然、村に現れたのではない。字《あざ》南畑に住む雑業、森本トラの娘である縫はよほど以前から村に住んでいた。にもかかわらず、縫がにわかに注目されたのは、それは、ついこの間まで少女であった縫がここにきて突如として女に変貌したからである。しかもただ女になったというのではない。抑えようとしても抑えきれない、ただならぬ魅力に溢れた女となったのである。

縫の存在は謎そのもので、矛盾に満ちていた。四肢はすらりと伸び、その肌は輝くようで、誰もがその髪に唇に触れたくなったが、表情は冷え冷えとして冷たく、双眸に神秘的な光が宿って、世界の果てを見つめているようであった。

縫はその魅力によって男たちを引きつけ、同時に、その魅力によって男たちを峻拒《しゅんきょ》していた。

縫は、たおやかなダイアモンドともいうべき矛盾した美女であったのである。だから若い男たちも、どのように声をかけてよいか分からない。他の村の娘には、「なにしてん？」「どこ行っきゃ？」みたいにして声をかけることができたが、縫の美しさに気後れしてそのように気楽に声をかけることがどうしてもできなかったのである。

しかしなかには、どうしても思いを遂げてこます、と頑張る者もあるにはあり、そういうものはどうしたかというと夜這《よば》いを決行した。

しかし森本トラは、そのようなことをあるを期して戸締まり用心、おさおさ怠りない。深夜やってきた色男はどうしても戸が開かぬのを知って愕然とするが、しかしそれくらいで諦めるようでは色事ができない、とばかりに戸の下に這いつくばると敷居の前の土をほじくり返し始める。というのは敷居の下を掘り、そこから手を突っ込んで向こう側の心張り棒、掛けがねを外してしまおうという魂胆で、その様たるや、まさに色餓鬼である。

爪の割れるのも厭《いと》わず土を掘り、敷居の下から手を突っ込んで心張り棒を外すと、がらっ、やっと戸が開いて、ありがたい。これで思いが遂げられる、と色男、喜び、くらい家のなかに入ると、ぴしゃと戸を閉め、パッチの紐を外しにかかる。

ところここまではよかったのだが、そううまくもいかぬというのは、森本トラは、最初に戸をがたぴしやった段階ですでに侵入者に気がついていたという点で、色男がパッチを脱いでうろうろしている段階でもうすでに土間に降りて金盥《かなだらい》と擂粉木《すりこぎ》を構えている。

しかし暗闇に目が慣れぬ色男はそれに気がつかず、好色の笑みを浮かべて寝間へあがろうとした瞬間、森本トラは、「ドロボー」と叫び、金盥をがんがん叩いた。

驚き慌てた男は、「ちゃいます、ちゃいます」などと訳の分からぬことを言いながら、そのまま表に逃げ出すのだけれども、パッチがずり下がったままなので、よちよちしか走れない、それでもなんとか庭先を走り抜け、往来まで逃げたところで、切り株にパッチが引っかかり、顔面を強打して失神、翌朝、尻を丸出しにした状態で発見されて村中の笑い者になった。

そんなことで夜這いもできないとなって、恋に悩んだ村の若者がどうしたかというと、そうして自分からなにもできぬのなら向こうに気に入ってもらうように、縫の方から声をかけてくるようにしようと思った。

能動的な態度ではなくして、受動的な態度をとるようになったのである。

ということはどういうことかというと、一般的な十代の少女の好むところに従って自己を改造するということで、では、村の若者たちが一般の十代の少女がなにを好むと判断したかというと、感傷とメルヘンを好むと判断した。

この判断は間違っていない。例えばいまでも十代の少女を対象とするロックバンドの多くは、感傷とメルヘンを主題とすることが多く、その外貌は西洋の王子様のごとくであるか、そのバリエーションであることがほとんどである。

歌われる内容もそのような内容で、邪悪な力によって傷ついた王子が無垢な少女の愛によって蘇生する。或いはその逆、邪悪な力によって傷ついた無垢の少女が王子の愛によって蘇生する、というパターンが多い。

そしてロックバンドがそんなことを歌ったり、そんな格好をしたりするのは、自分が王子の格好をするのが好きだからではなく、その方が女にもてるからである。

そのように男が女に対して受動的になると、女が男に対して受動的になるよりも、より徹底して受動的になるのというのは、男性ストリッパーや昔の男性アイドルの潤んだ瞳や仕草からも知れる。

いくら技術が発展しても人間の心事、心底というものがそう変わる訳ではなく、明治二十四年河内国赤阪村の百姓の兄ちゃんたちも、右と同じく少女の好むであろう感傷とメルヘンの対象に自らを擬したのである。

という内容の寅吉の説明を聞いた熊太郎と弥五郎は同時に、「なるほどなあ」と歎声を洩らし、寅吉の話を聞いてか聞かずか、まだ、ぐずぐず飯を食べている若い者をじろじろみやったところ、相変わらず、潤んだ目をして、

「湖に口づけして、大空に飛んでいきたいにゃんかあ」みたいな愚劣なことを言ったり、卓の上の一輪挿しに挿してある花を見て涙ぐんだりしている。

熊太郎はもう一度、「なるほどなあ」と呟いて酒を呷り、それから褌に手を突っ込んで

睾丸の位置を整えた。

翌日の午過《ひるす》ぎ。熊太郎、弥五郎、寅吉の三人は南畑の森本縫の家の周辺をうろついていた。そのような美人であればいっぺん顔を拝みたいということになって寅吉が案内して来たのであった。

秋であった。

空が高く、村のそここが黄金色に輝いていた。

あちこちでなにかが爆発するような音が鳴り響いていた。もの凄い早さで訳の分からない鳥がぶっ飛んでいく。用水の音がここまで聞こえてきていた。弥五郎が言った。

「なんやさっきから若い奴がえらい内股で歩いとんのお。ほおら、また来よった。えらいなよついとんな。肥《こえ》たんご担いでなにしとんね」

「そらおまえ、わいら一緒や。お縫ちゃん出てけえへんかな、と思とんにゃ」と言って笑う寅吉の言葉を聞きとがめて、熊太郎は言った。

「お縫ちゃんておまえ、えらい心安ういうけど、おまえは大丈夫なんかいな」

「大丈夫てなんやいな」

「おまえはお縫ちゃん惚れてへんのんか、ちゅうことを聞いてんにゃ」

「わいかいな。わいはこんな人間やさかいな。真剣に恋患《こいわずら》いみたいなことでけへんね。どないしても物事おもろいようにおもろいように考えてまうからな、あいつらみたいにはならへんわ。ちゅうか、あんなん見てたらなにより先にあほらしなって笑てまうさかいな」

と言う寅吉の話を聞いて熊太郎は、直線的な行動に対する厭悪という点において自分に似たところがある、と思ったが、すぐに、しかし、と思った。

しかし、自分がそのことにおいて様々の不自由な思いをしているというのに、この寅吉はそのことを逆に楽しんでいるような気がする。この違いはなんなのだろうか。

そんなことを考えている熊太郎に寅吉が言った。

「しゃあけど、熊やん。おまえは大丈夫なんかいな」

「大丈夫てなにがやね」

「おまえがお縫に惚れるちゅうことはないのんかい」

熊太郎は言下に答えた。

「あほか」

熊太郎は自分が十七の小娘に惚れるなどということは絶対にあり得ないと思った。

明治十四年、富という娘に失恋、滝谷不動で、わいは一生やたけたでいったる。と誓ってから熊太郎は多くの女、といって殆ど が娼妓《しょうぎ》である、と戯れたが、女に惚れる、恋着するということはただの一度もなかった。

稀に娼妓の身の上を聞いて同情、可哀相に思って馴染《なじ》みになってやるなんてこともあったが、その身の上話なるものが大抵は嘘であると分かってからはそんなこともなくなって、女と見ればただ自らの情欲を満たすための存在としか思わなくなっていたし、ちょっとしたことで、きゃあすう言い、生きるの死ぬの言って騒ぐ素人の娘に惚れるなどということは富の一件以来、絶えてなかったのである。熊太郎は寅吉に言った。

「おまえも大分《だいぶん》とぼけやの。ちょっとはひと見てもの言え、ひと見て。この俺を誰やと思てけつかんねん。水分の城戸熊太郎やど、ふざけやがって。わしら、木辻でも古市でも、新町でも松島でも、そらもう震えがくるようなんの馴染みになっとんね。なんぼ別嬪か知らんけど、こんな田舎の百姓の、それも十七かそこらの小娘になんでわしが惚れるのんじゃ、あほんだら。おまえらと一緒にすな、ど阿呆」

「ああ、兄哥、そらすまなんだ」と言って寅吉は笑った。

熊太郎は、寅吉が自分を兄哥と呼んだのはこれが初めてだと思った。弥五郎が言った。

「あ、なんや、出てきょったで。あの娘とちゃうんかい」

「ぞお？」熊太郎は身を乗り出した。

水汲み桶を両手に抱えて娘が戸口から出て来ていた。戸口の左に竹林があって、その手前に井戸があった。娘は井戸のところまでいくと、桶に水を汲み、今度は両腕でぶら下げるようにして、これを運んで家のなかへ入っていった。

娘が戸口から出て来て水を汲み、家のなかに入っていくまで熊太郎は一言も口をきかず、呆然としてこれを見ていた。

熊太郎には、なにか魂を陶然とさせる正体不明のものが、突如として農家と竹林の前に現れ、風景を切り裂き、忽然と姿を消したように思えた。

熊太郎は、可憐でそして撓《しな》うようだ、と思った。もう一度、その姿を見たいと熱望した。それはその正体を確認したいからではなく、一瞬でもよいからもう一度、その姿を見て陶然としたいからであった。

熊太郎は、あの魂を陶然とさせるものが、あの竹林の前に存在するだけで自分は幸福だと思った。

呆然として口をきかない熊太郎の態度を不審に思った寅吉が言った。

「熊やん、どないしたんやな？」

熊太郎は小さな声で答えた。

「惚れてもた」

「はあ？」

「惚れてもた」

「弥五ちゃん、どないしょう。惚れてもたちゅとんで」

「え？　ほた、あれかいな、兄哥、おまえも湖の白鳥になって花に口づけして大空に飛んでいくんかいな、どんならんなあ」

と、さっきまであれほど強がりを言っていた熊太郎の体たらくに弥五郎も寅吉も呆れ果てたが、しかし、「他ならん兄哥のこと。もし、おまはんが本気で惚れてもおたんやったら、事がうまいこと運ぶように、及ばずながらわいらも二人して手伝もお取り持ちもすんで」ということに相成った。

さあ、それからは熊太郎、縫のことが頭から離れないというのは俗にいう恋煩《わずら》いである。なにか別のことをしていても、縫の顔や体つき、仕草、表情が頭に浮かび、また、ちょっと間があると、ふと会話を交わすならば、どんな会話になるのかといった空想に耽る。しかし、空想上の会話はすぐに途切れてしまう。なぜなら熊太郎は縫のことについてほとんどなにも知らないからである。

熊太郎は、じりじりするような思いにかられ、枕を抱いておうおう吠えながら座敷を転げ回った。

しかしそんな状態になりながらも熊太郎はやがて、こんなことでは駄目だ、と思うようになった。自分ももはや三十四。二十代の餓鬼ではない。こんな風にただ恋い焦がれたり、向こうの気を引くためにくにゃくにゃして、自らがそれにとりこまれメルヘンで感傷的な精神状態になって花や月をみて涙ぐんでいるようでは駄目で、そこはやはり大人の男として、具体的に自分がどうしたいのか。そしてそのためには具体的にどうすればよいのかということを考えるべきだ、と思ったのである。

熊太郎は枕を投げ捨て畳の上に正座、そのうえで先《ま》ず、自分がどうしたいのかについて考え、そして、初めて縫を見たとき、俺はこの存在、この、驚嘆すべき存在が存在し、ただ眺めているだけで幸福だと考えたが、それは誤りだった、と思った。

確かにあのときは、その姿形を眺めているだけで幸福だと思った。しかし、その不在をひりひりと感じるいま、俺は思う。俺は、どうしても、あの風景を切り裂いて鮮烈であると同時に、不可思議な魅力をもって見る者をして夢幻の陶酔に誘《いざな》うあの、驚くべき奇蹟をどうあっても我と我がものにし、この手で抱きしめなければ気がすまない。つまり俺は、縫と添いたいのだ。

縫と添いたい。自らがいったいどうしたいのかを自らに問い、そして自ら答えたこの答えに熊太郎は小さな当惑を感じていた。

俺が誰かと添う？　いったいどうなっているのだ？　俺はこれまでそんなことを一度も考えたことがなかった。例えば、富。ああ富。その名前を想うだけで胸が痛んだ、富。あの富と俺は添いたいとは思わなかった。しかし、俺は縫とは添いたいと思うのだ。添う。添うとはどういうことだろうか。それはあの縫と日々をともに暮らすということだ。朝な夕な、暑いにつけ寒いにつけ、つねに傍らにあの縫が存在するということなのだ。うわあっ。うわあっ。

爆発的な歓喜が突如として熊太郎を襲った。

うわあっ。添う。うわあっ。添う。

そんなことを口走りながら熊太郎は歓喜して暴れた。

両手をぐるぐる振り回しつつ、目を閉じて口を開き、半泣き半笑いみたいな表情をわざと造って首を左右に振り、どしどし畳を踏みつけながら座敷を歩き回り、しばらくすると、いやあああっ、と絶叫して座敷の隅に倒れ込み、手近にあった枕に顔面を強く押しつけつつ、首を左右に振って痙攣するなどしていたが、やがて動かなくなった。

暫くの間、熊太郎はそのままじっとして動かなかったが、やがて何事もなかったように身体を起こして正座、ということは、と考えた。

ということは次に俺は具体的になにをすればよいのか。添うということは、嫁にもらうということだが、俺の村での評判を考えれば、尋常の仲人を立てての縁談というよりは、やはり当人同士のどれ合いというのがまず順当だろう。

そのためにはまず縫当人と逢引をしなければならないが、これについてもやっぱり思い出されるのは富のことで、考えてみれば俺もあのときは若かった。というか幼かった。富のあの、ある種、聖性を帯びたような美しさに気後れして、声をかけることすらできなかったのだ。さらにもっと言うと、盆踊りで踊っている凡庸な村の娘に声をかけることすらできなかったのだ。しかし、俺はいまや成長した。いままでは逆にあほらしくて声をかけないのだ。しかも、富の美しさと縫の美しさは、なにか根本的に質が違うように思えてならない。確かに俺は富に恋着《れんちゃく》したが、富をどうしても我がものにしたいとは思わなかった。つまり富は、美しいが実在感に乏しい、なにか架空のような存在であった。しかし、縫は違う。縫は奇蹟のようでありながら、いまこうしていても、その髪や唇がすぐそこにあるように想起せられるのだ。そう。俺は縫にどこまでも引かれていくのだ。だからこそ、俺は具体的な手だてを考えなければならないのだ。どないしょう。

と、熊太郎は考え込んだ。遠くで太鼓が鳴っていた。

明治二十四年十月十七日夕。牛滝堂の前で熊太郎は困惑していた。

熊太郎は落ち着かぬ様子で立ったり座ったりしていた。

縫をわがものにしたい。縫と添いたいと強く念願する熊太郎は、そのための方策を脳《のう》漿《しょう》を絞るようにして考え、やがてひとつの結論を得た。すなわち、弥五郎に呼びにいってもらって人気《ひとけ》のないところに縫を呼び出し、思いの丈を打ち明けようというのである。

脳漿を絞るようにして考えた割には単純なアイデアであるが、もちろんこの結論にいたるまで、熊太郎は様々の奇知奇略、謀《はかりごと》をめぐらせた。

例えば熊太郎は、縫が暴漢に襲われているところを助ければ縫は自分に惚れるのではないかと考えた。しかし、これには問題がふたつあって、ひとつは縫が暴漢に襲われるところにうまく居合わせなければならないということで、そのためには二六時中、縫の後をついて歩かなければならず、そんなことは不可能だし、それにもし、そうしてずっと縫の後をついて歩いたからと言って、近々、縫が暴漢に襲われる保証はどこにもないというのが一点、さらには、その暴漢が強かった場合、熊太郎は反対にどつきまわされ、かえって縫に軽蔑される可能性があるというのが一点である。

これを解決するために熊太郎は、或いは、弥五郎か寅吉、もしくはその両者を暴漢とさし、縫を襲わせてみたらどうだろうか、とも考えた。

二人が、うわあっ、とか阿呆なことを言って縫にふざけかかる。縫が困惑したところへさして、「こらあ、おどれらなにさらしとんじゃ」と止めに入る。二人が、「えらいすんまへんなんだ」と恐れ入って、縫は、「うわあ。強い人やわあ。好っきゃわあ」となる。

というのはしかし、弥五郎と自分の関係を縫が知っていた場合、そのからくりが露見する可能性が高い、と熊太郎は考えた。

さすれば卑劣なことをする奴と思われて嫌われるのは間違いない。そんなことを考えて、熊太郎はこの案の採用を見送った。

困惑する縫を助けるという意味では右と同じだが、荷物をぶっちゃけた縫を助ける、というプランもあった。

大荷物を持って縫が歩いている。突如としてバランスを失った縫は荷物を路上にぶっちゃけてしまって大いに困惑する。そこへ偶然通りかかった熊太郎が、荷物を拾ってあげる。「親切な人やわあ。好っきゃわあ」というこのプランも、しかし、右のプランと同じく、縫が荷物をぶっちゃけるところにたまたま居合わせる可能性という意味で現実的でなく、物陰から弥五郎が釣り針をつけた釣り糸を投げて荷物に引っ掛けてひっぱり、人為的に荷物をぶっちゃけさせる、という奇略も右と同じ理由で却下された。

熊太郎はさらに、突然、牛が四十頭ばかり走り出て来てあたりを滅茶苦茶にしてしまう。突然、爆弾が降って来てそこらへんのものがすべて爆発炎上する。川が逆流して波の上で五色《ごしき》の猿がかんかんのうを歌い踊っている。空から下駄や三味線が雨霰《あめあられ》と降ってきて、地上で砕けてその破片が全部、鰯《いわし》になってぴちぴち跳ねるといった状況を考え、そんな状況で縫を救い出すという筋立てを考えたが、筋立てが複雑になればなるほど、綻《ほころ》びもまた目立つと思うにいたった。

そこまで考えぬと分からぬのであろうか。

ここにいたって熊太郎は、困惑する縫、という前提を放棄することにした。

熊太郎は、だいたいにおいて好きな人を困惑させてどうするのだ、と思った。

そんなことを考えるから話が複雑になるのであって、むしろ困惑するのは自分であるべきなのだ。

そのように考えて熊太郎はもっとも単純な、弥五郎に呼び出してもらって告白するという手段をとり、そして困惑しているのであった。

なぜ困惑しているかというと、そう決断してからずっと考え続けていたのにもかかわらず、呼び出されてやって来た縫にどのような言葉で自分の思いを伝えたらよいのか、さっぱり見当がつかなかったからである。また、熊太郎は縫の前でどのような態度をとり、どのように振る舞うかについても決めかねていた。

はるか年上の大人として振る舞えば縫は信頼してくれるのか。或いは、それではやはり煙ったくて、もっと気安い、同世代みたいな感じで喋ればよいのか。また、侠客っぽい、ちょっと無頼な感じに振る舞った方がよいのか。或いは、村の若い奴らみたいな、湖の白鳥とかいって内股で涙ぐんでいた方がよいのか。

熊太郎が、自らの態度を決しかねて困惑しているその内面とまったく無関係に、さきほどから周辺では、「せんがあ、せんがあ」という複数の男の低い唸り声や、「ああっ」という絶叫が響いて、空気の躍動するような気配が熊太郎のいる牛滝堂まで伝わってくるというのは、この日は、建水分《たけみくまり》神社の秋祭で、実りの秋、今年も収穫があったことを建水分大神に感謝するための祭りの開催日であったからである。

偉大な神に感謝するため、近隣十八箇村から地車、だんじりという装飾的で巨大な車輪付きの輿《こし》を威勢のよい若い者が曳いて集まってくる。谷弥五郎が参加させろと言って恐喝をしていたあれである。

感謝される側の神は、宮で待っているのではなく典雅な神輿《みこし》にてお旅所《たびしょ》といわれる比叡の前・へのまえまで神幸され、そこで十八箇村の地車が参集するのを待つのである。参集した地車は、故意に上下に、そして左右に揺すぶられてくんくんする。なんでそんなことをするかというと、そうしてエネルギーを発散することによって、俺は祝福してます。俺は感謝しています。という態度を表現するのである。

巨大で装飾的な地車が十八カラ、十八台も集まって、神輿を取り囲み、くんくんしている様は勇壮なことこのうえなく、日が暮れて提灯に火が入れば勇壮なうえに情感を刺激する美しさもあるし、また、神前には仁輪加《にわか》も奉納され、かく盛り上がる秋祭は全国でもすけない。だから近所のものは、みな心が浮いたようになって見物に出かけていて、そんな群衆のわあわあ言う声もまた四囲に谺《こだま》しているのであった。

熊太郎は、なんや喧《やかま》しな、と思い、それから、あ、今日は水分神社の祭礼だったか、と思い、しまった、と思った。

祭礼の日に呼び出すなんて俺はなんたらことをしてしまったのだ。俺はいつもそんなものはあえて無視するような態度をとっているが、村の者はみな祭礼とか盆踊りとかが好きだ。ということは、縫だって祭り見物に行きたいに決まっていて、だとすればこの場にはやってこないのではないか。或いは、弥五郎が無茶を言って連れて来たとしても、それはいやいや来ているのであって、そんな縫にいくら好きだと言っても、好かん蛸と思われるに決まっている。俺は比較的、蛸は好きなのだが……。ちゅうか、俺がいくら蛸が好きでもそんなことは相手には関係がなく、そもそも不機嫌な相手に俺はいったいどういう態度を取ったらよいのか？　というか、そもそも弥五郎は縫を連れてくるのか？　ああもう、俺はどうしたらよいか分からない。分からないのだ。

熊太郎がそのように懊悩《おうのう》して、頭を抱えたそのとき、

「兄哥、えらい遅なってすまん」という能天気な弥五郎の声がして、はっ、とその方を見ると弥五郎が立っており、果たしてその隣に縫その人が立っていた。

その立ち姿があまりにも美しく、熊太郎は隣の弥五郎が珍妙で不様で間抜けきわまりない生き物のようだと思った。そして直後に、実は俺もそちら側の生き物だ、と思って、なかなか縫を直視できなかった。

熊太郎が弥五郎に視線を移すと、弥五郎は、それを早く消えろ、と言われたのだと解釈、「ほた、わいはこれで」というと石童丸《いしどうまる》を歌いながら言ってしまい、熊太郎と縫の二人がその場に残された。

熊太郎は周章狼狽して絶句したが縫はまるで気に留めぬ様子で、熊太郎の目を見て、「こんばんは」と言い、熊太郎も慌てて、「こんばんは」と返した。

その際、熊太郎が見た縫の瞳は、黒く濡れて輝き、熊太郎をじっと見つめていた。

熊太郎は縫の瞳に自らが告発されているように感じた。

と同時に熊太郎はその瞳に誘われるようにも感じていた。

熊太郎ははるか年下の縫の前で自分がとるにたらぬ卑小な存在であるように感じた。熊太郎はなにを喋ってよいかまったく分からなかったが、とにかくなにか言わなければと思って口を開いた。

「急に呼び出して悪かったなあ。祭り見ィに行きたかったんやろ」

焦り、狼狽しているのにもかかわらず、まずは尋常の文句が口をついて出たというのは熊太郎にしては上出来であった。

かつて同じような状況下、熊太郎はなにを言ってよいか分からず焦って、地から蛇が湧いて昇天、その蛇がにゅうめんを呑む、みたいな話をして娘らに狂人と誤解されたことがある。そんな熊太郎も十年の歳月を経て、とりあえずは尋常の文句を口にできるようになった。たいしたものである。

そのように尋常なことを言う熊太郎に縫は言った。

「ちっとも悪いことないわ」

熊太郎は有頂天になった。縫は呼び出されたことを訝ってもいなければ怒ってもいないということがその口調から知れたからである。しかも女性にしてはやや低いその声、ややぶっきら棒なその喋り方は熊太郎を魅了した。熊太郎はその声をいつまでも聞いていたいと思いつつ縫に尋ねた。

「なんでやね。地車、見ィにいかへんのんか?」

と尋ねた熊太郎はそれに対する縫の答えを聞いて喜びに震えた。

縫は、「あんなもんは阿呆が見るもんや」と言ったからである。

熊太郎は、なんという出会い、なんという奇蹟であろうかと思った。

子供の頃から熊太郎は、村の者が当然のこととしてやっていることができず、また、村の者が熱狂していることについても少しも楽しいと思えなかった。しかし、そんな人間は熊太郎だけで、そのことが原因で熊太郎はさんざんに苦労をして来たのである。ところが自分と同じ思想を持つ美しい女が自分の前に現れたのである。これは自分にとっては信じがたい僥倖《ぎょうこう》だと思った。

そういえば、十年前、熊太郎の姿を見ただけで身を固くしていた愚鈍な村の娘たちはたいていは三人とか五人とかで固まって行動していた。ところが縫が村の同年代の娘と一緒に行動している姿を見たことがない、というのはやはり縫もあんな奴らとつきあうのがあほらしいからだろう。

そのように思った熊太郎の口からは、いつもは、頭で思っていることが思うように言葉になって出てこず、なにも言えなくなってしまうか、訳の分からないことを喋ってしまうか、思ってもいないことをべらべら喋ってしまうというのに、そういう事態にもならずに頭で思ったことがすらすら出てきて、いつものような思弁の渋滞がまるでないのであった。なぜなら瞬間にして縫が自分と同種の人間であるとみてとったからである。熊太郎は縫に尋ねた。

「あんた、ほんなら、最近、村の若い者が怪体《けったい》なことになってんのん知ってるか」

「知ってるわ。私が好きで、私に好かれようと思てあんなことしてるんでしょう」と言って縫はいったん言葉を切り、そして言った。

「馬鹿だと思う」

「俺も馬鹿やと思う。けど男が女に気に入られようと思たときは大体あんな感じなると思うよ」

「ふーん。そうなんや」

「そうやねん。まあ、ひとつは褌《ふんどし》いっちょうなって、ぷりぷりの尻見せて、地車舁《か》いて、くわあ、言うか。もうひとつは、あなして、お月さま、お星さま、言うて花見つめて涙ぐんでるみたいになるやな。しかし、女子《おなご》の方ではそんなものはあほらしいと思てる。ちゅうてもあれか、女子いうのは、あほらしいと思いながら違う考えがあって、そう思いながら、そのあほらしさに乗った振りして、ええわあ、とかいうのかな。ちゅうことは、いつも三人とか五人とかでつるんでんのんも、そのええわあ、の頼母子《たのもし》みたいなもんなんかな。ええわあ、ちゅうことにしとくちゅうことを、そやそや、ちゅうための他人ちゅうか」

「ふーん。そうなんや」

「そうやと思うよ。ちゅうかまあ、もしかしたら、そんなことも頭で思てることと違て、気持ちのなかで勝手に思てることかも知らんけどな」と言って熊太郎はふと黙った。

自分ばかり喋りすぎていると思ったからである。

そもそも熊太郎は縫の声を聞きたかった。その話を引きだそうとして話すうちに、ついつい自分の考えをうかうかと述べてしまったのであった。

しかしそれにしても言葉が溢れた。なぜこのように自然に話すことができるのだろうか、と思いつつ熊太郎は縫の目を見て、この目だ、と思った。

これまで戯れた妓《おんな》のなかにもきれいな妓はこれはあった。しかしそれらの妓に対してこのように言葉が溢れてくるということはなかった。逆に彼女らは熊太郎にその身の上を語った。熊太郎はそれを、「ふーん、そうなんや」と言って聞いていた。

ところが縫を前にして熊太郎が、うかうかと自らの思想を語ってしまったのは、縫の、誘うと同時に射るような、その目の光に導かれてのことだ、と思ったのであった。

熊太郎は縫の存在そのものが謎であると思った。しかし、その謎は美しく、また、巨大な磁力をもった謎で、この謎に魅入られてしまったら人は発狂するか破滅するしかないのだ。熊太郎は、実は俺はいま発狂しているのかも知れないな、と思い、また、あの内股の白鳥たちだったらきっと即死だな、とも思った。

そう思いながらも熊太郎は幸福であった。なぜならいま縫と一緒にいて、その姿形、声、匂いを間近に感じ、また、その縫の前にあって、自らの思想と言語が合一して、これまでつきまとって離れなかった不如意な感じから解放されたと感じたからである。

くほほ。いま、俺の思想と言語は合一している。そう思った瞬間、熊太郎は戦慄した。というのは、いつどういう状況だったか忘れたが、自分の思想と言語が合一するとき、自分は滅亡する、と強く思ったのを思い出したからである。

なんでそんなことを思ったのだろうか。熊太郎は考えたが、思い出せない。

縫が言った。

「ところで」

「なんです」

「熊太郎さん。なんの用で私を呼び出したん？」

と言って縫は熊太郎の目を見た。熊太郎は頭がぐらぐらになるのを感じ、それから、もはや死んでもよい、と思って言った。

「お縫さん。あなたが好きだからです。俺はあなたの近くに居て、あんたの声を聞き、その髪に触れ、唇に触れたいと思たから呼び出した」

言い終わった瞬間、熊太郎は、かちゃ、という滅亡のスイッチが入った音を聞いたような心持ちがした。しかし、四囲の景色に変わったところはなく、夕焼け空に群衆の唸り声が響いていた。

そしてそのような熊太郎の告白を聞いてなお、縫は平静であった。

縫は声の調子をまったく変えないで言った。

「あなたは私に触れたいというのですか」

熊太郎は言った。

「気が狂いそうです」

縫は小さく笑い、「そんなことだったら」と言うと、つと熊太郎に近づき、身体を反転させて熊太郎に背中を預け、「あなたの思うようにしなさい」と言った。

縫の身体の感触を感じた途端、熊太郎はあまりの幸福に本当に気が狂いそうになった。縫の肩を抱きながらも全身が硬直している熊太郎の方が縫よりも娘のようであった。後ろから抱きすくめられた縫はそんな熊太郎の方に、振り返るように顔を向けて言った。

「私はあなたの顔が好きです」

熊太郎の感情が発火した。熊太郎は力一杯、縫を抱きしめ、縫の唇に自らの唇を重ねた。

縫はくすくす笑っていた。

熊太郎はその後も縫と逢瀬を重ねた。

縫は森本トラが雑業をしにいってる際、家の前の壁に下駄を立てかけた。すなわち、トラがいないという合図で、これを見て熊太郎は縫を訪ねるのであった。

また、縫は熊太郎と会って別れ際、必ず、「このことを誰にも言ってはなりません」と言い、熊太郎はその言葉に従った。

しかし、そのような配慮をしても狭い村のこと。縫と熊太郎がよい仲になったというのはすぐに人々に知れ人々は、「あんな別嬪がなんで熊太郎みたいな男とつっきゃうね。あんだけの器量やったらなんぼでもええとこに嫁に行けんのになあ」とか、「ほんま熊の餓鬼ゃ、うまいことやりゃがったわ」などと噂したが、もっとも口惜しがったのは、例の森の王子様連中で、仲間内で、「あんなおっさんより俺らの方が恰好ええのになあ」とぼやき合った。

縫が熊太郎のものになったと知り、大抵の者は、王子様ぶりをやめ、元の百姓の兄ちゃんに戻ったが、なかには失恋の衝撃からか、或いは、もともとそういうのが向いていたのか、王子様ぶりが治らないどころかそれが高じて女形《おんながた》のようになってしまい、始終、股間になにか挟まっているような歩き方をし、仲間が卑猥な冗談を言った際などは、顔を真っ赤にして、きゃあきゃあはしゃぎ、「やらしいこといわはるわあ」と言ってその者の肩にしなだれかかり、気味悪がられたりする者も出てきた。

縫も罪なことをしたものである。

そんな騒ぎを見るにつけ聞くにつけ熊太郎は大得意であった。有頂天であった。

縫のあの声、あの目、あの髪、あの腕、あの手、あの香り。それらに自分はいつでも触れることができるのだ。そう思っただけで熊太郎は嬉しくてたまらず、足をばたばたさせつつ、両肘を脇腹につけ、肘から先をくにゃくにゃ動かしながら蛇のような目つきで左右を睥睨《へいげい》、ひゃーあー、ひゃーあー、ひゃららら一、と歌いながら座敷をぐるぐる歩き回るのであった。いったいなにをしているのかというと、これは熊太郎が考案した踊りで、一見したところまったく嬉しそうに見えないのだけれども、当人のなかでは爆発するような歓喜が渦巻いていて、その嬉しさをあえて表現しないという克己力《こっきりょく》を自分が持っているというのは、自分が猛烈に幸福であり、精神に余裕があるからそういうことができるのだ、ということを感じるということそれ自体がまた幸福、という具合にどこまでいっても幸福の皮膜で覆われるという複雑精妙な心の動きを表現した踊りなのであった。

しかし、その踊りは熊太郎自身のためのもので、熊太郎はこの踊りを他人に披露するつもりはないし、ましてや、こんな恥ずかしい姿をもし縫に見られたなら自分は自決するだろうと思っていた。

そんな風に熊太郎は幸福であったが、人間というものは因果なもので、あまりにも幸福だと、ふと、通常、こんな幸福はありえない。これはなにかの間違いではないのか。と不安になり、疑心暗鬼を生ず、疑い恐れる心を持つと存在しない恐ろしい鬼を見たりするものので、そういえばあのとき、あんなことがあったが実はあれには裏の意味があったのではないか、と疑うようになり、せっかくの幸福を台無しにしてしまう。

というのは、せっかく手にした思いもよらない幸運を絶対に手放したくないという強い気持ちのあらわれで、それは偶然によって巨富を手にした貧乏人が周囲の人間を全員、泥棒だと思うのと同じ気持ちである。

そのような不安を抱いた熊太郎は、何度か逢瀬を重ねるうちに、縫に対してかすかな不信感を抱くようになっていた。

まず、熊太郎が不満に思ったのは縫の秘密主義で、縫は再三再四、二人の関係が多くの人の知るところとなった後も縫は、「このことは誰にも話してはなりません」と言い続け、人目のあるところで逢うのをきらった。

熊太郎は別にいいではないかと思った。

縫と自分は同じくアウトサイダーであり、村の奴らになにを言われても自分たちが惚れ合っているのならそれでいいではないか。別段、悪いことをしている訳でもなし、なんの人目を憚ることがあろうか、と思ったのである。しかも、いつまでこんな下駄を表に出しておくなどという姑息なことをするのか、と熊太郎は思った。

俺はそんなことはしないで堂々、森本家を訪問できるようになりたい。

そう思った熊太郎はついにある日、縫に、「俺の嫁になってくれ」と言った。正式に祝言をあげようといったのである。熊太郎は惚れ合っているのだからもちろん一も二もないだろうと思っていた。

ところが、そう言った途端、縫は視線を左右に反らし、まともに答えようとしない。

苛立った熊太郎は、「なんでやね、俺のどこが気に入らんね」とついに乱暴な口をきいた。

これにいたって縫は、例の誘いつつ拒むような瞳で熊太郎の目をじっと見ると、表情をちっとも変えずに、「母がそれを許さないでしょう」と言うと、立ち上がりそのまま行こうとした。熊太郎は慌てて縫の後を追い、「なんでやね。なんでやね」と言いながら後ろから縫の肩を抱いたが、縫は身を固くして、「さあ」と言うばかりで答えない。

このとき熊太郎は初めて、縫と自分の将来について明確な不安を抱いたのであった。

熊太郎の恋は初期のただただ幸福な時期を終え、惑乱と懊悩の時期を迎えつつあるのであった。熊太郎はきりきり回転しながら真っ黒い雲のなかへ急降下していくような心持ちであった。

その後、熊太郎の恐怖と不安は増大する一方であった。

というのは、どういう訳か縫になかなか会えなくなってきたからである。

以前は、三回行けばそのうち一回は下駄が出してあったというのに、それが次第に間遠になって、最近は二十回行ってもまったく下駄が出してないのも珍しくないのであった。

まあ、熊太郎は日に二十回は縫の家の前を通ったから無理はないのであるが。

それにもはや十二月であった。金剛山の山裾の集落である水分では各所に雪が積もり、もはや戸外で逢引するなどというのは不可能である。

そんな日々が続くものだから熊太郎は、ことによると縫は変心して自分を見限ったのではないかと考え、気が気でなく、不安でほぼ発狂したような状態であった。

そんな十二月のある日、熊太郎は、座敷に正座して神妙な顔をし、それから竹ベラを腹に押し当てては苦悶するような顔をしていた。さきほどから、その様をみていた平次はついに我慢ができなくなって、「熊、先前《さいぜん》からなにしてん？」と訊ねた。熊太郎は答えた。

「切腹の稽古しとんね」

三十五にもなってなにを阿呆なことをしているのか。わが息子のあまりの阿呆さ加減に悲しくてなにも言えない平次が黙ってしまうと、熊太郎はなお、腹に竹ベラを押しあて奇妙な顔をしていたが、やがて唐突に立ち上がると、「ちょう行てくるわ」と言って家を出て行った。

絶望した平次は豊に、「気分悪なってきた。ちょう寝るわ」と言うと布団をかぶって寝てしまった。

竹ベラを持ったまま家を出た熊太郎は、縫の家の前まで行き、下駄がないのを確認してから弥五郎の家に向かった。

土間とも八畳の小屋のような家である。「いてるか」と声をかけ、がらっと戸を開けると、もう弥五郎の姿が見える、寝そべって「正直新助」という速記本を読んでいた弥五郎は戸口に熊太郎の姿を認めるや起き直って言った。

「お、兄哥やんけ。どないしてん？　怪体な顔して」

「わし、怪体な顔してるか」

「怪体やで。顔、強《こわ》ばっとるがな。顔色わっるいし」

「そうかな」

「そうやで、大丈夫かいな。まあ、あがってくれや。いま茶ァいれるさかい、ちょうまってや。それとも酒の方がええか」

「あ、ちょう寄っただけやから構わんとって。おまえにな、これやろ思て持てきてん」

言いつつ座敷に近づいた熊太郎は手に持っていた竹べラを弥五郎に見せた。弥五郎は言った。

「これなんやねん」

「竹べラやんけ。ええ竹べラやろ。切腹の稽古すんのに絶妙やで」

「兄哥、おまえ大丈夫け？」

「びっくりするほど大丈夫や。そんでな、この竹べラ、恩に着せる訳やないねけろな、ちょう頼まれたってくれへんけ」

「なんやそんなことかいな」と言って弥五郎は笑った。竹べラのことは冗談だと理解して安心したからである。弥五郎は笑って竹べラを受け取り、言った。

「なんでも言うてくれや」

「ちょう、森本いてな、縫、呼んできてくれへんか」

「なんや、そんなことかいな。かまへんで。ここに呼んできたらええねな。よっしゃ、行てきたるわ。ちょう待っとりや」

そう言って弥五郎は表へ駆け出した。

熊太郎は主の去った室内を見渡した。鍋や薬缶《やかん》が土間に転がり、畳の上には雑誌や猿股が散乱していた。土間とも八畳の侘《わび》しい住まいであった。熊太郎は、ああして俺の用を嫌な顔ひとつせずにしてくれるが、自身はこんな侘しく暮らしている。妹は新田という家に奉公しているらしいが、その妹も苦労をしているのだろう。かなしい兄妹だ、と思った。

そんなことを思いつつ立ち上がった熊太郎は、散乱していた衣類を畳んで押し入れにいれ、散らばっていた本を拾い集めて座敷の隅に積み上げた。

土間に降りて、鍋や薬缶をとり片付け、水を汲み、炭の残り少ないのに舌打ちしながら、火をおこして湯を沸かした。

熊太郎は弥五郎を思いやってそんなことをしたのだろうか。

そうではなかった。

弥五郎たちを不憫《ふびん》な奴らだなあ、と思いやった直後に、こんなむさい部屋に呼んだら縫に嫌われるかも知れないと思ったのである。

いい加減なやつである。

ちょうど湯が沸いた頃、弥五郎が縫を連れて戻ってきた。

戻ってくるなり弥五郎は、「わし、ちょう用あるさけ、行てくるわ。ことによると今日は戻らんかも知れんけろ、後、頼むわな」と言うと、またぞろ外へ出て行った。

そして部屋に縫と熊太郎が残された。

熊太郎は縫に、あなたは変心したのではないか、と訊ねようとして果たせなかった。久しぶりにあった縫は正視できないほど美しく、その瞳はいよいよ神秘的に輝いて、じっと熊太郎の目を見据えていたからである。

熊太郎はやっとのことで、「ひ、久しぶりやな」と言った。縫は、「ええ」と答え、熊太郎が茶をいれようとするのをみると、「私がします」と言い土間へ降りていった。

かく熊太郎が屈託しているというのに、縫は以前とまったく変わらぬ縫であった。

そのような縫を前にして熊太郎は自分ばかりが恨み言を言う訳にも行かぬので、ひきつりながら事も無げに振る舞っていたが、しかし、この間、まったく熊太郎に会おうとしなかったのはいかにも不自然で、熊太郎はついに我慢できなくなって、「しゃあけど、おまえもあれやろ。もうこなして俺と会うのん嫌なってんろ?」と訊ねた。

しかし、そんなことを言う熊太郎に対して、縫はいよいよ屈託がなく、心底、不思議だという目をして聞き返した。

「なんでそんなこと思うの」

「しゃあかて、しゃあないけ。最近、いっこも下駄出てひんし、俺がおまとこの近くまで行てても顔もめさひんし、どない考えても俺を避けとるとしか思わらひん」

「それは、あなたの惑乱よ。私はすぐ近くにあなたがいることが分かっていて、あなたが生きてることも知ってるから、会ってても会わなくても私にとっては同じこと」

神秘的な瞳をして不可解なことを言う縫に熊太郎はたまらないような気持ちになり、「なんかしとんじゃこら」と怒鳴り、それから縫を抱きすくめた。

縫はくすくす笑い、熊太郎の顔を見上げて言った。

「私は変わらずあなたが好き」

熊太郎は訳が分からぬまま軽くわななないた。

夜が更《ふ》けていった。外は雪。内は。

そんなことがあったのが明治二十四年の十二月で、熊太郎はその年いっぱいは幸福であったが、ところが、明けて明治二十五年の一月は一度も縫と会えず、弥五郎を呼びにやっても、最近は雑業をしていないのか、森本トラが出てきて、「縫は家にいない。博打打ちの極道のくせに娘に転合《てんご》すな、ど阿呆」などと暴言を吐く。

ならば偶然出てきたところをつかまえようと、縫の家の周囲をうろうろし、しまいには弁当持ちで縫を張ったが、どこか他所へ行ってしまったのか縫はちっとも出てこず、家はひっそりと静まりかえっている。

そんなことをするうち、二月になって三月になって、それでも縫に会えない熊太郎はげっそりしてしまい、賭博や買春をする気力もなく、日々、池田屋に沈澱して飲酒、酒の力でなんとか憂さを散じているのであった。

世間はもはや四月であった。

村内を毛細血管のように走る水路に冷たい雪解け水が奔り、しかし空気はもわもわして生き物が芽吹いてくる生暖かい気配がして、なんだか楽しいような陽気浮気な気分になってくる。しかし、熊太郎の心は闇であった。

今日も今日とて熊太郎は、池田屋で黙りこくって大酒を呑んでいた。寅吉はこのところ姿を見せず、弥五郎は山の仕事に行っていて二、三日留守にしており、熊太郎はただのひとりである。

ひとりということは話し相手がいないということで、熊太郎は黙って酒を飲んでいるのだけれども頭のなかではいろいろなことを考えていた。なにを考えていたかというと、最初のうちこそ、縫が変心したということの周辺のことばかりを考え、沁みるような憂鬱に心を腐らせていた熊太郎であったが、これが酒の功徳であろうか、酔いが回るにつけ、思考は連続性を失い、熊太郎は、ばらばらで意味のないことを思い浮かべてはぐじゅぐじゅするのであった。

　熊太郎は店の隅に積み上げてある縄を見て思った。

　こんなところに泥付きの縄があるということが、不愉快と言うか、縄に泥がつくような作業というのはいったいなにをしたのか。井戸替えか。でもここは酒屋であって、俺は酒を飲むときはそこいらにこんなどろどろの縄があるのが嫌なのだ。道具類、ちゅうかな。竹ベラとかはでも好きだった。あれはええ竹ベラやった。けど弥五郎はあんまし喜ばんやったねぇ。て、九州の言葉やんけ。そういえば昔、九州から来たちゅう、いかにもあかんおっさんとどっかの博奕場でおおたなあ。あのおっさんもう死んだやろ、多分。けど、昔と言えば、昔、俺が拾た棒に鹿造が執着して喧嘩になったことがあったけど、俺が竹ベラをええとおもうのはあのときの鹿造みたいなもんか。ほんなら俺、阿呆やんけ。あのとき鹿造らとつるんでたからあんなことになった。それにつけても葛木ドールの死骸はどこに消えたのか。誰かがどこかに運んだ？　そうなると俺はやばいことになるんじゃ、ぼけ。

　考えが葛木ドールのことに及んで熊太郎は慌てて別のことを考えようとした。せっかく酒の力で憂さを散じているのに、そんなことを考えたら底まで陰になってしまうからである。熊太郎は酒を飲み干して考えた。

　そんなことはいまは考えない、考えない。ちゅうか、あすこに縄が積んだあんのがむかつくと俺は思っていたのだ。北野田。ほんま、むかつくよね。むかつくことを考えると自分を反省したりしなくてええよね。世間の方が悪いと思えてええよね。むかつくっちゅうたら、松永熊次郎むかつく。なんじゃあ、あの餓鬼は。おどれが頼んどいて、頼んでへんちゅうて白切って、しまいには村の寄合で熊太郎は気ちがいやからあいてにすな、てこんなこと吐《ぬ》かしゃあがる。おまえが頼みにきたんやんけ、おまえが頼みにきたんやんか。どこまで汚い奴やねん。猿がっ。ちゅうか、しかもそれを信じる村の奴も村の奴で、俺がほんまのこと言うてるてなんで分からんのじゃ。そろいもそろて明き盲ばっかしやんけ、どあほ。そんなことばっかしとったら風間《かざま》みて火ィつけて、村中、焼き尽くしてまうぞ、ぼけ。豚がっ。ほんまむかつくわ、松永。あっ。あいつのこっちからそれ以外にも、俺の悪口を言い触らして歩いとんに違いないわ。あっ。ということはこういうことかいな。つまり縫が俺を避けるようになったんはあの松永が俺を狂人やとかなにをするか分からん凶暴な奴とか、或いは、ことによると殺人者やとかそんなことを縫に言うて、それで縫は俺を避けるようになったんか。ああ、最低や。違う、違うんや。そんなことなんで信じんね。あ、縫というその名前を思っただけで胸が痛い。

そんなことを考えて熊太郎はついに頭を抱え、卓に突っ伏してしまった。突っ伏しつつ熊太郎は、あかん、陰や。もっと陽気なことを考えな、と思い、無理に、そういえばそこの隅にどろどろの縄があって、と考えるのだけれども、熊次郎が縫に、「熊太郎は縄つきですよ」とか言ってにやにや笑っている姿が浮かぶなど、どうしても熊次郎が縫に自分の悪口を言っているという図が頭から離れず、しばらく突っ伏していた熊太郎はついに耐えきれなくなり、頭を起こして両手で卓を叩くと、「おどれ、松永っ」と絶叫した。

「おどれ、松永っ」絶叫すると同時に目の前で飛び上がった者があった。

「うわっ、びっくりした」

松永寅吉であった。

ちょうど、熊太郎が卓に突っ伏しているときに池田屋に入ってきた寅吉は熊太郎の様子がおかしいので、声をかけずにいたところ突然、「おどれ、松永っ」と怒鳴られて飛び上がったのである。驚いて立ちすくんでいる寅吉の姿を認めた熊太郎は言った。

「寅ちゃん、すまん、すまん、おまえがそこにおんのん知らんかってん。ま、一杯いこ」

「一杯いこやないで。出し抜けに、おどれ、ちゅわれたら誰かて吃驚《びっくり》すんが」

ぼやきながら寅吉は熊太郎の前に腰掛けた。

「ほんますまん。いや、松永ちゅうてもおまえのこっちゃないね」

「知ってるよ。兄貴のこっちゃろ。竹田のことではえらい目に遭わしてもたもんな。ほんま、わが兄貴ながら嫌なる。ほんま、すまんなあ、熊やん」

「いや、おまえにそう言われたら辛いわ」

「そんでな、熊やん。その兄貴のことについてやねんけど、ちょっとあんたの耳に入れといた方がええかなと思うことあってやってきててん」

「なんやね」

「それが言いにくいこっちゃねんけどな」

寅吉はそう言って鼻の頭をこすった。

「実はな、うちの兄貴に縁談が持っちゃがったんや」

「結構やんけ」

「うん。まあ、結構やねんけどな、その相手が結構やないね」

「なんでやね。不細工で貧乏で性格悪うて夜中に首伸びて油舐《な》めるてな娘さんなんかい」

「いや、そやないね。別嬪で大人しい娘やね」

「ほな、ええやんけ」

「うん。うちゃ、かまへんねけど、熊やん、あんたが……」

「なんでやね。わし関係あらへん」

「それがあんにゃんか。ああ、もう思いきって言うわ。うちの兄貴の嫁ちゅうのはおまえもよお知ってる娘ォや」

「しゃあから誰やね」

「しゃあから、あの、お縫ちゃんやんか」

世界に薄墨が垂れていた。池田屋の薄汚い壁にも、寅吉にも、空にも金剛山にも薄墨が垂れた。やあ、世界に薄墨が垂れているな、と思ったけれども、まあ、いずれとまるだろうと高をくってなにもしないでいたら、どこから垂れてくるのか、薄墨はちっとも止まらず、やがて全世界が薄墨に染まってしまった。こんな薄墨が垂れて厭だな。ぼんやりそんなことを思って悲しくなったがその悲しさは、この薄墨の世界が存在していることそのものに関係する悲しみで、改めて悲しいと実感するまでもない、持続的恒常的悲しみであった。そんな世界にひとりで立っていた。といって、あたりはすべて薄墨で天も地もなく、立っているのか横になっているのか宙に漂っているのか分からないという心細い状態だった。天も地もないし、遠いも近いもなかった。自分以外の人間がいるのかいないのか、まるで分からなかった。しかし、いたとしてももはや薄墨の悲しみそのものになってしまっていて声を発することもできない。そしてそれは俺とて同様なのだ。これが死ということなのか。薄墨色の悲しみの世界に、あの世から聴こえてくるラジオのような寅吉の声だけが響いていた。

「しゃあから、俺はこれはお縫ちゃんの気持ちは別やと思とんねん。こらみな、あの、向このお母ンの強欲から始まったこっちゃ。こんなん言うて悪いけど、なんちゅてもうちゃ村のなかでは持っつぁんや。お父ンかて村会議員しょるしな。結納とは別に月々の養い料出すちゅとんねもん。おトラ婆にしてみたらこんなぼろい話ないがな。それを娘の言うこと聞いておまえとこに嫁にやって、なんの得があんね、とこない考えやがったんやろ。ほんま、毒性な婆やで。お縫ちゃん可哀相やんなア。あんな不細工でちんちくりんの嫁にされて」

「話てなんやね。わしゃ、忙しにゃ。話あんにゃったら早よしてくれや」

とふてぶてしい態度で言う熊次郎に弥五郎はむかつき、熊太郎の耳元で囁いた。

「兄哥、あんなこと言うとんで。いっぺん、どつきまわしたらんとあかんのとちゃうけ」

「まあ、待てや」そう言って熊太郎はいきり立つ弥五郎を宥《なだ》めた。

松永熊次郎と縫の間に縁談が持っちゃがっている。そう聞いた熊太郎は一時的に薄墨の悲しみの世界の住人となり、まったく廃人であったが、しかし、その方がまだ幸せだったかも知れぬというのは、次第に目が見えるようになって、元の世界に戻ってからの悲しみは、現実感を伴う分、薄墨の悲しみよりもずっと激しい悲しみであったからである。

熊太郎の精神はこの悲しみに耐えられず、しかし、死なない限り生きている熊太郎は、絶望の果ての諦めのなかで、縫のことはなかったことにしよう。逢わなかったことにしよう。忘れることにしよう。と思った。

生きるため、であった。こんな悲しみと絶望のなかで生きていくのは困難で、なんとか生きていくために忘れようと熊太郎は思ったのであった。

熊太郎は座敷に突っ伏して長いこと動かなかった。

一時間ほど突っ伏していた熊太郎は、突然、がばっ、と起き上がると、「無理」と叫んだ。

どうして縫のことが諦められるものか、と熊太郎は思った。あの縫があの不細工でちんちくりんで森の小鬼そっくりで根性の腐りきった熊次郎に夜ごと抱かれる。考えただけで、金剛山の樹木をすべて切り倒して、それをすべて肩に担いで日本国中を練り歩きたくなるくらいに、辛いことだ。俺は絶対に縫を諦められない。そう思った熊太郎は事態を打開するためにはどうすればよいのか考えをめぐらせ、そうして、あることを決意した。すなわち、松永熊次郎その人に直談判《じかだんぱん》、縫との縁談を変改にするように頼むしかないと考えたのである。

熊太郎はただちに行動、弥五郎に命じて熊次郎を水分神社の絵馬堂の裏に呼び出したのであった。

熊太郎は弥五郎に言った。

「弥五。今日はわしゃこいつとさしで話しいたいと思うね。後で顔出すさかい、すまんけど先に去《い》んでてくれ」

「あ、そう？　ほな、わし去ぬけど、兄哥、おまえひとりでほんまに大丈夫け」

「大丈夫、大丈夫」

「そうけ。ほな、去ぬわ」

弥五郎はそういうと熊次郎にもの凄い一瞥《いちべつ》をくれ、それから裏参道の方へ歩いていった。

熊次郎はそんな弥五郎をまるで気にせずにやにやして言った。

「わし、ほんまに忙しね。話てなんやね」

そういう熊次郎に熊太郎はなにも答えず、いきなり膝をつき、両の手をついて額を地面にこすりつけた。さすがの熊次郎もこれには驚き、

「なんやねん。どないしたっちゅうね」

「熊次、このとおりや」

「しゃあからなんの話やね」

問われて熊太郎は顔をあげ、熊次郎の目を見ると、

「縫との縁談はなかったことにしてくれ」と言い、またぞろ地面に額をこすりつけた。

熊太郎の心底をみてとった熊次郎は冷笑した。

熊太郎を完全になめた。

熊次郎から言わせれば、直接交渉相手のところに行っていきなり自分の希望を述べ、土下座をするなどというのは愚の骨頂であった。そんなことをしたら相手に自分の手のうちがすべて読まれ、まず間違いなく希望通りにことは運ばない。

熊次郎はこれでもこいつは博奕打ちかと訝った。

現にこの時点で熊太郎は大失敗をしていた。なぜなら、この時点で熊次郎は縫を嫁にも

らう意志がまったくなかったからである。というのは熊次郎は縫のような誰が見ても美しいと思う女にはまるで食指が動かず、誰が見ても不っ細工みたいな女をみると、「お。ええ女やね」と腹の底から思うという風変わりな審美眼の持ち主であったからである。

目がいがんでいるのであろうか。

確かに熊次郎の目は極端なつり目であった。

つまりだからこの縁談は、寅吉の報告通り、村の有力者で資産もある松永家に娘をやりたいという森本トラが人を介して松永家に持ち込んだ話であって、熊次郎本人はちっとも乗り気でなかったのである。

だから熊太郎はいきなり絵馬堂の裏みたいなところに呼び出して土下座をするなどという拙劣なことをするのではなく、道で行き会った際にさりげなく、「おまえ、森本縫、嫁に貰うねんなあ。よかったなあ、おめでとうさん」と訊ねるとか、或いは、それこそ寅吉のもっと詳細な報告を待つなどすれば、熊次郎が縁談に乗り気でないことがすぐ知れたはずである。

ところが熊太郎はいきなり呼び出して土下座をしてしまったのであり、これが心の奇麗な相手であれば、「熊ちゃん、手ェあげて、手ェあげて。早とちりしたらいかん。そらそんな話も向こうから言うてきたけろ、こっちゃそんな気持ちあらひんにゃ」と言ってくれただろう。しかし、熊次郎はそんな人間ではなかった。

一心に土下座している熊太郎を見下ろすと、口を曲げて笑い、言った。

「そらあかんな。わしゃ、お縫に惚れ抜いとんねん」

「そこをなんとか、頼む、頼む。この通りや。なんでもする。なんでもする」

そう言って熊太郎はとうとう両手をあわせて熊次郎を拝み始めた。

なんでもする、という熊太郎の言葉を聞いた熊次郎は言った。

「ほっほーん。なんでもするっちゅうんかい」

「ああ、なんでもする。しゃあから縫のことは諦めてくれ」

「ちゅうことはわいがこんなことをしてもおまえは怒らへんちゅうことやな」

言うなり熊次郎は熊太郎の後頭部を土足で踏みにじった。

頭をぐいぐい押しつけられ、口に土が入って、また呼吸ができなくて苦しいのを熊太郎は、これに耐えればその先に栄光が待っているのだと思って必死にこらえた。

しかしその先に待っていたのはさらなる屈辱であった。

頭を押さえつける力がふと抜けたので顔をあげると、「ちゅうことは、こんなことしても怒らへんねな」という熊次郎の声がしていきなり顔面に生温い水がかかった。

熊次郎は素早く陰茎《いんけい》を取り出し、熊太郎の顔面にむかって小便をしているのであった。

そのことが分かった瞬間、熊太郎は、おのれ男の顔面になにさらす、と憤怒、いっそこの場で熊次郎を絞め殺し、自分も死んでやろうかと思った。

しかしその際、縫はどうするのか。縫も殺すべきなのか。それは可哀想だし、縫は縫で幸福に生きていってもらえばよい。しかしそれは寂しいし、どうせ死ぬのだったらその前に一目でも縫に会ってから死にたい。

と、そんなことを考えて逡巡するうちに、熊次郎の小便の方が終わってしまった。終わってしまったのなら仕方ない。そう、思っていると熊次郎が、

「熊。ええ態やの。土足《どそく》で頭蹂躙《じゅうりん》されて、顔に小便かけられて、それでもおまえよう怒らんの？」と言ったが、この挑発に乗ってはこれまで耐えてきた意味がないと思う熊太郎はびしゃびしゃの顔で言った。

「ああ、怒らへん。怒らへんで。しゃあから熊次、これで気ィも済んだやろ。頼むわ。縁談、なかったことにしてくれ」

「あほか。俺はな、縫に心底惚れてんねんよ。こんくらいで気ィ済むはずないやんかいさ」

「ほな、ほな、どなしたら……」

「まあ、そやなあ。おまえも博奕する人間ならわしも博奕する人間や。同じ博奕打ち同士、そこまでおまえが思いこんでんにゃったら、わしも男や。話によってはすっぱり諦めんことないで」

そういうと熊次郎は尻をまくって熊太郎の前に腰を下ろした。

「ど、どないしたら諦めてくれんね」

「そら、おまえ、やっぱり世の中、なんやかんや言うて銭やろ」

「銭か？」

「そや、銭や」

「な、なんぼほど払たら諦めてくれんね」

「そら、あんだけの女、諦めんねんにゃさかい安ないわ。まあ、普通やったら千円いうとこやけど、まあ、他ならんおまえのこっちゃから、半値の五百円ちゅうとこかな」

「ご、五百円か？」

「えらい吃驚すんねな。ま、わしゃ無理にとはいわんで。おまえが五百円払いとないんやったら別にこちゃ構へん。お縫と祝言あげるだけのこっちゃ」

「払う、払うがな。そ、その代わり、五百円払ろたら縫との縁談はなかったことにしてくれんねな」

「二言はないよ」

「おおきに、おおきに。ほな、五百円こしらえるさかい、でけたらおまえとこいくさかい、それまで待っとってや。さいならごめん」

そう言って熊太郎は立ち上がっていってしまう。その後姿を見送って熊次郎は、

「いてまいやがった。はっ。阿呆が。おまえみたいな者《もん》に五百円ちゅう銭がでけるかあ、

っちゅうんじゃ。しゃあけど、待てよ。そういやあいつ、田杉屋に百円の迷惑料持ていきゃがったんやなあ。あれどないして工面さらしゃがったんやろ。いっぺん、寅吉に訊ねなあかんなあ。しゃあけど、あいつが五百円持ってきたらこんなぼろい話ないわ。あはは、やっぱりあいつは阿呆やな。うどん食お」と独り言を言って立ち去った。

そのとき、絵馬堂の裏からひとりの男が出てきた。

谷弥五郎であった。弥五郎は、帰って待っていろとは言われたものの、いざどつき合いになった際は飛び出していって加勢しようと絵馬堂の裏に隠れてことの成り行きを見守っていたのであった。

弥五郎は独り言を言った。

「よう聞こえへなんだけど、なんやね、あの態は。どんな事情があるにしろ、あんな情けない格好して、そのうえ小便かけられても黙ってんにゃ。それでも男か。わしゃ、あんな男を兄哥、兄哥ちゅて、用してんのがあほらしなってきたわ。しゃあけどなあ。いまわしまでが兄哥、見捨てたらどないなんね。もう、くにゃくにゃなってまうやろな。しゃあない。乗りかかった船や、まして、生まれたときは別やけど死ぬときは一緒と誓うた兄弟分。わしゃ、今日のことはみんかったことにしてこれからも兄弟ちゅうことでいったろか。わしゃ、なんとのう、あの人が好っきゃねん。そや。うちに寄るちゅてたな。待っとるかも知れん。去なな」

　弥五郎はそんなことを言って裏参道を駆け下りていった。

　弥五郎が自家に帰り着くと案の定《じょう》、熊太郎が来て待っていた。熊太郎は弥五郎に言った。

「弥五、実は、急に五百円ちゅう銭を拵《こしら》えんならんことになってんけど、それについて手ェ貸してくれへんけ」

　五百円と聞いて弥五郎は目を剝いて言った。

「なんやね、いきなり五百円ちゅわれても訳分かれへんやんけ。分かるように言うてくれや」

　普段であれば、なにを頼んでも、ああ、かまへんで、と引き受ける弥五郎がいつになく、理由を話せと言い、またその言い方に険《けん》があるのを察知して熊太郎は困惑した。

　五百円必要な訳を言えと言われ、熊次郎に縫との縁談を断って欲しかったら五百円出せ、と言われたので五百円が必要なのだ、と言うと弥五郎に、言われるなりにおめおめ五百円差し出すなんて、と侮られそうでどうも言いにくかったからである。

　しかし熊太郎は弥五郎にすべての経緯を話した。なぜなら、ことの起点が恋情というある種の狂気から出発していたからで、その狂気が熊太郎が普段持っている美意識や自意識のこわばりをすべて薙《な》ぎ倒して暴走したのである。

「まあ、大方そんなこっちゃろと思てたわ」

嘆息まじりに言った弥五郎は、「ほな、兄哥、行こけ」と言って立ち上がった。

弥五郎はすべての経緯を話す熊太郎の顔を見ながら、わしはこの人のこういうとこが好きなんや、と思っていたのであった。

子供の頃から他人のなかで育った弥五郎は人間が自らの卑小な欲望を満足させるためにあらゆる嘘をつくということをよく知っていた。

しかるに熊太郎はそのような嘘をまるでつかず、苦しそうな顔で正直に打ち明けている。弥五郎は、弱きを扶《たす》け強きを挫《くじ》くというが、この人の場合は、自分を挫いている、しかもその自分は弱い。でも自分を挫くときの姿勢は無茶苦茶強気や。ということは、いったいこれは弱いのか、強いのかどういうことやね？　わけ分からんわ、と思った。

そんなことを考えている弥五郎を見上げて熊太郎が言った。

「行こけ、て、どこ行くね」

「決っとるやんけ。御所《ごせ》行くね。ほて、あの御陵さんの宝物みなさらえて大坂へ売りに行くにゃ。兄哥もその積もりやったんやろ」

と言う弥五郎の口調が先ほどと違って明るかった。

熊太郎は立ち上がって、「おお、そや」と答えつつ内心で、さっき弥五郎の口調に険があったのは、たまたま機嫌が悪かったのだろう、気の変わりやすい奴だ、と思っていた。

四日後。熊太郎と弥五郎は、日本広しと雖《いえど》もわいらほど銭持っとる奴はおらんのんとちゃうけ、などと言いながら水分に戻ってきた。

ふたりの懐には、七百三十五円二十八銭三厘五毛という銭が入っていたのである。

すべては弥五郎の努力の結果であった。

御所の岩室に行き宝物をすべて盗掘した熊太郎と弥五郎はその足でこれを売るべく大坂に向かったが、熊太郎はただ宿で荷物の番をしていただけで、弥五郎がほうぼうを歩き回り、贓品《ぞうひん》だというので叩かれるのをいろいろ言って高く売ったり、また、あるところでは二円にしか買わないと言っている冠を別のところに持っていって三百円で売り、そこでは十円にしか買わないと言っている鏡をまたよそに持って行って百五十円で売るなどしたからである。

ひとりで走り回っている弥五郎に悪いと思った熊太郎は何度も、「わしも一緒に行こか」と申し出たが、弥五郎は、「兄哥が来て横手からごじゃごじゃ言うたらかえって安なるからこんでええわ」と言い、「すまんのお」と謝る熊太郎に、「なにがすまんことあるかい、われとおれとは生まれたときは別やけど死ぬときは一緒の兄弟分やないけ」と言って笑った。

いったん弥五郎の家に戻り、熊太郎が、そんなことをして拵えた銭のうちから二百三十五円二十八銭三厘五毛を取りのけ、五百円を白紙に包むのを見て弥五郎が言った。

「しゃあけどこの五百円、みすみす熊次郎にとられんのかと思たら情けないのお」

「言うな、言うな。そんでもまだ二百三十円からあんねで。人間はな、足ることを知らなあかんね。貪《むさぼ》ったらあかん」

そんなことを言う熊太郎を見て弥五郎は内心で、なんかしとんね、おどれで拵えた銭でもないくせに、と思って苦笑いした。

「ほだ、ちょう行てくるわ」

熊太郎はそう言って弥五郎方を出て行った。後に残った弥五郎は、大坂でさんざんうまいものを食った後にここらの侘《わび》しい飯をもそもそ食うのは切ないことだ。どうせ切ないのだったらいっそ思いっきり切なく、とびきりまずい素うどんでも拵えて食ってやろうと思った。

弥五郎方を出て、字出合《あざであい》の松永熊次郎方を訪れた熊太郎は五百円を差し出し、「さ。これで文句ないやろ」と言って身を反らし、鼻の穴を膨らませた。

これにはさすがの熊次郎も驚いた。いくらなんでも、こんなに早く、しかも五百円耳をそろえて持ってくるとは思えなかったからである。

「いっやー、吃驚《びっくり》したわ。しゃあけどまあ、ほな、改めさして貰うわ」

熊次郎はそう言うと札を数え、五百円あるのを確認して言った。

「えらいもんや。きっちり五百円あるわ」

「ほな、これで縫との縁談はなかったことにせぇよ、ええのお」

「まあ、しゃあない。諦めたるわ。しゃあけど……」

「なんやね、文句あんのんか」

「いや、文句やないけど、おまえこんだけの銭、どないして拵えてん。まさか強盗でもしたんとちゃうやろな」

「あほ吐《ぬ》かせ。そんなことするかあ」

「いやそれやったらええねけどな。こんな銭、強盗か盗掘でもせんとできひんからのお」

と、熊次郎が森の小鬼そっくりの顔で言うのを聞いて熊太郎は体中に酢が充満したような気分になった。こいつほんまはなにもかも知っとんのんか？　そんなことを思うと手が震えて止まらなかった。熊次郎が言った。

「どないしてん？　えらい顔色、悪いで」

「な、なんでもあらへん。ほな、わし行くわ」

そう言って立ち上がった熊太郎に熊次郎が言った。

「われ、ほんまに大丈夫け？　足、べらべらやんけ」

「大事ない、大事ない」

「ちょう待ったれや」

「なんやね、まだなんかあんのんかい」

「なんかちゅうわけやないけろ、おまえわしから証文とらんでええんかい」

「証文？」

「そや、後日の証拠や。わしは縫とは祝言あげん、て一筆、とっとかんでええのんか」

「おお、そらもろとくわ」

熊次郎が自分からそんなことを言い出すのも妙な話だと思いながらも、とっておくにしくはないと思った熊太郎は座り直した。

「私事松永熊次郎いかなることあり候《そうら》えど赤阪村字南畑住居森本トラ娘森本縫と将来に亘りて祝言あげ間敷《まじき》事実正なり。明治二十五年四月二十八日赤阪村字出合平民百姓松永熊次郎、と、ほんでここに爪印押してこんでええやろ」

「ああ、けっこうや。いかなることあり候えど、ちゅうとこがええわ。ほな、わしゃ、帰るわ。さいなら、御免」

そういって熊太郎が帰った後、熊次郎はひとりで笑った。

「ははは。阿呆なやっちゃ。ほんまに五百円持て来やがった。それに、わしが盗掘ちゅうたときのあいつの顔よ。真っ青なって手ェ震て、しまいに足もべらべらなってもとったやんけ。ほんまに阿呆なやっちゃで」

熊次郎は独り言を言うと、五百円の札束を地袋にしまってあくびをした。目尻に涙が流れた。

熊次郎は目白を飼いたいなと思った。

そんな風に笑われているのをちっとも知らない熊太郎は森本縫の家に向かって歩いていた。

熊太郎は、俺はもう遠慮はしない、と思った。

もちろん縫に口止めされているからというのもあったが、自分が極道であるという引け目からこれまでは縫に逢いに行くのもこそこそして合図を決めたり、弥五郎に行って貰ったりしていたわけだが、こうして堂々、熊次郎と話をつけた以上、もはや遠慮する必要がなく、懐には証文まで入っているのだから、よし森本トラが出てきて、縫は縁談が持っちゃがってる最中なので面会させられないなどといったら証文を取り出し、これこのとおり熊次郎とは話がついていると言ってやればよいのだ。そしてそれが逆に俺の財力の証明にもなる。

そんなことを考えた熊太郎はふんふんいって森本方までやってきたが門口に立つと、やはり、たじろいだ。

村の有力者、資産家に娘をやって、銭を貰おうとする因業な婆である。そんな婆のことだから、俺みたいなのが行ってなんか言っても、軽くあしらうか、ぼろくそに怒鳴りつけるかしょるかも知れない。俺の精神はそんなことに弱いのだ。顔がかっと熱くなって、手が震えて、声が掠《かす》れて、足がべらべらになる。いやだなあ。

そう思って熊太郎は躊躇したのだが、ここまで来て引き返すのもなにだし、もはやぎりぎりのところで、ええい、ままよ。と博奕で大勝負をするときのような気分で、がらがらっと戸を開けなかに入ると、奥に向かって、「ごめんやで」と声をかけた。

直後、熊太郎の魂がぶっ飛んだ。熊太郎は目の前に見えているものが現実のものでないように思えた。口の間には、森本トラではなく、縫その人が立っていたのである。

年が明けてからこっち熊太郎は縫のことばかり考えていたので、熊太郎のなかで縫は、愉楽と苦痛を同時にもたらす不分明な観念と化していた。その縫が現実の人間の形をとって目の前に立っているという事態は、それが本来の姿であるのにもかかわらず、いざ直面してみると、縫を愛し慕うあまり、縫のことを考え続けた熊太郎にとって、奇蹟のようなものであった。

奇蹟は苦痛と快楽に満ちていた。

熊太郎は痺れるようだ、と思った。

「久しぶりやな」とゆっくりした口調で言って熊太郎は驚いた。

精神が激動してるのにもかかわらず、尋常の口調で話すことができたからである。

しかし、いかにも狼狽して声がひっくり返ったり、あわわ、となってなにも喋れなくなるよりはよかった。今後、なにかの拍子でそうならないように注意しよう。なぜなら恰好悪いから。

熊太郎が思っていると縫が、「あ。熊ちゃんやん」と言って、熊太郎は二度驚いた。なぜならその口調が屈託のない、つい昨日別れた人に会ったような口調であったからである。

あまりにも意外であった。だってそうだろう、自分の方から連絡を断ち、しかもその間、他家に嫁に行く話が進行しているのである。気まずいに決っているし、後ろめたくもあるだろうし、大いに迷惑でもあるはずで、熊太郎に対して当然、よい顔はせず、口ごもったり、逆に、木で鼻をくくったような態度で追い返しにかかるのが普通だろう。

しかるに縫は、そのような素振りをまったくみせないばかりか、もっというと、熊太郎の顔を見て、嬉しそうな顔すらしているのであって、熊太郎はことによると松永との縁談など本当はなかったのではないか、とさえ思った。

そんなことを思うと、これまでは縫をどこかに連れ出して話をしようと思っていたのだけれども、もはやそんなことをする必要もなく、この家で話をすればよいのではないか、という気になった。熊太郎は試しに問うてみた。

「ちょう話あんにゃけどあがらしてもろてもかめへんか」

「ちょっともかめへんわ」

熊太郎は履物を脱ぎつつ冗談めかして言った。

「わしがあがったら困るんとちゃうんけ?」

「なんで困るん?」

「怒ってくる奴がおるやろ」

「誰が?」

「松永熊次郎やんけ」

熊太郎があえてにやにや笑って言うと縫は急に無表情になって土間へ降りた。

熊太郎のために茶を淹《い》れにいったのである。

その姿を目で追いながら熊太郎は、やはり縁談のことは本当だったのだと思った。

立ち働く縫の姿を眺めながら熊太郎はぬらぬらした不快を抑えられなかった。

あのようにしていそいそ立ち働きながら、あのようにして俺の顔を見て嬉しそうにしながら、その陰で着々と松永熊次郎との縁談を進めている。或いは、もはや熊次郎とできあっているのか? くけぇー。きょー。たまらんわたまらんわ。もしそんなことになっているとしたら、俺はどうしたらいい? 鶏みたいな恰好で日本国中を掃除して回ればいいのか? そんなことをしてもこの不快や苦痛は拭われない。

そんなことを熊太郎は考えたが、しかし四箇月ぶりに会って、そのような不快を相手にぶつけたのでは相手に嫌われるから、相手が屈託なくしている以上、自分も心の蟠《わだかま》りをいったん捨てて話をしようと思い、やがて茶を運んできた縫に、なるべく明るく聞こえるように注意して、「おおきありがとう」と言った。

熊太郎は明るく屈託のない口調で、「四月ぶりやねぇ」とか、「お母ァはんは元気にしてんのんかいな」と世間話をした。

しかし、ともすれば腹のなかのぬらぬらした不快、釈然としない気持ちが表に出て、皮肉なにやにや笑いを浮かべてしまったり、「あ、ほんまァ」と嫌みな感じで言ってしまったりして、そうこうするうちについににやにや笑いながら、

「しゃあけどあれやろ？　自分、結局は松永熊次郎ンとこ行くからわいを避けてたんちゃうん？」

と言ってしまった。言ってから熊太郎は、しまった、と思った。自分の言葉があまりにも嫌味に響いたからである。しかし、縫は気にした様子もなく平然と答えた。

「それは違うわ」

「なんでやね、ほれやったらなんでわしと逢えへんね。今年になってからいっぺんも会うてへんやんか」

「いま逢えてるやん」

「そらそやけどや。おまえが熊次郎のとこ行くっちゅうのはほんまなんやろ」

「はい」

と、縫はなんらごまかさず、そしてこれまでまったく変わらぬ調子で答え、熊太郎のなかで、カシャッ、もしくは、パシャッという音がした。熊太郎の意識が水だとすると、それまで、その熊太郎の意識は桶《おけ》か盥《たらい》に入っていた。カシャッ、もしくは、パシャッという

音は、その桶か盥の箍《たが》が外れた音である。

実はその少し前から箍は少しばかり緩んでいて、隙間から水が漏ったりしていたのだけれども、ついに水圧に耐えきれなくなって箍が切れてしまったのである。続いて、バシャ、という音がした。箍が外れて桶か盥が崩壊したため、水、すなわち、熊太郎の意識が周囲にぶちまかった音である。

意識は言葉となってぶちまかった。

それまで熊太郎は、縫に悪印象を与えたくない、事態を複雑化、泥沼化させたくない、という考えから、表現には様々に配慮をしてきた。しかし、箍が外れたいま熊太郎は、一切の配慮なしに、その都度、思ったことをそのまま縫にぶつけたのであった。

熊太郎は言った。

「ほな、やっぱりほんまに熊次郎とこ行くんや。ほな、やっぱ熊次郎とこ行くからわしと逢えへんかったんやんけ。そやんか。そやんけ。わしはおまえに騙された。おまえがそんな、いっつもと変われへんみたいにしてるし、去年、会うたときもそやったやん。ちょっとも会われひんから弥五に呼びに行かして、ほんで来たら、いっつもと変わらひん。そやからわしは今日の今日までおまえは前通りやろと思てたんや。しゃあけどやっぱりそやった。ほんであれやろ？　人目のあるとこでわしと逢うのん嫌がったり、二人のこと誰にも言うたらあかんちゅてたんも、結局、わしとは祝言あげる気ィははなからなかったちうこっちゃん。ちゃうの?」

と熊太郎の意識がぶちまかった。もはやあたりはずくずくである。ところが、縫は嫌な顔ひとつしない。それどころか、縫は、「あはは」と快活に笑った。熊太郎の意識がまたぶちまかった。

「あはは? あはは? ちゅうのはおまえ笑ろとんか? ちゅうことは、やっぱおまえは初手からわしのこと馬鹿にしとったんか? わしのことなんかどうでもええ、おまえがほんまに惚れとんのは熊次郎ちゅうことなんか?」

そう問われて縫は少し真面目な口調になって言った。

「それは違います」

「ほんならなんやねん」

「私はあなたが好きです」

「嘘ぬかせ。ほれやったらなんで熊次郎のとこ行くね」

「母が決めたことですから」

「そら聞いてる。しゃあけど、おまえはどやね。行きたいのんか行きとないのんか」

言われて縫は黙って俯いた。熊太郎は拒まれていると感じた。

なぜ素直に自分の気持ちを言ってくれないのか。あれほど逢いたかった縫がいま手を伸ばせば届く距離にいる。しかし熊太郎には、縫と逢えなかったときのほうがかえって近くにいたように感じられた。熊太郎は、いま縫は自分の手が届かない遥か遠くにいると思った。

だとすればどうするのだ？　このまま引き下がるのか。いや、そんなことはできない。俺は絶対に縫を諦めない。或いは、縫が俺より熊次郎に惚れているというのなら仕方ないかも知らん。しかし現に縫は、俺が好きだ、と言っている。だったらなんで諦めやなあかんのか。だからつまりは母親が銭が欲しいだけなのだろう。それだったら、どんなことをしてでも婆を説得する。しかし、その前に縫に俺との結婚を承諾させなければならない。

そう考えた熊太郎は懐から証文を取り出し、

「お縫ちゃん。おまえと熊次の縁談はもうないで。わしがもはや話つけてきたんや。これ読んでみい」と言って縫に証文を手渡した。

縫は黙ってこれを読んでいたが、やがて顔を上げると熊太郎に証文を返して言った。

「読みました」

「どや？」

「どやって？」

「そこに書いたあること聞いてどない思たか、ちゅてんね」

「別にどないも思えへんわ」

「どないも思えへん、ておまえほんまに読んだんけ？　熊次はおまえを嫁には貰わんて書いたあんにゃ。それ読んで嬉しいと思えへんの？　なんも思えへんの？」

「うん」

「あんな。おまえ、ちょうおかしいんちゃうんか？　先前、おまえわしが好きや言うとったやんけ。それやったらわしンとこ来たいはずや。そやけどお母ンに言われて無理矢理、松永に行かされることになってた。それを向こが貰わん言いよったんやで。ちゅうことはわしと一緒になれるっちゅうこっちゃで。嬉しいと思うのが当たり前と違うんかえ。それともなにかい、わしを好きやちゅうたんは嘘で、わしとは一緒になりとないのんか？」

「それとこれとは話が別やん」

「どこが別やね。一緒やないけ。おかしいやないけ」

「そしたら話します。母はお金が必要です。私が松永に行けば松永ではそのお金を出すと言った。だから私は松永に行くことになったのです。私はあなたが好きです。でもそのことは、母がお金が要るということとは別のことです」

「ちゃうがな。俺が聞いとんのんは、おまえは、おまえ自身の気持ちはどやね、ちゅうことを聞いてんねん」

「私の気持ちは問題じゃない。なぜなら、私の気持ちとは関係なしに母はお金が要るからです。私の気持ちとは無関係に日は昇るし、日は沈みます。人が生まれ、死にます。これらは私の気持ちとなんの関係もありません」

「なに言うてんね、俺の言うてんのんはそういうことでなく……」

と、熊太郎が言いかけたとき、表の戸が開いた。

森本トラが帰ってきたのである。

振り返った熊太郎は背筋を伸ばし、襟に手をやって居ずまいを正すと小さく頭を下げた。

縫は黙っていた。

熊太郎の姿を認めたトラは、熊太郎がそうして挨拶をしているのにもかかわらず、真正面から熊太郎の顔を猜疑《さいぎ》に満ちた目で睨みつけた。

なんらの愛嬌もない婆であった。

まだ、五十かそこらなのに、年以上に老けこんでいた。

しかし、人を疑わしげにじろじろみつめるぎょろっとした目は、縫に似たところがあるなど、よくよく注意してみると、若い頃は縫ほどではないにしろ、そこその美人ではなかったか、と思うところがあった。

それだったらまだ五十かそこらなのだから、それなりに好ましく装えば後添《のちぞ》えの口もことによるとあるかも知れないが、しかしいまのトラの姿をみてそんな話を持ち込む人はあるべくもなかった。

というのはトラを見た人は、嫌なものをみたなあ、醜怪なものをみたなあ、という気持ちになったからである。もともと美しかったかも知れないトラがなんでそんなことになったかというと、それはトラの性格が極悪だったからで、性格の悪さが年齢を重ねるとともに内側から外側に滲み出て外見まで極悪になってしまったのである。

ではトラの性格はどのように極悪なのか。

一言で言うと銭の亡者《もうじゃ》であった。

狂人と言ってよかった。

トラはおそろしく銭に執着し、銭を愛した。

銭さえあればなんでもできる。銭のためなら命も要らぬと思っていた。しかしトラは、いわゆる吝嗇家《りんしょくか》ではなかった。トラは意外にくだらないことに銭を使った。というかくだらないことばかりに銭を使っていた。トラにとって銭は力であった。トラは銭の力を獲得し、銭の力を行使するのが好きなのであった。

だったら銭に生き、銭に死ぬ商人になればよいではないか、てなものであるが、女のトラは商いの修業である丁稚奉公はできなかったし、それに、奉公をしたとしても続かなかっただろう。なぜならトラにとって銭はあくまでも幻想としての銭であり、見果てぬ夢、けっして手にできないが永遠に憧憬《しょうけい》し続けるなにものかであったからである。

事実、トラはそんなにも銭を欲しながら、多くの銭を得たことが一度もなかった。それはトラが現実的に銭が儲かるような方策をなにも立てていなかったからであり、また、あまりにも銭、銭というものだから、銭の方で嫌がって逃げて行くからでもあった。

雑業に雇われ、あっちの溝掃除、こっちの留守番に行った際なども雇い主に、「それで銭はなんぼ貰えますのや?」「それでは銭がすけない」など、あまりにも銭の話をうるさくするものだから、向こうでも嫌になってあまり雇わないし、たまに雇っても、くれくれ乞食は貰いが少ない、というように、なんだか銭を払うのが嫌になって少なくしか払わなかった。

だからこそトラは銭が欲しいし、銭に執着した。

あまりにもトラが銭、銭とうるさいのにむかついたある人がトラに嘘を教えた。その人はトラに、「願いというものはそれを常時、口にしていればいつかは叶《かな》うものだよ」と教えたのである。トラはこれを真に受け、ことあるごとに、「どうぞ銭が儲かりますように」と言うようになった。しかし、日に何度も口にするので、次第に短縮され、トラは、ただ、「銭」というようになった。

朝起きて、「おはよう。銭」寒い日に、「今日は冷えるなあ、銭」「あ、こんなとこに馬糞、落ってるやん、銭」という具合である。

しかし、それだけ銭、銭といってもちっとも銭が儲からないのだから、いい加減言うのをやめれば良さそうなものなのに、トラは、銭、銭、言うのをやめなかった。というのは、ひとつにはもはや完全に口癖になってしまっていて、別に意識しないでも銭、銭言うようになってしまっていたし、それにトラは、恋愛をしている人が、相手の名前を口にしただけでなんとなく嬉しい気分になるのと同じように、「銭」というだけで、なんとなく愉快な、心浮き立つような気分になるのであった。

まあ他人からみれば渋面をつくって、譫言《うわごと》のように、「銭、銭」と言っている亡者にしか見えないのだが。

そのトラが熊太郎に言った。

「おまはん、人の家に勝手に上がり込んでなにしとんね。うちの銭でも盗みにきたんかい」

「ちゃうちゃう。それに勝手に上がり込んだんとちゃう。ここにおるお縫ちゃんに断ってからあがったで」

「なんかしとんね。銭もないくせに。それになあ、お縫ちゃんなんて心安ういわんとってんか。おのれは城戸熊太郎やろ。ええか。この子はなあ、出合の松永熊次郎ンとこに嫁に行くことになったあんね。いわば嫁入り前の大事な身体や。銭も仰山かかったんね。それをおまはんみたな銭のない極道者が家に出入りしてんの人に見られたらなにいわれるや分からんわ。悪い評判たったら縁談も変改になる。ほんだら、結納からなにからみな貰われへんようになんにゃ。銭が。そんなことなったらえらいこっちゃ。早いこと去ね」

「さあ、その縁談について話があってやってきたんや。ま、ま、聞きいな。おら、その松永へ行て、その足でここへやってきたんやけどな、ええか、松永では縫ちゃんを嫁に貰わんちゅとんね」

「ははは。ひょっとこがなんかしとんね。そんなはずあるかいな」

とトラは余裕で笑ったが、「いやそれがそんなはずあんにゃ」と言って熊太郎が手渡した証文を見て顔色が変わった。

「これなんやね」

「読んだとおりや。松永熊次郎は森本縫を嫁に貰わんちゅとんにゃ」

「ちゅうことは、わたしが松永から貰うはずの銭はどうなんにゃ？　貰われへんちゅことか？　そんなんおかしいやんか。銭くれる言うてたやんか。その銭が貰われへんのか？　ほんまに？　ほんまに？　ほしたらわたしの銭はちょっとも殖えへんちゅうことやんか。銭はどうなりますのや。わたしの銭をあんたどいしてくれんね。銭、かやせ、銭銭銭銭銭銭銭銭銭」

そう言ってトラは証文を熊太郎に投げつけ、熊太郎の首を絞めた。

熊太郎はこれをふりほどいて言った。

「ちょ、ちょう待てや。ちょう、待てや。いっぺん、銭、離《はなれ》、銭」

そう言って喉をさすった熊太郎は、

「えっらい力やな、ほんま。そやから、ま、そんなことで向こでは貰わんちゅてるもんを無理からやるわけにもいかんやろ。そこで、おトラはん、相談やねんけど。実は……」と言っていったん言葉を切り、縫の顔を見た。

　縫は目を大きく開いて興味深げに熊太郎の顔を見ており、熊太郎に否定的な感情を持っている様子はなかった。それに力を得て熊太郎は続けた。

「お縫ちゃんとわしは好きおうた仲やねん。松永が貰わん言うてんにゃ。ここはひとつ、わしとお縫ちゃん、一緒にさひたってくれへんけ」

　そう言って熊太郎はもう一度、縫の顔を見た。目が合うと縫は目を閉じて小さく二度、頷き、目を開いて笑った。熊太郎の心が溶解した。

　心が溶けて痴呆化していた熊太郎にトラは怒声を浴びせた。

「なんやと、この餓鬼ゃ、一緒にさひてくれやとお？　はっはーん、ちゅうことは松永が縁談断ってきたんもどうせおどれが向こう行て、百万だらええ加減吐《ぬ》かしたからやろ。なんちゅうことさらすんじゃ、あほんだら。銭をどないしてくれんね、銭を。それを先に言わんかいな。銭どないすんのんか。銭のことも言わんとなにが嫁にくれじゃ、あほんだら。銭のないもんに娘やれるかいな、あほらしい」といってトラは立ち上がった。

　トラに怒鳴られて我にかえった熊太郎が聞いた。

「どこ行くね」

「決っとるわ。松永にいまさらなんじゃちゅて怒鳴り込みに行くんじゃ。なんぼかでも銭とらな。さ、わしゃ忙しいんじゃ。早よ、去んでくれ。迷惑料は後でとんに行くさかい」

「まあ、待ち。まあ座り」

「なにおさまっとんね、どあほ。ここはわしの家じゃ。おまえにまあ待ち、なんちゅわれる筋合いないわい。それともおまえが銭、払てくれんのか？　払われへんやろ、貧乏たれが。銭もないくせに偉そうにすんな。それともなにかいな、銭もっとるとでもぬかすんかい」

「銭か。銭はわしは持っとる。なに？　証拠？　証拠、めしてほしいちゅうんかい。おお、めしたるわ。松永がこの証文書いたんが証拠や。おお、確かに松永に掛け合いにいったんはわしや。しゃあけろなあ、わしは松永におまはんとこの悪口言うて諦めさしたんとちゃうで。正直にほんまのこと言うわ。松永はなあ、縁談、諦めて欲しいんやったら五百円出せ、ちゅいよったんじゃや。人の弱味につけこんで汚いやっちゃ。しゃあけどなあ、わしゃ、この五百円、一文も値切らんと松永に払ろたったんやで。ほんで松永がこの証文書きよったんや。うちとこは松永と違て、田地も山林もすけないけろ、わしゃ、ときおり大坂行て商いすんね。しゃあから五百円やそこらの銭はいつとも持ってんにゃ」

熊太郎が得意気に言うのを聞いてトラは絶句した。

トラは、なんでその五百円を自分のところに持ってこなかったのか、と思って口惜しくてならなかった。

この男は縫を嫁に欲しいという希望を持っている。となれば縫の嫁入り先について決定権を持っている自分のところに五百円を持ってくるのが当たり前ではないのか。それをこの男は自分の競争相手のところにのこのこ出掛けて行って五百円を渡している。五百円。もったいないではないか。そんなんだったらなぜ自分に五百円をくれないのか？　この男は馬鹿なのではないか？

そんなことを思いつつトラは熊太郎の顔を見て、なるほど。ちょっと気ちがいみたいな目をしている、と思った。

しかしこの男が侮れぬというのは、五百円をぽんと出せるくらい銭を持っているということで、ことによると自分も五百円貰えるかも知れない。

そんな欲を抱いたトラは直截に、「ほだ、おまえ、あと五百円くらい持っとんのんか」と問うた。問われた熊太郎は咄嗟に、「ああ、持っとるよ」と答えた。

「それやったらとりあえずその五百円はこっちゃに貰とこか？」

「そら渡してもええ。渡してもええけろ、ひとつ訊ねたい。おまはん先前から松永が銭くれる、銭くれる、ちゅてるが、いったい松永はおまはんになんぼ渡すて約束しててん？」

問われたトラは一時金百円、それとは別に月々の養い料が二十五円、ととんでもない嘘を言おうと思ったのに、間髪入れずに縫が横手から、

「最初二十円、それとは別に月々の養い料が二円」と本当のことを言ってしまった。

縫は毎晩のようにトラが、「おまえが嫁に行ったら松永から、最初に二十円、その後も

毎月二円の養い料を貰える」と言ってほくほくしたのを聞いていて金額を知っていたのである。

縫が真実を言ってしまったため、吹きかけることができなくなったトラは咄嗟に、「なにほんまのことをいうてんね、この子は」と言ってしまってから慌てて口を抑え、上目遣いに熊太郎の様子をうかがった。熊太郎は涼しい顔で言った。

「ほれやったら、最初に三十円、月々の養い料が二円五十銭ちゅうのでどやいな？　松永より多いんやで。月五十銭多いちゅうことは年で六円や。十年で六十円。おまはんが長生きすりゃするほど儲けが増えていくねや。それとは別に元金があんが、元金が。それが年に二十四円、十年で二百四十円やんけ。それに儲け足してみいな。十年で三百円からになんにゃ。それが松永やったら二百四十円しかならひん。おまはんは六十円から損すんにゃで」

と言いながら熊太郎は、俺も随分と人間として成長したものだと思っていた。

昔の俺だったらこうはいかない、因業なお婆ンと話をつける、好きな女子が横におるというだけで興奮して焦って、言っていることが無茶苦茶になってしまった。それがいまはこんなに理路整然と話すことができる。こんな俺をみて縫は俺に惚れなおしているのではないか？　かつて俺は百姓に挫折して成長しない自分を随分と卑下したものだが、俺もまったく成長していない訳ではなかった。

熊太郎がそんなことを思っている間、トラは、三百円の儲け、六十円の損という観念に取りつかれて頭がぐるぐるになっていた。トラは唾を飲み込み考えた。ということはこの餓鬼の言う通りにした方がよいのか。三百円の銭は欲しい。絶対に欲しいし、絶対に六十円の損はしたくない。でも騙されてるみたいな気もする。

そんなトラの様子を見て熊太郎は言った。

「しゃあけどそれで文句あんにゃったらしゃあない。わしも男や。すっぱり諦める。しゃあけどおトラはん、松永は貰わんちゅてるわ、わしにはやらんちゅうわやったら誰がおまはんに銭くれんね。誰もくれへんん。ほんだらおまはんは六十円はおろか、三百円まるまる損すんにゃで。かまへんのんか。三百円ちゅうたらごっつい銭やで。銭銭銭銭銭銭銭銭銭銭」

言われてトラは考え込んだ。

翌月、熊太郎は弟の光蔵に家督を譲り自らは若隠居となる代わりに財産の一部を分与してもらって別に一戸を構えた。縫は南畑のトラの家を出てこれへ移り住んだ。

ふたりは新所帯を持ったのであった。

明治二十五年五月のことである。

縫と一緒に生活するようになった熊太郎は当初、有頂天であった。

なにしろそれまではろくに逢うこともできず、たまに逢えても神社の境内や墓場、山林、弥五郎の部屋などでの密会で不如意なこと夥《おびただ》しかった。それが一日中、縫と一緒にいられるのだからこんな嬉しいことはない。

では熊太郎はずっと家にいたかというとそんなことはなく、以前ほどではないにしろ、方々を出歩いて家に帰らないこともしばしばであった。

なぜか。嬉しいのなら家にいて縫とうちゃうちゃしていればよいではないか、てなものであるが熊太郎がそうしなかったというのは、ひとつは、欲しいものが手に入って満悦至極といった体《てい》で、目を細めてこれを愛玩する、賞玩する、みたいなことが恥ずかしく、また、しゃらくさかったからである。

熊太郎はこれを、男の沽券《こけん》の問題であると考えていた。

熊太郎はそんなことをしたら、「はは、あいつあんなもん手に入れていかにも満足ちゅう体で喜んでけつかるわ。はは、阿呆ちゃう？」と思われると思った。

「自足しきった子豚のよう」と批判されると思った。

しかし、誰がそんなことを思うだろうか。他人の内面をそこまで仔細に観察するほど人間は世間は暇ではなく、悲嘆にくれる人間がいれば、「気の毒だな」と思うか、「はは、おもろ」と思うだけだし、希望が叶って喜んでいる人間を見れば、「よかったな」と思うか、「羨ましい」と思うだけである。

ということはそういうことを思うのは熊太郎本人ということで、つまりは熊太郎は自分で自分のことを、「はは、阿呆ちゃう?」と思うのを恐れていたのであって、それだったらなにも無理に、そこいらをほっつき歩かなくてもよいのだけれども、当人はそんな自縄自縛に陥っているとはついぞ気がつかず、縫と一緒にいたいのを我慢して弥五郎と連れ立ってそこいらをほっつき歩き、博奕をしたり、人中で無意味に草履《ぞうり》を投げたり、お寺で祈ったりしているのであった。

しかし一方で可哀相なのは縫であった。

せっかく新所帯を持ったというのに、熊太郎はそうして弥五郎と出歩いてばかりで、狭い家にひとり残された。また、熊太郎は博打で儲けた折、あるいはそうでないときも、なんぼかの銭を縫に渡したが、夜泊まり日泊まりが続くうちそんなものはすぐになくなってしまう。

そんなことをするうちにその日の米もなくなってしまい、そんなとき縫は、日が暮れまで我慢、時分どきを見計らって城戸の本家に行き、豊を手伝って一緒に晩飯を食べ、夜遅くまで用をして家に帰るのであった。

そうして縫が立ち働く様はきわめて要領がよく、端々《はしばし》にまで気が回り、平次は、こんな聡明で器量のよい娘がよくぞ熊太郎のところへ来てくれたとありがたく思い、しかし、その当の熊太郎はというと、身を固めれば少しは変わるかと思ったのに、意外にも以前と少しも変わらない、あちこちをほっつき歩いて家にもろくに帰らず嫁にも苦労をかけている様子で、申し訳ないとの思いから縫にそっと二十銭渡したりするのであった。

縫と熊太郎が一緒になってひと月が経った六月の今日も今日とて、熊太郎は弥五郎と連れ立って家を出たまま二、三日もどらず、麦こきの手伝いにいっていったん自家に戻った縫が、おおかた夕景、そろそろ本家に手伝いに行こう、と身支度をしたそのとき、表の方《かた》で、「熊はんいてるか」と呼ばうものがあり、振り返ると貧乏徳利と包みを両手に提《さ》げた松永寅吉が立っていた。

熊太郎と所帯を持ってからこっち、縫と寅吉は何度も顔を合わせていた。寅吉、そして弥五郎は、頻繁に熊太郎方を訪れては、冗談ごとを言って笑ったり、連れ立ってどこかに出掛けて行くなどしていたのである。或いは、そこに、井上貞次郎、坂上文蔵といった村の若い怠け者が加わることもあったが、なかでももっともふざけていたのは寅吉で、縫は寅吉が筋の通った、まともなことを言っているのを聞いたことがなかった。

縫は土間に立つ寅吉に言った。

「おれへんで」

「あ、そうか。残念やなあ。いつ帰ってくんのかなあ」

「さあ」

「あ、そうでっか。いや、訳、言わなわからんねけどね、訳、言うてもええかな」

「言いたかったら言うたらええんちゃう」

「ほな言うけどね。うちの兄貴の宇治の知り合いがね、いま大坂で働いとんねけどね、なんや用あってこっちゃの方にきょったらしいね。ほんで、兄貴ンとこよりよったやけど、手ぶらはなんや言うてね、一升提げてきょったんですわ。ほんでね、兄貴と、わあー、言うてね、久しぶりやなあ、とか言うてね、抱き合うてお互いのちんちん揉んだりしとおんるからね、気色悪っと思とったんですわ。ほんでね、そいつが確か、猿田偽鳩とかいうてたかな、そいつが、もう帰るわな、ちゅうたらね、兄貴がね、もう帰んのんかいな。まだ、ええがな。ちゅてね、二人で森屋の料理屋に行てまいよったんや。わしゃ、どないなんねんな、ほったらかしかい、思てね、いちおう試しに、わたしもいるんじゃがね、ちゅうたんやけど、聞きよらへんとね、二人でいてまいよってん。ほんで、わしもむかつくやん、そいつの持ってきた酒、盗んだってんけど、ひとりで飲んでもおもろないやん？　あ、そや、熊やんと一緒に飲も、て思いついてね。来しなに魚屋がおったから魚も買おて、ほんでこなしてやってきた、とこういう訳やねんけど、なに？　熊やんいてへんの？」

「そやねん。弥五さんと一緒に出掛けてまだ戻れへんねん」

「そうかあ、残念やなあ。猿の弁償金やなあ。酒は置いていったらええとしても魚は腐ってまうしなあ。ほな、御料人《ごりょん》はん、どやろ、そら、分かってる、そらかやって来るやどや、分からんのは分かってる、分かってるけど、もしかしたらかやって来るかもしれへんやろ？　ちょっとだけ上がらしてもろて、ちょっとだけ待たしてもらう、ちゅうのはどうやろか？　ま、ま、しばらく待ってかやって来なんだら、酒も肴も置いていくがな。酒は熊やんが帰ってきたとき飲んだらええね。肴はあんたが今晩、食べたらええねん。な？　そんなことでちょっとだけ待たして貰てもかまへんか？」

そのように問う寅吉に縫は、「上がりたかったら上がったらええんちゃう」と投げやりに言い、寅吉は、「あ、そう？　ほな、ちょっと失礼して」と言って座敷に上がってしまったが、これまで寅吉が喋ったのはなにもかも嘘であった。

猿田偽鳩などという人物は訊ねてこなかったし、第一、そんな人はこの世におらず、酒は自分で買ってきたものであった。ではいったいなんのためにそんな嘘をついたかと言うと、寅吉はなんとかして熊太郎の留守中に熊太郎方に上がり込み、酒を飲みたいと思ったからであった。

しかし、いきなり主人の留守にあがりこんで、酒を飲ませてくれ、というのは気が引けるので、右のごとき筋書きを考えて実行したのであった。寅吉はこのような嘘を即座に思いつくことができた。ある意味、因果な奴といえる。

寅吉は自分と入れ違いに土間に降り、茶を淹れようとしている縫に言った。

「あ、茶ァやったらわいはいらんねん。茶ァはいらんねけど、湯呑みだけ、ちょっと貸してくれるかなあ。ちゅうのはな訳、言わな分からんねけど、訳、言うてもええかなあ？」

「言いたかったら言うたらええんちゃう」

「ほないうけどね、あの兄貴の宇治の知り合いね、あいつは、わしのみたとこ、どうも怪しい。なんか悪人ちゅう感じすんね。だいたい、そんなんね、顔みとったら分かるよ。あんたンとこの熊はん、それから弥五ちゃんな、それから自分で言うのもなんやけど、わしな。こういう顔はね、まあ、言うたら善人やね。悪いことなんかしょう思てもようせん。しゃあけど、まあ、我が身内のことこんなこと言うのもなんやけど、うちの兄貴な、あんな顔は、まあ悪人やと思て間違いないわ。しゃあから、わしゃ、熊ちゃんおるときやったらこんなこと、よう言わんけど、あんた、兄貴ンとこ来んでよかったわ。そら銭はもっとるかも知らんよ。しゃあけどあんな、お腹のなか真っ黒けな人間と所帯なんかもってみいや、そらどんな苦労するや分からんで。その段、熊はんはええ人やんか。ま、わしもええ人やねんけどな。なんの話してんにゃった？　あ、そうそう、あの、猿田偽鳩な、あらな、顔みとったら分かるけど、兄貴に輪ァかけて悪人よ。正味の話。もう顔に、悪人、て書いたあるみたいな顔しとんねもん。しゃあからね、もしかしたらよ、もしかしたらの話やけどこの酒に毒はいったあるかも知れん。うちの兄貴やったらあんな別に毒嚥《の》んで死んだかてかまへんよ、しゃあけど熊やん、弥五やんがわいの持ってきた酒飲んで死んだちゅたら寝覚めが悪いよってに、ここはわいが先に味見したろか、とこない思てね、ほんで湯呑みだけ貸してとこないゆうたっちゅうこっちゃねん」

「毒見したかったら別にしたらええのんとちゃうかなあ」

「あ、そう。あ、こらこら、おおきはばかりさん。ええ湯呑みやね。もった感じが、手ェにすっぽり収まるちゅうかね、酒飲みちゅうのはこういうのがまた嬉しいんやろね。うわっうわっ、栓きっついわあ、なっかなか外れよらへん、と思てたら、うわっ、意外にすぐ外れよった……」

照れ隠しにそんなことを言いながら、酒を飲み始めた寅吉は、毒見なのだから一杯飲めば分かるはずなのに、「紀州の伝さんに一杯かそこらやったらぜんぜん効けへんにゃけど、何杯か飲んだらころっといく毒あるてきいたことある」と言って二杯、三杯と飲み始め、一合かそこらは楽に入る湯呑みである、四杯目を注ぐ頃には、

「うわっはっはっ。お縫ちゃん、なんかこう、歌いたいような気分になってきたなやけど、ちょ、ちょっと三味線、こうペンペンと……、え？　三味線ない。ふーん。なかったらしゃあない、え？　毒見してなんで歌いたいてか？　そらおかしわな。な、なんでやろな。あ、わかったわ。こら、嚥んだら歌うたいとなる毒が入っとんにゃ、って、ぶわっはっはっ、そんな阿呆な毒ないわなあ、お縫ちゃん、あはははははは」と馬鹿笑いするなど、すっかり酔っぱらっていた。

そうして、寅吉が酒を飲み始めた頃、熊太郎と弥五郎は何日かぶりに水分の近くまで戻

ってきていた。

熊太郎は抑鬱的な気分だった。なぜそんなに抑鬱的だったかというと、餓鬼同然と侮って臨んだ、五条のしょうむない博奕で十五円も負けたからで、なんであんなやつらにわしらが負けんねん、という敗北感、屈辱感にうちひしがれていたからである。

熊太郎がそうして抑鬱的に黙っているものだから、弥五郎も仕方ない、黙って歩いている。

男が二人でものも言わないで黙って歩いているのは陰気なもので、そうして陰気にしていると、自分らはいま陰気な感じなのだなあと思い、俺らは陰気ないけてない奴らなのだと思って、ますます陰気になる。

これでは陰気の暗闇をスパイラル状に降下していくようなもので、熊太郎も弥五郎もときおり無理に明るい声で、「鯛っていうのはうまい魚やんなあ」とか、「草冠《くさかんむり》に申と書いてなんと読むにゃろ」とか言ってみるのだけれども、土台、無理に喋っているものだから、「そやなあ」「知らんなあ」より先、会話が続かず、なにも言わないときよりもっと陰気になって、言った方は内心で言わなければよかったと後悔するのであった。

熊太郎はそうして陰気で抑鬱的な気分を縫のことを考えることによって晴らそうと考えた。熊太郎の懐に一足の利休下駄が入っていた。五条で見つけ、思いついて縫のために買ってやったものである。

熊太郎は縫が喜ぶだろうかと思ってふとまた陰気になった。縫はものに喜ぶということがほとんどなかったからである。熊太郎は一緒に暮らすようになって初めてそのことに気がついた。男によらず女によらず、他人に物を貰ったり、親切にしてもらったりしたら嬉しい。嬉しいとどうなるかというと、「げはは」とか、「うはは」とか言って笑う。ところが、縫がそのような嬉しそうな笑顔を熊太郎に見せたことは一度もなかったのである。

熊太郎は考えた。

というか、もっと言うと縫は、おのれの希望、願望というものを持っていないのではないか？　つまり人間にはさまざまの希望がある願望がある。例えばトラは日本国中の銭を自分のところに集めたいという希望がある。駒太郎は作物を仰山、収穫したいという希望がある。官吏《かんり》であれば昇進して上の役につきたいと希望しているだろうし、女にもてたいと思っている奴もいれば、うまい物を腹一杯食てみたいと思ってる奴もいる。俺にだって希望がある。俺は博奕をしたいし、女と遊びたいし、酒も飲みたい。そして人に俠《おとこ》と言われたい。ところが縫の場合、どういう訳か、そういう希望、願望というものがいっさいないような気がするのだ。こないだだってそうだ。晩のお菜《かず》はなんにしょうちゅて、俺は別に食いたいもんはなし、「おまえのほしもん買うたらええ」ちゅて、多めに銭渡しても、「欲しいものはない」と言う。そこで、「そんなことないやろ。芋、蛸、南京なんてなこと言うやないけ。弥五あるやろ、あいつぁ、南京かなんねん、ちゅいいよるけろ、わしゃそんなことないね、南京であろうと、芋であろうとなんでも食うにゃさかい、遠慮せんとおまえの食べたいもん買うてきたらええねん」と言ったら、「私には希望がありません」と言った。そのときはなにを虚無的なこと言うとんねん、と思ったが、しかし、考えてみればそんな、お菜という水準のことでなくても、縫が自分の希望を口にしたことはない。ということはどういうことなのだろうか？　俺は縫に来てもらうことを希望して縫にきてもらった。つまり希望が叶ったということだ。嬉しいことだ。げはは。しかし、縫はどうなのだろうか。縫は俺のところに来ることを希望したのか？　確かに縫は、熊次郎のところにいくことを希望している訳ではない、と言った。その時点で俺は、すなわち俺のところに来たいのだ、と思ったが、はっきりいって縫が、あなたのところに行きたい、と明言したことは一度もない。ということは縫は、自分がどこに嫁《い》くかについての希望は一切なく、彼女にとっては、熊次郎が南京で俺が蛸のようなもので、たまたま蛸の方が買い得だったから蛸にしたまでの話なのか。そんなことは俺は嫌だ。男と女が惚れ合うというのはそんなことではないだろうし、やはり、俺が縫を好いているのと同じくらい、俺を好きでいて欲しいのだ。というのは俺の甘えか？　いやそんなことはないはずで、好いた者同士というのはそういうもののはずで、「なんであの人と結婚したんですか」「頼まれたから」というのはないだろう。しかし、俺は一方的に縫に希望しているけれども、縫は俺になにも希望していない。これを別の言い方で言うと、俺は縫を愛しているけれども、縫は俺をぜんぜん愛していないということになるのだ。そんなあ。嫌だなあ。

そんなことを陰気に考えながら歩くうちに熊太郎方に着く、熊太郎が弥五郎に、「いま嫁はんに酒、買いにやらすさかい、一杯飲んでいけや」と陰気な口調で行った途端、家のなかから、「ばはははははは」という陽気な笑い声がして、二人は顔を見合わせた。

「あれ、家、間違うてんのかいな」

「そんなことあるかれ」

そう言って熊太郎が戸に手をかけ、がらっ、と開けると、座敷に向こう向いて座っているのは着物に見覚えのある寅吉、もう大分に食らい酔っているとみえ、上半身がぐらぐらして、ときおり、その向こう側に座っている縫に顔をくっつけるようなことになるときもあり、二人の間には随分、親しげな気配が漂っていて、熊太郎は一瞬、まさかそんなことはないだろうが、ことによるとこの二人はすでにできあっていて、そのうえでこんなことをして酒を飲んでいるのか、とさえ思った。

熊太郎は、おのれ亭主の留守中に男、家にあげて酒、飲ます奴があるかっ、と内心に激しい怒りを感じ、「おんどれなにさらしとんじゃ、ど阿呆」と怒鳴ろうかと思ったが、果たしてそれは縫に向かって怒鳴るのか、それとも寅吉に向かって怒鳴るのか、どちらだろうか、と考えて躊躇した。

亭主の留守中に男を上げたという点においては縫が悪い。だからといって、縫を叱れば、亭主の留守中に上がり込んで酒を飲んでいるという寅吉については、そんなに悪くないとこっちが思っているようにとられる恐れがあってそれは困る。だからといって、寅吉に重点的に文句を言えば、縫のやったことについては曖昧なまま終わってしまう可能性がある。だとすれば、俺はどういう態度をとればよいのだろうか。

そんなことを考えて躊躇していた熊太郎は、一瞬後、「ひっ」と叫び、尻を後方に突き出して悶えた。

熊太郎が帰ってきたのに気がついた寅吉が、「あ、熊やん、帰ってきよった。待っとたんやで」と言いながらよろよろ立ち上がると熊太郎に抱きつき、頬を舐めると同時に着物のうえから陰茎を揉んだからである。

その態度に後ろめたい様子はまったくなく、相手がそこまでこだわりのない態度をとっているのに、自分ばかり内向して嫉妬するというのはどうも恰好が悪いと思った熊太郎は、胸の内にぬらつく不快感を押し殺して、「おひゃひゃーん」などと意味不明の奇声を発して、寅吉の陰茎を握り返したうえで、「よっしゃ、飲も飲も」と言って座敷に上がったのであった。

そうして寅吉の持って来た酒を飲み始めたのだけれども、三人いればそんなものはひとたまりもない。足りなくなって縫が買いに行って酒宴は深夜まで続いた。初めのうちこそ、縫が自分の留守中に寅吉を家にあげたことに対する不満が心に蟠り、それを振り払うように無理に阿呆なことを言って騒いでいた熊太郎であったが、そうして騒いでいるうちに、酔いで頭が痺れて本当に楽しくなってしまい、仕舞いには歌ったり踊ったり家鳴りがするような阿呆騒ぎになってしまった。

しかしそうして酔っぱらったうえでなお、頭のどこかに、留守中に勝手に上がり込まれた、ということについてひっかかりがある熊太郎であった。

楽しくしながら熊太郎は寅吉に、いまは楽しいが、しかし今後は俺の留守中には家にあがらないでくれよ。なぜなら間違いがあってはならないからと注意しなければならないなと思っていた。と同時に熊太郎は、こんなに楽しくしているときにそんな嫌なことを言うのは嫌だなとも思っていた。

しかし、それを言わないで留守中に縫と寅吉が差し向かいで酒を飲むのはもっと嫌だ。

そう思った熊太郎は弥五郎と肩を組み、「親爺ゃ朝からねぶかの面倒。金蔵のねきから酒湧いた。村人全員、はとポッポ」と訳の分からない自作の歌を歌いつつ踊り、げらげら笑いながら座って、下唇を突き出して酒を飲んでいる寅吉に声をかけた。

「なあ、寅」

「なんや、熊」

「今日はおもろいなあ。しょうむない博奕でぼろ負けしてかやってきてんけど、おまえと飲んどったら気ィ晴れたわ」

「そらよかったやんけ」

「しゃあけどな、いっこだけ言うときたいことあんね」

「なんや。あんたとわしの仲やんか。なんでも言うて。なんでも言うて。なに？　わしを愛してんの？」

「そうとちゃうねけどな。あんな、これからはわしのおらんときでも遠慮のお、うちで酒飲むとかしてくれな」

言ってしまってから熊太郎は、しまった、と思った。

言おうとしていたことのまったく逆を言ってしまったのである。

熊太郎はなぜ自分がそんなことを言ってしまったか分からなかった。熊太郎にそれが分からぬのは当然であった。なぜならそれは熊太郎の心の奥底にある気持ちの気持ち、心の心みたいなものが熊太郎に言わせた言葉であったからである。

ではその心の心はなにを考えていたのか。

ひとつは他人に対していい恰好をしたいということを考えていた。

そしてそのいい恰好にも二通りのいい恰好があった。攻めのいい恰好と守りのいい恰好である。

攻めのいい恰好というのはつまり、自分は気前、気風のよい人間であって、自分の友人が飲みたいと思ったら自分の留守中でも女房に命じて酒を用意させるような男だ、といういい恰好である。

そして守りのいい恰好はというと、確かに自分はそのことにむかついている。しかし、そのむかついていることを相手に悟られると、なんだ。こんな小さなことでこいつはいちいちむかつくのか？　小さな男だ。はは。と嗤われるのを防止するために、気前、気風のよいふりをするといういい恰好である。

心の心は、そのふたつのいい恰好をしたいと考えたのである。

そして熊太郎の心の心はさらに別の働きもした。

心の心は元々、他人に嫌なことを言うのが嫌だった。

しかし、心のなかの理性という部署の担当者が、「いまこれで言っとかないと後々、大変なことになるよ」と言ってきたので嫌々ながら承認の印鑑を押したのである。

しかし心の心は甚だしく嫌だったので、いざ実行という段になって、直接の担当者の携帯電話に電話をかけ、急に状況が変わったので相手には、今後は本人不在の際でも随意に来訪し、飲酒などしてもらってもさしつかえないと指示、これを受けて直接の担当者、すなわち熊太郎は、「これからはわしのおらんときでも遠慮のお、うちで酒飲むとかしてくれな」と言ってしまったのである。

しかし、熊太郎は自分がなぜ咄嗟にそんなことを口走ってしまったか分からない。なぜなら心の心の考えることは、よほど突き詰めて考えない限り本人にはけっして分からないからである。

熊太郎はそんなことを言ってしまって、しまった、と思ったが、しかしすぐに、大丈夫かも知れない、と思った。

確かに俺は俺の留守中でもあがって酒を飲んでよいと言った。しかし、人間というものは物事をそう額面通り受け取るだろうか。世の中には社交辞令というものがあるし、嫌味、皮肉もある。発言には表の意味と裏の意味がある。「おまえは長生きするわ」と言われ、褒められたと思う奴はいない。この場合の寅吉もそのように裏の意味に気がついたのではないか？　つまり俺がわざわざ、俺のいないときでも来ていいよ、と言ったということは、とりもなおさず俺が、寅吉が留守中に勝手にあがりこんで酒を飲んでいたということについて、こだわり・こわばりを持っていて、だからこそあえて逆に、「ああ、来ていいんだよ、別に」と言った。そしてその裏には、「ああ、いいんだよ。ただし、いつかむかついた俺にどつきまわされる覚悟があるんならね」という意味がある。そんな風に寅吉は考えないか？　だとすれば寅吉は、「熊やん、今日は勝手にあがってすまなんだ。今度からはあんたのおるときに来るようにするわ。ごめんな」と言うに違いないが、果たしてなんちゅうよるやろ。

そう思って顔を注視する熊太郎に寅吉は言った。

「おおきに、おおきに。ほな、遠慮のお、寄らしてもらうわ」

「ああ、そないして」熊太郎は弱気に言って酒をがぼがぼ飲んだ。


翌朝。熊太郎は蹌踉《そうろう》として布団から這い出た。

縫が眠っており、そして寅吉が褞袍《どてら》をかぶって眠っていた。

深更《しんこう》にいたって弥五郎は自家に帰ったが、寅吉は、こんなに遅くに酔って帰ったら傳次郎にどやされると言って熊太郎方に泊まったのである。

熊太郎は薄暗い家を出て井戸端で水を飲んだ。

がんがんの宿酔《ふつかよい》であった。

鴉《からす》が喧しいくらいに鳴いていた。

なんでこんな仰山、鴉おんね。熊太郎はいぶかしげに空を見上げた。

空がどんより曇って鉛色だった。雑木の林があって、熊太郎はその陰鬱な枝がのしかかってくるように感じた。熊太郎は、訳の分からない、いやな固まりに押しつぶされそうだと思い、この、いやな固まりの本然はいったいなんなのだろうと考えた。

すぐに思い当たったのは、自分のいない間に寅吉と縫がふたりきりでいたということで、次に、それから、自分としては賭博には年季をいれた本職のつもりなのにしょうむない素人みたいな奴に大敗したことにも思い当たった。しかし、熊太郎はやがて、それはあくまでいやな固まりの表層の部分であって、その核心にもっと決定的なことがあるのに気がついた。

縫とのことがあり、そのままになっていたがずっと気にかかっていた問題であった。

松永熊次郎に頼まれて暴れ込んだ田杉屋が田杉屋違いで迷惑料百円を払わなくてはならなくなり、切羽詰まって宝物を盗もうと二十年ぶりに侵入した山陵にあるはずの葛木ドールの死骸がなかったのである。熊太郎は思った。

あるはずの死骸がないということはどういうことなのか。死骸が勝手に歩く訳はない。ということは、何者かが死骸を持ち去ったということで、ということは、あそこで葛木ドールが殺されたことを知っている奴がいるということである。ということは俺がドールを殺したということが露見するかも知れぬということで、それは困る。そのことがいやな固まりの核心のところにずっとあって、それに関連して気になるのが、こないだ熊次郎が何気なく言った、「こんな銭、強盗か盗掘でもせんとできひんからのお」という言葉である。あのとき熊次郎は、その前に、「強盗でもしたんか」と訊ね、俺が否定すると、にやにや笑って盗掘という言葉を意味ありげに付け加えたのであり、あれは絶対に俺が盗掘をしたのを知っている口吻だった。しかし、俺が盗掘をしたのを知っているのは弥五郎と寅吉だけで、両名が熊次郎に言うわけがない。ということは、盗掘のことを知っている身近な第三者がいて、そいつが熊次郎に盗掘のことを暴露した。そして、その者は葛木ドール殺しのことを知っている可能性が高く、そいつは当然、葛木ドール殺しのことも熊次郎に話しただろう。実の弟でさえ毛嫌いするくらい腹の真っ黒けな熊次郎がそんな他人の重大な秘密を知ったらどうするだろうかというと、そんなものは強請《ゆす》るか、おもしろがって言い触らすに決っているのであって、そんなことを考えて俺はますます抑鬱的だ。しかしいったい誰が熊次郎に暴露したのか。というと、あの岩室を偶然発見した赤の他人が葛木ドールの死骸をわざわざ他に移したうえで、水分までやってきて松永熊次郎にそのことを告げるかというと、そんな訳はなく、そうなると自ずと数は絞られてきて、そんなことができるのは、森の小鬼か、あのときあそこにいた、鹿造、番太、駒太郎、三之助のうちの誰かだ。みんなもうええおっさんになっている。俺だけがいまだにあのことを引きずっている。森の小鬼は熊次郎のことを知らない。或いは、森の小鬼が熊次郎その人だという考え方があるが、それはあまりにも突飛だし、それに最近の熊次郎は年を取って顔が変わって、あまり森の小鬼に似ていないような気もする。もっとも、いまの森の小鬼がどんな顔になっているのか知らないのだが。ということは、鹿造、番太、駒太郎、三之助のうちの誰かが後日あの場所に行き、葛木ドールの死骸をどこかへ運ぶと同時に、宝物のあることも確認、俺が何百円という金を工面したと聞いて、盗掘をしたのに違いないと熊次郎に告げた。というとでも、じゃあなんで奴らは自分で宝物を盗まなかったのか。それは度胸がなかったからだろう。博奕のひとつもようしないでわずかな田地にしがみついて生きているあいつらにそんな度胸は当然ない。しかし、妙にこすからいというか、欲どしい部分は大いにあるから、宝玉、管玉の一顆くらいは盗んで、富田林に売りに行って二円五十銭くらいは儲けたかも知れない。あいつらならその程度が関の山だ。まあ、俺も最初はそうだった訳だが。というとでもなんでそんな度胸のない奴らがドールの死骸をよそに移すなどということができたのかという話になるが、俺はいま思ったのだが、それは別の人間、すなわち森の小鬼がこれを行ったのではないか？　そしてそれとは別に、あいつらはあいつらで宝物を確認して俺が盗掘をやったことを知った。ということは松永熊次郎は殺人のことまでは知らないということになる。しかし、それがなんなのだ。森の小鬼はそれを知っていて、うちの兄は水分の城戸という人間に殺された、と言い触らしているのかも知らんのだぞ。

熊太郎は井戸端でいよいよ暗かった。考えたお陰で、自分の暗みの正体を突き止めることはできたし、そのおおよその経緯を推測することもできた。しかし、だからといって暗い気持ちが治る訳ではない。というか、熊太郎は漠然と暗い気持ちでいたときよりももっと暗くなったのである。

しかしこうしてはいられない。と熊太郎は思った。

とにかく早急に駒太郎に会い、熊次郎に喋ったのかどうかを確かめなければならないと思ったのである。こうしてはいられない、おおそうじゃ。

行きかけて熊太郎は、「あかん」と呟いて立ち止まった。

立って考えているだけのときはそうでもなかったが、歩き始めてみると思ったよりもはるかに宿酔の症状が激烈で、足も頭もぐらぐらであったからである。

熊太郎はその場に膝をつき、「あかん。もう一回寝よ」と言うと、もはや立ち上がれない、戸口まで這っていって家のなかに入った。

やっとの思いで座敷に這い登って熊太郎は不愉快な光景を目撃した。

元々、縫からは離れた位置に寝ていたはずの寅吉がいまみると縫のすぐ側にくっつくようにして眠っていて、しかも片方の足を縫の腰のあたりに乗せているのである。

おどれ人の女房になにさらす。ただでさえ、いやな蟠《わだかま》りがたくさんあるのに、そのうえこんな小さな不快事を積み重ねて俺を追い込むのか。

嚇《か》っとなった熊太郎は、座敷に上がると、寅吉の足を持ち上げて叩き落とし、それから、渾身の力を込めて寅吉を杉戸の方へ押しやった。若いうちは眠いもの、それでも起きない寅吉はむにゃむにゃ言いながらごろごろ転がっていく。

しかし、激しい宿酔の熊太郎にこの運動は過激であった。

こみ上げるものを感じた熊太郎は、手で口を押さえ、裸足で土間に下りるとそのまま小股でちょかちょか表に走り出て嘔吐した。心臓が痛くてしばらく立ち上がれなかった。

白い足が泥に汚れていた。

熊太郎は、同じく宿酔で滝谷不動に蹲《うずくま》り、身代わりの泥鰌《どじよう》を助けようとして果たせなかったときのことを思い出した。

しかし、同じように絶望しながら、あのときの俺はまだ、今後はやたけたでいったる、という攻めの姿勢があった。それに比べていまの俺は防戦一方だ。

惨憺《さんたん》たる姿の熊太郎は泥足のまま座敷に上がって愕然とした。

寅吉がまたぞろ寝返りを打って縫に接近、腰のあたりに足を乗せているのである。

熊太郎は、もう無理だ、と思った。もう一度、あいつを杉戸に押しやるのは無理だ。

そう思った熊太郎は、今度は縫と寅吉の間に身体をねじ込ませてくにゃくにゃした。

そんなことすら大儀で、くにゃくにゃするたびに頭のなかで金盥が、ぼんぼらぼーん、と打ち鳴らされるような心持ちがした。しかし、そのことが功を奏して寅吉は、むにゃむにゃ言いながら自ら足を引っ込め、杉戸の方へ寝返りをうった。

熊太郎はそのまま眠ろうとしたが、不吉な思いが黒雲のように頭のなかに立ちこめると同時に、最初一個だった金盥が次第に数を増し、終いには櫓太鼓《やぐらだいこ》まで現れて、ぷりぷりの尻を剝き出しにしたふざけきった兄ちゃんがこれを乱打し始めて眠ろうにも眠れない。

そんなうちに寅吉と縫の関係に関する疑念が改めて胸中に湧き、不快の塊、不安の塊がのしかかってきて苦しくてたまらない。

その日の午後。熊太郎は水分神社の境内にひとり立って考えごとをしていた。

まだ酒が残ってがんがんする頭が、考えることによって、なおがんがんした。なにを考えてそんなにがんがんしているのかと言うと、さっき会った駒太郎の言ったことについて考えているのであった。

「うわっ、酒くさっ」と言った駒太郎は、熊太郎と同年の三十五であったが、青年の面影はなくもはや完全なおっさんであった。しかし、その態度は代々の仕事をして妻子を養っているという自信に溢れ、昼間から酒臭い息をしている熊太郎を軽蔑している様子がありありとみてとれた。

そんな熊太郎の訪問を駒太郎は明らかに迷惑に思っている様子だった。

熊太郎が、「ちょう、話あんにゃけど」と声をかけると、農具小屋で大きな包丁のようなものを手にしていた駒太郎は、「いま忙しい」と言って取りつく島もなかった。

熊太郎はそんな態度に腹を立てた。

しかし腹が立てば立つほど卑屈で迎合的な態度をとる癖のある熊太郎はにやにや笑って言った。

「そんな冷たいこというなや。ほんま、ちょっと、ちょっと間ァでええねん」

「あかんあかん。今年はな、五月からこっち雨一滴降らんと、ここらの百姓みなえらい目に遭とんね。雨乞いするか思たら、下の方では竹槍《たけやり》もって水喧嘩しょうかちゅう騒ぎになっとんね。わしかて、いまから牛に餌やったら、田ァが乾かんように担桶《たんご》かついで水掛けにいかんならんね。おまえと遊んでる間ァないにゃ。すまんけど」

と言った駒太郎の言葉は嘘ではなかった。

色と博奕に現《うつつ》をぬかす熊太郎にはあまり関係がなかったが、明治二十五年の五月に河内一帯は五十年に一度という大旱魃《だいかんばつ》に見舞われ、百姓の困苦は一通りや二通りではなかったのである。熊太郎は言った。

「なんぼわしかてそれくらい知ってるわな。しゃあからな、わしが担桶で水運ぶの手伝《てった》うやんか。ほんで、その道々、話聞かしてもろたらええねさかい」

「おいて。おまえに手伝《てっと》うてもらうのん、ようじょこで懲りてんねさかい」

「えらい古いこと覚えとるやんけ。その古いこと覚えてるとこ見込んで、ちょう聞きたいことあんにゃんけ。な、な、頼むわ。なに、おまえ、それいまから藁、刻むんやろ。そらしたことあんね。ちょう貸し」

そういうと熊太郎は駒太郎の手から強引に包丁をとると、農具小屋の前に並べてあった藁を刻み始め、駒太郎は呆れて向こうに行ってしまった。それから、駒太郎が炊いた麦に熊太郎が刻んだ藁を混ぜて与えるのを手伝い、それから水の一杯入った担桶を担いで、歩く道々、熊太郎と駒太郎は御所に行ったときの話をしたのであるが、駒太郎の言うことは熊太郎にとってまったく腑に落ちぬことばかりなのであった。

まず、駒太郎、番太、鹿造、三之助に熊太郎をくわえた五人で御所に行ったのは覚えていると駒太郎は言った。

一言主神社に寄り、それから蛇穴を見て、丘の中腹で森の小鬼に会った。その小鬼の兄という男が現れて、熊太郎だけが連れ去られた。と、そこまでは熊太郎の記憶と駒太郎の記憶は一致していた。ところがその先からの記憶が少しずつ違っていた。

熊太郎の記憶では、岩室に連れて行かれ、盆踊りの歌を歌わされ、それから小鬼が見張りのために外に出て、その後、ドールを撲殺して岩室を出た熊太郎は、蛇穴のところで駒太郎らに再会したことになっている。ところが駒太郎はそうではないと言った。駒太郎は次のように言った。

小鬼の兄に脅されて、いったん立ち去った駒太郎たちであったが、熊太郎のことがやはり気になり、ひそかに熊太郎らの後を追い、三人が岩室のなかに入るのを木陰からみていた。そうするうちに最初に小鬼が出てきて岩室の前に立ってぼんやりしていた。それから暫《しばら》くしてから小鬼の兄が出てきた。ふたりは立ったまま何事かを相談していたが、やがて来た方とは違う道から丘を下って行った。となると内部にまだ熊太郎がいるはずで本来であれば助けに行かなければならないのだけれども恐ろしくて行かれない。どうしたものか、或いは大人を呼びに行った方がよいのか、と思案するうちに、青い顔の熊太郎が穴から顔を出した。一同、大丈夫か、と駆け寄ったが、熊太郎はなんだかぼんやりしてしまって会話が成り立たない。しかしまあ、とにかく帰ろうということになって蛇穴のところまで来ると、熊太郎が急に立ち止まり、妙な顔で蛇穴を見つめていたかと思ったら直後、蛇穴に転落した。

そのように聞き、担ぎ慣れない担桶を担いで息も絶え絶えの熊太郎は慌てて聞き返した。

「え？　ちょう待って。はあっ、はあっ。そやから、はあっ、そんとき鹿造が、はあっ、鹿造が、はあっ、ああ辛度《しんど》、鹿造が、蛇穴に落ったんやんなあ」

「なに言うてんね。穴に落ったんはおまえで、俺と鹿造で助けたんやんけ。その拍子に鹿造が穴に落ったんやんけ。ほで去《い》んでから鹿造は寝込んで、おまえはぼやんとなってもうたんやんけ」

そう聞いた熊太郎はしかし、「そうやったかなあ？」と言うのが精一杯だった。あまりにも担桶が重く、息が上がって口がきけなかったのである。

ようよう田ァに着いて、しばらくへたり込んでいた熊太郎は駒太郎に、「蛇穴、落ったんは鹿造やったように思うねんけどなあ」と訊ねた。水田に水を撒きながら駒太郎は言った。

「おまえ、ええ加減にせぇよ。みて分からんか。わしゃ、忙しいねや。これ撒いたらすぐに水汲みにいかんならん」

「え？　まだ水掛けすんのんか？」

「あたりまえやないけ。こんなもんで足るかいな。どや？　まだ手伝うか？」

「いや、もう堪忍して」

「それやったらさっさと去んでくれや」

「ああ、去ぬわ。しゃあけどもう一個だけたんねてええか」

「なんやね」

「あんときの森の小鬼なあ、あれ、松永熊次郎に顔似てると思えへんか」

駒太郎は言下に答えた。

「なに言うてんね。ぜんぜん似てへんやんけ」

と駒太郎はまた意外なことを言って担桶をふたつ担ぐと、「ほな、もうええな。わし行くで」と言って坂を降りかけた。熊太郎はその後姿を見送り、それから思いついて声をかけた。

「駒やん、いまのこと誰ぞに言うたけ？」

「あほらしい。今日、おまえが聞くまで忘れとったわ」

駒太郎は振り返らずに答え、そのまま行ってしまった。

熊太郎は、狛犬《こまいぬ》の顔をじっと見ながら、駒太郎の顔つきや口ぶりを思い出していた。嘘をついている顔には見えなかった。

駒太郎はさかんに忙しいと言い、仕事に神経を集中していた。熊太郎は、あのように他に神経を集中しながら手のこんだ嘘を言うことはできないだろうと思った。

ということはどういうことなのか。熊太郎は境内を歩き回りながら考えた。

駒太郎は、岩室から最初、小鬼が出てきて、それからドールが出てきて、最後に俺が出てきたと言った。これは明らかに事実ではない。しかし、駒太郎が嘘を言っているようには見えなかった。ということは先ず考えられるのは駒太郎の記憶違いということである。しかし、それで済まぬのは、岩室に葛木ドールの死骸がない、という事実である。駒太郎の言う通り、ドールが岩室から出て、小鬼と二人で丘を降りて行ったというのであれば、岩室にドールの死骸がないのはあたりまえである。しかし、俺が絶対にそれは違うと言えるのは、俺は間違いなくこの手でドールを撲殺したからで、あのときの感触はいまでもなまなまと手に残っている。でもそれはなんなのだ、というと俺の記憶で、しかし、人間の記憶というものは曖昧なものだ。それが証拠に、駒太郎は蛇穴に落ちたのは俺だと言っているし、その前後のことも俺の記憶とは随分へだたりがある。でも、そんなものは俺が合っているに決っていて、なぜなら、俺は間違いなくドールを殴り殺したし、蛇穴に落ちた鹿造をあいつらが黙って見下ろしていた、その横顔の皮膚の感じまで覚えている。という記憶が記憶ゆえにあてにならぬのか。と、そういえば駒太郎はその他にもおかしなことを言っていた。というのは、村に戻ってから鹿造が寝込んで、俺がぼやんとなった、と言っていた。違う。気がおかしくなったのは鹿造で、俺はただ心労が重なって微熱が出て起き上がれなくなっただけ。というのが、でももしかしたらそもそも違うのか。つまり、俺は一時的な錯乱状態に陥って、前後の記憶を失った？　つまり、駒太郎の言っていることが全面的に正しくて、俺は葛木ドールを撲殺せずに岩室から出たが、その間、葛木ドールによって筆舌に尽くしがたい恐怖を心に刻まれ、精神がぼやんとなっていた。がために蛇穴に落ち、ますます精神がぼやんとなり、錯乱状態に陥った。その間、俺は幻覚・妄想のなかにいて、陰茎を丸出しにして村を走ったり、たも網で虚空を掬《すく》って観念的に小魚を捕らえるなどしていて、その幻覚・妄想のなかで盆踊りの歌を歌ったり、葛木ドールを撲殺したりし、それが恰《あたか》も現実に起きたことであるかのように俺の記憶に残った？　というのは魅力的な考えだ。それが事実なら俺は青天白日ということになるからだ。しかし、それは俺にとっては絶望的な考えでもある。なぜなら、俺がいまこんなことになっているのは、俺はどうせ人を殺した人間なんだ、最初の一歩で躓《つまず》いた人間なんだと自暴自棄になり、なにひとつ真面目にやってこなかったからだが、でも俺が殺人をやっていないとなると、俺は夢というか、ありもしない思い込みに怯えて人生を棒に振ったということになるからだ。それだったら俺のこれまでの人生はいったいなんだったのだ。完全な失敗じゃないか。鍋に小魚をいれておしょゆうでたいたろか。

そんなことを考えるうち、熊太郎はいつのまにか裏手の摂社、南木神社の前に来ていた。

熊太郎は、正面の鳥居をみてまったくなにも意識せずに、「はっ、神さんか。馬鹿馬鹿しい」と呟いた。

ちょうどそのとき空中におかしなものが現れた。

現れたのは一辺が一尺くらいな白く輝く正三角形で、鳥居の前の空中を発光しつつ浮遊していた。三角形はひとつではなく、二十か三十はあった。

それぞれの三角形は、一箇所で光を放ちながらわなないていたかと思うと、突然、宙を滑るように斜めに移動した。

移動の速度はきわめて速く、また、その動きは急で、まったく予測がつかない。

熊太郎はすぐにこの三角形が神であることを悟った。

熊太郎は、自分が瀆神《とくしん》的なことを言ったので神体がその姿を現したのだと思った。

俺はいま神をみているのだ。熊太郎はそう思ったが少しも厳粛《げんしゆく》な気持ちにならなかった。なんの感興も湧かないのだけれども、これまで見たことのない珍しいものだからじっと見てる、みたいな気持ちだった。

熊太郎は、或いはこれも俺の幻覚・幻想なのか、とも思った。

実は俺は蛇穴の一件以来、ずっと頭がおかしく、だからこんな三角の浮遊物体をみるなどするのか。つまり、これは他人は見えなくて俺だけに見えている？　しかし、神とは本来そんなものではないのか？

熊太郎は鳥居の前に立ち、この三角が消えるまではここに立っていようと思った。

輝く正三角形はなかなか消えなかった。

熊太郎は一時間ばかり鳥居の前に立っていたが、どうしても酒が飲みたくなったので諦めてその場を離れた。

しばらく行って熊太郎は鳥居を振り返った。

正三角形はまだそこにあって光を放ち、わなないていた。

田植えが終わって七月になっていた。半夏至、すなわち夏至から数えて十一日目のこの時期、界隈の農家では、小麦を粉にして蒸した、「あかねこ」という餅のようなものを拵え、きな粉をつけて食べた。

子供の頃は熊太郎も半夏至のこの時期になると豊のこしらえたあかねこを食べていたが、極道な生活をするようになってからは、そうした時期時期のものを食べるということもなくなって、闇奉行の俺にゃあ証拠なんざ要らねんだ、とわざと舌ったらずな江戸っ子を使って粋がっていた。

そんな熊太郎は先ほどから座敷の真ん中に胡座をかき腕を組んで何事かを思案している風であったが、その熊太郎の前に縫があかねこの入った鉢を置いた。熊太郎は言った。

「なんやね、これ」

「なんやねて、あかねこやん」

「おまえ、拵えたん」

「ううん。本家でもろてきてん」

「なるほどな」

得心した熊太郎はこれを箸でとって食べ、わりかしうまいと思った。

なるほど。こんな味やったかな。熊太郎は考え、それから、ええっとさっき、俺は何事かを思案していたはずやったんやけどなんやったかいな。あかねこで思考が分断されて忘れてもたわ。なんやったかな。なんか暗いことやったはずやねんけど……、と考えて、あ、銭のことやった。

と熊太郎が思い出したとき縫が言った。

「なんやの？」

「なんやのて、なにがなんやね」

「いま、大きな声で、銭のことや、て言うたやん」

「あ、なんでもない、なんでもない。独り言や」

思わず声を出してしまったのだな。注意しなければならない。思考がだだ洩れになっていたのだ。これが縫だからよかったが、例えば博奕をしていて、「ううん。次は半に張ったろかい」とか言って思考がだだ洩れたら勝つ博奕も負けてしまう。というか、俺は結構、負けることが多いが、実はこれまでも博奕場で思考をだだ洩らしてきたのか？　それでみんなに考えを見破られて負け続けてきた？　だとしたらそんな阿呆らしいことはない。こないだから知らないでいた決定的なことがいまになって分かるということが多いけど、これもそうなのか。神さんまで見るし。今度、弥五郎に聞いてみよ。というのは、よいとして銭や、銭。銭をそろそろどないかせんならん。

熊太郎は考え込んだ。

山陵を暴いて得た金から縫の諦め料五百円を熊次郎に渡し、それでも残金二百三十五円二十八銭三厘五毛を懐に入れた熊太郎は、当初、こんだけの銭があれば一年やそこらは楽に遊んで暮らせると踏んでいたが、わずか三箇月で銭は三十五円と少しを残すばかりとなっていた。

所帯道具を買った訳ではなく家のなかは相変わらずがらんとしている。といって田地や山林を購入したわけでもない。では銭はどこに消えたのかと言うと、ただ漫然と日常の生活のなかに消えていった。

というのはしかし当然で、普通の所帯をしていればわずか三箇月で二百円もの金がなくなるわけがないが、熊太郎の場合は酒を飲む、女と遊ぶ、そしてなによりも博奕をするというのが大きく、そんなことをしていれば二百円かそこらの銭は直きになくなってしまう。

熊太郎はあかねこをつまみ食いしながら考えたが、いくら考えても銭が殖えるわけがなく、となると一生懸命、百姓仕事をするか、三十五円を元手に小商いでもするか、どこかの傭人になるか、くらいしか手がないのは明白である。

にもかかわらず熊太郎がきな粉餅を食べ食べいつまでも考えているのは、できればそういう辛いこと苦しいこと悲しいことをしないで、なんとかならないかと思うからで、そんな抜け道みたいなことばかり考えているとこの先もっと悲しくなるということに気がついていないからである。

そして熊太郎は最初、もう一度、岩室に行こうかと考えた。

確かにあのとき目ぼしい宝物はみな浚えた。しかし、完全にすべてを持ち去った訳ではなく、細々した物で残した物があるし、見落とした物もあるはずで、そんななかに意外にも高い値段がつく物があるかもしれない。

熊太郎はそんなことを考えたが、なるべくなら岩室にはもう行きたくないという気持ちもやはりあった。葛木ドールのことが幻覚・幻想だったとしても、あそこはもともと墓な訳で、なかに入っている間ずっと、水中にいるような重苦しい圧迫感があり、一刻も早く外に出たい気分になったし、外に出ても暫くの間は頭がふらふらした。

となると、やはり博奕か、と熊太郎は思った。

博奕で損した銭を博奕で取り返す。この考えが破綻《はたん》をきたしているということには、さすがの熊太郎も気がついていた。しかし勝ち目は十分にある、と熊太郎は思っていた。

勝ち目はある。というのは、ぎりぎり限界まで能力を使って勝負してそれで負けたのなら手の打ちようがない。しかし、俺は知らない間に自分の考えをだだ洩らししていたかも知れず、限界まで能力を発揮していたとは言えない。となればそこさえ改めれば博奕で大勝する可能性は大いにあるのであり、そうとわかったらさっそく博奕をしィに行きたいのだが、拍子の悪いことに、ここのところ博奕も夏枯れでまったくよい博奕ができないのだ。困ったものだ。

と熊太郎が身勝手に困惑しているとはたきを手に土間から座敷に上がってきた縫が声をかけた。

「なにが困ったもんやの」

「しもた。また言うてもた。なんでもあらひん、独り言や」

「ふーん。それはええけど、あかねこ何個食べてんの」

「何個て、おまえ……」

と言って鉢をみた熊太郎は絶句した。鉢に一杯入っていたあかねこを熊太郎は半分以上も食べてしまっていたからである。

「うわっ。考えごとしながら食とったら、えらい食てもたわ」

そういった途端、熊太郎は腹が滅茶苦茶に苦しいのに気がついた。

「あかん。腹苦しいわ」

「そらそんだけ食べたら苦しいわ」

「うーん。もうあかん。喉まで餅が詰まっとるわ。ちょっと横なるわ。うーん。うーん」

熊太郎は唸りながら横になった。

ちょうどそのときである。表の方で、兄哥いてるか、と呼ばう声がした。弥五郎であった。

「おお、いてるで」

熊太郎は横になったまま答えた。

半夏至のあかねこを食べ過ぎて苦しくて横になっているという熊太郎を見て弥五郎は、なんたら不甲斐ない兄か、と思った。

けれどもどこか憎めぬ人。不甲斐ないからといって冷淡にする気にはどうもならない。

弥五郎が内心でそんなことを思っているとは知らない熊太郎は兄貴風を吹かせて言った。

「ほんできょうはなんやね、どっかでええ博奕でもでけてんのか」

「いや、そやないね。さっき道で松永熊次郎に会うてな、嫌な奴に会うたなと思てたら愛想よう挨拶しやがってな、こら雪降るでと思てたら、弥五ちゃん、ええとこで会うたわ。ちょっと城戸さんと一杯やりながら話したいことあんね。高田屋の二階で待ってるさかい、ちょっとおまはん呼びに行ったってくれへんか、とこんなこと吐かしょんねや」

「ふうん。けったいやな。話てなんやろ。なんか言うてへんかったか」

「なんも言うてへん。ただ、高田屋で待ってるさかい、ちゅて行てまいよってん」

「高田屋かあ」言って熊太郎は身体を起こした。

森屋のもっとも高級な料理屋である。熊太郎は言った。

「銭はどっちが払うんやろな」

「そら向こが呼んだんやから向こが払うんとちゃうけ」

「いてみょう」

熊太郎はそう言って立ち上がり、縫に羽織を持ってこさせてこれを羽織り、雪駄《せった》を履いて表に出た。

畦道《あぜみち》を街道の方へ歩きながら熊太郎は弥五郎に言った。

「なあ、弥五。いっこ聞きたいことあんにゃけど」

「なんやいな」

「わし、博奕してるときなんぞ言うてへんけ」

「ああ、しょっちゅう言うとるな」

「やっぱそうか。ほな、やっぱあれやろ、次は半に張ったろとか、次は丁目やねとかそんなこと言うてにゃろ」

「いや、そんなこと言うてへん」

「ほた、なにいうてんね」

問われた弥五郎は真面目な顔で言った。

「なんや、胡弓《こきゅう》の音が美しね、とか、うわっ、胡瓜《きゅうり》を細《こま》こうに刻んだ、とか、猿の頭脳が爆発してはるわ。気が狂いそうだわ、とか、そんな訳の分からんことというてるわ」

熊太郎と弥五郎が高田屋の座敷に入って行くと、先にきていた熊次郎は、フレンチブルドッグが浄瑠璃の文句を思い出そうとしているような顔をして虚空を睨んでいたが、熊太郎と弥五郎に気がつくや、破顔一笑、細い目をなお細くして笑い、「あ、熊はん、あ、弥五やんも、よう来てくれた、よう来てくれた、さ、まずは、これへ、これへ」と、柱を背にした席へ熊太郎を誘導した。

五條の博奕場で会うても挨拶もせん、終《しま》いには男の顔を泥足で踏みにじり、小便までかけた男がいまさらなにべんちゃらさらしてけつかんねん、白《しら》こいんじゃ、あほんだら。と熊太郎も弥五郎も思うのだが、ここまで臆面がない態度をとられると逆になにもいえなくなって千振《せんぶり》を飲んだような顔をして席に着いた。

卓の上に銚子が五、六本並んでいる。

熊次郎は、「まままままま、とりあえず、とりあえず一杯いこ」と言って熊太郎に盃を持たせると、自ら酌《しやく》をし、「さ、弥五やんも」と弥五郎にも酌をした。

下にもおかぬ扱いを受けて熊太郎は、頭では、これはなにか裏があると思いつつも、気分のレベルでは次第に自分が大親分になったように思えてきた。熊太郎は思った。

ここは油断してはならない。熊次郎の心底をしっかり見極めなければならない。相手に巻き込まれてはならない。相手になめられてはならない。そのためには余裕、貫禄のあるところをみせなければならない。

そう思った熊太郎は、酒を飲むのでもせわしなく飲むのではなく、いかにも貫禄のある男のように、ゆっくりとした動作で口のところまで盃を持っていき、くっ、とひと口で飲むと、また、ゆっくりとした動作で盃を置いた。すかさず熊次郎が酌をする。熊太郎は余裕のある態度でこれを受けつつ、低い声で、「おおきにやで、熊次」と言った。

しかしそれは本当に貫禄があってやっているのではなく、表層の部分をなぞっているだけだから、態度の如何《いかん》にかかわらず相手の心底をみきわめるといった真の余裕や観察力が生まれるということはなく、ただ、そうして偉そうな態度をとることによって自分の心に隙や油断が生まれるだけで、つまり熊太郎は、いい気持ちにさせられて油断してはいけないと思ってやったことが原因で結果的に油断してしまっているのであった。

それが証拠に大親分のような態度をとりながら熊太郎は内心で、さすがに高田屋でこれは非常によい酒だがあかねこを食い過ぎて腹がいっぱいでせっかくのよい酒を堪能することができなくて残念だ、といった卑小なことを考えていたのであった。

そんな熊太郎が大親分のような口調で言った。

「ほて、熊次。わしに話てなんやね」

わざと自分から話を切り出さないでいた熊次郎は、待ってましたとばかりに話を始めた。

「実は熊さん、訳言わなわからんね。昨日のことやねんけど、八尾《やお》の蛭子駒《えびこま》の賭場へ行たんやけど、やめといたらよかった、てーんとつけへんね。あっという間に五十円から負けてもてな。蛭子駒に三十円、三十円の借りがでけてしもたんやいなわ。そこで、熊さん、相談やねんけろ、どうか三十円、わいに貸したってくれへんやろか。寅吉に聞いたんやけど、熊さん、あんたごっつい金持っててんにゃろ。三十円くらい、あんたにしたら端金《はしたがね》、わいに貸したさかいちゅて痛いことも痒いこともないやろ、なあ、熊さん。この通りや頼む」

熊次郎はそういって布団から降りると畳に額をこすりつけた。

熊太郎はその様を眺めながら水分神社の境内で大地に両の手ついて土下座したことを思い出した。あのときこいつは、俺の頭を土足で踏みにじり、小便をかけた。その相手に土下座してこいつはなんともないのか。また、自分も同じようにされるとは思わないのか。というのは、あ、そうか。こいつは自分がやったように俺も頭、踏みにじって、小便かけると思て、ほんでこんな座敷に呼び出しやがったんか。つまり、ここなら履物は履いていないので踏みにじられても大したことないし、それにまさかこの座敷で小便をするという訳にはいかない。こいつはそこまで読んでこの座敷で話をすることにした？　いっやあ、普通そこまで考えるかあ？　考えるよ、こいつは。こいつはそういう男や。油断したらあかん。

そんなことを考えながら、しかし同時に、あの熊次郎が自分に向かって土下座をしているというのが気色よくてならない熊太郎は貫禄たっぷりに言った。

「熊次、ま、手ェあげぇな」

「いえ、貸すちゅうまで頭、あげしません」

「なにを芝居がかっとんね」と言う熊太郎に横手から弥五郎が言った。

「しゃあけど兄哥、おかしないか。こいつにはついこないだ、五百円ちゅう大金渡したあんにゃで。なんぼなんでもあれがもうないちゅうことないやろ」

「そらそやな。おい、熊次。おまえ、わしがやった五百円どないしたんや。まさかあれも博奕でとられたんか」

　聞かれた熊次郎は頭を上げて言った。

「いや、そやないね。そら博奕でもちょっとは使たけど、あの銭、親父に見つかってもてな、どないしたんじゃ、と聞かれたもんやさかい、相場で儲けた銭やて嘘ついて誤魔化したまではよかったんやけろ、若い者がこんな銭もっとったらろくなことないわ。わしが預かっといたるちゅて持って去《い》にゃがったんがな」

「なるほどな。さすがの熊次もあのくわいおやっさんには逆らえんとみえるわ。しゃあけどそれやったら、どうしても三十円要《い》んにゃちゅておやっさんに頼んだらええやんけ」

「そら無理や、そら無理やわ。うちの親父が黙って三十円出すかいな。なんに使うね、ちゅて根掘り葉掘り聞きよるわ。そこはええ加減なことというて誤魔化したとしてもやで、ほたらそのお人を家ィ連れてこい。わしが直々に三十円払ろたる、ちゅいよんに決っとんにゃ。ほいで蛭子駒の若い衆が来てみいな。博奕場の借りやちゅうことといっぺんに分かってまうやろ。そんなことになったらどんなことになると思う」

「さあ、どんなことになんね」

「久離《きゅうり》切って勘当《かんどう》や」

熊太郎は、勘当がえらいことだと言っている熊次郎はやはり村の有力者の息子で良衆《ええし》のぼんぼんだと思った。相続すべきさしたる資産も、また親の庇護もなしに生きている貧乏たれの息子は勘当されたところでなんら状況は変わらない。例えば、この弥五郎の前にいまになって親が現れて、「おまえは博奕ばかりして行状が悪いから勘当する」と言ったところで弥五郎は爆笑するばかりだろう。しかし、この熊次郎は勘当をこの世の一大事のように怯え、やくざの一家に借金があることを父親に知られるのを恐れている。ははは。笑止千万である。しかし、その笑止千万な奴がうまいことといって危ない仕事を俺にやらせ、その責任は俺に押しつけて自分はうまいことやったり、俺から五百円せしめたり、俺の顔に小便をかけたりしている。博奕場でも村のなかでも如才なく立ち回り、蛭子駒では負けたのかも知らないが大概はいい調子に儲けて勝ち逃げしているようだし、家の経営も順調に行っているのだ。腹立つ。

熊太郎はそんなことを考えて腹を立てたが、しかし表面上は落ち着き払ったような口調で言った。

「勘当？　結構やんけ。熊次、おまえも男やったら、いつまでも半玄人みたいなことしてんと、この際、すぱっと勘当されて無宿人なって日本国中旅して男磨いたらどやね。お前やったらええ男になるで」

「いやあ、もうそれだけは堪忍して欲しねん」

泣くように言った熊次郎は再び畳に額をこすりつけ、頭の上で両の手を合わせ、

「頼む、三十円。一生のお願いや、三十円、お願いします。熊太郎様ァ」と絶叫した。

尖った肩甲骨《けんこうこつ》が着物の上からみてとれた。

熊太郎は言った。

「弥五、拝んどるけどどないしょう」

「やめとき、やめとき」

「そうかの」

「そらそやんけ。兄哥、わしらがこいつにどんな目に遭わされたか忘れたんか。まあ、博奕場で鹿十するくらいはしゃあないわれ。しゃあけど竹田の娘の一件ではあんたどんな目に遭うたんや。こいつが頼みにくるさかいに暴れ込みに行て、ほてそれが間違いやったと分かった途端、わしゃ知らん、ありゃあいつらが勝手にやったこっちゃ、てぬかしゃがったんやで。こないだかてそやんけ。あんたがお縫さんを嫁に貰いたいちゅて言いに行たと

きこいつあんたになにさらしゃがったんや……」

と言って弥五郎は言葉を濁した。

熊太郎が足蹴《あしげ》にされ、頭に小便をかけられたその姿を自分が見ていたとは言えない、それはあくまでも知らないことにしておかなければならないと思ったからである。

「……五百円ちゅう大金吹っかけて、まるまるあんたから取ったやんけ。そんなもん五十円がええとこやで。横で見てて口惜ししてならなんだわ。そんな奴が勘当になるさかいちゅて、なんでこのうえ銭貸さんなんね。たとえ三十円が三銭でもこんな奴に銭貸すことないわ。ちゅうか、よう兄哥に銭貸ひてくれなんて言えたもんやな。ほんま阿呆らしわ。さ。去《い》の去の」

額を畳にこすりつけ熊太郎を拝みつつ、「頼む、三十円」と哭《な》くように言いながらびくびく痙攣している熊次郎を冷然と見下ろしながら弥五郎は言った。

熊太郎は席を立とうとしなかった。

熊太郎は弥五郎の言うことはいちいちもっともだと思った。

しかし熊太郎はだからこそ逆に熊次郎に金を貸そうかと思い始めていた。

確かに熊次郎にはえらい目に遭わされた。だからといってここで銭を貸さなかったらどうなるだろうか。熊次郎が勘当になる。それはいい気味だ。ざまあみさらせ、あほんだら。と思う。しかし、俺の心には熊次郎によって恥と恐怖が刻印されている。恥というのは、騙され賺《すか》され、いいようにあしらわれた挙げ句、頭を土足で蹂躙され、小便をかけられ、五百円を貢《みつ》がされたという恥。恐怖というのはこいつの顔がどういう訳か森の小鬼に酷似しているために感じる漠然とした恐怖だ。がために俺は遥か年下のこいつになんとなく頭が上がらないというか、おい、熊、などと呼び捨てにされても、「誰にいうとんじゃ、ど阿呆」と強い態度に出ることができない。恥というのもせんじつめればその恐怖が元になっているのかもしれない。しかし、あの岩室でのことが幻覚、幻想だったのかも知れないという説も浮上したいま、俺はいつまでもそんなことにとらわれていたくないのだ。そのためにもここは熊次郎に三十円を貸し、優位な立場を確保しておいた方が今後のためによいのではないかと俺は思うのだ。

熊太郎は内心でそんなことを考え、ほぼ、熊次郎に銭を貸すつもりでいたが、弥五郎には思った通りのことを言わなかった。なぜかというとひとつには、恩を売る、貸しを作る相手の熊次郎が目の前で聞いていたからで、もうひとつは、先ほどから大親分ぶっていた手前、そんな細かいことを口にしたくなかったからである。

熊太郎は言った。

「弥五ちゃん。人間ちゅうのはな、そなして自分がされたことをいつまでも恨みに思てたらあかんね。そら熊次はそんなこともしたかも知らん。しゃあけど見てみい、あなして頭下げて頼んどんにゃないけ。弥五、おまえ、窮鳥《きゅうちょう》懐《ふところ》に入れば猟師もこれを殺さずちゅうこと知ってるか。助けを求めてくる奴がおったらどんな訳があってもそいつは助けやんとあかんちゅこと言うてんにゃで。情けはひとのためならずちゅうことも言うたあるわ。な、弥五。いつまでも人を恨んどったらあかんね。人を呪わば穴ふたつ」

熊太郎は不服顔の弥五郎にそう言うと財布を取り出し、紙幣を数えて三十円を取り出した。弥五郎が言った。

「おい、兄哥、それ渡してもてかまへんのんか。こないだから負け詰めやのに」

言われて熊太郎は内臓がぞくぞくするような気がして、やはりまずいかと思ったが、その思いを振り切るように、「おい、ほな、これとっとけ」と無愛想に言って銭を差し出した。

「ありがとさんに存じます。一生、恩に着ます」

振り絞るような声で言って熊次郎は銭を受け取った。

「ほた、向こ待ってるんで、わたいは蛭子駒行て銭かやしてくるわ。えらいすんませんけど。ほんでいま階下《した》で酒と料理持って行くように言うて行くさかい、兄哥らはここでゆっくりしていって」

「おお、ほんなら行ってこいや」熊太郎が鷹揚《おうよう》に言い、「ほな行て参じます」と丁稚のようなことを言って立ち上がり、行こうとした熊次郎を弥五郎がとめた。

「待った」

「な、なんや、弥五やん」

「われ、銭、借《か》ったんやろ。銭、借ったんやったら借ったなりに証文書いていかんかい」

「あ、こらえらい済まなんだ」

熊次郎は座り直すと紙と筆を借りて証文を書き、それからよほど取り立てが厳しいのか、あたふたと座敷を出て行った。

暫くして酒と豆腐が来た。

熊太郎と弥五郎は酒を飲み始めたが弥五郎の口をついて出るのはやはり愚痴で、

「兄哥、なんであんな奴に銭貸すね。あいつ返しよらへんかも知れんで」

「そんなことあるかい。証文とったあるがな」

「それかて、わいが言うて書かしたんやんけ」

「まあ、そやけどや。まあ、あなして銭でも貸しといたら、わしらに会うて知らん顔するてなことでけへんやないけ。ちゅうかもうええやんけ。今日はもう飲も飲も」

「飲も飲もて、こんな高い店、払いどないすんね」

「払いはそらおまえ、熊次が払いよんのとちゃうけ」

「しゃあけどあいつ銭ないさかいに借りにきよったんやろ」

「ここの払いくらいはしょるやろ。そうかてあいつ、飲んで行ってくれて言いよったで。こっちゃが払うんやったらそんなこと言わへんやろ」

「そうか。まあ、ええわ。ほな、けったくそ悪いからこの家の酒、あるだけみな飲んでこましたろか」

弥五郎はそう言ってぐいぐい飲み始めた。先ほどまでは熊太郎もあかねこで腹が苦しかったが、どういう神経の作用か、緊張して熊次郎と話をしているうちに苦しいのが治って、おいしく酒が飲めるようになり、これもぐいぐい飲み始め、ふたりでそうして飲むものだから五、六本あった銚子がみな空しくなった。

弥五郎が手を叩くと、女がどすどす階段を上がってきた。

「へ、なんぞ御用でござりますか」

「酒の熱いのな、五、六本、持てきて。それからお料理もな、もう話終わったよってに持てきてもろてもかまへんねで」

弥五郎が言うと女は怪訝そうな顔をした。

「お料理ともうしますと」

「お料理はお料理やんけ。お椀やらなんやら、おまえ知らんのけ」

「へえ、それは分かってますけど」

「分かってたら持ってこんかれ」

「けど、先にお帰りになった旦はんが……」

「どないやっちゅうねん」

「酒と豆腐以外のもんは出さんでええ、と仰《おつしや》ってお帰りになったもんですから」

「うわっ。やられた」と言って弥五郎は座敷に倒れた。

熊次郎がコストを低く抑えるためにそんなことを言ったということがすぐに分かったからである。弥五郎は起き上がって言った。

「むかつくやんけ、兄哥。こないなったらふたりで豆腐八百丁食うて酒八百本飲んでこましたろか」

「そんな飲めるかあ、あほ」

「それがでけんねやったらいまから追いかけて行て銭取り返そか」

「男がいったん出したもん、やっぱりかやせて言えるかあ。しゃあないわ。わしらでなんぞ頼も。おう、ねぇさん、わしらが別に銭出して頼むさかいに、なんぞ酒の肴になるもん、みつくろうて持てきてくれや」

「へ。わかりました。ほんだら高野豆腐のたいたんでも持てきまひょか」

「ねぇさん、あんたわりかしおもろいこと言うなあ。千度《せんど》、豆腐食うた後に、また高野豆腐みたいなもさつくもん食えるかあ。ごっつおを持てきてくれ、ちゅとんね。なに笑とんね。早幕《はやまく》で頼むで」

熊太郎はそんなことを言って料理を注文しつつ、熊次郎というのはやはり根本のところで油断のできぬ男だと思い、先ほどまでの自分の態度になにか付け入られるような点、侮られるような点はなかったかどうか注意深く振り返り、思い当たる節は特になかったので安心して酒を飲んだ。

そのころ、三十円を懐に自家に立ち戻った熊次郎は独り言を言っていた。

「ははは。熊の餓鬼、やっぱり寅吉の言う通り銭もってやがったわ。これで蛭子駒の借金が親父に露見せんで済んだわ。ははは。すっくりいた。しゃあけどそれにしても熊太郎ちゅうのは阿呆な餓っ鬼ゃなあ。ちょっと下手に出ておだてたらすっかり親分みたいな気ィになって羽織の紐いじくって収まってけつかんね。はっ、笑止な。おまえみたいな奴は俺に一生、便利に使われとけ、ちゅうね、ど阿呆が。偉そうにしやがって。なにが、熊次、じゃぼけ。けどまあええわ。折りみてまた、ど頭《たま》に小便かけたろ。ちゅうか今度はババかけたろか。ははは」

熊次郎はうす暗い座敷で三十円を握りしめてひとり笑った。

蟬《せみ》が喧《かまびす》しく鳴いていた夏が終わり、蜩《ひぐらし》の声が悲しいなあ、と思っていたら、夜分になって、ちろちろ鳴く虫の音がもっと悲しい秋になった。中秋の名月、みたいなことといって萩と芒《すすき》を供え、団子、里芋なども供えてお月見、十月になったら秋祭り。例のだんじり騒ぎがあって、そんなことをしているうちに晩秋十一月になったらそろそろ冬であるが、この間、熊太郎にとってむかつくことがあった。熊太郎は熊次郎が所帯を持ったという話を聞いたのである。それはそれで別段構わない。しかし、熊次郎とその内縁の妻、りえの間には五歳と三歳の小児があるというのである。

ということはどういう事かと言うと、縫との縁談が持ち上がっていたとき既に熊次郎には子までなした仲の女があったということで、縫と祝言を挙げる可能性は殆どなかったのだ。ということは熊太郎が頼みにいったとき、熊次郎は、「いや、実はわしには将来を約束した女があるのや」と言えばそれで済んだ話である。しかし、熊次郎はそのことをあえて伏せ、縫と祝言を挙げるような、挙げないような曖昧な事を言い、熊太郎から五百円と言う大金をせしめたのである。

そしてその後、なに食わぬ顔でその女と所帯を持ったのであり、やり口が汚い事この上ない、と熊太郎と弥五郎は腹を立て、そんなことであれば三十円もかさへなんだらよかったと思ったが、しかし、縫と所帯を持つ事ができて嬉しい熊太郎は、腹は立ったものの、怒りが爆発するということはなかった。怒りが嬉しさに中和されたのである。

そんな熊太郎は、しかし最近は縫にある畏怖を感じるようになっていた。

一緒になった当初、熊太郎は、自分は望んで縫を嫁に貰ったが縫は果たして自分のところに来たかったのであろうか。或いは、別に好いた男があるのではないだろうか、と考えて思い悩んだが最近はそれも違うのではないだろうかと思うようになっていたのである。

縫は熊太郎が博奕をしたり、或いは女郎買いをして夜泊まり日泊まりして家へ帰らなくても文句のひとつも言わなかった。最近は生活のための銭もろくに渡していなかったが、それについてもなにも文句を言わなかった。縫は森本トラに、好きでもない熊次郎のところに行けと言われ従容として行くつもりだったし、一転、熊太郎のところに来ることになったときも平然としていた。

熊太郎はこれを単に従順な性格なのだと考えていたが一緒に暮らしてみるとどうもそうではないらしいことが分かってきたのだった。

従順ということは別の言い方をすると自分の考えや意見がないということである。しかし、熊太郎は縫の言動の端々から、彼女には深い考えや意見があるのではないかと推測していた。ただ熊太郎には、彼女はどういう決意なのか決心なのか、その考えや意見を絶対に口に出さない、と決めているようにみえた。

つまりあること。例えば熊太郎が夜泊まり日泊まりして家に帰らないということについて、深い考えや意見はあるのだけれども、その考えや意見はある意志の元に絶対に口に出して言わないことにしているのではないか、と熊太郎は考えたのであった。

熊太郎は、そんなこと言わんと言うてくれや。と思った。冷たいやんけ。と思った。

そんなことを思いながら熊太郎は次のような夢想をした。

すなわち、尋常ならず美しい縫はこの世の埒外《らちがい》にあるものであって、神仏の化身もしくは神仏の使者である。そのため、深い洞察に満ちた考えを持つが、縫は自らその考えや意見を周囲に洩らすことはない。なぜなら縫はこの世に住まう者の意志を試すために神より使わされたものであるからである。縫をもっぱら自己の利益のために使おうとした森本トラは縫に試されていたのであり、また、その縫と所帯を持ちながら家に銭を入れず遊び呆けている自分もまた縫によって試されている。

熊太郎は幼い頃、自分を大楠公の再来だと信じていたのを思い出した。

大楠公は後醍醐天皇に仕え、忠臣として神に恥じることなく死に、死後、神になった。その段、俺はなにをやっているのだ。博奕ばかりして。こんなことでは駄目で、俺はいまからでも真面目な百姓になろうか。あかん。もはや十一月で米はもう穫れてしまっている。いまが六月だったらなあ。田植えとかもっと手伝えたのに。このままでは俺は縫に試され、いつの日か、駄目、という結論を出されるに違いない。そうしたらどうなるのか。縫は出て行くのか。でも出て行ってどこに行くのだ？　森本家に帰るのか？　そんなことを言ったら森本トラだって、縫に試される訳で、あんな銭の亡者を神が許す訳がない。では熊次郎の妾《めかけ》にでもなるのか？　それは駄目だ。なぜなら俺が証文をとってある。というか人間同士の関係をそんな証文で拘束するような寛容でない態度こそがあかんのか。

熊太郎はそんなことを考えて憂鬱な気分になったが、それというのも縫への執着が深いゆえであるというのは、結局、最終的には縫が別の男のところに行くのではないかということを心配していることからも知れる。

しかし、なのであれば縫が幸福になるように精を出して働き、銭も余計渡してやればよいようなものであるが熊太郎はそれをしなかった。というのは、神の使いであるかどうかは別としても縫がこの世の些事に無関心かつ超越的であるのは自分を試しているからではないか、という考えがなかなか頭から去らない熊太郎は、縫が本当に試しているのかどうか試したくなったからである。

熊太郎は、以前は家を空けるといってもせいぜい二日か三日であったのを、一週間も十日も帰らないなどということをした。そんなことをしているくせに家を空けている間は縫のことばかり気になってちっとも楽しくない。

久しぶりに家に帰れば、縫が平然としていることにがっかりしたり、また、ほっとしたり複雑な気持ちになり、不安な気持ちから縫を抱いたが現身《うつしみ》の縫は熊太郎の愛撫によく応えて喜悦の声をあげ、熊太郎は没我の境地に諸問題をまやかした。

そんなことで今日も今日とて熊太郎は、弥五郎と連れ立ってあちこちで遊んで歩き、素寒貧《すかんぴん》になった熊太郎は、下の土橋のところで弥五郎と別れ、ひとりで自家に戻ってきた。

十一月の終わり頃で、そこここで籾《もみ》干しの筵《むしろ》が広げてある根際《ねき》を通り、家の近くまで熊太郎が帰ってくると、神楽《かぐら》をする人が細道の石垣に背を持たせかけて座り込んでいた。

痩せた若い男で獅子頭《ししがしら》を脇に置いて絶望した人のように頭を抱えており、熊太郎は、はは。あまり銭を貰えなかったのであのように絶望しているのだろう、おもろ。と思いつつ脇を通り過ぎ、自家の前にたどり着き、戸障子に手をかけた。

ところが奇妙なことにこれが開かない。なかから心張り棒をかってあるのである。夜分ならともかく、ここらで昼間からそんなことをする家はない。不審に思った熊太郎は戸を激しく揺すぶり、「おい。わしや、いま戻った。いてへんのんか」と呼ばった。

ところが返事がない。

なお心配になった熊太郎は、「おい、わしや。縫、どないしたんや、なんぞあったんか」と大声で怒鳴った。それにいたって漸く、なかから、「はい」という声が聞こえ、続いて、「いま開けます」という声がした。

「おかえり」そう言った縫の声が嗄《か》れていた。髪が乱れ、目が充血していた。

縫は戸を開けるとすぐに家のなかに入っていき、熊太郎もこれに続いた。家のなかは薄暗く淀んだ空気が充満していた。

熊太郎は土間に立ち、すべてを了解した。

座敷には食い散らかした折り詰め、銚子、薬缶、湯呑などが散乱していた。そして押し入れの前に寅吉が座っていた。兵児帯《へこおび》の結び目が横っちょにいっていた。

寅吉はへらへらして言った。

「兄哥。お帰りやす。先に、俺がいてへなんでも家ィ寄って酒とか飲んでくれ、言われたんでお言葉に甘えて一杯やらしてもろてましたわ。ちょうどよかった。兄哥も一杯、どうだ？　さ、お縫ちゃん。なにしてんねな。兄哥に酒注いだりいな」

そんな寅吉の言い草を聞いて熊太郎は二重三重四重に不快だった。

まず第一に不快なのが、寅吉のへらへらした口振りである。だいたいにおいてこれまで、寅吉が俺のことを兄哥と呼んだことはほとんどなく、熊はん、とか、熊やん、とか言っていた。それを今日に限って兄哥と言うのはどういう訳か。それは、自分に後ろめたいことがあるからで、それを誤魔化すためのべんちゃらとして兄哥と言っている訳だが、では普段は俺を尊敬していないということになるし、また、そんな程度のことで俺が懐柔できると思っていること自体が腹立たしい。次に不快なのは、先に勝手に上がり込んで酒を飲んでいたときに、俺がつい言ってしまった言葉をたてに居直りのような発言をしている点である。それについても、確かに俺は酒を飲むとかしていいよ、とは言った。しかし、なにをしてもよいとは言っておらず、寅吉は、とか、を意図的に拡大解釈していて、その言葉尻につけ込んで勝手なことをする姿勢が腹が立つ。さらにむかつくのは、縫に向かって、「お縫ちゃん。なにしてんねな。兄哥に酒注いだり」などと馴れ馴れしい口をきいているということで、人の女房をなに勝手に使とんねん。という点である。というか、そんなことよりなにより腹が立つのは、この「姦通」「間男《まおとこ》」という事実……、ちゅうか、うわあ、こうやって明確に言語化して考えるときっついなあ。俺はもうどうしたらよいか分からない。とりあえず、「なに姦通しとんねん、こらあ」と言って怒ればよいのか。或いは、そんな風に言論で言うのではなく、いきなりどつきまわすべきなのか。わからない。いま、俺のなかには激しい怒りと悲しみが渦巻いている。怒りと悲しみは出口を求めてのたうち回っていて、それが俺の皮にぐんぐんあたって身体の内側が痛い。ところが出口が見つからない。出口はどこや。

と、熊太郎はそんなことを考えていたが、本人も意識しないうちに、しょんぼり土間に立ったままの縫に言った。

「なんで昼間から心張り棒こうとったんや」

言って熊太郎は絶望した。

自分の声が地獄の底から響いてくるように低く暗く恨みがましく、また、それだけのことを言うのに唇がわなわなして声が震えていたからである。

熊太郎が問うと、縫ではなくすかさず寅吉が答えた。

「兄哥、そらあれや。神楽がきょってな、そこまで勝手に入ってきて獅子舞舞うて、銭くれ、銭くれ、ちゅて、どひつこいもんやさかい、うちらから閉めてもたんや」

と言う寅吉の声と同時に、熊太郎は、ばすっ、という音を聞いた。身体のなかで渦巻いていた怒りと悲しみが、ついに皮を破って外に出た音である。

熊太郎は、「獅子舞に銭ぐらいやれっ、ど阿呆」と絶叫するとそのまま表に駆け出した。

石垣の下に先ほどの獅子舞の若者がまだ蹲《うずくま》っていた。熊太郎は獅子舞の若者に言った。

「おい、おまえ」

「なんや」

獅子舞は無気力に頭を上げた。

「われなに絶望しとんねん」

「わいが絶望してる理由、教《おせ》たろか。教たるわ。例年は森屋の方の料理屋で仲居や親方に包みもん貰うんやけど、今年はあんまり貰われへなんだから、こっちゃの方まで来たんやけど、なんやね、ここらのど百姓。なんぼ舞うても二銭とかそんなんしか呉《く》れさらさんにゃ。なかには一銭も呉れさらさん家もあって、ほんでもうなにもかも嫌になって、歩くんも嫌になってここでへたりこんで絶望してんにゃ」

「あ、そうか。実はな、訳あって俺も絶望してんねん。そやからゆう訳やないけど、おまえに五十銭やるわ」

「仰山、呉れんねんな。ほな、ちょう舞おか」

「いや、舞わんでもええ。そのかわりその獅子頭、わしに貸してくれへんか」

「ああ。ええよ。あいたらかやしてや。舞い方、教たろか」

「いや、ええ。わしのんは獅子の狂い舞いや」

「ほうか。ほんならかぶしたら。向こう向き」

神楽の若者はそう言って立ち上がると熊太郎に獅子頭をかぶせた。

獅子頭をかぶった熊太郎は、頭をかくかく上下させ、右に左に身体を揺すぶりながら憤怒の形相、歯をむき出しにして家のなかへ暴れ込んだ。

寅吉は驚いて言った。

「あ、兄哥、なにしてんね」

「じゃかあっしゃ。どや、これが獅子の狂い舞いじゃ、よお、見とけよ、どあほ」

くぐもった声で怒鳴ると獅子は、尻をあげつつ、顎が地面につくくらいに低い体勢をとり、頭を小刻みに上下させつつ座敷の方へじりじり進んだ。そんな風にして框《かまち》のところまで進んだ獅子は、顔をわずかにあげると、左右を睥睨《へいげい》し、それから大きく口を開いて咆哮《ほうこう》した。

獅子は座敷に上がると、この事態にどのように反応してよいか分からず、呆然としている寅吉めがけて一直線に走り、頭を斜めにして寅吉の周囲をぐるぐる回っていたかと思ったら、大口を開いて寅吉の頭に嚙みついた。

「あひゃひゃひゃひゃ」寅吉は半笑いで、これを避けようとするが獅子は許さず、頭を嚙んでしばらくくちゃくちゃやり、それからは怒り狂ったように暴れ回って、終いには、寅吉に抱きつき、頭を寅吉のでこにがんがんぶつけるなどと始めた。これには寅吉もたまらず、「い、痛い。やめてくれー」と絶叫したが獅子は、なおパチキをやめず、その後もパチキをしていたかと思ったら、突然、地面に頭を下げ、首を左右に振ってかくかくさせながら後ずさりしていき、そのまま土間に降りて寝そべった。

獅子は暫くそのまま眠っていたが、やがて目覚めると今度は姿勢を低くして縫の方へじりじり近づいていった。

獅子のなかで熊太郎は奇妙に混乱していた。

熊太郎の目は獅子頭の内側と世間を半々に見ていた。

獅子頭の内側で熊太郎は誰にも気づかれずに暗闇に蹲って笑ったり怯えたりする世間の様子を覗きみているような気がしていた。しかし、その世間は獅子である熊太郎をみて笑ったり怯えたりしているのであり、熊太郎はけっして傍観者などではなく、当事者張本人なのであった。

ところが獅子頭の内側と外の世界を半々に見ている熊太郎には、外の様子を覗き見ている内側の自分と暴れ狂うという形で外の世界と激しく関係している自分とそれを見て混乱している世間というものが、一筋につながっているように思えず、それぞれがばらばらに存在しているように思えてならなかったのである。獅子として頭をかくかく小刻みに上下させ地を這うように縫に近づいていきつつ熊太郎は思った。

しかし、この感覚は獅子頭をかぶっているゆえの感覚だろうか。確かに獅子頭の内側は闇で外は明るい。その闇に阻まれて俺自身と獅子がひとつながりにならないのかも知れない。けれども俺はいつもこんな闇を意識していた。俺の思弁は闇に遮《さえぎ》られて言葉につながらない。俺の思いは闇に閉じ込められて光のなかに放たれることはない。つまり俺はずっと獅子頭のなかにいて内側の闇、内側の虚無をみて生きてきたのだ。北野田。ところが光しか見ないものには、俺がそんな闇や虚無をみているとは知らないから、俺が暴れ狂うのは、ただ暴れ狂いたいから暴れ狂っているのだと思って俺を馬鹿にしている。違う！　俺が暴れ狂うのはそのような内側の虚無が絶えず視界に入って人間としていたたまれないから暴れ狂うのだ。咆哮するのだ。

うおお。

咆哮しつつ獅子である熊太郎はついに縫の足元にたどり着いた。

獅子頭の内側とそして縫の白い足が熊太郎の目に入った。

縫は熊太郎が買い与えた利休下駄を履いていた。

獅子は首を右に傾けたり、かくかく上下させたりしながら、次第に頭を上げた。

足、腰、腹、胸が見え、そして縫の顔が目の穴の向こうに見えた。

縫の目は獅子の目の穴越しに熊太郎の目を真っ直ぐに見据えていた。

縫の目にどのような感情も浮かんでいなかった。

熊太郎は、この目だと思った。

この目が俺を試みる。けれども俺のなにを試みるというのだ。姦通したのはおまえではないか。というか、その姦通自体が俺を試みるために行われたのか。じゃかましわい。俺はおまえを嚙む。俺は獅子だ。

獅子たる熊太郎は、
うおお。

と咆哮すると、大口を開いて縫に嚙みつこうとしたが嚙みつけず、口を開いたまま頭を傾け、激しく頭を上下し、歯をカタカタ鳴らして舞い狂った。

熊太郎は何度も嚙みつこうとしたが嚙みつけなかった。

獅子はいつまでも土間で舞い狂っていた。


狭い村のことである。噂は忽《たちま》ちにして広がった。

特に若い者にとって縫の不貞に関する話題は口にするだけで、疼痛のような快感を伴う気色のよい話題で、村の若い者はよるとさわるとその話ばかりしていた。というと年長の者はあまり噂していなかったように聞こえるが、そんなことはなく駒太郎やその女房連中も田地で山林で井戸端で噂話に花を咲かせていた。しかしさすがに様々の経験を積んだ年寄はそんな馬鹿な話には興味を示さなかったかというとそんなことはなく、年寄り連中の間でも縫、熊太郎、寅吉の三角関係の話で持ちきりであった。

要するに村中の者が縫の姦通の話をしていたのである。

特に熊太郎のような極道者が縫のような別嬪を嫁にしたということに、口には出さないけれども違和感を覚えていた連中は滅茶苦茶におもろがり、あることないこと、終いには閨《ねや》での縫の振る舞いについてまで声色を使って議論した。

そんななかでももっとも議論が白熱した話題は、熊太郎が、やるか、やらないか、という話題で、今日も今日とて若い者が集まってそんな話をしている。ある者は言った。

「そら、おまえ、男の面に泥塗られて、あの熊が黙っとるかいな。松永寅吉は、おまえ、半殺しやで」それを聞いたある者が言った。

「いっやー、どうかなあ。熊の餓鬼、あれで気ィ弱いとこあるさかいなあ。そら松永寅吉だけやったら半殺しにするかも知らんけどやで、あこのおやっさんがおとろしちゅて、よう復讐せんのちゃうけ」

「なに、あこのおやっさん、そないおとろしんか」

「そら、おとろしわれ。なんしょ、村会議員で銭も持っとるし、田ァの水かてなにかて、この村のことはあのおやっさんが仕切っとるさかいなあ。それに、あのおやっさん、富田林のごっつい親分とも交際あるし、寅公どつきまわしたはええけど、そんなことしたらおやっさん、銭で俠客頼みよるで。それこそ反対に半殺しやんか。それ考えたら熊やんもよう復讐せんやろ」

「しゃあけどおまえ、熊太郎には弥五郎ちゅう弟分おるやんけ。こいつは強いで。なんしよ、おまえ、二人で富田林の田杉屋はんへ乗り込んで、無茶苦茶に暴れて、そんときも地元の親分がきたらしいけど、びびってもて、なんもでけへなんだちゅうやんか」

「そらそやな。弥五郎も強いし、熊太郎ちゅうのもいざとなったら前後の見境のおなってなにしょるか分からんらしいからな」

「しゃあけど、なんぼあの二人が強いちゅたかて多勢に無勢ちゅうことが……」

と言って男は急に黙った。向こうから谷弥五郎がやってきたからである。

弥五郎は黙って通り過ぎたが、むかついてしかたなかった。

熊太郎が言われ放題に言われているのが分かっていたからである。弥五郎は、熊太郎がおとろしがってよういかんやろと言われているのを聞くたびに切歯扼腕《せっしやくわん》した。あほんだら。わしらはそんな腰抜けとちゃうわい、ど阿呆。と怒鳴りたい気分であった。ところが怒鳴れない。なぜ怒鳴れないかと言うと、縫と寅吉の姦通が発覚して以来、熊太郎は本当に腰抜けのようになってしまい、いつまで経っても松永に乗り込む気配がなかったからである。

実際、熊太郎はぼんやりしてしまっていた。

獅子頭の裏の虚無は獅子頭を脱いだ後も熊太郎の視界から去らなかった。

熊太郎は自分の皮の内側に、萎縮してひからびた自分がいて、その自分が自分の皮の裏側をみているような気分であった。しかもその皮はぼろぼろで、本来、思弁、思想と一筋につながっているべき発声装置の位置がずれていて、思うことをうまく言えなかったり、皮と本然の自分の間に奇妙な隙間があって、自分の行動が自分の行動のように認識できなかったりする一方で、逆にいろんなところに裂け目、破れ目があり、意識の上に登ってこない心の心が考えたことが穴から洩れ、また、人間のなかに本来ある、やる気、向上心、勇気みたいなものもまた、穴からどんどん抜けてとまらぬのであった。

熊太郎は家の前にある自然石の上に腰掛けて空を見上げていた。

自分の感情が色や言葉になって身体の破れ目から洩れ、世間に浸出、しばらくそこらを漂《ただよ》った後、情けなく空に立ち上って行く様を眺めていたのである。

しろい・あし・しろい・うつくしい・あし・からみ・つく・あし・よんほん・の・て・からみつく・しろい・あし・からみあう・らしん・ため・いき・すすり・なき・ねくたれ・かみ・くろい・はしら・いえ・はしら・ぜに・しろい・からみ・あう・もとめ・あう・からだ・ぬい・の・いし・ぬい・の・からだ・ぶた・やぎ・ぎせい・の・やぎ・きゅうしゅう・の・たん・こう・はたらく・ぬい・の・くちびる・やわらかい

そんな言葉が冬の空に立ち上って行った。

中天に太陽が輝いていた。

熊太郎が目を細めて太陽をみると、太陽の中心から陰茎が垂れ下がっていた。あんなところにあるなんていったい誰の陰茎だろう？　熊太郎は訝った。

空に立ち上った言葉たちは陰茎を目指しているようであったが、太陽のずっと下の金剛の山並みの、それよりもはるかに下の、左手の竹藪の天辺ちょを過ぎたあたりで陽炎《かげろう》のようにゆらゆらと揺れたかと思うと空気のなかに消えてなくなるのであった。

陰茎はそれを嘲笑うかのようにみるみる怒張、しかし、不思議なのは、熊太郎が頭を右に振ると陰茎も熊太郎から見て右に振れ、熊太郎が頭を左に振ると陰茎も左に振れて、その様は恰《あたか》も熊太郎の頭と陰茎が糸で繋がっているかのようであった。

おっかしいなあ。あの陰茎は俺の言葉、すなわち俺の本然を嘲笑するかのように怒張したはずだ。にもかかわらず俺の動作に同調して右に左に振れている。

嘲笑しつつ同調している。どういうことだ。

熊太郎がそんなことを考えながら頭を右に左に振っていると、そこへ声をかける者があった。弥五郎である。弥五郎は言った。

「兄哥、どないしたんやな」

熊太郎は頭を振るのを止めて言った。

「どないしたて別にどないもせぇへんよ」

「どないもせぇへんことあらへん、いまおまえ、なんやえらい頭振っとったやんけ。なんのまじないやね」

「ははは。これかいな。これはな、あこにお日ィさんめぇたるやろ。あの真ん中にようみたらめぇるわ、チンポ生えたあんねん。そのチンポがな、へっ、おかしゃないけ、俺が頭、右に振ったら右に左振ったら左にぶらぶら揺れよんねん。なんで揺れよんにゃろな、思て頭振ってたんや」

「なに夢で屁ェこいたみたいなこと言うてん。おい、兄哥、しっかりしいや。村の者はみなあんたの話して笑ろとんにゃで」

「なに、笑ろとんねん」

「なにて決っとるがな。お縫さんと寅吉のこっちゃがな」

縫と寅吉の話をされ、熊太郎は一転、暗い調子で言った。

「笑いたい奴にゃ笑わしといたらええねん」

「おい。なに言うとんね。おまえ、顔潰されとんにゃで。村の奴がおまえのことなんちゅうてるか知ってるか。松永傳次郎がおとろしよってに間男されてもなんもよう言わん腰抜け言われとんにゃで。そんでおまえ黙っててんのんか。えっ、どないやね、兄哥」

弥五郎に迫られて熊太郎は考え込んでしまった。

なぜ自分は復讐をしないのか。

腹のなかには沸騰《ふっとう》するものがあった。

しかし、熊太郎はその沸騰するものをどうしていいか分からなかった。

沸騰するということはどういうことかというと、そこにエネルギーが生じているということで、弥五郎の言うようにそのエネルギーにまかせて暴れれば或いは、ひとつの決着がつくのかも知れない。弥五郎がつけたい決着は社会的な決着であり、俺がつけたいのは心的な決着であるという違いがあるにしても。ただ、いま俺がそのように沸騰するエネルギーにまかせて暴れることができないのは、ひとつは、俺の頭が獅子頭になってしまったというのがあって、確かに俺の心には沸騰するものがあるのだが獅子頭と俺の間に隙間があることによって、俺の沸騰が訳の分からない穴から洩れていって、現実の世間に真っ直ぐ繋がっていかない。暴れられない。もちろんその穴ができてしまったのは、沸騰するエネルギーによってなのだが。それからもうひとつあるのが、そうして獅子頭の内側の闇を見ているうちに、しょせん自分は現実に対して傍観者であるという気持ちになってしまっているという点で、現実の世間で起きていることが膜の向こう側で起きていることのような、他人事のような、暗い部屋のなかから明るい外を見ているような、そんな気持ちになって、なかにある沸騰するエネルギーをぶちまけたところでなんにもならない、みたいに思えてしまう。さらにもうひとつあるのは、実はこれが最大の理由なのかも知れないが、俺を試す縫のあの目だ。縫はあれからなんら悪びれることなく、また、以前と変わることなく日常生活を送っている。というか逆に俺の方が気まずいような、後ろめたい気分だ。なんでそんなことになるかというと縫はこの世の者を試すために神より使わされた者だからだ。俺も寅吉も森本トラも熊次郎もみな縫によって試されている。縫は自らの欲望に従って姦通をしたのではなく、寅吉を試したのだ。寅吉を誘惑し、寅吉がこれをしりぞければ寅吉は試みに打ち勝ったことになる。ということは。くわあ、やはり縫が寅吉を誘惑したのか。どんな顔で、どんな声で誘惑したのだ。くわあ。狂う。沸騰する。しかし、寅吉はこれに屈した。だから死んだら地獄に行く。そして縫は同時に俺をも試している。俺が姦夫姦婦を殺すということをした場合、俺は人殺しをしたため地獄へ行く。以前の俺であれば、そんなもん関係あるかれ、と思って怒りに任せて縫と寅吉を殺したかも知れない。なぜなら、俺はもうすでに葛木ドールを殺しているのであり、人殺しで地獄に行くのは同じことだし、それに俺はこの世で既に地獄にいたからだ。しかし、駒太郎によると俺は葛木ドールを殺していない。なのにいままた人を殺してまたぞろ地獄へ舞い戻る必要はない。というか、あっ。あっ。あっ。俺はいまもの凄いことに気がついてしまった。というのは、あれは幻覚・妄想でもなんでもなく、俺は実際に葛木ドールを殺していたということが分かったのだ。ではなぜ、葛木ドールの死骸がなくなっていたのか。なぜ、駒太郎はあのようなことを言ったのか。俺は弥五郎と奈良へ行ったとき三月堂で十一面観世音菩薩にこの世の罪障消滅を祈った。観音様は俺の祈りを聞き届けてくれはったのだ。観音様は岩室のドールの死骸を消滅させ、駒太郎を思い違いさせた。そんなことができるのか？　そら観音なのだからそんなことくらいできるだろう。そして俺はその後、木辻遊郭へ行き難儀していた寅吉を助けた。その後、俺は縫と出合い、所帯を持ち、そして寅吉が縫と姦通した。この一連の出来事が果たして偶然だろうか。いや、違う。これらはすべて観音の演出した因果であり、俺はその因果によって正しい人間かどうかを試されているのだ。そして正しい人間だと判断されればよいがそうでないとわかったらどうなるのか。まあ、当然、地獄へ行くのだけれども、しかし、俺の場合、三月堂で観音に今後は正しく生きるから俺の罪障を消滅させてくれ、と祈ってしまった経緯がある。そして観音はその祈りを聞き届け、俺の罪障をこの世から消してくれた。にもかかわらず俺が復讐による殺人を行うなどした場合、それは観音の好意を無駄にしたということになり、俺は通常の地獄行き以外に現世において、おとろしい「罰」をあてられるだろう。それは嫌やなあ。そんなら縫も寅吉も慈悲の心で許して、ふたりが所帯を持てるように尽力するのか。そんなことは絶対にできない。これまで、ぼやんとしていたが考えているうちにはっきりとしてきた。俺の気持ちは滾《たぎ》っている。沸騰している。俺は絶対にあのふたりを許せない。しかし、観音に頼んでしまったしなあ。

考え込んでしまった熊太郎に痺れを切らして弥五郎が言った。

「ほんで、わい聞いてきてんけど、なんや、姦通罪ちゅうのんもあるらしやんけ」

「姦通罪。あるねぇ」と、熊太郎は弥五郎を見上げていった。

「なんや、日本国は法治国たら言うもんになりよったさかい、うちの嫁が間男さらしゃがったちゅて旦那に言いに行たらお上の方で捕まえてくらはるちゅいよんにゃ」

熊太郎は弥五郎が姦通罪というのを聞いて、それだ、と思った。

自分で復讐するのであれば観音の罰が当たるが法律で裁くのであれば罰は国にあたり、自分は罰を免れるのではないかと考えたのである。しかし、熊太郎はすぐにこの場合は姦通罪が成立しないことに気がついた。熊太郎は言った。

「あかん、あかん」

「なんでやね」

「縫はな、まだ城戸の籍に入ってへんね」

「ほんまかい」

弥五郎は目を剝いた。

ほんまであった。

熊太郎は何度か森本トラに送籍するように言ったのだが、トラはその都度、言を左右にして送籍せず、縫はいまだに森本籍のままなのであった。弥五郎は言った。

「兄哥、そらあかんわ。そやからこんなことになんにゃ。早よ、入籍しやんとあいつらしいたい放題で」と、弥五郎が言うのを聞いて熊太郎の脳裏に、縫と寅吉の放恣《ほうし》で大胆な性交のさまが浮かんだ。熊太郎は言った。

「弥五。わし、ちょっと行てくるわ」

「藪から棒に、どこ行っきゃ」

「森本に決ってるやんけ。すぐに送籍さす」

「わいも一緒に行こか」

「家に縫おるわ。酒飲んで待っとってくれ」

熊太郎はそう言って二、三歩行き、立ち止まって空を見上げた。

もはや、陰茎も立ち上る言葉もみえなかった。熊太郎は振りかえって言った。

「弥五。わしは松永傳次郎なんかちょっともくわいことない。わしがおとろしのんはもっとごっつい奴や。しゃあけど、わしはもう辛抱たまらんわ。地獄でもなんでもかまへん。わしゃやるで」

そう言って熊太郎は歩き始めた。

熊太郎は、言ってしまった、と思っていた。

熊太郎は森本トラの家、目指してもの凄い早足で歩いた。


「なんかしとんじゃ、どあほ」

「なにがどあほじゃ、どあほ」

「なにがどあほじゃどあほじゃ、どあほ」

「なにがどあほじゃどあほじゃどあほじゃ、どあほ」

「なにがどあほじゃどあほじゃどあほじゃどあほじゃ、どあほ」

「なにがどあほじゃどあほじゃどあほじゃどあほじゃどあほじゃ、どあほ」

森本トラの家の前に果てしない言い争いの声が響いていた。

争っていたのは森本トラと赤松銀三であった。昔から因業だった赤松銀三は年を取ってますます因業になった。

森本トラももとより因業で、因業と因業が真正面から衝突して双方一歩も引かぬのである。

二人はもうかなり前から怒鳴り合っているらしく、二人ともへとへとであったが、しかし、どちらもそんな素振りを少しでも見せれば忽ちにして譲歩を余儀なくされると心得ており、相手を圧倒しようと、目を血走らせ、怒鳴りすぎた挙げ句の掠れ声で自らの正当性をまくしたてるのであった。

熊太郎はその言い争いの最中に森本方の前に着いたのであった。熊太郎はもの凄い形相で睨み合う二人に声をかけた。

「なんや、どなしたんやな」

声をかけられて振り向いた二人の顔が対照的だった。

トラは熊太郎の来訪を歓迎するような顔をし、赤松銀三は明らかに苦々しい顔をした。というのは、トラにとっては熊太郎は娘婿《むすめむこ》であり、身内であるから当然、援軍であるし、銀三にとっては新手《あらて》の敵であったからである。熊太郎の顔を見るなり銀三はすかさず言った。

「じゃかましわい。餓鬼はへっこんどれ」ほぼ同時にトラが、

「まあ、熊はん、話聞いとくなはれな、銭、銭」と言って話を始めた。

トラの話によると、トラの家の前に行商人が来て、トラに飛び魚を買わないかと勧めた。これから帰るところであった行商人は五銭でよいと言った。

安値でしかもさらに値切れそうな気配であったがトラは躊躇した。なぜならトラは一人暮らしで飛び魚一尾を買ったところで持て余すと思ったからである。そこへちょうど赤松銀三が通りがかった。話を聞いた赤松はトラに飛び魚を一尾を共同購入しないかと持ちかけた。

トラはこの話に乗り、赤松銀三とふたりで行商人相手に値引き交渉を行った。銀三とトラの交渉は苛烈で、行商人はその人格を破壊されたうえ、五銭の飛び魚を一銭にまで値切られ、泣きながら帰っていった。

後にトラと銀三と飛び魚が残った。トラはいったん家に入ると、包丁と俎《まないた》を持って出てきた。

これで半分に切ろうというのである。

「ほな切るさけな、銭、銭」そう言ってトラは飛び魚を真ん中から切断しようとした。しかし、トラの気持ちのなかに、銀三よりもより多くを手にしたいという気持ちがあって、その気持ちが強いあまり、手元が狂って真ん中から一寸ほど頭よりの所から切断してしま

った。

しかも、切っている途中でより多くを得たいという気持ちがいっそう高まり、トラは真っ直ぐに切りおろさず、峰を若干、尾よりに傾けて切りおろした。ということはより頭の側が短くなったということである。

飛び魚を切断した当人であるトラはそのことを十分認識していたので、しゅしゅっと猿のような素早い手つきで尾の側をとると、「ほな、あんたそっちな。銭、銭」と言ってそそくさと家の中に入っていこうとした。

しかし一連のトラの動作を食いいるように注視していた銀三がこれを見逃す訳がない。

「待った」と言ってトラの帯を、がしっ、と掴んだ。

「なんやいな。放さんかいな」

「じゃかましわい。わしがそんなこって騙されると思とんのんか」

「あら、なんの話か知らん。銭」

「なにとぼけとんねん、どあほ。おんどれ、いま半分から切らへなんだやんけ」

「なんかしとんね。真ァ半分から切ったわい、銭」

「嘘ぬかせ。それやったらここに並べてみい」

銀三が言ってトラはこれに応じ、俎の上に切った飛び魚を並べた。

確かに尾の側が一寸ばかり長かった。銀三はもの凄い勢いで言った。

「みってん。尾の方が長いやんけ。わがだけ得しょうと思てもそうはいかんど」

「わしゃどっちも同じ長さに切り分けたがな」

「なんかしとんね。これのどこが同じ長さやね」

「そうかて、長さは尾の方が長ても尾ォとこは食べられえん。それ考えたらこれくらい尾ォの方が長てもあたりまえや」

「何をぬかすか、このメンタ。そっちゃに尾ォがあんにゃったらこっちゃには頭ちゅうもんがあるわい。頭は食われへんど」

「なんかしとんね。頭はほじくったら中身食えるけど、尾ォは正味、ほるだっきゃ。それに飛び魚の尾ォと頭とどっちが長い思てんね。尾ォの方がずっと長いやんか。それ考えたらこんくらい当たり前や」そう言うとトラは素早い手つきで尾の方をつかみ取った。

「あっ。とりゃがったな。かやせ」

「いやや」とトラは飛び魚を抱きしめて放さず、「俺が尾ォ」「わしが尾ォ」と、トラと銀三は果てしない言い争いをしているのであった。

事情を聞いた熊太郎は言った。

「そら、おトラはんのいう通りとちゃうけ」

「ほらみてみい」

「どこが言う通りやね」

「そら頭は中身食えるかもしれんけど、尾ォの方が長いやんけ。その分考えたらそんくらい尾ォの方が長かっても当たり前やんけ」

「そんなことあるかい」

銀三は主張してやまず、さらに果てしない議論の結果、尾の側の長さから頭の側の長さを引いた値が、尾の長さから頭の長さを引いた値に等しいか、或いはそれ以下であれば、飛び魚は公平に切り分けられたものとするということになった。

トラが家から物差しを持ってきた。熊太郎は再度、俎の上に並べられた飛び魚に物差しを当てて言った。

「ほんならまず頭の長さと尾ォの長さの差ァ計るで」

「あ、なにしとんね、もっとこっちゃやろ」

「そないきつう押し付けたらこっちゃが短かなるやんけ」

「そない横手からごじゃごじゃ言うたら計られへんやんけ」

すったもんだの挙げ句、尾の方が頭よりも一寸長いことが判明した。

「ほんだら今度はこっちゃとこっちゃの長さの差ァ計るで」

同様の諍《いさか》いがあったが、結局、尾の方が頭よりも一寸長かった。

「みってん。やっぱ一緒やんけ。ほな、わしゃ尾ォの方もらうで」

トラが勝ち誇ったように言って尾の側をとろうとしたとき銀三が言った。

「待った」

「なんやねん。まだ文句あんのんか」

「あらいでか。この切り口、見てみい。があー、斜めなったあるやんけ。この三角の分、こちゃ身ィ損しとんね」

これを見た熊太郎は、「あ、ほんまや」と言うと、傍《かたわ》らにあった包丁を取り上げ、斜めになった分を切り落とし、頭の側に乗せた。

銀三はこれを鷲掴みにして、ものも言わないで足早に街道の方へ歩いていた。

熊太郎とトラと厳密に半分に切り分けられた飛び魚がその場に残った。

「どや。わしがうまいこと収めたったで」

得意げに言う熊太郎に向かってトラが憤懣《ふんまん》やるかたないといった表情で言った。

「この、ど阿呆が」

揉め事に決着をつけ、礼を言われるかと思っていたら反対に怒鳴られて訳が分からない熊太郎はやや憤然として言った。

「おい。おトラはん。なにがど阿呆やね。わしゃ、公平に決着つけたったがな」

「それがあかんちゅうてんのんじゃ。ほな聞くけど誰が公平に決着つけてくれちゅうたんじゃ。決着つけんにゃたら、わしの得になるように決着つけんなあくかあ。おどれがけぇへなんだら飛び魚の斜めのとこ、わしのもんになるとこやったのにおどれが来ていらんこと言うもんやさかい斜めのとこ取られてもたんやないけ。どなしてくれんねん。わしのあの斜めのとこ」

「斜めのとこ、斜めのとこて、あんなもん僅かなもんやないけ。あんまり毒性なこと吐《ぬ》かすなよ」

「じゃかましわい。なんでおどれにそんなこと言われんならんねん。ちゅうか、おどれ、だいたいそんなこと吐かせた筋合いかい。いま何月やと思てんね。そうや。十二月や。師走や。ここらの者はな、嫁娶《と》った年の十二月には鰤《ぶり》持てくんね、鰤。おどれ、持てきたか、鰤。持てけぇへんやろ。なに？　いまに持てくるう？　阿呆ぬかせ。おどれのいまに持てくるが当てにならんのはこちゃ先刻承知じゃ。それが証拠に二円五十銭の養い料、最初の二月はそら確かに貰たわい。しゃあけどその後、七、八、九、十、十一と五月の間、一銭も呉れさらさんとどないなっとんねて訊ねたら、いまに払う、いまに払う、ちゅうてもう十二月やないけ。今月分も入れて、六月分しめて十五円、さあ、耳そろえて払いさらさんかい、さあ。それと、鰤と飛び魚の斜めのとこ。さっさと払わんかあ」

と、それを言われるのが熊太郎はもっとも辛かった。

もとより初手から頰かむりをしようと思っていた訳ではなく、きちんと払うつもりでいたし、当てもあった。ところがその原資をみな熊次郎に貸してしまい、以降、日々の暮らしの銭にも事欠くような有様であったのである。熊太郎は唸った。

「ううっ。それ言われると辛いわ」

「辛いのはこっちゃの方じゃ、ど阿呆。だいたい、そんなど甲斐性なしやから間男されんのんじゃ。ははは、ざまあみさらせ。おもろ。ははは。おもろ。なんや、顔色変わったのお。なんやね。わしをどつくんかい。どつくんやったらどつきさらせ。しゃあけど、どついたら怪我するわ。怪我したらお医者はんへ行かんならんねん。そのお医者はんに渡す銭、ここへ積んでからどつき。はは、よう積まんにゃろ。貧乏人が。銭もない癖に人どつくな、あほんだら。ここらのもんみな陰でおまえのことなんちゅうてるか知ってるか。知らなんだら教たるわ。間男された貧乏たれのど阿呆ちゅとんね。ええざまやの。ははは。あはははは。銭銭」

それだけ言うとトラは、いつまでもこんな阿呆の相手してられへん、と言うと、飛び魚の切り身と俎と包丁を持って家のなかに入り、音を立てて戸を閉めてしまった。

立ちつくす熊太郎の目に白い障子がまぶしかった。

「なんでそこまで言われて黙っとってん。わしゃ、聞いてるだけで腹立ってならんわ」

弥五郎はそう言っていきりたった。

「ああ。しゃあけど、わしも約束した銭、払てへんからの」

「そらそうかもしれんけどや」

そう言って弥五郎は立ち上がり、意味もなく部屋のなかを歩き回りつつ、なぜ、熊太郎はかくもぼんやりしてしまったのか、と思った。

通常であれば、こんなもの一も二もない、松永へ乗り込んでいって寅吉を半殺しにし、縫もどつきまわして離縁すれば済むことや。それをばなにをぐずぐずしているのか。俺はこの男を買いかぶっていたのか。

正味の節ちゃんの賭場で、そこにおったもん全員をひと睨みで縮み上がらせた、間違いとはいえ、田杉屋に乗り込んで大暴れしたあの気迫はどこへいったのか。

そういえばこいつは森本トラの家にいく前に、「弥五、わしゃもう辛抱たまらん。地獄でもなんでもかまへん。わしゃやるで」と言うとったけど、いったいなにをやるというのや。弥五郎は立ち止まって熊太郎に聞いた。

「ほんで、あんたこれからどないするつもりやねん」

「これからか。これからは頑張って生きていく」

「いや、そやのおて、今日明日、どないすんねんちゅうことをきいてんにゃんけ」

「ああ、今日明日か。そらとりあえず、トラに養い料払て、送籍して貰うわ」

「銭の当てあんのんかい」

「それがあんねん。おまえも知ってるはずや。先に熊次郎に貸した三十円な。あら別に利息もとってへん銭や。いつまでも貸しとくことないやろ。あれ返してもらお思てんにゃ」

「そらそやの。間男さらしゃがった奴の身内にいつまでも銭貸しとくことないわ」

弥五郎がそう言うのを聞いて熊太郎は暗澹《あんたん》たる気持ちになった。

寅吉は弥五郎と同じく、熊太郎がその危機を救った人間である。しかも熊太郎は寅吉には格別の感情を抱いていた。というのは、自分のなかで言葉や思いが屈曲して真っ直ぐに外に出て行かないという意味において、寅吉と自分が同じ種類の人間であると思っていたからで、熊太郎は、なにかにつけ直線的に思考し、行動する弥五郎よりも寅吉に、より親近感を覚えることがときにあった。

その寅吉がかく手ひどく自分を裏切ったのであり、縫が自分を裏切ったことによる衝撃の大きさに隠れて、それまで目立たなかったが、縫の不実の相手が寅吉であるということが自分に二重の苦しみ、悲しみを与えていることに熊太郎は気がついたのである。

熊太郎は思った。

その寅吉が実兄であるところの熊次郎を悪く言うのを聞いて俺は嬉しかった。なぜなら、身内を庇うという自然な感情を超えて、俺たちは分かり合えていると思っていたからだ。しかし、今度のようなことができるということは、その兄を悪く言っていたことそのものが彼の屈曲した感情であり、しかも俺の屈曲はただ訳もなく曲がりくねっているだけだけれども、あいつの屈曲は合理的な目的のある屈曲、つまり意図的な嘘だとしたら、あいつは兄をぜんぜん悪く思っていないということで、俺を油断させるために兄を悪く言っていたということになる。そしてその兄は俺と敵対関係にある。ところが俺は、ああ、なんちゅうことをしてしまったのだ、寅吉の嘘の親近感を信用して、盗掘して銭を拵えたことや、葛木ドール殺しのこともみな寅吉に喋ってしまった。ということは、あっ。熊次郎に五百円の銭を渡したとき、「こんな銭、強盗か盗掘でもせんとできひんからのお」と言って、にやにや笑っていたのは、寅吉が盗掘のことを熊次郎に喋ったからか。だったとしたら、俺はもう終わりだ。せっかく観音の霊力で罪障を消滅して貰ったというのに俺はこうして自分から罪障を作り出している。そしていままた、復讐をすることによって新しい罪障を作り出そうとしている。しかし、それは誰にとっての罪なのか。神仏に対する罪なのか。現世の法に対する罪なのか。多分、両方だ。むしろその二者が対立していてくれると私も随分と楽なのやが。と、そんなことを考えると、身体の力が脱《ぬ》けてぼんやりしてしまい、なにもできなくなる。気力がなくなる。こういうことを難しい言葉で虚脱というのや。ああ、布団敷《ひ》いて寝たい。

そんなことを考えて虚脱している熊太郎に弥五郎が言った。

「まあ、ほんなら松永行て銭とってこいや」

弥五郎の言葉を聞いた熊太郎は虚脱しながらも意外の感に打たれ思わず聞き返した。

「え？　一緒に行てくれへんのんけ？」

「わい、ちょっと用あんね。それにこっちゃには証文あんにゃ。わいが一緒に行こうと行こまいと、向こは払わなしゃあないやろ」

「よっしゃ。ほなひとりで行てくるわ」と、熊太郎は投げやりな口調で言った。

熊太郎は、もちろん、弥五郎の言う通り、証文もあり、なんらの掛け合いの必要もない、ただただ、貸した銭を返してくれと言いに行くだけの簡単な話だが、しかし、なにがどうという訳ではないが話は絶対に俺の思う通りには進まないだろうと思った。

しかし、だからといってここでじっとしている訳にもいかない。俺は松永に乗り込んでいき、陰気な口調で銭を返してくれというのだ。

熊太郎は緩慢《かんまん》な動作で立ち上がって雪駄を履いて表へ出た。弥五郎もこれに続いて表に出た。熊太郎は後から出てきた弥五郎に、いま初めて気がついたというような口調で言った。

「そない言うたら、縫の姿が見えんようやけどどこぞへ行きよったんけ」

「ああ、わしが行てすぐに、ちょっと出てくる言うて下駄履いて出て行きよったで」

「そうか」熊太郎はそう言って地面を見つめた。

乾いた地面にへばりつくように草が生えていた。

どっかと座って傲岸不遜《ごうがんふそん》な熊次郎を見て、あの高田屋でのへえへえした態度はなんだったのか、と熊太郎は思った。

実際、熊次郎は偉そうというか熊太郎が訪ねてきた事自体が不作法で、その不作法に対してむかついているみたいな態度で腕組みをして不機嫌をまったく隠そうとせずに熊太郎を睨みつけていた。

そんな熊次郎を見るにつけ熊太郎はまるで自分が借金を申し込みに来たような気持ちになって心が挫けたが、違う。俺は貸金を取り立てにきたのだと自らを勇気づけ、頑張って熊次郎を睨み返した。

がしゃん。

熊太郎の視線と熊次郎の視線が空中で衝突して押し合いになった。しかし、どういう訳か熊太郎の視線は終始劣勢、ともすれば熊次郎の視線に押されがちで、なにくそ。こっちは貸金の取り立てに来とんのんじゃい。証文もあるんじゃ、と渾身の力を振り絞って押しまくるのだけれども、ぐいぐい押されて後退してしまって、ついには土俵を割った。

熊太郎は目を逸らしてしまったのである。

熊太郎は内心で、なんの目を逸らすことがあろう、俺は親切にも利息もとらんと貸した銭をかやしてもらいに来ただっきゃ。なんの遠慮があろうとなお思う。

しかし目を逸らしてしまうのはいつも脇にいるはずの弥五郎がいない心細さであった。

当初、熊太郎は弥五郎が一緒に来てくれるものと信じていた。

ところが弥五郎は意外にも用があっていけない、といつになくつれないことを言った。

それは、是ッ非、一緒に行ってくれと頼んだら弥五郎は来てくれるだろう、と熊太郎は思った。

しかし俺は意地になった。そして自分が意地になっているのをみせないように、ごくあっさりと、ほなひとりで行ってくるわ、と言った。その意地が仇となっていまこんなことになっている。

そんなことを思っている熊太郎に熊次郎が野太い声で言った。

「ほんで今日はなんの用やね」

「ああ、それがな」と熊太郎は話を始めた。

「こないだおまえと高田屋で会うたやんけ」

「それがどないしたんじゃ」と熊次郎は喧嘩のような声で怒鳴った。

「いや、どないもせえへんねけろな」と熊太郎は弁解するように言った。

「あんとき、おまえに貸したもんがあったやろ。いや、別にいつでも構へんねで。しゃあけど、ちょう聞いてぇや、熊次。わいもこのところてんとつかへんでな、恥、言うようやけど、全然、銭あらへんね。そこで相談やねんけど、おまえにこないだ三十円貸したやんけ。あのうち、二十円でええねん。かやしてくれへんけ。悪いけど。こないして証文も持ってきたあんね」

と熊太郎は言って証文を取り出したが、なぜ熊太郎がこのように遠慮がちなのかと言う目、ひとつには弥五郎のいない心細さもあったが、ちょっとしたはずみで破れかぶれ、自己を完全に放下して、千尋《せんじん》の谷に身を躍らせるような、どうそろばんを弾《はじ》いても自分が損みたいな大暴れ、粗暴な振る舞いに及ぶ癖のある熊太郎にはその反面、なぜかちょっとの駒の狂いで、なぜかむかつけばむかつくほど卑屈で迎合的な態度をとってしまうこともこれはあって、そうしているうちにますますむかついて、ますます卑屈で迎合的になっていくという癖もあるからで、しかし、だからといってむかついていることには変わりなく、というかむかつきは内向していつまでもくすぶって、最終的にはよりひどい事態になるのだけれども、なぜか度外れて横柄な熊次郎に対して熊太郎は、かく卑屈な態度をとっているのであった。

そんな熊太郎の心中をよそに熊次郎は言った。

「ああ、あのときの銭か。覚えてる、覚えてる。確かにお前に三十円借りたわ」

「せやろ。すまんなあ、ほなかやしてくれるか」

そう言った熊太郎は熊次郎の返事を待ったが、返ってきた熊次郎の返事は熊太郎にとって実に意外だった。熊次郎は言った。

「あかんな。三十円はかやされへんわ」

熊太郎は驚いて言った。

「な、なんであかんね。かやしてくれや」

「なんでわしがおまえに銭かやさなあかんね」

「なんでて、おまえ。そら借ったもんやんけ。かやしてくれや」

「なるほどな。借ったもんはかやさなあかん。そら、道理や。ほんだら、おまえに三十円かやすわ。しゃあけど、おう、熊。おどれ、ようわしに銭かやせてなこと吐かせたなあ、あつかましい餓っ鬼ゃで」

「なにがあつかましいね。わいは貸したもんかやしてくれちゅてるだっきゃないかい。ここにほれ、証文かて……」

「証文、証文てじゃかましいんじゃ、ど阿呆」と、ついに熊次郎は怒鳴った。

「おとなしい話、聞いとったらドあつましことばっかし吐かしゃがって、ほんだら言うけど、おう、おどれ、わしに銭貸した、貸した言う前にせんならんことあんのんとちゃうのんけ？」

「せ、せんならんことて、な、なんや」

「わしが言わんと分からんのんか。ほんまにドあつかましい餓っ鬼ゃで。ほんだら言うたるさかいによう聞け。いまから四年前の明治二十一年の八月に富田林の博奕場でおどれ、わしに銭借ったやないけ。それをば頬被りして、わがの貸した銭だけかやせ、かやせて、ちょっとあつかましすぎるのんとちゃうけ」

熊次郎にそう言われて熊太郎は愕然とした。

そんなことがあったのを完全に忘れていたからである。

しかし、言われて熊太郎はそのときのことを鮮やかに思い出した。

あのとき熊太郎は年下の熊次郎が賭場でいい顔なのに自分は味噌滓《みそかす》のように扱われ、また、熊次郎が大勝しているのに自分が大敗して口惜しい思いをし、見返してやろうと思って銭を借りて勝負の挙げ句、またぞろ負けるうち、敗北の快美にとりつかれて前後不覚になったのである。

となると熊次郎の言っているのが道理である。熊太郎は言った。

「熊次すまなんだ。忘れてたわけやないね」

「忘れてへんねやったらなんやねん」

「いや、ちょっと頭のなかからなくなってたんや」

「それをさして、忘れた、ちゅうんじゃ、ど阿呆」

「どっちゃにしろ、すまなんだ。しゃあけど、思い出した。確かにわしゃ、あのときお前に銭、借ったわ。もちろんそりゃかやす。わしがお前に貸した三十円から引いてもろて結構や。その残りをかやしてもろたらそんでええわ」

熊太郎がそう言うのを聞いて熊次郎は呆れ果てたという口調で言った。

「引いてもろて結構やと？　なんかしとんね、ど阿呆。三十円かそこらから、おどれの借金引いて、まだ銭、残ると思とんのんか」

「そら残るやろ。あんときわしが借ったんは確か、十円かそんなもんやったやろ」

「阿呆吐かせ。あんとき、わしゃ、お前に六十円貸したんやんけ」

そう言われて熊太郎は目を剝いた。そんな事実はなかったからである。これにいたって熊太郎、初めて語気を荒《あら》げて言った。

「なんかしとんじゃ。十円しか借ってへんやんけ。ええ加減なこと吐かすな」

「なにがええ加減じゃ。ほだら証拠めしたるさかい、待っとれよ」

そう言うと熊次郎はいったん奥の間に行くと書附《かきつけ》のようなものを手に戻ってくると、

「これ読んでみい、ど阿呆」と怒鳴り、熊太郎めがけて書附を投げつけた。

いったん身体にあたって床に落ちた書附を拾い上げて読んだ熊太郎の顔色が変わった。

書附には松永熊次郎に金六拾圓を借用したという意味のことが書いてあって、末尾に熊太郎の署名があった。

筆蹟は間違いなく熊太郎のもので爪印も捺してある。

熊太郎はそのときのことを思い出して、あっ、と声を上げた。

あのとき確かに熊次郎に金を借りた。そして熊次郎は帰り際、きわめてさりげない調子で、「一応、後日の証拠のために証文に名前を書いて判をついてくれ」と言い、帳場で紙と筆を借りると、自分でさらさらと何事かを書いて渡し、敗北の快美に魅了されて逆上していた俺ははろくに読みもしないで署名し、押印したのだ。ということは、あっ。こいつは、最初から俺を騙す気で銭を貸したのか。なんちゅう汚い餓鬼な。そんな周到に汚いことができる、その精神が俺には分からない。

と熊太郎は呆れ果てたが、このままでは、身に覚えのない借金を負わされることになり、どう考えても得心がいかぬ熊太郎は大声で抗議した。

「なんかしとんね。こら嘘やないけ」

「どこが、嘘やちゅうね。われ、ちゃんと名前書いて、判ついとるやないけ」

「じゃかましわ。わしゃはっきり覚えとんど。あんときわしがおまえに借ったんは十円や。六十円てなこと間違うてもあらいんわ」

「寝言は寝てから言え、ど阿呆。ほれやったらわしも言わしてもらう。あんときわしはおどれに六十円貸したんはっきり覚えてるわ」

「なに言うとんね。どこにそんな証拠あんね」

「阿呆か、おまえは。その証文が動かぬ証拠やないけ」

熊次郎はそう言って証文をひったくると丁寧に畳んで懐にしまった。

熊太郎は言った。

「わしはそれ按配読まんと書いたんじゃ。読んどったらそんなもん名前書くかあ。ちゅうか、おまえ、わしがぼうとなっとんのん知っとって、いまやったら読まんと判つきよると思て、こんな証文書かしたんやろ。こちゃ、わかっとんねんど。おい、こら、そやろ。白状せぇ、こら」と熊太郎は凄んだ。熊次郎は笑った。

「ははは。白状せぇ、ちゅうてなんやおまえそれ？　凄んどんのんかい？　おお、怖わっ。おお、怖わっ。ほな白状したるわ。わしはおまえがぼやーっとしとるから、こら読まんと判つきよるな思て十円しか貸してへんのに六十円て書いたんじゃ。ほだらおまえ、案の定、はいはい、ちゅて名前書いて、判ついたんやんけ。ほんまおまえはぼけやの」

「みってん。やっぱしそやんけ。ちゅうことはこの六十円ちゅうのは嘘で、わしがおまえに借ったんは十円ちゅうことでええねな」

「だれがそんなこと言うてんね」

「誰がそんなことておまえいま自分で、十円しか貸してへんのに六十円て書いた言うたやんけ」

「ああ言うたよ」

「ほだ、そんでええんとちゃうんけ」

「ええことあるかあ。証文があるからには六十円払ろて貰うよ」

「そうかてそれは嘘……」

「て、誰が決めんねん。おれが決めんのか。おまえが決めんのか。ちゃう。証文が決めんねん。文句あんにゃったら出るとこ出よか？　ほんでおまえ言うたらええやんけ。あのとき借ったんは十円で六十円ちゃいます、ちゅてみい、ほな、向こう、証拠あんのんか、て聞きよるわ。ほんだらおまえなんちゅうね。そこにおる松永熊次郎が自分であれは嘘やったちいました、ちゅうんか？　ほんでわしが、へぇ、あれは嘘でほんまは十円より貸してまへん、ちゅう思とんのんか？　そんなこと言うかあ、ど阿呆。いえ、そんなことおまへん。確かにあのとき城戸熊太郎に六十円貸しました。それが証拠にここに証文もあります、ちゅうに決っとるやないけ、あほらしもない。ほで、向こうそれ見るわ。ほな、おまえ、そこに名前書いて判ついとるがな。なんの文句のつけようがあんね。おまえはまことわしに六十円借ったちゅうことになんにゃ。そんなことも分からんと目ェ開いて口開いて飯食て息しとんのか、あほんだら。まあ、そやけど。そんなおまえでも、明け暮れ顔合す同村の人間やと思やこそ、今日の今日まで六十円は催促もせぇへなんだんやけど、そなして偉そうに三十円かやせちゅてきたんが小憎らしい。さあ、六十円から三十円引いた残りの三十円、耳揃えてかやしてもらおか。いつまでにかやしてくれるんや、おい。黙ってたら分からへんやないか。なんとか吐かさんかい、こら」

と嵩《かさ》にかかって言い募る熊次郎の顔をぼんやり見上げた熊太郎は内心で熊次郎を殺したいと思い、殺すとすればどのような方法があるだろうか、と考えていた。

ただ殺すのは面白くない。やはり死の恐怖と苦痛を十分に味わわせて殺したい。「ヤメテケレー」「タスケテケレヤー」と言って悲泣するのを、「じゃかましい」と言ってじわじわ嬲《なぶ》り殺しに殺したい。というのはこいつはそれだけのことをしたからだし、こんな恥知らずはそのようにして死ぬるべきなのだ。そのときこいつは心から悪いことをしたと思って反省するだろうか。わからない。しかし、こいつはそれに値することをしたのであって、その恐怖と苦痛を味わうべきなのだ。そのためには具体的にどのような段取りをすればよいのだろうか。

と熊太郎は考えたがただ、熊次郎を殺す、という言葉が何度も頭のなかに谺《こだま》するばかりでそのための具体的な方策がなにも浮かんでこず、熊太郎は困惑した。

それどころか、獅子頭のなかから見た縫の人間を試す目のことを思い出して、熊次郎よりもむしろ自分を消滅させたいような気持ちになった。

そんな風に憤りつつも困惑、混乱している熊太郎に熊次郎は言った。

「おう。熊。なに黙っとんね。黙っとってすむと思てけつかんのんか、こら。おっしゃ、わあった。おどれがそなして片意地に黙ってんにゃったら、こっちゃにも考えあるろ。おう、こら立て、熊。立たんかい、ちゅとんね。わしと一緒に来い。どこ行くねて、警察の旦那のとこに決っとるやないけ。警察の旦那のとこ行て、証文見せて、どないしてでもお前が銭かやさんとあかんようにしてもらうわ。その他にもおまえやましいとこあるやろ。そんなんみな探索してもらうわ」

熊次郎はそう言って熊太郎の着物の肩のあたりをつかんで引っ張った。

借銭のことはともかくとしても、盗掘その他のことを警察に行って話されたら大事で、急に現実に引き戻された熊太郎が右手を大きく旋回させて熊次郎の手を振り払ったそのとき、熊太郎は突然ある突破口を見いだした。

そうだ。その手があった。

熊次郎の手を振り払った熊太郎は、なお、「立たんかい、こら」と乱暴な口調で言う熊次郎にゆっくりした口調で言った。

「熊次、おまえ警察の旦那のとこ行くんやったらひとりで行けや。わしは別のとこ行くさけ」熊太郎の余裕たっぷりの口調をやや不気味に思いつつも、自らの優位を信じて疑わない熊次郎は嘲笑するように言った。

「どこ行くっちゅうんじゃい」

「おまえのおやっさんとこ行くわ。ほて、おまえが証文偽造したことも、蛭子駒《えびこま》の博奕場で三十円の借金拵えてわしに銭借ったことも、相場で五百円儲けたちゅうは嘘で、縫を嫁に貰わんて一札入れる代わりにわしから五百円とったちゅうことも、竹田山三郎の地所と一緒に地所売って銭儲けたことも、洗いざらいみな喋ってもたるわ」

今度は熊次郎の顔色が変わった。

「お、おまえ、いまなんちゅたんじゃ」

「おまえ耳聞こえへんのか。おまえのおやっさんとこ行て、いままでのことみな言うたるちゅたんじゃわえ」

「われ、ほんまにそんなことさらす気ィかえ?」

「おう。言うたろやんけ」

「そんなことさらしたらどないなるか分かっとるんか、こら」

「わからんけど、腹立つからやたけたで言いに行ったんにゃんけ」

「ほんまに言いに行くんけ」

「ほんまに言いに行くわい」

と熊太郎の言うのを聞いた熊次郎の顔面が蒼白であった。唇がわなわな震えてなにも言えなくなっていた。

その様をみて熊太郎は、ざまあみさらせ、と思うと同時に内心に苦々しいものを感じていた。

というのはさっきまで熊太郎は追い詰まっていた。なぜ追い詰まったかというと、熊次郎の言動如何によって熊太郎は監獄へ行くことになるかもしれなかったからである。

そしてそのとき熊次郎はへらへら笑っていた。

そしていま熊次郎は熊太郎と同様に追い詰まっているが、なぜ追い詰まったかと言うと熊太郎の言動如何によって熊次郎は勘当されるからである。そして熊次郎は蒼ざめて震えている。このことがどういうことかというと、熊次郎においては、熊太郎が監獄に入って公民としての権利を失い、身体と心の自由を奪われるよりも、自分が勘当になって、せいぜい親の経済的な庇護を得られないということが、その悲しみ、苦しみがはるかに勝るということである。

これを分かりやすく言うと、他人が死んだり大怪我をしているのをみてへらへら笑っている人間が、いざ自分のこととなると、指先に棘《とげ》が刺さっただけで生きるの死ぬのと大騒ぎをするみたいなことである。

もちろん人間というのはそもそもそのように利己的なもので、熊太郎もそのこと自体を苦々しく感じているのではなかった。

熊太郎がもっとも苦々しく感じたのは、そこではなく、そうして自分を追い詰めた熊次郎の意識の持ち様であった。

熊太郎は相手の一切の自由を剝奪《はくだつ》するつもりであれば、自らも一手間違えば同様の憂き目に遭うという覚悟を持つべきであると思っていた。相手を殺すつもりであれば自分もまた死ぬ気でかかるべきだと思っていたのである。

ところが熊次郎はそんなことはつゆ思わず、自分は安全な位置に居て、自分の足元は揺るぎないものだと信じていた。

熊太郎は子供の頃、トンボやバッタを捕えて慰みものにしたときのことを思い出した。

もちろん熊太郎はトンボやバッタが自分に反撃してくるとは思わなかった。

熊次郎も同様であった。つまり熊次郎は熊太郎をトンボやバッタと同程度の存在と見なしていたことが、熊次郎が勘当程度のことでかく動揺していることから知れ、熊太郎はそのことが実にいまいましいのであった。

熊太郎はそうして激しく動揺している熊次郎を見て田椙《たすぎ》屋の息子のことを思い出した。熊太郎は思った。

田椙屋の息子もまた、竹田山三郎の娘のことをその程度にしか見ていなかったのだろう。つまり金持ちの坊ちゃんなどというものはみなこんなもので大した覚悟もなく、親の庇護の下で嵩《かさ》にかかって面白半分に他人をいたぶり、自分はそうする権利を天から神から賦与されたと思いこんでいるが、いざ反撃されると、自分は攻撃する一方で他人から攻撃されるということを想像もしたこともないから、すぐに動揺して半泣きになるのであって情けないことこのうえない。そして腹立たしいのは自分がそんな金持ちの弱々ぼっちゃんに追い込みをかけられたという事実で、しかしでも逆に考えれば、だからこそこうして簡単に追いつめることができたのであり、苦々しいのはいっとき我慢をしていまは優勢なのだから敵を追いつめることに専念することにしよう。

熊太郎がそんなことを考えていると、ひとりでわなわなしていた熊次郎が突然、膝をつき、それから両手をついて頭を下げて言った。

「熊太郎様、どうかっ」

熊太郎は言った。

「なんやねん」

「どうか、親父に言いに行くのだけは堪忍してください。お願いします。お願いします。お願いします」

そう言って畳に額をこすりつける熊次郎を見て熊太郎は、その手は食うかれ、ど阿呆。と思った。

高田屋で熊次郎は同じように頭を下げたのだ。熊太郎は立ち上がって言った。

「なにが熊太郎様じゃ、ど阿呆。おまえ、先前までわいになんちゅうとったんじゃ。やれ、熊の、やれ、ど阿呆の言うとったんちゃうんか。白こすぎるんじゃ、ぼけ」

「すんませんでしたあっ。すんませんでしたあっ。お願いします。言わんとってください。お願いします。お願いします」

「じゃかあっしゃ」と、行きかけた熊太郎の足に取りすがって熊太郎を見上げた熊次郎の顔が涙と洟《はな》と涎《よだれ》でべちゃべちゃであった。熊次郎は泣きながら叫んだ。

「お願いします。お願いします。言わんとってくださあい。言わんとってくださあい。そんなんお父っつあんに知れたらわたいは、わたいは勘当になってしまうやんかあ。ああ、ほんだら、ああ、ほんだら……、ああ、もうどうしていいかわからない。お願いします。言わんとってください。ああ、熊の痺れ」

訳が分からなくなって泣き叫ぶ熊次郎を見て熊太郎は、いい気味だ、と思った。

他人を騙し、他人を陥れ、へらへらしているからそんな目に遭うのだ。ざまあみさらせ。熊太郎はなお取りすがる熊次郎の顔面を、「どひつこいんじゃ、ぼけ」と言って蹴り倒すと、そのまま土間に降りていった。

蹴られた熊次郎は仰向けにひっくり返り、涙と洟を垂れ流しながら、「ひいいっ、ひいいっ」という妙な声を上げ、白目を剝いてひくひく痙攣していたがやがて動かなくなった。

そのような熊次郎の姿を見て熊太郎は清々《せいせい》したような気分で、熊次郎宅を出てからも暫くの間は、「はっ、ざまあみさらせ」とか、「人を騙して贋《にせ》証文みたいなもん拵えるからあんな目に遭うんじゃ」とか、「おまえみたいなもんは勘当されて破滅せぇ」とか思った。

そう思うと愉快でひとりでに笑みがこぼれた。

しかし歩くうちに熊太郎はだんだんと抑鬱的な気分になってきた。

熊次郎は普通に比べてかなりえぐい人間である。そのえぐい熊次郎があれだけ恐怖する松永傳次郎というのはかなりえぐい人間と思われるが、自分はこれからそのえぐい人間に相対し、その長男が行った非道を事を分けて説明しなければならない。

それを思うと熊太郎はずぶずぶに気鬱になるのであった。

口をきいたことがなかったが、そこいらを歩いている姿はよく見かける。胸を張り、あたりを睥睨《へいげい》しつつ、いかにも村の実力者といった感じの偉そうな歩き方をしている。それに比べて俺の親父は、腰をこごめ、背を丸め、人と視線を合わせぬようにとぼとぼ歩き、いかにも貧乏百姓という様子で歩いているのだ。

そう思った瞬間。熊太郎は愕然とした。

気がつくと自分も平次と同じような歩き方をしてたからである。

熊太郎は慌てて背筋を伸ばし、弥五郎に一緒に行ってもらおうかと思って、いったん、弥五郎方に足を向けかけたが止めた。

「ちょっと用あんね」と言ったときのいつにない弥五郎の拒否的な顔が頭に浮かんだからである。

では松永傳次郎方に向かうのかというと、そうではなく、熊太郎は池田専太郎方に向かった。

そもそも熊太郎は、常人であれば、驚天動地、恐慌に陥ってどうにも冷静にいられぬようなぬきさしならぬ事態になったとき、それまではどきどきしていたのがいざそうなってみると不思議に気持ちがすうと落ち着くという癖があり、最近ではその事を自分で意識していて、往来に立ち止まり、そうして気持ちが落ち着くのを待ったのだけれども、今度ばかりは気持ちがちっとも落ち着かず、かくなるうえは、酒を飲んで度胸をつけようと考えて池田専太郎方に向かったのであった。

熊太郎は池田で清酒を二合飲んですっと席を立った。

玄関に履物が余計脱いであった。熊太郎は法事を営んでいるのかと思った。しかし、口の間には傳次郎がひとりで座っていた。

熊太郎は腕組みをして座っている傳次郎の存在に圧倒された。

整然と片付いて塵《ちり》ひとつとどめぬ屋敷内のたたずまいに圧倒された。

しかし、ここまで来て引き返す訳にはいかない、熊太郎は自分が気後れしていることを悟られないように注意して挨拶をし、来意を告げた。

しかし駄目であった。熊太郎の声は甲高《かんだか》く、ところどころ掠れ、語尾が震えていた。熊太郎は、なんという情けない有様だ、と自己嫌悪に陥った。

そんな熊太郎の心中を見透かしたような笑みを浮かべて傳次郎は言った。

「ああ。熊太郎な。城戸平次の息子な。こないだまで子供やとおもてたんやが、もう、こないおっきなっとんね。はは。こっちゃ、年取るはずや。ほて、今日は何の用できたんやいな」

傳次郎が言うのを聞いた熊太郎は意外であった。狷介《けんかい》で辛辣《しんらつ》だと思っていた傳次郎が思いの外、やさしい口をきいたからである。

そのことに力を得た熊太郎は熊次郎の非道のすべてを話した。

麻を吸って決まっていたこと。

熊次郎が竹田山三郎《やまさぶろう》の無念を晴らさんがため田椙屋に乗り込んでくれと熊太郎に依頼、後日そのことを知らぬと言ったこと。

そのことにからんで熊次郎が地所を売り、銭を儲けたこと。

すでに将来を約束した女があるのにもかかわらず、縫との縁談が持ち上がっているという噂を流して熊太郎から五百円を騙《たばか》りとったこと。

その交渉の際、熊太郎の頭を土足で踏みにじり、小便をかけたこと。

その五百円を相場で儲けたと偽っていること。

始終、賭場に出入りして、どこの賭場でもよい顔であること。

蛭子駒《えびこま》の賭場で三十円の借金を拵え穴埋めのために熊太郎から銭を借りたが贋証文をたてにこれを返そうとしないこと。

熊太郎はそんなこと、みんな話した。

熊太郎はまた、松永傳次郎次男寅吉が熊太郎女房縫と姦通したことも話した。そのことを話したとき熊太郎は胸に錐《きり》が刺さったような痛みを覚えた。

傳次郎は熊太郎の話を腕組みをして聞いていたが、熊太郎が話し終わると腕をほどいてまったく平静な口調で、「ほて？」と言った。

熊太郎は狼狽《うろた》えた。

なぜなら、熊太郎の予測では、そうして傳次郎の知らぬ熊次郎の悪行の数々を傳次郎に告げれば、傳次郎は憤怒して、「なんちゅう餓鬼な。そんなことさらしてけつかったんか。おのれ。あんな小倅は久離《きゆうり》切って勘当してこましたるわい」と言うと思ったからである。

さらに熊太郎はうまいことといけば、「いやあ、熊太郎、よう知らしてくれた。おまえにも迷惑かけたようやなア。五百円ちう銭はいまはないけろ、とりあえず高田屋で借ったちう三十円だけかやしとくわ」と銭を返してもらえるのではないかとも思っていた。

ところが傳次郎は、熊太郎が話し終わったのにもかかわらず、なんら感情が動いた様子もなく、平静な、そしてまた不思議そうな口調で、ほて？　と聞いたのである。

熊太郎は思わず聞き返した。

「ほて、ちいますと？」

「おまえはいンまの話、わしにして、ほてどなしてほしね」

熊太郎は口ごもった。

「ど、どないしてほしね、ちゅうわれてもあれやけど、やっぱり、そういうことてあかんことですやん。わが息子がね、そういう悪い事したらあかんちゅうことは、やっぱし、親として意見したりね、そんなことするんちゃうんかなあ、てそない思てね、ほんで言いに来たんやけろね」

「ほたなにかいな？　おまえはうちの倅が悪いことしてるでちゅうことをわざわざ知らせにきてくれたんかい」

「ま、まあ、言やそういうこっちゃわ」

「そらおおきにはばかりさん。ほた、そらもうよう分かったから去《い》んで」

「ええっと。はい。うん、そやね。去にまふわ。去にまふけど、この後、どういう風なことになんにゃろ？」

「どういう風にてなにが？」

「いや、別になにがちゅうことないんやけど、熊次は勘当になんのんかいな？」

「そんなもんおまえに関係ないやろ」

と取りつく島のない傳次郎にもはや熊太郎はどのように話をしてよいか分からず、うつむいて釈然としない思いを持て余していたが、やがてあることに気がつき、言った。

「うん、まあ、関係はないけどね、いや、ただね、わいは熊次に銭貸しとんね。あと、五百円ちゅう大金をとられとんねね。これはどないなんのんかちゅうことはやな、そらあんたがただの親やったら知らんで済むかも知れんけろ、あんたはほれ、村会議員もしてるわけやんけ。それ考えたらやっぱしそういう悪いことちゅうのは村のためにもほっといたらあかんのんとちゃうけ」

と熊太郎が言うのを聞いて傳次郎は笑った。

「かはははははははは」

「なにがおかしいんじゃ」

「すまん、すまん。先前から辛抱しとったんやけど、とうとう辛抱たまらんようなって笑てもたわ。しゃあけど笑いともなるやんけ。なあ、熊太郎、考えてもみいや、わしと熊次郎は親子や。それにひきかえ、わしとおまえは赤の他人やないけ。その赤の他人のおまえがやで、不意にやってきて、おまえとこの息子は悪人やさかいに勘当せえ、悪いのを認めて銭を弁償せえちゅて、親のわしが、ほんまやのお、熊太郎、おまえの言う通りわしの息子は悪人やった。あんな悪い奴はないのおちゅうと思うか？　おい。なあ、熊太郎、おまえ、甘えんのもええ加減にせぇよ。わしにとって熊次郎は跡取り息子や。そら本人には厳しい言うことがあっても可愛い倅や。他人のおまえと比べもんになんかなるもんか。おまえが言うてんのはのお、熊太郎、おまえと熊次郎がふたり水に溺れとって、熊次郎は悪人やさかい、あいつやのおて、わがを助けぇて、熊次郎の親のわしに言うとんのとおんなじこっちゃぞ。どこの親がそんな阿呆なことするかい。なんや言うとったなあ、村会議員？　そんなもん関係あるかれ、ど阿呆。そんなど阿呆やさかい、五百円ちゅう大金、だまし取られるんじゃ、ぼけ。ちゅうかなあ、おまえが言うてたみたいなこた、こっちゃもう先から分かったんね。分かったあって知らん顔しとったんじゃ。それをば、わざわざ注進にきて、ほいでわがのええようにわしがすると思てるおまえの阿呆さ加減てほんまおもろいのお、あはは。あはは」

傳次郎は半ばそら笑いのように笑った。なんでそんなことをするかというと熊太郎を馬鹿にするためである。

　馬鹿にされた熊太郎は当然のごとくに口惜しかった。

　というとあっさりしているが熊太郎の口惜しさは並大抵の口惜しさではなかった。

　胸をかきむしり、心臓をつかみ出してぐしゃぐしゃにしてしまいたいような、髪をかきむしった挙げ句、引きちぎり、頭から血液を噴出させて連獅子《れんじし》をしたいような口惜しさで、そしてその口惜しさは右のような無茶苦茶なことを実際にしたような痛みを伴っていた。

しかし熊太郎は、自分がそうして軽侮されたから口惜しいのではない、と思った。では熊太郎はなにが口惜しかったのか。

　熊太郎は自分自身が口惜しかった。熊太郎は心の底、腹の底から、俺は阿呆やった、と思った。餓鬼やった、と思った。

　熊太郎は自分や弥五郎や博奕場で会う愉快な仲間たちは世の中のルールから外れて生きているが、世の中には正義というものがあると思っていた。そして傳次郎のごとき、「大人」がその正義に則《のっと》って世の中を公平、公正に運営していると思っていたのである。

　したがってルールを逸脱するものがあると知れば、傳次郎のごとき大人がこれを公平に裁いてくれると熊太郎は信じていたのである。

　しかし、当然の話であるが現実にはそんなことはなく、みんなひとりひとりがてんでに、その都度その都度の自分の都合で生きているのが世の中というところで、だからこそ世の中には紛争や揉め事が絶えぬのであるが、そのことを知らなかった熊太郎はなるほど子供であった。

ことあるごとに、「先生に言うたろ」という児童があるが、この児童は、正義の体現者である、「先生」が、すべて公平に裁きをつけてくれ、だからこそ不正を行った者は、「先生」を恐れるという考えに基づいて、ことあるごとに、「先生に言うたろ」と言って相手を威嚇《いかく》する。

熊次郎にたばかられた熊太郎も同様で、熊太郎は、「先生」「大人」であるところの、松永傳次郎に、「言うたろ」と言ったのである。しかし、松永傳次郎は正義の体現者でもなんでもなく、自分の都合を最優先して生きている有力な市民に過ぎず、当然、公平な正義など行わない。

そのことを知った熊太郎はこれまで漠然と、社会には社会正義というものがあって、その正義に則って社会は運営されていると信じ、のこのこやってきて訴えるなどという餓鬼同然、小児同然の自分の間抜けぶりがやりきれないほどに情けなかったのである。

熊太郎は、何度も何度も、俺はなんたらあほであったか。と思った。

三十面さげて、餓鬼みたいに告げ口に来たのだ。大人はみな庇護者だと信じている無《む》垢《く》な餓鬼。泥棒の親方のところへ行って、「家に泥棒が入りました。懲らしめてください」と言っているみたいな阿呆だ。というか俺は滝谷不動で、「俺は一生、やたけたでいったる」と誓い、活火山の噴火口で宴会してるみたいな気持ちで生きてきたがあれはなんだったのか。俺はがつがつ直線的な繁栄を願ってそれを隠さない奴らにずっと厭《えん》悪《お》の感情を抱いていたし、あえて敗北すること、あえて滅亡することは辛いけれども、苦しいけれども、人にできないそう言うことを笑ってやるのは粋なことだと思っていた。それだけを杖に俺は困難な人生をこれまで生きてきた。しかしそれは俺が社会の埒外《らちがい》の荒野みたいなところにいるからこそ成り立つのであって、俺が子供で大人の庇護を前提に無茶苦茶をしていたとしたら粋でもなんでもなくて、逆に無茶苦茶に恰好の悪いことということになる。と考えれば腑に落ちるのは駒太郎や村の奴の俺に対する視線で、俺が暴力的に振る舞えばそれは恐れたが、しかし、と同時に俺に対する侮蔑的な視線に、一部、なにか気の毒な人を見るような、そんな要素が混ざっていたのはつまり俺を社会の埒外の荒れ野にあえて立つ粋な奴、と思っていたのではなく、いつまでも成人できない未熟な奴と内心で思っていたからなのだ。

そう思った瞬間、熊太郎の血液が沸騰した。

沸騰するということは、液体が煮えたつということで、血管というものは全身くまなく駆け巡っているから、つまりは煮えたった液体が身体の内側をくまなく駆け巡ったということである。

そんなことに人間が耐えられる訳がなく熊太郎は、「おほほほほほほ」と奇声を発して悶え苦しんだ。

発狂しそうな痛みのなかで熊太郎は思った。

この痛み、苦しみが今後も続けば自分は死ぬか、発狂するかしてしまうに違いないので、早急にこの痛み、苦しみを根本的に除去しなければならないが、そのためにはいろんなことをしなければならないはずで、ということは早急にこの痛み、苦しみを取り除くことはできないということで、ということは自分は死ぬか発狂をしてしまうということで、それは困る。ということはどうすればよいかというと、とりあえずいま一時的にこの痛み、苦しみを軽減するための処置をとらねばならないが、そのためにはどうすればよいかというと、いま目の前に居て直接的に痛み、苦しみの原因となっている傳次郎を除去、すなわち殺せばよいということだ。

そう判断した熊太郎は立ち上がり、「おほほほほほほほ」と奇声を発しつつ、傳次郎につかみかかっていった。

驚いたのは傳次郎であるが、それまで悄然として項垂《うなだ》れていた熊太郎が突如として、「おほほほほほ」と奇声を発し、つかみかかってきたのだから無理はない。

「なにさらすっ」と悲鳴のような声を上げつつ傳次郎は咄嗟にのけぞり、両の手を顔の前で振り回して熊太郎を払いのけようとしたが、逆上している熊太郎の力はもの凄く、とても払いのけられるものではない、仰向けにひっくり返った。

熊太郎は仰向けにひっくりかえった傳次郎にのしかかり、傳次郎の腹に膝蹴りを食らわしながら、両手で喉頸《のどくび》をぐいぐい絞めた。

「あがががががが」傳次郎が苦悶し、「おほほほほほ」熊太郎が奇声を発した、ちょうど、そのときである。奥の座敷に続く板戸が、がらっ、と開いたかと思うと奥から、五、六人の男がばらばらばらっと飛び出てきて、傳次郎にのしかかる熊太郎の姿を認めるや、「あ、この餓鬼、なにさらしてけつかる」と熊太郎に飛びかかり、襟髪をつかんで引き離した。

後からのそっと出てきた男が傳次郎に、「松永はん、正味、大事おまへんか」と声をかけた。その隣に河童に酷似した男が立っていた。

この男こそ誰あろう、富田林で二度にわたって熊太郎に恥をかかされた正味の節ちゃんその人であり、脇に立っているのは往時より節ちゃんに付き随う合羽の清やんであった。

しかし正味の節ちゃんのなんという変わり様であろうか、二度にわたって熊太郎に脅かされ場銭をあらかたとられて震え上がり、また、熊太郎のもの凄い一瞥、弥五郎の拳銃に怯えて手も足も出なかったかつての情けない節ちゃんの面影は微塵もなかった。

節ちゃんはいまや貫禄十分の親分親方であった。

脇に控える合羽の清やんも、顔こそ相変わらず河童に酷似していたが、もはや合羽も着ておらず、代貸の風格を備えていた。

あの情けなかった正味の節ちゃんがなぜこのような驚くべき変貌を遂げたのか？

よほど苦しい渡世の修行をして男を磨いたのか。

そうではなかった。

節ちゃん本人は以前となにも変わっていなかった。ではなにが変わったのかというと、周囲の状況が変わったのだった。

明治十七年一月、明治政府は、博徒犯処分規則を交付した。いわゆるところの博徒大刈込で、この年以降、博徒はがんがん捕えられ牢に入れられた。なんのためにそんなことをしたかというと、幕末から明治にかけて幕府も諸藩も武装勢力としての博徒を大いに利用したが、飛鳥《ひちょう》尽《つ》きて良弓《りょうきゅう》蔵《おさ》められ狡兎《こうと》死《し》して走狗《そうく》烹《に》らるの例え通り、世の中がだんだんに治まってくるとそうした武装勢力は邪魔になってくるからである。

また、世の中が治まってきたとはいえ、まだまだ動乱の記憶新しい時代で、不遇をかこつ者はそうした勢力を利用して世の中をひっくり返してやろうと考える。

そんなことをさせないためにもそうした武装勢力はこれを壊滅させるにしくはないと考えた政府首脳が博徒の大量検挙を企図したのである。

博徒犯処分規則は明治二十二年に廃止されたがこの間、有力な親分はみな捕まってしまった。

ところが正味の節ちゃんは無力な親分であったがために検挙を免れ、有力な親分がいなくなった縄張りの空白に根を張ることができたのである。

明治二十四年に熊太郎と弥五郎が田杉屋に暴れ込んだ時点で節ちゃんはすでに相当の親分、親方であった。それでもそのときは、熊太郎の剣幕と弥五郎の迫力に恐れをなして退散したが、その後、さらに勢力を拡大した正味の節ちゃんはいまや水分あたりの半可打が太刀打ちできるような相手ではなくなっていた。

その節ちゃんに、「大事おまへんか」と声をかけられて傳次郎は言った。

「ああ。なんちゅことないわ」

「正味、なにがおましたんや」

「なんもない。そいつがいきなり飛びかかってきょったんや」

「正味、なんちゅことさらすにゃ。おい、正味、こら」

そう言って節ちゃんは若い者数人に取り押さえられてもがいている熊太郎に歩み寄った。

「正味、おちょくっとったらあかんど」

と熊太郎の顔をのぞきこんだ正味の節ちゃんは思わず声を上げた。

「あ」

「あ」

と同じく声を上げたのは熊太郎である。

「お、おどれは正味の節ちゃん……」と熊太郎が言うより早く正味の節ちゃんが言った。

「松永はんに殴り掛かるやなんて、正味、無茶さらす餓鬼なと思たら、正味、おどれけえ」

そう言うと節ちゃんは松永傳次郎に言った。

「正味、松永はん。わいはこの餓鬼に、正味、何回もえらい目に遭わされてんねん。ここで会うたんが正味、幸い、正味、ちょっと礼さひてもろてもよろしか」

「ああ、かまへんで。この餓鬼、わしの首絞めやがるやなんてちょう甘えとんにゃ。いっぺん痛い目におうたらちょっと性根据わるかもしれん」

「ほな、正味、ちょっと痛い目に遭わすけど、松永はん、なんもない言うてたけど、こいつ正味、なんであんたの首絞めよってん？」

「いやあ、あることないこと言うて強請《ゆすり》にきょったんや。大方、博奕か女で借金でも拵えよったんやろ」

と傳次郎が真っ赤な偽りを言うのを聞いて熊太郎は激昂、

「なに、嘘吐かしとんじゃあ」と怒鳴って大きくもがいた。

もがいた拍子に熊太郎の右側に居て熊太郎を押さえていた若い衆の鼻に肘が当たって、「ぎゃん」若い衆は哭《な》いて両手で鼻を押さえた。

指と指の間から鮮血が迸《ほとばし》った。仲間の血を見て若い衆は一瞬、怯《ひる》み、熊太郎を押さえる力を緩めた。その一瞬の隙をついた熊太郎は、若い衆を振りほどいて座敷に一気に駆け上がり、傳次郎につかみかかった。

しかし、抵抗もそれまでであった。すぐに若い衆が熊太郎を座敷に組み伏せた。正味の節ちゃんがゆっくり近づいてきて熊太郎の前にかがみ込み、押しつぶされて亀のようにもがく熊太郎の髪の毛をつかんだかと思うとこれを上に引っ張って熊太郎の顔面を持ち上げた。

熊太郎は絶叫した。

「痛い痛い痛い痛い痛い痛い」

「じゃかましいんじゃ、正味。おどれには正味、煮え湯飲まされとんね。わいを昔のわいやと、正味、思いなや。正味、これでも食らえ」

正味の節ちゃんはそう怒鳴ると銀の達磨煙管《だるまぎせる》で熊太郎の横鬢《よこびん》のところを、ぐわん、薙《な》ぐように殴った。

「あぎゃあー」

正味の節ちゃんは若い衆に熊太郎から離れるように言い、激烈な痛みに耐えつつ立ち上がろうとしてようよう四つん這いになった熊太郎の、こんだ頭頂部を煙管で殴り、倒れ伏した熊太郎の顔面を、「馬鹿にしゃがって、正味、なめとったら、正味、あかんどあんだらー」と絶叫しながら熊太郎の顔面を蹴りあげ、転がった熊太郎の襟首をつかんで立たせると、「正味、正味、正味っ」と怒鳴って熊太郎の頰桁《ほおげた》を力任せに、ぐわん。殴った。

もんどりうって土間に転落した熊太郎は柱の根石に頭をしたたか打ちつけた。

額が割れ、鮮血が噴出した。

「正味、ざまあみさらせ、あんだら」と笑う節ちゃんの声が遠くで響いているようであった。

熊太郎は頭をひねって馬屋《まや》の方を見た。藁が積んであってその手前に鉈《なた》が転がっているのが見えた。なんとかあしこまで転がっていき、何人やれるか分からんけどやれるだけやって腹切って、座敷中に腸まき散らして死んでこましたろか。もちろんそれは命をかけた嫌味。

そう思った熊太郎は身体が動くかどうか確認した。

なんとか馬屋まで転がって行けそうだった。

よし。やってこましたる。

決意した熊太郎はもう一度頭をひねって愕然とした。土間にはたくさんの履物が脱いであったが、そのなかに熊太郎が縫に買ってやった利休下駄があったのである。熊太郎は混乱した。

履物が脱いであるということはその家にその履物の持ち主が居るということで、ということは縫がこの家に居るということである。というのはどういうことなのか。ということは、縫とまり、松永家は俺にとっては敵で、その敵の家に俺の女房の縫が居るということは、縫と寅吉はまだ切れていない、というか、親の家で公然と会うような関係ということになって、つまり、松永家の奴らの悪だくみを縫も知っていて亭主の俺はなんも知らんと騙されて、ちゅうことか。きっつー。きつい。それはあまりにも、あまりも……。

と考えた熊太郎は全身の力が抜け、馬屋に転がっていって鉈を持って暴れるなどという気力はなくなってしまって動けない、それへさして、

「おまえら正味、いてまえ」という節ちゃんの声。応、と答えた若い衆が熊太郎めがけて迫り来る。血の気の荒い若い衆に袋だたきの目にあいながら熊太郎、ただただ心のなかで、無念、口惜し、と念仏のように唱えるばかりであったが、そんな念仏で救われる訳もなく、ぼろぼろにどつきまわされて血まみれざんばら髪、息も絶え絶えになったところを、「二度とさらすな、ど阿呆」という罵声とともに表に叩きだされた。

血と泥にまみれて熊太郎はもはやなにも考えられない。首をもたげてぴしゃりと閉じられた真っ白な障子。この障子の向こう側に縫がいる。この障子の向こうに縫がいる。とただそれだけを思って真白な障子を見つめていた。

血と泥にまみれて表の方に立った熊太郎を見て弥五郎は叫んだ。

「兄哥、どなしたんじゃ。誰にやられたんじゃ」

「松永でやられた」

言うなり熊太郎は土間に倒れ込んだ。

這うようにしてようよう弥五郎方までやってきたが、もはや立っておられず、「大丈夫かっ」と駆け寄った弥五郎に、「弥五。わしゃ、無念じゃわい」と言って気を失ってしまったのであった。

弥五郎は後悔した。

熊太郎の不甲斐ない様子に愛想を尽かし、こんな奴を兄哥、兄哥と奉《たてまつ》っているのは阿呆らしいと見放してひとりで松永へいかせたからこんなことになった。俺が一緒におればこんな目には遭わさんかった。と後悔したのである。弥五郎は思わず知らず言った。

「兄哥すまなんだ。兄哥すまなんだ。兄哥すまなんだ。あんたをひとりで行かせたばっかりにこんなことになった。わしが悪かったんや。こうなったうえはわしゃ、どんなことしてでもおまえの身体を治すで。ほれから許せんのは松永や。いまは兄哥、あんたの看病があるさかいに行かれへんけど、あんたがひとりで歩けるようになったら、わしゃ松永ィ乗り込んで、熊次郎と寅吉、叩っ斬ったんねんさかい、いまにみとれよ」

弥五郎の声が聞こえたのか、正気づいた熊太郎が言った。

「弥五……」

「なんや、兄哥、気ィついたんけ、しっかりせぇよ」

「おまえ、いまなんちゅうた？」

「あんたの身体はどんなことがあってもわしが治したるちゅうたんやで」

「その後や」

「その後かいな、その後はな、松永兄弟はわしが叩っ斬ったるちゅたんや。そやさかいあんたは安心しい」

「弥五、わしも、わしも一緒に……」

苦しい息をしながらようやっとそう言った熊太郎の目から一筋の涙がこぼれた。


金剛山から寒風が吹いて木を揺らし、家を揺らした。火が燃えて湯が沸いて温かいはずの室内であるが、窓の隙間、戸の隙間から冷気が侵入して、火の近くは暖かいのだけれども、部屋、土間の隅は冷え冷えとしていた。それでも身体を動かしているものはよいが、じっと動かない熊太郎は布団に入っていてなお寒い。

弥五郎方で応急的な処置を行ったうえで戸板で自宅に運ばれ、翌日になってから医師の診察を受けた熊太郎は思いの外重傷で十二月は寝て過ごし、年が明けて明治二十六年一月になっても熊太郎は臥《ふ》していた。

世間では、わあい、正月ゃ、と言って、「正月きたらなにうれし、雪みたいなまま食べて、割り木みたいなと添えて、炬燵でねんねこそりゃうれし」みたいな歌をうたって、喜んで酒飲んで遊んでいたが、熊太郎方に正月めいた雰囲気はさらになかった。

正月の飾りはしてはあった。しかし、それにふさわしい春めいた気分がまるでなく、毎日顔を出す弥五郎がいつもと同じなりで午後二時頃やってきて小声で、「おめでとうさん」と言っただけであった。

縫も普段とまったく変わった様子がなかった。これについては弥五郎も首をひねった。いったいこの女はなにを考えているのだ、と思ったのである。

しかし、臥せる熊太郎は縫の何事もなかったかのような振る舞いを当然のこととして受け止めていた。

なにしろ縫は俺らを試しているのだから。

熊太郎はいまやまったくそのように考えて納得していた。

熊太郎は周囲の人物について縫が得るであろう結論について考えた。

森本トラは銭のために娘を売り、公平に飛び魚の干物を分配した娘婿を批判して銭をもっと持ってこいと言った。この強欲は罪障である。

松永熊次郎は、謀《はかりごと》をもちいて俺から多額の現銀を騙《かた》りとり、我ひとり貴しとして他の人間を無慈悲に扱った。この偸盗《ちゆうとう》と差別は罪障である。

松永傳次郎は、世の中の正義や倫理を歪め、正義を信じる者を侮蔑、破落戸《ごろつき》を使ってこれに傷を負わせた。当然のごとくにこの私欲は罪障である。

松永寅吉は、有夫の女と関係し、また、友人のような顔をして人に近づいて知り得た事実を他に洩らした。この邪淫は罪障である。

松永傳次郎に殴られて土間に転落、柱の根石で打った頭が破れて血が噴出、視界が朱に染まった瞬間から熊太郎は松永一家を皆殺しにしなければならないと考えていた。

なぜならあいつらは縫の試しによって罪人と認定されたからだ、と熊太郎は思った。

一方、俺はどうなのか。俺は罪人ではない。なぜなら俺は二月堂で十一面観音様にすべての罪障を消滅させてもらったからだ。では、俺は自分の罪がないからと言って恬然《てんぜん》としていてよいのか？　そんなことはないはずだ。なぜ、観音が俺の罪を浄化してくれたのか考えてみればよい。観音は、「頼まれたから」と言うだろうか。そんなことはないはずで、あのとき周囲にはたくさん人が居てみな真剣に拝んでいた。あのひとらみんなが罪を許されたとは考えにくい。ではなぜ俺だけ罪を許されたのか。それは、俺ができなかったとしても滝谷不動でどじょうを救おうとしたのを不動明王が見ていて、十一面観音のところに行き、「あいつもちょっとはええとこあるよ」と言ってくれたのかも知れない。しかしそれだけではいかにも弱く、やはり観音様にはもっと深い考えがあった。どういう考え方かと言うと、この世に正義を実現させるためだ。腐りきった松永や森本を糾《ただ》すためだ。そのために観音様はすべての人を試す使い姫としての縫を俺の側につかわしたのだ。そしてその縫によって松永の腐敗が暴かれた以上、俺は松永を皆殺しにするしかない。だいたいにおいてあいつらはなんなのだ。なめているのか。あいつらがこの世に生きていること自体が村の恥だ。あいつらの不浄な息で空気が腐る。水が汚れる。そしてあんな奴が村会議員をしている。村で勢力を持っている。多くの山林を所有し、多額の現銀を持っている。やくざと交際し、反対勢力を暴力で排除する。他家の嫁を凌辱し、素知らぬ顔で村を歩き回っている。祭りになれば多額の寄附をして、神社にも多額の寄進をするから特別扱いを受けて貴人のように振る舞う。そんなことが許されていいんですか？　いいんですか？　いいんですか？　よい訳がない。ところが村の連中ときたら同じような方向性に腐敗・堕落して、寄附を貰ったから。酒を奢ってもらったから。祝儀、香典を仰山もらったから。といっていっこうにあいつらを糾そうとせず、あいつらを批判する義《ただ》しい人をかえって辱めるようなことをしている。このままでは俺の怨みは村全体に拡散して、全村に付け火して婦女子を含むすべての村人を殺さなければ治まらなくなってしまうし、そんなことにならないうちに悪の芽はこれを摘んでおかなければならない。正義のために。殺す。殺す。殺す。殺す。全員殺す。殺す。殺す。殺す。殺す。全員殺す。殺す。殺す。殺す。殺す。全員殺す。殺す。殺す。殺す。殺す。全員殺す。殺す。殺す。殺す。殺す。全員殺す。殺す。殺す。殺す。殺す。全員殺す。殺す。殺す。殺す。殺す。全員殺す。殺す。殺す。殺す。殺す。殺す。全員殺す。殺す。殺す。殺す。殺す。全員殺す。殺す。殺す。殺す。殺す。全員殺す。殺す。殺す。殺す。殺す。全員殺す。殺す。殺す。殺す。殺す。殺す。全員殺す。

というのはいまや熊太郎の個人的な真言であった。

縫が立ち上がって障子を開け放った。

仰臥しつつ頭のなかで、殺す。殺す。殺す。殺す。全員殺す、と唱える熊太郎の腹のあたりに穏やかな正月の陽がさした。

一月十四日。熊太郎はひとりで杖にすがって水分神社に詣《もう》でた。

全員殺す、という真言を始終、唱え続ける熊太郎はしかし、なお考えていた。

確かに観音様は私を選んで正義を実現させようとした。しかし、なぜ私なのかという、もっと強い根拠があれば私はもっと強い心であいつら全員を滅ぼすことができる。腸《はらわた》を抉《えぐ》るような悲しみとともに腸を抉るような正義。沛然《はいぜん》として雨が降っている。沛然として腸を抉る。松永熊次郎の腸を抉る。俺の腸と入れ替えてやろうか。おまえの脳は俺といっぺん入れ替わったほうがええんとちゃうけ。いっぺんは。いっぺんぐらいは。恐ろしいことだ。雨が降っている。頭のなかにもざあざあざあざあ雨が降っている。

雨が降っていた。

神社に人気はなかった。熊太郎は本殿には参らずに真っ直ぐ、裏手の摂社に向かった。

熊太郎は思った。

三角の浮遊物体。あれこそが俺にこの世に正義を実現させ、悪人の腸と生首を諸人にさらさせんがために現れた神。俺が参れば神は必ずそこにおわすはずで、以前、俺は雑木林のなかの名もない小祠にぬかついて祈り、嘲弄されたけれどもあんなもんやないで、あんなもんやないで。でももし現れへんかったら私はどうすればいいのか。

そう思って熊太郎は南木神社の鳥居前に立った。

乱舞していた。

尋常の量ではなかった。

大小合わせて八千万ほどの輝く浮遊物体が満ちあふれ、白銀のように輝いていた。その残照によって熊太郎の顔、そして、身体も真っ白に輝いた。

「おおおおっ」と熊太郎は喚《わめ》き、「もうこんなもんは要らん」と杖をへし折った。

さらに熊太郎は、

「空からにゅうめんがっ」「空からにゅうめんが」「空からにゅうめんが」

と、三度、おめいた。

子供の頃から熊太郎はにゅうめんが大嫌いだった。

なぜそんなことを喚いたのか熊太郎自身にも分からなかった。しかし、熊太郎は輝く光を浴び、自分のなかの厭悪や呪詛《じゅそ》が完璧で曇りない正義に変わって行くのを確かに感じていた。熊太郎は光のなかでおめき続けた。

二時間後。じゅずくり場のところで跛を引きながら、もの凄い早さで歩いて行く男とすれ違った二人の村の者が話した。

「いま、跛引きもって向こいったん誰や？」

「ちらと顔見えたけど知らん顔やったわ」

「しゃあけど着物の柄に見覚えあんね。あれ、城戸の熊太郎とちゃうんけ」

「いやあ、ぜんぜんちゃう顔やったで。なんや鬼みたいな顔しとったがな」

「しゃあけど、着物の柄や背格好は熊太郎やで」

「そうかなあ。わからへんなんだなあ」

二人の農夫が訝るのも無理はなかった。正義を実現するために松永家もろとも縫をも殺すと決意した熊太郎はすっかり面変わりして別人のような人相になっていたからである。


三月になって熊太郎は完全に平癒し、松永に復讐するための具体的な計画を練り始めたが、このころ弥五郎の身に小さな事件が起きた。

弥五郎は去年の夏頃から浅井伝三郎の娘、照とよい仲になっていた。

熊太郎がひとりで松永に乗り込んでぼろぼろにやられたとき、弥五郎は用がある、と言っていたが、その用とはすなわち、照との逢引であった。弥五郎は照と添う気で、照もその気であったが、伝三郎にすれば弥五郎のような者に娘をやるのはとんでもない話である。

ありきたりの愁嘆《しゅうたん》が演じられ、弥五郎と照は奈良に逃げた。ということはどういうことかというと、この時点ではまだ、松永に乗り込んで死ぬ気ではなかった。照と所帯を持って楽しく暮らすことを夢見ていたのである。

ところがほどなく照は連れ戻され親元に押し込められて、これにいたって弥五郎は、照を嫁に呉れないのであれば手切金百円を出せ、と伝三郎に詰め寄った。

しかし、百姓の伝三郎に百円てな銭があるわけもなく、困じ果てた伝三郎は、ある侠客に頼んで弥五郎と交渉して貰った。ある侠客、すなわち正味の節ちゃんで、このころ節ちゃんの勢力はいよいよ強大、さすがの弥五郎もこれには敵《かな》わず渋々引き下がったが、弥五郎は大不満で、あの餓鬼らいつか殺したると嘯《うそぶ》き、また、将来の展望が破れたため自暴自棄になっていた。

五月十九日、竹田市五郎は門口に立った弥五郎を見て嫌な気持ちになった。

ここ三箇月というもの月十銭の家賃すら支払わぬ弥五郎がわざわざ自分のところにやってくるのは、なにか因縁をつけにきたか、そうでなくても、当分の間、家賃は払えないみたいなネガティヴなことを言いにきたに違いないと思ったからである。ところが案に相違して弥五郎は懐から三十銭の銭を取り出し、「遅なってすまなんだ」と言って竹田に手渡したのである。

竹田は違和感を感じつつ受け取りを書き弥五郎に手渡したが、自身の感じていた違和感の源が、平生、金にだらしない弥五郎が滞納した家賃を携《たずさ》えて来たことではなく、その妙に爽やかな笑顔にあるのだということに気がついたのは弥五郎が去って大分経った後であった。

よい天気であった。竹田方を出た弥五郎は何度通ったか分からないくらい歩き慣れた道を通って自宅へ向かった。

数人の者が溝浚えをしていた。そこいらの田圃に籾播《もみまき》の準備がしてあった。例年の見慣れた風景であったが、弥五郎の目にはそれらが鮮やかに焼きついた。

弥五郎は陽気に思った。

五月のこの風景を見るのは生涯でこれが最後かも知れんと思うからや。

家に帰った弥五郎は家のなかの諸道具、鍋釜なども取り片付け、奇麗に拭き掃除をした。掃除をし終わった弥五郎は八畳の座敷の真ん中に立ち、満足そうに家のなかを見渡し、天井に蜘蛛の巣が張っているのを見つけるとこれをはたき落とし、畳に落ちた煤《すす》と埃《ほこり》を掃き清め、固く絞った雑巾《ぞうきん》で畳を拭いて、ようやっと得心して雑巾を絞って干した。

掃除を終えた弥五郎は押し入れを開けるとなかから黒くて細長いものを取り出した。

村田銃である。

弥五郎は戸口に向かってこれを構え、狙いを定めるような恰好をするなどしていたが、やがてこれを肩に担ぎ、別に小さな包みを手に持って、すたすた外へ出て行った。

「お、兄哥、すまん。待たせたか」

と弥五郎が熊太郎に声をかけたのは池田の店先である。

ちょっと前に来ていたらしく熊太郎の前には銚子が二本と空の小鉢があった。しかし、熊太郎は酔った風でもなく、「いやかまへんね」と言い、さらに、「お、それかい」と言って弥五郎の持って来た村田銃に手を伸ばした。

「そやねん。ええやろ。ほてこれが弾やね」

「ええのお」

熊太郎は銃を手に取ると先ほど弥五郎がしたように往来に向けてこれを構えた。ところへさして奥からやってきた池田専太郎が大声を上げた。

「熊はん、あんたなにしてんねんな」

「なに吃驚《びっくり》しとんね。弾入ってへんわれ」

熊太郎はそう言うと銃を卓の上に置いた。

「あんまし吃驚させさんといてくれや」

池田はそう言うと酒の註文を聞き、奥へ入って言った。

池田は、「弾入ってへんか知らんけど。熊太郎のあの顔よ。おっとろし顔さらしよってからに、いまにも人、撃ち殺しそうな顔しとんが」と言い、首をひねりつつ奥へ入っていった。

熊太郎は弥五郎に言った。

「ああ、知り合いから安うに買うたさかい、まだ仰山、残ったあるわ」

「銭、足ったけ」

「そら、ええ」

と熊太郎は満足そうに微笑んだ。

ところへさして井上貞次郎という男が入ってきた。

井上貞次郎は、元来、小心者で大胆なことはなにひとつできぬくせに、半端に悪ぶり意気がって喜んでいるといううええ加減な兄ちゃんで、村の者が恐れて、或いは一定の距離をおいて交際しない熊太郎弥五郎と心安く口をきくことによって、村の者に、俺はあんな破落戸《ごろつき》と心安くしているのだ。だから俺もいっぱしの兄さんなのだ、という印象を与えるために、熊太郎弥五郎の姿をみかけると、「おお、兄哥」みたいな調子で話しかけてくるのが常であった。

熊太郎も弥五郎もそんな貞次郎を笑止に思っていたが、本気で叩き潰すほどの相手でもなし、放置していた。

そんな貞次郎が、いつもの調子で、「おう、兄哥、どないや、最近、ええ博奕でけてるか」とか言って池田に入ってきて弥五郎の隣に腰掛けたのである。しかし、腰掛けて貞次郎は、ぎょっとした。卓の上に物騒なものが置いてあったからである。

貞次郎は腰掛けたのを後悔して、すぐに行こうとしたが、入ってきて腰をかけてそしてすぐに行くのも妙だと思い、あらぬことを口走った。

「いや、ほんまなんちゅうか、ええ天気やな。ちゅうか、ほんま兄哥、元気そうやんか。目つき、かあっ鋭いし、そんな目ェでじっと見んとってぇな、くわいわ、ほんま。酒飲んでのんか、ええね、ええね。わいらあかんわ。貧乏暇なしちゅうの、忙しいてね。ほんまもう、いま、いますぐ行かんならんとこあってね……」

そんなことを口走る貞次郎の様子を熊太郎と弥五郎はにやにや笑ってみていたが、「ほな、まあそろそろ失礼を……」と腰を浮かせにかかる貞次郎の肩を、ぐっ、と押さえて弥五郎が言った。

「まあ、ええやんけ。一杯くらい飲んでいけや」

弥五郎に言われて貞次郎はへたへたと座り込み、注がれた酒を情けない顔で飲んでいたが、卓の上の銃が気になって仕方なく、ついに黙っていることができなくなって言った。

「これは村田銃やんなあ」

弥五郎が答えた。

「そうやで。村田銃やで」

「山行て雉《きじ》とか鹿とか獲るんけ。兄哥らが猟師になるやなんて、どういう風の吹き回しやいな」

と貞次郎は冗談めかして言ったのだが熊太郎は真面目な口調で答えた。

「ちゃうね、貞やん。こら禽獣《きんじゅう》撃つための鉄砲やあらへんにゃ」と言った。

これを聞くや、貞次郎は恐《おそ》れ戦《おのの》き、一息に酒を飲み干すと、「わし、もういかならんね、ほなさいなら」と挨拶もそこそこに池田を飛び出して行った。

その後姿をみて熊太郎は笑っていたが、やがて同じように笑う弥五郎に向き直って言った。

「弥五、ほんだらおまえ、大坂でも奈良でも行て遊んでこいや」

「かまへんのんか」

「今日が十九日ゃろ。二十五日まで後一週間あんが。残った銭で遊んできたらええわ」

と熊太郎が言う銭とは三月中に熊太郎が自分名義の田地、山林をすべて売り払って拵えた銭で、熊太郎はその銭をこの世に正義を顕現《けんげん》させるための資金とし、弥五郎に武器の調達を命じ、これを受けた弥五郎は、こないだうちは日本刀、仕込み杖、短刀などを、そして今回は村田銃と弾薬を調《ととの》えたのである。

熊太郎に、遊んでこい、と言われた弥五郎は言った。

「しゃあけど兄哥はどないすんね。俺ひとりで遊びに行ってもかめへんのんけ」

「ああ、かめへん、かめへん。わしゃ、ちょうすることあんにゃ」

「銭はいいな」

「銭はええね。あ、そや、こないだうちから言うてたあれだけは買うて帰ってきてや」

「ああ、あれな。わかったある、わかったある。ほな、兄哥、悪いけど今生《こんじょう》の名残に遊びにやってもらうで」

「ああ、いてきて」

と熊太郎はあっさり言ったが、内心で熊太郎は、今生の名残ということばを明るく口にできる弥五郎の度胸に舌を巻いていた。しかし、と熊太郎は思った。

しかし、松永みたいな奴らはどうしてもこの世の中に生かしておいてはならない。その目的の前で命は鴻毛より軽い。

思いつつ熊太郎は銃を担いだ。

銃は肩にずしりと重かった。熊太郎は言った。

「ほな、二十五日に帰ってきて」

「ああ、二十五日に帰ってくるわ」

五月の二十五日は大楠公、楠木正成の命日である。熊太郎はことさら明るく言った。

「ほなな」

熊太郎と別れて池田を出た弥五郎は二河原邊《にがらべ》の新田兵五郎方へ向かった。

新田方で応対に出たのは傭人の助松三郎で、助松は弥五郎の顔を見るなり、面倒くさい奴がきょったと思ったが、話を聞くとそうではない、新田で奉公している妹の梁《やな》に会いにきたと言う。

そのとき梁は新田にはおらず表で農業をしていた。

助松は、「いまおらん」と素っ気なく言ったが、弥五郎はぜひとも梁に会わねばならぬ用があるので居所を教えてくれと食い下がり、助松は渋々、梁の居場所を教えた。

梁は、クロ谷という谷から少し上がった見晴らしのよい斜面で草を刈っていた。

俯いて懸命に刈って弥五郎が近づいて行くのにも気がつかない。弥五郎は、十九の娘をこんなところでひとりで働かせるやなんて新田は兵五郎は因業な奴だと思った。しかし妹が奉公してそんな苦労をするのも元はと言えば自分が極道をしているからだとも思った。

一心に仕事をしている妹に声をかけるのが照れくさい弥五郎は梁に近づきつつ歌をうたった。といって気のきいた歌ではなく、「アアー、玉子は名物、コチャエー、なかで割れてる気道心、ホーイ、ヤレサヨイヨイサー、アー、腹減る、腹減る」といった節も文句も自作の出鱈目《でたらめ》な歌である。

やくざ者らしく見栄を張る癖のある弥五郎は他人の前ではけっしてこんな阿呆な歌はうたわなかったが、梁の前ではときおりこんな歌をうたった。

こんな阿呆な歌をうたうのは地にも天にも兄の弥五郎ひとり、梁はすぐに気がついて言った。

「あれ。兄やんやないけ。こんなとこ来てどなしたんや。また、銭か」

「阿呆ぬかせ。奉公してるおまえに銭みたなもん借りにくるかれ。こないだはちょっと細かいもんがなかったさかい煙草銭借ったんやないけ」

「あ、細かいもんがなかったんか」

「そやがな」

「ほな大っきいもんはあったんけ」

「口の減らん餓鬼やで。今日はちゃうね、ちょう話あるさかいに主屋でおまえの居所聞いてやってきたんや」

弥五郎はそう言うと懐から一円を取り出し、これを梁に与えた。

「こ、これは」

「とっとけ」

「兄やん、また悪いことでもしたんとちゃうけ」

「心配しいな。そんな銭とちゃうよ。おまえも年頃やないけ。いつともそんな野良着きてんとよそ行きのべべ買い」

と、いつになく親身なことをいう兄の様子に胸騒ぎを覚えて梁は言った。

「そら嬉しけど、兄やん、なんでこんな大金をわたしに呉れんね」

急に泣きだしそうな梁の顔を見た弥五郎は、初めは遠くに働きに行って当分の間会えぬのだ、と尋常の暇乞《いとまご》いを言ってごまかそうと思っていたが、急にそんな風に取り繕うのが面倒になって言った。

「実はな、わしゃ、今度、死なんならんことになってな。おまえとも今日で別れんならん。おまえもわしがおらんようなったら寂しかろうが、ええ人間みつけてその人頼りに、達者で暮らしてや」

南向きの斜面に陽がさし、穏やかでよい午後であったが、弥五郎がそういうのを聞いた途端、梁は周囲が真っ暗になり、大地がぐらぐら揺れているように感じた。

破落戸《ごろつき》、無頼漢《ぶらいかん》と世間に憎まれてはいても梁にとってはただひとりの兄で、幼い頃より梁は弥五郎のみを頼りに生きてきたのである。

もちろん弥五郎には兄らしいことをなにひとつして貰ったことがなかった。

逆に奉公先に押し掛けてきて酒や銭をねだられたりし、その都度、主家に嫌な顔をされて梁は肩身が狭かった。しかし梁は、本当の本当に自分が危機に陥った際、世の中のすべての人から見放され、絶望と孤独のなかで滅びそうになったとき、手を差し伸べてくれるのは兄ひとりだと思っていた。

そう思えばこそ他人のなかで働くことができ、この世で生きていくことができるのであった。

その兄が死ぬるという。梁は五体が裂けるような心持ちになって、「どうしても死なんならんのんか」と言うのがやっとで、後は滂沱《ぼうだ》たる涙が頬を伝うばかりであった。

「お梁、そう泣くない」

弥五郎はそう梁を諭《さと》しつつ、梁が泣きやんだら行こうと思っていたが梁はいつまで経っても泣きやまない。

兄妹に午後の光がさしていた。

二十四日の夜半から降り始めた雨は二十五日の朝になってもやまず降り続けていた。

一晩中、雨の音をうとうと聞いていた熊太郎は、眠らないと存分の働きができないと思いつつ何度も枕を回していたがついに、がば、と起き上がった。

田植えの時期とて縫は泊まりがけで本家の手伝いに行っていない。

熊太郎は自分で立って土瓶を探し、口から直接水を飲んだ。

「よお、降りよるなあ」

熊太郎は独り言を言いながら寝床に戻った。

熊太郎は眠ろうとしたが、目を閉じるとどうしても今晩の段取りのことを考えてしまっていつまでも眠ることができなかった。

まず、わしと弥五郎が表の戸ォ蹴破《けやぶ》って熊次郎の家ンなか入って行くわ。夜中のこっちゃさかい、真っ暗でなんにも見えようらん。構うことあるかい、そこらに火をつける。そうすると驚き騒いで出てくるのが熊次郎で、これを斬る。ぎゃん。熊次郎が痛さと恐怖に泣いて命乞いしよる。そんなものは私は聞かない。死にやがれ、クソ野郎がっ。さらに斬る、斬る、斬る。そのことが正義の顕現で、事実、あんな奴は滅ぼさなければならない。というか、あいつが笑って生きていること。そんなことが許されてよい訳がない。というか、俺があいつになにをしたというのだ。なにもしていない。ところがあいつは卑劣な手段を使って俺を陥れた。なんでそんなことをするのか？　なんでそんなことができるのか？　俺はぜんぜん分からない。ただ分かるのはあんな奴が生きているという事自体がこの世の恥、観音の恥ということで、だから俺はあいつを殺す、殺す、殺す。ざまあみろ。あいつは泣いて許しを請う。そのときのあいつの顔だけが俺の生き甲斐だ。ざまあみろ、ばか。おまえの命は俺の手のなかにある。そんなことも知らないで豚みたいに眠っているおまえのその傲岸不遜な態度そのものが許せないのだ。もっと怯えろ。怯えさせてやる。怯えろ。村会議員をしているくせに息子大事で、その息子が凶悪なことをしても糾《ただ》そうとせず、反対に庇いだてして、そのために他人が迷惑しても知らん顔をしているからで、そんなことでいいんですか？　村会議員をしている以上、悪いものは悪いとして認めて謝らない限り、賠償をしない限りこの世の正義は保てない。楠木廷尉《ていい》正成《まさしげ》朝臣《あそん》は一天万乗の君をお護りするために闘った。それは正義のために闘ったということだ。俺もあいつらを滅ぼす。ざまあみろ、ぼけ。そのために必要なのは村田銃。刀。黒鞘と白鞘とどっちでいったろか。いきなり鉄砲撃ちかけて脅すか。まず、わしが戸ォ蹴破って、熊次郎の家ンなか入って行く。それでどうすんにゃったかいな？　火ィつける。熊次郎が泣いて謝りよる。ざまあみさらせ。誰が六十円借ったんじゃ、ぼけ。五百円かやせ。田杉屋いて謝れ。そんときわしが払た百円もかやせ、ぼけ。俺からなんぼとったら気ィ済むんじゃ、ど阿呆。ほんでどうすんにゃったかいな？　まず、熊次郎とこ行て戸ォを蹴破って……。

と思考がループし始めて熊太郎は眠りに落ちていった。

雨が降り続いていた。

泥棒に入った田杉屋の座敷に壺がたくさんあり、なかから男女の腕が生えておいでおいでをしている。気味が悪いので次々に刀で切り落とし、ざまあみろあほんだら、と悦に入り、十五、六本も切り落としたところで、床に落ちてひくひくしていた手が突然、空を飛んでつかみかかってきて首を絞める、くわあ、苦しいやんけ、こんなことなら切り落とさなければよかった、と後悔していると、表で大戸をどんどん叩く者がある。しまった警察の旦那が来たと思いつつ、しかし、早く入ってきて助けて欲しい、とも思って大声を上げると同時に熊太郎が目を覚ますと、実際に表の戸をどんどん叩く者があった。

「早よから誰じゃい」

文句を言いながらも熊太郎が戸を開けると表の方に立っていたのは谷弥五郎で、「お早うさん」と大きな声で挨拶をした。

「気散《きさん》じな餓ッ鬼ゃで」

熊太郎は苦笑いをしつつ、せっかくうとうとしかけたのに起こされてしまって二度寝もできない、こうなったら池田へ行き、酒でも飲んで酔って寝るしかないと思い、「例のもん買うてきたで」と風呂敷包みを差し出す弥五郎に、「ちょう行こか」と言って表へ出た。

変わらず雨が降っていたが、弥五郎は池田の店先に腰掛けて、大坂で娼妓を買った話や芝居をみた話をするなどして陽気であった。

その話を聞く熊太郎はしかし雨のように陰気で黙りがちであった。

熊太郎は自分が陰気なのが不思議だった。

傳次郎方で正味の節ちゃんらにどつき回された熊太郎は、よろぼい歩いてようよう弥五郎方にたどり着いたが、額から流れる血汐で視界は朱に染まり、山も村も朱色に染まって、それが熊太郎には焔《ほのお》にみえた。

自身の怒りで世界が燃えているようにみえたのである。

以来、血がとまり傷は治ったが、世界は燃え続けていた。

それくらいに熊太郎の怒り、恨みは激しかったのであり、傳次郎、熊次郎、姦夫姦婦、送籍を渋った森本トラをなき者にしない限り、怒りはおさまらない、気が済まないと思い、殺す。殺す。殺す。殺す。全員殺す。殺す。殺す。殺す。殺す。殺す。全員殺す。殺す。殺す。

殺す。殺す。全員殺す。殺す。殺す。殺す。殺す。全員殺す。殺す。殺す。殺す。殺す。全員殺す。殺す。殺す。殺す。殺す。全員殺す。殺す。殺す。全員殺す。殺す。殺す。殺す。殺す。全員殺す。殺す。殺す。殺す。殺す。全員殺す。殺す。殺す。殺す。全員殺す。殺す。殺す。殺す。殺す。全員殺す。殺す。殺す。殺す。殺す。全員殺す、と個人的な真言を唱えることによって漸《ようや》く精神の平衡《へいこう》を保ってきた熊太郎であった。

そしてこれは真言であると同時に、宣言、声明《しようみよう》でもあった。

だからこそ熊太郎は財産を売り払い、銃や刀剣を入手し、本来、七月に執り行うべき先祖の法事も繰りあげて済ませるなど着々と準備をしてきたのである。

そしていよいよ今日は五月二十五日、主上のために命を捨てて戦い、後の世まで忠臣として名を残した楠木正成公の命日。かねてより弥五郎と相計り定めた決行の日、すなわち、この間の恨みがすべて晴れる日で、本来であればこんな愉快な日はないはずである。

にもかかわらず俺はなぜ陰気なのだろうかと熊太郎は考えた。

身体の表面に細かい、ちりちりするような不快があり、胸と腹の中間の奥の当たりに漬物石くらいの大きさの、どんよりした黒い不快の塊が蟠《わだかま》っていた。

指の先が無性に痒く、掻きむしるとまた別のところが痒くなった。

寝不足で全身がだるく、髪の毛がべとべとしていた。

こんなことで傳次郎、熊次郎がやれるのか。しっかりせんかい、俺。熊太郎がそう思って酒をあおったとき、向こうから井上貞次郎が歩いてくるのが見えた。

熊太郎は、井上貞次郎をからかえば陰気が治るかも知れないと考えて言った。

「弥五。向こから井上貞次郎きょんが」

「あ、ほんにきょんな」

「ちょう、おちょくったれへんけ」

「ええなあ、おちょくったろ」

弥五郎はそういって笑うと、池田の前を素通りしようとする貞次郎に声をかけた。

「おい、貞次郎よ。むつかし顔してどこいくね」

声をかけられた貞次郎は内心で、しもた。みつかってもた、と思いつつ言った。

「あ、なんや、弥五やんかいな。傘かぶっとったさかい、気ィつかへなんだわ。よお、降りよんの」

立ったまま貞次郎が言うのを聞いて熊太郎は、知っていて気がつかない振りをして行こうとした癖に白《しら》こいんじゃ、だぼ。と内心で思いつつも笑顔で言った。

「奢ったるさかい一杯飲んで行けや」

「朝からちょう、気分悪いさかいに遠慮しとくわ」

「あ、そうか。しゃあけど、おまえいまからどこ行くね」

「山行て仕事すんにゃ」

「山行て仕事する元気ある人間が一杯くらい酒飲まれへんちゅうことないやろ。飲んで行き、飲んで行き」

貞次郎は熊太郎と弥五郎に抱きかかえられるようにして座らされ、自分たちは博打に負けて貧乏で君のように恒産もなく、そのうえ君に酒まで奢ってますます金がなく、もうこのうえは強盗殺人とかそういうことをするしかない。けれどもそれは割りのいい稼業なのでそういうときは必ず親友である君をさそうから一緒に強盗殺人しようね、みたいな話を聞かされ、青くなったり赤くなったりしていた。

また、その様を通る人がじろじろみて、普段であれば無頼者と交際しているのを他に誇る貞次郎であったが、そんな恐ろしい犯罪に誘われて恐ろしい貞次郎は人が通るたびに俯いたり顔を背けたりして熊太郎弥五郎と一緒に飲んでいるところを極力みられないようにしていた。

熊太郎弥五郎はそんな風にして貞次郎をおちょくりながら午前十時頃まで酒を飲み、ふたりして熊太郎方に戻った。

そのまま横になった熊太郎が物音に目を覚ましたのは午後三時頃である。

縫が戻ってきていた。弥五郎はまだ眠っていた。

熊太郎はあることを思いついて縫に聞いた。

「おまえ、いますぐ出れるけ」

「出れるよ」

「ほな、ええもんめしたるさけ、ついてこいや」

熊太郎はそう言うと寝間から這い出た。

「傘、一本しかないよ」

「かめへん、かめへん。一緒にさしていこ」

仲睦《なかむつ》まじそうな相合傘の熊太郎と縫がやがてたどり着いたのは村の墓地であった。

熊太郎は、その墓地のなかでもひときわ見晴らしのよい高台に立つ、新しく立派な墓の前に縫を連れて行って誇らしげに言った。

「みってん、この墓」

「すごく立派な墓。いったい誰の墓」

「よお、見んかれ。城戸熊太郎之墓て書いたあるやろ。わしの墓やないけ」

「こんなんいつ建ったん」

「七日前にでけたんや。みてみい。ここらにこんなごっつい墓あれへんやろ」

「ないね」

「俺もおまえもいずれはここに入んにゃ。さ、拝んでいこ」

「まだ誰もはいってへんのん拝んでもしゃあないやん」

「そうやけどや。まあ、拝んで行こ」

熊太郎が言って縫は墓に手を合わせた。

その間、熊太郎は縫の背後で縫に傘をさしかけ、礼拝を終えた縫が振り返ると、縫に傘を手渡し、今度は自分が手を合わせて墓前にぬかついた。

手を合わせつつ熊太郎は、「調伏《ちようぶく》、調伏、調伏」と唱えた。

やがて立ち上がった熊太郎に傘を手渡しながら縫が訊ねた。

「なに唱えてたん」熊太郎は、

「いや、たいしたことやない」と言葉を濁し、そして言った。

「ええ墓やろ」

「ええ墓やね」

それからふたりはあまり喋らないで一本の傘をふたりでさして家に帰った。

戻ると谷弥五郎はもう起きていて本を読んでいた。

縫が支度をして三人で夕食を食べ終えると、熊太郎は縫に、今日は妹のうのも連れて本家に泊まるように言った。

縫は理由を聞かずに頷き、夕食の後片付けを終えると熊太郎方を出て行った。

午後十一時。弥五郎に、「いこか」と声をかけた熊太郎は藍地双子縞の袷《あわせ》を着し、白鞘の刀を腰に差し、右手に村田銃を携えて、腰には弾薬を仰山つけている。

「いこ」と答えた弥五郎は白鞘の刀を携え、懐には短銃をしのばせていた。すくと立った弥五郎が行きかけて振り返り熊太郎に、「兄哥、あれ持ったんか」と言った。熊太郎は、「ああ、持った、持った」と言いながら唐紙の前に置いてあった風呂敷包みを手に取った。

雨のなか二人は黙って歩いた。しばらく行って熊太郎がぽつりと言った。

「なんか、にゅうめん食いとなったわ」

「にゅうめん？　けったいなもん食いたいねんなあ。食てからいくけ？」

「いや、やめとこ。そんなこと言うてたらきりないわ」

「ははは、そらそやの」弥五郎が笑い、二人はまた黙って歩いた。

降り続く雨に増水した谷川の水の音が轟々《ごうごう》と響いていた。

松永傳次郎の家の前で熊太郎弥五郎は立ち止まった。

弥五郎が言った。

「ほだ、撃つで」

「待て」

弥五郎を押しとどめた熊太郎は風呂敷包みを解いた。

現れたのは獅子頭である。

熊太郎はこれをかぶり、取り付けた紐を襷《たすき》がけにして身体に結わえつけた。

熊太郎の眼前に内側の虚無が現出した。

雨降る暗い夜よりもっと暗い闇が俺と世間の間にはさまったのだ。はさまっていたのだ。

熊太郎は、「弥五、撃て」と叫び、自らも松永傳次郎方の戸口めがけて撃った。

銃声が響いた。その音を聴いても熊太郎の心にはなんの感情も浮かばなかった。

突如として響いた二発の銃声に驚いて傳次郎は、がば、と飛び起きた。

続いて表の方で、戸口をどんどん叩く者がある。

傳次郎はこれを村の誰かが異変を報《しら》せにきたものと思い、在所のこととて全裸で寝ていたその姿のままで戸口まで駆けていき、うちらから戸を開けて驚いた。

戸口に白刃を閃かせた男が立っており、しかもその背後に獅子がぬうと立っていたからである。

これには豪胆な傳次郎も驚き、アッ、と叫んで棒立ちになったところへ、獅子がいきなり斬りつけてくる、傳次郎は咄嗟に手で頭を庇い、その拍子に左の指が飛んで土間に血飛沫が飛んだ。

轟音を立てて二の太刀が飛んでくるのを辛うじてかわした傳次郎は口の間にあがり、奥へ奥へと走った。

熊太郎には傳次郎がスローモーションで現れたように見えた。不自然なくらい緩慢な動作で土間に駆け下り、なにか叫んでいるのだけれども聞き取れない。

視界には傳次郎と獅子頭の内側が等分に入っていたが、やがて傳次郎が内側の虚無に入り込んだのか、内側の虚無が外側に浸出したのか、その境界が曖昧になった。

熊太郎はまったくなにも考えずに刀を振り上げ、そして振り下ろした。

血汐が飛んだ瞬間、熊太郎は、溶融しつつあるふたつの世界で今田鹿造が殴られたときのような、きわめて弱気な目をして怯えている傳次郎の顔をはっきりとみた。

そのとき、暗かった家のなかが真昼のように明るくなり、思わず熊太郎が顔をあげると口の間の、袖搦《そでがらみ》や錆槍《さびやり》がかけてある長押《なげし》に三角の浮遊物体が出現して発光しつつわなないていた。

これをみた瞬間、熊太郎の頭脳のなかに快美の閃光が走った。

「おほほほほほ」熊太郎は爆笑して土間に駆け上がった。

熊太郎は獅子頭の内側にある自分の頭のさらに内側から四囲を見渡した。

何百という臼《うす》が闇のなかを疾走していた。にもかかわらずなんと不用意な人たちだろうか、何百という臼が暴走している真の闇という危険な状況であるのにもかかわらず、数人の男女が伏せるとかそういうことすらしないで、そこいらをぶらぶら歩き回っていた。しかも、全裸または腰巻きを巻いただけという無防備な姿でである。臼の材料は欅《けやき》である。なぜなら欅は堅いからで、つまり臼というのは堅くて頑丈に拵えてある。ということは重いということでもある。その堅くて頑丈な臼がもの凄い速度で疾走しているのであり、そんなところを全裸でふらふら歩いているのはまったくもって自殺行為に等しい。ぐわん。臼が側頭部にまともに命中し脳漿を撒き散らしながら、叫び声をあげる間もなく女が斃《たお》れた。死にきれぬ女は四肢をひくひく痙攣させている。その他の男女も、ぐわん、次々と臼に脳を砕かれて斃れた、そのとき、暗闇の臼が疾走して行く奥の方から、二尺六寸ばかりの白い光の筋が二筋、規則的に交差したり、平行したりしながら、手前側に進んできた。その間も臼はどんどん疾走し、ついに二筋の白い光と臼が交錯したその瞬間、白い光の筋は、急に不規則に動き始め、疾走してくる臼の横腹を薙いだ。臼は胴から真二つに分かれ、それぞれ上下に飛びなにかにぶつかって粉々になった。轟音が鳴り響き硝煙の匂いがした。粉塵《ふんじん》が舞っていた。白い光はそのようにして臼を胴切りにしつつ進み、いまやあれほど飛んでいた臼の数もめっきり少なくなって、散発的に二つか三つ、力なく飛んでくる程度で、それも忽《たちま》ちにして白い光の筋によって斬られ、こなごなに砕けてしまう。臼によって脳を砕かれ斃れ伏してひくひくしていた男女はこの様を見て、あの二尺六寸の白い光は自分たちを助けにきたのだと思っただろう、白い光が近づいてくると、頭が痛いのを堪え、利かぬ身体を操ってなんとか起き上がりこれに縋《すが》りつこうとした。ところが白い光はまったく逆のことをした。二筋の白い光は縋りついてきた女の前後にそれぞれまわりこむと、背と腹をざっくり斬りおろした。「ぎょえええええっ」獣のような叫び声をあげて女は再び斃れ、二度と動かなかった。この様を見ていた若い男は逃げようとしたのだけれどもあまりの恐ろしさに腰が抜けて歩けない、小便を垂らしながら乙女のように座って手の力でじりじり這って行くのだけれども、そんなことで逃げられる訳がない、光が一閃、耳から頬にかけてざっくり切れたかとおもうと、別の光が腹を横に薙ぎ、ぼんっ、という音がして臓腑が噴出した。「おおおおおおおおおっ」わめき声をあげながら自分の腸を左手でつかんだ男はそれでも光から逃れようと右手で這うのだけれども同じところをぐるぐる回るばかりでちっとも逃げることができない。その間も臓腑は噴出し続ける。二筋の光は暫時《ざんじ》、空中にとどまり、規則的に交差したり平行したりしていたがやがて、一筋の光が動いたかと思うと、ぶすっ、若い男の喉に突き刺さった。若い男は熱い塊が喉に溢れるのを感じつつ、それでも暫くのたうち回っていた。もはや臼は飛んでこなくなっていた。ただ粉塵が舞っているばかりである。二筋の光は漂うように飛び、座敷の隅で動けなくなっている少女の左腿に突き刺さり、また、脇腹に刺さった。

熊太郎は激痛で我に返った。

指がぬらぬらしていた。返り血ではなく自らの血であった。

傳次郎の妻、たけの腹を斬り、三男、佐五郎の首を突き、そして三女、すえに斬りつけようと刀を振り上げた際、鴨居に斬りつけてしまい、白鞘で鍔《つば》がないため右手が滑って指を切ってしまったのである。

ずきずきする痛みを感じながら熊太郎はぼんやりと思った。

疾走する臼というのは俺の抵抗感。

でもその抵抗感が奴らの脳を砕いたのだ。そして俺はその抵抗感に逆らって奴らを斬った。

熊太郎はぼんやりと傳次郎方の天井のあたりを見上げた。

白い光はいまだ浮遊してあたりは明るかった。

しかし眺めるうち、わななきながらも三つの頂点が等しい力で引っ張り合っているような美しい均衡が破れ、三角形は不定形に変じていた。

白い光は次第に赤みを帯び、耐え難い匂いと熱を放った。いつのまにか部屋のなかに黒煙が充満していた。

弥五郎の声が聞こえた。

「傳次郎の餓鬼、表ィ逃げやがったど」

「おお」と答えた熊太郎は、俺はついにここまで来てしまった、と思った。

熊太郎は以前、俺の思想と言葉が合一したとき俺は死ぬ、と口にしたことがあるのを思い出した。

熊太郎は獅子頭を外すと火中に投げこんだ。

にもかかわらず内側の虚無はなお熊太郎の眼前にあった。

熊太郎は、俺の思想と言葉と世界がいま直列したと思った。

獅子が目を瞠《みひら》いて真っ赤な炎に包まれていた。

熊太郎は無意味に銃を撃ちながら、「おおおおおおおっ」と喚《わめ》いて走った。

裏から外に逃れた傳次郎は、左指の痛みに泣きながら家の裏の竹やぶをくぐり抜け、隣家の辻繁蔵方に駆け込み、「えらいこっちゃ。気ちがいが家に暴れ込んできょった」と訴えた。

当然のごとく辻は眠っていたが、傳次郎の訴えを聞いて一大事と近所の者を呼び集め、傳次郎方へ駆けつけた。

「うわっ。おもっきし燃えとるやんけ」

「くっそー、火ィつけやがったんか」

と傳次郎は切歯扼腕したが火の勢い凄まじくもはやいかんともできず、ただ呆然とその場に立ちつくしていた。

ところへさして熊太郎弥五郎が現れ、「おどれら、騒ぎゃがったら殺すど」と怒鳴り、銃を放ったうえで刀を振り回しながら暴れこんできたからたまらない、人々はみな恐れおののいてその場から逃げ去った。

小田九郎はすぐにこの砲声に気がついた。

小田は身体を起こして暗闇で耳をすました。

雨の音に混じってまた砲声が聞こえた。小田は傍らで横になっていた妻に声をかけた。

「おい、いまの音、聞いたか」

「へぇ、なんや鉄砲みたいな音しましたな」

「みたいなやあらへん。あらほんまに鉄砲の音や」

「おとろしまんな。どないしまんね」

「どないもするかい。うかうか出ていたら側杖《そばづえ》くらうわ。きつう心張り棒こうとけ」

小田は妻にそう命じて出て行こうともしなかった。

雨のなか、熊太郎は無関心で虚無的な世界を駆けていた。

世界の果てに家があった。

熊太郎は、「だらあっ」と喚き、戸口めがけて銃を乱射、これを蹴破って、家のなかに乱入した。家の主、熊次郎は素早く起き上がると妻子を捨て、「あひゃーん」と泣きながら裏手に逃げ、声を限りに、「泥棒っ、泥棒っ」と呼ばった。

誰も出てこなかった。

熊太郎は刀を背負ってこれを追いながら、「誰も出てくるかあ、ど阿呆」と叫び、また、

「この状況で出てくんにゃったら俺が野犬に追いかけられたときに出てきとるんじゃ、ぼけ」と叫んだ。

　熊太郎は麦畑に逃げ込んだ熊次郎に追いつくと刀を一閃、横に薙いで、熊次郎のアキレス腱を切った。

「ぎゃん」

　熊次郎は哭いて麦畑に倒れ込んだ。熊次郎はあまりの足の痛さに泣きわめいた。

「痛い痛い痛い痛い痛い」

　熊太郎は熊次郎を見下ろして言った。

「じゃあかし。静かにさらせ」

「静かにでけへん。痛い痛い痛い痛い痛い」

　熊太郎はここを先途と大声を上げる熊次郎の喉に切先を突きつけて言った。

「静かにせんと声出えへんようにすんど」

　熊次郎は途端に黙り、暫くしてから小さな声で啜《すす》り泣きつつ、熊太郎にめそめそ懇願した。

「すまん。なんでもする。なんでもするさかい、助けてくれ。銭も返す。ほやさけ、ほやさけ、た、た、頼む」

「うるさい」

熊太郎は言うと熊次郎の顔面を横に薙いだ。刃は熊次郎の両眼を切った。

「ぷひいいいいいっ」

熊次郎は笛のような悲鳴をあげると左手で目を押さえて右手で身体を支えて麦畑を転がり回った。指の間から血液が溢れ出た。

「ぷひいいいいいいっ。わいの目が、わいの目が灼《や》けるように痛い、灼けるように痛い、目がなにもみえない」

「じゃあかし言うてるやろ、だぼっ」

熊太郎は熊次郎の右手を切った。

支えを失った熊次郎は麦畑に倒れ込み、泥々になってのたうちまわった。

血が滝のように流れた。目からも血が流れている。熊次郎は、

「血ィが、血ィがとまれへん。どないしょ、どないしょ、どないしょ」と言いながらのたうち回った。

弥五郎が追いついてきて、「この餓鬼ゃあ」と言うなり、背中に斬りつけた。

背中の皮が破れ、背骨が露出した。そこへ雨が降り掛かる。

「ひいいいいいっ」

熊太郎が、「人間停止っ」と怒鳴って、脳天に斬りつけたが、手元が狂って脳天のやや左に斬りつけてしまい、熊次郎の左側頭部が剝がれて垂れ下がった。耳や髪の毛が左の乳

にまとわりついている。熊次郎はもの凄い悲鳴を上げた。

「ぎゃあああああああああ」

以降は、熊太郎と弥五郎が交互に、「この餓鬼ゃあ」「人間停止っ」「思い知れ」「人間停止っ」「豚野郎がっ」「人間停止っ」と怒鳴って斬りつけた。

人間を刀で殺す場合、刺せば話が早いのだけれども、切ってもなかなか致命傷にはならない。

膾《なます》のように切り刻まれ、無数の赤い傷を負った熊次郎は発狂しそうな痛みを感じつつなかなか死ななかったが、やがて動かなくなった。

うつ伏せになって尻を高くあげ、ぶらぶらになった左手で陰茎を握りしめて熊次郎は死んでいた。

沛然たる雨がその傷だらけの背中に降り注いでいた。

血刀を下げて熊次郎方に戻った熊太郎弥五郎は、熊次郎の内縁の妻、りえを刺殺、その子で五歳の久太郎、三歳の幸太郎をも斬殺した。

りえも久太郎も幸太郎も無言で殺された。りえは恐怖のあまり口がきけなくなり、久太郎と幸太郎は父の死を知らずに眠っていたのである。

熊太郎ひとりが饒舌《じようぜつ》だった。

熊太郎は刀を振り回しながらぶつぶつ呟いていた。

「思弁と言語と世界が虚無において直列している世界では、とりかえしということがついてしまってはならない。考えてみれば俺はこれまでの人生のいろんな局面でここそが取り返しのつかない、引き返し不能地点だ、と思っていた。ところがそんなことは全然なく、いまから考えるとあれらの地点は楽勝で引き返すことのできる地点だった。ということがいま俺をこの状況に追い込んだ。つまりあれらの地点が本当に引き返し不能の地点であれば俺はそこできちんと虚無に直列して滅亡していたのだ。ということはこんなことをしないですんだということで、俺はいま正義を行っているがこの正義を真の正義とするためには、俺はここをこそ引き返し不能地点にしなければならない」

熊太郎はそう言って刀を、生後四十日のはる江に突きたてた。

熊太郎は無明の闇のなかを駆けていた。

気がつくと傍らに弥五郎がおらなかった。

熊太郎は、おそろしくなって逃げたのだ、と陽気に思った。

闇のなかに森本トラが立っていた。熊太郎の姿を見るなり、ものも言わずに家に逃げ込もうとするトラに斬りつけんと刀を抜いて苦笑した。熊次郎方で刀を振り回した際、またぞろ鴨居にでも斬りつけたのか、刀が折れていたのである。

銃を構え、狙いを定めた熊太郎が引き金を引こうとしたその瞬間、遠くでドーンという爆発音がして、驚愕したトラが家の手前で転倒した。

熊太郎は、愉快だ、と思った。

「虚無において世界が直列したため、同時多発的に俺と同じようなことをしでかして自分のなかに行き止まりを作っている奴が居る。臼の抵抗感を克服して。その抵抗感がもとでやらなければならなくなったことを臼を破壊して抵抗感をなくしさらに激しくやっている。世界が臼のように粉々になり、天地が革《あらたま》る。俺が滅びる。罪が滅びる」

熊太郎はそう言うと倒れたトラのところまで歩いて行き、起き上がりかけたトラの背中に銃口をあてると引き金を引いた。ダーン、ダーン、ダーン、銃声が三度響いてトラは絶命した。

森本トラが背中を撃ち抜かれて死したる頃、火事に気がついた城戸平次は身支度をすると妻の豊に、「なんや火事らしさけ、わしゃちょう様子見ィに行てくるけろ、家の用心ちゃんとしとけよ」と言うと火事場に向かった。

平次が出ていった直後、平次方にやってきた者があった。

熊太郎であった。熊太郎は主屋には入らず納屋に向かった。

縫や縫の妹が平次方に泊まる際、主屋ではなく納屋で眠るのが常であったからである。

熊太郎は納屋の戸を開けた。縫もうのも起きていた。

熊太郎は縫だけがこのことを了解すると考えていた。

己の意志や欲望を持たず、ただ他を計量するためだけに存在する縫は、縫だけが熊太郎の行為を正しく義挙と認定するはずであった。熊太郎は、縫はそのためだけに自分に嫁入り、寅吉と姦通したのだ、と考えていた。ところが縫は猟銃を携え、血まみれで入ってきた熊太郎の姿を見るや悲鳴を上げ、裾を乱して逃げ去ろうとした。しかし戸口には熊太郎が立っている、窓に駆け寄り、これに首を突っ込んだ縫は、「助けて、寅ちゃん」と叫んだ。

これにいたって熊太郎は初めて、縫が、深い洞察力を持ちながらそれを口にすることはなく、人の意志を試すために神仏より使わされたものではないことを悟った。

縫が単なる淫乱であったことを悟ったのである。

「平たい土地に松の木が生えている。くだらない。切り倒せ。そこに松があることを含めて宇宙そのものが徒労だ。面倒くさい。死にたい。死ね」

熊太郎はそう言って銃を発射した。

縫の後頭部が砕けた。

その様を十五歳のうのはじっと眺めていた。

熊太郎の目とうのの目が合った。

どちらの目にも一切の感情が浮かばなかった。熊太郎はうのに聞いた。

「おまえは悲しかったり恐ろしかったりせぇへんのか。俺がこわないんか」

うのは黙って頷いた。熊太郎は言った。

「逃げろ。逃げんと殺す」

うのは初めて口をきいた。

「どこへ？」

「わからん。どこへ逃げたらええのかわしも分からん」

そういうと熊太郎は納屋から出ていった。

相変わらず周囲は闇であったが熊太郎はもはや走っていなかった。

ただとぼとぼと歩いていた。世の中の人のうち騒ぐ音、谷川の轟々と流れる音、火焔に屋根の大竹が爆発する音が聞こえ始めていた。

さっきまではなにも聞こえなかったというのに。


血まみれの着物を着替え、手指の傷を水で洗って、熊太郎が激痛に顔を歪めた瞬間、戸口ががたがたいった。熊太郎は、松永が復讐にきたか、と身構えたが転げるようにして入ってきたのは血と泥にまみれた弥五郎であった。熊太郎は言った。

「松永かと思たら弥五やんけ。どこ行ててん」

「すまんすまん。堪忍してくれ。ことの序《つい》でにと思たもんやさかい、浅井伝三郎とこ行てな床下に火薬つめた竹に導火線ひきまわして爆発さしててん」

「あ、あらおまえやったんか。おもろいことすんのお」

「おもろいことすんのお、て、兄哥、なに収まっとんね、早よ行こで」

「行くてどこ行くね」

「兄哥、しっかりせぇよ。肝心の寅吉まだやってへんやんけ」

「あ、そうか」

「あ、そうかやないで。ここにおったら直《じ》きに警察の餓鬼きょんが。ここはいっぺん逃げて、ほて寅吉やらなどんならんやんけ」

「それもそやの」

「それもそやのやないで。早よ、行こ」

「早よ、行こちゅうけど、おまえどろどろやんけ、着物着替えていたらどやね」

「なに悠長なことぬかしてんね。そんなんしてる間ァにも……」

「そやけどその恰好は人目につくで」

「それもそやの。ほな兄哥、着物貸してくれるけ」

「ああ、そこにつくねたあるやろ、着替え」

そんなことを言って弥五郎は着物を着替え法被《はっぴ》を羽織った。

ほな行こけ、と言った熊太郎は羽織を着していた。

折れた刀を床下に隠し、用意した仕込み杖や黒鞘の短刀に持ち替え、弾薬、火薬も持って熊太郎、弥五郎は表に出た。

熊太郎はうっすらと明るくなってきた世間を見わたした。農家の土壁の前を黒い鳥が歩いていた。竹藪が風に揺れてざわめいていた。雨はやんでいたがなにもかもが濡れてどっしり水分を含んでいた。もはや世界は熊太郎の言葉と直列していなかった。熊太郎の思弁は熊太郎の顔の皮の内側で膿《う》んでいた。

熊太郎は、いま俺の頭ははりぼてのようだ、白イルカのようだ、と思った。

熊太郎は、今後のことをいっさい考えられなかった。なぜなら十人を斬れば自分はもはや引き返し不能の行き止まりにいたると思っていたからである。熊太郎は思った。

ところがここが行き止まりだとおもってぶち当たった壁は紙でできていて、ぶち当たった途端に破れ、その先には変わらぬ世界があったのだから笑う。というか笑えない。その紙とは縫のこと。正義をなせと言ったのは観音だが不正を暴いたのは縫のすべてを試す目だと思っていた。なのに縫はただの淫乱だったのだから笑う。笑えない。俺はとんでもない思いをしてどこにも辿り着かなかった。なんの意味もなく、ただぐるっと一周回って元の世界に戻ってきたのだ。しかし、俺自身は元通りではない。おそろしく疲弊《ひへい》して、そして他人の死、十人の死が、自分の死として自分のなかに蘇る。死は人にとって自分だけの死であるが、俺は十人の死を自分の死として死ななければならない。それは恐ろしいことでそんな他人の死を背負って自分の死まで生きるというのは、元の困苦よりいっそう辛い困苦だ。行き止まりが行き止まりでなかったということは恐ろしいことだ。そしてこんな思いや考えもいまや言葉となって世界に出て行くことはなく、俺の頭のなかで行き場を失い腐敗して膿《うみ》となる。白イルカになる。こんな頭でどうやって逃げればよいのだ。どこに逃げればよいのだ。

熊太郎は弥五郎に言った。

「弥五、ほて逃げるてどこに逃げたらええね」

弥五郎は明るく言った。

「ぜんぜん考えてへん」

大坂、奈良方面へ逃走するという話も出たが結局、そうしなかったのは、昨夜、家におらなかった寅吉が戻り次第これを殺し、その後に逃走しようと弥五郎が強く主張したからで、熊太郎は自分が言い出した手前、これに反対できず、ひとまず二河原邊に住まう熊太郎の親戚の東《あずま》竹次郎のところへ行くことにした。

早朝に武器を携えて現れた二人に東は一瞬、驚いた風であったがすぐににこにこ笑い、「いっやあ、熊やん、弥五やん、ようやってくれた」と二人を座敷に請《しょう》じ入れ、妻のかめに命じ、飯を炊かせ、これを振る舞った後は布団を敷いて二人を眠らせた。

竹次郎はかくも熊太郎に親切にしたのであろうか。

それは竹次郎が松永家に恨みを抱いていたからで、竹次郎は魚釣りが趣味で名品といわれる釣り竿も何本か所有していた。そのなかでももっともよい品を熊次郎が、ちょっとみせてくれ、と言って持っていったきり返して貰えない。業を煮やして催促に行くと、いまから出掛ける。後で持参するのでちょっと待て、といったきり持ってこない。こんなことが何度か繰り返された後、ついに、「かやさんと警察に言うど」と言ったところ、不貞腐れたように、「かやしたらええにゃろ、かやしたら」と言って放り投げるようにして返してきた大事の釣り竿は、傷が一杯ついて先が折れてぼろぼろになっているという無惨な姿であった。

竹次郎は、「おまえらがやらへんなんだらわいが松永やってたとこや」と言った。

熊太郎は内心で、絶対ようせんくせになんかしとんね、と思ったが寝やさしてほしいので黙っていた。

一大椿事《ちんじ》の出来《しゅったい》に村は鼎《かなえ》の沸くような騒ぎになっていた。東竹次郎と同じように、快哉《かい》《さい》を叫ぶ人が多かった。傳次郎や熊次郎らにひどい目に遭わされている人が多かったのである。

土地を売って代金を払ってもらえない人があった。用水をめぐって筋の通らぬことをいわれた人があった。通りがかりに腹を殴られにやにや笑われた人があった。そんな人たちがみな松永がやられたという話を聞いて、ざまあみさらせ、と思ったのである。

いまの社会であれば無慈悲きわまりない犯行として人々のもっとも憎むところとなったであろう、乳幼児までも殺害したことについても、人々はいまの世の中と同じような感じ方はしなかった。

人間というものは因果なもので、別に啓蒙《けいもう》され、進歩発展したから慈悲忍辱《じひにんにく》の心を持つようになったのではない。ではどうしていまの人間が当時の人間より慈悲深くなったのかというと、それは食う心配がなくなったからで、人間というものはまず自分の生存、それをなによりも優先し、それが満たされて初めて他のことを思いやることができるのである。

それが証拠にいまでも後進国に行けば人間の値段は安い。わが邦においても、今後、経済が悪化し、国民が等しく食うや食わずの生活になれば、モラルが荒廃した分、以前よりもずっと他人の死に対して無感覚になるだろう。

ということはどういうことかというと、つまりいまの人間が昔の人間に比べて慈悲深くなったのではなく、ただナイーブになっただけで、食うのに精一杯であった当時の人の方がより強い精神を持ち、より透徹した死生観を持っていたとも言える。

もちろん幼子を手にかけ、その首まで刎《は》ねた行為を当時の人も残虐だと思い憤《いきどお》った。ただ底流にそのような死に対する感覚をもっていたため、そのことが原因でヒステリーやパニックに陥るということがなかったのである。

その一方で、悲嘆にくれ、また憤る人もあったというのは当然で、松永家に連なる人たちや松永家と親しい人たちは怒り、歎《なげ》き、怒りのあまり胸を掻きむしって地面に倒れ、転げ回る人もあった。さすがにそこまでする人は一人くらいしかなく、周囲の人は呆れてこれを眺めていたのだけれども。

無闇に恐れる人もあった。

「あんとき、あいつら、ばあー、出てきて、村中焼き払て皆殺しにすんど、いいよったんや。おとろしわあ」と震える者があった。

「きんの、表出たら熊太郎そっくりの男が隣の門口に立っとったんや。も、こおおて、今朝から表よう出んね」と言って家で酒を飲んでいる者があった。

戸締まりを厳重にした家のなかで終日、念仏を唱えるものがあった。

田植えの時期にこんな体たらくでは農業が成り立たない。とにかく早く犯人を捕まえて欲しい。そう願う者が出てくるのは当然の話で、村民はその日のうちに富田林警察署に急報した。

警察の動きは速かった。

富田林警察では直ちに人員を派遣し、電話連絡を受けた大阪地方裁判所からは予審判事、検事、医師を派遣した。判事や検事が捜査の現場にやってくるというのはいまの感覚で言うと奇異だが、当時にあっては裁判所自らが捜査して真相究明のうえ公判を遂行するという制度にあった。

二十六日の夜には大阪府警察署の鈴木という警部長と巡査数名、岩重という検事正、水澤という検事も出張してきた。

かくして二十六日中には基本的な捜査の態勢が構築され、大阪地方裁判所の判事、検事、大阪府警察署の警部、巡査、富田林警察署の警部、巡査からなる仮出張所が竹田市五郎方を借りて設けられ、関係者は呼び出されて取り調べられた。

もっとも厳重に取り調べられたのは井上貞次郎で、平生から熊太郎、弥五郎と懇意にしていたうえ、事件当日の朝、熊太郎、弥五郎と酒を飲んでいる姿を複数の者に目撃されており、共犯者ではないかと目されたのである。

最初はいっぱしの悪人ぶって昂然としていた貞次郎であったが厳しい取り調べが進み、本当に共犯者と疑われていると分かってよりは恐ろしくなり、

「わたし、なんもやってませんやん。ほんまですやん。信じてください。なんもやってませんやん」と言っては巡査の袖に取りすがってなき、老練なある警部は内心で、こんな屁《へ》垂《た》れにあんな大胆な犯行ができる訳がない、と思った。

その後の取り調べで事件に関係のないことが分かり帰された。

出張所を出た貞次郎は悄然として背も少し小さくなったようであったが、暫くすると、「わいは警察に引っ張られた人間や」「俺はあの熊太郎とわれかおれかの友達ゃ」などと周囲の者に嘯《うそぶ》いて昂然としていた。懲りぬ人物である。

しかし、周囲の者は熊太郎と友達というだけで感嘆した。

二十七日の午前五時頃、出張所に駆け込んできた女があった。

東竹次郎の妻、かめである。かめは以下のように訴えた。

二十六日の夜の十一時頃、夫、竹次郎の留守中に突然、戸を押し開けて入ってきた者があり、誰かと思うと熊太郎弥五郎で、飯を二升炊け、言う。けれどもそんな極悪人に飯を炊いて出したということが知れたら後で叱られると思い、いろんなことを言って飯は炊けない、と言ったところ両人は激怒、「飯、炊かなんだらこれがもの言うど」とか言うて、黒鞘の刀と銃を見せびらかして脅しにかかってきたので、では飯は炊けぬけれども粥《かゆ》の残りがあるのでこれを食ったらどうか、と勧めたところ、二人は粥を食って行ってしまった。恐ろしさのあまり朝まで震え、夜が明けるのを待ちかねて通報に来た。

嘘であった。

熊太郎弥五郎が眠っている間、村の様子を見に行った竹次郎は捜査の厳しいのに肝をつぶした。腰に弁当をつけ草鞋《わらじ》を履いた巡査が、それこそ草木をかき分けるようにして熊太郎弥五郎の行方を追い、街道の要所要所にも巡査が立って行人を誰何し、近村の家々をしらみつぶしに、床下まで調べて回っており、とうてい自家では匿《かくま》いきれないと思った竹次郎は、熊太郎弥五郎にとにかく村におっては危ない、と因果を含め、夜になるのを待って立ち去らせ、その様をひょっと見ておった者があったときの用心に、右のように訴え出て、恰も脅迫されて余儀なく飯を与えたように装ったのである。

竹次郎に村の様子を聴いた熊太郎は、相変わらず顔や頭の内側に腐った思弁のずるずるする白イルカのような頭で、また、指の傷がずきずき痛んで、その痛みを他人の死を自分の死として生きる困苦の徴《しるし》のように感じて苦しんでいたが、一部村民に英雄のように言われているという話を聞いて、虚栄心を大いに満足させられ、そんなときは白イルカや指の痛みのことを暫時忘れ、「まあ、わしらくらいしか、松永ようやらんやろな」と嘯き、虚勢を張って偉そうにした。

しかし偉そうにしながらも熊太郎は、この期《ご》に及んでまだ虚勢を張っている俺とはいったいなんなのか？　とも思い、そう思うとまた、指が痛いので慌てて虚勢を張りなおした。

そのように喜んだ熊太郎であったが警察の手配りが厳重であるという話を聞いたときは顔をしかめた。しかし、もっと顔をしかめたのは、竹次郎に、当夜、確かに浅井伝三郎方の床下で爆発はあったが、その夜はたまたま照もその母親も別の間で眠っていたため、怪我人もなく、ただ空しく火薬が爆発しただけであった、という話を聞いた弥五郎で、弥五郎が口惜しがること一通りや二通りではなく、「必ず浅井を皆殺しにする。その他にも十二、三人は殺さなあかん奴がおんにゃ」と口走った。

弥五郎がそう言うのを聞いた熊太郎は、自分の頭は白イルカだし、そういうことはもうやりたくないなあ、と思ったが、しかし、自分の恨みを晴らすのを弥五郎は手伝った訳で、その弥五郎が恨みを晴らしたいと言っているのを自分が手伝わないとなると弥五郎は怒るだろうと思い、また虚栄心を刺激されて虚勢を張った手前もあり、「そうじゃ。やったんど。やるまでは捕まらん。死なん」と、黒鞘の刀の柄頭を叩いて傲然と言い放った。

それに対して東竹次郎も、「やったれ、やったれ」と無責任なことをいい、妻に握り飯を拵えさせて二人にこれを持たせた。

熊太郎弥五郎は夜陰に乗じて金剛山に奔《はし》った。

途次、巡査が篝火《かがりび》を焚き、また、龕灯《がんどう》をかざして各所で警戒しており、熊太郎はこの様を見て恐怖したが弥五郎が、「巡査っちゅうのは阿呆やのお。わががどこにおるか知らしとおる」と言って笑うのを聞いてやや安堵した。

熊太郎は弥五郎に言った。

「しゃあけどどないしょ。山、行て寝るとこあるけ」

弥五郎は笑って言った。

「のてかい。山、行てみぃな。炭焼小屋、煎香小屋、木挽《こびき》小屋、なんぼほどある思う？洞穴もあるしな。寝るみたいなもんなんぼでもあるわれ。ほれに、五月頃ちゅてみ。山入って仕事してる者、五百人からあるわ。そんでも中途で誰とも会わいん。そんだけ深い山やで。見つかるはずあるかれ」

「そやの。大楠公かて千破劔《ちはや》のお城に入らはって関東の大軍を蹴散らしたんやもんな」

言って熊太郎も笑ったが、すぐに顔をしかめた。指の傷が激烈に痛んだからである。

河内の寒村で十人の人が一時に殺されたというのは大事件で、二十七日には新聞記者が取材にやってきた。記者は出張所に入りびたって警察の話を聞くと同時に村内を回って村民の話も聞いた。

しかし後難を恐れ、或いは松永に気を遣って、或いは城戸に気を遣って余所者《よそもの》になかなか話をしてくれない村民に苛立ちながらも記事をまとめ、五月二十八日の新聞に「河内の拾人殺し」と題する詳報が掲載された。

記事の反響は大きく、二十九日にはさらに詳しい情報が出て、世間の耳目《じもく》がいよいよ事件に集中した。そうして世間の耳目が集まり始めると、村民のなかにも、「実はな……」と詳しい話をするものが出てくる。

その話を元にますます詳しい話が新聞に載り、熊太郎、弥五郎の普段の生活ぶりや自宅の様子、松永熊次郎一家の無惨な殺され方や現場のその後の様子、凶行に使用した刀の値段、薄幸の少女、うののその後、犯人に間違えられ逮捕された間抜けの話その他のサイドストーリーが語られ、姦通と借銭、すなわち色と欲が原因のこの事件に人民大衆は大いなる興味を抱き、人々はよるとさわるとこの話をし、となると新聞は売らんがためにますますこの事件に紙面を割き、ついには、「十人斬恨の刃」なる小説まで出る始末である。

そうなると熊太郎弥五郎は、一部村民が松永をやったという意味で喝采を送ったのとは違う意味で英雄であった。

人々は自分たちの心のなかにある凶暴な衝動や日々の鬱憤《うつぷん》を十人斬りに投影して、熊太郎弥五郎に憤り、また、同時に賞讃した。

職場で家庭で学校で、ちょっと乱暴な素振りをみせる者に、「おまえは熊太郎か」とか、横暴なことを言う者に、「弥五郎に言うど」とか言うのが流行した。

そんなことをするうち、人々の頭のなかでストーリーは、熊太郎の行為は恋の恨みを晴らさんがための仇討《あだうち》、と単純化された。しかもその仇討をなした者はまだ生きていて逃亡、潜伏中であるという事実に人々は興奮した。

熊太郎弥五郎はいまや有名人、時の人であった。

そんな風になると、その有名人をたまたま知っているというだけで、他に対して自分もその有名人と同じく賞讃されるはずと勘違いするおっちょこちょいが必ず出てくる。

自分はあの有名人と同じ小学校に通っていた。と他に自慢する。同じ小学校に通っていたのはただ近所に住んでいたからだけなのだけれども、自慢する。或いは、「みな、あいつを凄いと言っているが俺の知っているあいつはただの餓鬼だったよ」などとこき下ろす。

小学生がただの子供なのはあたりまえである。

そんな人がわあわあ言って、新聞記者は取材がしやすいのでますます記事が出る。記事が出るとますます盛り上がって、だから井上貞次郎なんかは嬉しくて仕方なく、本人がいないのをよいことに、「わしゃ、熊とは飲み分けの兄弟分やってんで」などと言って歩き、真っ赤になってふんふんしていた。

人々はそうして盛り上がって喜んでいたが、こうした報道に焦りを感じるものもあった。警察である。

一刻も早く熊太郎弥五郎を捕縛する。これを至上命題として大掛かりな捜査網が張られた。

大阪府下の鉄道の各停車場、港、街道の要所要所、遊郭、旅館に非常線を張り、山伝いに他県に逃亡するのを警戒して、奈良県下の御所《ごせ》、高田、五條、龍田の警察署に連絡してここにも非常線を張らしめた。

二十七日には、富田林、三日市、更池、古市、柏原、国分、八尾、教興寺の各警察署より九十六人の警官が水分に出張してきて、富田林警察署などは署長以下ほぼすべての警官が出張し、署には事務員数名が残るのみとなった。この間、富田林では犯罪をやり放題である。

二十八日には、大阪府の南、東、堺の警察署に非常召集令を出し、四十六人の警官が正午過ぎに到着し、岩重検事正、水澤検事、鈴木警部長らをくわえて、官吏百七人、これに竹槍、猟銃で武装した村民といってそのなかには東竹次郎や井上貞次郎も加わっているのだから笑うがとにかく有志四十人をくわえた、合計百四十七人を十六の部隊に分け、二河原邊字奥山、桐山字奥、中津原、東阪山・岩井谷、黒栂谷、足谷、桐山、関屋、西ノ上字奥仁、山ノ井字出合、水越峠、千早《ちはや》街道、岩谷、上河内・下河内、水越峠付近の要所、千早峠の各所をそれぞれ持ち場として捜索にあたらせた。

いずれも山のなかで、捜索隊は道なき道を行き、文字通り草の根を分けて捜索をしたのである。ところが千早の山中の炭焼窯の前に血の付いた草鞋が脱ぎ捨ててあるのが見つかったばかりで、その姿は見つからず、巡査のなかには、これだけ探しても見つからぬということはもはやどこかで自殺したのではないかと言う者もあり、これに同調する者も多かった。

ところが二十九日になってそうではないことが分かった。

午後一時頃、出張所に熊太郎弥五郎の姿を見たと訴えた者があったからである。

届けたのは通称圓明金《えんめいきん》、本名赤井藤太郎という二十一歳の若者で、藤太郎は以下のごとく訴えた。

自分は通称飴寅、本名辻寅造六十一歳と金剛山中の三ツ谷というところにある木挽小屋に泊まっていたが、二十八日の午後七時頃、熊太郎と弥五郎が入ってきた。

熊太郎は黒鞘の刀と村田銃を持っていて、弥五郎は仕込杖とピストルを持っていた。

入ってくるなり弥五郎は、「ここらに警察きてへんけ」と尋いてきた。四時頃まで警官がうろうろしていたのを知っていたが、こんな奴らは捕まったらよい、と思っていたので、「ここらにはいっこもけえへんわ」と嘘を言った。すると弥五郎が、「ほんだら今晩はここに泊まらしてもらうど」と言い、仕込杖を引き抜いて、「おまえ動くな。動いたら殺すど」と脅して横になった。

脅されてむかついたし、こんな悪漢は捕まったらよいと思っていたので、こいつらが眠ったら小屋を抜け出し、出張所に通報して捕まえてもらおうと、鼾《いびき》をかいて熟睡している振りをしたのだけれども、やつらはどういう訳かまったく眠らず、夜が明けると、飯を炊けと言い、炊かないと殺されると思ったので炊くとこれを腹一杯食べ、さらに白米一升を強奪、「代金じゃ」と言って銭を渡そうとするので断ると、「まあ、とっとけや」と言って銭を投げつけてそのまま去ってしまった。去ったのは午前四時頃だと思う。

ほとんどが嘘であった。

さすがに熊太郎、弥五郎が入ってきたときはぎょっとしたが、その表情から害意のないことがすぐにみてとれた。圓明金も飴寅も松永がやられたのはいい気味だと思っていたが、熊太郎も弥五郎も村にそう思う者があるのを知っているような口振りであった。

熊太郎は羽織を着ていたし、弥五郎は法被を羽織ってふたりともさっぱりしたなりをしていた。

弥五郎は仕込杖など引き抜くこともなく、穏やかに、「泊めてくれへんけ」と頼んだのであり、圓明金は、「ええよ」とこれを快諾したのであった。

また、警官云々というのも嘘で、逆に圓明金の方から、「四時頃までここらに警察おったさかい気ィつけよ」と忠告したのである。さらに、二十銭を投げ捨てるようにして置いていったというのも嘘で、事実は、「ちょう米、わけてもらわれへんけ」と言う熊太郎に圓明金の方から、「ほんだら一升二十銭でええよ」と言ったのである。

朝まで熟睡した二人が去る際、飴寅が言った。

「わしらおまえらが来たやんて警察に言えへんさかい安心せぇよ」

弥五郎が笑って言った。

「かまうことあるかれ。言いにいてこい。警察がいつここ来んね。あいつら来る頃にゃわしら迅《と》うによそ行てるわれ。ほれにもっと言うたらここに人数集まってる分、他所が手薄になってあべこべに逃げやすいやんけ」

それを受けてゆるゆる山を降りた圓明金は午過《ひるす》ぎに出張所に訴え出て嘘を言ったのであった。

しかし、警察はそんなこととは知らないから、ソレッとばかりに三ツ谷近辺に繰り出してそこいらを捜索したが当然、そこいらに熊太郎弥五郎の姿はなかった。

また、二十九日の夕方頃、川上庄太郎という唖が出張所に来て、二十八日午後五時頃、二河原邊の餅子坂というところで熊太郎弥五郎に行き会い、銃を突きつけられて、「早よ、逃げ。逃げへなんだら撃ち殺すど」と脅されたと身振り手振りで訴えた。

真実であった。

三ツ谷の木挽小屋に向かう途中、庄太郎と行き会った熊太郎弥五郎は得るものもなく、また、啞なので密告等できないだろう、と判断し、「さっさと行け」と言って庄太郎を行かしたのであった。その際、弥五郎は、「わりゃ、啞やさかいに警察によう言いにいかんやろ」と言って笑ったが、その言い草にむかついた庄太郎は意地から出張所に届け出たのであった。

無意味な悪態をつくなどして人の恨みを買うのは避けたいものである。

手がかりを得て嬉しい警察は、庄太郎を先頭に押し立て、警部五名巡査五十名で現場に殺到、周囲を隈《くま》なく捜索したが、熊太郎弥五郎のその踪跡《そうせき》すらそこにはなかった。

柏原署の巡査、雲井欽吾は、木の根を踏み越え、枝を払って斜面を登りながら内心で、もしかしたらこの啞、嘘ぬかしてけつかんのんとちゃうかと思っていた。

そう思っている警官は実は多かった。しかし、それを口に出して言うと自分がいまやっていることがいよいよ虚しくなるのでみな黙々と捜査した。

熊太郎弥五郎にあったものがあると聞いた新聞記者はさっそく飴寅、圓明金のところへ、「実際のとこ、どやったん？　どやったん？」話を聞きにいった。

飴寅、圓明金の両名は熊太郎弥五郎は以下のように語ったと言った。

「わしら別に見境のお人殺してにゃないで。恨みのある奴だけ殺したんや。それを警察の奴らがわしらのこと人間とみりゃ殺しまくる気違いみたいに言うてんのんにゃ笑うわ」

「しゃあけど、あと四、五人は殺さんならん奴おるさかい、まあ、どうせ警察のぼけはわしらよう捕まえんやろから、寒なるまでにそいつら殺してほんで自首するか、それがでけへなんだらわがでこれするか、まあどっちかやの」

「どっちにしろわしらは他人の手ぇにはかかれへんわな」

「松永の葬礼《そうれん》。わしらあれ山からみとったがな。ええ気味やったね」などと語ったらしい。

また飴寅、圓明金は、熊太郎は指の傷が深く、これが痛むのか元気がない様子であったが、弥五郎は、殺す奴は必ず殺す、と嘯《うそぶ》きつつ、飯を食いつつ、仕込杖を振り回しつつ、屁をこくなど元気一杯であった、と語り、さらに、両人は濡れても汚れてもおらず、武器を携え、弾薬も大量に所持していたと語った。

熊太郎、弥五郎に直接会ったという圓明金らの生々しい話に喜んだ記者はさっそく記事を書いて大坂に送り、これを読んだ人々は、ワーオ、なんてこったい、などわあわあ言って興奮した。

やはり圓明金から熊太郎らが多量の弾薬を所持していたと聞いた鈴木警部長は暗い気持ちになった。それだけ大量の弾薬を所有しているなら、発見の際は必ずや銃撃戦となり、警察に大量の死傷者が出ることが予測されたからである。

鈴木警部長は警察医の出張を命じようと思ったが、捜査全体に要する費用のことを考えて暗澹《あんたん》たる気持ちになった。

百名を超える警官のその飯代だけでもおとろしい金額や。

そう思った鈴木警部長は、「いったいこの先、なんぼほど銭かかるねん。早よ、捕まってくれよ」と呟いて受話器を取り上げた。

しかし、その警部長の嘆きをよそに熊太郎弥五郎の踪跡はまったくつかめなかった。

というのは無理もなく、金剛山は紀州、大和、泉に連なる奥深い山で、関東の大軍、百万で包囲して、千人かそこらで守る城を落とせなかったというくらいの天険《てんけん》、峨々《がが》たる山脈である。そんな山にたかだか百人かそこらで分け入って探しまわったところで、常時、移動している二人を見つけられる訳がなかった。

しかも、弥五郎が平生、山の仕事をしていて、一見したところでは藪にしかみえないようなところに道があって意外なところに繋がっている、みたいな毛細血管のようなルートまで熟知しているのに比して、昨日まで市中での取締りを専《もっぱ》らにしていた警官は仮に体力はあったとしても山にはまったく慣れておらず、ことに二十九日などは雨降りしきり、全身ずぶ濡れで慣れぬ山道を歩く警官は疲弊のあまり、顔面蒼白、意識朦朧の体で、もはや捜査をしているのか、ただ、訳もわからず山中を彷徨《ほうこう》しているのか分からないような状態であった。

三十日は豪雨であった。しかし、銭もかかるし、一部村民は怯え、一部村民にはおもろがっている節もあり、また、新聞はがんがんかき立てるし、とにかく一刻も早く熊太郎弥五郎を捕縛したい鈴木警部長は自らが総指揮官となり、高山警務課長、安井保安課長以下、五十四人を引き連れて金剛山に入った。

しかし、雨が降っている上、乳白色の霧が立ちこめ、自分の足元も見えないような有様で、これではすぐ隣に熊太郎弥五郎が立っていても分からない。

千破劔の険しい峰に立った鈴木警部長はびしょびしょに濡れて呟いた。

「駄目じゃんやんけ」

ちょうどその頃、坊領山付近を捜索していた安井保安課長は足を滑らせて斜面を転落、十五メートルほど落ちたところで木の根に引っかかり大した怪我はしなかったが、足をぐねって半泣きになっていた。そんな安井にも情け容赦なく雨が降り掛かった。

三十日の深夜になって水澤検事、鈴木警部長、高山警務課長、安井保安課長らは会議を開いた。こんなことをいくらやってもどうしようもないということが徐々に、おぼろげながらに分かってきたからである。

鈴木警部長が言った。

「とにかくいまの方法では埒があかん。銭もかかるし。できたらもう明日中にでも逮捕してまいたいねんけど、水澤さん、なんか意見ないですか」

水澤検事はこれに答えていった。

「うん。まあ僕もこの方法ではまずいとおもう。しかし、それ以外に方法と言うとにわかには思いつかない。そこでどうだろうか。僕は一度、ここにいる全員で現場を視察してみたらどうかと思うんだ。現場に行ってその地勢やなんかもよく見分してね、そうすると容疑者の心理やなんかも見えてくる訳じゃない？　そのうえで捜査方針を立てたらどうかとね、僕は思うんだな」

得々と語る水澤検事の顔を見ながら安井保安課長は内心で、あほか、このおっさんは。と思っていた。

なにを当たり前のこと得意そうに喋っとんねん。そう思うからわしらが今日、山行ったんやんけ。ほんであかんかったからどないしょう言うて会議してんのに、このおっさん、人の話なに聞いとんねん、と安井は思った。

しかし、それをダイレクトに言うとつかみ合いの喧嘩になるので黙っている。

鈴木警部長が言った。

「もちろんその通りです。だから我々が今日、現場に行った訳です。ところが山はきわめて見通しが悪いから、捜査というより、もうただ苦労して山道を歩いてるみたいなことになるんですわ。これは現場の巡査も同じことでね、こんなことしてても意味ないなー、みたいな感じになってるんです。これをどないしょうかっちゅうね、そういうことを話し合っていきたい訳です。このまま行くと費用も莫大ですしね」

「なるほど」と水澤検事が頷き、そして言った。

「だったらこうしよう。一度、僕らで現場を視察してね、そのうえで捜査の基本方針を考えると、そういう風にしたらいいんじゃないかなと僕は思うんだ」

鈴木警部長は絶望してがっくり頭を落とし、暫くの間、無言でバウンドしていた。

不毛な会議が深更にいたるまで続いた。

その間、高山警務課長は腕組みをして目を閉じ、一言も言葉を発しなかった。その眉間に深い皺が刻まれていた。捜査が進まぬ苦悩が深いあまりなにも言えないのだろうか。

そうではなかった。

高山警務課長は真面目な男であった。真面目なので昼間、一生懸命捜査に従事した。一生懸命捜査に従事すると疲れる。疲れるとやはり人間は眠くなるのであり、つまり、高山警務課長は眠くて眠くて仕方なく、つい眠ってしまいそうになるのを必死に堪えていたのであった。

しかしともすれば、犯人が捕縛され旅館様のところで慰労の祝宴が開かれ、極彩色、ひらひらの衣裳を着た軟体動物のような美女数十名がエキゾチックな踊りを踊る様をみながら、みなでにこにこ笑っているビジョンが脳内に浮かぶなどして魂が夢の世界に飛んでいくのであった。

そんなことで会議はちっとも進まず、ついに水澤検事の主張する通り、一度、現場を視察すること。容疑者にそれと知られぬよう、今後、山狩りを行う際は変装をすることを決議して散会した。

その無駄な会議が散会した後、すなわち三十一日の午前三時頃、上河内に住む、熊太郎の親戚、新田達次郎の表の方で、「兄貴、兄貴」と呼ばう者があった。

しかし、警察の手配りに怠りはなく、熊太郎弥五郎が立ち寄りそうな家には巡査が張り込んでいる。こんな時間に来て小声で表から呼ばうというのは、熊太郎弥五郎に違いないと思うから巡査は、ばっと躍り出たのだけれども、そのときには熊太郎弥五郎の姿は既になかったのであった。

と言うと熊太郎弥五郎が戸の開く前に第六感でなかに巡査がいるのを察知したとしか思えないが、そういう訳でもなかった。というのは、この新田達次郎方の表の戸というのが立て付けがきわめて悪く、開けるにはちょっとした骨《こつ》があるのだが咄嗟のことでそれを忘れた巡査は大分長いこと半開きの戸をがたがたやって、「あれ？　あれ？」と言って焦っていたので、熊太郎弥五郎はいくらでも逃げる間があったからで、しかし、そういう報告をすると自分並びに自分を派遣した署の名誉に傷がつくと思った巡査はその部分を省いて上司に報告した。

午前四時頃報せを受けた首脳部はまた会議を開き、巡査十三名を派遣して付近の捜索にあたらせた。また、その際、服装で巡査と知られぬように近所の家に行って着物を借り、農夫、樵夫《きこり》の恰好をさせた。

あたりはすでに薄明るい。

「起きたのを幸い、僕たちもこのまま視察に行ってみようか」という水澤検事の提案で首脳部は金剛山に登った。

足を怪我している安井保安課長は臨時出張所に残った。

三十一日午前中には憲兵六名が出張してきた。

いずれにしても百名やそこらでは人手が足りず、大阪地方裁判所を通じて憲兵首部に憲兵数十名の派遣を要請したのだけれども、憲兵首部は、そんな広い地域の捜索にちょっとくらい憲兵が行っても意味ないでしょう、と言って断ってきていたのである。しかし、大阪地方裁判所が言ってきたのを無下に断るのもどうかなあという話にもなり、この日になって申し訳のように六名の憲兵を派遣したのである。

しかし、たった六名と言って侮れないのは六名のなかに難波新地屯所詰《とんしょづめ》の木下藤吉《きのしたとうきち》憲兵軍曹がいたということである。

木下藤吉は凄い軍曹であった。どれくらい凄いかと言うと、先年、木下軍曹は和歌山の山の中に立籠《たてこも》る凶賊をたったひとりで捕えたのである。木下軍曹はまた変装の名人であり、これまでも巡礼や古着買いに変装して手柄を立てたことが何度もあった。

人々は、「木下軍曹がきたからもう大丈夫だろう」と噂した。

それを聞いた新聞記者は早速、木下軍曹のところに取材に行った。記者は、どういう方法で犯人を捕まえますか。と問うたが、木下軍曹は、それは秘密です、と言って答えてくれなかった。

しかし記者は面白い話を聞くことができた。

木下軍曹の出張を知った大ヶ塚の僧が一人の木挽を連れてきた。この男は実は木下軍曹が東京にいた頃の木下家に仕えていた男で山の道に委《くわ》しく、「粉骨砕身、旦那に手柄を立てさせます」と言っているというのである。

記者はこの偶然を大仰に書きたて、それを読んだ人々は木下軍曹がその通力で一気に事件を解決してくれるような気になった。

三十一日午後二時頃になって前日から山に入っていた警部巡査がぼろぼろになって引き上げてきたが、熊太郎弥五郎の姿を見た者はなく、三十日夕、三ツ谷の木挽小屋の北に焚き火の煙が上がるのを見つけ、坂がきついので、ふんふん、はあはあ言い、また藪を喧しくがさがさ言わせながら、やっと辿り着いたときには人はおらず、ただ焚き火が燃えていたというのが唯一の手がかりであった。

暫くしてから視察に出掛けていた水澤検事らが戻ってきて、早速、会議を開いた。

水澤検事が言った。

「僕はね、こんなことやってても駄目だと思うんだ。やはり根本的にやり方を変える必要があると思うんだよ」

安井保安課長は、しゃあから昨日からそういうとるやんけ、ぼけ、と思った。

会議は例によって明確な方針を確定できなかったが、しかし費用の問題もあり、また、こうしているうちにも日々、事件は起きており、また、仕事も山積みになっているので、とりあえず三十一日の夜に、岩重検事正、谷川予審判事、水澤検事、鈴木警部長、高山警務課長はとりあえずいったん大阪に引き上げることにした。

また、警官も四十名を残し、後はとりあえずいったん引き上げることにした。

捜査がまったく進展せず、解決の端緒すら見えていないのに、そうして引き上げてしまえばますます事件は解決しない。

にもかかわらず引き上げるのはどういうことかと言うと、このままでは解決しない。費用もかさむ。みんな疲れている。なにか状況を変えなければならない。しかし、増員という方向に変えることはできない。だったら減員という方向に変えてみよう。ますます駄目じゃないかという意見もあるが、状況が変わることには違いないし、費用の点を考えればよい方向に変えたとも言える。しかもこれは最終的な方針を確定したのではなく、「とりあえず、いったん」やってみただけであって、駄目だったらまた考えればよいという考え方に則ってのことで、つまり典型的な駄目な会議である。

そうして出張所から警官らが引き上げた三十一日の深夜、水分字赤松の山番人、赤松龍造の妻、小りうが子供を抱いて出張所に駆け込んできた。小りうは以下のように訴えた。

午後十一時頃、戸を開けて入ってくる者があったが夫が帰宅したものだとばかり思い、横になったままでいると入ってきたのは果たして熊太郎で、「腹が減ったさかいなんぞ食わしてくれ」と言った。

そのとき私は子供を抱いて横になっており、そのままの姿勢で、「気分が悪くて横になっているから無理」と言うと、熊太郎は、「ほんだらしゃあないの」と言って外へ出て行った。気分が悪いというのは嘘だが恐ろしくて顔が青ざめていたため、熊太郎は本当に気分が悪いのだと思ったのだろう。熊太郎が出て行った後、窓から外の様子をうかがうと、外に弥五郎が待っており、二人は東河内村の方に歩いていったので私は二人の姿が見えなくなるのを見届けてから出張所に駆け込んだ。

小りうの訴えを聞いた安井保安課長は、なんたら間ンの悪い、と思った。今朝まではその影すら見えなかった凶賊が、多くの警官が引き上げた途端、村に姿を現すなんて。と思ったのである。

安井保安課長はそうして、単にタイミングが悪い、と思うばかりで熊太郎弥五郎が警察の人数が大幅に減ったという情報を得たので人里に降りてきたとは考えなかった。

安井は、なんでよりによって今晩やねん、と嘆きながら出張所内を見渡した。

出張所には警部三名、巡査十名程度が残っているばかりである。

安井は荘野という警部と巡査三名に出張所に残るように命じ、自ら残りの警官を引き連れて現場に急行した。また、これでは人数が足りぬので、方々で警戒にあたっている巡査に連絡をつけ、さらに二、三人の巡査を呼び寄せたが、その際、大変なことが起こってしまった。というのは、熊太郎弥五郎が村内に入り込んでいると知った村民が恐怖のあまり恐慌状態に陥ってしまったのである。

恐慌状態に陥った人のなかには、熊太郎弥五郎の噂をしてわあわあ騒いで喜んでいた人も混じっていた。

なぜ、わあわあ騒いで喜んでいた人が急に恐ろしくなったかと言うと突然、出張所から警官が引き上げたからである。

いつも偉そうにしている官吏が百人がかりでたったふたりの熊太郎弥五郎を捕まえることができず慌てふためいている様は痛快なことこのうえない。熊太郎弥五郎につい肩入れしたくなる。

しかし、そうやって騒いでいられるのは自分たちの身が安全と思やこそで、警官が引き上げてしまえば、いつ熊太郎弥五郎が村に戻ってくるやも知れず、そういえば凶行の際、炎上する松永傳次郎の家の前で熊太郎が、「おどれら騒ぎゃがったら殺すど」と言っていたと語る者もあり、また、「村中焼きはろて皆殺しにする」と叫んでいたとはっきりと聞いたという者も現れて、そうなるといま歩いている道の脇の、その藪に熊太郎弥五郎が潜んでいて、刀を振りかざし、猟銃撃ちかけて襲いかかってくるような心持ちがして恐ろしくてならない。

しかも一部村民は竹槍を携えて警官の山狩りに参加したり道案内をしている訳で、そんなことをしたのもまた、騒いだのと同様に警部長や判事、検事の方々が村にずっといて守ってくれると思っていたからで、それが引き上げてしまったいま、夜眠っていても山で藪の陰から山狩りに参加する姿を熊太郎弥五郎に見られていて、それを恨みに思ったふたりが、「よおも山狩りに参加しゃがったのお」と言って襲いかかってくるのではないか、と思って怖くて寝られない。

そんなことで怖い、怖いと思っていたところへ、赤松龍造方に熊太郎が現れたという報せが入ったのだからたまらない、村民は、恐怖で頭が痺れたようになって訳が分からなくなり、「助けてください」と泣き叫びながら出張所へ駆け込む者が二、三十人もあった。

まっさきに駆け込んできたのは井上貞次郎である。

「助けてください」泣きながら貞次郎は奥の間に駆け込み、これに続いて続々、村民が駆け込んだ。

村長であり府会議員でもある武部三郎は豪胆な人物であった。

武部は村民の恐慌状態をうち眺め、これは自分が収拾しなければならないと決意すると、事件発生以来、手放さぬ一刀を抜き放ち大喝した。

「おどれらなんちゅう腰抜けじゃ。おどれらの先祖はいざ戦や言うたら槍かたげて、大楠公はんのとこィ馳せ参じたんやど。それをなんちゅう体たらくじゃ」

と武部が大喝したとき、ピリピリピリピリと呼子がなった。武部が叫んだ。

「ほれ、悪者が、おったみたいやど。根性ある奴はわしについてこい」

そう言って駆け出そうとする武部に荘野警部が声をかけた。

「あの」

「なんじゃい」

「現場には我々が行きますんでここにいてもらっていいですよ」

「わしらの方が土地勘あんんね。あんたらはここにおって連絡係しとり」

と武部が言うのを聞いて荘野は隣に立つ巡査に、

「じゃあそうさしてもらおうか」と言い、武部に向き直ると、

「では、よろしくお願いします」と頭を下げた。

「任さんかい」そう言って武部は闇のなかを駆けていった。武部に煽動された何人かが棒や斧、鋤鍬《すきくわ》といった雑多な得物を手にこれに随《したが》った。

武部らが出て行ったその直後、入れ違いに真っ青な顔の男が出張所に駆け込んできた。

熊太郎の幼なじみの今田鹿造であった。

鹿造は入ってくるなり、恐怖にがたがた震えながら言った。

「賊がきます。賊がきます。賊がきます。早い早い早い」

荘野が驚いて尋ねた。

「賊はどこにいる？　どこで見た？」

尋ねられた鹿造は目を見開き、口を歪めて涎を垂らしていたが、やがて口を開くと、

「ああ、賊が。ああ、そこに。ああ、ここに。奥、奥、奥。もっと、奥。ああ、早い早い早い」と言って気絶した。

これにいたって荘野は漸く今田鹿造が恐怖のあまり発狂していることに気がつき、苦笑しつつ奥の間で様子を窺っていた村人にその介抱を要請した。奥から人が出てきて、なんたら精神の弱い奴か、と笑いつつ鹿造を抱き起こしたちょうどそのとき、東の方角で二発の銃声が轟き、鹿造の頭を支えていた村人は、「うわっ」と悲鳴を上げて座敷に逃げ込んだ。

鹿造の頭が土間に落下して、ごん。という鈍い音がした。

ただでさえ発狂しているのに大丈夫だろうか。

しかし村人たちは鹿造の頭を慮る余裕などなく、「今度こそほんまの賊や」と怯え、大騒ぎになった。

二発の銃声は果たして弥五郎の放ったものであった。

ちょうど武部らが出張所を出た頃である。

中村大字中に弥五郎の戸籍上の養父となっている谷善之助という者が住んでいたが、午前一時頃、表から、「おい、おい」と声をかける者があった。弥五郎である。

しかし警察にぬかりはなく、善之助のところに弥五郎がくることを予測して善之助方に巡査が配置してあった。巡査は声を殺して善之助に言った。

「表に出なよ。本官はここに隠れてるさかい、うまいこと言うてうちらへ入れてまえ」

「へ、へぇ」

と頷いたものの善之助はぶるぶる震えるばかりでなかなか戸を開けない。

なにをするか分からない凶漢、弥五郎が入ってくるなり、訳の分からない、「ゼンマイ仕掛けの牛肉六匁くださーい」みたいなことを喚きながら毒刃をふるって自分を斬り殺してしまうのではないか、と恐怖したからである。

やむなく明石というその巡査は土間に駆け下り、「早いことあけな怪しまれるやんけ、なにしてん、早よ、早よ」と善之助を促したが、外に声が漏れるのを慮って、顔の表情と身振り手振りでこれを伝えようとしたため、阿呆が手話の稽古をしているようなことになってちっとも埒があかない。

さて、そのとき、谷家の隣の家にも巡査が潜み、戸内から弥五郎の様子を窺っていた。

もし弥五郎があらわれた場合は、まず家のなかに誘い込み、家のなかで待ち構える巡査がこれに飛びかかると同時に隣家に潜む巡査が背後から飛びかかるという作戦を立てていた。つまり内と外から賊を挟撃《きようげき》しようというのである。

ところが待てど暮らせど弥五郎がなかに入らない。

どないなっとんね。早よ、なか入れや。なかへ入らんことには捕縛できひんやんけ。あ、いらいらする。明石の蛸はどんくさい。

巡査はそんなことを考えながら様子を窺っていたが、やがて弥五郎は怪しいと思ったのか、善之助が熟睡して起きてこないと思ったのか、戸の前を離れて立ち去ろうとした。

いくら手筈と違うからといってここで逃がしては元も子もないと思うから巡査は、「谷弥五郎、待て」と怒鳴りながら駆け出した。

おそらく咄嗟の勢いでそんなことを怒鳴ってしまったのだろうけれども馬鹿なことをしたもので、弥五郎にさあ逃げろと号砲を鳴らしてやったようなものである。

弥五郎は脱兎のごとくに駆け出した。

巡査はこれを追い、また外の異変を察知したもうひとりの巡査も善之助を突き飛ばして表へ走り出てこれを追ったが夜道のことで、土地勘のある弥五郎は飛ぶように駆けていくが、巡査たちはそういう訳に行かず、どうしてもまごまごしてしまう。しかし、ここで弥五郎を取り逃がす訳には行かない、死にものぐるいで駆けるうち、真っ暗な道を全力で駆けたものだから木の根に蹴躓《けつまず》いて明石は前のめりに倒れ、顔面をいやというほど大地に叩きつけた。

「鼻に激痛がっ」と明石は呻きながら地面をのたうち回った。

しかし同僚を助けるより犯人捕縛、それがポリスというものだ、と心得る同僚巡査はなお弥五郎を追い、そして内心で、いけるかも、と思っていた。

前方に川の流れる音が聞こえてきたからである。

そう思いながら追っていくと案の定、弥五郎は川の前でなお躊躇している様子、やっぱそやった、と巡査が、「弥五郎、待て」とまたぞろ怒鳴って駆けていったところ、なんたら男であろうか弥五郎は、幅が六米近くもある川を飛び越え、対岸に取りついて竹藪のなかに駆け込んだ。

巡査は呆然と川岸に立ちつくし、「どんな脚力やねん」と呟いた。

それへさして竹藪から、ダーン、ダーン、二発の弾が飛んできて巡査は慌てて大地に伏せた。

出張所で人々が聞いたのはこの銃声である。

四日間、大掛かりな包囲網をしいて探し求めた犯人を間近に見ながら取り逃がしたのが諦めきれない巡査は、まだそう遠くへ入ってないはずと信じ、弥五郎がとるであろう道順についておおよそこの辺りだろうと予測をつけ、茶屋の前というところに行った。そのあたりの人家といえば鳥井久二郎という山番人の家ただ一軒である。

巡査は鳥井方を尋ね、

「いま弥五郎が来ぇへんかったか」と尋ねた。

しかし鳥井は、「いや来ませんなあ」と落ち着き払っている。

鳥井の態度に妙なものを感じた巡査は、「いま鉄砲の音、聞いたやろ」と尋ねたが、それに対しても鳥井は、「いや、聞こえませんなあ」と調子を変えずにいい、ついに巡査は、「おまえ、弥五郎匿てへんやろな。そんなことしたらえらいこっちゃで」と問うたが、これに対して鳥井は語尾を上げ、なんでそんなことを聞くのか不思議でならないという口調で、「いえ?」と言った。

「おまえ、耳遠いんか」とも問うたがそれに対しても、「別に?」と答え、ちっとも話が噛み合わない。調子が出ない。巡査はもしかしたらこいつは阿呆か、若《も》しくは極度の偏屈かも知れないと思い、こんな奴と問答しているうちにも弥五郎が遠くへ逃げていくのではないかと思うと気が気でなく、一応、家のなかの様子を窺ったが土間とも一間しかない家のなかには誰かが逃げ込んできたような形跡もなく、巡査はその場を離れ、なお付近を捜索したが、もはや弥五郎の姿はどこにもなかった。

その暫く後、青木谷の地蔵堂というところで別の巡査が警戒にあたっていたところ、熊太郎弥五郎がそこを通りかかった。

物陰に隠れて警戒にあたっていた巡査は暫《しば》しの逡巡の後、「城戸熊太郎、待て」と怒鳴り、飛びかかろうとして、「あひゃーん」と泣いてその場に蹲った。

熊太郎が発砲したからである。

銃声がやんで風に乗って硝煙の匂いが匂ってきて、巡査がおそるおそる目を開けると熊太郎弥五郎が逃げていくのが見えた。

巡査は反射的に、「待てぇ」と叫んだ。

直後、巡査は我と我が目を疑った。

熊太郎が立ち止まったからである。

それどころか熊太郎はゆっくりと巡査の方に歩いてくる。巡査は呆然とその場に立ちつくした。

巡査の近くまで来ると熊太郎は黒鞘の短刀を抜き放った。

闇のなかで刃が光った。

刀をふりかざして近づいてきた熊太郎は顔を巡査にぐんぐんに近づけ低い声で言った。

「なんや」

巡査はなにも答えられない。熊太郎はもう一度、言った。

「なんやね」

巡査は蚊の鳴くような声でようやっと言った。

「お、おまえを捕縛する」

「捕縛する?」そう言って熊太郎は笑い、左手で巡査の頭を抱き、耳に唇を近づけて言った。

「やってみい」

巡査の左頬から一筋の血が流れた。刃が押しあてられていた。

夜の黒い闇が、じわっ、と巡査の頭のなかにしみ込んで広がった。

巡査はその場にどうと倒れ、仲間が駆けつけた頃には熊太郎弥五郎は影も形もなかった。

巡査は恐怖で気絶したとは言わず、取り押さえようとして格闘になり、刀で切られて倒れて賊が徳赤という難所に駆けこんだのは見たがその後傷が元で意識を失ったと報告した。

三十一日の夜に熊太郎弥五郎が村に現れたと報らされた鈴木警部長は一日の午後十一時頃、警部五名を引き具して出張所に戻ってきた。

激怒していた。

着席するなり鈴木は不機嫌きわまりないという声で安井保安課長に言った。

「ほんで?」

「ほんでと申しますと」

「どういうことか報告せぇちゅうてるに決ってるやろ」

と怒鳴った鈴木は、その後、安井の報告を黙って聞き、聞き終わるや言った。

「頼むでぇ、ほんま。こんだけ手配りして、こんだけ警官おって、なんでたったふたり捕まえられへんねんちゅてわしゃ大阪で阿呆扱いや。言うにゃったらいっぺんでも金剛山登ってから言えちうね。ちゅうてもよ。手配り聞いてんにゃろ。東西南北、どの道とおっても逃げられへん。ちゅうことはよ、食うもんも手にはいらひん、ちゅうことやんか。そいで人里に降りてきた。作戦大成功や。それがなんやね？　すんでのところで取り逃がしましたあ？　阿呆か。二十六、二十七、二十八、二十九、三十、三十一、一。一週間、経っとんね、一週間。その間、どんだけ銭かかってるおもてんね。その間、なにしててん？あと一週間、こんなこと続けんの？　どこにそんな予算あんの？　おまえらもう今日から寝んな。寝んと捜査せぇ、ぼけ。ちゅうか、なんでいまここにこんに仰山、人間おんの？こんなとこに五人も六人もある必要ないやろ。現場行け、現場。現場行って捜査せぇっちゅうねん。おまえらも一緒じゃ。こんなとこ一人おったら十分や」

鈴木警部長はそう言って自分が連れてきた六人の警部も含めた十二人の警部を現場に急行させた。

熊太郎弥五郎が村内に現れ、村民の恐怖はいや増した。

村民はもはやいてもたってもいられなかった。熊太郎弥五郎が捕えられぬうちはなにも手につかなかった。蟻《あり》の這い出る隙もないような包囲網を敷かれ、いまや熊太郎は手負いの獣である。

こうなったらやけくそじゃ、と村に暴れ込み放火をし、殺戮《さつりく》の限りを尽くすのではないか。

村民はそんなことを考えて怯え、眠る際は枕元に竹槍を置いて眠り、昼間は巡邏《じゅんら》隊を結成、竹槍を持って隊列を組んで練り歩いた。

もっとも熊太郎弥五郎を恐れたのは松永家に連なる人々であった。

また、熊太郎に銭を貸していた人なども怯えた。

こういう人たちのところには巡査が二十四時間態勢で警備にあたっていたが、弥五郎に必ず殺すと宣言された浅井伝三郎などは怯えに怯え、半ば自分の命はないものと覚悟を決め、日々泣きながら念仏を唱えていた。

また村民はしばしば、銃声を聞いたと嘘の訴えをした。犯人の踪跡《そうせき》が途絶えれば警察はもはや犯人は自殺したものと判断して引き上げてしまうのではないかと思い、それを恐れたからである。

或いは、第四師団第四連隊第三大隊が水越峠を越えて富田林まで行軍するという話を聞いたある村民は言った。

「水越峠通らはんにゃったらそのついでに野外演習やってもろたらええにゃ。ほんたら熊太郎らもびっくりして出てきょるやろ」

そんな訳にはいかない。

ある村民は言った。

「水分、森屋、河の上、二河原邊、桐山てここらの百姓みな合わしたら千人からなるわ。なんぼあいつらがすばしこいちゅたかて、千人みなよって山狩りしてみいな。いっぺんに捕まるよ」

そんな訳にはいかない。

ほとんどの村民が話した。

「木下軍曹はなにしとんね、木下軍曹は」

その頃、捕物の名人、木下軍曹は三ツ谷から北に三百メートルほど入った、「ろんしょ」という昼なお暗い山奥の道なき道を確信に満ちた足取りで、ざっざっざっ、と歩いていた。

そして村にとってもうひとつ頭痛と厄介の種があった。

松永寅吉である。

熊太郎弥五郎がもっとも恨むべき人物であった寅吉は五月二十五日の事件当夜、雇われて宇治に行っていて偶然にも難を逃れた。

ということは熊太郎弥五郎はこのことを大いに悔しがり、どんなことをしてでも寅吉を討ち果たすと村に押し寄せてくるはずでそうなったら今度は何人が殺されるか知れたものではないと村民は噂して戦慄した。

また、一夜にして子孫を殺戮された松永傳次郎は人が変わったようにぼんやりしてしまい、まるで魂が抜けてしまった人のようになっていたが、寅吉は若い分、血の気が多く、「もしこのまま熊太郎弥五郎が見つかれへなんだら、しゃあない。わしゃ、同じことするわ。なにするて決ってるやんけ。熊太郎の親父の平次とお母《か》ンの豊に弟の光蔵みな殺してもたんにゃんけ」と口走るなどした。

しかし、ただでさえややこしいいま、そんなことになったらなお大変だというので武部らが間に入り、平次は田地一反を松永に差し出し、寅吉は、今後は恨みを残さないし復讐もしないという一札をいれるということで事態を収拾した。

六十九歳の平次はまた、残ったすべての財産を森本トラの遺族に仏事料として与え、自らは光蔵とともに巡礼となり四国西国を巡り、息子熊太郎の手にかかり亡くなった十人の霊を慰めることにした。気の毒な老人である。

村はそんな風に恐怖と騒動、無茶苦茶な状態になっていたが、その後、熊太郎弥五郎の踪跡ははたと途絶えた。

警察幹部は内通者があるのではないかと疑った。

三十一日の夜、熊太郎弥五郎は赤松龍造方に現れて食物を乞うた。

二十六日に東竹次郎の家に現れたときにも飯をねだり、また、二十九日に三ツ谷の木挽小屋に現れたときも圓明金らに飯を炊かせている。

しかるに一日以降、そのように食物を求めて里に現れることもなく、また、目撃されるたびに衣服が変わっており、目撃情報というのはかなりいい加減で多分に拵え事が混じっているというのも最近わかってきたのだけれども、だとしても山中で食に窮した様子もないというのはおかしく、ということは密かに山中に衣服や食物を運び、また捜査の情報を洩らしている者があるのではないかと警察は疑ったのである。

実際に熊太郎弥五郎に食物を与えた東竹次郎や圓明金はしかし平然としていた。なんとなれば、その光景を見ていた者は先ずないし、熊太郎弥五郎がそのことを喋らない限り警察に知れるはずはない、と思っていたからである。

しかし、熊太郎の親族は肩身が狭かった。

警察や恐怖する村民の、あいつらほんまは居所知っとって飯とか運んどんちゃうん？と言わんばかりの視線をひしひしと感じていたからである。

新田達次郎は中谷仁平、辻本貞五郎ら親戚の者を集めていった。

「わしらが食いもんとか服運んどんのちゃうか思われとんね。どないしょう」

上田政五郎が言った。

「こないなったらしゃあない、わしらで熊、探そ」

「探すてどないすんねん」

「山行くねゃんけ。ほんで、熊よ、熊よ、呼んで歩くにゃ」

「そんなことしていきなり鉄砲撃ってきょらへんやろか」

「あほ。親戚のわしらが呼んどんにゃ。いきなり撃ってくるてなことするかいな」

「ほんで捕まえるんけ」

「そや」

「うまいこと捕まえられるやろか」

「そら、おまえ捕まえられるやろ。なんちゅてもわしら親戚やんか。諄々《じゅんじゅん》と諭《さと》したらなんぼ熊が凶暴ちゅたかて話聞っきょるわな」

「そらそうかもしらんけど、そんなうまいこと熊に会えるけ？　警察が必死になって毎日、山行て探しよんのに会われへんにゃで」

「そうそこは親戚のわしらが……」

「それは親戚関係ないやろ」

「ま、そやけどや。そなしてわしらが一所懸命探してるちゅうとこ皆にめしといてみ。あ、あいつらあない一所懸命探しとるやんけ。ちゅうことは内通てなことはしてへんなと思いよるやんけ」

「あ、なるほど。ほんだらそういうことにしょうか」

と衆議一決して、六月三日午前八時、井上寅、中谷仁平、新田達次郎、辻本貞五郎、新田兵五郎、上田政五郎の六人は金剛山に入り、夕方まで、「熊よ、熊よ」と呼ばいつつ山中を歩き回り、四日も同じように探し歩いたが熊太郎弥五郎は見つからない。しょうがないので五日も山に入ることにしたが、その日は朝から雨であった。

新田兵五郎がぼやいた。

「なんや雨やんけ。雨のなか探して歩くん難儀やで。あーあ。警察で早いこと熊捕まえてくれへんかなあ」

兵五郎がぼやくのを聞いて中谷仁平が言った。

「そない言うたら木下軍曹なにしてんにゃろな。もう山入って大分なるで」

そのとき木下軍曹は猟師杣人《そまびと》ですら入ったことがないようなもの凄い山奥をたったひとりで歩いていた。

木下軍曹はふと立ち止まると梢に鋭い目を走らせた。

きしっきしっ、という音とともに黒い影が空中を飛んだ。

猿であった。

木下軍曹はまた歩き始めた。

異常な速力で。ざっざっ、と音を立てて。

四日の午前中に鈴木警部長がまたやってきた。

この日は日曜日で本来、鈴木は休みのはずであったのにもかかわらず現場にやってきたのであった。

警官の配置を確認し、指示を出しつつ鈴木は頭を抱えた。

「人数が足らんね、人数が」

確かにその通りで広く深い、金剛千早の山にたかだか何十人かの警官が入って、絶えず移動して歩いている二人を発見できる訳がないのであった。

鈴木は安井保安課長に言った。

「わしは休日でもこなして様子見に来とんにゃ。苟《いやしく》も警察に奉職する者はよろしく自費を以て捜査に従事すべしちゅうわけにいかんのんかいな、保安課長」

「警部長、そらちょっと無理ですわ。懸賞みたいなことやったらどないかなるかもしれんけど」

「懸賞か。ええかも知れんな。懸賞目当てに自費で来る警官もでてくるわ。ほんだら銭かかれへん。安井君、君、それいまからすぐつめてくれ」

「わかりました」

と鈴木警部長は指示を出したが、しかし、そんなものは小手先の技に過ぎず、やはり、大人数を繰り出して山狩りをするしかないのだろうなあ。しかしそうすると費用がかかる。

だからといってこのまま日数ばかり経てば結果的にもっと費用がかかることになるかも知らんし……、とくよくよ考えて溜息をついた。

そして六月六日になってついに鈴木は決断した。

このまま少人数で捜査をしてもいつまで経っても埒があかず費用もかかるし、また事件が長引くにつれ、世間には警察はなにをやっているのだと批判され、警察内部では鈴木はなにをやっているのだと批判される。うるさい。おまえらにオレの気持ちがわかってたまるか。それだったらもう仕方ない。大人数を繰り出して一気にけりつけたると考えたのである。

六日の夜には大阪四区さらに郡部から百六十五名の警官が続々集合し、界隈は警官で雑踏し、西楽寺の庭に大釜を据え、警官らの飯を炊く、俄《にわ》か宿をしつらえる、山道の案内者を雇い入れるなどまるで火事場のような騒ぎになった。

そして翌七日。制服姿では賊に警戒されるというので、それぞれ法被厚衣半纏《はんてん》など着て刀剣は菰包《こもづつ》みに包んで、蓑笠《みのがさ》、頰かむり、二日分の食料をもって準備怠りない、一隊三名の五十四隊、正午の鐘を合図に順次、金剛山に向けて進発した。

事件発生以来、もっとも大掛かりな大捜索が開始された。

午後二時、洞穴のなかは明るかった。

なかにいくほど天井の高い二十畳もある洞穴のなかが明るいのは、その入り口が西に面し、前面の稜線が鋭く切れ込んで低くなっているところに落日するからで、午後二時から四時頃まで洞窟のなかは明るかった。

偶然みつけた洞窟であった。

三十一日の夜、巡査の数が急に減ったので、無闇に人数集めて狩りたててたのが、さては諦めて引き上げやがったかと様子見に村に降りてみたら赤松の女房に密告され、巡査に追われ、また、谷善之助方でも張っていた巡査に追われ、鳥井久二郎の機転で助かったものの、その後、出張所に逃げて無人になっている人家から米や味噌を盗み歩いているところを巡査に見つかり、さいわいこの巡査は弱弱の屁垂で、脅かしたら気絶したからよかったが、どうもおらんように見せかけてそこらに巡査を潜ませてるらしいと分かったから、急いで山に駆け込んだが真っ暗なうえ慌てていたので、さすがの弥五郎もどこをどう歩いているのか一時的に分からなくなった。

村田銃を腰に差して滅多矢鱈《めったやたら》と歩き回り谷から直登するように稜線に登り、その稜線のひときわ切り立ち、また直角に曲がったところにさしかかって熊太郎が崖下に転落した。

崖下は大小の岩の露《あらわ》れた谷で、そのまま落ちていれば熊太郎は岩に頭をぶつけ脳漿をまき散らして死んでいただろう、ところが稜線から十尺のところに斜めに木が生えており、熊太郎はこの木に引っかかった。

木に引っかかった熊太郎は自分の身になにが起きたのか咄嗟に理解できなかったが稜線を見上げて慄然とした。

夜分の山中はまったくの闇であるが、それでも稜線にいたる崖と空は明らかにその色が違う。崖が漆黒の闇であるのに比して稜線より上は薄墨のような闇である。

そう理解して稜線を見上げた熊太郎は稜線がかなり上にあるのを知り、また、下方に目を転ずれば、どこまでも漆黒の闇が続いて、急流のどうどうと流れる音が響いてくるのみであるのを知って愕然としたのであった。

そう思った瞬間、足が滑った。熊太郎は慌てて両の手で木の幹に抱きついた。

しかしいつまでもそんな恰好はしていられない。

襲撃の際に負傷した右手指の激痛に耐えつつ熊太郎はすぐそこの崖に足を突っ張って踏ん張ろうとした。ところがいくら足を伸ばしてもすぐそこにあるはずの崖に足が届かず、両の足は虚しく宙を蹴るばかりである。

どないなっとんじゃ、と熊太郎は焦ったがとにかくこのままでは落ちてしまうと思うから、もはや死にものぐるい、腕を互い違いに前に出して、じわじわ崖に近づいた。

ところがどこまでいっても足が崖に届かず、ついに腕が崖にぶつかってそれ以上、進めなくなった。真っ暗ななかで熊太郎は思った。

ということはどういうことかというと、これは庇《ひさし》みたいになった崖ちゅうこっちゃ。ちゅうことは俺はもうあかんちゅうことや。嘘、ほんまかい？　ほんまにもう俺は終わりなんか？

そう思った熊太郎は慌てて足をばたつかせたが、その瞬間、指に激痛が走り、熊太郎は空中に抛《ほう》り出された。

ごん。

鈍い音がした。熊太郎の頭が岩にぶつかった音である。

熊太郎は、「いたっ」と声を発したが、同時に、あれ、と思った。崖下に転落したのであれば岩に身体がぶつかるまでにもっと時間があるはずだが、手を離すのとほぼ同時に頭と背中を打ったからである。そして痛いことは痛いが致命傷を負った様子もない。

熊太郎はそろそろ手を伸ばした。平らな地面が広がっていた。

上の方で、「兄哥、大丈夫け」と呼ばう弥五郎の声が聞こえていた。

熊太郎が落ちた洞穴の入り口は崖下十尺の位置にあり、入り口の上には熊太郎が引っかかった木が生えており、また、下方は熊太郎が思ったように庇のようにオーバハングしているのではなく、逆に一尺かそこらテラス様に張り出していた。

稜線からは木に遮られ、崖下の谷からは傾斜した岩肌に遮られてその入り口が見えず、これは熊太郎弥五郎にとって絶好の隠れ家である。

熊太郎の呼ぶ声に応じ、豪胆にも暗闇のなか崖を降りてきた弥五郎は、このような場所にかかる洞穴があったのは自分すら知らず、ということは誰も知らないということで、こんなよい隠れ場所はない、と言って喜んだ。

洞穴の広さは約二十畳、自然に穿たれた洞穴であることは間違いないが、奥の方の岩肌には歴然たる鑿《のみ》の痕があった。

熊太郎はこの洞穴を楠軍の秘密倉庫だろうと言い、弥五郎は修験者がここで荒行をしたのではないかと言った。

洞穴はなかに入るにつれ天井が高くなっていたが、中程から奥にいたるにつれて低くなり、同時にそのあたりから床が階段状に高くなって最奥部で天井と床が合わさっていた。

また、間口はもっとも狭い開口部は三尺であったが、もっとも広いところでは九尺もあり、二人が身を潜めるのに十分な広さがあった。

また稜線からも谷間からもその入り口が見えないため、山狩りの警官らに発見されるということは先ずないだろうと思われ、事実、稜線を、そして、谷間を山狩りの人数が何度も通ったが入り口に気がつく者はなかった。

木下軍曹などは日に何度となく、稜線を、そして谷間を通ったが、もの凄い速力でざっざっと通り過ぎていき、洞穴の入り口あたりには一瞥もくれなかった。

いったいこの木下軍曹はなにを捜査しているのであろうか。

さほどに安全な洞穴で、問題といえば出入りの際、稜線まで十尺の崖を登り降りしなければならないという点があるのみであったが、その問題さえも直きに解決した。

洞穴の奥、天井と床の合わさるあたりの岩の畳まるあたりに腹這いになって通れるほどの隙間が空いており、そこを腹這いになって六尺ばかり進むと、稜線の、熊太郎の落ちたのとは反対側の、これも急峻ではあるけれども、岩の露れたる崖ではなく、立ち木、熊笹の密生した斜面に向けて小穴が開いており、斜面は切り立ってはいるものの、こちらは木の根に捕まり、また足場にして容易に六尺上の稜線に上がることができたのである。

こちらの穴も密生する熊笹に覆われ、しかもどう考えても人が通るはずのない急斜面に穿たれてあるため、まず山狩りの人数がこれを見つけることは考えられなかったし、また、仮に見つけたとしても、洞穴の奥の通路を石で塞いでおけば、人はそこで行き止まりだと思うはずなのであった。

その洞穴の入り口近くに蹲る熊太郎の目から耳から鼻から口から顔の内側で行き場をなくした思弁の膿が垂れていた。

膿は乾いて顔面に固着し、熊太郎は表情を失していた。

そして指の痛み。熊太郎は指が痛むたびに、他人の死を思い、自分の死を思った。痛みは持続的であった。

洞窟に籠って四日経っていた。

熊太郎は岩肌にへばりつくように生えている羊歯《しだ》の、風に揺れてゆっくり上下する様をうち眺め、手招きをしているようだ、と思い、そしていつか同じような光景をみて同じようなことを思ったことがあったが、あれはいつだっただろうか、と考えた。

考えた熊太郎はすぐに滝谷不動のことを思い出した。

あのときも同じように静かだったなあ、と熊太郎は思った。

あのとき、あのせっかく助けた泥鰌《どじょう》が鳥に食われて、俺が助けても結局、鳥が食うと絶望して渓谷に座り込んでいたときも、あのように羊歯が手招きしているようにみえた。そして俺はそのとき直感的に、その羊歯が招く場所はけっしてよいところではないと俺は思ったが、果たしてその通りで、あのとき羊歯に招かれてそれに従った結果、俺はこんな洞穴に追い詰まって指の激痛に耐えている。お医者へ行きたい。でも思うのはあのとき、俺はあそこがいよいよ行き止まりでもうこれ以上、行き場はなく自分はもはや終わったものと考えていた。ところが羊歯が、こっちこっちと俺を呼んだ。俺は羊歯についていった。なぜなら他に道がなかったからね。しかし、その道は滅びにいたる道で俺はまた行きどまりに辿り着き、その行き止まりで十人殺し、こんどこそもうどうしょうもない行き止まりだと思っていたら、また羊歯が現れて招いている。まだ先があるんですか、羊歯さん。もうやめませんか、羊歯さん。と言うのなら羊歯の招きを無視すればよいのだが、行き止まりにいたった人間はそれが滅びにいたる道であるのが分かっていても、道がある以上、歩いていってしまう。歩いていきさえすればなにかよいことがあるのではないかという錯覚と迷妄を抱く。そのよいこととはなにかというと、例えばいまの俺にとってのこの太陽の光。日の射さぬ洞穴で終日、指の痛みに耐えて蹲っている俺にとってこの日の光は黄金の光だ。二時から四時までおれは光を浴びて嬉しいみたいな気持ちになっている。しかし、そんな喜びが何日続くというのだ。あと二日もすればここからみて日々、左に左に位置を変えている日は、この穴のなかには射さなくなるだろう。その頃には、村からぺちってきた米もなくなり、また辛い道中が始まる。つまり生きている限り辛い道中は際限なく続き、俺は際限なく苦しくなっていく。楽になろうと思ったら死ぬしかない。しかし本当に、どんどん悪くなっていくばかりなのだろうか。この痛み、苦しみから解放されるということはないのだろうか。博奕でもそれまでずっと負け負け負けできて、ずくずくの状態になって、それでもあるとき突然、目と出始め、最終的には銭で腹が冷えるくらいに勝つときがある。あんな風に突然、なにもかもがうまく回転し始めるということはないのか。ということの具体的な段取りを考えれば、まず指の傷が治る。うまいことといって弥五郎に浅井伝三郎を殺すのを諦めさせる。警察の網をかいくぐって山伝いに南に逃げ、十津川から紀州に抜けて、名前を変え、土地の娘を娶《めと》って愉快に暮らす。みたいなことはまずない。ということは俺がこの痛苦から解放されるためには、ここを最終の行き止まりとして羊歯の招きを拒絶する、つまり死ぬしかないということだが、俺が一番おそれるのは、もしかして死後の世界があるかもしれないということで、俺が死んで、さあ、死んだ。死んだのだからいよいよ本当の行き止まりだろう、と思っていたらそこにも羊歯が生えていて俺を手招きしていて、仕方なくついていったらとてつもない困難が俺を待ち受けているみたいなことになったらどうしょう。というか、あそうか。それが地獄ということなのか。つまり、この世で悪いことをしたら人は地獄にいく、善いことをした人は極楽にいく。俺は人を十人殺し、善いことはなにひとつしなかったから地獄にいく。地獄というものは辛いところで、おそらくこの指の激痛を六万倍くらいにした痛みが全身を襲う。そんなことをされたら普通、人間は死んでまうのだが、それもできない。なぜならもう死んでいるから。そんなところには行くのは嫌で嫌でたまらない。なんとかならないのだろうか。そもそも俺が十人殺したのは正義のためだった。あんな邪悪な奴らがのさばっていたらろくなことにならないと思ったからだ。子供も殺した。それはそもそも臼が疾走したからで、あんな臼が世の中にあったこと自体の罪も俺の罪になるのか。大多数の人はあんな臼を黙認して自分の仕事にかまけている。俺はそんなものをすべて犠牲にして臼のことを考えて、親すらも捨てて十人殺した。それが罪になって地獄へ行く。だいたいがあの岩室で葛木ドールを殺した、あんなことになった事がすべての問題の根で、あのとき御所にいかなかったら。赤松銀三にみつからなかったら。森の小鬼に会わなければこんな事にならなかったはずだ。それすら赤松銀三にやってもいないことをやったと言われ、それがために俺は御所に行き、そして葛木ドールと会ったのだ。でもそのことは観音によってなかったことにされた。そのうえで、それだからこそ松永を森本トラをやらなければならない、と思ってしまった俺は、そのことによって、その観音への恩義によってやったことによって地獄に行く。それを避けるためにはなんとかここを生き延びていまの世の中で善いこと、十人殺したよりももっと善いことを積み重ねて、人に喜ばれて生きる。そうすればまた観音が罪障を消滅させてくれる。それしか俺の生きる道はない。しかし、この行き止まりをどうやって抜け出ればよいのだろう、生きるということはしょせん罪を重ねるだけなのか？　俺は善いことをして生きたい。そんなことをもっと早く分かっていたらよかった。もう遅い。指が痛い。あのねとつく感触がまだ指に残っている。その指が痛い。この痛みは自分が生きていることの証であって死ねば痛みはなくなる。そしてこの痛みというのは十人を殺したことに由来する痛みで、しかしそれが消滅するということは死ねば十人を殺したということも消滅するということになる。それだったら死んだ方がよいが、しかしそれだったら地獄というものはないということになる。でも昔からあれだけ言われているものがないということはないはずで、ということは別に死んだから罪が消えるということではなく、ということは俺は地獄に行くということだ。ということは死なない方がよいということだけれども、しかし生きているということはそれはそれで地獄みたいなもので、なぜかというとこの指の痛み、痛みという感覚において十人の死と直結する痛みがあるからで、これがなければ俺は弥五郎になれる。ところが俺の痛いという神経が他人の死んだことと結び合わさってしまって俺は面倒くさいことを考えないようにするということができなくなった。ああ、あのとき刀を振り上げすぎた。それで鴨居に斬りつけて指が滑って怪我をした。突き専門でいったらよかった。或いは鍔《つば》のある黒鞘の方を使ったらよかった、といくらいま思っても時間は戻らない。怪我において痛みにおいて俺は罪障と結ばってしまった。しかし、初めのうちはそんな結び目みたいなものは、すぐに解けるか切れるかすると思っていた。傷が治ると思っていたのだ。ところが傷は治るどころか悪くなる一方で、そのうち指が腐って腐りは腕に及び、全身に及んで俺は罪に腐って死ぬ。鈍重な死。罪の痛みを伴いつつ緩やかに進行する死。そうならないためにはいまのうちに腐った指を切断しなければならないが、しかしその傷がまた治らなかったらどうする？　傷は拡大していくばかりだ。罪を断ち切ろうとしても痛みは増すばかりで、もはや手だてがない。ただ、滅びへいたる悪路が続いているだけやないけ。

熊太郎のそんな思いが腐って顔の内側から溢れ、顔の表面に流れて腐臭を放った。

日が翳《かげ》って洞穴のなかが暗くなった。

熊太郎は頭のなかに考えが蠢《うごめ》くのが苦しく、弥五郎が戻ってくるまで眠ろうと思ったが、指が痛く、また、瞼の裏の闇に恐ろしいものが潜んでいるような気がしてまったく眠る事ができなかった。羊歯がゆっくりと上下していた。

奥の大岩の畳まったところから、がつ、という音が聞こえ、飛び起きた熊太郎は銃を構えたが、「わいや、わいや」と言いながら入ってきたのは弥五郎であった。

弥五郎は毎日のように洞穴を出て山中を歩き回っていた。

「ちょっと行てくるわ」と言い、洞穴を出て行こうとする弥五郎に熊太郎が、なぜ外にいくのか、と尋ねたところ弥五郎は複数の理由を挙げた。

ひとつは偵察である。

討ち洩らした松永傳次郎、松永寅吉、浅井伝三郎らを討つために村の現況を偵察する。

いまひとつ目的は陽動で、山中のいたるところに痕跡を残すことによって捜査を攪乱《かくらん》し、洞穴が発見されないようにする。

弥五郎は間道を通って山中のいたるところに姿を現し、砲声を轟かせる、焚き火をするなどして、山狩りの人数をあちこちに分散させ、また、五日には熊太郎に、切腹するから見つけ次第埋めてくれという内容の書面を書かせ、これを蚕坂というところに置くなどした。

さらに弥五郎が出歩くのは食料の確保でもあった。

米は三十一日の深夜に盗んだ分がまだあったが食い延ばすにしくはなく、弥五郎は芋を掘ってきたり、桃をもいできたり、ハジキ豆を拾ってきたりした。人家から飛び魚の干物を盗んできたりもした。また弥五郎は鳥を撃って帰ってきたこともあった。

弥五郎はこうした食べ物の残骸もわざわざ運び出して山中のあちこちに投棄した。これも居場所を特定させず、また、捜査を攪乱し人員を一箇所に集中させないためで、どうも周到な男である。

しかし熊太郎はそのように谷が出歩くのには反対であった。

二日前、熊太郎は弥五郎に出歩くのはどうかと言った。弥五郎は訝《いぶか》しげに目を細めて言った。

「なんでやね」

「なんでて、おまえ、出歩いてたら見つかるかも知れんやんけ」

弥五郎は笑って言った。

「ははは、兄哥、そらないわ」

「なんでないね」

「巡査みたいなもん、ぼんくらばっかっしゃ。山道歩くだけで四苦八苦しとんにゃ。平地でならいざしらず、あんなもん何万匹きたかてこのわしが捕まるてなことあらへん」

「そらそうかも知れんけどやで、ひょっと鉢合わせちゅうこともあるやろ」

「ない」

「ないか？」

「ない。わしより先にあいつらがわしに気ィつくちゅうことはまあないな。兄哥かて見たら笑うで。なんのつもりか知らんけどあいつら百姓の恰好しとんねけどな、歩き方からなにからここらの者《もん》と全然ちゃうね。えら分かりや」

「そうか」

「そやね。そのうえおまえ、鉄砲とか刀とか持っとんにゃけどな、菰包《こも》みにしとんにゃ。もしやで、もし万にひとつわしと撃ち合いなったとしてみいな、あいつらがごそごそ菰包みから鉄砲出してる間にわしが全員射殺してるっちゅうね。なに考えとんね、阿呆やな、あいつら」

「ううん」と熊太郎は唸った。

「そらそうかも知れんけどやな、しゃあけど、ここにおったら絶対に見つかれへん訳やろ。それをなんもわがの方から出て行く必要ないのんとちゃうけ」

熊太郎がそう言うと弥五郎は身を乗り出していった。

「それや、兄哥」

「なんやね」

「わしゃな、みとって思うねんけど、もうちょっと頑張っとったら警察おらんようなんのちゃうか思てんね」

「なんでやね。なんでそない思うね」

「そら兄哥こういうこっちゃ……」

と言って弥五郎は説明した。

事件発生直後、警察は大量の人員を派遣したが、二日以降、山に入っている人員が目に見えて減った。これはどういうことかというと、警察は大量の警官を動員するだけの予算がなくなったのであって、このまま持久戦を続けていれば警察は予算を使い果たし、さらに人員を減らす。そうして手薄になったところを見計らって松永、そして浅井へ暴れ込んで存分に恨みを晴らせばよいのだ。

熊太郎は笑った。

「ははは、そんなことあるかれ。警察ちゅうたら日本ちゅう国が胴元やないけ。その警察に銭ないてなことあるかあ、ど阿呆」

「いやそんなことないて。そら胴元に銭があってもや、貸元が直々に来とる訳やないで。いわばここに来とんのは代貸や。その代貸が盆暗で損ばっかししとってみ？　貸元怒るやろ？」

「そらそうかもしれんけどやな、それにしたかて国に銭がないてなこと……」

「それがあんねんて」

「なんでそう言えんね」

「昨日のこっちゃ、わい黒栂谷のとこ歩いとったんや。ほな向こから三人ずれの巡査きょってな、わしゃ、ほっと藪ィ隠れたんやな」

「おっとろしの、ほお、ほんで?」

「ほんだらな巡査がな、ここらで一服しょうかちゅてな、腰おろしてまいよったんや。ほんで煙草吸うて話しとんにゃけど、もうだらだらでな、全然やる気あらへんね。話の中身ちゅうたらもう愚痴ばっかしでな、しんどいとか眠たいとかそんなんばっかし言うとんね。ほんでなかの一人が言うにはな、警部とか保安課長は費用かさむから、早よ捕まえろ、とか言うけど飯くらいちゃんと食わしてくれやなあ。なんぼ費用ないから言うてあんな飯で捜査できるかあ、とか言うとんね。警察よっぽど銭ないみたいやで」

「ほんまかいな」と半信半疑の熊太郎は、「それやったらなおのこと……」と言った。

「それやったらなおのことここに籠っとった方がええんちゃうん?」

「なんでや」

「なんでてそやんけ。わしらがずっとここにおって影も形も見えんちゅう方があいつらやる気なくなるし苦労しょるんとちゃうけ」

「それがちゃうにゃ」

「どこがちゃうね」

「ちゅうかな、そしたらあいつらあんまり動かんでええやんけ。そしたらあんまし疲れよれへんやろ? それよりな、うわっ、あっちゃで砲声した、うわっ、こっちゃに魚の骨落っとったちゅうて右往左往さして、ほんでみつかれへんちゅうほうがめげよんにゃ。言わば攻めの姿勢ちゅうか」

「そうやけどや。わしゃ指怪我してるよってに一緒に行かれへんでずっとここにおんにゃ。おまえは大丈夫ちゅうけど、おまえが巡査に撃たれとってもわしゃ分からん訳やろ」

「二日やな。二日。二日経っても戻らへんかったら巡査に撃たれたと思てくれ」と、不安げな熊太郎に弥五郎はこともなげに言ったが、熊太郎はなお不安であった。

熊太郎は、いま自分らが洞穴に潜伏していることについて二つの側面から考えることができるとみていた。

ひとつは、さらなる復讐、すなわち洞穴に潜伏して時機をうかがい、好機と見るやすかさず村に侵入して討ち洩らした者どもを討ち果たすという目的のための潜伏という側面である。

いまひとつは逃亡という側面である。

十人を殺したがために当然のごとく警察に追われる身となった。その警察の捜査から逃れるために洞穴に潜伏しているのである。

そして弥五郎はもっぱら復讐のことについて語るが、しかし警察に捕まっては復讐ができないから、復讐するためには逃亡をしなければならない。

しかし、いつまでも逃亡をしていては復讐はできない。

時宜を得れば直ちに反転し村に押し出さなければならない。

そしてそのいずれをなすにも枷《かせ》となっているのは負傷している熊太郎である。

熊太郎が居らず弥五郎一人であれば、それこそ警官の減員された頃合いを見計らい、夜陰に乗じて村に侵入、銃を乱射しながら浅井家に突入して放火、皆殺しにするくらいのことはできるだろう。

或いは、山伝いに紀州に落ち延びて新宮から名古屋、東京に逃げることもできる。

復讐、逃亡いずれにしても容易である。

ところが熊太郎がいることによって弥五郎はそれができない。

それについて弥五郎はどう思うだろうか。

熊太郎は、松永傳次郎方に乗り込んだ際、弥五郎が、「用があるから行けない」と言ったときの顔を思い出した。

また、熊太郎はいつか、弥五郎は自分にとって宝石のような存在だが弥五郎にとって自分は石に過ぎず、そのことを知ったとき弥五郎は自分から去るだろうと思ったことを思い出した。

熊太郎は弥五郎が外に行くたびに、このまま戻ってこないのではないか、と不安になっていたのである。

だから畳んだ岩の間から弥五郎が顔を出したときはいつもほっとした。

このときも弥五郎が、「わしや、わしや」と言って入ってきたとき熊太郎は言い知れぬ安堵を覚えた。しかし、そのような疑心を抱いていることを弥五郎に知られたくない熊太郎は、「なんやおまえかい。巡査かと思て撃つとこやったわ」とわざと無愛想に言った。

「頼むで」と弥五郎は屈託なく言い、また、「指どないや？」と尋ねた。

熊太郎は、「まあまあ、よおなっとるわ」と答えた。

まったそんなことはなく傷はますます痛み疼いていた。

熊太郎はここ数日、痛みのためにほとんど眠っていなかった。弥五郎は、「焼酎、あったらええねけどな」と言って笑った。

「今日村の縁までいたんやけどあかんわ」

「あかんか」

「あかんわ。警察で溢れかえっとるわ。焼酎、盗むどこやあれへん」弥五郎はそう言ってまた笑ったが気が立っている熊太郎は驚いて言った。

「なんやて、村、警官であふれとんかい？」

「ああ、あふれとんな。二百人かそこらはおるみたいや」

「あかんやんけ」

「なにがあかんね」

「そうかてそやんけ。おまえ、こんなことしてるうちに向こが銭なくなっておらんようになる、ちゅてたやんけ。それがなんやね、逆に増えとんが」

「それがちゃうにゃて」

「なにがちゃうね」

「ええか、兄哥。ここに来て向こが急に人数増やしてきたんちゅうのは向こも必死ちゅうこっちゃ」

「必死てなんや」

「いよいよ銭がないちゅうこっちゃんか」

「そうかて人数増やしとるやんけ」

「そやねけどな、やっぱしいっち銭かかんのは日数やんけ。あんだけの巡査、毎日食わさんならんねからな。しゃあからあいつらここでいっぺんにけりつけてまお思てあんな人数繰り出しよったに違いないとわしゃ思とんね。しゃあから兄哥、ここが辛抱のしどこやで。四、五日ここに籠っとってみ。あいつら銭が続けへんよってみな引き上げてまいよるわ」

警察は予算が続かないからこそ一気に解決してしまおうと大人数を繰り出したのであり、その目算が外れれば警察は捜査の規模を縮小するに違いない、と主張する弥五郎の意見を聞いて熊太郎は内心で、そうかもしれない、と思った。

小規模の捜査においてさえ現場の巡査は不平を言っていたのである。それは弥五郎の主張する警察が費用の増大に苦しんでいるという証拠であって、警察は弥五郎の言う通り、大人数を投入して二日または三日程度で解決しようとしているのであり、確かにそれが四日、五日と長引けば警察の戦略は根本から瓦解《がかい》するだろう。というのは大楠公楠木正成が千早城に立て籠り関東の大軍百万余騎を迎え撃ったのと状況が似ている。そういえば、子供の頃より俺は自分を大楠公に擬していたが話をしていると弥五郎が楠木正成で俺自身は戦力を持たない後醍醐帝のようだな。

と熊太郎は思い、すぐに、このことを思ったのは初めてではなくいつかもそんなことを思ったがあれはいつだっただろうか、と思ったがいつのことだったか思い出せない。

「ほんで警察が手薄なったとこ、五條か高田へ逃げんねんな」と熊太郎は言った。

何気なく言った言葉であった。

その言葉に弥五郎は激しく反応した。

「なんかしとんね。そんなじゃらじゃらしたことしてられるかあ。警官おらんようなったら浅井伝三郎のとこと松永ンとこ暴れ込むのんに決ってるやんけ」

弥五郎が目を剝いて言うのを聴いて熊太郎は頭の皮がびりびりするのを感じ、また喉や胃に重いものが充満しているような気持ちになった。熊太郎は訊いた。

「ほんでその後、どないすんねん」

「そんなもんわかるかあ。そのときはそのときやんけ。逃げられたら逃げるし、あかんとなったら死ぬだけや。おい、兄哥、おまえなに考えとんにゃ。おまえかてまだ傳次郎と寅吉やってへんやんけ。それともなにか？　わがやるだけやったらもう気ィ済んで逃げとなったんかい？　命、惜しなったんかい？　わしの恨みはどなしてくれんのんじゃ、わがの恨みさえ晴らしたらわいの恨みはどうでもええのんかい？　おい、兄哥、どないやね」

熊太郎はまったく間をおかずに答えた。

「なんかしてね。そんなことあるかれ。わしはおまえの恨みも晴らすわれ」

「そらそやわな。わがの手伝《てつたい》だけさしてここまできてあと知らんちゅうわけにはいかんわな」

そう言うと弥五郎は傍らにあった銃を取り上げその銃身を撫でた。

翌朝。薄暗い洞穴のなかで弥五郎が喋っていた。

四、五日籠城し、警官の数が減ったところで突入して浅井松永を討つという計画に熊太郎が同意したのに気を良くした弥五郎の口吻にもはや昨夜のような険はなく、むしろ上機嫌にどうでもよいことを言っていて、指の傷が痛んで抑鬱的な気分の熊太郎はほとんどこれを聞き流していたが、弥五郎がふと言った一言が耳に止まった。

弥五郎はこう言ったのであった。

「わしはな、なんかおまえがいつもほんまのこと言うてへんみたいな気ィすんにゃけど。口で言うてることと腹で思てることがぜんぜんちゃうちゅうか、なんかバラバラみたいな感じすんにゃけど、そこらどやね？　実際のとこ」

弥五郎にそう言われて熊太郎は咄嗟に、

「そうかあ？」

と何気ない風を装って言ったが内心では焦っていた。

弥五郎の言ったこと、すなわち、頭で思ったことが言葉にならず自分のなかから外に出て行かないことに熊太郎は長いこと苛立ち、また、苦しんでいたが、しかし、そのことを他人に気取《けど》られることはないはずだ、と思っていた。

なぜならそうして考えが言葉にならない熊太郎を世間は阿呆もしくは変わり者として侮っていたからである。

しかし熊太郎は、あほはおのれらじゃ、と思っていた。

なぜなら熊太郎の考えが言葉にならないのは熊太郎が手持ちの言葉では表現できないこみ入ったことを考えていたからで、「西洋のパンちゅうやつぁ、あら、うまいらしの」とか、「今日、畠しとったら猿きょたさかい鍬でどつきまわしたってん」とか、「豆の値ェやっすいのお」みたいなことを考え喋り、そんなこと以上にこみいったことは自分の内にも外にもないと信じている奴らに俺の考えていることが分かってたまるかあ、ど阿呆、と思っていたのである。

まあ、そんな奴らに、「また、熊が訳の分からんこと言うとおる」と言って笑われたり、なにも伝わらぬことを前提に、それならばいっそより伝わらない無意味なことをやってみようと前をはだけて仰向けになり、素麺や焼き魚を腹の上に乗せて素手で掻き回していると、「また、熊が酔うて阿呆なことしとる」と言って嘲《あざけ》られ、そんなときは、「お前らになにが分かる」とか、「俺がどんな気持ちでこんなことしてるかおまえら分かって笑ろとんのか」と怒鳴って暴れたくなり、また、実際に怒鳴って暴れたりしたが、そのことが原因でますます阿呆と思われ、嘲られた。

しかし、ということは当然、そんな奴らに自分の思考と言葉がバラバラであるということは分かる訳がないと信じていたところへさして、弥五郎にそのことを指摘されて熊太郎は虚を衝かれたのであった。

熊太郎は五條で大敗し、河原で弥五郎に賭博に関する考えを話したときのことを思い出した。

あのとき俺は、そんなこみいったことをすらすら説明できるのが不思議でならなかった。つまり弥五郎は俺にとって特別な存在でだから弥五郎は俺のバラバラを喝破するのか。そんなことあるかれ。まあ、確かに賭博のことはややこしいことやが、しかし、そんなものは猿がパン食うて豆の値が下がったのと大差ない話で、俺が縫を殺すにいたった、熊次郎を殺すにいたった本当の理由は弥五郎にはいくら話しても分からんだろう。それだったらむしろ俺は寅吉の方が分かるのかな、と思っていた。しかし実際のところは縫がただの淫乱であったように、寅吉もただのいちびりかも知れず、ということはやはり俺のバラバラは誰にも分からないはずなのに弥五郎にそのことが知れたのはなぜか。

そう思って熊太郎は弥五郎を見た。弥五郎は竹筒から水を飲み、「そろそろ水ないの」と呟いた。

熊太郎は思った。

しかし、ということは俺はいままで一度も他の人に本当のことを言わなかったということになる。ということは俺は死ぬまで一度も他の人に本当のことを言わなかったということで、それは寂しい。やはり誰か自分でない人間に自分の実際のところ、本当のところを知っておいて欲しい。そしていま俺にとっての他人は弥五郎しかいない。となると困るのは、弥五郎は多少前後するとしてもほぼ俺と同時に死ぬ訳で、本当のことを知っている他人がこの世にいなくなってしまうということ。それでも言う意味があるとしたら、一回は本当のことを言ったという事実が残ることと、後は人間の魂が不滅だとすれば弥五郎の魂が俺の真実を保持するということ。

そのように考えて熊太郎はいまこそ弥五郎に本当のことを言っておこうと決意した。熊太郎は言った。

「なあ、弥五」

「なんや、兄哥」

「俺が松永と森本トラと縫やったほんまの理由知ってるか」

「知ってるよ」

「言うてみい」

「むかついたさかいやろ」

「そらまあ、そうやけれども、ただそれだけちゅうわけやないにゃ。つまりな、むかつきはむかつきやねん。ただ、その都度考えてたことちゅうのがあってな、それは松永ちゅうもん自体のあり方ちゅうのかなあ、森本トラのその因業ちゅうのかなあ、そういうもんがむかつきの根本にあって、それはむかつき言うたらむかつきやけどな、ほんまのこと言うわ。それはむかつきや。むかつきやった。ただ、おまえと奈良行ったやろ。あのとき俺はな、ほんまのこと言おか？　あのとき俺は恥ずかしかったわ。おまえ大仏おもいっきり拝んどったやろ。あんなもんおまえ拝むもんちゃうぞ。それおまえ真面目に拝んでるさかい俺は周りに対して恥ずかしかったんじゃ。ちゅうか、そんなことを別に言お思てたんちゃうねけどな、結局、そういういちいち細かい思うことがな、やっぱしあるちゅうことをな、言うてんねんけどな。それ自体が俺はおまえ兄弟分が恥ずかしいと思て先に表出て連れや思われんとことした自分が恥ずかしいとかよ、そんなことあるやんけ。そんな意味でほんまのことちゅうのが、もっと大事なとこでな、いちいちあったゆうことがあってな、そういう意味でただむかついた言うて終いちゅうこっちゃないことのその一個一個のな、そのときそのときで言わな分からんとこがあると思うにゃんけ。ほんで言うと奈良行たやろ。あんときおまえは大仏殿で拝んどって俺は二月堂で拝んだやんけ、そんとき思てんけどな、俺なんか結局、生きてて博奕とかそんなしかしてへん訳やんけ。それはそれでいちいち思うこともあったんやけどな、しゃあけどまあ言うてもおたらそういうこっちゃんけ。ええこと言うのはなんもせんと悪いことばっかししとる訳やろ。けどそんときにゃで、もし観音さんがその悪いことをみな消してしもたとしたらや、俺は逆にその後はええことができるんちゃうかと思たんや。ちゅうのはそれまではやで、ちょっとくらいええことしたかて山ほど悪いことしてる訳やから焼け石に水やんけ。しゃあけどもし観音さんがそれみな消してくれはってたらちょっとええことしただけでもそれは儲けやんけ。ほんまのこと言うと俺はそう思てな、田杉屋行て、けどそんなことしてるうちに結局また悪いことがたまってくるやんけ。それも別に自分が悪いことしょう思てへんでも銭払えとか言われてやあ、ほんでしゃあないから泥棒したりする訳やん？　正味の話が。そんなんでまた悪いことがたまってきたらよっぽどええことしいなあかんと思うやんけ。そんでそれがやっぱし松永とかやってまうことちゃうかて思てな、そらむかつくという気持ちも半分はあるよ、あったよ、そやけどそれは五分五分でやっぱし、半分はええことちゅうつもりやったんや、こらほんまの話や。それが証拠にほんまのこと言おか？　言うわ。あいつらやるて決めたときとやってる最中にな透明の三角の光り出てきてふわふわふわふわしとんね、いやいやい

やいやいや、ほんまの話や。ちゅうのは俺はあれは神さんと思うねんな。ちゅうのは神さんが出てきて、やったれやったれ、言うたんちゃうかと思うねん。そらなんで神さんて言えんねん言われたらそら言われへんけどあんなものおまえ、そこら普通にあるもんちゃうし、神さんとしか思われへんやん？　ほんでそんなんでな、俺やってんけど、ほんまのこと言うたら、むかつきちゅうのがやっぱし半分ある分、あかんのかなあ、ちゅう気ィもしててな、ちゅうのはほんまのこと言うたら縫な、あれ俺もしかしたら神さんの使い姫ちゃうかと思ててん。いやいや、ほんまに思てたんや。あいつが自分の身体で殺さなあかん奴を俺に教えとんのかなと思たんや。けどそれはやっぱちゃうちゅうことわかったしな。ほんで殺してもうてんけど、それはもうただのむかつきやしな。むかつき言うたら全部むかつきみたいなとこもあって自分で勝手に神さんとか言うてただけかも知れんしな。ほんまのほんまのほんまのこと言うたら、俺けっこう、あんなんしてどやったんやろか？　って言うね、そういう気持ちがなんちゅうのかな、指痛いやんかあ？　そんなとっから来てる弱気みたいな、そういうもんと一緒なって……、ただおまえからしたら人、巻き込んどいていまさらなんかしとんね、と思うやろけどな、やるよ。そらもちろん浅井やるよ。それは当たり前の話として、ほんまのこと言うたらやめといたらよかったちゃうかみたいなとこもちょびっとやけどあるっちゅうことやねんな。けど結局ほんまのこと言おか？　結局ほんまのこと言うたら、まああんだけのことやったんやから俺は死ななしゃあないと思てるよ。人間、いつかは死ぬ訳やしね。ただ、俺はな、地獄いうもんがほんまにあんにゃったらそれがおとろしいねん。それやったらちょっとでも長生きして善根積むちゅうの？　ええことしてから死んだ方がええのかなみたいな、そんなんは、ほんまのこと言え言われたらちょびっとだけ思うわ」

熊太郎はそう言って唐突に黙った。

熊太郎は考えたことを可能な限り忠実に言葉にした。

熊太郎はいっさいの虚偽を交えないで話を始めた。

しかし話している間中、ずっと熊太郎は言葉が考えの表面をうわ滑っていくようなもどかしさを感じていて、そのもどかしさは話せば話すほど甚だしくなっていった。また、話すうち熊太郎の頭にある考えが浮かんだが、熊太郎はそのことについては話さなかった。話せなかった。

「水汲みに行てくるわ」

と弥五郎が言った。

その口調は妙にさっぱりしていて熊太郎の話からなにをくみ取ったかは熊太郎にうかがい知れなかった。

弥五郎は立ち上がると腰に帯革を巻き仕込杖を差した。熊太郎は言った。

「そこまで行くだっきゃのになんもそこまでせんでもええやんけ」

「いや、巡査おるかもしれんさけ」

弥五郎はそう言って村田銃と竹筒を手に取った。熊太郎は、弥五郎はこのまま戻ってこないつもりではないかと思った。

俺が生き延びて善根を積むべきと言ったのに腹を立てたのだと思った。

熊太郎は言った。

「わしも一緒に行くわ」

木の根をつかんで稜線に這い上がった熊太郎は早くも先を歩いている弥五郎の後を追った。

弥五郎は四囲に抜かりなく注意を払いながら歩いていく。

熊太郎は圧倒的なものが迫ってくるような気配を感じた。

すぐそこの藪や、あるいは遠くの山の頂《いただ》きに自分らを注視する視線が潜んでいるような気がした。

熊太郎はこの嫌な緊張が後四日続くのかと思ってげっそりした。

熊太郎は小走りに走って稜線が直角に曲がっているところで弥五郎に追いつき、そして言った。

「弥五、いっそこのまま村行てけりつけてまおか」

「それもええかも知れんな」

弥五郎はそう言って笑ったが、本気でそう思ってはいないらしく、そのまま行ってしまった。

熊太郎は浅井伝三郎の、それから浅井照の、村の道をとぼとぼ歩いていたり、ひやみぞにつくもって野菜を洗っている姿を思い浮かべた。

指が相変わらず痛かった。

熊太郎はさきほど頭に浮かんで言えなかったことをもう一度思った。

あと四日間、この嫌な感じが続き、そして、この一週間の感じがより増幅されてあと一週間続く。或いは現場で射殺。いま死ぬにしても逃げ延びるにしても、いま積むことのできる最大の善根とはなんなのか。そんなことはさっきから分かっていて、それこそ人の命を助けること。それでも足らぬ負け、借り。

そう思った瞬間、熊太郎の目が灼けるように痛くなって、視界が真っ暗になった。

熊太郎は両の手で目を押さえた。

腐敗臭が漂った。指はなお痛く、目も激烈に痛かった。

どれくらい痛みが続いたのか、或いはほんの一瞬であったのか、痛みがひいて熊太郎が目を開けると先に斜面を谷へ降りかけている弥五郎の姿があった。

岩肌に羊歯が生えていた。

まったく風が感じられないのにもかかわらず羊歯はゆっくりと上下していた。

熊太郎は銃を構え、撃った。

弥五郎が崖下に転がって落ちた。

崖を背にし、木の根に足を踏ん張って熊太郎は思った。

大きな厭《いや》な気持ちから逃れようとしてあえて小さな厭なことをやったらもっと厭な気持ちになった。救われるのではないかと思ったけど結局は救われなかった。どっちにしろ負けを取り戻すことができないということがいま分かった。だから俺はもっと早く勝負を降りるべきだった。そうすれば負債は負債でもより小さい負債ですんだ。それがいまわかった。けれどもそんなことが分かってなにになる。俺はいま死ぬのに。それも最大限の負債を抱えて死ぬのに。俺はなぜ自分一人で死なず、他の人を巻き添えにしたのか。それは終始、俺が自分のことしか考えてこなかったからで俺はいままで一秒も他人の身の上のことを考えたことがなかった。弥五郎を殺したのもより多くの人の死を事前に防ぐためという風に思ったがさっき転げ落ちた弥五郎のそばに行って手を合わせたときにそうではなかったことが分かった。なぜなら俺は死んだ弥五郎の顔を直視できなかったからで、つまり俺はなぜそんなことをしたかというと自分が、自分が救われたいからやっただけで、本当に浅井家の人たちのためを思ってやったことではなかった。

熊太郎は空に向かい、涙を流して言った。

「すんませんでした。全部嘘でした」

そういうと熊太郎は右足に力を入れ、胸に銃口をあて、左足指を引き金にかけ、

「南無阿弥陀仏」と唱えた。

しかし熊太郎は引き金を引かなかった。

暫くの間、熊太郎はそのままじっとしていたが、やがて引き金から足を離して呟いた。

「まだ、ほんまのこと言うてへん気がする」

熊太郎は思った。

俺はこの期に及んでまだ嘘を言っている。というのは頭のどこかで悔悟して本当のことさえ言って死ねば魂は救われるかも知れないと期待している心があるからだ。しかし、そんなものは俺が滝谷不動に行く途中、この難局さえ乗り切れば道は開けると信じて歩いていたのと同じことで、ただ自分勝手につくりあげた実体のない腐った信仰に過ぎない。しかしそんなことに縋って救われたいと思われて本当のことなど言える訳がなく、俺は嘘を言ったというのは真実だけれどもそんなことが俺にとって本当のぎりぎりの生きた真実ということではない。俺は生きている間に神さんに向かって本当のことを言って死にたい、ただそれだけなのだ。

そのように考えて熊太郎は焦った。

なぜなら弥五郎を撃ったときの銃声を聞いた警官がいまにもやって来るに違いないと思ったからである。

早くしなければならない。

そう思った熊太郎はもう一度引き金に足指をかけ、本当の本当の本当のところの自分の思いを自分の心の奥底に探った。

曠野であった。

なんらの言葉もなかった。

なんらの思いもなかった。

なにひとつ出てこなかった。

ただ涙があふれるばかりだった。

熊太郎の口から息のような声が洩れた。

「あかんかった」

銃声が谺《こだま》した。

白い煙が青い空に立ちのぼってすぐに掻き消えた。

夏の夜。夜の夏。人々が狂熱していた。狂熱の中心に櫓《やぐら》があった。

紅白の布が巻かれた櫓から八方に光と熱とリズムが放射されていた。

人々はその光と熱とリズムを浴び、我を忘れて陶酔していた。

あらゆる雑多な人々。ジャアジィ姿のヤンキーの兄ちゃん。姉ちゃん。浴衣姿のおっさんおばはん。子供。年寄り。学生みたいな奴。詩人みたいな奴。学校教師みたいな奴。やくざ者。

そんな雑多な人がリズムにおいて一体化して踊り狂っていた。

櫓の上には音頭取りと社中の人々。

腸《はらわた》に響くような太鼓、狂躁的な三味線、ぎらつくようなギターがじりじり疾走し、演奏は果てしなかった。その果てしない演奏に乗り、ときにあおり立てられつつ音頭取りが、自慢の美声を転がし、文句が一段落するのに合わせて低いところに節を解決させると、節と文句にエネルギーを注入するように、イヤコラセー、ドッコイセという囃子詞《はやしことば》が響いた。

お外題は、「河内十人斬り」別名、「水分騒動」。

明治二十六年に城戸熊太郎、谷弥五郎の二人が恋の恨み、金の恨みを晴らさんがために十人斬った挙げ句、金剛山に立て籠って自決したという事件を、当時の富田林警察署長お抱えの、音頭好きの人力車夫、岩井梅吉が演じ大評判となって、いまなお演じられる河内音頭のスタンダードナンバーである。

音頭取りがひときわ力をこめて台詞を詠んだ。

「斬り刻んでも飽きたらんちゅうのはおまえのこっちゃ。こなしてくれるわ、エイッ」

直後、ひときわ演奏が高まり、群衆の狂熱は極点に達した。

群衆が熱と光を浴びて狂熱するその様を凝視するものがあった。

熊太郎であった。

熊太郎の魂であった。

いつ果てるともない人間の狂熱のなかを熊太郎は長いこと漂っていた。

主な参考図書

『墓盗人と贋物づくり』玉利勲（平凡社）
『残害事件河内十人斬』剣花道人編（駸々堂）
『千早のむかし話』千早赤阪村郷土史友の会
『森屋のむかし話』千早赤阪村郷土史友の会
『千早赤阪の民家』千早赤阪村教育委員会
『浪曲的』平岡正明（青土社）
『都市民俗生活誌第二巻　都市の活力』有末賢・内田忠賢・倉石忠彦・小林忠雄編（明石書店）
『博徒と自由民権』長谷川昇（平凡社）
『関西の山々』創元社編集部編（創元社）
『やくざの生活』田村栄太郎（雄山閣）
『千早赤阪の史跡』千早赤阪楠公史跡保存会
『大阪今昔図繪』上方郷土研究会

主な参考音源

『河内十人斬り　一～六』京山幸枝若
『河内十人斬り／愛憎編・怒濤編』京山幸枝若

『河内あばれ獅子／河内あばれ獅子』京山幸枝若
『河内あばれ獅子／火花散るだんじり囃子』京山幸枝若
『河内家菊水丸の真説・河内十人斬り』河内家菊水丸

解説　『告白』について
――「見てわからんか。笛吹いてんねん」――

石牟礼道子

河内ことばの肉声をわたしは聞いたことはない。ずいぶん魅力的で、主人公である城戸熊太郎と、まわりの人物との会話が絶妙である。一見愚直なような、気がきかない熊太郎の、頭の働きは思弁過剰というか、ものの役には一向立たない、きよらかな感性の持ち主であるこの男が、仇敵を斬殺する結末につき合わされてゆく。どこか狂熱的な河内音頭というのが行間から遠く近くきこえてくる。

安政四年、河内の国、水分村《すいぶん》に生まれた熊太郎は、貧しいが気立てのよい両親のもとに育てられた。十四歳の時、荷車の上に寝そべり、笛を吹く格好をしてお腹をゆらしたりしている姿を父に見られた。父親は言った。


「熊、なにしてんね」

「見てわからんか。笛吹いてんねん」

「笛吹いてんねて、笛みたなもんあらへんやんけ」

「そら笛はない。笛はないけどや、西楽寺の和尚はんが人の一生は先のわからんもんちゅてたで。わいかてやで、いつ何時、笛吹かんならんようになるや分かれへんやろ。しゃあからそんときのためにちょう稽古してんね」

「ほんな暇なことしてる間アあんにゃったらわしと一緒に田ァ行て草取らなあかんやろ。馬に食わせる草も刈らなあかんやんけ」

――しかし、そんなことをすれば世間はなんというだろうか。いい子だと褒められたいのか。根性のない奴だ。望まれたことをして褒められるなどということは誰にでもできることだ。そこをぐっと堪えて余所事にふけるのが格好ええのやんけ。それをばあの熊のド餓鬼は、はは。真面目に、はは、田ァの草取ってけつかると思うに違いない。それはいかにもつらい。切ない。そやからこそ俺はこんなありもしない笛を吹くなどして苦労しているのだ。それをばお父ンはまったく理解せず、『われ、笛吹けるんけ』などと真っ直ぐな目で訊く。それが俺は悲しい。――

十四歳の熊太郎はその心情をうまく説明することができなかった。

村の子供たちに出来る掌の上のコマ回しが出来ず、竹馬に乗ってもすぐに落ちた。要するに百姓仕事が性に合わず、ほかに仕事もないから博奕に手を出し、それとて負けることが多かったので一人前の俠客《きようかく》とは見られなかった。

長じて熊太郎には谷弥五郎なる弟分ができる。例のとおり、博奕に負け続けている賭場に、ある時、十四、五歳の少年がまぎれこんできて遊ばせてくれという。遊び人たちもさすがにおどろいて、「子供の来るところではない」と帰そうとするが、少年は帰らない。子供に似合わぬ十円もの大金を持っているのを目にした正味の節ちゃんと金に目がくらんだ賭場の男たちは、大金を持った少年を取り囲んだ。金を巻きあげようとしたのである。熊太郎は不快を感じて「やめとけや」という。「これ、後でみなで分けまおな。ひとり頭一円にはなりまっしゃろ」正味の節のこの言葉に促されて、なぐる、蹴《け》るははじまった。修羅場に入る前に熊太郎は、これが癖だが、「世界よ、どうせ揺らぐならもっと大きく揺らげ」などと思う。

「もう蹴んのんやめとけや」といいながら心の底で「俺はこの場で滅亡してやろう」とも思っている。「俺の思想と言語が合一するとき俺は死ぬる」とも。それというのもかねがね独特の思弁癖が「渋滞」しているからである。

少年が短刀を持っていたことから、「気ちがいに刃物」と思われて、この場はおさまったが、子供のくせに賭場に来たのは、みなし子として育ったこの少年が、三つ年下の妹を奉公先からうけ出すためであった。命のやりとりをするような羽目に何度もおちいる熊太郎を、谷弥五郎は「兄哥《あにき》、兄哥」と奉って、「生まれは別々でも、死ぬときは一緒」と誓いを立て、どこへゆくにもつき従った。

熊太郎は有難く思いながら心がやましい。

「十円をみなで分けるから子供を蹴れ」だと？　少年が気の毒というより、自分が居たたまれない。そのような暴力を見て自分が不快だったから、やめろ、と言ったに過ぎない。ふつうの人のようにしているのに身がもたないのである。葛木《かつらぎ》ドールという人物を「この世の行きどまりのような」御陵の岩室で殺してしまったと思いこむのも、現世との齟齬感が極度に亢じた果ての幻覚で、その弟の「森の小鬼」こと葛木モヘアが生き腐れのような匂いをさせているというのも、熊太郎の滅亡願望とつなげて考えられる。

金剛山の山ふところにうがたれている古代日本の御陵の岩室、そこはもう死者の国だが、そこで熊太郎が歌わされる河内音頭は、生命の大河があげる渦巻き様の重奏低音で、次の事態へ進む前奏曲にきこえる。葛木兄弟の住んでいる御陵へゆく途中には、何百匹もの蛇たちがぬらぬらしている穴があって、遊び仲間の「ド餓鬼」たちの一人といっしょに彼はその穴に落ちる。以後、熊太郎は着地感のうすい人生を歩くように見受けられる。自分自身が幻覚の中の人となって。

いかなる状態になろうとも、ことがらの進行をたすけてゆくのは、土俗性に富んだ河内弁である。会話だけでなく、地の文にもそらとぼけた意匠をこらしてあって読者を放さない。古代日本のかげりをもっている大和に隣り合う、河内の国とはどういうところなのか。善良きわまる熊太郎の父平次のいる平穏な農村と、ふつうにしておれば、かつての仲間たちのように、そこそこ仕合わせな百姓になれたのに、「持たない笛を吹く真似をする」ような子供であったために、あるいは、折角早朝に起きて、田を耕し、親を喜ばそうとして、急にこれを恥じ、「耕す」という言葉の意味など無駄に考えているうちに、手も足も体も動かなくなって百姓になりそこなう類の人間。こう書くと身に覚えがあるけれども、存在することへの違和を極度につきつめてゆくと、この世のゆきどまりや、蛇の穴に落ちざるをえない。飄逸《ひょういつ》で機知に富んだ土地の方言がじつに心やさしく全編に配されており、救いのないこの物語に奥深い宗教性を与えている。

銭をめぐってのやりとりからさまざまな事件となり、その度にこの人物は、自分を大楠公の生まれ替わりではないかと思う。生涯で一人愛した縫を娶るにも不当な大金を詐取されるが、最後までこの女性を神の使い姫と思いこもうとした。

隠忍自重の末、刀を抜く相手、松永熊次郎、傳次郎親子の卑劣さ狡猾さは、果たし合いを申しこんで決着をつけてよいたぐいの人間である。死ぬ時は一緒と決めた弟分の弥五郎が、いざ決行という前日、奉公先の妹に別れにゆき、一円を与え、よい人に逢って幸福に暮らせという。借家料をきちんと払い、掃除をし、雑巾を固くしぼって干したというくだりには泪が出た。

世の中には、世間の常識とはどうしても反りがあわず、それなりの良識と純真をもって自分を律してゆこうとするが、いつしかそれが破綻して人生の敗残者となってしまう人々がいる。たとえば、どんなに悪意を抱くまいとつとめていても、顔を合わせるのもぞっとするという生理的天敵がいる。熊太郎十四歳の時にあらわれた「森の小鬼」はその類で、この世の果てにあるような穴である御陵の中を住まいにしているらしいこの人物、はたして人間であるのかわからない。腐乱死体のような匂いを立てているその腕を角力《すもう》でへし折ったこと、その兄の葛木ドールをはずみでなぐり殺したことが、生涯のトラウマになってゆくのだが。

作者はただならぬ愛情を傾けて、なりそこないの「極道者」と、かような人間の風土をじつに丁寧に描き上げている。「ふだんから俠客ぶって村内をゆらゆら揺れて歩いている熊太郎」という描写がある。ゆらゆらの背後にひろがる「水分」という農村、今はどうなったろうか。これは近代に向けて歩きはじめた近郊農村の一人が、自らの曼陀羅《まんだら》図をひき破り、ひきずってゆくほろ苦い一巻でもある。巻末にゆくにしたがい、すっかり熊太郎びいきになって、最後の河内音頭の場面では、彼の魂といっしょに、人間という存在がはなつ原初的生命に黙禱《もくとう》を捧げていた。

（いしむれ・みちこ　作家）

『告白』二〇〇五年三月　中央公論新社刊

時代相を反映させるため、あえて当時の言葉や表現を使った箇所があります

中公文庫

告《こく》 白《はく》

2008年 2 月25日　初版発行
2019年 3 月30日　11刷発行

著　者　町《まち》 田《だ》 康《こう》

発行者　松 田 陽 三

発行所　中央公論新社
〒100-8152　東京都千代田区大手町1-7-1
電話　販売 03-5299-1730　編集 03-5299-1890
URL http://www.chuko.co.jp/

DTP　石田香織
印　刷　三晃印刷
製　本　小泉製本

Published by CHUOKORON-SHINSHA, INC.
Printed in Japan　ISBN978-4-12-204969-7 C1193

中公文庫既刊より

各書目の下段の数字はISBNコードです。978-4-12が省略してあります。

ま-35-1 テースト・オブ・苦虫1　町田康
会話が通じない。ひょっとしておかしいのは自分？日常で嚙みしめる人生の味は、苦虫の味。文筆の荒法師、町田康の叫びを聞け。〈解説〉田島貴男
204933-8

ま-35-3 テースト・オブ・苦虫2　町田康
生きていると出会ってしまう、不条理な出来事の数々。口中に広がる人生の味は甘く、ときに苦い。ちょっとビターなエッセイ集、第二弾。〈解説〉山内圭哉
205062-4

ま-35-4 テースト・オブ・苦虫3　町田康
本当のことに、少しばかりの嘘をまぜ、口中に広がる苦虫の味。「真面目すぎておかしいといわれる」ほか、癖になるエッセイ集第三弾。〈解説〉寺門孝之
205163-8

ま-35-6 テースト・オブ・苦虫4　町田康
「私の演劇遍歴について申しあげよかな」「どう書いても嫌な奴は嫌な奴」ほか、事実か虚構か謎が深まる魅惑のエッセイ集第四弾。〈解説〉ヒダカトオル
205377-9

ま-35-7 おそれずにたちむかえ　テースト・オブ・苦虫5　町田康
文章に書いてあることより、暗黙の了解のほうが優先する。そんな曖昧な日常に活を入れる、おそれを知らないエッセイ集、第五弾。〈解説〉貴志祐介
205480-6

ま-35-8 おっさんは世界の奴隷か　テースト・オブ・苦虫6　町田康
食事に誘われたのに予約をとらされ、身勝手で一方的な原稿依頼を受けそうになり——。大人の味のエッセイ集、苦み走って好調第六弾！〈解説〉戌井昭人
205603-9

ま-35-9 自分を憐れむ歌　テースト・オブ・苦虫7　町田康
正直者が馬鹿をみる。実際、人間は正直にしているとろくな目にあわない。苦虫の味を嚙みつぶして進め！好調エッセイ集、第七弾。〈解説〉前田司郎
205724-1

ま-35-10
あなたにあえてよかった テースト・オブ・苦虫8
町田 康
八年間毎週書き続けたエッセイを、書き終えて口中に広がったのは苦虫の味。一抹のさみしさとよろこびを胸に、いま堂々の最終巻！〈解説〉西加奈子
205866-8

ま-35-5
東京飄然《ひょうぜん》
町田 康
風に誘われ花に誘われ、一壺ならぬカメラを携え、ぶらりと歩き出した作家の目にうつる幻想的な東京。著者によるカラー写真多数収載。〈解説〉鬼海弘雄
205224-6

う-9-4
御馳走帖
内田百閒《ひゃっけん》
朝はミルク、昼はもり蕎麦、夜は山海の珍味に舌鼓をうつ百閒先生の、窮乏時代から知友との会食まで食味の楽しみを綴った名随筆。〈解説〉平山三郎
202693-3

う-9-5
ノラや
内田百閒
ある日行方知れずになった野良猫の子ノラと居つきながらも病死したクルツ。二匹の愛猫にまつわる愛情と機知とに満ちた連作14篇。〈解説〉平山三郎
202784-8

う-9-6
一病息災
内田百閒
持病の発作に恐々としつつも医者の目を盗み麦酒をがぶがぶ……。ご存知百閒先生が、己の病、身体、健康について飄々と綴った随筆を集成したアンソロジー。
204220-9

う-9-12
百鬼園戦後日記Ⅰ
内田百閒
『東京焼盡』の翌日、昭和二十年八月二十二日から二十一年十二月三十一日までを収録。掘立て小屋の暮しを飄然と綴る。〈巻末エッセイ〉谷中安規（全三巻）
206677-9

う-9-13
百鬼園戦後日記Ⅱ
内田百閒
念願の新居完成。焼き出されて以来、三年にわたる小屋暮しは終わる。昭和二十二年一月一日から二十三年五月三十一日までを収録。〈巻末エッセイ〉高原四郎
206691-5

か-18-7
どくろ杯
金子光晴
『こがね蟲』で詩壇に登場した詩人は、その輝きを残し、夫人と中国に渡る。長い放浪の旅が始まった――青春と詩を描く自伝。〈解説〉中野孝次
204406-7

各書目の下段の数字はISBNコードです。978－4－12が省略してあります。

か-18-8
マレー蘭印紀行　金子光晴
昭和初年、夫人三千代とともに流浪する詩人の旅はいつ果てるともなくつづく。東南アジアの自然の色彩と生きるものの営為を描く。〈解説〉松本　亮
204448-7

か-18-9
ねむれ巴里　金子光晴
深い傷心を抱きつつ、夫人三千代と日本を脱出した詩人はヨーロッパをあてどなく流浪する。『どくろ杯』につづく自伝第二部。〈解説〉中野孝次
204541-5

か-18-10
西ひがし　金子光晴
暗い時代を予感しながら、喧噪渦巻く東南アジアにさまよう詩人の終りのない旅。『どくろ杯』『ねむれ巴里』につづく放浪の自伝。〈解説〉中野孝次
204952-9

か-18-11
世界見世物づくし　金子光晴
放浪の詩人金子光晴。長崎・上海・ジャワ・巴里へと至るそれぞれの土地を透徹な目で眺めてきた漂泊の詩人が綴るエッセイ。
205041-9

か-18-12
じぶんというもの　金子光晴老境随想　金子光晴
友情、恋愛、芸術や書について――波瀾万丈の人生を経て老境にいたった漂泊の詩人が、人生の後輩に贈る人生指南。〈巻末イラストエッセイ〉ヤマザキマリ
206228-3

か-18-13
自由について　金子光晴老境随想　金子光晴
自らの息子の徴兵忌避の顚末を振り返った「徴兵忌避の仕返し恐る」ほか、戦時中も反骨精神を貫き通した詩人の本領発揮のエッセイ集。〈解説〉池内恵
206242-9

か-18-14
マレーの感傷　金子光晴初期紀行拾遺　金子光晴
中国、南洋から欧州へ。詩人の流浪の旅を当時の雑誌掲載作品や手帳などから編集する。晩年の自伝三部作へ連なる原石的作品集。〈解説〉鈴村和成
206444-7

お-41-2
死者の書・身毒丸《しんとくまる》　折口信夫
古墳の闇から復活した大津皇子の魂と藤原郎女との交感を描く名作と「山越しの阿弥陀像の画因」。高安長者伝説から起草した「身毒丸」。〈解説〉川村二郎
203442-6